KB176560

아시아학술연구총서 2

담론의 공간으로서 동아시아

아시아학술연구총서 2

담론의 공간으로서 동아시아

경원대학교 아시아문화연구소

역락

경원대학교 아시아문화연구소는 <아시아학술연구총서> 제2권『담론의 공간으로서 동아시아』를 발간하게 되었습니다. 본 연구소의 구성원들은 1994년 설립 당시부터 현재까지 문화공동체로서의 동아시아를 테마로 그 연구 방법론을 꾸준히 고민해 왔습니다. 그 성과는 각종 학술회의와 학술지 출간 사업 등을 통해 정리되고 축적되었습니다. 연구총서 제1권『동아시아 지식사회와 문화 커뮤니케이션』은 이미 2008년 문화체육관광부 우수학술도서로 선정되어, 권위 있는 학술총서로서 인정을 받은 바가 있습니다. 이에 이어서 제2권『담론의 공간으로서 동아시아』를 발간하고자 합니다.

21세기의 오늘날 '동아시아'를 사고한다는 것은 무엇을 의미하는 것일까요? 서세동점의 시기였던 19세기 말 '아시아주의'라는 것이 일본에서부터 생겨났습니다. 초기의 '아시아주의'는 서구 열강의 아시아 침탈에 대항하여 아시아 여러 나라의 연대를 모색하고 아시아적 가치와 존재방식을 사고하던 것이었습니다. 그러나 점차 일본을 맹주로 하는 신질서를 구축하고 대동아공영권을 구상하는 사상적 토대가 되어 일본의 아시아 침략전쟁을 정당화하는 이데올로기로 변모하기도 했습니다.

냉전과 탈냉전 시기를 거쳐 전 세계의 미국화 현상이 두드러지면서 한편으로는 세계의 블록화가 진행되는 요즈음 '동아시아 공동체'에 관한 논의가 각 분야에서 활발히 이루어지고 있습니다. 이미 경제적으로 는 동아시아 국가들이 여러 면에서 협력 관계를 구축하고 있습니다. 그 러나 진정한 평화와 공존을 위해서는 문화담론의 장이 펼쳐져야 하고 그 속에서 지속적인 상호이해와 소통이 필요할 것입니다.

현재 이를 가로막고 있는 것이 한국, 중국, 일본이 다 같이 사로잡혀 있는 민족주의와 자국 중심주의, 그리고 일국단위의 문화적 우월주의 교육입니다. 이러한 것들은 사실상 서구의 근대국민국가 형성 과정으 로부터 보고 배운 부산물로서 19세기 20세기의 찌꺼기와 같은 것입니 다. 지난 세기에 동아시아는 외적으로는 상호 간의 전쟁과 반목, 내적 으로는 전통의 단절이라는 참담한 이중의 정신사적 비극을 경험해왔습 니다. 이제는 동아시아적 정체성을 찾고 인류의 미래에 이바지할 방안 을 놓고 이 지역의 인문학자들이 함께 모여 머리를 맞대고 숙제를 풀 어야 할 것입니다. 이러한 문제의식에 기반을 두고 다음과 같은 연구 논문을 기획·편집하였습니다.

먼저 제1부 '동아시아 문화담론과 공존의 가능성'에서는 네 편의 논 문을 싣고 있습니다. 마키노 에이지 교수의 '다문화주의와 철학의 과제 -글로벌라이제이션과 문화철학적 비판의 의의'는 일본에서 사용되는 '아시아(アジア)'라는 말이 갖는 함의를 철저하게 분석하고 다문화(多文 化)를 이해하기 위한 전제로서의 문화철학적 비판을 가한 논문입니다.

정남영 교수의 '다중의 입장에서 본 평화의 문제'는 주권과 통치에 대한 통렬한 분석과 함께 다중(多衆)을 키워드로 미래의 평화를 모색한 논문입니다. 이승현·강규형 교수의 '동북아 지자체간 국제협력의 가능성－서울-상하이-오사카 지자체간 문화·경제협력을 중심으로'에서는 동북아 3국의 대표적인 도시의 사례를 들어 상호 교류의 현황과 발전 전략을 비교 검토하면서 미래의 전망을 제시하고 있습니다. 최성실 교수의 '1950년대 한국 전후 문학비평과 문화담론－'육체'의 문화적 표상을 중심으로'는 한국의 '전후파' 문학과 육체담론의 형성 과정에 대한 고찰을 통해 저항적 문화담론의 서사적 전략을 논한 글입니다.

제2부 '서사담론의 동아시아적 전통'에서는 다음 네 편의 논문을 싣고 있습니다. 서유원 교수의 '중국 홍수신화와 인류기원신화에 보이는 호로와 중국민족의 호로숭배'에서는 신화학적 입장에서 중국민족의 전통적인 호로숭배 사상의 의미를 고찰하고 있습니다. 정진희 박사의 '양속기(兩屬期) 류큐(琉球) 개벽신화의 재편과 그 의미'에서는 오키나와 신화에 대한 철저한 문헌 연구를 통해 신화 재편의 배경과 의도를 파악하고 그 담론적 의미를 논하고 있습니다. 이영섭 교수의 ''바리데기' 시학의 문화적 의미－김혜순의 여성주의 시론 연구'는 김춘수 시에 나타난 처용의 신화적 주체와 김수영의 시 의식의 분석을 통해 김혜순의 '바리데기' 시학의 문화적 의미를 고찰하고 있습니다. 박진수 교수의

'동아시아 서사문학 전통으로부터의 이탈－근대 의식의 형성과 일본 소설'은 한자 문화권의 서사적 전통이 서구 근대의 영향 이후 어떻게 변모해갔는가를 일본의 예를 들어 설명하고 있습니다.

제3부 '동아시아 담론의 안과 밖'에서는 다음 세 편의 논문을 싣고 있습니다. 허경진·김지인 교수의 '그림과 찬(贊)으로 화폭 위에 남긴 朝·日 인사들의 교유'는 조선과 일본의 지식인들이 글과 그림의 교류를 통해 배려하고 상호 존중해온 전통을 논하고 있습니다. 최박광 교수의 '外國人이 본 近代朝鮮과 東北아시아의 각축－이사벨라 버드의 『朝鮮과 이웃나라들』'의 경우는 19세기 말 영국의 여류 여행가 이사벨라 버드가 쓴 『조선과 이웃나라들』을 통해 당시의 시대 상황에 비추어 한국인의 역동성과 미의식을 논한 글입니다. 최관 교수의 '일본에서는 임진왜란을 어떻게 인식하여 왔는가'는 일본에서 임진왜란에 대한 인식이 어떻게 변해왔는가에 관한 구체적이며 실증적인 연구 논문입니다.

제4부 '동아시아 역사담론의 실제'에서는 다음과 같은 세 편의 논문을 싣고 있습니다. 정문상 교수의 ''역사전쟁'에서 '역사외교'로－'동북공정'에 대한 한국인의 대응양상'은 최근 수년 간 관심의 초점이 되고 있는 한중간의 역사 문제를 풀어가는 현실적인 대안을 제시한 논문입니다. 박미라 교수의 '中國 遼寧省 韓國宗敎의 현황과 문제'에서는 중국에 진출한 한국 종교의 문제점과 해결방안을 모색하고 있습니다. 김승

욱 교수의 '『銀行週報』와 上海 金融業의 公論 형성-1917~1925년'은 20세기 초 상해에서 발행된 한 금융관련 잡지의 기사 분석을 통해 금융계의 공론이 어떻게 형성되어 가는지를 고찰한 논문입니다.

끝으로 이 책이 출간되기까지 본 아시아문화연구소에 대한 격려를 아끼지 않으신 경원대학교 이길여 총장님께 깊은 감사의 말씀을 드립니다. 그리고 원고의 게재를 허락해주신 모든 필자 선생님들께 깊은 감사를 드립니다.

무엇보다 연구소의 학술대회 기획 및 발간물의 편집을 위해 누구보다도 전력을 다해 고생하시는 최성실 교수의 노고가 없었다면 이 책은 빛을 보지 못했을 것입니다. 또한 연구소의 운영위원, 편집위원, 기획위원, 책임연구원의 모든 선생님들께도 진심으로 감사드립니다. 아울러 물심양면으로 도와주신 도서출판 역락의 이대현 사장님, 꼼꼼하게 편집을 도와주신 권분옥 님께도 감사의 말씀을 전합니다.

2010년 3월
경원대학교 아시아문화연구소장 박 진 수

제 2 부   서사담론의 동아시아적 전통

제 4 부   동아시아 역사담론의 실제

제1부

동아시아 문화담론과 공존의 가능성

다문화주의와 철학의 과제
― 글로벌라이제이션과 문화철학적 비판의 의의 ―

마키노 에이지(牧野英二)

I. 서론

본고의 주제는 동아시아에 살아가는 인간이 직면해 온 문화적 과제 가운데 일본어가 지니는 '언어의 폭력성'에 초점을 맞추어 그것을 철학 및 윤리적 관점에서 고찰하는 데 있다. 왜냐하면 언어는 문화적인 여러 사상(事象) 중에서도 가장 중요한 역할을 하고 있으며, '국민성'이나 '민족성'을 반영하는 것만이 아니다. 언어는 그것을 사용하지 않고 인간을 특정한 공동체에 강제적으로 동화시키며 동시에 거기로부터 배제시키고 소외시킨다는 반윤리적인 기능도 담당해 왔기 때문이다.1)

---

1) 安田敏明「国語・日本語・帝国」村田雄二郎, クリスティーヌ・ラマール編『漢字圏の近代－ことばと国家』(東京大学出版会, 2005), p.35 이하 참조. 그런데 지면의 제약 상 본고에서는 '언어가 가지는 폭력성'을 전체적으로 다룰 수 없기 때문에 몇 개의 사례에 한정시킨다. 여기서는 제국주의 시대의 일본에서는 일본어의 우수성이, 동시에 일본문화의 우수성을 의미하여 '일본민족'의 우수성도 의미하고 있었다. 이러한 잘못된 해석에 의거해서 일본의 점령지배지에 '일본어'를 강제함으로써

그런데 오늘날 이 과제를 고민하기 위해서는 철학적 논의로 '언어론적 전회'(linguistic turn) 및 '해석학적 전회'(die hermeneutische Wende) 이후의 '다원론적인(pluralistic) 문화철학적 비판'이 불가피하다. 필자의 의도는 과거 일본에 의한 식민적 지배의 반성이란 과제에 한정시키지 않고 현대의 국민·다른 민족·다른 문화권이나 다른 가치관을 가지고 있는 사람들 사이에 '공유 가능한 문화적 사상'의 철학적 및 윤리학적 의의를 탐구하는 데 있다. 왜냐하면 필자는 광의의 문화론적 차원에서의 착종한 문제 상황이 글로벌라이제이션의 흐름 속에서 보편주의적 언설과 상대주의적 언설과의 긴장관계를 더욱더 고조시켜왔다고 생각하기 때문이다.

현대의 다문화 및 이문화 연구를 위해서는 전제조건으로서 몇 개의 키워드를 음미하고 검토할 필요가 있다. 가장 중요한 개념은 '보편성' 내지 '보편주의'이며, 일본인의 경우는 그것과 불가분의 '일본국적', '일본어', '일본문화'라는 말이다. 에드워드 사이드의 발언을 경청하는 것으로부터 논의를 시작하고자 한다. 그에 따르면 '보편성의 의식이란 리스크를 감당하는 것을 의미한다. 우리의 문화적 배경, 우리가 사용하는 언어, 우리의 국적은 타자의 현실로부터 우리를 보호해 주기 때문에 안심감을 느끼게 해주지만, 이러한 안정한 곳에서 벗어나기 위해서는 보편성에 익지하는 리스그를 담당해야만 한다.[2]

타민족의 문화·인격·정치적 자치까지도 지배 및 억압하여 '일본어와 일본문화'를 강제한 사실을 확인해 두고 싶다. 또한 이러한 사태와 유비적인 사태로서 오늘날의 다문화사회 시대에 '영어 제국주의'라고 하는 영어에 의한 언어의 폭력성이 볼 수 있는 점에 주의를 촉구하고 싶다. 모두 본고에서 언급하는 '보편주의'와 거의 같은 의미의 사태를 가리킨다.

2) エドワード・W・サイード(Edward W.Said), 大橋洋一訳 『知識人とは何か』(平凡社,

정치·경제·금융·정보·군사 등 모든 수준에서 글로벌화가 진행
되고 있는 오늘날, 여러 문화 사상이 보편화하는 현상은 당연한 것으로
여겨진다. 그러나 사이드는 자칫하면 생활자가 당연한 사항으로 간주
하는 국적·언어·문화의 보편성이나 그 타당성을 당연한 것으로 간주
하는'보편주의'에 대해 '모종의 위험성'을 지적한다. 필자는 다문화 및
이문화 연구의 보다 넓고 깊은 탐구를 위해서 이러한 보편성에 수반하
는 여러 문제를 밝힐 필요성이 있다고 생각한다.

따라서 본고에서 채용하는 고찰방법은 종래 학문적 방법과 다른, '문
화철학적 비판'의 시도이다. 이 방법은 철학 및 윤리학을 포함하는 여
러 학문에서 생긴 '언어론적 전회' 및 '해석학적 전회'에 근거하여 새
로운 '문화학적 전회'(die kulturwissenschaftliche Wende) 아래 이문화 이해의
가능성을 더욱 더 발전시키는 시도이다.

필자는 아래와 같은 순서로 고찰하고자 한다. 첫째, 필자는 상기의
방법적 입장에 의거하여 본고의 키워드인 '아시아'의 의미를 고찰한다.
둘째, 필자는 인간의 명칭과의 관계에서 '일본 속의 비 아시아적 현상'
을 검토한다. 셋째, 필자는 '일본 속의 아시아적 현상'을 고찰한다. 넷
째, 이러한 착종한 이문화 이해를 위한 새로운 관점을 제시한다.

II. '아시아'라는 언어의 사정(射程)

우선 서브타이틀과 관련해서 필자가 의도하는 목적을 대략 설명하고

1998), p.16 이하.

자 한다. 첫째, 필자는 글로벌화 시대라는 것은 '철학 및 인문학의 위기'의 시대이기도 하다고 인식하고 있다. 둘째, 이 문제는 아시아에 한정된 위기가 아니라 유럽을 포함한 학문의 글로벌화 현상의 일환으로 생각해야 한다. 셋째, 유럽 및 동아시아의 연구자들은 일본 연구자에게는 이와 같은 위기감이 희박하거나 위기감 자체가 없다고 인식하고 있다는 사실이다.3) 넷째, 그림스키가 지적한 바와 같이 대학에 만연되고 있는 연구·교육·사회 공헌과 분리한 '알리바이 만들기', '쟁탈추의'가 철학·윤리학이나 여러 인문학을 위기로 빠뜨려 왔다. 더 큰 위기는 그러한 자각조차 없는 연구자들이 적지 않다는 점이다.4) 필자의 견해로서는 이러한 위기의 주된 요인은 연구자가 사용하는 모어, 예를 들어 일본인 연구자의 경우는 일본어나 일본문화·일본국적 등에 대한 근본적인 자각이 결여되어 있는 점에 있다.

---

3) 세계적으로 가장 높은 평가를 받고 있는 철학·사상 관련 사전(Historisches Woerterbuch der Philosophie, 13Bde.Schwabe, 1971~2007)의 편집에 종사한 독일인 Gunter Scholtz 교수는 오랜 동안 딜타이 전집의 편집에 종사해 왔다. 동 교수는 간행조성금 삭감을 위해 전30권 예정의 동 전집을 26권으로 축소했다고 필자에게 말했다. 덧붙여서 필자는『일본어판 딜타이 전집』(法政大学出版局, 全12巻)의 편집 대표자를 담당하고 있다. 2007年 11月 개최한 국제학회 보고 중에서 한국의 어떤 연구자는 일본의 여러 명의 연구자한테 '인문학의 위기'라고 하는 말이나, 일본에서는 이러한 문제가 공론화되었다는 정보를 들은 적이 없다고 말하고 있다.『韓国日本近代学会第16回国際学術大会発表論文集』所収 論文, 朴相煥『最近の韓国の人文学の自己省察と変化』p.20/ 참조.

4) CF.Sheldon Krimsky, *Science in the Private Interest : Has the Lure of Profits Corrupted Biomedical Research?*(Romans & Littefield Publishers, 2000, 宮田由紀夫訳, 海鳴社, 2006年). 필자는 이하의 점에서 크림스키의 주장에 전적으로 찬동한다. 즉, 대학의 '이 새로운 산학 제휴, 비영리-영리 제휴는 과학과 의학의 연구자의 윤리적 규범의 변화를 일으키며', '대학이 자신들의 과학의 실험실을 상업적 기업의 영역으로 변환하여 이 상업목적을 달성하기 위해 교원을 채용하게 됨에 따라 대학이 공공이익을 위해 과학[학문]을 행하는 기회'(전게 역서, p.8)를 잃어버리는 위기에 직면하고 있다는 점이다.

따라서 필자는 이러한 사실인식을 근거로 '철학의 위기' 및 '인문학의 위기'를 주체적으로 받아들이면서 이러한 문제의 소재를 조명하는 방법을 채용하고자 한다. 이를 위해 필자는 글로벌화 현상 속에서 현재화하여 그 의의가 검토되어 온 이문화 연구이나 다문화주의적 연구의 전제가 되는 '아시아'라는 말을 재검토하고자 한다. 이에 따라 다문화 이해, 이문화 연구의 역할의 중요성도 더욱더 분명해질 것이다.

글로벌화 시대의 오늘날, 유럽 연합(EU)에 대항한 흐름으로서 혹은 그것을 모델로서 '동아시아 공동체'란 이념이 자주 제시되어 왔다. 그런 경우 주요한 논의는 정치·경제적 수준에서의 '지역통합'을 의미해 왔다. 그 극단적인 예의 하나가 2002년 1월에 싱가포르에서 코이즈미 수상(당시)이 제창한 '동아시아·커뮤니티'(an East Asian community)의 견해이다. 본고에서는 이 제안의 시비를 묻지는 않는다. 그러나 이 '동아시아·정치 경제 공동체' 제안을 논의할 때 전제가 되는 중요한 시점이 빠져 있다는 점만은 지적하지 않을 수 없다.[5) 이러한 논의를 진행하는 경우 '동아시아'나 '아시아'란 어떠한 영역이나 사태를 가리키고

---

5) 확실히 2차 세계대전의 아시아 협력체제의 제창은 아시아의 정치적·경제적인 연계의 강화에게 중요한 역할을 다할 수 있을 것이다. 그러나 2002년의 한국과 일본에 의한 축구 월드컵 공동개최나 2008년의 베이징 올림픽 때 볼 수 있던 애국주의와 반일감정의 고양이라는 현상에 직면했을 때 이 문제는 정치나 경제 통합에 앞서 한국·중국과 일본 사이에서 다른 문화간의 상호이해가 중요하며 이것이 여전히 큰 과제임을 말해주고 있다. 정치학자나 경제학자들은 이 점을 충분히 자각하지 못하고 있다. 여기에서도 아시아에서의 여러 국가·민족·다문화의 존재와 자신과 다른 문화를 적절하게 파악하여 상호 이해하려는 노력이 중요하다. 이러한 문제를 포함하는 데 충분하지 않지만 다음과 같은 문헌을 들고자 한다. 谷口誠『東アジア共同体 −経済統合のゆくえと日本』(岩波書店, 2004). 한편 근년의 '동아시아'를 둘러싼 여러 문제의 복잡함을 중국·한국 등의 일본인 이외의 '아시아인'의 입장에서 논한 문헌으로서 다음의 서적을 지적해 둔다. 孫歌·白永瑞·陳光興編, 『ポスト<東アジア>』(作品社, 2006).

있는 것일까? 이 의문에 답하는 것은 실로 매우 곤란한 과제이다. 현재 이 의문에 일의적으로 회답하기는 불가능하다. 또 이 경우 어원적인 문제는 별로 의미를 갖지 않는다. 오히려 이 물음은 유럽의 '아시아관'의 검토나 일본에서의 '아시아관'에 대한 상세한 고찰을 요구한다.

따라서 이 과제에 대한 본격적인 논의는 다른 기회로 돌리고, 첫째, 필자는 이문화 및 다문화 이해의 무의식적 전제가 되고 있는 '유럽 대 아시아'라는 도식적인 이해의 문제점을 지적하고자 한다. 둘째로, 일본 연구자에는 아직 '脫亞論'의 주도자였던 후쿠자와 유키치(福澤諭吉)의 언설에 추종하는 자가 끊이지 않는 것을 지적하고자 한다. 참고로 2008년 10월 현재 일본에서 발행되고 있는 최고 금액의 지폐 모델은 후쿠자와 유키치이다. 한편 유럽 연합의 유로 동전에는 한 면에 공통 디자인이 사용되며 다른 면에는 각국 고유의 디자인이 채용되고 있다. 예를 들면 네덜란드에서 발행된 유로 동전에는 베어토릭스 여왕의 옆얼굴이 새겨지고 있다. 이러한 사실은 유럽 연합의 통일성·단일성과 다양성·이질성을 조화시키려고 하는 그들 이념의 표현이라고 해석할 수 있다. 하지만 일본에서는 아이누 민족의 존재가 공인된 다민족국가임에도 불구하고 그러한 노력이나 이념은 볼 수 없다. 아이누민족이나 이른바 야마토(大和) 이외의 '일본인'의 초상을 사용한 화폐나 우표류는 아직 나오지 않고 있다. 이 사실은 후술하게 되는 왜곡된 '신아시아 주의'의 새로운 출현과 불가분하다.

최근 일본국내에서 '아시아다움'을 주장하는 언설에는 '어떤 종류의 위험성'이 뒤따른다. 예를 들어 아주나 미즈호(亞洲奈 みずほ)에 따르면 "그러면 아시아다움이란 구체적으로 어떤 것일까. 단적으로 표현하면 "'순정', '습도と음영(陰影)', '억제', '고상하고 겸허함, 애매함', '자연

과의 일체감' — 이 네 가지로 요약된다."6) 첫째, 이 '아시아다움'의
정의에는 어떤 시기에 '일본다움'을 표현하는 '표상'이었다. 둘째, 이
주장의 배후에는 '억제를 할 수 없는 자기주장이 강한, 고상하지도 겸
허하지도 않는, 흑백논리를 선호하는', '자연과의 일체감을 느끼지 않
는 다른 인간, '아시아답지 않는' 아시아의 사람들을 배제하여 부정하
는 숨은 의도를 엿볼 수 있다. 셋째, 이 주장에는 일본인이야 말로 앞
에서 언급한 특징을 구비한 '아시아다움'을 대표하는 민족이며 이러한
'아시아'의 중심에 있어야 한다고 제창하는 '신아시아주의'의 견해이
다. 넷째, 이 견해는 일본문화 및 일본인의 어떤 종류의 정신구조를
바로 보편화하여 '일본=아시아'로 해석하여 이 도식에 따라 '아시아
대 유럽'이란 글로벌화 시대에 맞는 세계 해석의 도식을 묘사하려는
의도가 있다.

널리 알려진 대로 예전에 후쿠자와 유키치 등이 제창한 '탈아입구(脫
亞入歐)'사상은 일본이 명치시대 이후 서양의 식민지주의에 대항하여 늦
게나마 아시아 지역에 대한 식민지 정책을 추진하여 중국·한국 등 아
시아 여러 국가를 침략하여 반인도적인 약탈이나 살육을 정당화하는
이데올로기로서의 역할을 다했다. 이러한 과거에 대한 반성이 근년 '아
시아 공동체'의 형성이나 유럽과는 이질적인 '아시아 문화나 그 고유한

---

6) 亜洲奈(あすな)みずほ『「アジアン」の世紀』(中公新書, 2004), p.238. 저자는 이 책에
   서 명확하게 '신아시아주의'를 표방하고 있다(p.245). 본고는 이러한 '탈아론'과 무
   의식 수준에서 연결되어 있는 일본인의 우월성이나 일본문화의 이른바 순화된 단
   일문화 모델에 기초를 둔 '신아시아주의'가 지니는 위험성을 지적하고자 한다. 이
   주장은 적어도 실태가 없는 이상화된 '일본문화'파악에 의한 이문화의 배제 논리
   를 엿볼 수 있으며 동시에 다문화의 공존 가능성을 가로막는 위험성을 면할 수 없
   기 때문이다. 이와 대조적인 견해의 대표적인 예로서 다음과 같은 문헌을 들 수
   있다. 植村邦彦『アジアは<アジア的>か』(ナカニシヤ出版, 2006).

가치'의 재발견을 추구해 온 것은 분명하다.

하지만 앞에서 언급한 '신아시아주의'에 의거한 견해는 '일본 속의 문화적 다양성'을 부정하여 일본 국내외의 이문화나 이질적인 사람, 일본 및 일본인의 '타자'의 존재를 부정하는 귀결을 가져오고 있다. 이는 다른 시각에서 보면 새로운 종류의 '탈아론(脫亞論)'에 다름이 아니다. 따라서 다음에 구체적인 사례에 따라 상기의 '신아시아주의'의 오류를 지적하고자 한다. 예전에 일본의 점령지배에 의해 한국민이 강요당한 '창씨개명(創氏改名)', 또한 아이누 민족이나 오키나와(沖繩) 문화의 고유성의 말살 역사 등은 잘 알려진 사실이다. 따라서 여기서는 아직 일본 국내에서도 충분히 인지되지 않았던 오가사와라 열도(小笠原列島) 주민의 '강제개명'이란 망각된 역사의 기억을 고찰하고자 한다.

Ⅲ. 일본 속의 비(非) 아시아적 현상

현재 도쿄도(東京都)에 속하는 오가사와라 제도(小笠原諸島)에는 '서구계 도민(島民)'으로 불리는 '일본인'이 거주한다. 그들은 미국인, 영국인, 덴마크인 등이며 원래 무인도였던 치치지마(父島)에 1830년에 그들을 중심으로 하는 사람들이 입식(入植)하였다. 그러나 1875년(明治8年)에 명치 정부가 오가사와라 제도를 일본 영토로 한 결과, 서구계의 도민은 일본 국적을 취득하게 되었다. 하지만 그들의 이름은 여전히 가타카나(カタカナ) 표기로 출신국의 발음을 유지하고 있었다.

그런데 제2차 세계대전 중에 '일본풍 이름'을 강제적으로 개명당하며 일본군에 협력할 수 있는 남성 도민을 제외하고 전원이 일본 본토로 강제 이주당했다. 그리고 일본이 패전함에 따라 미국 통치 아래 '서구계 이민의 자손'만이 섬으로 귀환하는 것을 허가받았고, 1968년에는 오가사와라 제도가 일본으로 반환되자 다시 섬으로 돌아가는 것이 허용된 '일본인 이민의 자손'과 함께 그들은 같은 '일본인'으로서 오늘날까지 생활하고 있다.[7]

이 사실은 일반적인 일본인에게 거의 알려져 있지 않는 사실이다. 하지만 필자가 강조하고 싶은 것은 이 사실 자체에 있는 것은 아니다. 첫째, 본 발표의 주제와의 관련에서 강조하고 싶은 것은 제2차 세계대전·일미전쟁의 전후에 '서구계의 이민의 자손'은 '일본풍 이름'으로 개명을 강요당하고 명실공히 '일본인이 되기를 강요당했다'는 역사적 사실이 갖는 의미에 있다.[8] 여기서 앞에서 언급한 아즈나설과 관련시켜서 고찰해보자. 그들은 모발 색이나 눈 색깔, 사고방식이나 기질 등 모두가 아즈나설처럼 "'순정', '습도와 음영', '억제', '고상하고 겸허함, 애매함', '자연과의 일체감' ― 이 네 가지로 요약"되는 '아시아다움'을 구비한 일본인이었을까? 또한 그들은 그것을 진심으로 원했을까? 필자는 그렇지 않다고 생각한다. 실제로 그들은 오랜 동안 오가사와라에서 영어 교육을 받고 미국통치하에서는 미국식 거리를 재건하여 공용어로서 영어만을 허용받았었다. 기후적으로 아열대에 해당하는 오가사와라의 서구계 도민은 문화적으로도 언어나 국적에 관해서도 결코 상기의 '아시아다움'을 구비한 '일본인'이 아니었다.

둘째, 이 역사적 사실의 배후에는 전쟁이나 영토지배라는 정치적·

---

7) 山口遼子『小笠原クロニクル 国境の揺れた島』(中央公論新社, 2005). 특히 제3장 p.95 이하, 제4장 p.139 이하 참조.
8) 染谷恒夫·有馬敏行『小笠原村 初代村長と校長の記録』(福村出版, 1972), p.43 참조.

사회적 문맥 속에서 그들이 '일본인임'을 개인의 의지에 반하여 강제된 결과 인간으로서의 정체성이나 문화적 다양성이나 타자와의 이질성이 부정된 것에 주의해야 할 것이다. 그들은 국적·언어·문화의 모든 면에서 복잡한 사회적·역사적 상황에 뒤집혀진 소수자이며 어떤 시기는 명확하게 '일본인'임을 부정당한 사람들이다. 이 점에서는 예전에 일본의 군국주의가 한국의 국민에게 '창씨개명'을 강요한 것과 근본적으로 동일한 사태라고 해도 과언이 아니다.

셋째, 이러한 사실은 '일본이란 장소에서 비 아시아적인 문화나 일본인답지 않은 이름'의 존재를 부정하는 이데올로기가 폭력적으로 작동하고 있었음을 말해준다. 또한 이러한 사실은 '아시아다움=일본인다움'이란 폭력적 언설에 의해 역사에 망각되었음을 시사하고 있다.

넷째, 이러한 '아시아'나 '일본', '일본인'이란 언어는 '일본어'라고 하는 공통언어사용, '아시아다움', '일본인다움'이란 생활습관이나 규범의 공유, 문화 사상에의 공유 등을 통해서 특정한 공동성(公同性)을 성립하게 하여 어떤 종류의 공동체를 유지시킨다는 기능을 발휘해 왔다. 다른 한편에서는 이러한 호칭의 사용은 다민족 국가임이 분명한 '일본'이나 다종다양한 다문화 사회의 구성원인 일본인을 '일본인다움'을 가진 '단일 민족국가라고 하는 신화'나 문화적 제약에 강요하는 기능을 발휘해 왔다 필자는 이 사실이 일본국내에서 일어난 사건이란 역사의 의미를 상기할 필요가 있다고 생각한다. 이는 아마도 과거의 사건의 반성이란 틀 속에서 이해하는 것이 아니다. 필자에게는 오히려 오늘날의 다문화주의의 현실을 생각하는 데 여러 교훈을 제공하고 있다고 생각된다.

Ⅳ. 일본 속의 '아시아적 현상' 언어사용의 문맥

인간은 '동일한 장소'에 살고 있어도 언어사용이 다른 문맥이나 차원의 의미에 관련되지 않으면 안 될 사태에 자주 만나게 된다. 여기서 가까운 일상적인 언어사용에 따라 상기의 사태를 설명해 보자. 예를 들어 '호칭으로서의 ＜지나(支那)＞'의 의미·용법의 변천은 그 흥미로운 사례이다. 메이지(明治) 이후의 일본사회에서 '시나(シナ)'와 '지나(支那)'라고 하는 말의 용법은 대체로 중국 및 중국인에 대한 멸칭이었다. 그러기 때문에 패전 후인 1946년 6월 6일의 외무차관 통지에 의해, 보도·출판 방면에서 이 말은 의식적·자각적으로 사용되지 않았으며 그 대신 '중국'이 사용된 역사적 경위가 있다.[9]

그런데 최근의 연구에 따르면 이 말은 그 유래로부터 따지면 근대 중국에서의 어떤 종류의 체제 비판적 의미를 담은 언어행위의 표출이었다. 그것은 만주족인 '청나라'에 대항하는 한족(漢族)에 의한 혁명적인 언어였다. 그 후 이 언어는 일본사회에서 청일전쟁에서 일본이 승리한 후, 일본인의 중국인에 대한 우월성의 의식 고조나 민족주의적 편견이나 차별이 강화되면서 중국 및 중국인에 대한 멸칭으로서의 함의를 가지게 되었다.

그러나 일본인은 제2차 대전 후의 군국주의와 중국인에 대한 차별과 편견에 대한 반성으로부터, '시나치쿠(支那竹)' 등의 일상 언어의 면에서도 이 말이 추방되었고, '멘마(麵麻, 麵碼)'라는 말이 일상 언어로서 시민권을 획득하게 되었다. 이리하여 오늘날에는 젊은 세대의 일본인

---

9) 齋藤希史『漢文脈の近代』(名古屋大学出版局, 2005, p.31). 또한 이하의 본문의 역사적 사실에 관해서는 p.28 이하 참조.

에게는 '시나'라는 말의 변천뿐만 아니라 이 말의 존재조차 알려지지
않았다.

여기서 이러한 언어 사용에 대해서 일반적인 관점에서 정리해보자.
즉 언어사용에서의 의미론적 입장에서 간단한 분절화를 시도한다. 첫째
는 언어의 '기술적 의미(descriptive meaning)'이다. 둘째는 '평가적(evaluative)
의미'이며, 셋째는 '지령적(directive) 의미'를 지적할 수 있다. 넷째로 '정
동적(emotive) 의미'가 있으며, 다섯째, '비판적(critical) 의미'를 지적할 수
있다.10) 여섯째, 생활의 장에서의 '사실적 언어'와 '가치적 언어'와의
분리는 불가능하다. 다시 말하면, 언어사용의 현 단계에서는 도덕적 명
제와 사실적 명제와의 대립이 생김으로써 이 대립의 극복가능성이라는
문제도 또한 불가피적인 중요한 철학적 과제에 속한다.11)

다음으로 이러한 분절화된 관점에서 '지나(支那)'라는 말의 용법의 해
석에 적용하여 앞의 고찰을 보완해보자. 첫째, 예전에 자주 볼 수 있듯
이 '지나'란 중국의 영어표기인 '차이나(China)'를 표현하고 있으므로 다
른 의미는 포함되어 있지 않다는 주장과 대응한다. 둘째는 '지나'라는
표현에는 청일전쟁 때는 '적국인', 그 후에는 '패전국의 국민'이란 평가
가 포함되어 있다. 셋째는 어떤 인간을 특정하여 '일본인의 타자'로서
의 '지나인'이라는 지시사의 기능을 가지고 있었다. 넷째, 어떤 사람을
'지나인'으로 부르는 것으로 어떤 사람은 경멸적인 감정을, 또 어떤 사
람은 동정적인 감정을 불러일으킨다. 다섯째, 청 시대의 한족의 중국인
가운데는 '지나'라는 말에 한족의 억압자인 청나라에 대한 비판적인 의
미가 포함되고 있었다. 여섯째, 이러한 사례에서 분명하듯이 자연과학

---

10) Cf. C.Welman, *The Language of Ethics*, Harvard Univ.Press, 1961.
11) Cf. T.Scanlon, *What We Owe to Each Other*, Harvard Univ.Press, 1998.

적 언어와는 다르게 인간생활에서 사용되는 생활언어에서는 순수한 '사실적 언어'와 '가치적 언어'를 단절시키는 것은 곤란하다.

그러나 오늘날에도 언어관의 차이 때문에 여전히 이러한 '인식'을 둘러싸고 대립이 보이는 것은 부정할 수 없다. 단적으로 말하자면 지시기능적(referential) 언어관과 구성주의적(constructivist) 언어관과의 대립을 지적할 수 있다. 전자의 입장은 언어 및 인식의 중립성을 주장한다. 이 입장에 따르면 '맹인'을 '눈이 불편한 분'으로 chairman을 chairperson으로 바꾸어 말한다 하더라도 거기에는 지시 대상이나 사태의 변화는 존재하지 않는다. 한편, 후자는 언어가 현실을 구성한다는 입장을 채용하는 한, 이 주장은 지적 및 사회적 구성에도 타당하다. 따라서 언어는 편견이나 지배나 배제의 관계의 결정화하는 장이 아니라 이러한 사회관계가 만들어지고 오히려 편견이나 차별이 재생산되는 장이기도 하다.[12] 언어행위는 단순히 대상의 지시나 사태의 기술로 끝나는 것이 아니라 이러한 대상이나 사태를 변화시키고 동시에 이러한 역사적·사회적 현실을 제약하면서 새롭게 만들어내는 행위이다.

이 대립은 보편주의적 언설과 상대주의적 언설과의 상극의 한 측면을 대표하고 있다고 보아도 무방하다. 그 단적인 사례가 '인권'의 보편성과 문화적 상대성과의 대립 도식이다. 또한 이에 관련해서 '문화'(Kultur)와 '문명'(Zivilisation)과의, Gemeinschaft vs Gesellschaft와의 대립 도식의 해소,[13] 나아가서 문화과학과 자연과학과의 대립 도식의 해

---

12) アンドレア・センプリーニ(Andrea Semprini), 三浦信孝・長谷川秀樹訳『多文化主義とは何か』(白水社, 2003), p.65 이하 참조. 지면의 제약상 본고에서는 콰인, 데이빗슨, 로티에 이르는 현대 미국 해석학 사조, 특히 로티에 의한 '자문화주의, 중심주의'에 대한 비판 등에 끼어들기는 불가능하다.

13) Vgl.J.Habermas, *Texteund Kontexte*, Suhrkamp, 1991.

소, 한자문화권에서의 일본의 역사적 과제이기도 하는 메이지(明治) 이
전의 '화혼한재(和魂漢才)', 메이지 시대의 '하혼양재(和魂洋才)', 제2차 세
계대전 때의 '귀축미영(鬼畜米英)', 전후의 혼란기에는 자주 유포된 언설
'삼국인(三國人)' 등의 말하자면 역사적·사회적으로 재생산되어 온 이
도라(idola), 즉 편견이나 차별의 해소에 있다.

필자는 상기의 현실적 여러 문제를 일상언어와 그 사용이 사회적·
역사적 문맥 속에서 가지는 다양한 의미를 고찰해 왔다. 이것을 본고의
주제와 관련시켜서 정리하면 다음과 같이 바꿔 말 할 수 있다. 첫째,
'문화비판'은 문화적 사상의 근본에 있는 일상언어에 대한 언어비판과
불가분한 철학 및 윤리학의 기능으로서 발동되어야 한다. 요컨대 '문화
철학적 비판'은 상기의 '언어론적 전회', '해석학적 전회', '언어 수행
론적 전회(言語遂行論的轉回)'의 성과를 수용하면서 그 제약을 극복하는
것이 필요하다. 둘째, 이 경우 요긴한 점은 누가 어떤 언어로 어디에서,
무엇을, 어떻게 말할 수 있는가, 그리고 상대방이 어떻게 느끼고 어떻
게 해석할 수 있는가에 있다. 셋째, 글로벌 스탠다드로 이 문제군을 다
시 설정한다면 그것은 '문화론적 전회'(Cultural turn)과 '상호문화철
학'(Intercultural philosophy)과의 관계 파악에 관한 과제이다.14) 구체적으로
말하면 그것은 '자문화중심주의·자민족중심주의'(ethnocentrism)의 상극
의 완화의 노력이며 '문화상대주의'의 함정에 빠지지 않는 사고법의 구
축에 있다. 넷째, 그러기 위해서는 지정학적(geopolitical) 관점의 도입이
필요하다. 왜냐하면 앞에서 언급한 바와 같이 역사적·사회적 문화적
인 문맥에서 분리된 '순수한 언어의 수행론'은 불가능하기 때문이다.

---

14) Vgl. *Information Philosophie*, Oktober 2007, S.30-37.

다섯째, 이 인식은 불가피적으로 다음과 같은 과제를 이끈다. 즉 '구성주의' 내지 '사회구축주의'(Constructivism, Constructionism)의 내실의 재검토라는 곤란한 여러 과제이다.

여기서 오해가 없도록, 우선 이 개념이 일반적으로 이해되고 있는 사회학적 견해에 얽매어서는 안 된다는 점에 주의를 촉구하고자 한다.15) 여기서는 단지 해킹(Ian Hacking)이 지적한 것처럼 '구성' 개념의 문화비판적 기능에 주의를 기울일 필요가 있다는 점만을 지적해 두고자 한다.16)

V. 다문화 이해의 전제로서의 문화철학적 비판

이상의 여러 과제는 한마디로 요약하면, 모든 레벨로 글로벌화가 진행되는 오늘의 상황 하에서, 철학의 상대주의화의 경향의 인식과, 어떤 종류의 보편성의 재구축, 다른 여러 학문과의 제휴의 촉진과 철학이 다

---

15) 구축주의는 '사회구축주의(social constructionalism)'라고 표현되기 때문에 광의로는 사회학과 거의 동의로 간주하는 입장도 있다. 그러나 본고에서는 이 개념을 협의의 철학적 의미로 사용한다. 이 개념의 인플레이션 상태와 글로벌적인 지(知)의 확대에 대해서는 이하의 문헌이 참고가 된다. 다만 필자와 이하의 책은 원리적으로 입장이 다르다. 中河・北澤・土井 編『社会構築主義のスペクトラム』(ナカニシヤ出版, 2001), p.3. 이하 참조.

16) イアン・ハッキング(Ian Hacking), 出口・久米訳『何が社会的に構成されるのか』(岩波書店, 2006), p.99 참조. 여기에서는 잠정적으로, 철학적으로 중요한 논쟁점을 열거해 두는 것에 그친다. 그것들은 ① '반본질론', ② '반실재론', ③ '지식의 역사적, 문화적 피규정성', ④ '사고의 전제 조건인 언어', ⑤ '사회적 행위의 1형식으로서의 언어', ⑥ '상호 행위적인 사회적 실천에의 착안', ⑦ '프로세스에의 주목' 등이다. 당장 이 일곱 가지의 주요한 논점의 성격의 재검토가 요구된다. Cf.V.Burr, *An Introduction to Social Constructionism*, Routledge 1995.

해야 하는 종합학적인 기능의 발휘 등에 있다. 여기에 필자가 철학 탐구에서의 '문화 학문적 회전'의 필요성을 강조하는 첫째 이유가 있다. 둘째로, 이 새로운 사고법의 회전이 요구되는 이유는 지(知)의 글로벌화 현상의 결과, 한편으로 영어 제국주의적 발상 및 그것과 불가분인 보편주의적 언설의 지배에 대한 문화 비판적 시도에 있다. 셋째로, 한편 구미의 철학·사상과 이에 관한 방법의 안티테제로서 대두한 로컬리즘 내지 내셔널리즘에 내포하는 문제성이 있다. 따라서 문제는 보편주의인가, 지역주의인가, 유럽인가 아시아인가 라는 양자택일에 있는 것은 아니다. 바꾸어 말하면, 문제는 자주 지적되는 것처럼 단일문화주의와 다문화주의와의 대립으로 수렴되어서는 안 된다. 넷째, 보편주의적 언설과 상대주의적 언설과의 상극에 관련된 문제는, 후술하는 바와 같이 역사적·사회적 문맥 속에서만 해결가능하다.

진정한 과제는 보편주의적 언설과 상대주의적 언설과의 대립, 단일문화적 견해와 다원주의적 문화와의 대립이 생기는 지평을 정밀히 조사하여 그 기원을 탐색하여 문제의 소재를 해명하는 데 있다. 단적으로 말하자면 글로벌화 시대의 철학 과제는 바로 이 점에 있다.

이상의 문제제기는 본고의 주제에 따라 다음과 같이 재정식화가 가능하다. 첫 번째 문제제기는 글로벌 시대에서의 '보편주의적 언설'에 의거한 철학의 타당성의 검토에 있다. 둘째로 이 과제는 글로벌라이제이션의 현상을 파악할 수 없는 기존의 '문화연구', '비교사상연구' 등의 방법론으로는 대응할 수 없다는 자각이 필요하다. 셋째 과제는 보편주의적 언설의 대항원리로서의 '문화상대주의적 언설'의 타당성이 검토되어야 한다. 넷째 과제는 철학·윤리학·사상의 용어나 일상생활에서 사용되어 있는 언어·문장 번역 가능성/불가능성·대화의 가능성/불

가능성의 문제와 불가분하다. 바꿔 말하자면, 이 문제는 특정한 문화나
전통 속에서 사는 인간을 제약하여 표현하며 이해하는 '언어'를 '문화
비판'의 입장에서 음미·검토한다. 결론적으로 말하자면 이 과제는 '바
벨 탑'이란 표현으로 상징되는 사태인가, 아니면 '모노그로시아
(monoglossia)'라고 하는 사태인가라는 양자택일의 문제에 수렴되어서는
안 된다.17)

따라서 문제는 언어가 '사실'을 은폐, 왜곡하며 차별이나 편견을 지
탱하면서 증폭시키는 '문화사상'에 대해서 명민하게 분석할 필요가 있
다는 것이다. 왜냐하면 종래 '언어론'이나 '해석학'의 철학적 반성은 이
들에 대해 충분히 유효하게 비판하는 관점을 확보할 수 없었기 때문이
다. 구체적으로 말하자면 누가·어디에서·무엇을·어떻게 말한 것인
가. 그 효과·오해·반발 등에 대해서 역사적·사회적 현실에 대한 깊
이 있는 자각이 필요하며, 그것에 대해 자연과학적 진리관을 모델로 한
'객관적 입장'에서 '해석하고 이해하는' 것은 비현실적이기 때문이다.
또는 이 사실에 관련하여 종래의 언어수행론 내지 어위론(言爲論)이 적
절하게 파악할 수 없었던 '당사자 주의'의 함정을 둘러싼 문제도 무시
못할 것이기 때문이다.

상기의 관점에서 분명해진 것처럼 '언어론적 전회'나 '해석학적 전
회' 이후의 현대 철학적·윤리학적 문제에 몰두하는 경우에는 '문화비
판'에 의해 인간이 사는 입장과 거기에서의 여러 시스템의 기능을 음

---

17) 글로벌화 한 현대사회에서는 '번역'의 의의나 역할, 과제나 문제점이 상상을 초
월해서 생기고 있다. 본고에서는 언급할 수 없지만 '번역의 윤리' 등의 과제에
대해서는 다음과 같은 문헌이 참고된다. Cf.S.Bermannand M.Wood(eds.) : *Nation,
Language, and the Ethics of Translation*, Princeton Univ. Press, pp.65, pp.89-
174(2005).

미하고 검토하는 것이 시급한 과제이다. 이러한 목적을 수행하기 위해서는 '문화비판'의 사정(射程)을 문화에서 '문화', '언어', '국적', '아시아' 등의 주요개념으로까지 확대, 심화시킬 필요가 있다.

이러한 문제를 언어 사용의 기호론적 의미와 관련지으면, 그것들은 대화 및 이해에서 언어적 기능에 관한 과제가 된다. 그것은 첫째, '발화자와 듣는 자와의 대응'의 문제이다. 둘째, 그것은 '이야기적인 텍스트에서 필자와 작품과의 관계'라고 유비적인 '역사의 사실이라고 하는 콘텍스트에서의 행위자와 언어'를 둘러싼 문제이다. 셋째, 인간은 이들의 의거하는 문화의 이질성이나 다문화의 존재에 진지하게 마주보는 노력이 중요하다. 넷째, 서로 이질적인 문화권에 사는 인간들이 어떤 언어를 이해하는(Verstehen) 것은 이에 배워 익혀서 숙달하는(beherrschen), 할 수 있는(koennen) 것을 의미한다. 인간은 다문화 사회 속에서 생기는 문화적 사상과 다양한 인간과의 생(生)의 연관, 다양한 연결(Lebenszusammenhang)을 가능한 한 '다자의 입장'에 서서 상호 이해하는 데 노력하는 것이 중요하다.

VI. 결론 : 문화적 차이와 언어의 기능

필자는 지금까지의 고찰에서 이하의 여러 과제를 해명했다. 첫째, 언어·사고양식·세계관은 인간의 일정한 시각이나 사고방식, 전통이나 문화에 제약을 받고 있다는 문제이다. 다시 말하면 이러한 '문화적 지평'이나 '역사적·사회적 지평'은 인간을 둘러싸고 인간의 시야나 생활양식의 경계를 만들고 있다. 둘째, 자기와 타자가 위치하는 '다른 지평'

내지 '이문화 속의 생활' 속에서 상호 대립하는 시각이나 이해 방법이 불가피하게 생긴다는 문제이다. 왜냐하면, 항상 인간은 자기가 위치하여 생활하는 문화의 중심으로부터 시야나 신체, 활동을 확대하기 때문이다. 셋째, 인간은 특정한 '문화의 지평'을 넘을 수 없다고 하는 인간의 유한성의 필연적인 귀결과 동시에 '문화의 지평' 자신이 제약을 받아 특정한 시각이나 편견을 노정하고 만다는 귀결이 생긴다. 즉 인간이 가지는 전망(perspective)도 항상 일정한 입장의 구속성을 면할 수 없다. 그러나 동시에 인간은 이 피구속성이 작용하고 있는 것을 자각할 수가 있다. 요컨대 다문화 사회 또한 이문화 속에서 생활하는 다른 민족이나 타자의 입장에 서는 필요성과 그 곤란성을 자각하는 것이 필요하다.

넷째, 현실적으로 인간이 사는 지평이나 전망은 자신이 위치하고 있는 장소, 생활하는 전통이나 문화, 그 역사적·사회적 현실을 자각할 수 있게 한다. 다만 그것들이 항상 그것들의 인식에 선행하여 생활이나 여러 활동의 전제가 되는 사태의 인식을 어렵게 만들고 있는 것은 부정할 수 없다. 다섯째, 인간은 이러한 역사적·사회적 문맥 속에서 그것들에 제약 받은 언어행위를 수행하여 그 속에서 사는 한 특정한 '문화의 지평'과 무관계하고 순수한 언어관, 자연주의적인 언어관을 소유하는 것은 불가능이다.

따라서 필자가 의도하는 문화비판은 이러한 사회비판·역사비판·언어비판과 불가분하다. '문화의 지평의 확대'나 '이문화의 지평의 융합'이란 생각의 기초에 있는 양의성이나 문제는 상기의 '문화비판'이 결여되면 바로 중층적으로 착종한 현실의 여러 지평의 왜곡이나 길항상태를 잃고 만다. 그 결과 인간은 보편주의적 언설에 얽매여서 필연적으로 자기중심주의적인 독선과 독단주의에 빠진다. 한편 로칼리즘,

지역주의이나 자기의 역사적·사회적 입장·성차 등의 주장으로는, 보편주의와는 반대의 의미로 '이문화의 무이해나 부정', '타자의 배제'나 '다문화이해 및 상호이해의 의론의 지평'을 가로막은 함정에 빠지고 만다.

이상의 과제를 다른 각도에서 표현하면, 글로벌화 시대의 문화철학의 의의·역할 및 주요과제는 다음과 같이 요약할 수 있다. 첫째, 다문화사회 속에서 인간의 존엄에 위반되지 않도록 잘 사는 것에 대한 '물음의 반복'과 그 비언어적 표현이나 문화사상에도 주목하는 것이다. 둘째, 글로벌화 시대의 '아시아'라는 역사적·사회적 현실 속에서 생활하는 인간은 '문화적 행위'에 대한 철학적 비판을 수행하는 것이다. 셋째, 문화적·역사적인 생활인 '언어행위'의 일상생활의 장소에서 이질적인 문화, 자신과 다른 타자의 이해에 노력하는 것에 있다. 넷째, 정치적·경제적인 탈식민지화와 불가분한 언어적인 탈식민지화의 가능성을 확보하는 것이다. 따라서 이문화 및 다문화 이해의 중요성을 널리 인지시키기 위해서 필자는 '국경을 넘는 동아시아의 사색자 집단'의 연계를 더욱더 추진하는 필요가 있다고 생각한다.

다중의 입장에서 본 평화의 문제

정 남 영

I. 서론

사회의 통념에 따르면 전쟁과 평화는 국제관계를 전문으로 하는 학자들의 영역이다. 그런데 이 학자들 대부분이 취하는 관점은 대체로 국가주권들 사이의 관계라는 틀에서 벗어나지 않으며 이는 다시 군사력을 전제로 하는 평화라는 생각에서 벗어나지 못한다.

국가주권의 관점에서 볼 때 세계는 고전적인 다극 체제(multipolarity)에서 냉전 시대의 양극 체제(bipolarity)로 그리고 냉전 질서의 붕괴 이후에는 다시 미국이라는 초강국을 정점으로 하는 일극 체제(unipolarity)로 이행한 것으로 읽혀질 수 있다. 그러나 9·11 이후에 기승을 부렸던 미국 일방주의 — 여기에 일극 체제를 공고히 하려는 노력들이 집중되어 있다 — 가 실패로 드러난 지금, 세계는 고전적인 다극 체제와는 또 다른 형태의 다극적 질서를 형성하고 있다.1) 기존의 세계에서는 이른바 '극'들이 모두 국가들이었으나 새로운 질서에서 '극'들은 국가들로

만 구성되지 않는다. "이제 국가들은 위로부터는 지역적 및 전지구적
조직들로부터, 아래로부터는 시민군들로부터, 옆으로부터는 NGO들 및
기업들로부터 도전을 받고 있다." 그리하여 "20세기 국제관계의 주요
한 특징은 극성이 없는 것으로 판명되고 있다. 하나나 둘, 혹은 심지어
는 여러 국가들이 지배하는 세계가 아니라 여러 다양한 종류의 권력을
가지고 그것을 발휘하는 수십의 주역들이 지배하는 세계이다."[2]

　이러한 상황에서 국가주권의 관점에서만 평화의 문제를 보는 것은
이제 협소한 것이 되었다. 국가가 아닌 다른 '극'들의 관점들이 존재하
기 때문이다. 더군다나 전쟁의 완전한 제거라는 의미의 진정한 평화를
추구하는 경우라면 국가주권의 관점에서 완전히 벗어나는 것이 바람직
하다.[3] 이 논문은 그 이유를 설명하는 데 주로 바쳐질 것이다. 필자는
우선 주권의 발생과 변형과정 — 이는 국가주권의 약화과정이다 — 을
서술하고 그 변형과정의 귀결인 새로운 유형의 전쟁이 함축하는 평화
관의 허구성을 밝힐 것이다. 그리고 대안적인 관점으로서 다중(多衆)의
관점을 제시할 것이다. '다중'(multitude, マルチチュード)은 네그리(Antonio
Negri)와 하트(Michael Hardt)가 다듬어낸 개념으로서, 우리의 시대에 인간

---

1) 부시와 이라크 전쟁으로 대표되는 미국 일방주의(혹은 미국 예외주의)의 실패에
　관해서는 Antonio Negri and Michael Hardt, *Commonwealth*, Cambridge, MA : The
　Belknap Press of Harvard University Press, 2009, 4부 1장 참조.
2) Richard Haass, "The Age of Nonpolarity : What Will Follow U.S. Dominance",
　Foreign Affairs 87. no. 3, May - June 2008, 44-46쪽. Negri and Hardt, *Commonwealth*,
　205쪽에서 재인용.
3) 물론 국가주권의 관점에서 벗어나는 것이 국가주권의 현실적 힘을 과소평가하는
　것이 되어서는 안 될 것이다. 국가의 주권적 위치가 약화되고 그리하여 통치
　(government)가 협치(governance)에 자리를 내어주는 경향이 생기고 있는 것은 사실
　이지만, 그럼에도 불구하고 국가주권은 여전히 하나의 힘으로서 현실 속에 존재하
　며 그런 한에서 늘 고려의 대상이 되어야 하기 때문이다.

해방과 민주주의를 실현할 주체성을 지칭한다.[4] 필자는 다중의 관점을
국가 이외의 여러 '극'들의 관점들 중의 단순한 하나로서 제시하는 것
이 아니라 평화의 실현에 고질적인 장애가 되는 주권의 관점[5]과 원리
적으로 대립되는 것으로서 제시하고자 한다.

이 논문은 평화를 보는 다중의 관점을 이론적으로 분명히 하는 것을
목적으로 하지 평화의 문제를 실질적으로 해결할 구체적 방법들의 제
시를 목적으로 하지는 않는다. 한 편의 논문에서 이 모든 일들을 다 할
수도 없겠지만, 다중의 관점에서 볼 때 평화의 문제의 구체적인 해결은
경우마다 다르게 이루어질 것이기에 어떤 일률적인 논의가 불가능하기
때문이기도 하다.[6]

---

4) 다중에 대한 가장 포괄적인 설명은 Antonio Negri and Michael Hardt, *Multitude :
   War and Democracy in an Age of Empire*, New York : The Penguin Press, 2004 참조.
   [한국어본] 안또니오 네그리·마이클 하트 지음, 조정환·정남영·서창현 옮김,
   『다중 : '제국'이 지배하는 시대의 전쟁과 민주주의』, 세종서적, 2008. [일본어본]
   アントニオ・ネグリ, マイケル・ハート 著, 幾島幸子 翻譯, 『マルチチュード,
   <帝國>時代の戰爭と民主主義』 上, 下, NHKブックス. 앞으로 이 책에 대한 인용은
   한국어본 2판(2008)을 사용할 것이다.
5) 이러한 고질성은 주위에서 흔히 볼 수 있는, 국가주권의 관점과 다른 관점에서
   평화의 문제를 말하는 것을 비현실적이고 '낭만적'인 것으로 보는 태도에서도 드
   러난다. 국가주권의 관점과 다중의 관점의 대립은 현실적인 것과 낭만적인 것의
   대립이 아니라, 현실적인 것(the actual)과 잠재적인 것(the virtual)의 대립이다. 주
   권적 권력은 현실성(actuality)의 차원에서 움직인다. 이에 반해 다중의 활력은 잠
   재성(virtuality)의 차원에서 움직인다. 실재(reality)를 구성하는 이 두 차원 중에서
   더 강력한 것은 잠재성의 차원이다. 모든 창조적 변화는 잠재성의 차원에서 일어
   나서 현실성의 차원으로 이전되기 때문이다. 새로운 사유도 이 잠재성의 차원에
   서부터 시작된다. '현실성'과 '잠재성'의 이러한 구분 및 그 관계에 대해서는 『천
   개의 고원』 등에 나타난 들뢰즈Gilles Deleuze)와 가따리(Félix Guattari)의 통찰들
   을 참조하라.
6) 주권적 권력의 관점에서는 평화의 문제가 어디에서나 같은 것 ― 군사력의 증
   강 ― 으로 나타날 것이다.

우리에게 평화의 문제는 동아시아라는 지역에서의 평화의 문제로 제기될 수 있다. 그러나 필자는 이 글에서 동아시아적 맥락에 국한하지 않고 일반화하여 논의를 진행한 다음 글을 맺는 부분에서만 동아시아 지역의 새로운 평화모색의 가능성에 대해 아주 간략하게 언급하고자 한다. '지구화'라는 말로 특징지어지는 현대 사회에서 평화의 문제는 지구 전체의 문제이며, 동아시아에서 평화의 문제도 그 일부로서만 제대로 다루어질 수 있기 때문이다.

II. 주권의 발생 : 다중과 '민'(people)

주권에 관한 최초의 이론화는 홉스에게로 거슬러 올라간다. 홉스의 『리바이어선(Leviathan)』(1651)에 따르면, 주권과 국가(commonwealth, state)는 다중(multitude)이 주권을 가진 한 사람 혹은 일정 수의 사람들에게 자신이 가진 모든 힘을 양도하여 하나가 됨으로써 즉 '민'(people)[7]이 됨으로써 형성되었다.[8] 홉스는 다중의 자연적 상태를 '만인의 만인에 대

---

7) 'people'은 맥락에 따라 '국민', '인민', '민중' 등으로 옮길 수 있는데, 여기서는 전체에 공통적으로 들어 있는 '민'(民)으로 옮겼다.

8) "이는 동의나 일치 이상의 것이다. 이는 하나의 동일한 개인 속에서 진정으로 통일되는 것이며 모든 사람의 모든 사람과의 약속에 의하여 이루어지는 것이다. 이는 마치 '나는 나를 다스리는 권리를 포기하고 이 사람, 혹은 이 사람들에게 이런 조건으로 위임한다. 그대는 마찬가지 방식으로 그대의 권리를 위임하고 그(들)의 모든 행동을 허가한다'라고 모든 이가 모든 이에게 말하는 것과 같다. 이것이 이루어질 때 이렇게 한 개인 속에 통일된 다중은 국가(Commonwealth)라고 불린다. 라틴어로 'Civitas'이다. 이것이 저 거대한 리바이어선의 탄생이다. 혹은 (더 존경을 담아 말하자면) 불멸의 신 아래에서 우리가 우리의 평화와 방어를 빚지고 있는 저 속세의 신의 탄생이다." (Thomas Hobbes, *Leviathan with selected variants from the*

한 전쟁'(war of every man against every man) 즉 내전으로 보았으며, 그로부
터 벗어나기 위해 국가와 그 주권이 필요하다고 보았다. 홉스의 구도에
서 보자면 '민'은 주권과 보완적 관계에 있고 다중은 주권과 대립적 관
계에 있다. 다중은 전쟁상태이고 '민'은 이 전쟁상태의 중지 즉 평화의
상태를 나타낸다.

홉스의 주권론에 관하여 우리는 두 가지 점을 말해 둘 수 있을 것이
다. 첫째, 얼핏 보면 홉스에게 주권과 '민'은 평화를 보장하는 원리인
듯하지만, 그것은 다중이 내전 ― '만인의 만인에 대한 전쟁' ― 의 상태
라는 전제가 옳을 때에만 타당할 수 있다. 그런데 스피노자를 홉스에
대립시킬 때 우리는 이 전제의 타당성을 크게 의심할 수밖에 없게 된
다. 모든 개체는 자신의 존재를 지속하려는 노력으로부터 출발한다는
점에서 스피노자는 홉스와 크게 다르지 않다고 할 수 있다. 말하자면
스피노자의 사유체계에 '이타성' 혹은 '자기희생' 같은 것은 존재하지
않는다.[9] 그러나 그 사유가 향하는 곳은 다르다. 인간을 기본적으로 서
로 반목하는 존재로 보는 홉스와 달리 스피노자에게 "인간보다 인간에
게 더 유용한 존재는 없다."[10] 그리하여 스피노자는 홉스와는 전혀 다

Latin edition of 1668, Ed. Edwin Curley, Indianapolis / Cambridge : Hackett Publishing
Company, Inc., 1994, 109쪽, 2부 17장.

9) "아무도 다른 어떤 것을 위해서 자신의 존재를 보존하기를 원하지 않는다"(『윤리
학』 4부 정리 25).

10) 『윤리학』 4부, 정리 18 주석. 같은 취지의 이러한 대목도 있다. "풍자가들은 마
음대로 인간사를 비웃고 신학자들은 인간사를 비난하라. 우울한 자들은 하고 싶
은 대로 거칠고 조야한 삶을 칭찬하면서 인간을 경멸하고 야만인을 숭상하라. 그
럼에도 불구하고 인간은 필요로 하는 것을 서로 도움으로써 더 쉽게 획득할 수
있음을 발견할 것이며, 어디서나 인간을 위협하는 위험을 합친 힘에 의하여 피할
수 있음을 발견할 것이다. 야만인이 한 일보다 인간이 한 일을 생각하는 것이 훨
씬 더 고결하며 앎에 값한다는 것은 말할 나위도 없다"(『윤리학』 4부, 정리 35

른 원리에 입각한 하나됨을 제시한다.

> 무엇보다도 인간에게는 공동체를 형성하여 서로 합쳐서 한 사람
> 처럼 되는 것이 이익이 된다. 우애를 강화하는 경향이 있는 것이면
> 무엇이든지 행하는 것이 인간에게 절대적으로 이익이 된다.[11]

요컨대 홉스가 힘의 양도를 통한 하나됨을 통해 주권을 향했다면 스
피노자는 힘의 양도 없는 협동을 통한 공통적인 것의 형성을 향하는
것이다. 양자 중 어느 쪽이 진정한 의미의 평화의 실현에 열려 있는지
는 굳이 말할 필요도 없을 것이다.

둘째, 홉스의 주권론은 진정한 의미의 민주주의를 배제하고 있다. 내
전을 피하기 위해서는 다중이 '민'이 되어 통치의 대상으로 스스로를
내놓을 수밖에 없기 때문이다.[12] 홉스에게 들어 있는 사회계약사상도
민주주의와는 거리가 멀다. 이에 관해서도 우리는 스피노자를 홉스에
대립시킴으로써 홉스의 주권론의 한계를 분명히 할 수 있다. 홉스의
'계약'에 스피노자는 '연합'을 대립시킨다. '계약'이 자신의 권리를 양
도하는 것이라면 '연합'은 권리를 더 키우는 것이다.

> 함께 연합하면 할수록(18절), 그들이(인간들이 - 인용자) 집단적으
> 로 소유하는 권리는 더욱더 많아진다.[13]

주석).
11) 『윤리학』 4부 부록 12.
12) 홉스의 주권론을 이른바 대의(代議)민주주의론으로 해석할 수 있을지 모르지만,
   대의민주주의란 진정한 민주주의의 한 형태라기보다는 통치의 효율을 위해 민주
   주의를 제한하는 것에 지나지 않는다. 대의민주주의의 한계에 대해서는 『다중』 3
   부 1절 참조.
13) 스피노자 지음, 김호경 옮김, 『정치론』, 2009, 갈무리, 52쪽. 이 책의 한국어 역자

그리하여 스피노자가 제시하는 민주주의 — '절대적 민주주의' — 는 곧 다중의 민주주의이다.

일반적으로 말하건대, 통치권은 공동의 동의에 의해서 국가적 업무들을 — 법률제정, 법률해석, 법률폐지, 도시방어, 전쟁과 평화에 대한 결정 등등 — 위탁받은 사람들이 장악한다. 그러나 만약 이러한 책임이 일반 다중으로 구성된 의회에 속한다면, 이러한 통치를 민주정이라 부른다. 만약 이 의회가 몇몇의 선택된 사람에 의해서 구성된다면, 그것은 귀족정이 된다. 마지막으로, 국가적 업무를 담당하는 것과 그에 따른 통치권이 한 사람에게 집중된다면, 그것은 군주정이라는 이름을 얻는다.14)

네그리와 하트가 말하는 다중은 스피노자의 이러한 정치사상의 연장선상에 있다. 따라서 필자가 앞에서 말한 다중의 관점은 (홉스의 '민'으로의 '하나됨'과는 다른) 스피노자적 의미의 '하나됨'을 지향하는데, 여기서 다중을 구성하는 개인들은 — 이것을 네그리와 하트는 역시 스피노자의 용어를 이어받아서 '특이성들'(singularities)이라고 부른다 — 협동

는 본문 사이에 단 해설에서 홉스와 스피노자의 차이를 다음과 같이 명료하게 지적하고 있다. "홉스에 의해 주장된 사회계약사상은, 시민들이 자신들의 권리를 포기하고 주권을 국가에 넘김으로써 평화가 이루어진다고 주장한다. 주권이 있는 국가에서 시민들은 국가에 저항할 수 없으며 저항은 시민의 권리 밖에서만 이루어진다. 이러한 홉스의 주장은 결국 주권의 힘을 절대 왕권 혹은 일부 소수자 그룹에 넘기는 것으로 마무리됨으로써, 부르주아적으로 개념화된다. 이러한 사회계약사상에 반하여, 스피노자는 여기서 '계약' 대신에 '연합'을 통해서 집단성에 관한 방법을 도입한다. 이는 다중이 제헌적 힘이 되는 것이다"(같은 책, 같은 쪽).

14) 위의 책, 53-54쪽. 현재 대부분의 국가들이 채택하는 의회민주주의는 스피노자의 분류에 따르자면 귀족정에 해당한다.

을 통해 공통체를 이룸으로써 자유와 평화에 도달한다. 그러나 다중의 관점의 적실성을 더 구체적으로 말하기 위해서 우리는 스피노자와 홉스의 시대가 아니라 현대로 돌아와야만 할 것이다.

III. 정상적 통치기술이 된 예외상태와 주권의 변형

홉스의 주권론이 가진 비민주성은 주권형태가 유럽에서 국민(민족)국가의 형태로 발전하고 20세기 초 즉 이른바 제국주의의 시기에 국민국가들이 각축전을 벌이면서 실제 현실에서 민주주의의 억압으로서 분명하게 드러나기 시작한다. 문제는 국가주권이 이른바 '예외상태'(the state of exception)에 대한 결정권을 쥐는 데서 발생한다.15) 예외상태란 외국과의 전쟁 혹은 내전에 대처하기 위해서 국가권력이 초법적 지위를 얻어서 법적 질서를 일시적으로 정지시키는 것을 말한다.16) 이는 실제적으로는 의회의 활동을 정지 혹은 축소시키고 행정부에 입법을 포함한 전권을 부여하는 것이므로17) 예외상태는 곧 이른바 삼권분립의 위반, 즉 고전적인 민주주의의 위반을 포함했다. 원래 예외상태는 내전이나 전

---

15) "예외상태를 결정하는 자가 주권을 갖는다."라는 칼 슈미트(Carl Schmitt)의 유명한 정의를 상기하라.

16) '예외상태'란 총칭적인 용어이다. 다음과 같이 각 나라마다 조금씩 다르게 쓰인다. 'Ausnahmezustand'(독일), 'état de siège fictif'(프랑스), 'martial law, emergency powers'(영미). 이탈리아는 '비상령'(emergency decrees)이라는 말을 쓴다. Giorgio Agamben, *State of Exception*, trans. Kevin Attell, Chicago and London : The University of Chicago Press, 2005, 4쪽 참조. 대한민국에서는 박정희와 전두환에 의해 발효되었던 이른바 '계엄령'이 이에 해당한다.

17) 그래서 '대통령 독재'(presidential dictatorship)라는 용어도 쓰인다.

쟁 시에만 해당되는 일시적인 것이었으나 제국주의적 각축의 귀결인
1차 세계대전을 거치면서 예외상태는 예외가 아니라 규칙(rule) 즉 정상
적 상태가 된다. 이는 히틀러의 독일이나 이탈리아 같은 파시즘 국가들
만이 아니라 영국, 프랑스, 스위스, 미국18) 등과 같은 이른바 '민주주
의' 국가들에서도 그렇게 된다. 그리하여 세계 대전이 모두 끝났을 때
에는 군사에서 경제로 영역이 옮아갔을 뿐 예외상태는 정상적 통치기
술(the normal technique of government)로서 확고하게 자리 잡게 된다. 선진
국들에서 '민주주의의 청산'이 일어난 것이다.

　예외상태가 함축하는 권력의 절대화는 최근까지 이른다.19)

　　9·11 이후에 자신을 항상 '육군총사령관'이라고 부르고자 하는
　　부시 대통령의 결정은 비상상황에서의 지고의 권력을 대통령이 가
　　지겠다고 주장하는 맥락에서 고찰되어야 한다. 만일 우리가 보았듯
　　이 이 직위[육군총사령관 – 인용자]를 자임하는 것이 예외상태에의
　　직접적인 준거를 수반하는 것이라면, 그렇다면 부시는 비상(非常)이
　　규칙이 되는, 그리고 평화와 전쟁의 구분 자체가 (그리고 대외전쟁과
　　내전 사이의 구분이) 불가능해지는 상황을 산출하려고 시도하고 있
　　는 것이다.20)

　그리하여 현재 예외상태는 '전지구적 내전'이라고 부르는 것과 결합
되어 "현대 정치에서 통치의 주도적 패러다임"21)으로 존재하게 된다.

---

18) 미국에서 최초로 예외상태를 발동한 대통령은 놀랍게도 링컨이다. 노예해방은
　　링컨이 '절대적 독재자'로서의 권력을 쥐었기 때문에 가능한 것이었다(Agamben,
　　State of Exception, 20쪽 참조).
19) 예외상태는 '안보'에 정상적 통치기술의 자리를 넘겨주게 되는데, 이는 실상 예
　　외상태의 심화와 확대에 해당한다. 안보에 대해서는 뒤에서 다시 논할 것이다.
20) Agamben, *State of Exception*, 22쪽.

우리는 국가주권이 예외상태의 정상상태화와 결합되면서 평화와 관련하여 홉스가 기술한 바와 전혀 다른 현상이 출현하는 것을 볼 수 있다. 이제 주권은 내전을 종식시킴으로써 평화를 보장하는 것이 아니라 전쟁과 내전의 상태를 발판으로 해서 주권으로서의 지위를 유지한다. 따라서 규칙으로서의 예외상태와 결합된 주권의 경우에는, 앞의 인용문에서 보듯이, 평화와 전쟁을 구분하는 것이 불가능해지는 것이다. 만일 그렇다면 전쟁의 부재를 전제로 하는 진정한 의미의 평화란 주권과 공존할 수 없는 것이 아닌가?

이 질문에 확정적으로 답을 하기 전에 규칙으로서의 예외상태와의 결합과는 다른 측면에서 주권에 일어난 변형을 마저 살펴보아야 할 것이다. 이는 주권의 관계적 속성과 연관된다. 홉스가 기술한 주권이란 사실상 어떤 실체라기보다는 지배-피지배 관계에 지나지 않는다. 물론 국가기구의 존재는 국가의 주권적 권력이 마치 실체인 것처럼 보이게 만들며, 또 국가는 여러 가지 방법을 통하여 '민'의 통일성('국민통합')을 확고히 하려고 노력한다.[22] 그러나 이것이 주권이 지배-피지배 관계라는 것, 그래서 다중의 움직임에 따라서 내부로부터 침식될 수밖에 없다는 사실을 바꾸지는 못한다. 주권은 이러한 내적 한계로 인해서 그 변형 가능성을 이미 내포하고 있었다.

탈근대[23]에 들어와서 권력이 분자적(미시적) 수준에서 작동하는 성격을 강하게 갖게 되면서 주권은 실제로 변형을 겪게 된다.[24] 제국주의

---

21) 위의 책, 2쪽.
22) 외부의 국가들과 군사적 갈등의 조장을 통해 통일성을 부과하는 방법이 흔히 사용된다.
23) 네그리의 구분으로는 1968년 이후의 시기를 말한다.
24) 이 과정은 네그리와 하트의 『제국(The Empire)』에 상세하게 설명되어 있다.

시기에 강화된 국민국가의 주권(근대적 주권)이 약화되고 국민국가의 경
계를 넘어서 전지구적으로 작동하는 '제국적' 주권이 등장하게 되는 것
이다.25) 제국적 주권은 실체가 아니라 관계의 성격이 전지구적 규모로
전면적으로 가시화된 주권이다. 근대적 주권에는 외부(다른 주권들, 즉 국
민국가들)가 있었으나 제국적 주권에는 외부가 없으며 내적 한계 즉 지
배자와 피지배자의 관계(제국적 권력과 다중의 관계)만이 존재한다. 주권은
이런 점에서 두 얼굴을 가진 권력의 이중체계이다.

　제국적 주권은 미국의 주권— 전지구적으로 가장 강력한 국가의 주
권—과 동일하지 않다. 이것을 이해하기 위해서는 그램분자적(molar)
수준과 분자적(molecular) 수준을 구분해야 한다.26) 그램분자적 수준에서
볼 때 주권의 변형은 양적인 축소의 과정— 유럽 제국(諸國)의 주권들이
각축하던 제국주의 시대에서 미국과 소련의 두 개의 주권으로 축소된
냉전 시기를 거쳐 미국의 주권만이 존재하는 제국의 시기로 이행하는
과정— 으로 귀착된다. 새로운 주권 형태는 그램분자적 수준에서는 볼
수 없고 분자적 수준에서만 볼 수 있다. 냉전 시기에 이미 분자적 수준

---

25) 주권의 변형은 결국 자본의 변형으로 소급됨을 잊지 말아야 할 것이다. "내가 의
　　미하는 바는 국민국가와 식민주의가 경제적 가능성들로서 실패했으며 따라서 제
　　한된 공간 위에 주권을 행사하는 가능성들로서도 실패했다는 것입니다. 자본은
　　제한된 공간에서 오랫동안 살 수가 없으며 따라서 결국은 다른 유형의 주권을
　　찾아야 하고 방대하게 축적된 노동으로 하여금 세계 이곳 저곳을 움직이게 할
　　수 있는 규범들을 찾아야 합니다. 이것이 바로 달러화가 금표준으로부터 분리되
　　었던 1970년대 초에 일어난 것입니다"(Cesare Casarino and Antonio Negri, *In
　　Praise of the Common : A Conversation on Philosophy and Politics*, Minneapolis and
　　London : University of Minnesota Press, 2008, 74쪽).
26) 그램분자적인 것과 분자적인 것의 차이는 들뢰즈와 가따리의 구분을 활용한 것
　　이다. Gilles Deleuze and Félix Guattari, *A Thousand Plateaus : Capitalism and
　　Schizophrenia*, Trans. Brian Massumi Minneapolis : University of Minnesota Press
　　1987, 9장 "1933 : Micropolitics and Segmentarity" 참조.

의 실재가 가시화되기 시작한다. 예를 들어 미국은 냉전 시기에 두 종
류의 적에 직면해야 했다. 하나는 소련 즉 해외의 주권적 권력이었고
(그램분자적 수준), 다른 하나는 손에 잡히지 않는 유령과 같은 '공산주의'
라는 적이었다(분자적 수준). 분자적인 공산주의 적은 잠재적으로 어디에
나, 미국만이 아니라 세계 전역에 존재했다. 내부에도 있고 외부에도
있는 이러한 '비주권적' 적에 대한 싸움은 국민국가 자체의 주권을 부
식하는 경향을 가졌다. 주권의 근본적인 조건들 중의 하나는 통일성을
유지하기 위해서 자신과는 다른 권위의 원천을 국내 영토로부터 배제
하는 능력인데, 내부와 외부의 경계가 점점 더 흐려지기 때문에 이 능
력은 이제 실질적으로 불가능해지는 것이다. 이러한 분자적 역사과정
의 결과로, 외부를 갖지 않고, 오로지 지배-피지배 관계라는 내적 한
계만이 전지구적인 규모로 확산된 새로운 주권 형태, 즉 제국적 주권이
출현한 것이다. 그리하여 "오늘날의 세계에서는 그 어떤 국민국가도,
가장 강한 국가도, 주권적이지 않다. 그리고 등장하는 적들 또한 국민
국가들이 아니다. 적이란 어디에나 퍼져 있으며 장소를 확정하기 어려
운 보이지 않는 네트워크들이다. 오늘날 주권적인 적국(敵國)의 이미지
와 그것이 허용하는 종류의 전쟁은 아마도 단지 지나간 세계에 대한
향수에 기반을 둔 환상일 것이다."27)

---

27) Antonio Negri, *Reflections on Empire*, Trans. Ed Emery, Cambridge and Malden :
Polity Press, 2008, 53쪽.

IV. 새로운 전쟁의 탄생

주권의 변형은 전쟁의 변형을 동반한다. 국민국가의 주권의 약화로 인하여 국민국가들 사이의 갈등으로 이해되는 전쟁 개념은 별로 의미를 갖지 못하게 된다. 제국적 주권은 외부가 없기 때문에 사회적 갈등이 내적 경계들(지배-피지배 관계)에서 축적된다. 그래서 내전이 (그리고 내전의 발발을 방지하기 위해 작동하는 치안행위가) 주권의 이중적 성격의 적절한 표현이 된다. 다만, '전지구적인 규모의 내전'이다. 이는 앞에서 말한 예외상태가 일국적 규모를 넘어서 전지구적 규모로 정상상태로서 일반화된 것에 다름 아니다. 이 내전은 내부의 반란을 진압하는 치안행위의 성격을 띤다. 이제 적은 국가가 아니라 '공공의 적(public enemy)'이라는 내적 형상이다. 전쟁이 치안행위가 된다고 해서 덜 파괴적인 것은 결코 아니다. 엄청난 파괴를 가능하게 하는 테크놀로지로 인해서 전쟁은, 네그리와 하트의 말을 빌자면, "절대적이고 존재론적인 수준으로까지 고양된다."[28] 즉 전쟁을 수행하는 권력은 대학살과 핵파괴의 위협을 자신의 궁극적인 기반으로 갖는다. 이로 인해서 예외상태의 강도는 더욱 높아진다.

이에 못지않게 중요한 것은 새로운 형태의 전쟁이 사회적 질서를 창조하는 능동적 기능을 가진다는 점이다. 전쟁의 목적은 적의 격퇴나 국제적 위계관계의 재편이 아니라 다소 민주적이지만 제국의 질서 안에 확고하게 들어와 있는 국가, 즉 신자유주의 국가의 건설이다.[29] 홉스가

---

28) 『다중』, 49쪽.
29) 새로운 전쟁의 이러한 특징에 대해서는 Michael Hardt and Antonio Negri, *Empire and Beyond*, Trans. Ed Emery, Cambridge and Malden : Polity Press, 2008, 20쪽 ;

내전으로부터 벗어나는 것을 국가라는 사회조직의 원리로 보았다면, 이제 제국의 내전은 그 자체가 사회를 조직화하는 원리가 된다. "제국적 주권은 홉스가 주장했듯이 '만인에 대한 만인의 전쟁'을 종식시킴으로써가 아니라, 계속적인 전쟁 행위에 직접적으로 기초를 두고 있는 훈육적 행정과 정치통제 체제를 제시함으로써 질서를 창출한다."30) 이런 의미에서 전쟁은 사회적 삶을 포획하여 통제하고 관리하는 삶권력(bio-power)의 체제가 된다.31)

탈근대 전쟁의 능동성 혹은 삶권력의 체제로서의 특징을 나타내주는 한 가지 지표는 '방어'(방위, defence)에서 '안보'(security)로의 정책전환이다.32) 이 정책전환은 '안보'의 이름으로 선제공격과 예방전쟁을 정당화함으로써 국가주권을 명백하게 침식하고 있으며 국경을 점점 부적절한 것으로 만들고 있다. '안보'라는 관념에 따르면 내부와 외부, 군대와 경찰의 구분이 무의미해진다. '방어'가 외부의 위협에 대한 보호 방벽을 함축하는 반면, '안보'는 국내에서나 국외에서나 똑같이 항구적인 군사 활동을 정당화하기 때문이다. 또한 '안보'는 능동적으로 형성된 세계만이 안전한 세계라는 생각에서 군사 및 또는 치안 활동을 통해 능동적이고 항구적으로 환경을 형성하려고 한다.

『다중』1부 1장 4절 '삶권력과 안보' 부분 참조.

30) 『다중』, 52쪽.

31) 삶권력 그리고 그에 대항하는 다중의 삶정치(bio-politics)에 대한 네그리의 최근의 견해가 체계적으로 제시된 책으로는 Antonio Negri, *The Porcelain Workshop : For a New Grammar of Politics*, trans. Noura Wedell, Los Angeles : Semiotext(e), 2008 참조. 네그리의 정치사상에 대한 철학적 설명으로는 안또니오 네그리 지음, 정남영 옮김 『혁명의 시간』, 갈무리, 2004 참조.

32) 앞에서 잠깐 언급했지만, 아감벤은 '안보'를 '예외상태'의 뒤를 잇는 정상적 통치 기술로 본다(Agamben, *State of Exception*, 14쪽). '방어'에서 '안보'로의 정책전환에 대해서는 『다중』1부 1장 4절 '삶권력과 안보' 부분 참조.

이 모든 능동성에도 불구하고 제국적 주권은 근본적인 불안정에서 벗어나지 못한다. 앞에서도 말했듯이, 삶권력은 분자적 수준에서 작동하는 권력이다. 분자적 관점에서 볼 때에[33] "내전은 하나의 공통적 공간에서 파동치는 다양한 전선들을 따라 갈등이 일어나는, 중첩되는 네트워크들에 의해 정의된다."[34] 따라서 "오늘날 주권은 아무리 극단적인 노력을 해도 통일성에 도달하지 못한다. 그 이중적 성격이 계속적으로 출현하는 것이다. 따라서 제국에서는 주권적 권력의 불안정성이 그 정의의 일부이다."[35] 그렇다면, 제국적 주권이 능동성에도 불구하고 불안정하다고 보기보다는, 불안정하기 때문에 '안보'를 위해서 능동적으로 움직여야 한다고 보는 것이 옳을 것이다.

이러한 능동성으로 인하여, 더 근본적으로는 불안정성으로 인하여, 탈근대에는 국가권력이 전쟁상태를 영속화해야 할 필요성이 더욱 높아진다. 전쟁과 평화는 같은 동전의 양면처럼 결합된다. 전쟁이 수립하는 질서가 곧 평화이다. 그리고 전쟁이 제국적 질서를 창출하는 수단이 되는 한, 제국-전쟁-평화는 유기적으로 연결된 하나의 체제가 된다. 그렇다면 현재의 체제가 유지되는 한 진정한 의미의 평화란 존재할 수 없다고 보아야 한다. 평화가 전쟁에 의해 창출되기에 평화를 긍정하는 것은 전쟁을 긍정하는 것이 되기 때문이다.

---

33) 물론 그램분자적 관점이 완전히 사라진 것은 아니다. 그램분자적 관점에서 본 내전은 두 잠재적으로 분리되고 주권적인 힘들 사이의 갈등이다. 예를 들어서 19세기 미국의 내전을 통합주의적 북부와 분리주의적 남부와의 갈등으로 본다거나 헌팅턴(Samuel Huntington)이 말한 문명갈등론(잠재적으로 주권적이고 영토적으로 분리된 문명블록 사이의 갈등)이 그것이다(Antonio Negri, *Reflections on Empire*, 55-56쪽 참조).

34) 위의 책, 56쪽.

35) 위의 책, 56쪽, 인용자의 강조.

물론 해방을 가져오는 전쟁이 있을 수 있다면 문제는 다를 것이다. 그러나 "제국에서 출현하는 내전들이 해방적 가능성들을 제시하리라는 보장은 없다. 빈자, 피억압자, 혹은 덕 있는 자의 이름으로 행해지는 내전들 대다수가 사실상 단지 제국적 권력의 위계에서의 우월성을 위한 투쟁들에 불과하다."36) 더군다나 전쟁을 결정하는 것은 다중이 아니라 주권적 (성격의) 권력들이라는 점을 고려해야 한다. 따라서 특정의 전쟁을 긍정하는 것으로는 결코 진정한 평화에 도달하지 못할 것이다. 그렇다고 해서 그 반대 극단에서 모든 무기가 사라지는 평화를 곧바로 주장하는 것은 그것이 유토피아적인 만큼 유효성을 결여할 것이다. 이 세상의 모든 무기들은 그것을 유지하는 체제들이 사라지지 않는 한 사라지지 않을 것이기 때문이다. 그러면 어떻게 진정한 평화에 도달할 수 있을 것인가?

V. 평화의 새로운 창안을 위하여

이론적으로 홉스에 스피노자가 대립되듯이 주권에는 늘 저항과 반란이 대립된다. 주권의 역사를 뒤집어서 보면 바로 저항의 역사가 된다.37) 다중의 관점은 바로 이러한 저항의 내부에 잠재해 있는, 진정한

---

36) 위의 책, 56-57쪽.
37) 바로 그렇기 때문에 주권은 관계론적으로 이해되어야 하는 것이며, 또한 주권은 늘 불안정성을 감수해야 하고, 이러한 불안정성에 대한 인식이 주권으로 하여금 민주주의를 억압하는 방향으로 달려가게 하는 것이다. 주권과 주권에 대한 저항의 관계는 법질서의 안에서 일어나지 않는다. 그래서 법이론가들이 예외상태가 법적 질서의 안에 있느냐 바깥에 있느냐를 가지고 논란을 벌이는 것과 유사하게

민주주의에 대한 욕구를 이어받는다. 그러나 주권과의 적대만으로 평화의 문제가 진정한 의미에서 달성될 수 있다고 보기는 힘들다. 현재의 사회상태(제국적 질서)가 안보라는 이름의 새로운 전쟁에 의하여 창출된 것이라면 평화는 이것과는 전혀 다른 새로운 사회상태의 창출이어야 할 것이다. 따라서 우리 시대에 진정한 평화는 새로 창안되고 새로 구축되어야 한다.

이러한 창안의 전제이며 지금 당장 우리에게 가능한 우선적인 행동은 모든 전쟁에 반대하는 것이다.38) 이는 사이비평화 즉 전쟁이 창출하는 평화에 대한 반대를 자동적으로 포함한다. 이는 이미 전 세계의 다중에 의하여 반전투쟁의 형태로 진행되어 왔고 또 앞으로도 진행될 것이다.

평화의 창안을 위하여 필요한 또 하나의 것은 '경제적 이익'이라는 관점의 지배에서 벗어나는 것이다. 앞에서 말했듯이, 근대적 주권에서 제국적 주권으로의 변형은 자본주의 경제 자체의 변형에 상응하여 일어난 것이다. 제국주의 전쟁을 비롯한 근대적 전쟁은 실상 국민국가들이 경제적 이익을 둘러싸고 벌이는 경쟁의 연장이었다. 그 이후의 뉴딜 같은 거대한 경제적 프로젝트도 대통령에게 무제한의 권력이 주어졌기 때문에, 다시 말해서 주권의 강화로 인해서 가능했다.39) 현재의 전지구적 전쟁(내전)상태 역시 경제적 이익과 연관되어 있는 것임은 너무나도 명백한 사실이다.40) 경제적 이익의 관점은 이익을 놓고 사람들이 '경

그 반대쪽에서는 시민의 저항권이 법질서의 안에 있느냐 바깥에 있느냐를 놓고 논쟁이 벌어지는 것이다. 이에 대해서는 Agamben, *State of Exception*, 10-11쪽 참조.

38) 이것을 네그리는 '전쟁에 대한 전쟁'이라고 부른 바 있다.

39) Agamben, *State of Exception*, 22쪽 참조.

쟁'하도록 만든다. 홉스가 말한 '만인의 만인에 대한 전쟁'을 항상적으로 창출하는 것이다. 경제적 이익의 관점이 한 때 생산성의 향상에 기여한 것은 사실이지만, 이른바 신자유주의 단계의 자본주의에 와서는 새로운 부를 생산하지 않고 기존의 부를 탈취하는 '박탈에 의한 축적'(accumulation by dispossession) 현상이 우세해지면서[41] 경제적 이익이란 탐욕에 지나지 않는 것이 되어버렸다. (지구의 삶에 큰 위협이 되고 있는 환경파괴도 경제적 이익의 관점이 다른 어떤 관점보다도 우세해지면서 일어난 것이 아니고 무엇인가.) 이제 우리는 경제적 이익의 관점보다도 상호협동의 관점, '다함께 살기'라는 관점을 앞세워야 할 단계에 이르렀다. 그러지 못한다면 진정한 평화를 향한 발걸음을 뗄 수 없으며, 전쟁을 비롯한 여러 형태의 재난으로 말려들어가는 운명을 피하기 어렵다.

다음으로 진정한 평화의 실현을 위해 필요한 것은 국가주권에 대한 환상을— 세계 초강국인 미국에 대한 환상조차도— 완전히 떨어내는 것이다. 국민국가가 완전히 무력해졌기 때문이 아니다. 첫째, 제국적 주권의 지배 아래에서 국민국가의 기능이 사라지는 것은 아니다. 오히려 국가들은 전지구적 질서와 '안보'를 위해 절대적으로 필요하다. 국제분업과 권력의 국제적 할당, 전지구적 체제의 위계들은 모두 일국 차원의 권위들에 의존한다. 둘째, 국민국가와 그 근대적 주권으로 구성되는 구(舊)세계를 복구함으로써 지구화의 다변적인 힘들을 통제하고 봉쇄하는 것이 가능하다고 믿는 사람들이 실제로 존재한다. 부시를 비롯

40) 이 연관은 냉전 이데올로기, 혹은 반공 이데올로기의 퇴조로 인해서 더욱 명시적으로 되었다.
41) Antonio Negri and Michael Hardt, *Commonwealth*, 231쪽 참조.

한 미국의 일방주의자들이 그 극명한 대표자들이다. 일방주의자들이 실패하긴 했지만, 국가주권에 대한 그와 같은 신념과 사고방식이 사라진 것은 아니며, 바로 이것이 진정한 평화의 실현에 장애가 되고 있는 것이다. 앞에서 보았듯이, 주권적 권력은 법질서 위에 군림하는 절대 권력을 지향하게 마련이며 예외상태(=민주주의의 정지)를 자신의 정상적 조건으로 한다. 바로 그렇기에 주권적 권력의 관점에서 평화는 전쟁에 의해서 창출되는 거짓 평화일 수밖에 없는 것이다.[42]

지금까지는 '작별하기'에 해당하는 것이었다. 그러나 진정한 평화를 실현하는 데에는 '창조하기'의 측면이 필수적이며 또 원리적으로 '작별하기'보다 더 우선적이다. 그러면 무엇을 창조하는가? 새로운 권력? 새로운 주권? 새로운 국민국가? 당연히 모두 아니다. 여기서 분명히 해야 할 것은 '창조하기'가 일어날 차원은 국가주권이 존재하는 차원과는 다르다는 점이다.

네그리와 하트는 『공통체』에서 권력을 두 차원으로 본다. 하나는 '초월적'(transcendent) 차원이다. 홉스의 주권처럼 사회의 위에, 사회적 구조의 외부에 존재하는 것이 바로 '초월적' 권력이다. 그러나 권력은 '선험적'(transcendental) 차원에서도 (어쩌면 더 강고하게) 존재한다.[43]

> 우리는 권력의 선험적 차원에 초점을 맞추어야 하는데, 이 차원에서는 법과 자본이 주된 힘들이다. 그러한 선험적 권력들은 주권자의

---

42) 지구화 자체에 혁명성이 들어 있다는 네그리와 하트의 생각은 자본에 의한 지구화를 지지한 것이 아니라 지구화가 국민국가의 족쇄와도 같은 틀을 약화시키는 경향을 가지고 있음을 지적한 것이다.
43) 네그리와 하트는 이 개념을 칸트에게서 빌려 왔다. 칸트는 '선험적인 것'을 지식과 경험에 적용하지만, 네그리와 하트는 정치에 적용한다.

명령을 통해서가 아니라, 혹은 심지어는 우선적으로 힘을 통해서가
아니라, 사회적 삶의 가능성의 조건들을 구조지음으로써 복종을 강
요한다.44)

초월적 권력이 좁은 의미의 '정치'나 '군사'라는 영역에 국한되어 있
다면 선험적 권력은 우리의 일상생활 속에 들어와 있는 것이다. 이제
이 권력이 네그리와 하트에게 비판의 대상이 된다. 그러나 네그리와 하
트는 여기 머물지 않는다.

우리가 제안하는 정치적 기획은 (칸트와 함께) 초월적 주권을 공격
하고 (칸트에 거슬러서) 소유의 공화국의 선험적 힘을 탈안정화하는
것을 목표로 하는 비판만이 아니고 궁극적으로는 (칸트를 넘어서)
사회적 삶의 내재적 힘들을 긍정하는 것이다. 이 내재적 장이 민주
주의가 구축될 수 있는 지형 ─ 유일하게 가능한 지형 ─ 이기 때문
이다.45)

이 '내재적 장'이야말로 대안적 삶이 구축되고 이를 통해 진정한 의
미의 평화가 실현될 수 있는 지형이다. 이는 앞에서 말한 스피노자적
의미의 '하나됨' ─ 창조적 상호협동에 기초한 공통적 삶의 공간의 창
조 ─ 을 현재의 현실에 복원하는 것에 다름 아니다. 이제 우리는 아감
벤이 현대의 정상적 통치기술로 꼽았던 '안보'와는 전혀 다른 이미이
안보 ─ 진정한 안보라고 할 수 있는 것 ─ 를 이 '내재적 장'의 관점에
서 생각할 수 있다. 사실 아이러니하게도 협동과 소통의 확대를 끊임없

---

44) Negri and Hardt, *Commonwealth*, 6쪽.
45) 위의 책, 15쪽.

이 필요로 하는 자본주의적 생산체계의 특성 자체에 이미 군사행위를 기초로 하는 '안보'와는 다른 의미의 안보가 함축되어 있다. 이 특성은 지성, 정보, 그리고 정동(情動)46)과 같은 비물질적 생산물들에 기초를 두는 사회적 생산의 새로운 형태들에서 그 정점에 도달하며, 인터넷이라는 존재로 가시화된다. 무언가를 생산하고 그것을 통해 삶의 재생산하기 위해서 연결되어 협동하는 것 ─ 이것이 진정한 형태의 안보를 구축하는 원리이다. 주권적 권력이 외적으로 부과하는 '안보' 개념이 분자적 수준의 추상적인 적들이라는 관념에 기초하고 있으며 폭력을 정당화하고 자유를 제약하는 기능을 한다면, 협동에 기초한 안보는 적이라는 관념을 인정하지 않고 원리적으로 폭력을 배제하면서 사랑과 자유를 확대한다. 스피노자의 관점에서 볼 때 협동에 의한 능동적 힘의 제고는 곧 자유의 제고이다. 홉스가 내전 상태를 힘과 자유의 양도를 통해서 해결하여 안보와 평화를 얻고자 했다면, 이제 우리는 스피노자를 따라서 상호협동을 통한 힘과 자유의 제고를 통해서 안보와 평화를 얻고자 하는 것이다.

내재적 장에서 모든 것은 몸들의 문제가 된다. 다중이란 바로 많은 몸들이 스피노자적 의미에서 하나의 몸이 된 것에 다름 아니다.

스피노자의 정치에서 다중은 마찬가지로 혼합된 복합적인 몸으로

---

46) '정동'은 원래 스피노자의 개념을 네그리와 하트가 활용한 것이다. 라틴어로는 'affectus'이며 영어로는 'emotion'이라고 옮기는 사람이 있지만, 개인화된 정서와 구분하는 이들은 'affect'라고도 옮긴다. "정신적 현상들인 정서들(emotions)과는 달리, 정동들은 신체와 정신에 똑같이 관계한다"(『다중』 2부 1장 1절). 몸에 일어난 변화는 몸의 능동적 행동의 능력을 증가시키거나 감소시키는, 돕거나 저지하는데, 이 변화를 그 변화에 대한 생각과 함께 지칭하는 것이 '정동'이다(『윤리학』 3부 정의3 참조).

서 클리나멘[47] 및 만남이라는 바로 그 논리에 의해서 구성된다. 다
중은 따라서 다른 몸들과의 만남에 열려 있고 그 정치적 삶이 이 만
남들의 질에 의존한다는 의미에서, 즉 기쁜 만남이어서 더 힘있는
몸들을 구성하느냐 아니면 슬픈 만남이어서 힘이 덜한 몸들로 해체
되느냐에 의존한다는 의미에서 포괄적 몸이다.[48]

기쁜 만남들을 통해서 더 힘있는 큰 몸으로 구성되는 과정, 이것이
바로 다중의 형성과정인 동시에 민주주의와 평화의 창출과정이다. 이
미 밝혔듯이, 이것을 실제 현실에서 어떻게 실현할 것인가에 대해 말하
는 것은 이 논문이 의도한 논의의 범위를 넘어서는 것이기도 하지만,
불가능한 것이기도 하다. 몸들은 모두 다 특이하다. 그리고 몸들이 기
쁜 만남들을 통해서 더 힘있는 큰 몸을 구성하는 양태도 다 특이하다.
바로 그렇기 때문에 평화를 창출하는 구체적 방법을 일률적으로 제시
하는 것이 불가능한 것이다. 방법은 외부에서 미리 만들어져 공급되는
것이 아니라, 평화를 실현하는 일에 나선 당사자들에 의해서 해당되는
경우마다 상이하게 창출되어야 하는 것이다. 이에 대해서 네이오미 클
라인의 다음과 같은 말이 적절하리라 생각한다.

사파티스타들은 이것(각 지역의 운동들이 그 다양성을 유지한 태
로 합류하는 것 - 인용자)을 부르는 어구를 가지고 있다. 그들은 이를
'많은 세계들이 그 안에 있는 하나의 세계'라고 부른다. 어떤 이들은

---

47) 진공 중에서 물체들이 자체의 무게 때문에 밑으로 직선으로 떨어지다가, 불확실
한 시간에 불확실한 장소에서부터 길을 조금 벗어나게 되는데, 이렇게 생긴 편차
가 클리나멘(clinamen)이다(인용자). 이는 사회적 삶에서 고정된 법칙으로 포괄될
수 없는 사건이나 변이를 지칭하는 용어로 확대되어 사용된다.
48) Negri and Hardt, *Commonwealth*, 43쪽.

이를 신시대(New Age)의 대답 같지 않은 대답이라고 비판한다. 그들
은 계획을 원한다. "우리는 시장이 그 공간들을 가지고 무엇을 하고
싶어 하는지 안다. 당신들은 무엇을 원하는가? 당신들의 계획은 어
디에 있는가?", 내 생각에 우리는 "그것은 우리들에게 달려 있지 않
다."라고 대답하기를 두려워해서는 안 된다. 우리는 스스로를 다스릴
수 있는, 자신들에게 최선의 결정들을 내릴 수 있는 사람들의 능력
에 대해 어떤 신뢰를 가질 필요가 있다. 우리는 오만과 온정주의
(paternalism)가 그토록 많은 곳에서 어떤 겸손함을 보일 필요가 있다.
인간의 다양성과 국지적 민주주의를 믿는 것은 결코 맥 빠진 시시한
것이 아니다.[49]

그런데 이 "많은 세계들이 그 안에 있는 하나의 세계" 즉 기쁜 만남
들을 통해서 더 힘 있는 큰 몸으로 구성된 것으로 이해된 바의 다중은
주권적 국가권력과 구체적으로 어떤 관계를 맺는 것인가? 다중의 힘
과 주권적 권력의 관계는 앞에서 보았듯이 길항적이다. 다중의 힘이
약하면 '제정된 권력'(pouvoir constituè)인 주권은 마치 절대적 힘(sovereign
power)을 가진 실체처럼 된다. 그러나 다중의 자율적 힘 즉 자기가치화
(self-valorisation)의 힘이 강하면 다중의 '제헌권력'(pouvoir constituant)이 '제
정된 권력'(pouvoir constituè)을 압도하게 된다. 이러한 압도의 연장선 어
딘가에 주권적 권력의 해체가 존재하겠지만, 이것은 아직 우리의 현실
적 지평에 들어와 있는 것은 아니다. 주권적 권력의 힘은 실상 그 군사
력, 경찰력, 행정력에도 불구하고 다중의 힘의 함수일 뿐이라는 깨달음
이 중요하다. 한국의 촛불봉기에서 널리 퍼진 노래가사 '대한민국은 민

---

49) Naomi Klein, "Reclaiming the Commons", *New Left Review*, no. 9, May‐June 2001,
    89쪽 참조. 이글은 http://www.newleftreview.org/에서 볼 수 있다.

주공화국이다, 대한민국의 모든 권력은 국민으로부터 나온다'(대한민국 헌법 제1조 1항, 2항)는 '국가'와 '주권'이라는 용어에서 벗어나지 못하고 있다는 단점에도 불구하고 제헌권력으로서의 다중의 힘에 대한 인식을 함축하고 있다. 다중의 상호협동에 의하여 구축되는 공통적 삶의 공간을 확대하는 실천들의 연장선상에서 제헌권력으로서의 다중의 지위가 확고해질 때 진정한 평화는 바싹 다가와 있다고 보아도 좋을 것이다.

VI. 결론 : 동아시아 지역에서 평화의 가능성

동아시아 지역을 하나로 묶는 발상은 한편으로는 미국 일방주의(일극 체제)에 대한 견제라는 점에서 다른 한편으로는 국가 경계의 약화 — 이는 국가주권의 약화를 의미한다 — 라는 점에서 긍정적일 수 있다. 그러나 과거 일본의 대동아공영론 혹은 근대 초극으로서의 신체제론이 천황이라는 주권자를 중심으로 했거니와, 최근에 한국에 등장하는 동아시아론들도 동아시아적 정치질서의 구축을 탈주권, 탈국민가의 방향이 아니라 주권 확대 혹은 주권통합의 문제로 사고하는 경향이 강하다. 국가담론으로 제시된 동아시아론은 물론이고, 시민사회에서 제기된 동아시아론(복합국가론, 아시아내셔널리즘론 등)도 이 경향에서 자유롭지 못하다. 이런 식의 동아시아 기획이라면 진정한 평화를 향한 움직임을 낳기 어렵다. 다중의 창조적 상호협동을 가로막는, 평화의 가장 근본적인 장애물이 주권(적 권력)일진대, 더 큰 주권으로 (즉 더 큰 장애물로) 어떻게 평화를 가져온다는 말인가?

만일 동아시아라는 지역이 진정한 의미의 평화를 창안하는 데 어떤 기여를 하려면 협동과 교류를 통한 공통적 삶의 구축이 지역 내의 국가들 사이의 경계를 가로질러 활발하게 이루어져 이 활동들이 일단 국가들 사이의 경계를 약화시키는 방향으로 작용하도록 해야 한다. 더 나아가 동아시아 지역에 구축된 다중의 공통적 삶의 공간이 동아시아의 내부와 외부를 가르는 경계도 약화시키는 방향으로 확대되어 결국 제국적 주권의 해소를 향해 나아갈 수 있도록 해야 한다. 동아시아의 다중은 이러한 과정의 연장선상의 어디에선가 동아시아라는 단위의 주권과는 전혀 다른 공통적인 삶의 세계를 '제헌권력'을 통해 구축할 수 있을 것이고, 만일 그렇게 된다면 이는 동아시아에 확고한 평화를 가져오는 것이 될 것이며 더 나아가 전지구적인 평화에의 크나큰 기여가 될 것이다.

군대, 경찰력, 사법의 형태로 여전히 눈앞에 존재하는 거대한 리바이어선(바다괴물)인 국가들은 이러한 기획을 비현실적인 것으로 보이게 만든다. 그러나 무슨 일이든 조그만 씨앗에서부터 시작하는 것이다. 그리고 지금 평화를 창안하는 다중의 운동은 결코 씨앗의 단계에 있지 않고 훨씬 더 나아가 있다. 실상 진정으로 중요한 것은 언제 무엇이 이루어지는가보다는 현재 새로운 평화를 창안하는 방향으로 움직이며 삶을 사는 것이리라. 지고한 행복은 덕에 대한 보상이 아니라 덕 자체라는 스피노자의 말처럼, 이러한 삶은 그 자체가 행복이기에 보상이 따로 필요하지 않은 삶이 아니겠는가.

동북아 지자체간 국제협력의 가능성
— 서울-상하이-오사카 지자체간 문화·경제협력을 중심으로 —

이승현·강규형

Ⅰ. 서론

역사적으로 한중일 삼국은 매우 밀접한 관계를 갖고 서로 경쟁·발전해 왔다. 서로 상처를 주기도 했고 화해하고 협력하며 상생의 길을 모색하기도 했다. 한 나라가 강할 때 중화주의 또는 대동아 공영권 주장과 같은 제국주의 정책을 펼치며 다른 나라를 속박하고 침략하며 상처를 주었다. 공동체를 형성하는 것이 3국의 국가발전에 도움이 될 것이 명확함[1]에도 불구하고, 그리고 이미 3국간 경제 교류협력 관계가 심화되었음에도 불구하고, 과거 역사의 상처가 깊어 정치적 공동체를 형성하는 데는 좀 더 많은 시간과 노력이 필요해 보인다. 서울시는 대한민국의 핵심 지자체로서 이러한 상처를 치유하고 미래의 번영과 발

---

[1] 동북아 3국의 협력에 대해서는 이남주, 「동아시아 협력론에 대한 비판적 검토 : 국민국가들의 협력인가, 국민국가의 극복인가?」, 『동아시아의 지역질서』(파주 : 창비, 2005), 제4부 참조.

전을 위해 능동적이고 주체적으로 행동할 필요가 있다.

현재의 동북아 3국의 관계 속에서 서울시가 동북아시아에서 국제교류와 협력의 중심지로 발전하기 위한 방향을 모색하는 것이 본 연구의 목적이다. 이를 위해 서울시가 중국과 일본의 도시 중에서 교류할 만한 파트너를 탐색해 보고 그 도시들의 특성을 파악하여 서울이 교류하고 협력하며 때로는 경쟁할 수 있는 적절한 전략방향을 모색해 볼 것이다.

한국, 중국 그리고 일본, 이 세 나라가 세계정치와 경제의 중심부에 이미 속해 있거나 진입하고 있기에 삼국의 협력이 절실하게 필요한 시점이다. 지중해는 과거의 바다, 대서양은 현재의 바다, 그리고 태평양은 미래의 바다라는 말도 있었지만, 이제는 이미 태평양이 현재의 바다가 되고 있다.[2] 이 세 나라에는 세계 인구의 1/4이 모여 살고 있고, 외환 보유액은 한국이 2,015억 달러, 중국이 19,460억 달러,[3] 일본이 10,094억 달러로서 10대 달러 보유국가 중 1위, 2위, 6위를 차지하고 있다.[4] 3국의 무역은 수출의 경우 한국이 4,220억 달러[5](2008), 중국이 1조 4288억 달러[6](2008), 일본이 7,148억 달러(2008)[7]이다. 이와 같은

---

2) 한영주, 「서울의 국제화를 위한 개발전략」, 『서울시정연 포럼』 11(서울 : 서울시정개발연구원, 2004), 6쪽.

3) 2008년 12월말 기준, 한국은행 보도자료, 「2009년 2월말 외환 보유액」, 2009년 4월 1일

4) 한국은행 보도자료, 「2009년 2월말 외환 보유액」, 2009년 4월 1일.

5) 한국은행 보도자료, 「2009년 경제전망」, 2009년 4월 10일.

6) 한국 무역협회 자료, http://stat.kita.net/top/state/n_submain_stat_kita.jsp?menuId=04&subUrl=n_default-test_kita.jsp?lang_gbn=kor^statid=cts&top_menu_id=db11 (2009년 4월 22일 검색)

7) 한국 무역협회 자료. http://stat.kita.net/top/state/n_submain_stat_kita.jsp?menuId=05&subUrl=n_default-test_kita.jsp?lang_gbn=kor^statid=dots&top_menu_id=db11 (2009년 4월 22일 검색)

기초 통계로 볼 때도 한중일 3국은 세계의 중심에 서 있으며 동북아 시대의 주도자로 등장했다.

서울이 중국과 일본의 주요도시와 교류하고 협력하며 동시에 경쟁하는 방향도 큰 틀에서 보면 동북아 3국의 교류협력의 흐름 속에서 형성되고 모색될 것이다. 서울시는 과거사 피해국의 지자체로서 역사적 지위, 일본과 중국의 중간 지점에 위치한 지리적 조건 및 경제력 수준 측면에서 각국 지자체간 교류협력을 주도할 수 있는 조건을 확보하고 있다. 한류에서 볼 수 있듯이 일본은 한국을 통해 과거를 돌아보고 중국은 한국을 통해 미래를 내다볼 수 있는 문화적 교량역할이 가능하다는 장점도 갖고 있다.

이런 장점을 살려서 시도한 것이 베세토(BESETO) 교류이다. 그러나 중앙정부간 갈등의 골이 깊어지면서 3국의 수도간 교류인 베세토 벨트가 느슨해진 측면이 있다. 서울, 베이징, 그리고 도쿄는 3개국 수도라는 점에서 베세토라는 이름으로 교류를 진행한 바 있다. 그럼에도 불구하고 한계도 있다. 베이징의 경우 중앙정부의 영향력이 크다. 부분적인 한계가 있지만 장기적인 관점에서는 이 3개 도시 간 교류에 대해서도 진지하게 고민하고 대비할 필요는 여전히 존재한다.

그러나 중·단기적인 관점에서는 한·중·일 수도 간 3각 교류(베세토) 모델을 탈피할 필요가 있다. 동시에 베세토 모델과 유사하면서도 다른 3각 교류 벨트를 모색하여 3국의 교류 협력을 강화할 필요가 있다. 한·중·일 3국의 경제적 경쟁과 보완 관계 속에서 베세토를 탈피하면서 동시에 3국의 협력을 강화할 수 있는 교류 협력 모델을 개발할 수 있다면, 동북아 3국의 관계를 심화하는 데 이바지할 것이다. 이를 위해 중국과 일본의 주요 도시 중 교류협력할 수 있는 적합한 대상을 찾아 볼 필요가 있다. 중국에서 베이징을 대체할 만한 도시를 찾아 본 결과 상하이가, 일본에서 도쿄를 대체할 만한 도시를 찾아 본 결과 오사카가 서울과 교류하고 협력할 만한 대상으로 떠올랐다.

두 도시를 선택한 기준은 무엇인가? 상하이나 오사카는 베이징이나 도쿄처럼 해당국가의 수도는 아니다. 그러나 역사적으로도 두 도시는 한국과 밀접한 관계를 맺어왔다. 뿐만 아니라 문화적으로도 공유할 수 있는 여지가 있다. 3개 도시는 가히 경제수도·문화수도라 불러도 좋을 만큼 해당국가 내에서 차지하는 경제적 비중이 매우 높다. 서울이 상하이, 오사카와 같은 경제중심 도시 간 국제교류를 갖게 되었을 경우 관계를 지속할 조건도 좋고 또 상호 이익을 줄 수 있는 여지도 매우 많다. 경제적인 중심지라는 평가는 교류협력의 대상으로 두 도시를 선택한 결정적인 기준이다. 물론 3개 도시는 많은 부문에서 치열한 경쟁관계 속에 있다. 이 점도 고려하여 복합적인 관계 속에서 서울이 생존하고 발전하는 데 필요한 전략도 검토해 볼 것이다.

서울이 중·일과 교류할 때 베세토 교류와는 다른 교류의 대상이 있을 수 있다는 전제 아래 새로운 대상을 모색하고 교류협력의 전략적인 방향을 모색하는 것으로 본 연구의 범위를 제한 할 것이다.[8] 항목별로 좀 더 세분화해 보면, 우선 동북아 3국의 교류 필요성과 서울의 발전전략을 간략하나마 살펴볼 것이다. 이를 바탕으로 서울시의 새로운 교류·협력 대상을 모색해 볼 것이다. 새로운 경쟁과 협력의 중국 측 파트너와 일본 측 파트너를 해당 도시의 목표와 전략을 중심으로 분석해 볼 것이다. 끝으로 서울시가 교류협력하고 생존하기 위한 전략 방향을

---

8) 총론적인 방향을 모색하는 데 주력할 것이고 각론에 해당할 수 있는 다양한 분야들은 추후 과제로 남겨둘 것이다.

검토해 볼 것이다.

연구는 관련 문헌의 내용분석을 주요한 연구 방법으로 삼았다. 분석 대상으로 할 수 있는 관련 문헌과 데이터는 수없이 많이 있으나 본 연구와 직접적으로 관련된 것들을 주로 분석했다. 예컨대, 각종 실태자료, 보고서, 지방자치 단체 국제화 재단 등에서 발간한 각종 문헌을 분석 비교대상이다. 국제교류에 관한 이론적 논의를 담고 있는 연구논문, 보고서 등도 분석대상에 포함했다. 그리고 국제화 백서, 업무계획서 등 지방자치 단체 내부 자료도 검토했고, 서울, 상하이 그리고 오사카 정부가 운영하는 홈페이지, 주상하이 총영사관, 주오사카 총영사관의 홈페이지 등도 참고했다. 내용분석을 통한 연구 방법은 관련 문제에 대한 직관적인 통찰력을 얻는 방법으로 많이 사용하고 있다.

II. 동북아 3국의 교류 필요성과 서울의 발전전략

전통적인 국제 교류는 국가간 교류를 뜻했다. 그러나 세계화9) 이후 국제 교류의 개념이 확대되고 있다. 이정표는 "국제교류는 국가간·지역간의 인종, 종교, 언어체제 이념 등의 차이를 초월하여 개인, 집단, 기관, 국가 등 다양한 주체들이 각각의 우호, 협력, 이해 증진 및 공동 이익 도모 등을 목적으로 관련 주체 상호간에 공식, 비공식적으로 추진하는 대등한 협력관계를 말한다"10)고 정의했다. 장병구는 "국제교류란

---

9) 세계화에 대해서는 안승국, 「한국에 있어서 세계화에 대한 국가의 정치 경제적 대응 : 신자유주의인가 국가주의인가?」, 『世界地域研究論叢』 제25집 3호(2007년 12월), 105-123쪽 참조.

국경을 초월한 국제간의 교류로서 국제수준의 생활의 질을 확보하고 지역의 활성화를 이룩하려는 노력이라 할 수 있다"[11]고 적고 있다. 국제 교류의 개념이 국가를 중심으로 한 교류로부터 국가 이외의 다양한 주체간의 교류를 포함하는 것으로 확대되었음을 볼 수 있다.

국제교류에서 지자체가 역할을 갖게 된 것은 두 가지 측면에서 볼 수 있다. 첫째는 국제정치의 패러다임 변화에서 온 것이다. 둘째는 국내정치의 패러다임 변화에서 온 것이다.

먼저 국제정치 행위의 주체를 다양하게 바꾸어 놓은 국제정치의 패러다임 변화가 있었다.[12] 국제정치 행위의 주체는 더 이상 중앙 정부만이 아니다. 중앙정부의 독점적 지위는 약해지고 지방정부, NGO, 국제기구의 역할이 증대되었다. 국제화는 국가단위의 주권의 지위를 약화시키는 대신에 지방자치단체를 국제 교류의 행동주체로 등장시킨 것이다.

국가 간 접촉 경로도 다양해져 중앙정부의 외교채널 이외에도 지방정부의 자매결연, 협력, NGO 협력 등 접촉경로가 다양해지고 있다. 국가의 안보도 군사 중심에서 경제, 생태, 사회문제가 중심으로 이동했다. Globalization과 Localization이 동시 발생함(Glocalization)으로써 지방정부의 역할이 커졌다. 국제화 시대에는 지방의 경쟁력이 국가의 경쟁력을 구성하는 중요한 요소가 된 것이다.

국제사회에서 지자체간 네트워크는 중앙정부 수준의 국가 간 관계

---

10) 이정표, 「지방정부의 국제교류정책분석」, 대구대학교 대학원 박사학위논문(2003), 8쪽.
11) 장병구, 「지방자치단체의 국제교류협력-외국의 현황과 과제를 중심으로」, 『한세정책』 1995년 7월호, 44쪽.
12) 문정인, 「동북아 지역 공동발전과 한중일 지방정부의 역할」, 『월간 지방의 국제화』 2005년 9월호. http://webzine.klafir.or.kr/read.htm?middle_title_no=7152005

악화 속도를 제어하고 나아가 관계를 회복할 수 있는 실마리를 제공하는 역할도 할 수 있다. 지자체간 국제네트워크는 민간네트워크와는 달리 공적인 성격을 띠고 있기 때문에 의미 있는 완충역할을 할 수 있다. 한중일 중앙정부에 의해 긴장이 발생했을 때 중앙정부 차원에서 발생한 긴장을 해소하고 상호 우호협력 분위기를 회복하기 위해 핵심 지방자치단체 간 네트워크가 의미 있는 계기를 제공할 수도 있다.

예컨대, 최근 한국, 중국, 일본, 3국의 중앙정부간 외교관계가 급속하게 악화된 사례가 있다. 이 경우에도 서울시와 같은 핵심 지자체가 일정한 역할을 하여 중앙정부 수준과는 다른 차원에서 관계 회복의 실마리를 제공할 수도 있다. 사실 중앙정부간 갈등은 언제든지 발생할 수 있다. 예컨대, 일본의 독도 영유권 주장으로 시작된 한일 외교 갈등이 일본의 교과서 왜곡으로 확대되고 있으며 여기에 중국정부가 일본에 대한 비판 수위를 높여 일본 對 한국·중국의 외교전쟁으로 확산한 바 있다. 또한 한국과 중국 간에도 고구려/발해사 문제를 놓고 대립하며 외교전쟁으로 확산하여 중앙정부간 갈등이 심화한 적이 있다. 고이즈미 총리의 신사참배 등으로 중국과 일본간 대립이 상승했던 것이 좋은 예이다. 중앙정부간 대립의 가능성과 동시에 협력의 필요성이 공존하고 있기에 지자체의 교류협력 네트워크가 중요한 완충 역할을 할 수 있는 여지가 있다.

둘째, 국내정치의 패러다임 변화는 지자체의 역할을 강화해 주었다. 이는 지방정치의 활성화와 밀접하게 연결되어 있다. 중앙정부가 모든 권한을 행사하던 중앙집권 시대에는 지자체의 역할은 크지 않았다. 그러나 중앙집권 시대로부터 지방자치 시대로 옮겨오면서 지자체의 역할이 커지게 되었다. 지자체가 권한과 책임을 갖게 되면서 제한적이기는 하지만 국제교류에서 지자체의 역할도 새로운 양상을 띨 수 있는 가능성을 갖게 됐다.

1. 동북아 3국의 교류 필요성

동북아 3국이 상호 국익 증진을 위해 교류하고 협력하며 나아가 동북아 3국이 정치경제 공동체를 이루어야 한다는 점은 당연해 보인다.[13] 그 이유는 첫째, 한중일 3국이 경제적으로 수직적 분업과 수평적 분업을 효과적으로 결합할 수 있는 조건을 갖고 있다. 둘째 무역과 투자의 흐름이 일방적인 삼각구조를 갖고 있다. 셋째, 정치적, 군사적으로 긴장을 완화하고 문화적 교류로 이어질 수 있는 개연성을 갖고 있다. 넷째 한중일 3국은 FTA를 체결할 필요성이 강하다. GDP 상위 30위 국가와 지역 중에서 FTA를 체결하지 않은 유일한 지역이다. 그러나 이러한 과정은 쉽지 않으며, 국가 수준의 교류 협력과 더불어 민간 수준의 교류 협력 노력을 기울여야 가능할 것이다. 이 중간 수준에 지자체 간의 교류 협력 네트워크가 자리 잡고 있다.

현재 동북아에는 세계화와 지역주의라는 일견 모순되는 현상이 동시에 진행되고 있고, 이런 상황을 극복하는 대안으로 많은 논의들이 있었다. 와다 하루키는 "동북아시아 공동의 집을 주장했고",[14] 강상중우

---

13) 전가림, 「동북아 지역경제협력과 한·중·일 3국의 이해관계」, 『동서연구』 2004년 8월, 제16권 제1호, 95쪽.

14) Wada Haruki, "East Asia and the Cold War : Reinterpreting Its Meaning in the New Millennium" Chung-in Moon, Odd Arne Westad, and Gyoo-hyoung Kahng, *Ending the Cold War in Korea : Theoretical and Historical Perspectives*(Yonsei University Press, 2001), pp.87-88.

"내셔널리즘"에 대한 경계를 이야기한 바 있다.15) 문정인과 전재성은 평화문제에서는 공동안보 및 다자간 안보협력, 경제적으로는 개방적인 경제공동체, 정치적으로는 인권 및 보편주의의 보편성을 국민국가 단위의 권리보다 강조하기도 했다.16) 이남주는 동북아시아가 새로운 질서를 구축해야 하는 기로에 서 있으며 그 대안은 근대적응과 근대극복의 이중과제를 해결하려는 고민 속에서 찾을 수 있다고 보고 있다.17) 이들 연구는 동북아 3국이 갈등을 극복하고 3국의 협력이 매우 긴요한 시점이라는 것을 지적하고 있다. 그러나 동북아 3국의 관계는 일방적으로 협력만을 강조할 수 없는 장애요인도 많이 갖고 있다. 대표적인 것으로는 역사적 갈등이 완전히 해소되지 않았고, 경제발전의 수준도 매우 상이하다는 점이다.

그러나 동북아 3국의 협력이라는 큰 흐름 속에서 서울 상하이 오사카 3개 도시 간 협력은 작은 틈새를 비집고 들어갈 수 있는 작은 흐름을 만들 수 있다. 국가단위의 협력과 동시에 지자체간 협력이 함께 갈 수 있고 함께 가야 상승 작용을 일으킬 수 있을 것이다. 이 같은 맥락에서 동북아 3국의 지역경제협력과 이해관계를 간략히 검토해 볼 필요가 있다.18)

먼저 한국의 입장이다. 한국은 동북아 3국의 교류 협력을 통해 안정적인 안보환경과 경제활동 환경을 기대하고 있다. 중국 및 일본과의 우

15) 강상중, 『동북아시아 공동의 집을 향하여』(서울 : 뿌리와 이파리, 2002), 40-42쪽.
16) Moon and Chun, "Sovereigntiny : Dominance of the Westphalian Concept and Implications for Regional Security" Muthia Alagappa, ed., *Asian Security Order : Instrumental and Normative Features*(Stanford University Press, 2002), 129.
17) 이남주(2005), 399-400쪽.
18) 전가림(2004), 89, 115-118쪽.

호관계를 유지함으로써 동북아에 장기적으로 안정적인 평화 상태가 지속되기를 바라고 있다. 경제적으로는 국가간 구조조정을 통해 과잉설비와 투자를 해소하고, 일본으로부터 좀 더 많은 기술 이전과 투자를 받고자 한다. 동시에 역내 국가간 수평적인 분업과 협력네트워크를 구성하고 균형자 역할을 하고 싶어 한다.

중국의 입장은 동북아 협력을 고도성장의 동력을 유지하는 수단으로 활용하면서 동시에 동북아지역에서 미국을 견제하는 용도로 사용하고자 할 것이다. 중국은 아시아 패자로서 정치경제적 주도권을 행사하려 하고 있고, 나아가 국제관계에서 미국과 주도권 경쟁을 대비하고 있다. 세계 패권국가로 나아가려는 중국에게 동북아의 협력은 매우 중요한 전제조건이다. 이와 같은 중국의 협력 목적은 일본의 대외전략과 상충하는 부분이 많이 있다.

일본의 입장은 동북아의 평화롭고 안정적인 환경을 유지함으로써 자신의 우월한 위치를 지키려 한다. 동북아 협력을 통해 중국과의 원만한 관계를 유지하면서 북한을 개혁 개방으로 이끌어 자국의 안보 위협을 완화 내지 제거하려 하고 있다. 일본은 동북아 협력과 동시에 일미 협력을 강화함으로써 동북아 역내 영향력 행사의 지렛대를 확보하려 할 것이다. 이런 일본의 대외전략은 중국의 대외전략과 상충하는 부분이 있다. 경제적으로는 동북아 지역경제협력을 통해 일본 산업의 무순구조를 해소하고 경제적 주도권을 유지 내지 회복하려 할 것이다.

이처럼 동북아 3국은 안보차원에서 상충하는 측면이 있지만 경제 차원에서는 서로를 필요로 하는 상태에 있다. 이런 큰 구조 안에 있는 서울이 중국과 일본의 대도시들과 교류하고 협력함으로써 동북아 공동체 형성에 일조할 수 있을 것이다. 또 서울이 동북아 협력을 강화하는 것은 국제적으로 서울을 한 단계 더 끌어 올릴 수 있는 초석이 될 것이다.

2. 서울의 발전전략과 새로운 교류대상 : 상하이와 오사카

여기서는 서울의 위상을 간략히 살펴보면서 서울에 적합한 새로운 교류 대상을 물색해 보고자 한다. 서울의 위상은 강점과 약점을 갖고 있다.[19] 강점으로는 중추관리기능이 집적되어 있고, 고급 인력 및 기술이 집적되어 있다는 점이다. 이는 동북아 경제권이 가시화되면서 서울이 동북아의 전략적 관문에 위치할 수 있는 좋은 자양분이다. 단점으로는 국제 경쟁력이 미흡하고 서울 고유의 정체성이 미흡하며 신규 개발 용지가 고갈[20]되어 있다는 것이다.

이런 장단점을 갖고 있는 서울은 어떤 발전전략을 갖고 있는가? 서울의 발전전략 중 대표적인 것으로는 동북아 비즈니스 중심지 전략과 금융허브 전략이다. 한국은 동북아의 평화와 번영을 대외정책의 목표로 삼고 있는데 서울시의 발전전략도 동일한 맥락에 있는 것으로 볼 수 있다.

서울은 한국의 수도로서 국내 산업의 최대 집적지이며 나아가 동북아 비즈니스의 중심지가 되려는 전략을 갖고 있다. 서울이 동북아 비즈니스의 중심이 될 수 있는 조건 중 하나는 아시아 최대 소비 시장과 생산기지를 옆에 두고 있다는 점이다.[21] 중국과 일본은 아시아 최대의

---

19) 정희수, 「동북아시대 서울의 역할과 비전」, 서울시정개발연구원. 『"동북아 경제거점 도시 서울"을 만들기 위한 심포지엄』(서울 : 서울시정개발연구원, 2003), 11쪽.
20) 신규 개발 용지의 고갈 문제를 보완하기 위해 개성공단을 적극 활용하는 것도 서울의 경쟁력 강화에 도움을 줄 수 있다. 개성은 수도권으로 분류해도 좋을 만큼 서울과 매우 가까운 거리에 있다.

생산기지이며 소비시장이기도 하다. 상하이는 중국 내에서 최대의 생산기지이며 소비시장이다. 일본에서 가장 전통이 깊은 상공업 지대의 중심지이며 일본 경제에서 차지하는 비중이 매우 높은 도시로는 오사카를 꼽을 수 있다. 이런 조건을 갖고 있는 상하이와 오사카는 서울의 경쟁자이면서 동반자이다. 서울은 국내적으로 한국의 수도로서 금융과 물류의 높은 효율성과 첨단디지털 산업 및 지식산업의 경쟁력을 갖고 있다. 그러나 진정으로 동북아 비즈니스 허브의 역할을 수행하려 한다면 중국 및 일본과 교류하고 협력해야 한다. 요컨대, 중국 및 일본의 경제 중심지인 상하이와 오사카는 서울의 경쟁자이면서 동시에 가장 적합한 교류 협력 대상 중 하나라 할 수 있다.

서울의 면적은 한국의 0.6%이지만, 이미 오래전부터 인구의 약 25%가 살고 있고 한국 GDP의 21%가 서울에서 창출되며, 금융의 50% 이상의 비중을 차지한다. 더구나 첨단기술을 보유한 벤처기업들의 43% 이상이 서울에 집중되어 있어 외국인투자가들의 많은 관심을 모으고 있다. 서울지역에서 거둬들여지는 법인세가 71.5%이고, 소득세는 55.9%이며, 은행예금은 절반가량 차지하고 있다.22) 서울은 중국과 일본에게 좋은 수출 시장을 제공할 수 있는 조건을 갖고 있고, 중국의 주요 도시들이 교류 협력하고자 하는 욕구를 가질 수 있는 경제적 조건을 갖고 있다.

오사카는 자신의 과거를 서울에서 되돌아 볼 수 있고 상하이는 자신의 미래를 서울에서 찾아 볼 수 있을 것이다. 서로의 모습을 살펴볼 수 있는 자화상으로서의 특징을 세 도시가 갖고 있기 때문에 3자가 교류

---

21) http://econo1.seoul.go.kr/web2004/biz/invest/environment_new/biz04_3_1_3.jsp
22) http://econo1.seoul.go.kr/web2004/biz/invest/environment_new/biz04_3_1_3.jsp

할 경우 상호 이익을 줄 수 있는 사례라 하겠다.

또한 3개 도시는 해당 국가에서 경제 중심지로서 가히 "경제 수도"라고 할 만한 위치를 갖고 있다. 세계적 도시 체계를 형성하면서 도시들 간의 기능 연계와 경쟁 심화가 동시에 진행되고 있다.[23] 이 3개 도시의 지경학적 위치를 고려할 때 3자간에 선두 경쟁과 더불어 적극적으로 교류, 협력이 이루어진다면 그 시너지 효과는 클 것으로 전망된다.

서울이 중국 및 일본과 새로운 교류협력 대상을 물색할 때 베이징과 도쿄를 제외한다면 상하이와 오사카 이외의 도시는 찾기 어렵다. 상하이와 오사카는 서울과 교류협력함으로써 상호 이익을 줄 만한 상대로 손색이 없다. 베세토를 탈피할 수 있는 새로운 교류협력 대상을 모색해 본다는 차원에서 두 도시는 서울의 좋은 파트너가 될 수 있는 잠재력을 갖고 있다. 또 베세토 벨트를 보완하는 3각축으로서 서울, 상하이 그리고 오사카 간의 경쟁과 교류 그리고 협력은 동북아 공동체 형성의 또 다른 틀로서 기능할 수 있다.

III. 상하이와 오사카의 목표와 전략

1. 상하이의 발전 목표와 전략

상하이는 중국 최대 도시이며 중국경제의 중심지이다.[24] 1930년대

---

23) 정희수(2003), 4쪽.
24) 엄법선, 「21세기 상하이 경제의 새로운 발전」, 『부산학 총서 3』(부산 : 신라대학교 출판부, 2005), 9쪽.

에 상하이는 이미 세계 7대 도시 중 하나였으며, 아시아의 가장 근대화된 경제수준을 유지하고 있었다. 그러나 1949년 사회주의 정권 등장이후 지역균형발전 정책에 따라 상하이의 영광이 잠시 침체기에 들어섰고, 1978년 개혁개방정책에도 불구하고 침체상태였다. 그러나 1992년 푸동 개발을 계기로 재도약의 기회를 갖게 됐다.[25] 이후 상하이는 크게 발전하였으며, 공자의 직계 후손인 공건은 "상하이를 얻는 자가 천하를 얻는다"라고까지 말할 정도로 중국경제와 사회발전에 있어서 상하이의 역할은 매우 중요하다.[26]

상하이는 중국은 세계 경제를 공략하는 활과 화살, 그리고 화살촉을 구상하고 있다. 중국 대륙의 동부 연안을 거대한 활로, 장강을 화살로, 그리고 상하이는 화살 끝에 위치한 날카로운 촉으로 여기고 있다.[27] 화살촉으로서 상하이는 중국 전체 해안선의 정 중앙에 있기 때문에 외국으로 나가는 관문이면서 외국이 중국으로 들어오는 입구이기도 했다. 장쩌민 주석시절에 중앙정부의 특혜정책을 받고 정치적 지위가 강화됨으로써[28] 가장 팽팽하게 당겨진 활시위는 세계 경제를 향해 화살촉을 쏘려하고 있다. "바다(海)로 나가자(上)"는 뜻을 갖고 있는 상하이는 중국 최대의 공업기지이며 항구도시이다. 상하이는 장강(長江)의 입구에 자리 집고 있으며, 장쑤싱(江蘇省)과 저장성(浙江省)을 경계로 태평양에 인접하고 있다. 상하이는 중국 남북 해안선의 중부에 위치하고 있어서 교

25) 박재욱 외, 「동북아 도시의 성장전략과 거버넌스 비교연구」, 『한국과 국제정치』 제22권 3호(2006년 가을호), 189-190쪽, 192쪽.
26) 공건, 『상하이人 홍콩人 베이징人』(고양 : 사과나무, 2003), 259쪽 ; 엄법선(2005), 10쪽.
27) 주 상하이 총영사관, 『메갈로 폴리스 상하이』(서울 : 박영사, 2005), 15쪽.
28) 박재욱 외(2006), 190쪽.

통이 편리한 지리적 장점도 갖고 있다. 또한, 상하이는『상하이의 문화 발전 계획의 강요』, 『상하이의 문화시설을 총체적으로 기획한다』는 문 건을 통해 10가지의 임무를 설정하는 등 거시적인 문화전략을 제시하 고 있다. 그 핵심은 국가역사문화도시로서 역사문화를 보호하고, 시대 의 정신과 역사·문화의 인문적 전통을 지켜간다는 것이다.29)

경제적으로 상하이는 세계를 향해 열려 있고, 국내를 향해 봉사하는 중대한 임무를 갖게 됐다. 이는 덩샤오핑이 1992년 "남순강화"를 한 후에 설정된 방향이다. 당 중앙과 국무원이 "하루 빨리 상하이를 국제 경제, 금융, 무역 중심지의 하나로 육성하여 장강 삼각주와 장강 유역 지역의 경제도약을 이룩하자"는 전략적 결정을 통해 덩샤오핑의 구상 을 뒷받침하였다. "하나의 용머리, 세 개의 중심"이라는 전략을 채택한 것인데, 푸동을 개혁개방의 용머리로, 상하이를 국제경제, 금융, 무역의 중심으로 발전한다는 구상이다.30) 이후 상하이는 연평균 10% 이상의 고도성장을 실현한 바 있다.

앞으로도 상하이는 50년 이상 발전할 것으로 전망하고 있다. 왜냐 하면 상하이의 발전을 지속할 추동력으로 선부론(先富論)에 입각한 서 부 개발이 남아 있기 때문이다. 중국의 서부 개발은 장강을 축으로 상 하이에서 시작하여 중국 내륙으로 뻗어나가는 계획이다. 장강삼각주 는 2000년대 중반에 이미 중국 전체 GDP의 25%, 전체 교역 규모의 36%, 외자 유치의 42%를 차지한 바 있다.31) 장강을 젖줄로 삼아 시작

---

29) 윤일성, "상하이 문화예술을 통한 도시 재활성화" 김성국 외, 『부산광역시의 문 화도시화 전략을 위한 방향과 과제 : 상하이 및 오사카와의 문화도시 전략의 비 교연구』(부산 : 부산발전연구원, 2007), 74-76쪽.
30) 박재욱 외(2006), 192쪽.
31) 주 상하이 총영사관(2005).

한 서부 개발은 족히 50년 이상 걸릴 대사업으로 보고 있고, 이 사업의 결과 상하이는 지속적으로 발전하여 뉴욕, 워싱턴, 도쿄, 오사카를 넘어서는 세계 경제의 중심으로 발전할 가능성을 갖고 있다. 따라서 상하이를 얻는 자가 천하를 얻는 자가 될 것이라는 견해가 설득력을 갖는 것이다.

단, 선부론만이 중국의 경제발전논리가 아니라는 점도 고려할 필요가 있다. 후진타오 집권 이후 선부론, 불균형 경제성장론에 제동을 걸고 균부론, 균형 발전론이 나오고 있다는 점도 함께 주목해야 할 것이다. 중부 내륙을 우뚝 세워 중국을 부흥 발전시키겠다는 중부 굴기론이 새롭게 제기되고 있는 것이다.[32] 그러나 중부가 일어서기 위해서도 상하이의 발전은 필요하다. 상하이를 대체하는 중부가 아니라 상하이를 발판으로 상호 상승 발전하는 중부가 될 것이기 때문에 경제 중심으로서의 상하이 위치는 더욱 강화될 것이다. 즉, 상하이의 경제 비전은 중국의 국가비전과도 밀접하게 연결되어 있다. 중국은 서부 대개발에 착수하였고 그 원동력을 상하이를 중심으로 한 장강 삼각주에서 찾고 있다.

상하이는 경제도시이자 국제도시이다. 상하이시는 2004년에 49개국 65개 도시와 자매결연 혹은 장기적인 우호교류관계를 맺은 국제도시이다. 2010년 엑스포의 성공적인 개최를 징검다리로 하여 2020년에는 상하이를 중국의 경제중심을 넘어서는 아시아 태평양지역의 경제 중심지로 만들겠다는 목표도 갖고 있다.[33]

상하이가 향후 원하는 바가 무엇인지를 가늠해 봄으로써 서울과 교

---

32) 『문화일보』, 2006년 2월 16일.
33) 주 상하이 총영사관(2005).

류협력의 가능성과 효과를 점검해 볼 수 있을 것이다. 중국은 2020년
까지 총 GDP 4조 8천억 달러, 1인당 GDP 3,200달러를 달성하고,
2010년에는 독일의 2000년 수준을 따라잡고, 2020년에는 일본의 2000
년 수준을 따라잡는다는 비전을 제시하고 있다. 이러한 중국전체의 비
전을 실현하는 데 견인차 역할을 할 지역이 바로 상하이이다.

상하이는 10차 5개년 기간 동안 다섯 가지 경제 발전 전략을 갖고
있었다.

첫째, 기간산업을 대대적으로 발전시켜 경제성장을 추진한다.

둘째, 신흥산업을 적극 발전시키고 새로운 경제성장분야를 육성한다.

셋째, 기초 산업을 합리화하고 발전시키며 전통공업을 개조하기 위
해 노력한다.

넷째, 도시형 산업을 발전시킬 수 있도록 도와주며 더 많은 취업기
회를 창조한다.

다섯째, 경제 분포를 전면적으로 조절하고 산업지역배치를 합리화한다.

상하이는 지난 몇 년간 이런 전략 아래 노력했고[34] 그 전략을 바탕
으로 새로운 전략을 마련하고 있다. 상하이가 11차 5개년 기간 동안
목표로 하고 있는 경제전략을 거칠게나마 정리하면 여섯 가지 정도로
간추릴 수 있다.

첫째, 고도 경제성장을 유지한다. 11차 5계획기간 매년 9% 이상 경
제성장을 유지한다는 목표를 갖고 있다.[35] 둘째, 실업률을 4.5% 이내
로 유지한다.[36] 셋째, 자원절약형·환경우호적 도시경제구조를 구축한

---

34) http://www.mofat.go.kr/ek/ICSFiles/afieldfile/2005/12/19/051219.hwp
35) 참고로 상하이시는 1992년 이래 2004년(13.6%)까지 13년 연속 두 자리 수 성장
　　률을 이어왔다.

다. 2010년 말까지 1만 위안 생산에 소요되는 에너지 비용을 15% 절
감(2005년 말 대비)한다. 넷째 과학기술 및 혁신역량을 강화한다. 2010년
까지 R&D지출을 GRDP의 2.8%로 제고한다.[37] 신규노동인력의 평균
교육연수를 14.5년으로 제고한다. 다섯째 국제금융,[38] 무역,[39] 해운중
심지화[40]를 지속적으로 추진한다.[41] 여섯째 2010년 Expo를 성공적으
로 개최한다. 2010년까지 전시장 및 도로, 교량, 지하철 등 도심교통시
설에 대한 투자가 지속될 전망이다. 참고로, 오사카 시는 2010년 엑스
포를 대비하여 상하이와의 교류 협력을 더욱 강화하고 있다.

위에서 살펴본 상하이의 경제전략과 문화전략을 염두에 두고 서울의
교류협력 전략을 수립해야 상호간에 이익을 줄 수 있고 또 지속적인
교류협력관계를 유지할 수 있다. 특히 상하이가 경제적으로 이루고자

---

36) 참고로 2004년 실업률은 4.5%였다.

37) 참고로 2004년 비율은 2.29%였다.

38) 상하이에는 증권거래소, 외환거래소, 은행간 채권시장, 은행간 콜시장, 선물거래
소, 황금거래소 등 금융시장의 중추기능을 수행하는 거래소가 집적되어 있으며,
2010년까지 금융업 비중을 현재 10% 내외에서 11%까지 제고할 계획을 갖고 있
다. 홍콩을 넘어서는 국제 금융 허브가 되겠다는 전략이다. 서울도 동북아의 금
융 허브가 되겠다는 전략을 갖고 있기 때문에 상하이의 이와 같은 전략은 서울
과 상하이의 접점이 될 수 있다. 상호 경쟁하며 상호 협력할 수 있는 여지를 찾
을 수 있을 것이다.

39) 상하이시 무역액이 중국전체 무역액에서 차지하는 비중은 2007년 기준 13%이
다, 이미 무역 부문에서 차지하는 비중이 엄천나지만 최종적인 목표는 상하이를
21세기 무역의 중심지로 만들겠다는 전략을 갖고 있다.
　　주 상하이 총영사관, 「2007년 상하이 경제동향」 2 참조.

40) 상하이시는 해운중심지화를 추진하기 위해 양산심수항(洋山深水港)을 건설하고
있는데 추진 일정을 보면, 2005년 12월에 제1단계 5선석을, 2006년 12월에 제2
단계 4선석을 건설했고, 2010년 12월에는 총 30여 개 선석을 마련하여 처리능력
1500만TEU 이상으로 끌어올릴 계획이다. 이런 계획을 세운 이유는 상하이를 아
시아의 물류 허브로 만들겠다는 전략에 따른 것이다.

41) 이에 대한 좀 더 자세한 설명은 주 상하이 총영사관(2005) 20-43쪽 참조.

하는 목표를 달성하는데 서울이 어떤 협력관계를 가질 수 있는지 고민해 봐야 한다. 서로 경제적인 이익을 줄 수 없다면 그 관계는 오래 지속되기 어렵다.

상하이 정부는 세계적인 메트로폴리탄으로 떠오르기 위해 "1966계획"을 발표했다.[42] 1966계획은 중심도시 1개를 중심도시권역(中心城)으로 설정하고 신시가지(新城) 9개를 건설한다. 그리고 신시(新市), 진(鎭) 60개와 중심촌(村) 600개를 건설하려는 계획이다. 첫 자를 따서 1966계획을 발표한 것이다. 상하이시는 행정구역의 효율적 개편을 통해서 도심과 외곽지역이 균형적으로 발전할 수 있도록 만들려는 구상을 갖고 있다. 상하이시는 장강 삼각지역을 메트로폴리탄으로 바꾸기 위한 도시발전 계획을 1966계획과 더불어 추진할 것으로 보인다.

중심역은 상하이시 중심지역 중 600평방 킬로미터에 이르는 면적을 차지하고 있다. 이를 둘러싼 9개의 신시가지는 바오샨, 자딩, 칭푸, 쑹장, 민항, 펑셴, 난차오, 진산, 린강신청, 충밍청차오로 이루어질 예정이다. 인구 5만~15만 정도의 특색 있는 소도시 60개를 신시 또는 진으로 건설할 예정이고 기존의 5만 개의 촌을 통폐합하여 600개의 중심촌을 설립할 계획도 갖고 있다. 상하이시가 계획하고 있는 이와 같은 재정비 사업을 성공적으로 마친다면 상하이는 현대적인 도시체계를 갖추고, 동시에 상하이시 산업 배치 전략을 실현해 갈 것이다.[43] 상하이 동쪽은 장강 하이테크 단지를 완성하여 IT산업을 발전시키고, 상하이 남쪽에 진산화공원구에 화학단지를, 북쪽에 바오샨 강철지구를 발전시킬 것이며, 상하이 서쪽에는 폭스바겐 등의 자동차 산업을 발전시킬 것이

---

42)『매일경제』, 2006년 2월 8일.
43) 주 상하이 총영사관(2005), 13쪽.

다. 중국의 구상대로 된다면 상하이, 난징, 항조우를 잇는 장강 삼각주는 16개 도시들이 연결되어 제조업 기지가 되고, 이 지역은 세계 6대 메갈로폴리스로 우뚝 설 가능성이 있다.

이 과정에서 2010년 상하이 엑스포 개최는 중요한 징검다리 역할을 할 것이다. 이것을 계기로 경제중심지에서 중국의 문화중심지, 동아시아의 경제중심지, 나아가 세계의 경제 중심지로 도약하겠다며 활시위를 당기고 있다. 상하이의 원대한 발전전략은 서울에 자극제 역할도 하고 동시에 협력의 실마리도 제공하고 있다. 서울과 상하이가 경쟁과 협력을 통해 윈윈 할 수 있는 전략이 무엇인지 고민해 볼 필요가 있다.

2. 오사카의 발전 목표와 전략

오사카는 일본 제2의 도시이며 동경, 나고야와 함께 일본 경제의 중심지 중 하나이다.44) 오사카는 상하이와 마찬가지로 해양 항만도시로서 오래전부터 일본과 아시아 대륙을 이어주는 국제교류와 교역의 거점지역이었다. 그러나 1990년대 버블경제의 붕괴 이후 오사카의 경제적 지위는 심각하게 하락하였다. 오사카 정부는 산업구조의 변화, 국제화에 대응하기 위한 산업 재구조화 전략을 고민하게 되었고, 그 결과물이 대도시권 자립화 전략과 관서 재생플랜이있다. 오사카 성무는 초광역 개발프로젝트와 네트워크 파트너십을 구축하는 등 중앙정부의 주도적 운영에서 벗어나 지방정부의 주도권을 강화하는 방향으로 전환하였다. 오사카 정부가 주도적으로 수립한 전략에 따라 테크노포트 오사카

---

44) 오타니 신타로, 「오사카 지역의 현황과 발전전망」, 『부산학 총서 3』(부산 : 신라
    대학교 출판부, 2005), 28-29, 32쪽.

계획과 국제집객도시 계획이 마련됐다.[45]

오사카시는 중기 발전 비전이라 할 수 있는 2006~2015의 기본계획을 발표[46]했는데 여기에 오사카의 목표와 발전전략이 잘 나타나 있다. 오사카시는 대외적으로 "세계화의 진행" 대내적으로 "급속한 저출산 고령화" 그리고 이에 따른 인구감소를 하나의 추세로 판단하고 이를 전제로 중장기적인 목표를 설정한 바 있다.

오사카시는 중점 사업계획도 세웠는데 이는 2006년부터 향후 3년간 진행할 사업계획이라 할 수 있다. 중점 사업계획은 다섯 가지 전략으로 구성되어 있는데 서울도 직면하고 있는 문제들에 대한 대안도 있고, 서울이 앞으로 직면하게 될 문제에 대한 고민도 담겨 있다. 내용을 보면 첫째, "지식과 기술의 거점", 둘째, "즐겁고, 매력 넘치는 도시", 셋째, "아이를 키우고 싶은 지역", 넷째, "다세대가 공생하는 지역사회", 다섯째, "재해에 강한 안전한 도시"로 구성되어 있다. 서울이 오사카와 교류한다면 이와 같은 계획을 수립하고 추진했던 경험들을 공유할 수도 있을 것이다.

오사카는 일본의 전통적인 경제 상업도시이다. 오사카가 위치한 간사이 지역은 몇 세기 동안 일본 정치 및 경제의 중심지였다. 현재는 2천백만 7천 명의 시장에 국내 총생산(GDP)으로 보면, 캐나다보다 앞서는, 세계 8위를 차지한다. 오사카는 간사이의 경제 중심 도시이며 일본의 경제 중심지이기도 하다. 오사카시는 사람·물자·정보가 모여 교류하는 대도시로 발전하고, 경제 활력을 다시 살려서 산업 구조를 고도화하려 한다. 이를 위해 오사카 산업의 경쟁력을 강화하고 신 산업·

---

45) 박재욱 외(2006), 189-201쪽.
46) http://www.city.osaka.jp/korean/mayors_message/conference/2005_12_15.html

성장 산업을 창출하기 위해 노력하는 것은 물론, 국제 비즈니스 기능을 강화하려 한다. 궁극적인 전략은 일본 내에서뿐만 아니라 세계적으로도 괄목할 만한 국제도시를 건설하겠다는 것이다.[47]

오사카 시는 산업 경쟁력을 살리는 출발점을 중소기업 활성화에서 찾고 있다. 오사카가 21세기에도 활력과 생기가 넘치는 도시가 되기 위해서는 오사카 경제를 살려야 하는데 오사카 경제를 뒷받침하는 것은 중소기업이라 보고 있기 때문이다. 사회 경제 환경의 변화 등에서 생기는 기회를 중소기업들이 잘 살려서 경쟁력 있는 강한 기업으로 변신했을 때 오사카의 산업 경쟁력이 강화될 수 있다는 것이다. 오사카는 도시 내 산업의 신진대사를 촉진시키기 위해 오사카 산업창조관을 중심으로 지원하고 있다. 오사카시는 사회의 성숙화와 출산율 저하, 그리고 고령화 등의 사회 경제 환경의 변화에 주목하고 있고, 집객(集客)이 가져다주는 요구, 그리고 새로운 비즈니스의 기회를 모색하여, 이것을 사업화나 창업으로 연결하기 위해 많은 지원을 하고 있다. 또한 외국 기업을 적극적으로 유치해서, 외국 기업이 가진 기술이나 노하우를 교류함으로써 오사카 산업이 활성화하고 시내 중소기업이 국제적 경쟁력을 갖출 수 있도록 지원하고 있다.

경제 도시로서 오사카는 일본 내에서뿐만 아니라 아시아에서도 최적의 비즈니스 장소가 되려고 노력해 왔나.[48] 이는 서울이 동북아의 비즈니스 중심도시가 되고자 하는 전략과 만나는 접점이다. 오사카는 자신의 장점을 여덟 가지로 정리하였다. 동북아 비즈니스 중심도시를 지향하는 서울도 이 점을 참고할 필요가 있고 교류 협력을 통해 이러한 경

---

47) http://www.city.osaka.jp/korean/city_concept/economic.html
48) http://www.city.osaka.jp/keizai/korea/index.html

험을 공유할 기회를 가져야 한다. 교류 협력의 연계가 없다면 양 도시
는 동일한 목표를 향해 다투어야 하는 경쟁자 관계만 남을 수도 있다.

비즈니스 도시로서 오사카의 특징과 경쟁력을 간략히 살펴보자. 첫
째, 오사카는 비즈니스를 할 수 있는 기반여건이 잘 준비돼 있다. 오사
카는 일본뿐만 아니라 세계적인 주요 시장 중의 하나이며, 상업, 공업
및 금융의 중심지이고 산업구조가 선진화되어 있고, 회의나 무역박람
회를 하기에 적합한 인프라스트럭처를 갖고 있다. 오사카는 일본 내에
서도 매우 오래된 산업 및 상업의 중심지로서, 제약, 생물공학, 소비용
전자공학, 소프트웨어, 전자 부품, 화학, 및 식용품에서 선도적인 위치
를 점유하고 있다. 또한, 오사카는 작은 기업이 매우 밀집되어 있는 것
으로 유명한데, 이로 인해 활력이 넘친다. 오사카의 가장 큰 산업으로
는 화학(제약을 포함), 신문 및 출판, 금속제품, 일반기계, 및 전기기계 및
가전제품을 꼽을 수 있다. 무역 및 유통도 매우 활력이 있다. 일본에서
백화점이 가장 밀집되어 있는 곳이 바로 오사카이고, 간사이 지방의 정
보 및 금융 중심지이기도 하다. 예컨대, 오사카 증권거래소는 세계 최
대의 금융 증권거래소 중 하나다.

오사카 및 간사이에서는 국제회의도 많이 열리고 있다. 예컨대, 아시
아 태평양 경제 협력(APEC) 회의가 1995년 오사카에서 개최되었다. 부
산보다 10여 년 먼저 개최한 것이다. 오사카는 매년 약 90개의 무역
박람회를 유치하고 있으며 40만 명이 박람회를 방문하고 있다. 인텍스
는 오사카의 주요 국제 전시회장(http://www.intex-osaka.com) 중 하나이다.

둘째, 교통이 편리하여 비즈니스하기에 좋다. 오사카시는 간사이 지
방에서 이용할 수 있는 모든 육상, 해상, 항공 및 철도 수송의 중심에
자리 잡고 있다. 또한 오사카 시는 일본은 물론이고 아시아 대부분 지

역으로 무역, 비즈니스, 및 여행을 떠날 수 있는 조건을 제공하고 있다. 예컨대 간사이 국제공항(http://www.kansai-airport.or.jp/)이 오사카시의 중심에서 50km에 위치하고 있는데, 2002년 여름에 이미 67개시와 29개국으로 연결되었으며 매주 589회 출항한다. 항구로는 오사카 항(http://www.optc.or.jp/)이 있는데, 2001년에 이미 외국 컨테이너 화물을 2,260만톤 처리하였다. 오사카의 교통 인프라는 동북아의 비즈니스 중심으로서 손색이 없다.

셋째, 도쿄와 비교할 때 비즈니스 비용절감 측면에서 장점이 있다. 오사카는 도쿄와 비교해서 비즈니스 비용이 비교적 저렴하다. 예컨대, 사무실 임대료는 25%가 낮으며 급료는 13%가 낮다. 이러한 비용 절감으로 원가를 낮출 수 있고, 오사카에서 생산하는 제품과 서비스의 가격 경쟁력을 높이는데 매우 좋은 조건이다.

넷째, 오사카는 비즈니스에 필요한 인재를 충원하기에 좋다. 오사카에는 대학 및 R&D 기관이 밀집해 있다. 예컨대, 233개의 고급 교육 기관으로부터 거의 160,000명의 숙련된 졸업생들이 배출되며, 이들이 간사이 지방의 노동인력으로 충원될 수 있다. 이에 더해서 수많은 사설 연구기관이 있기 때문에 오사카 지역은 많은 분야에서 다른 지역보다 비즈니스하기에 탁월하다고 주장한다. 특히 생물공학, 나노 기술, 및 정보 기술 분야에서 저명한 연구기관이 많다.

다섯째, 오사카는 경제적으로 도전적이라는 평가를 받고 있다. 오사카는 벤처 기반 경제를 활발히 조성하려 노력했고, 그 성과를 일정부분 거두고 있다. 이 부분은 오사카가 서울과 일맥상통하는 부분이 있다. 서울도 첨단기술을 보유한 벤처기업 중 43% 이상을 갖고 있기 때문이다. 오사카 상공회의소 및 오사카시는 일본의 벤처 비즈니스 주요 조성

자 중 하나인데, 이들과 교류 협력을 통해 노하우를 공유할 수 있다면
상호 이익이 될 수 있을 것이다. 정부에서 기금을 보조한 소호(SOHO)
사무실 공간 및 다목적 비즈니스 혁신 센터가 있으며, 인큐베이터 시설
과 같은 여러 독창적인 시도를 했는데 이는 모두 고성장 분야를 조성
하기 위한 노력의 일환이었다. 오사카시는 고유의 제품을 개발하는 것
으로 유명한데 인스턴트 누들로부터 LCD(액정 표시소자) 응용 제품에 이
르기까지 매우 다양하다. 이러한 창의적인 정신이 밑바탕이 되었기 때
문에 벤처 경제의 성장 및 원동력을 키울 수 있었다. 또한 오사카는 도
전적인 정책을 관광분야에서도 시도하였다. 예컨대, 오사카시 행정부는
오사카시를 일류 관광지가 되도록 개발하기 위해 2001년에 유니버설
스튜디오 재팬을 출범시키기도 했다.

여섯째, 오사카는 아시아 주요 도시와 결속을 강화해 왔다. 오사카는
오랜 세월동안 한국과 중국을 포함한 아시아와 강한 유대를 맺어왔다.
특히 중국 시장이 팽창 하면서 과거의 전통적인 유대가 다시 한번 급
격히 성장하고 있다. 예컨대, 이러한 성장세는 간사이 지방 총 무역량
을 보면 알 수 있다. 이 지역에 있어서 아시아 수출이 50.8%, 수입이
57.9%를 차지하고 있는데, 이는 일본 국내 평균보다 10 내지 15 퍼센
티지 포인트가 높은 것이다. 오사카시는 아시아 시장과의 유대를 더 강
화하기 위해서 서울을 비롯해서 아시아의 11개 시(방콕, 호치민, 홍콩, 자
카르타, 쿠알라 룸푸르, 마닐라, 멜버른, 뭄바이, 서울, 상하이 및 싱가포르)와 "비
즈니스 파트너십"을 체결하기도 했다.

일곱째, 오사카는 이미 외국인이 살기 좋은 도시인데 더 쾌적한 조
건을 갖추려고 노력하고 있다. 오사카 / 간사이는 생활하고 문화, 레저
및 자연을 추구하기에 좋은 곳이라서 외국인 이주자들이 살기에도 부

족함이 없어 보인다. 오사카시에는 일본에 거주하는 외국인이 가장 밀집해 있는 곳 중 하나로서(인구의 4.5%) 외국인 거주자를 지원하기 위해 여러 시설 및 서비스를 제공한다. 또한 오사카/간사이 지역에서는 외국인 학교를 폭넓게 선택할 수 있다. 외국인 거주 조건에 있어서 오사카는 일본에서 최고 수준을 제공하고 있다 할 정도로 앞서가고 있다.

여덟째, 오사카시는 신규 기업의 시장 진입 서비스를 지원한다. 서비스를 하는 조직으로는 여섯 가지 정도가 있다. 비즈니스 중심도시를 지향하는 서울이 참고할 만한 부분이다.

이러한 노력을 통하여 오사카의 비즈니스 경쟁력 향상을 도모함과 동시에 기업 진출을 위한 인센티브나 다양한 경제 교류 네트워크를 살려 외국 기업의 입주를 촉진하는 등, 국제적인 비즈니스 활동의 거점이 되는 도시를 향한 노력을 전개하고 있다. 비즈니스 도시로서의 오사카의 모습과 노력 속에는 서울이 배워야 할 점들이 많이 있고 교류협력을 통해 이 노하우를 터득해 와야 할 것이다.

그러나 오사카는 경제 중심도시로서의 위치를 지키고 발전하기 위해서 해결해야 할 몇 가지 과제를 안고 있다.[49] 첫째, 도쿄로의 일극 중심을 벗어나야 한다. 둘째, 일본 내 오사카의 상대적 지위 저하를 막아야 한다. 셋째, 도시 이미지를 개선해야 한다. 넷째, 산업 구조를 빨리 전환해야 한다.

이러한 과제를 인식하고 있는 오사카 시 정부는 미래 오사카의 청사진을 그리면서 여섯 가지 정도의 전략을 구상하고 있다. 경제뿐만 아니라 비경제 영역까지 포괄한 것으로서 도시로서의 오사카의 미래를 담

고 있다. 첫째, 오사카의 경제규모와 인구 규모를 이용해 도약하려 한
다. 오사카는 호주 또는 스위스의 경제규모와 인구 규모를 갖고 있다.
둘째, 산업집적의 규모와 수준을 활용해서 도약하려 한다. 오사카에서
성공하면 일본에서 성공한다는 말이 있듯이 오사카의 산업구조와 수준
을 활용하여 미래 경제를 활성화해야 한다는 것이다. 셋째, 풍부한 연
구기관을 활용하려 한다. 넷째, 주변 주요도시와의 연계를 확대하고자
한다. 일본 내 주요도시와의 연계를 확대하고 그 연장에서 주변 국가의
주요도시인 서울 상하이 등과의 연계도 확대할 필요가 있다는 점을 명
확히 인식하고 있다. 다섯째, 교류지향성에 의해 배양된 역사와 문화를
활용하려 한다. 여섯째, 미래 오사카는 상업·공업 도시로서의 모습뿐
만 아니라 관광지로서의 오사카를 만들어 가야 한다는 점을 잘 인식하
고 있다.

　도시로서 오사카가 지향하는 이념과 전략을 여섯 가지 정도로 정리
할 수 있다. 첫째, 국제 집객도시를 지향한다. 둘째, 문화·역사 도시를
지향한다. 셋째, 물의 도시임을 강조한다. 넷째, 스포츠 도시를 지향한
다. 다섯째, 환경 선진도시라는 점에 긍지를 갖고 있다. 여섯째, 경제·
산업도시로서의 특징을 견지한다.[50]

　국제 집객도시를 지향하는 오사카시는 사람과 물자, 정보가 모이는
도시에는 다양한 요구가 발생하고, 새로운 산업과 문화가 태어나며, 그
들은 더 많은 사람들을 끌어 모아, 도시의 정보 발신 기능이나 산업·
문화의 창조력을 높여 주는 호순환(好循環)을 가져다준다는 시각을 갖고
있다. 2002년 4월, 오사카시는 이러한 국제 집객(集客)도시 만들기를 계

---

50) http://www.city.osaka.jp/korean/city_concept/index.html

획적이고 효과적으로 추진해 가기 위해, 5개년 행동 계획으로 "오사카시 문화 집객 액션 플랜"을 책정했다. "오사카시 문화 집객 액션 플랜"에서는 방문객의 요구를 파악하고 방문객의 편리성을 중시한 6개의 사업으로 (1) 매력적인 도시 만들기, (2) 방문객이 이용하기 쉬운 도시 만들기, (3) 마케팅과 유치 활동의 추진, (4) 체류 촉진 메뉴의 개발, (5) 국제 집객도시를 이끌어 갈 인재의 육성과 Hospitality 조성, (6) 추진 체제의 강화를 중점적으로 추진한 바 있다.

오사카시는 최근 수년간 집객 시설 등의 정비를 진전하여, 집객 매력을 높였다.51) 이러한 시설과 더불어 이미 있는 역사적・문화적 축적을 효과적으로 활용한 운영 기획에 충실을 기하고, 방문객이 보다 폭넓게 즐길 수 있도록 "오사카만의" 매력 만들기를 추진해 오고 있다. 또한 오사카시는 높은 경제 효과를 내기 위해서, 방문객이 오사카에서 머무르면서 시내 각 곳을 돌아보고 즐길 수 있도록, 특히 "체류형 관광"을 중점 목표로 추진하고 있다.

오사카는 경제 도시의 위상, 국제 집객도시로서의 위상, 관서 문화・학술・연구도시로서의 위상을 확고히 하기 위한 전략을 수립하고 그를 향해 나아가고 있음을 가늠해 보았다. 서울이 오사카와 교류하고 협력한다면 이 중 어디에 초점을 맞추어야 하고 어느 지점으로부터 실마리를 풀어나가야 할 것인지를 민단하고 징책적으로 선택하는 문제만이 남아 있다. 특히 서울은 오사카가 국제적인 비즈니스 거점 도시로 부상하기 위해 노력하고 있는 경험들을 공유할 수 있도록 노력할 필요가 있다.

---

51) http://www.city.osaka.jp/korean/city_concept/visitors.html

IV. 서울시의 전략방향

1. 기본 전략

동북아 관계의 발전을 고려해 볼 때 한·중·일 3개국은 국가단위의 정치공동체 형성을 매우 필요로 하고 있음에도 불구하고 이를 형성하는데 많은 난관을 갖고 있다. 경제적으로 매우 밀접한 관계를 갖고 있는데 비해 정치적으로는 여전히 소원한 관계를 갖고 있다. 어디서부터 풀어나가야 할 것인가?

동북아 3국의 관계 개선 과정에서 주목할 만한 가치가 있는 영역으로는 지자체 수준의 교류와 협력 그리고 경쟁관계를 지적할 수 있다. 동북아 3국의 지자체간 관계 중 가장 대표적인 것은 베세토 벨트를 형성하고 있는 서울, 베이징, 그리고 도쿄간의 교류와 협력 그리고 경쟁관계이다. 이 3개 도시 간 관계는 과거에도 그랬고 현재도 그러하며 앞으로도 가장 중요한 위치를 차지할 것이다. 서울, 베이징, 그리고 도쿄는 동북아 3국의 수도이며 대표도시이기 때문이다.

최근 국가 수준의 갈등이 심화하면서 3개국 수도간 교류와 협력이 소원해진 측면이 있다. 시간이 흐르면서도 나아질 기미가 별로 보이지 않는다. 그렇다고 그대로 방관만 할 것인가? 베세토 벨트를 탈피하면서 베세토 벨트를 보완하고 나아가 동북아 3국의 교류와 협력을 확대·심화하는 데 도움을 줄 수 있는 또 다른 벨트는 없는 것인가? 이러한 문제의식 아래 새로운 교류, 협력 그리고 경쟁의 벨트를 찾아보았다.

그 결과 앞서 살펴본 것처럼 서울, 상하이 그리고 오사카 간의 교류, 협력 그리고 경쟁관계를 주목하게 되었다. 3개 도시가 갖고 있는 특징과 향후 발전 전략을 감안할 때 호혜 평등 상호 이익의 원칙 아래 교류 협력할 수 있다면 새로운 차원에서 동북아의 평화와 조화를 구축하는 데 도움을 줄 수 있을 것이다. 앞서 지적한 것처럼 중앙정부 차원의 냉기류가 형성되더라도 지방정부인 서울, 상하이 그리고 오사카 간의 교류와 협력의 과정 속에서 해결의 실마리를 찾을 수도 있다는 전제 아래 관계를 구축하고 유지할 필요가 있다.

서울, 상하이 그리고 오사카 간의 교류 협력의 접점은 거시적으로 볼 때 단연코 경제이다. 세 도시는 가히 각각의 국가에서 경제 중심지, 경제 수도로서의 위상을 갖고 있다. 각자의 위상으로도 족히 상당한 발전을 할 수 있는 경제 역량을 갖고 있기 때문에 교류협력하지 않아도 되지 않겠나 하는 자족감을 경계할 필요가 있다. 역사적으로 많은 도시들의 흥망성쇠의 과정을 걸어갔지만 발전의 원동력은 외부와 활발히 교류하고 협력하는 가운데 생겨났다. 세계적인 무역허브나 금융허브들 중에서 독불장군은 없다. 세 도시가 교류 협력하는 노력은 세 도시 모두에게 큰 시너지효과로 나타날 것이다. 서울, 상하이 그리고 오사카 간의 교류 협력의 접점은 중기적으로 볼 때는 세 도시가 추구하는 발전전략 속에서 찾아 볼 수 있다. 세 도시가 추구하는 발전전략은 상호 보완적인 부분도 있고 상호 경쟁적인 부분도 있다. 상호 보완적인 부분이야 더 말할 것도 없이 교류 협력을 통해 상호 이익을 얻을 수 있는 여지가 많이 있다. 상호 경쟁적인 부분도 긍정적이고 적극적으로 대처할 경우 상호 이익을 주고받을 수 있는 여지를 찾을 수 있다.

서울, 상하이, 오사카 간의 교류 협력의 장기적인 전망은 밝아 보인다. 그러면 어디서부터 시작할 것인가? 교류 협력의 시작을 위해 다양한 방안들을 모색해 볼 필요가 있다. 단기적인 방안들은 출발점이기도 하지만 관계를 지속하는 데 윤활유 역할을 할 것이고 궁극적으로는 본질적인 관계를 쌓아가는 자원이기도 하다. 우선은 비정치적, 비경제적 분야의 사업부터 시도해 볼 필요가 있다. 즉 사회·문화 영역의 교류부터 시작할 필요가 있다.

그리고 처음부터 3각 교류를 시도하기보다는 서울 상하이 또는 서울, 오사카의 쌍무 관계를 강화하는 데 초점을 두고 적절한 이벤트들을 구상하여 실천해 볼 필요가 있다. 이러한 이벤트들은 3개 도시 간 교류 협력의 가능성을 테스트해 보는 시험지가 될 수 있다. 쌍무관계의 강화를 이루고 난 다음, 서울-상하이-오사카 삼각교류를 테스트해 볼 수 있는 이벤트를 시도해 보고, 그 사례들 중 최적 사례를 추출하여 지속적인 관계를 유지하도록 한다. 양자관계의 내실화에 대해서는 다음 절에 좀 더 자세히 살펴볼 것이다.

이런 일련의 과정을 거쳐 내실을 갖추어 가면 서울, 상하이 그리고 오사카 간 교류 사례는 지자체 국제교류의 모범적인 사례로 육성할 수 있다. 이렇게 되면 향후 환경변화에 따라 동경, 북경과의 교류가 활성화 될 경우에도 대비할 수 있다. 베세토 벨트는 여건이 바뀌면 활성화할 수 있는 잠재력을 갖고 있다. 이때 서울, 상하이, 오사카의 교류 경험이 좋은 기폭제가 될 수 있다. 베세토 벨트도 활성화하고 서상카(서울 상하이오사카) 벨트도 활성화할 수 있다면 동북아의 관계 발전을 더욱 튼튼한 기반위에 올려놓을 수 있다.

서울이 국제화 전략을 실천하고 경쟁력을 갖기 위해서 반드시 고려해야 할 것이 있다. 바로 경기도와의 관계이다. 서울이 국제적으로 경쟁력을 가지려면 서울, 인천 그리고 경기도를 포함하는 수도권 전체를 염두에 두고 전략을 구상할 필요가 있다. 서울이 수도권을 염두에 두고 전략을 짜야 하는 이유는 명확하다. 단적인 예를 들면 서울이 수도권을 포함해야 비로소 국제적인 공항과 항구를 가진 도시가 될 수 있기 때문이다. 서울, 상하이, 오사카를 아우르는 지경학적 지도를 그리는 마당에, 서울이 경기도와 인천을 포괄하는 수도권을 하나의 단위로 묶어야 하는 필요성은 자명하다. 실제로 오사카시도 오사카부를 포괄하여 움직였던 사례가 있는데 이를 차분히 연구하여 참고해 볼 필요가 있다. 수도권을 단위로 움직이는 것이 교류협력의 경쟁력을 강화해 주는 경우도 많다. 수도권을 단위로 확대했을 때, 2007년 11월에 발표된 경기도 화성시의 유니버설 스튜디오 유치계획도 서울의 경쟁력 강화에 도움이 될 것이다. 지자체를 기반으로 한 동북아3국의 경제적, 문화적 교류확대가 성공할 경우, 2012년 3월 완공예정인 유니버설 스튜디오가 타깃으로 삼은 중국과 일본, 특히 중국관광객 유치라는 점에서 많은 도움이 될 것이 확실하며, 이들이 서울을 거쳐 가고 서울을 방문할 가능성은 매우 높다.52)

　장기적으로 서울시 스스로는 IT 허브를 구축하고 이들 인프라를 기반으로 상하이 및 오사카와 지식 허브를 구축하는 전략도 생각해 볼 수 있다.53) 상하이, 오사카와 아이디어와 정책을 공유할 수 있는 지방정부 관련 동북아 Knowledge Hub를 마련하는 것이다. 한·중·일 지방정부인 서울, 상하이 그리고 오사카가 협의체를 구성, 동북아 공동체 구축을 위한 정치적 압력단체이자 주요 정책의 제공자로서의 위상을 확보하는 것이다. 이는 지방의 국제화라는 대승적 목표를 달성하고 동북아 비즈니스의 경쟁뿐만 아니라 협력을 제도화하는데 시금석이라는

---

52) "경기도-서해안 개발", 『동아일보』 2008년 7월 19일.
53) 문정인(2005).

전제하에 정책적 주안점을 두어야 할 것이다.

　서울이 상하이와 오사카를 초청하고자 할 때 무엇을 줄 수 있을 것인가? 이것을 고민하는 것이 서울이 교류협력을 구상할 때 가장 먼저 생각하고 지속적으로 유지할 수 있도록 노력해야 할 부분이다. 예컨대, 경제적으로 서울에 있는 기업과 교류하고 협력할 때 이익을 얻을 수 있다고 판단하면 그들은 자발적으로 서울로 달려 올 것이다.[54] 또 문화적으로 한류에 매력을 느낀다면 상하이와 오사카의 시민들이 서울과 교류하고 협력하는 것을 마다하지 않을 것이다. 이들을 서울로 불러오고 서울에 왔을 때 깊은 인상, 좋은 인상을 강하게 각인할 수 있다면 교류하고 협력하는 과정에 좋은 윤활작용을 할 것이다.[55]

　서울, 상하이, 오사카의 교류가 활성화된다면 여러 면에서 유용하다. 첫째, 미시적인 차원에서 보면 상하이와 오사카 등에 친 서울과 인맥을 형성할 수 있다. 정부 대 정부의 G to G(Government to Government)에서 시작한 교류를 기업 대 기업의 교류, 시민단체 대 시민단체의 교류, 나아가 사람 대 사람의 P to P(Person to Person) 교류로 발전시키고 궁극적으로는 정서적으로도 공감하고 지지하는 H to H(Heart to Heart) 단계로 끌어 올릴 수 있다.

　둘째, 가장 세계적인 것과 가장 지역적인 특성이 교류를 통해 상승작용을 일으킬 수 있다. 예컨대, 서울, 상하이, 오사카 사회, 경제, 관광, 문화 벨트를 구축함으로써 3자간 인적 교류를 확대하고 상호간에 원원

---

54) 일본의 요네야마 스쓰무가 실제로 이런 생각을 말한 적이 있다.『세계도시 서울은 가능한가』(서울 : 서울시정개발연구원, 2003), 134쪽.
55) 중국 베이징 대학 학생들이 한류를 통해 서울을 긍정적으로 생각하게 만들었다는 사례도 간접적으로 확인된 바 있다(서운석・박인성, 2005, 149).

할 수 있도록 한다.56) 이런 교류협력을 통해 서울, 상하이, 오사카를 축으로 하는 관광을 하나의 벨트로 엮어 패키지화하는 단계로 발전할 수도 있으며, 이는 동북아 역외로부터의 방문객을 더욱 늘리는 요인이 될 수도 있다. 세 도시 간 교류활성화는 세 도시가 세계도시로 발돋움 하는데 필수적인 조건이다.

셋째, 지자체의 국내 자치 역량 함양뿐만 아니라 국제적 역량도 기를 수 있는 다양한 기회를 확보할 수 있다. 특히 상대 도시가 서울을 통해 얻을 수 있는 사항들을 고민함으로써 서울의 장점을 정리해 볼 수 있는 기회가 될 수 있다. 국제사회에 대한 서울의 완전 개방체제 구축과 동시에 서울의 고유성을 확보하기 위한 시험대로서 서울-상하이-오사카 교류 모델을 활용할 수 있을 것이다.

넷째, 서울시 조직 내부의 국제화 마인드 제고에 활용할 수 있다. 예컨대 서울시 공무원들의 상하이, 오사카 교환교류 등을 통해 사기앙양과 국제화 인재 양성의 일석이조 효과를 거둘 수 있다. 국제화 인재는 국제행사 전문, 국제관계 의전, 국제통상과 협상 전문 등으로 세분할 수 있는데 서울시가 이들 분야별 인재를 확충할 수 있는 기회를 가질 것이다.

서울, 상하이 그리고 오사카 간의 교류와 협력은 경제적인 측면에서 그리고 비경제적인 측면에서 상호 이익을 줄 수 있는 가능성이 매우 높다. 나아가 정치적으로도 좋은 결과를 거둘 가능성이 크다. 예컨대, 중앙정부간 갈등이 있더라도 지방정부간 우호 협력관계를 탄탄히 함으

---

56) 예컨대, 각 도시의 국내공항인 김포, 홍차우 그리고 오사카 공항을 상호 개방한 것처럼 인적 왕래를 용이하게 하는 교류 협력의 기반 구조를 더욱 다질 필요가 있다.

로써 국가간 우호 관계를 공고히 하고 내실을 다지는 역할도 할 수 있다. 그리고 장기적으로는 동북아 3국의 경제협력 공동체 형성에도 이바지 할 수 있다.

이런 점을 고려해 볼 때, 서울, 상하이 그리고 오사카 간의 교류 협력을 국제정치의 새로운 인식아래 진행할 필요가 있다는 판단이다. 지방정부끼리 가까워지면 중앙정부 간에 멀어질 수 없다는 새로운 인식을 가지고 추진할 가치 있는 사업이 바로 서울, 상하이 그리고 오사카 간 교류와 협력이다.

2. 실천 방안

상하이, 오사카와의 교류 협력과정에서 서울시가 견지해야 할 전략 방향을 양자관계의 내실화, 단계별 접근, 그리고 국내 네트워크의 강화라는 측면에서 검토해 보겠다.

1) 양자관계의 내실화

우선 3자간의 교류 단계로 넘어가기 전에 양자 관계를 내실화할 필요가 있다. 그 순서를 크게 두 가지로 나누어 생각해 볼 수 있다. 하나는 선 협약 후 교류형이다. 둘째는 선 실질교류 후 협약 형이다. 양 유형은 각각의 장단점이 있다. 선 협약형은 일단 협력을 위한 약속을 하고 이에 따라 교류 협력을 해 나가는 것이므로 체계적으로 일을 추진할 수 있는 장점이 있다. 제도를 먼저 만들고 그 틀의 내용을 채워가는 방식이다. 선 교류형은 실용적인 방법이라는 장점이 있다. 시험적인 교류를 통해 실질적으로 상호 이익이 될 만한 것이 있는지를 확인한 후 협약을 체결하는 등 관계를 제도화하는 것이다.

장기적인 관점에서 보면 서울이 상하이, 오사카와 교류할 때 적절한 전략 방향은 선 실질교류 후 협약 형이 더 나아 보인다. 왜냐하면 이미 상하이와 오사카는 서로 상당한 정도의 교류와 협력을 해 오고 있다. 상하이와 오사카 간의 우호 협력 관계는 1974년 이래 비교적 튼튼하게 내실을 다져온 바 있다. 서울, 상하이, 오사카 간에 삼각형을 그린다면 서울-상하이, 서울-오사카 간 연결이 비교적 약하다고 볼 수 있다.

단기, 중기적으로 서울은 상하이 및 오사카와의 쌍무 관계를 더욱 강화할 필요가 있다. 쌍무 관계를 강화하고 나서 전체 삼각교류를 강화할 기반이 마련된다 하겠다. 또한 상호 도시 간 접근성을 높일 수 있는 대책도 전략적으로 고려해 봐야 한다. 예들 들어, 현재 서울, 오사카, 상하이 간 부분적으로 상호 개방하고 있는 국내 공항을 더욱 활성화하는 방법이다. 세 도시 시민들 간의 접근성을 높여 줌으로써 상호 왕래를 좀 더 용이하게 만들어 장기적으로 양자 관계를 내실화하게 하는 방안인 것이다.

이와 같은 단계를 거쳐서 서울-상하이, 서울-오사카 간 관계가 공고해지면 서울이 나서서 3자간의 교류 협약을 체결하자고 할 수도 있다. 아직은 시기상조이지만, 장기적으로 3각 교류를 목표로 설정해 놓고 단기, 중기적으로 실질적인 교류를 진행하는 것이 필요하다 하겠다. 반면, 선언적으로 협약식부터 체결하고 보는 식의 접근은 장기적으로 볼 때 바람직해 보이지 않는다. 교류 협력은 경제중심도시 간의 협력을 목표로 하는 만큼 경제에 초점을 맞추는 전략이 필요하다. 이는 장기적으로 한중일 경제 공동체를 구성해 가는 과정에도 도움이 될 것이다. 세 도시 간의 교류 협력의 전략적 목표는 경제공동체이지만 그 과정에서 윤활유 역할을 해 줄 수 있는 다양한 분야의 교류 이벤트를 구체적인 방안에 추가할 수 있을 것이다.

2) 단계별 접근

교류 협력의 방안들을 실천하는 과정을 여러 가지 측면에서 검토해 볼 수 있다. 정치, 경제, 문화, 스포츠 등 다양한 분야에서 교류 협력이 이루어질 것인데, 이를 실천에 옮길 때 세심한 주의가 필요하다. 한·중·일의 관계는 경쟁과 협력이 공존하는 관계이고 그 속에 있는 세 도시의 관계도 같은 맥락에 있기 때문이다. 이 복합성을 이해한다면, 각종 방안들을 수립하고 추진할 때 역시 단계적으로 추진하는 것이 바람직하다. 예컨대, 아래와 같은 4단계에 걸쳐 교류협력 방안을 실천해 볼 수 있을 것이다.

1. 제1단계 : 구상 및 준비 단계(3개 도시 공무원간 예비접촉)
2. 제2단계 : 시작 단계(지자체장간 회담 / 선언문 채택, 문화교류)
3. 제3단계 : 활성화 단계(공무원 파견 등 다양한 인적교류 및 협력)
4. 제4단계 : 상설화 단계(검증된 사업의 상설화 및 경제 교류 협력)

1단계에는 교류협력의 방안을 모색해 보고 그 구상을 검토하며 철저히 준비하는 것이다. 이런 준비를 바탕으로 3개 도시의 공무원간 예비 접촉을 할 수 있다. 경우에 따라서는 서울, 상하이 또는 서울, 오사카 간에 쌍무적으로 공무원간 예비 접촉을 시도해 볼 여지도 있다. 앞서 지적했듯이 당장 3자 교류를 시작하기보다는 각각의 도시와 먼저 쌍무

관계를 맺는 것이 바람직하기 때문이다.

2단계는 실제 시작단계라 할 수 있다. 서울시장과 상대 도시 시장간의 회담을 하고 그 결과를 선언문 형태로 채택할 수 있다. 시장 수준의 회담이 성사될 경우 동시에 문화 분야의 적절한 아이템을 골라서 함께 행사를 진행하는 것도 좋을 방안이다.

3단계는 활성화 단계로 관련 분야 담당 공무원을 상호 파견할 수도 있을 것이고, 서울시가 중심이 되어 서울의 민간단체와 해당 도시의 민간단체간의 교류관계를 주선할 수도 있다. 서울과 상하이 또는 서울과 오사카 간의 대학을 지정하여 협력관계를 맺고 유학생을 상호 파견 하는 등 다양한 인적 교류를 할 수도 있다.

4단계는 검증된 사업들을 제도화하여 상설적으로 운영하는 것이다. 그리고 1~4단계를 거치면서 신뢰관계를 검증하고 상호 이득이 될 만한 사업 아이템이 있다면 서울의 기업들이 경제 투자를 시도해 봐야 한다. 반대로 상하이나 오사카의 기업들이 서울에 투자하도록 유도할 수도 있다. 예컨대 포틀랜드(Portland)시와 일본 삿포로시의 사례와 같이 지자체의 교류를 계기로 민간 기업의 투자를 유도할 수도 있다.

이렇게 신중한 단계별 접근을 해 볼 수 있는 방안들을 찾아보면 다양한 아이템들이 추출될 수 있다. 먼저 경제 분야이다. 오사카시의 경우 해외 사무소를 시카고, 뒤셀도르프, 파리, 상하이, 싱가포르에 두고 있다. 특히 상하이, 오사카 그리고 서울 간의 3각 교류를 시행하려는 구상 아래서 주목해야 할 부분은 서울에 오사카시의 해외 사무소가 없다는 점이다. 서울에 오사카의 해외사무소를 개설하도록 지원하여 경제·통상 교류협력을 강화하는 연결고리로 삼는 것도 추진할 필요가 있다. 또 우리 입장에서는 지방자치단체 국제화 재단이 베이징 사무소나 도쿄 사무소는 열고 있는데 비해 상하이 사무소나 오사카 사무소는 갖고 있지 않다.57) 서울이 직접 서울관을 개설하기 어려운 측면이 있다면, 우선 지방자치단체 국제화 재단이 상하이와 오사카에 사무소를 열도록 지원하는 방법도 고려해야 한다. 이런 단계까지 가려면 사전에 담당 공무원의 철저한 준비와 많은 노력이 뒷받침되어야 할 것이다.

예산을 확보할 수 있다면 상하이와 오사카에 해외 서울관(문화·무역관)을 개설하여 지속적이고 총체적인 관리를 해 나가는 것이 바람직할 것이다. 상하이와 오사카에 해외 주재관을 파견 근무토록 함으로써 관계를 상시적으로 관리, 촉진하는 단계로 넘어가면 3개 도시 간 관계를 궤도에 올려놓는 데 많은 힘이 될 것이다.

경제분야에서 상하이와의 교류를 통해 컨벤션 산업의 노하우를 획득하도록 노력할 수도 있다. 서울도 현재 아시아에서 싱가포르에 이어 2위의 컨벤션 개최국이므로 우리가 갖고 있는 노하우를 제공할 수도 있다. 상호간의 경쟁, 교류, 그리고 협력을 통해 컨벤션 산업의 세계적인 경쟁력을 서울과 상하이가 함께 갖추어 갈 수도 있을 것이다. 경제교류의 중요한 방안 중의 하나는 합작투자이다. 3개 도시가 상호간에 배타적으로 개방된 전용공단을 조성하고 3개 도시 간 기업의 합작투자를 이끌어 내는 방안도 장기적으로 생각해 볼 수 있다.

문화 분야에서도 교류가 가능하다. 상하이, 오사카의 경우도 전통 있는 민속축제가 있으므로, 이를 우리의 민속축제와 연계하여 3개 도시에서 순회 개최하는 등 이벤트를 구상해 볼 수도 있다. 그리고 상하이시와 교류할 아이템으로는 영화 교류를 들 수 있다. 상하이와 교류시

---

57) 해외 사무소 현황은 한국 지방자치단체 국제화 재단 홈페이지 참조.

1930년대 상하이가 중국의 국제도시로서 영화의 중심지였던 점에 주목할 필요가 있다. 중국의 영화 황제라 불렸던 "김염(金焰)"58) 등 역사적인 사례를 발굴하고 이를 현대의 영화산업과 연결하여 영화제 등 이벤트를 개최할 수도 있다. 서울 아리랑 고개의 영화거리와 연계하여 시도해 볼 여지가 있다.

　스포츠 분야에서는 스포츠 교류 팀을 상호 파견하거나 프로팀의 경기를 순차적으로 교환하거나 각종 친선 경기를 가질 수도 있을 것이다. 예컨대, 오사카와의 야구교환 경기를 생각해 볼 수 있다. 오사카의 한신 타이거즈와 서울 연고의 야구팀간의 교류 경기를 정례화할 수도 있을 것이다. 서울, 상하이, 오사카에서 순차적으로 마라톤 대회를 개최하는 것도 고려해 볼 수 있다. 행정 분야에서는 대도시가 공통으로 당면하고 있는 도시문제 해결방안 모색을 위한 행정교류단 파견 및 초청방안을 구상하고 실천하여 내실 있는 교류협력을 도모할 수 있다. 상징적인 사업 방안도 생각해 볼 수 있다. 3개 도시 상호간에 서울거리, 상하이 거리, 그리고 오사카 거리 등 상징적인 거리 명명식을 가지는 방안도 가능하다. 자매도시 전시관을 무역관 내에 설치할 수도 있을 것이고 각 도시를 대표하는 유명 인사들과 보통 시민들을 상호 명예시민으로 위촉하는 것도 가능하다.

---

58) 김염에 대해서는 조복례, 『상하이에 핀 꽃 : 1930년대 영화황제 김염』(서울 : 주류성, 2004) ; 박규원, 『상하이 올드 데이스 : 독립 운동가의 아들로 태어나 중국의 영화 황제가 된 김염의 불꽃같은 삶』(서울 : 민음사, 2003) ; 스즈키 쓰네카쓰(이상 역), 『상해의 조선인 영화황제』(서울 : 실천문학사, 1996) 참조.

3) 국내 네트워크의 강화

상하이, 오사카와 교류하고 협력할 수 있는 "상품"을 확보했다면, 다음 단계에서는 이 상품을 어떤 조건으로 팔 것인지 고민해야 한다. 그리고 동시에 교류협력의 제도화를 준비하는 것이 당연해 보인다. 쌍무간 관계를 강화하고 3자간의 관계를 제도화하는 과정에서 이익을 극대화하기 위해서는 필요한 다양한 사회 협력망을 구축해야 한다. 가장 긴요한 사회 협력망을 지적해 보면, 법률, 언론, 학술 분야가 있다.

첫째, 법률분야 협력망 구축이다. 교류협력에 따른 합의를 하고 "계약"을 하게 되는데 이때 반드시 국내법, 국제법적인 문제를 검토해야 한다. 특히 국제 통상과 관련한 법률이 중요할 수 있으며, 해당 국가의 국내법도 검토해야 할 경우도 있을 것이다. 관련 전문가인 변호사를 직접 고용하는 것도 하나의 방법일 수 있다. 그러나 이는 예산문제 등이 수반되며 연중 고용하는 것도 어려움이 있다. 해결책은 두 가지 방향에서 모색해 볼 수 있다. 첫째는 변호사를 직접 채용하지는 않지만 외부 변호사를 섭외하고 관리할 수 있는 업무 담당자를 배치하는 것이다. 둘째는 지방자치단체 국제화 재단에서 변호사를 고용하고 이를 전국의 모든 지자체들이 활용하는 것이다. 계약에 수반되는 법률적 문제는 치명적인 결과를 가져올 수 있는 경우도 있는 만큼 중요하게 생각해야 할 것이다.

두 번째는 언론분야 협력망 구축이다. 언론 분야는 지자체의 교류협력 사업을 홍보하는 효과와 교육하는 효과 두 가지 면에서 협력망을 구축할 필요가 있다. 따라서 중앙 유력 언론과 협력 네트워크를 형성할 수도 있지만, 지역 언론과 협력 네트워크를 형성하고 활용하는 것도 실용적일 수 있다. 지면 확보와 지역주민에의 밀착성 등을 고려하면 지역 언론이 갖고 있는 장점도 있다.

셋째는 학술분야 협력망이다. 학술 분야 협력망은 매우 중요하다. 왜냐하면 교류협력하고자 하는 국가를 연구하는 지역 전문가의 연구 성과는 교류협력 사업의 출발점이기 때문이다. 출발점이면서 동시에 운영과정에도 많은 도움을 받을 수 있을 것이다. 기왕의 연구 성과가 있으면 바로 활용하면 될 것이고 해당 연구자의 자문을 구할 필요도 있다. 필요한 사항의 연구 성과물이 없을 경우는 해당 기관에서 예산을 확보하여 연구 용역을 발주할 필요도 있다. 예컨대 상하이에 대한 연구는 초보적이나마 찾아 볼 수 있었지만 오사카에 대한 연구는 찾아보기 힘들고 있다 하더라도 내용에 만족하기 어렵다. 지역 전문가의 협조를 얻어 오사카에 대한 지역연구를 조속히 시작할 필요가 있다.

위 세 가지 업무의 특성상 성격이 모두 다르지만 한 가지 공통점이 있다. 모두 기관 외부의 인력과 자원을 활용한다는 점이다. 해당 분야마다 담당자가 있으면 좋겠지만 기관의 형편이나 예산상 현실적인 어려움이 있을 것이다. 그러나 최소한 이 세 가지 업무를 총괄적으로 담당하는 담당자는 확보할 필요가 있다.

V. 결론

2009년 현재 동북아 3국의 관계는 외면상으로는 협력과 갈등이 공존하고 있지만, 내용적으로는 갈등요인이 더 많이 잠재해 있다. 중앙정부 차원의 잠재된 갈등과 대립을 완화하고 협력의 작은 실마리를 찾아보려는 다양한 시도 중의 하나로 지자체간의 문화·경제적 교류와 협력을 검토해 보았다. 특히 서울, 상하이 그리고 오사카 간의 교류와 협력 가능성을 점검해 보았다. 중국과 일본의 경제 중심지로서 상하이와 오사카를 대상으로 한국의 경제 중심지인 서울시의 전략방향도 검토해 보았다. 서울, 상하이 그리고 오사카는 각각의 도시 발전 전략을 고려할 때 구조적으로 경쟁자의 위치에 놓여 있다. 따라서 상호간의 교류와 협력을 위해 의식적으로 노력하지 않는다면 상호간의 치열한 "경쟁"이 두드러질 것이다. 국가간 갈등을 완화하는 실마리로서 그리고 상호간의 불가피한 경쟁을 보완하는 의미에서 3개 도시 간 교류와 협력이 필요한 시점이다.

서울시는 경제적으로 동북아 비즈니스의 중심지가 되려는 전략을 갖고 있다. 상하이는 중국 내부적으로는 서부 대개발의 동력을 제공하면서 대외적으로는 서울과 마찬가지로 동북아의 금융허브가 되고자 한다. 오사카도 경제중심도시로 부활하려는 전략을 갖고 있고 국제적인 비즈니스의 거점 도시가 되고자 한다. 이처럼 세 도시의 거시적인 발전전략을 검토해 본 결과 경쟁과 협력의 여지를 갖고 있음을 알 수 있었다. 경쟁의 측면에서 본다면 지향하는 전략 방향이 겹친다는 점을 지적할 수 있다. 협력의 측면에서 본다면 베세토 모델의 대안으로서 3자의 협력이 가져올 수 있는 시너지 효과를 기대해 볼 수 있다.

서울시가 서상카 벨트를 통해 베세토를 보완하는 협력관계를 활성화하려면 상하이, 오사카와의 3각 교류협력의 구체적인 실천방안을 세울 필요가 있다. 이 연구에서는 양자관계의 내실화, 단계적 접근 그리고 국내 네트워크의 강화를 지적하였다. 이러한 검토 결과가 현재는 가능성으로만 남아 있다. 그러나 이러한 가능성이 현실이 될 수 있는 여지가 크다. 나아가 향후 환경변화에 따라 서울, 상하이, 오사카의 삼각 축을 서울, 상하이, 오사카, 평양(또는 신의주 같은 다른 북한의 도시)으로 확장할 수 있는 기반도 마련할 수 있다. 북한 입장에서도 서울·평양의 직접적인 교류 관계를 부담스러워 할 수 있겠으나 서울, 상하이, 오사카의 3각축 속에 1/N로 참여하는 것은 부담을 덜어 줄 수 있을 것이며 응해올 가능성도 있다.

북한의 특성상 김정일 국방위원장이 선호하면 평양시도 참여하는 데 부담이 적을 것이다. 김정일 국방위원장은 상하이를 방문하고 "천지개벽"이라며 깊은 인상을 드러낸 바 있다. 김 위원장은 공사시작 10년 만에 "아시아 금융센터"로 환골탈태한 상하이의 "상전벽해"에 충격에 가까운 반응을 드러낸 바 있다. 상하이를 "중국의 정치, 경제, 과학, 문화의 전반적 발전을 추동하는 데 큰 몫을 맡은 국제도시"라고 평가하고 상하이를 북한의 발전 모델로 삼고 싶다는 희망을 피력하기도 했다.[59] 이런 사실들은 서울, 상하이, 오사카의 삼각 교류를 평양을 포함하는 4각 교류로 확대하는 데 긍정적인 작용을 할 것이다.

---

59) 홍덕화, 「10년 내 서울을, 20년 내 도쿄를 따라잡는다」, 『지방의 국제화』(2001년 6월호), 20쪽.

1950년대 한국 전후 문학비평과 문화담론

― '육체'의 문화적 표상을 중심으로 ―

최 성 실

Ⅰ. 서론

전후(戰後) 아시아 인식은 제국적 지형 위에 세워진 냉전체제와의 관련 속에서 전개된다. 한국전쟁은 아시아의 냉전체제를 심화시킨 매개로 작용하였다. 냉전의 아시아적 특성을 논할 때 한국전쟁이 핵심적인 논점에 있는 것도 이와 무관하지 않다. 한국전쟁을 전후하여, 중국에서는 남한이 미국과 손잡고 항일운동가를 탄압하고 반공국가를 건설한 주범으로 '금기'의 대상이었으며, 일본의 경우에서는 현지 공장을 기반으로 무기, 탄약제조, 수리공장이 되어 병력과 물자를 출하하는 근거지가 되었다. 한국전쟁은 유럽에서 시작된 냉전을 아시아에까지 확대시켜 세계적인 냉전 상황을 초래했다. 미국은 한국전쟁을 계기로 일본의 대일강화 조기체결에 나섰다.[1] 이 시기 한국전쟁의 특수로 일본 경제

―――――――――

1) 나카무라 마사노리, 유재연 외 역, 『일본전후사 1945~2005』, 논형, 2006 참조.

가 황폐에서 벗어나 부흥했고, 국민이 기아에서 탈출했다는2) 식의 시
각에는 전쟁의 희생양일 수밖에 없었던 한국에 대한 정치사회적인 인
식이 내재되어 있는 것이다. 한국전쟁을 둘러싸고 동아시아 각국의 이
권문제가 개입했다는 것은 냉전체제를 장기적으로 유지할 수밖에 없었
던 복잡한 정치, 사회적인 양상을 짐작하게 해준다.

사실 냉전의 문화화를 사상적 대치의 아시아적 재구성이라고 명명하
는 이유는 한국전쟁 이후 가속화된 문화적 냉전과 관련이 있는 것이다.
다시 말해서 한국전쟁은 아시아에 의한 아시아의 분열을 야기시켰으며,
자유주의 이념과 미국 환상을 유포하며 '반공 아시아'의 경계를 이데올
로기적 차원에서부터 일상적 차원으로까지 확장시킨 동인이기도 했
다.3) 냉전의 문화화는 '저 문명세계가 유엔의 헌장 아래서 맺은 약속'
처럼4) 문명과 야만의 대치와 야만의 타자화 및 패권적 지배의 논리를
양산했던 것이다.

한국전쟁 당시 미국은 경제적 원조를 받아야만 살아갈 수 있는 '가
난한 한국'의 이미지를 부각시키기 위해서 신문에 정기적으로 '한국 고
아 이야기'와 한국인이 넝마를 입고 거지처럼 서서 기부금을 요청하는
광고를 잡지와 텔레비전에 소개했다.5) 그렇다고 한국 전쟁이 제국의
이미지를 강화하는 정치적 수단으로 이용된 것만은 아니다. 문화적 차
원에서 전쟁이나 전후 냉전체제는 '국가재건'뿐 아니라 이에 반하는 문

---

2) 이즈 도시히코, 김정훈 역, 『지금 고바야시 다키지를 읽는다 전쟁과 문학』, 제이엔
씨, 2007, 43쪽.
3) 백원담, 「냉전기 아시아에서 아시아주의의 형성과 재편 1」, 『중국현대문학』, 제42
호, 32-35쪽.
4) 백원담, 위의 글, 57쪽.
5) 일레인 킴, 「성실한 동화주의자 혹은 음험한 악당」, 『대산문화』 2009 여름, 36쪽.

화적 저항을 가속화시키는 담론의 공간이기도 했다.

　일본에서는 오오오카 쇼헤이(大岡昇平)가 『野火』를 통해 한국전쟁의 기억을 소재로 필리핀 전선에서 죽음과 방황을 거듭하는 병사이야기를 다루기도 하고, 다케다 타이준(武田泰淳)의 『風媒花』를 통해 일본에 주둔하는 미국병사와 그들과 관련된 일을 하며 생계를 이어가는 여자들을 통해 한국전쟁이 한창일 때 이로 인해 위기에 몰려 있는 일본의 모습을 그리기도 했다. 한국전쟁은 명치 이후 일본과 아시아의 관계를 되물을 수 있는 기회가 되었으며 개개인의 윤리적인 문제라기보다는 아시아를 희생삼아 발전하는 일본사회의 모습에 대한 문제를 되새기는 계기가 되었다.6) 6·25 전쟁은 '한국전쟁'이라고 호명되었지만 사실 패전/해방 이후 일본과 한국이 처음으로 경험한 공통의 대사건이었다.7) 일본은 한국에 매일 재일 미군기지로부터 전투기를 날려 보냈고, 미군정하의 오끼나와는 전쟁과정에서 극동의 군사거점으로서 전략상 중요성이 부각되었으며, 한국전쟁 2년째인 1952년 6월 25일에는 오사까에서 쯔이따 사건, 일본과 한국의 청년 노동자와 학생에 의한 반전운동과 투쟁이 일어나기도 했다.

　한국문학사에서 보다 본격적으로 동아시아 냉전과 문학을 문제 삼은 작가는 황석영과 오에 겐자부로일 것이다. 한국에서 오에 겐자부로(大江健三郎)의 <죽은 자의 사치 死者の奢り>(1957), <사육 飼育>(1958), <우리들의 시대 われらの時代>(1959) 등은 전후 체험을 나누는 작가들의 공감대를 형성하는 매개가 되었다.

6) 이기윤 외, 『한국전쟁과 세계문학』, 국학자료원, 2003, 301-314쪽.
7) 윤건차, 박진우 외 역, 『고착된 사상의 현대사』, 창비, 2009, 134쪽.

　　나는 오에 선생의 소설을 대학생 때 처음 봤습니다. 특히 <사육>
같은 단편이나, 장편 <짓밟히는 싹들>에 나오는 전쟁 중의 아이들
이야기는 저희들의 체험이기도 해서 깊은 공감과 감명을 받았습니
다. 일본 작품은 자유당 정권 때는 전혀 소개되지 않다가 4·19 이
후 한일 관계가 개선되면서 한꺼번에 고전부터 현대까지 여러 작품
들이 번역돼 소개됐지요. 오에 선생의 초기 단편과 동시대 작가들의
작품들이 먼저 소개됐습니다. 그런 면에서 나는 전후에 일본의 근현
대 문학을 처음 접하게 된 세대라고 할 수 있습니다. 이후 김지하 시
인 구명운동에 앞장서는 것을 보고 오에 선생의 국제적인 연대운동
이나 사회적 실천에 대해서도 잘 알게 됐습니다. 우리들은 나쓰메
소세키라든가, 시가 나오이, 다니자키 준이치로, 가와바타 야스나리
등등의 세대들보다는 오에 선생을 비롯해 가이코 겐, 아베 고보, 엔
도 슈사쿠 등 바로 윗세대 일본 작가들에게 상당한 친근감을 느낍니
다. 전쟁 직후 폐허가 된 상황 속에서 서구화된 자유와 현대성 같은
것을 배웠다는 생각이 듭니다.
　　　　　—『한겨레』 2005년 8월 15일자, 오에 겐자부로 : 황석영 대담

　　황석영이 전쟁 직후 폐허가 된 상황 속에서 '서구화', '자유', '현대
성'을 문제 삼았던 작가들에 대한 관심이 지대했다고 지적한 부분은
냉전담론이 전횡하던 시절 문학을 통해 고민했던 한국과 일본 작가들
의 공통점이 무엇인가를 생각을 하게 한다. 오에 겐자부로가 언급한 바
있는 "태평양전쟁과 한국전쟁이라는 큰 상처"[8]는 동아시아의 전쟁 경
험을 공유하게 하는 매개로, 다른 한편 냉전체제의 명분을 만들어낸 근
원이기도 하다. 전후 문학담론이 흥미로운 것은 냉전체제에 대한 고착
화 담론이 아니라 전쟁에 의한 파멸과 환멸을 견디며 전후 새로운 가

---

8)『한겨레』 2005년 8월 15일자, 오에 겐자부로 : 황석영 대담.

치관을 형성하고자 노력했던 사람들의 반(反)고착화 담론이다.

특히 전후 한국문학에서 정치적 군사담론과는 다른 차원에서 이질적이고 일탈적인 문화적 표상을 주도 했던 것은 '육체담론'이었다. 육체담론은 "사회의 다양한 모습, 복잡한 사건"을 문학적 입장에서 드러낸 것이었으며, 단순히 물리적인 신체가 아니라 "국가분쟁, 도덕문제, 인간형, 근력과 권력", 심지어 보이지 않는 "사회적 압박"과 "생활의 문제"까지는 포함하는 것이다.[9] 육체담론은 합법적인 것, 이성적인 것과 대치되는 의미로 부적응이나 균일하지 않은 것, 잡다한 것, 특히 규율에서 벗어난 '지배받지 않는 신체'의 의미를 지향하면서 억압적 권력과 힘에 대한 저항의 표상으로 심화 확대되었다. 사실 그 자체가 언어의 진부한 면을 뒤집고 갈등을 언어적 표상의 의미로 자리매김할 수 있는 맥락을 형성하는 것이다.

한국전쟁 이후 문화담론에서 집중적으로 조명되어야 하는 것은 반공이데올로기의 내면화 과정, 혹은 냉전의 문화화가 아니라 오히려 통일성이나 동일성으로 결코 환원될 수 없는 다양한 욕구에 대한 관심이다. 냉전체제 하에서 자유민주주의가 정치적, 군사적 반공과 동일시되는 경우 그것은 네이션의 경계를 새롭게 구획하도록 강제하는 원동력이지만, 문화적 측면에서의 자유민주주의가 보여주는 개인주의적 분방함이란 민족/국민적 정체성을 구성하기보다는 오히려 교란시키는 요인[10]으로 인식된다. 군사적 반공 체제하에서 문화적으로 표출되는 개인의

---

9) 최성실, 『근대, 다중의 나선』, 소명출판사, 2005 참조.

10) 장세진, 「상상된 아메리카와 1950년대 한국문학의 자기 표상」, 『한일 전후문학에 나타난 아메리카 표상』, 한양대학교 세계지역문화연구소, 금요일본연구포럼, 2008. 12. 26, 32쪽, 참조.

다양한 분방함의 의미는 동아시아에 혼재되어 있는 주체들11)이 어떻게 소통하고 있는가. 통일체로서, 유기적인 신체12)로서 어떻게 기능하고 있는가, 공통적인 특이성이 무엇인가에 대한 질문으로부터 시작되어야 한다.

II. '전후파'문학의 교섭과 확산
  : 육체담론의 형성과 문화적 소통

전후 한국문학뿐만 아니라 문화적 차원의 지배담론은 냉전체제에 기반을 둔 국가재건에 모아져 있었다. 고유의 역사와 전통에 기반하면서 반공과 근대화를 아우르는 문화재건은 1950~60년대를 통해 일관된 정부와 지식인의 입장이었다. 국가의 정통성과 정권의 정당성을 확보해야 하는 정부의 입장에서 문화는 보호해야 하는 것이면서 동시에 통제해야 하는 것이었다. 냉전체제의 분단국가에서 정부에게 문화란 자유롭고 민주적인 국민의 자율성이 아닌 대중의 교화와 전시, 전선의 선전도구였다.

1950년대 신생활운동 같은 국민 캠페인은 근대자본주의국가로서 대한민국이 전후의 상처에서 채 벗어나지 못한 국민들을 대상으로 한 문화적 재건 교육 이상의 의미가 없는 것이다. 1950년대 영화에 대한 정

---

11) Antonio Negri · Michael Hardt, 조정환 · 정남현 · 서창현 역, 『MULTITUDE 다중』, 갈무리, 2008, 18-23쪽. 다양한 사회적 주체들, 모든 특이한 차이들의 다양체 (multiplicity)에 대한 관심 등을 의미한다.
12) Antonio Negri · Michael Hardt, 위의 책, 203쪽.

부와 지식인의 시각에는 영화란 대중을 위무해야 한다는 것, 서구(특히 미국)에서 철강, 자동차 산업과 함께 유력한 사업이므로 권장의 대상이며, 무지한 국민을 계몽, 교화하는 도구라는 공통적인 인식이 내재되어 있었다.

특히 1950년대는 영화의 계몽성이 유별나게 강조되었던 시기였다.[13] 반공주의가 맹위를 떨치는 가운데 1949년 무렵에서 전쟁 시기까지 영화는 선전의 매개이기도 했지만, 전후 재건을 위해서 국민을 교화시키는 교육의 수단이기도 했다. 특히 도덕적으로 문제가 되는, 다시 말해 풍기문란이 문제가 되는 영화는 사회적인 문제로 부각되었으며, 심지어 1957년 서울 시내 95개 중고등학교 학생들은 풍기문란과 불량화의 원인이 되는 영화관 출입이 전면 금지되었다.[14]

이러한 가운데 1960년 8월 5일에 작가협회, 외화배급협회, 극장협회 등으로 구성된 윤리위원에서는 '풍속'과 '성'에 관한 ≪영화윤리규정≫을 제정하기에 이른다.[15]

- 풍속 : 호색적인 저급한 제명을 사용하지 않는다. 외설로 인정되는 회화, 가사, 농담, 자태 등에 포함하거나 암시하지 않는다. 전나체는 원칙상 묘사하지 않으며 탈의 장면 무용실 장면의 취급에 있어서 관객의 열정을 자극하지 않도록 주의한다. 부녀자, 아동, 동물에 대한 잔인한 행위는 취급하지 않는다. 불구자, 병상자 및 와과수술의 위급은 관객에게 추오한 감정을 일으키지 않도록 주의한다.

---

13) 이하나, 『1950~60년대 대한민국의 문화재건과 영화서사』, 연세대학교 박사학위 논문, 2008, 104쪽.
14) 박재순, 「외화정책의 빈곤」, 『신태양』 1957년 10월호 참조.
15) 「영화윤리규정채택」, 『한국일보』 1960년 8월 7일자.

- 성 : 결혼제도 및 가정의 신성을 옹호하며 저급한 성관계를 공인
된 형식처럼 취급하지 않는다. 간통과 불륜한 성관계를 정당화
하거나 매혹적인 것으로 표현하지 않는다. 연애장면은 열정을
자극하도록 취급하지 않는다. 매춘을 정당화하지 않는다. 색정,
도착, 변태성욕을 제재로 취급하지 않는다. 분만장면을 묘사하
지 않는다.

간통과 불륜을 통한 성관계를 용납할 수 없었던 당시 영화계에서는
1950년대 사교댄스와 대중문화, 불륜 등이 문제가 되었던 <자유부인>
도 일탈하던 가정주부가 잘못을 뉘우치고 가정으로 돌아가는 영화라고
규정하면서 우수영화로까지 인정, 표창하는 지경에 이른다. 빗속에서
남편 앞에 무릎을 꿇고 다시는 그런 행위를 하지 않겠다고 울부짖으면
서 용서를 구하는 아내의 모습은 처참하다 못해 참담하다. 특히 영화
마지막 장면에서 남편이 빗속에서 뛰쳐나와 엄마의 용서를 구하는 아
들을 보면서 가정으로 돌아와 아이들 잘 키우라고 계몽적인 설교를 하
는 모습은 가족 재건, 국가재건이라는 정치적 슬로건이 얼마나 중요한
'창작방법'이었는가를 짐작하게 해준다.

국가적 차원의 문화정책으로부터 전후 한국문학도 자유롭지 못했다.
종군 작가단을 중심으로 하여 애국·애족을 외치던 전시문학이나 전쟁
을 배경으로 냉전체제임을 강조하면서 빈공·방첩이라는 이념적 책무
를 강요하던 전쟁영화 등은 문화적 차원의 국가재건이 무엇이었는가를
짐작하게 해준다. 냉전체제는 국가재건의 의무와 책무를 부가하는 국
민 만들기 기획에 확실한 '배경'이 되면서 전시체제 이후 한국문학뿐만
아니라, 문화의 흐름을 주도하는 충분필요조건으로 작용한다. 특히 정
치·군사적 차원에서뿐만이 아니라 문화적 차원에서도 국가의 안전은

무엇보다 중요한 것이어서, 이를 지켜야 하는 국민들의 일상은 도덕적 행동을 강제하는 윤리강령들로 채워졌던 것이다.

그러나 흥미로운 것은 이러한 일상을 규제하는 억압적인 문화담론과는 다는 차원에서 규범적인 문화로부터의 일탈하려는 개별자들의 다양한 욕망이 동시에 등장한다는 것이다. 개인들은 끊임없이 위계질서가 아니라 복합적이고 개방적인 문화를 상상하며, 일탈의 욕망을 채워나가려고 한다.

한국문학의 담론은 국가재건 담론을 벗어나 일탈의 상상력을 자신의 언어로 표현하고자 하는 욕망의 패러다임을 보이며, 어느 시기보다 다양하게 전개된다. 한국 전후 문학에서 중요한 위치를 차지하고 있는 장용학은 신(神)조차도 제도 안에서야 인정을 받을 수 있음을 지적하고 있는 <원형의 전설>을 통해, 만장일치에 의해서 만들어진 국가 제도라는 것은 어떠한 경우에도 완전히 합법적인 권위를 가질 수 없으며, 타인들의 권리를 감시하고 침해함으로써 국가의 권리가 얻어지는 것이라면 국가에 의한 강제적 과세제도 역시 비도덕적인 것이라고 비판한다.16)

국가가 한 사람을 위협하여 다른 사람의 보호를 위해 기부하지 않으면 처벌하겠다고 하는 것은 그 개인의 권리와 자유를 침해하는 것이 된다. 제도에 의해서 규제되는 질서도 마찬가지인 것이다. 그렇기 때문에 사회적인 도덕에 의해 규정되는 육체의 의미란 아무런 가치가 없는 허상일 뿐이다. 매춘은 정당하지 않은 것(윤리강령)이 아니라 당연한 선택적 행위(직업)에 불과한 것이다.

---

16) 최성실, 『근대, 다중의 나선』, 소명출판사, 2005, 제2부 2장 참조.

거기서 전 깨달았어요. 나는 마음보다는 육체가 승한 여자라는 것을요. 저보다 마음이 착한 여자는 얼마든지 있어두 혼자 생각하기를 이 옷 속에 가리워져 있는 내 육체만한 여인은 아직 못 보았노라구요. 쭈글쭈글한 벤또바꼬(도시락)을 집어 던지고 서울 올라와서, 그 육체를 뭇사내들에게 드러냈어요. 자기의 승한 것을 가지고 사는 것이 왜 부도덕이에요? 밤의 여왕이든 하여간 여왕이 되겠어요. 청년이구 중년이구 노인이구 없이 한숨을 흘리면서 '백 만 달러의 육체'를 연발하지 않는 남성이 없었거든요. 실감나게 말하면 하룻밤 가격이 시세가 있을 경우엔 시골 학교 선생의 월급 반년 치나 되더란 말이에요. 내 마음은 일 달러로두 호가되지 않는데 말이에요.17)

그러니 창녀도 "화장은 아침에 두 시간, 점심 때 한 시간, 저녁 때 두 시간, 여덟 시간 노동이라지만 저는 하루에 다섯 시간을 육체 다듬질에 바치는 셈이니까 여왕이 되는 일도 그리 쉬운 일이 아니에요"(장용학, 같은 책, 154쪽)라고 자신의 육체노동의 신성함을 정당화할 수 있는 것이다. 나가서 반도덕적이고 반윤리적인 행위라고 지칭되는 것에 대한 정당한 의미부여를 통해 근대성에 기반을 둔 국가재건이라는 모토가 숨기고, 억압하고 있든 것들의 이면을 폭로하고 있는 것이다. 창녀를 매개로 신성한 육체와 훼손된 육체라는 이분법을 해체하면서 권위적인 사회, 국가재건을 위한 '건강한' 육체의 의미를 신랄히게 비판한다.

한무숙의 <감정이 있는 심연>(『문학예술』 1957. 1)은 국가 윤리적 차원(재건)에서 문제가 되는 정신병자, 그것도 성적 일탈을 통해 개인의 자율성을 담지하고자 하는 여인이 주인공이다. 정신병자란 무엇인가.

---

17) 장용학, 『원형의 전설』, 동아출판사, 1995, 153쪽.

"망상적인 정신분석의 희생자"(82쪽)일 뿐이다.[18] 그리고 지극히 정상적인 인간을 사회적 규범과 만들어진 잣대로 평가하여 비정상인이라고 구별하는 행위를 일삼는 곳이 정신병원이라는 것이다.

> 그래도 나는 정상인이란다. 전아마냥 자기감정의 경사를 끝까지 타고 내려가지는 않는다. 그러나 이 안타까운 심정 — 아무래도 내 품 속에 그녀를 다시 품음으로써, 아니면 영원히 그녀를 잃음으로써 자신을 찾아야겠다. 나는 전아를 범한 것이 아니다. 사실 우리는 서로 먼저 끌어안았는지 몰랐던 것이다. 내 품 속에서는 그녀를 불타는 여인의 목숨 그것이었다. 중략 대체로 성(性)의 교합이란 서로 사랑하는 부부 사이에 있어서까지 어떤 처첨한 감정이 따르는 것인지 모르겠다. 그러나 성은 생체(生體)의 내용의 하나가 아니겠는가.(89쪽)

곽종원은 "이 달의 창작을 읽으면서 내가 느낀 바는 언제부터 우리나라 문학이 이렇게 殘忍性을 좋아하게 되었는가 하는 점이었다. 대부분의 소재가 방화사건이나 총살형의 집행이 아니면 자살 사건으로 꾸며져 있다."고 지적하면서 이러한 문단의 흐름은 전쟁을 치르고 난 후 평범한 일상적인 묘사에는 별로 충격을 받지 않는 독서대중의 변화에 있다고 지적하고 있다.[19] 백철은 1950년대 중반의 문학을 평가하면서 '전형기' 문학이라 칭하고 20세기 다른 나라의 작가들과 마찬가지로 한국의 작가들도 반도덕적, 반종교적인 문학에 심취해 있다고 지적한다. 한국문학에서 20세기의 절망과 "실망주의"[20]는 전쟁으로부터 비롯

---

18) 한무숙, 「감정이 있는 심연」, 『한무숙 전집 6』, 을유문화사, 1992.
19) 곽종원, 「현실긍정의 의미」, 『사상계』 1959. 7, 365쪽.
20) 백철, 「전형기의 문학」, 『사상계』 1955. 10, 282쪽.

된 것이면서 기존의 윤리와 도덕적인 것을 거부하는 반항적 기질로 채
워졌다.

이처럼 한국문학에서는 소위 규범적인 제도나 도덕적이고 윤리적인
행동에서 벗어나 사회적인 일탈의 욕망으로 점철되어 있는 인물들의
특성을 "전후파적인 기질"21)이라고 명명하면서 이는 일본과 크게 다르
지 않다고 생각했다. 오히려 한국의 전후파적인 기질은 일본과의 영향
관계 속에서 형성된 것이며, 전후 한국문학(문화)의 중요한 특징이라고
인식했다. 일본문학이 1945년 광복 직후부터 1960년대에 이르기까지
공적인 영역에서 완전히 자취를 감추게 된다22)는 일본문학 전공자의
평가에도 불구하고, 1950년대 한국문학비평에서 일본문학에 대한 비평
적인 소개가 잇달았다는 것은 무엇을 의미하는 것일까.

전쟁 직후 한국문단에 소개되기 시작한 일본의 육체담론은 정치적,
군사적 반공체제 하에서 가장 개인적인 자유와 일탈의 욕망을 보여주
는 것이었다. 사실 전후 일본의 경우 성과 육체를 둘러싸고 일어난 일
련의 논의는 국가와 제국주의 논리에 저항하는 가장 두드러진 담론의
특징을 대변하는 것이었다. 제국주의와 군국주의에 대한 저항으로서
일본문학 혹은 문화에 있어서 육체의 문제가 부각되었다는 것은 전후
한국문학의 육체담론과 관련하여 상당히 시사하는 바가 크다고 하겠다.
범죄를 저지르는 것과 육체적인 파행은 단순히 도덕과 윤리적 규율을

---

21) 곽종원, 「踏步와 摸索의 交叉」, 『신태양』 1956. 9, 223쪽.
22) 윤상인, 『문학과 근대와 일본』, 문학과 지성사, 2009, 20쪽. 1960년대 한국에서
   일본문학은 섬세한 감수성을 갖고 있지만 굵직한 주체를 형성하고 있지 않아 표
   피적이며, 비윤리적이라는 평가(윤상인, 같은 책, 28쪽)가 우세했다면 1950년대
   한국 전쟁 이후 소개되기 시작한 일본문학의 육체담론은 비윤리적이고, 교조적
   이지 않았기 때문에 오히려 주목을 받았다고도 할 수 있겠다.

무너뜨리는 처벌의 대상이라기보다는 기존 규율체계에 대한 저항의 의미가 더 강했다. 일본에서 성과 육체적 반란의 논의는 바로 이러한 문제의식의 소산이었다. 엄밀하게 말하면 한국에서 전후 일본문학이 문제적인 부분으로 부각된 논의의 핵심에는 이러한 문제의식이 놓여 있는 것이다.

일본 전후 문학을 '육체'에 대한 문제의식으로 접근하고 있는 글들을 상세하게 분석하고 있는 「최근 일본문단의 相貌」[23]에는 문학사상 유래를 찾을 수 없을 만큼 다양한 문학이 쏟아져 나오고 있는데 특히 육체문학에 대한 관심이 고조되고 있음이 구체적으로 논의되고 있다. 특히 <열쇠>는 문단에 드문 논쟁을 불러일으켰다. 이 소설에는 성기능이 약해진 대학교수가 자신의 아내를 사위와 성행위를 하게 하고 자기는 이를 지켜보며 "극락왕생인 죽음의 길로 접어드는 과정"이 노골적으로 표현되어 있다고 한다. 그리고 이런 소설을 쓰는 작가들은 대부분이 도스토예프스키나 니체 사상에 경도되어 있다고 한다.

이 글에서 언급되고 있는 다니자키 준이히치로(谷崎潤一郎)의 <열쇠>는 56세의 남편과 45세 아내를 주인공으로 한 어느 부부의 성생활을 다룬 것이다. 북회귀선의 작가 헨리 밀러는 <열쇠>의 독일어판 서문에서 그는 "20세기에 있어서 누구보다 남성적인 유일한 현대작가"라고 극찬했다고 한다. <채털리 부인의 사랑>과도 비교될 수 있는 이 소설은 과도한 페티시즘[특히 '발'(足)]에 경도되어 있는 인물을 통해 "선에 대해서는 진지해질 수 없고―아름다운 악에만 열중할 수 있는" 취향과 루소, 보들레르, 단테, 괴테의 작품에 이르기까지 마조히즘의 번뇌

---

23) 김철, 「최근 일본문단의 相貌」, 『사상계』 1959. 1, 338-349쪽.

에 사로잡혀 있는 예술가의 병적 태도에 지대한 관심24)이 표면화되어 있다는 평가를 받았다. '방법으로서의 성(性)'이 현대문학의 주요테제로 떠오르면서, 심지어 성이 인간의 전인성, 전체성을 회복시키는 계기25)가 되었던 것이다.

그의 문학이 전후 사소설 부흥과 밀접한 관련이 있고, 그 자신이 역사주의적 상대주의를 일탈한 작가이며, "천년 만에 나올만한 작가"라거나 미(美)의 이름하에 나를 낳아 준 어머니와도 같은 역사로부터 구원된 인간 중에 하나"26)라는 문학사적 평가와는 다른 차원에서, 다시 말하면 "제국주의로부터, 봉건적 전제"로부터 해방된 독자들이 탐독했던 소설의 작가라는 차원에서 적어도 한국문단에서 다니자키 준이히치로(谷崎潤一郎)는 주목의 대상이었다. 1953년 8월 이후 일본문학에서 이 시기만큼은 아이러니하게도 현실적인 것을 믿으면서 비현실적인 논의에 열중했으며, 무한한 가능성을 믿는 몽상과 착각 속에서 자신의 이상을 위해 순사(殉死)하는 것을 두려워하지 않았다는 것이다.27) 패전 이후 일본문학에서 뜨거운 감자로 떠올랐던 '육체' 문제는 그러한 몽상과 망상 속에서 인간이 꿈꾸었던 또 다른 출구였던 것이다.

특히 「동경통신」(『문예』 1952. 6)에 소개된 당시 일본 문단의 육체문학은 '육체'의 문제가 단순히 병리적인 문제에만 그치는 것이 아니라, 파

---

24) 김춘미, 『다니자키 준이히치로』, 건국대출판부, 1996, 59쪽.
25) 기와무라 미나토, 유숙자 역, 『전후문학을 묻는다』, 소화, 2005, 104쪽. 전후 일본 문학에서 섹슈얼리티는 전후 현실비판의 의미와 직결되는 창작수법이기도 하다. 한국에 소개된 일본 육체파문학의 의미는 주로 이러한 의미 관계에서 해석이 된다. 흥미로운 것은 전후 한국문학의 육체담론이 이러한 일본문학과 길항하면서 형성되었다는 사실이다.
26) 미요시 유기코, 정선태 역, 『일본문학의 근대와 반근대』, 소명출판사, 2005, 116쪽.
27) 미요시 유기코, 정선태 역, 위의 책, 258쪽 참조.

시즘과 제국주의 논리에 맞서는 저항의 의미를 갖고 있다는 사실에 주목하고 있다. "정신적인 지주가 동요되고 작가 스스로 각기 주체성을 잃어버리고 방황하는 틈을 타서 새로운 강대한 압력으로 문단을 지배한 것이 소위 '육체문학'이었다." 독자들은 '육체의 문'을 탐독했고 '창부의 시'를 애독했던 것이다. 제국주의적인 지배에서 또는 봉건주의적인 전제에서 해방된 민중은 육체의 문학에 열렬한 독자가 되기를 주저치 않았다는 것이다. 일본문학과 관계된 '육체'의 논의들은 국가재건, 사회재건, 문화재건이라는 1950년대 국가정책 슬로건에 반하는 반문화적, 반국가적, 반사회적인 특징이 내재되어 있었다.

> 패전과 동시에 일본문단은 양심을 상실하였다. 문단은 한동안 진로를 상실했고 모든 권위 있는 문화평론가들은 붓을 멈추었다……
> 제국주의적인 지배에서 또는 봉건주의적인 전제에서 해방된 민중은 육체의 문학에 열렬한 독자가 되기를 주저치 않았다.[28]

전후 한국에서 제국주의에 대항하는 의미로서 육체문학은 일종의 "공백시대"를 맞은 일본문단에 중요한 테제로 부각된다. 위에서 언급되고 있는 육체가 갖는 내포적 의미에는 욕망과 욕구의 발신체인 동시에 비이성적인 것, 갈등, 모순, 비일관성 등과 같이 일방적이고 단일한 의미로 규정할 수 없다는, 즉 고정된 의미 규정이 불가능하다는 '비결정성'에 대한 사유가 내재되어 있다. 이는 '육체' 자체가 갖는 역동적인 반란의식에 대한 집중적인 관심을 의미하는 것이기도 하다.

따라서 각기 "주체성을 잃어버린" 틈 사이에서 부각된 육체의 문제

---

28) 김영수, 「동경통신」, 『문예』 1952. 6, 273쪽.

는 바로 이성과 논리와 억압적인 권력에 의해서 지배되는 제국주의, 혹은 봉건주의에 대한 대응논리로 부각되고 있는 것이다. 이러한 사실과 관련하여 "정신적인 동요와 주체성을 잃어버린 상태"에서 우리에게 부각된 육체의 문제는 다양한 입장 속에서 개진되었던 것이다.

Ⅲ. 저항적 문화담론으로서의 육체문학론

1960년대 4·19가 끝난 뒤 일본번역문학이 본격적으로 소개되기 시작한다. 1960년대 발간된 『일본 전후 문제 작품집』은 이승만 정권의 강력한 배일정책 이후(4·19)에 발간된 본격적인 일본 번역 작품 선집일 것이다. 민족적인 감정을 없애고 문화교류의 차원에서 일본문학을 접해야 한다고 서문에서 강력하게 밝혀 놓은 것은 그만큼 한국문학과 일본문학과의 고루한 경계, 보이지 않은 견제가 있어왔다는 것을 단적으로 보여주는 것이다. 특히 이 시기 일본전후문학은 한국전쟁을 체험한 한국독자들에게 공통적인 공감을 형성하면서 국민국가, 민족국가의 정체성이 아니라 새로 확산된 제국주의, 국민 만들기에 대한 비판을 담지하고 있는 것이었다. 피억압자를 대변하는 인종주의, 전쟁권력에 대한 비판도 전후일본문학의 소개와 함께 비롯되었디.

1960년대 발간된 『한국 전후 문제 작품집』과 『일본 전후 문제 작품집』은 아시아라는 동질적인 공간에 일본과 한국이 전쟁체험을 공통분모로 하여 어떻게 '공통적인 것'을 만들어갈 수 있는가에 대한 고민으로 점철되어 있다. 이 책의 서문에는 편협하고 고루한 민족적 감정의 장막을 찢고 일본문학을 대해야 하는 이유가 무엇인지 밝혀져 있으며,

적어도 같은 황색피부의 인종이라는 사실에 근거를 두고라도 전후 세대 새로운 공감대를 만들어보자는 의도가 내재되어 있다. 여기에는 한국전쟁의 세계성과 전후문학의 특성이 무엇인가를 짐작하게 해주는 일본의 작품들, 엔도 슈사쿠(遠藤周作)의 『백색인』, 오에 겐자부로(大江健三郎)의 『사육』 등이 포함되어 있다.

특히 오에 겐자부로의 소설 『기묘한 일(奇妙な仕事)』(1957), 『사육(飼育)』(1958), 『나쁜 싹은 어릴 때 제거하라(芽むしり仔撃ち)』(1958), 『우리들의 시대(われらの時代)』(1959) 등은 태평양전쟁을 시대적 배경으로 삼고 있는데, 한국전쟁과 다르기는 하지만 '공통경험으로서의 전쟁'이라는 차원에서 중요한 관심의 자장을 형성하였다.

이 소설들은 한국 1960년대 이후 1970년대 이르면서 국내 문인들이 일본문학을 윤리적인 타자로 규정하고 집단주체의 현현으로 간주하면서 다니자키의 문학에 대해서도 외설성만을 문제시 하는, 다시 말해 일본문학의 본질적인 것보다는 표면적인 것들을 담론화하려는 움직임이 가속화되었다. 아마도 그것은 1970년대나 1980년대 한국문학을 둘러싸고 있었던 정치적, 사회적인 문제와 밀접한 관련이 있을 것이다.

그렇기 때문에 1950년대 한국문학비평사에서 '전쟁'이라는 동질적인 키워드를 공유하면서 일본문학의 진보적인 부분들을 소개하고 있는 저간의 글들이 중요한 의미를 갖는 것이다. 일본문학과 한국문학과의 소통을 논의함에 있어서 '전쟁'이란 공통분모는 적어도 경계를 넘나들 수 있는 소중한 매개가 될 수 있으며, 이는 동아시아 문학의 연대적 감각의 출발점이 무엇이어야 하는가를 보여주는 중요한 전거가 될 것이다.

오에 겐자부로의 <사육>은 1950년대 대표적인 작가이자 불문학 전공자인 오상원에 의해서 번역이 되면서 문제작으로 떠올랐다. 태평양

전쟁이 한창일 무렵 시골 마을에 추락한 비행기에 타고 있었던 흑인병사를 '사육'한다는 내용으로 되어 있는데, 잔혹한 인간의 동물적인 행위를 통해 전후 현실을 강력하게 비판하고 있다는 측면에서 중요한 관심의 대상이 되었다. "어느 더운 날 오후 어청이가 흑인 병사를 공동우물로 데리고 갈 것을 제안했고······ 흑인 병사의 옷을 벗기자 우리는 갑자기 흑인 병사가 당당하고 영웅적인 장대한, 믿을 수 없으리만큼 아름다운 섹스를 소유하고 있는 사실을 발견한 것이다. 우리는 그의 주위에서 나체의 허리통을 부딪치면서 떠들어대고 흑인 병사는 그 섹스를 움켜쥐고 갑자기 암염소에게 도전할 때와 같은 사나운 자세를 취하고 외쳤다."는 대목을 통해 일본과 같은 황색인으로서의 전후 폐허의 한국인의 모습을 투영시켜보기도 했다.29)

이 소설에는 흑인병사, 소위 수확물을 바라보는 아이들의 시선과 전쟁이라는 극한 상황 속에서 감시와 살인과 복종의 대상일 수밖에 없었던 어른들의 시선이 서로 교차하면서 인간이 아닌, 짐승일 수밖에 없는 포로의 마지막 모습이 처참하게 그려져 있다. 특히 어른들의 시선과는 다르게 아이들의 눈에 비친 흑인 병사는 단순히 짐승에 지나지 않는 수확물이 아니다. 이 소설에서 성적인 묘사는 단순한 감정적 충동에서 비롯되는 것이 아니라 자신도 모르게 타자와 동화되어가는 "매개로서의 육체"가 무엇인가를 생각하게 해준다. 전쟁이 무엇인지 잘 모르던 '나'에게 수확물, 검둥이로 호명되는 흑인병사의 '육체'는 전쟁을, 죽음을, 어른 세계의 폭력성을 일깨워준다.

---

29) 김윤식, 『한·일 근대문학의 관련양상 신론』, 서울대학교출판부, 2001, 228쪽.

흑인병사의 모양 좋은 머리를 덮고 있는 짧은 곱슬머리는 잘게 뭉
쳐져 가마를 틀고, 그것이 늑대의 그것과 같이 뾰족한 귀 위에서 그
을린 불꽃을 피워 올리고 있다. 목에서 가슴에 연한 피부는 속으로
검정 포도색 광채를 감싸고 있어서, 그의 기름지고 굵은 목이 억센
주름을 지으면서, 그가 움직일 때마다 내 마음을 잡아 버리는 것이
었다. (중략) 흑인병사의 엄청난 식욕을 보고 있는 나의 염증(炎症)을
일으킨 듯 뜨거운 눈에는 광주리 속의 초라한 식사가 향기롭고 기름
진 이국적인 산해진미의 향연으로 보이는 것이었다. 나는 빈 광주리
를 들고 갈 때 먹다 남은 부스러기가 있다면, 비밀한 쾌락에 떨리는
손끝으로 그것을 집어서 먹어버렸을 것이다.[30]

오에 겐자부로 소설의 성적 묘사가 단순히 서사적 기법에 그치는 것
이 아니라 정치적 함의를 담고 있는 문학적 전략이라는 사실에 대한
논의도 이러한 것에서부터 비롯된 것이다. 이 시기 <사육>에 대한 논
의가 데카르트의 신체 정령이나 애니미즘 문제[31]가 아닌, 성 담론의
정치적 무의식에 맞추어져 있는 부분에 대한 구체적인 논의가 필요할
것이다. "강자로서의 외국인과 작든 크든 굴욕적인 입장에 있는 일본
인, 거기에 그 중간자로서의 존재(외국인 상대의 창부나 통역들), 이 삼자의
상관을 그리는 것이 모든 작품에 있어서 되풀이된 주제였다. 그래서 이
들 작품을 옆으로 잇는 것으로써 일관하여 섹스의 냄새를 풍기는 이미
지, 섹슈얼한 이미지를 고집"[32]하였다고 한 바 있다. 그가 전후 일본작
가로서 한국문학에 끼친 영향에 대해서는 다른 지면을 통한 논의가 이

---

30) 오에겐자부로, 윤명현 역, 『세븐틴, 사육 외』, 하늘 출판사, 1994, 206쪽.
31) 신지숙, 「오에 겐자부로의 사육론 – 애니미즘의 수사법」, 『일본언어문화』, 2009
    참조.
32) 고영자, 『오에 겐자부로』, 건국대학교출판부, 1998, 66-67쪽.

루어져야 할 것 같다. 다만 지적하고 싶은 것은 이 소설들이 전쟁이라
는 폭력적 국가주의 담론에 맞서 있는 한국과 일본의 문학담론이 어떠
한 공통감각을 형성하고 있는가를 보여주는 중요한 텍스트라는 것이다.

Ⅳ. 결론 : 육체담론의 서사적 전략과 의미

한국전쟁 이후 문화담론에서 집중적으로 조명되어야 하는 것은 반공
이데올로기의 내면화 과정, 혹은 냉전의 문화화가 아니라 오히려 통일
성이나 동일성으로 결코 환원될 수 없는 다양한 욕구에 대한 관심이다.
냉전체제 하에서 자유민주주의가 정치적, 군사적 반공과 동일시되는
경우에는 국가(민족)경계를 새롭게 구획하도록 강제하는 원동력이지만,
문화적 측면에서의 자유민주주의가 보여주는 개인주의적 분방함이란
민족 / 국민적 정체성을 구성하기보다는 오히려 교란시키는 요인으로
작용하는 것이다. 저항적 문화담론에서 중요한 것은 그 교란의 자장이
어떻게 다의적인 공간으로 심화 확대되어 가는가에 있다.

한국전쟁 이후 한국문학을 중심으로 이루어진 '육체담론'의 정치적
함의는 일본문학과의 관계 속에서 냉전담론 논리와는 다른, '비균질적
인' 방향으로 전개되었다. 진후 한국과 일본 문학(화)담론에서의 육체문
제는 '육체(body)' 그 자체가 아니라 문화적 담론으로서의 육체(body of
discourse)다.

비유적으로 말하자면 전후 한국문화담론에서 소위 정치적인 신체는
절대적이며 주권의 권력 안에서 통일되어 있었다 할지라도, 문화적 신
체는 국가의 질서를 결정하고 보장하는 것들에 대한 반동적인 움직임

을 갖고 있음을 알 수 있다. 전후 국가통제와 정치적 통제로부터 자유
롭고자 하는 욕망은 육체담론처럼 비결정적인 영역에서 출현하는 것인
지도 모른다. 한국과 일본의 전쟁체험과 동아시아의 평화를 바라보는
시각에는 다분히 이질적인 요소들이 내재되어 있다. 그렇기 때문에 문
화내셔널리즘이 표방하는 보편주의. 냉전문화의 내면화에 따른 적대감
과 공격성, 자명한 정체성을 거부하는 반란의 움직임은 전쟁과 냉전이
아닌, 자유와 평화의 가치를 문제 삼는 공통의 잠재력으로 기능하고 있
는 것이다.

제2부

서사담론의 동아시아적 전통

중국 홍수신화와 인류기원신화에 보이는
호로와 중국민족의 호로숭배

서 유 원

Ⅰ. 서론

 "우리들은 도대체 어디에서 왔을까" 하는 인류기원의 답은 아직도 찾지 못하고 있는 난제이다. 세계 대부분의 민족이 지니고 있는 인류기원신화에서도 볼 수 있듯이, 이 문제는 인류의 최대 관심사로 이 답을 찾기 위한 시도는 예나 지금이나 꾸준히 있어왔다. 중국 고대인들도 이 난제를 풀기 위한 노력을 게을리 하지 않았다. 그들도 저급한 지력으로 인류탄생을 과학적으로 해석한 바탕 위에 풍부한 환상력을 가미해 다양한 인류기원신화를 꾸준히 창조해냈다.

 신화학자들 간에 다소의 이견이 있을 수 있으나, 중국 인류기원신화 중에서도 가장 보편적인 유형이 女媧가 진흙을 빚어 인간을 창조한 유형[1] 또는 이와 유사한 신에 의한 창조형이다. 그 다음이 자연계에서

---

1) 『太平御覽』 권 78에서 인용한 『風俗通』: "天地開闢, 未有人民, 女媧搏黃土作人."

흔히 볼 수 있는 생식방식에 의해 탄생하는 이른바 난생형·탄생형 등
과 같은 유형일 것이다.[2]

　중국의 창세신 女媧 등이 인류를 창조한 재료는 진흙 이외에 가장
흔히 등장하는 것이 호로이다.[3] 호로 이외에도 인류의 기원이 되는 식
물로는 대나무·꽃 등을 들 수 있으나 그 예는 흔하지 않다. 이른바 이
러한 호로출생형 신화는 우리나라의 신라 시조인 朴赫居世에서도 볼
수 있듯이,[4] 호로문화권에 속하는 중국을 비롯한 우리나라·동남아·
인도·일본 등지에서도 두루 엿볼 수 있다. 또한 비교적 먼 호주에서
도 이와 유사한 神樹崇拜의 예를 볼 수 있어 호로출생형 신화와 유사한
신화는 세계적인 유형임을 알 수 있다.[5]

　그러나 호로는 전 세계 여러 민족 중에서도 중국민족과 특히 밀접한
관계를 지니고 있다. 그러한 까닭은 중국민족의 창세신 伏羲를 '葫蘆의

---

2) 陶陽·鍾秀의 인류기원신화를 분류에 따르면 첫째, 인류의 시조는 각종 자연계의
　생식현상과 같은 방식에 의해 탄생했다는 유형, 둘째 천신에 의해 창조된 유형,
　셋째 원숭이와 같은 동물들이 변한 유형 등으로 나누고 있다. 陶陽·鍾秀, 『中國創
　世神話』, 上海 : 人民出版社, 1989, 210-245쪽 참조.

3) "인류기원신화 중 신이 인류를 창조할 때 쓰인 재료로는 진흙 이외에도 흔히 볼
　수 있는 것으로 阿昌族의 창세신화에 말하는 천제 遮帕麻와 지모 遮米麻가 결혼 후
　낳은 호로씨앗으로 이를 땅에 심어 거둔 거대한 호로를 들 수 있다. 이 호로에서
　아홉 아이를 얻었는데 후대에 이 아홉 아이들이 번성해서 인류가 생겨났다고 한
　다."("人類起源的神話中, 神創造人類時使用的材料除泥上之外, 還有常見的物質, 如阿昌族
　創世神話說 : 天公遮帕麻和地母遮米麻, 成婚後, 生下一顆葫蘆籽, 種入土地, 結成一個巨大
　的葫蘆, 從大葫蘆中孕育出九個娃娃, 這九個娃娃傳衍後代, 從此有了人類.") 王德保, 『神話
　的由來』, 北京 : 中國人民大學出版社, 2004, 28쪽.

4) 『三國史記』, 卷 1, 「新羅本紀」 : "시조의 성은 朴氏이고 諱는 赫居世이다……辰人은
　'瓠'을 '朴'이라 하였는데 처음 큰 알이 박과 같다고 하여 '朴'으로 성을 삼았다."
　("始祖, 姓朴氏, 諱赫居世,……辰人謂瓠爲朴, 以初大卵如瓠故, 以朴爲姓.")

5) 호주 원주민도 최초의 인류는 고무나무에서 탄생했다고 믿고 있다. "最初的人類是
　從像皮樹的枝與瘤節出生." 蕭兵, 『太陽英雄神話的奇蹟』, 제2권, 臺灣 : 桂冠圖書公司,
　1992, 256쪽.

化身'이라 일컫고, 호로를 '중국민족 시조의 상징'이라고 불릴 정도로 호로는 중국민족의 대표적인 숭배대상이자 토템식물이었기 때문이다.[6] 이러한 호로숭배의 관념은 오늘날까지도 이어져 중국의 여러 민족들은 자신들의 조상을 호로로 여기고 정성을 다해 받들고 있다.[7]

더구나 호로가 중국신화에 미친 영향은 지대하다. 漢族을 비롯한 50여 개 소수민족 대부분이 인류가 호로에서 출생했다는 이른바 호로형 인류기원신화를 지니고 있다.[8] 또한 홍수신화에는 호로를 피난기구로 삼아 홍수의 재난에서 피할 수 있었고, 이로 인해 후세에 중국민족을 번성하게 할 수 있었던 것이다. 즉, 호로야말로 중국 민족기원의 터전이요, 오늘날의 중국민족을 번성하게 해 준 민족의 토템식물인 것이다.

이에 본고는 중국민족의 대표적인 숭배대상이자 토템식물인 호로가 지닌 역사적·민속학적 의미를 알아보고, 중국 창세신화의 핵심인 인류기원신화에 등장하는 호로, 즉 호로형 인류기원신화와 중국민족은 어떠한 관계가 있는지 살펴보고자 한다. 이 밖에도 홍수신화 중 피난기구로서 인류재창조의 지대한 역할을 수행했던 호로, 이른바 동포배우

---

6) 일찍이 聞一多는 『伏羲考·伏羲與葫蘆』에서 "伏羲는 葫蘆의 화신이다."("伏羲是葫蘆 的化身.")라고 했다. 『聞一多全集』, 제1책, 三聯書店, 1982, 61쪽. "호로로 중화민족 의 원시원조를 상징했다."("用葫蘆來象征中華民族的原始遠祖.") 劉堯漢, 『中國文明源頭 新探』, 雲南 : 人民出版社, 1993, 39쪽.

7) "요즘에도 호로는 여전히 여러 민족의 오랜 전설에 남아 있을 뿐 아니라 여러 전설의 옛 문헌에 기록되어 있다. 더구나 여러 민족의 일부 지역의 사람들은 여전히 호로를 자신의 시조로 여기고 정성을 다해 이를 모시고 있다."("時至今日, 葫蘆不僅 存留在許多民族的古老傳說以及記載這些傳說的古籍中, 而且在一些民族的一些地區, 人們仍 然把葫蘆當作自己的祖先, 虔誠地供奉着它".) 劉小幸, 『母體崇拜』, 雲南 : 人民出版社, 1990, 5쪽.

8) "우리나라 50여 개 민족 대부분이 호로에서 인간이 나왔다는 신화 전설을 지니고 있다."("我國五十幾個民族, 大多數都有人從葫蘆裏出來的神話傳說.") 劉堯漢, 『中國文明源 頭新探』, 雲南 : 人民出版社, 1993, 37쪽.

형신화에 등장하는 호로의 의미를 재조명해 보고자 한다. 아울러 초기의 비교적 단순한 인류기원신화와 홍수신화가 점차 복잡해지고 다양화지는 관련 신화의 발전과정도 함께 살펴보고자 한다.

II. 중국 민족의 호로숭배

호로는 일찍이 전 세계 창세신화에서 흔히 볼 수 있는 수많은 민족의 토템식물이자 숭배대상이었다. 고고학 자료에 의하면, 중국을 비롯한 태국·멕시코·페루·이집트 등 국가는 모두 신석기유물 가운데 호로가 출토된 바가 있고, 기원전 1천 년부터 7천 년 전에 인류가 살던 동굴에서도 호로가 발견되기도 했다.9) 심지어 중국 고고학자들은 호로가 약 1만 년 전 구석기시대 이전에 이미 고대인이 사용했던 생활도구였다고 주장하기도 했다.10)

호로의 주산지는 멀리 아프리카 열대지역에서부터 아시아의 인도 등

---

9) "호로의 분포지역은 대단히 넓어서 거의 전 세계에 두루 퍼져 있다고 볼 수 있다. 고고학 자료에 의하면, 아시아의 중국·태국, 남미의 멕시코·페루, 아프리카의 이집트 등지에서 모두 신석기시대의 호로가 출토된 것으로 알려져 있으며, 시간적으로는 기원전 1천 년부터 7천 년에 이르는 기간에 일부는 인류가 살던 동굴에서 발견되기도 했다."("葫蘆分布極廣, 幾乎遍于全世界. 據考古材料, 亞洲的中國·泰國·南美的墨西哥·秘魯·非洲的埃及, 都有新石器時代出土葫蘆的報道. 時間從公元前一千年直至七千年, 有些是在人類穴居的洞穴中發現的.") 劉小幸, 『母體崇拜』, 雲南 : 人民出版社, 1990, 34쪽.

10) "민족학과 고고학의 연구에 의하면, 최초로 사용된 시기를 추정해 보면 도자기 생산 이전의 구석기시대로 지금으로부터 약 1만 년 전 이전까지 거슬러 올라갈 수 있다."("根據民族學和考古學研究, 其最初使用的年代可追溯到陶器産生以前的舊石器時代, 即距今一萬年以上.") 覃乃昌 등, 『盤古國與盤古神話』, 北京 : 民族出版社, 2007, 329쪽.

의 지역에 이르기까지 광범위하게 분포되어 있다.[11] 고대부터 식용식물로 사용되었던 호로는 약용식물로도 널리 쓰여 왔으며,[12] 최근에는 공업용과 관상용으로 활용되는 등 우리 일상생활에서 다양한 용도로 사용되어왔다.

전 세계 각지에서 발견되는 호로유물에서 알 수 있듯이, 각 민족은 나름대로 고유한 호로문화를 지니고 있다. 특히 중국민족은 호로와 각별한 관계를 맺고 있다. 그 대표적인 예가 바로 중국민족의 창세신인 伏羲와 女媧가 바로 호로의 화신이라는 중국민족의 관념에서 알 수 있다. 이러한 관념은 중국민족이 다른 어느 민족보다 일찍부터 호로를 재배했던 것도 관련이 있어 보인다. 풍부한 재배경험으로 인하여 호로를 그들의 대표적인 토템식물로 삼게 되었고, 호로와 관련된 다양한 고사도 각종 문헌에서 손쉽게 볼 수 있게 된 것이다.[13]

---

11) "호로의 원산지는 인도라고 알려져 있으나 완전한 증거는 없다. 그러나 중국·미주대륙과 아프리카대륙에서도 적지 않은 유물이 발견되었는데, 지금으로부터 7천 년 전에 새성된 浙江 余姚의 河姆渡 유적지에서 호로와 호로씨가 발견되었다."("相傳葫蘆原産在印度, 但是缺乏足夠的證據, 然而在中國·美洲和非洲却有不少考古發現. 在我國七千年的浙江余姚河姆渡遺址就發現了葫蘆和葫蘆種.") 馬昌儀 編, 『中國神話學文論選萃』, 下卷, 北京 : 中國廣播電視出版社, 1994, 569쪽.

12) 호로는 조롱박, 葫蘆瓜에 속하는 식물로 『본초강목』에는 박과에 속하는 일년생 덩굴풀인 조롱박의 열매를 말린 것을 말한다고 한다. 가을에 익은 열매를 따서 껍질을 버리고 쓰는데, 맛은 달고 싱거우며 성질은 평한 편이다. 폐경·비경·심경에 작용하며, 소변을 잘 보게 하고 淋症을 낫게 하며, 이뇨작용이 있어 부종·소변불리·황달·임증 등에 쓴다. 김동일 외 편저, 『한의학대사전』 하3, 여강출판사, 「壺蘆, 葫蘆」 참조.

13) "호로의 유물이 전 세계 각 대륙에서 모두 출토되고 있지만, 이와 관련된 문헌기록은 우리나라(중국)가 가장 많다. 관련 고사나 전설의 출현시기가 우리나라가 가장 이르다. 이 작물의 품종자원과 재배경험에 관해서도 우리나라가 가장 풍부하다."("葫蘆的遺存在世界各大洲都有出土, 而有關的文獻記載則以我國爲最多, 有關的故事傳說以我國爲最早, 有關這種作物的品種資源和栽培經驗以我國爲最豐富.") 劉小幸, 『母體崇拜』, 雲南 : 人民出版社, 1990, 34쪽.

고대에는 호로를 '匏'·'瓠'·'壺'로 부르다가, 후에 '壺盧'·'浦蘆'·
'胡盧'·'匏瓠' 등으로 부르기도 했다.[14] 호로의 용도는 다양하여 어린
호로는 식용으로 썼으며, 제철이 지난 호로는 햇볕에 충분히 말린 다음
액체나 물건을 담거나 옮기는 도구로 사용되었다. 이 밖에도 오늘날의
배와 같은 운송도구로 쓰이는 등 그 용도가 매우 다양한 식물이었다.

중국의 서남지역에서는 큰 호로가 많이 생산되었다.[15] 큰 것은 둘레
가 무려 3척이나 되고 길이도 10척이 나가는 것이 있었다고 한다.[16]
이렇게 큰 호로는 허리춤에 차고 물을 건너는 오늘날의 구명조끼와 같
은 도구로 활용되기도 했으며, 때로는 사람과 물건을 실어 나르는 운송
수단인 배의 역할을 수행하기도 했다. 이러한 호로를 활용한 기록은 일
찍이 周代의 시가와 『莊子·逍遙游』편에서 엿볼 수 있다.

> 박 잎은 쓰디 써 먹을 수 없고, 물은 깊고 깊어 건널 수 없다네. 깊
> 다고 무슨 걱정, 옷 입은 채로 건너고, 얕으면 얕은 대로 옷 걷고 건
> 너지.

—『詩經·國風』[17]

---

14) "我國古代稱葫蘆爲匏·瓠·壺, 後來又稱壺盧·浦蘆·胡盧·匏瓠等," 馬昌儀 編, 『中國神話學文論選萃』, 下卷, 北京：中國廣播電視出版社, 1994, 569쪽.

15) "호로는 중국 남방의 많은 소수민족이 사용하던 토템물이었다.……7천여 년 전의 浙江 河姆渡 문화유적지에서 바로 호로가 출토되었다. 이는 호로가 매우 오래된 재배식물의 일종임을 증명하는 것이다."("葫蘆是中國南方許多少數民族使用的圖騰物.……在七千多年前的浙江河姆渡文化遺址中, 就有葫蘆出土；這證明葫蘆是一種非常古老的栽培植物.") 王小盾, 『神話話神』, 臺灣：世界文物出版社, 1992, 155쪽.

16) 『物原』："수인씨는 호로를 사용해서 물을 건넜다."("燧人以匏濟水.") 樊綽, 『蠻書』, 卷 2："그 산이 비옥해서 호로 씨를 심으면 한 丈정도까지 자랐다. 冬瓜도 마찬가지였는데 둘레가 3尺이나 됐다."("其山肥沃, 種瓜瓠長丈餘, 冬瓜亦然, 皆三尺圍.")

17) 『詩經』, 卷 2, 「邶風·匏有苦葉」："匏有苦葉, 濟自深涉, 深則厲, 淺注則揭."

'匏'는 바로 호로를 말한다. 그러나 호로는 8월이 되면 익으면서 잎이 마르고 누렇게 변색이 되는데, 이때 속을 파낸 후 물을 건널 때 사용하는 도구로 활용했다.[18]

> 혜자가 장자에게 이르기를, "위왕이 큰 호로씨를 하나 주었는데 내가 그것을 심었더니 자라서 다섯 섬을 담을 수 있는 크기의 열매가 열렸다. 여기에 물이나 장을 담아 보았더니 물러서 견뎌 내지를 못했다. 다시 그것을 쪼개서 바가지를 만들었으나 크기만 클 뿐 너무 낮아 담을 수가 없다.……"고 하자, 장자가 말하기를 "……지금 너에게 다섯 섬 크기의 큰 호로가 있거늘, 어찌 그것을 허리춤에 차는 부낭으로 삼아 강호를 떠다닐 생각을 하지 않느냐?"고 했다.
>
> —『莊子·逍遙游』[19]

모든 물건은 나름대로 쓰임새가 있다는 莊子의 주장을 설명하는 대목이다. 여기에서 이전에 다섯 섬을 담을 수 있는 크기가 매우 큰 호로가 있었음을 짐작할 수 있다. 이렇게 큰 호로는 물건을 담기에는 약하지만 허리춤에 차고 물을 건너는 데 요긴한 도구로 활용했음을 짐작할 수 있다.

호로는 아무 곳에서나 잘 자라는 특성 때문에 고대인들의 생활주변에서 쉽게 찾아볼 수 있는 매우 친숙한 식물이었다. 이러한 왕성한 생명력은 고대인들이 기원하는 다산의 소망과도 일치하여 호로는 일상생

---

18) "호로가 8월이 되면 잎이 마르고, 색이 누렇게 변하는데 속을 파내서 물을 건너는 데 쓰는 도구로 사용할 수 있었다."("葫蘆至八月葉變枯, 已經老黃, 可以挖空做渡水工具.") 唐莫堯注釋, 『詩經全譯』, 貴州 : 人民出版社, 1991, 44쪽.

19) 『莊子·逍遙游』: "惠子爲莊子曰 : '魏王貽我大瓠之種, 我樹之成而實五石, 以盛水漿, 其堅不能自擧也. 剖之以爲瓢, 則瓠落無所容……' 莊子曰 : '……今子有五石之瓠, 何不慮以爲大樽而浮乎江湖.'"

활에서 없어서는 안 될 생활도구였을 뿐만 아니라 번식력의 상징이 되기도 했다.

호로가 지닌 형상의 특성 역시 고대인의 민족신앙과 숭배대상의 요인이 되었다. 호로의 외형은 마치 여체 또는 임신부의 모습과 흡사하여 인류가 추구하는 종족번성의 상징이 되었다. 호로 내부 모습에서 기인한 유사연상도 찾아볼 수 있다. 즉, 안이 텅 비어 있는 모습은 마치 여성의 생식기관을 연상하게 했고,[20] 많은 씨앗이 가지런히 배열된 모습은 천지개벽 이전의 혼돈스러운 모습과 왕성한 번식력과 생명력을 상징한다고 여기기도 했다.[21]

식물의 외형을 인간의 생식기관과 연계해 사고하는 유사연상은 고대인들이 식물을 신성시하여 숭배하는 현상에서도 찾아볼 수 있다. 이러한 현상은 고대인들이 신성시하는 식물인 神樹를 여성의 생식기관이나 만물의 모체를 상징한다고 여기는 이른바 '神樹崇拜'[22]와 같은 관념으

---

20) "호로는 많은 씨가 있는 특징이 있고, 또 속이 비어 있는 특징이 있어, 이것이 쉽게 사람으로 하여금 생육을 연상하게 만든다."("葫蘆具有多子的特徵, 又具有中空的特徵, 它很容易使人産生生育聯想.") 王小盾, 『神話話神』, 臺灣 : 世界文物出版社, 1992, 155쪽.

21) "숫돌과 호로는 생산활동과 생활을 위한 공구와 도구일 뿐 아니라 물질을 생산하는 상징이기도 했다. 더구나 숫돌은 남근에 비유되기도 하고, 호로는 여성 생식기관의 형체에 비유하기도 하는데 이는 인류가 추구하는 종족 번성의 상징이다."("磨刀石・葫蘆不僅是生産生活的工具和用具, 是物質生産的象徵, 而且磨刀石隱喩着男根, 葫蘆則隱喩着女性形體, 是人類所追求的種的繁衍的象徵.") 覃乃昌 등, 『盤古國與盤古神話』, 北京 : 民族出版社, 2007, 320쪽.

22) "이런 神樹崇拜는 또한 '생명수'・'우주수'・'지식수'・'불사수' 등 여러 가지 유형으로 표현되기도 한다……때로는 세계수가 '생명수'・'번식수'를 겸하기도 하며 만물의 어머니이다."("這種神樹崇拜還表現爲'生命樹'・'宇宙樹'・'知識樹'・'不死樹'等等不同的類型……有時世界樹又兼爲生命樹・繁殖樹, 是萬物之母.") 蕭兵, 『太陽英雄神話的奇蹟』 제2권, 臺灣 : 桂冠圖書公司, 1992, 256쪽.

로 우주만물의 모체가 신수에서 기인했다고 여기는 '生命樹'·'宇宙樹'·
'繁殖樹'와도 같은 것이다. 즉, 만물의 탄생의 모태가 되는 호로는 신수
숭배에서 기인한 생명수·우주수이며 또한 탄생의 모태인 '우주란'과
같은 것이다.

聞一多와 宋兆麟은 호로가 지닌 외형과 기능적인 특성으로 말미암아
호로를 동굴이나 여성의 자궁으로 해석하는 이외에도 호로를 고대의
무교신앙에서 신비한 지위를 점하고 있음을 주장하였다.23) 즉, 호로가
중화민족의 모체숭배 대상이라는 것이다. 이러한 관념은 마침내 호로
를 중국 창세신화의 핵심 요소로 등장하게 한다.

즉, 호로가 지닌 외·내형의 유사연상은 호로를 중국민족의 모체숭
배대상으로 확고하게 자리 잡게 하여, 창세신화의 핵심인 인류기원신
화와 천지기원신화 보이는 인류와 천지의 기원을 호로에서 찾고자 하
는 이른바 호로형신화를 탄생시키게 된 것이다.24)

---

23) 聞一多는 일찍이 모든 신화의 핵심이 인류기원신화이며, 이 신화의 핵심이 바로
    호로임을 주장한 바 있다. 宋兆麟도 이와 유사한 호로에 대한 학술계의 해석을
    아래의 4가지를 들고 있다. "인류창조는 모든 고사의 핵심인 것과 같이 호로 역
    시 인류창조 고사의 핵심이다. 호로는 다양한 효능의 실용적 가치를 지니고 있는
    것 이외에도 원시시대의 무교신앙에서 신비한 지위를 점하고 있었다. 이로 인해
    학술계에서는 호로에 대해 1.토템 2.중화민족의 모체숭배 3.동굴 4.자궁 등 여러
    가지로 해석했다."("正如造人是整個故事的核心, 葫蘆又是造人故事的核心. 葫蘆除具有
    多種功能的實用價值外, 在遠古巫教信仰中也占有神秘的地位, 因此學術界對葫蘆有種種解
    釋：一.葫蘆是圖騰；二.葫蘆是中華民族的母體崇拜；三.葫蘆是山洞；四.葫蘆是子宮；等
    等."『民族文學研究』 1988 제3기(馬昌儀編, 『中國神話學文論選萃』 下卷, 北京：中國廣
    播電視出版社, 1994, 564쪽에서 재인용).
24) 王孝廉도 인류기원신화와 천지기원신화에 보이는 호로형신화는 호로가 지닌 유
    사연상에서 기인했다고 주장했다. "호로의 형상은 여체와 비슷하다. 호로 속에
    가지런히 배열되어 있는 씨앗 역시 어머니가 아이를 잉태하고 있는 모습과 같다.
    이 밖에 호로는 천지가 열리기 전의 혼돈스러운 형상을 하고 있으며 여기에서
    음과 양, 남과 여 태어나게 되었는데, 이 모두가 호로에서 인류가 탄생했다는

　중국인들의 호로숭배관념은 신화는 물론, 각종 문화에도 깊은 영향을 미쳤던 증거는 도처에서 쉽게 발견된다. 이런 주요한 예는 아래와 같은 漢族을 비롯한 기타 소수민족의 유물이나 유적 심지어는 현존하는 풍습에서도 발견할 수 있다.

　漢族은 남의 모친을 '尊堂'이라고 불렀는데, 이 '尊'字가 바로 고대 漢族이 호로를 일컫는 것이었다.25) 즉, 漢族은 호로를 생활의 이기로써만이 아닌 존귀하고 높은 지위를 점한 숭배의 대상으로 여기고 있음을 알 수 있다.

　호로를 숭배하는 풍습을 여러 소수민족의 현존하는 풍습에서도 엿볼 수 있다. 滿族은 호로가 재앙을 물리친다고 여겨 일정한 날이 되면 호로를 문 앞에 걸어두는 풍습이 아직도 남아 있다.26) 納西族·仡佬族·族彝族 등은 호로를 모체로 숭배하던 풍습이 아직도 남아 있는데, 장례를 치를 때 호로로 된 악기를 연주하여 조상의 영혼을 인도한다고 한다.27) 또한 壯族은 아직도 盤古祠堂의 기둥과 대들보에 조각된 호로와

　원시적인 요소들이다."("葫蘆其形狀有如女體, 葫蘆中有排列整齊的種子, 亦如母胎孕子, 另外是葫蘆有如渾沌未開的天地, 由此而生陰陽男女, 這些都是産生葫蘆生人類的原始要素.") 王孝廉, 『中國的神話世界』上冊, 臺灣：時報出版公司, 1987, 413쪽.

25)　"漢族은 예전에 타인의 모친을 '尊堂'이라고 칭했는데, '尊'자가 바로 호로를 말한다."("漢族古稱人之母爲 '尊堂', '尊' 亦卽葫蘆.") 陶陽·鍾秀, 『中國創世神話』, 上海：人民出版社, 1989, 260쪽.

26)　"滿族은 5월 5일이 되면 문 앞에 호로를 걸어두는 풍습이 있었는데, 옛날에 한 신이 문 앞에 호로를 걸어두면 재앙을 피할 수 있다고 계시한데서 유래된 것이라 한다."("滿族五月初五有在門口挂葫蘆的風習, 傳說古代神諭說門口挂葫蘆可以免災.") 陶陽·鍾秀, 위의 책, 260쪽.

27)　"納西族과 仡佬族은 호로생을 장송행렬을 선도할 때 사용했고, 彝族은 호로 생황을 연주하여 조상의 혼령을 보내드렸는데, 이들 모두는 호로를 모체로 숭배하는 원시적인 풍습이 남아 있는 것과 관련이 있다."("納西族和仡佬族採用葫蘆笙爲送葬前導, 以及彝族採用葫蘆笙伴奏送祖靈, 均與把葫蘆作爲母體崇拜的原始習俗的遺留有關.") 劉小幸, 『母體崇拜』, 雲南：人民出版社, 1990, 30쪽.

剪紙로 만든 각종 형상의 호로를 걸어두고 호로를 숭배하고 있다.[28]

심지어는 瑤族·苗族·畲族은 '槃瓠'를 시조로 섬기고, 자신들을 '槃瓠'의 후손이라고 믿었다.[29] 즉, '槃瓠' 역시 실제상 호로이기 때문에 호로가 이 민족의 조상인 셈이다.[30] 이들은 아직도 자신들의 조상인 호로를 숭배하는 의식을 盤古를 기리는 '盤古節'에 거행하고 있다.

호로를 숭배의 대상으로 삼아 제를 올리는 이러한 풍습은 아직도 여러 소수민족 사이에서 전해지고 있다. 瑤族은 매년 초하루에 '槃瓠祭'를 거행하고, 畲族은 3년에 한 차례씩 '槃瓠'의 형상을 그린 개를 걸어두고 제를 드린다. 苗族의 '槃瓠祭'는 唐·宋·明·淸에 이르기까지 약 1천여 년간 이 의식을 지켜왔다고 한다.[31] 한편 호로형 인류기원신화

---

28) "壯族은 호로를 숭배하거나 숭배하는 전통적인 습관을 지니고 있다. 桂中 지역에 있는 盤古廟에는 전지로 만든 다양한 형상의 호로를 붙여놓거나 걸어두었다. 다른 사당에도 빨간 색 종이를 오려 만든 剪紙를 걸어두었으며, 각종 건축물의 기둥이나 들보에도 호로의 형상이 새겨져 있다."("壯族有信仰和崇拜葫蘆的傳統習俗, 在桂中地區, 盤古廟裏都貼着或挂着各種形狀的剪紙葫蘆, 在其他廟宇中也挂着用紅紙剪成的葫蘆, 在各種建築的柱·梁上還彫刻有葫蘆.") 覃乃昌 등, 『盤古國與盤古神話』, 北京 : 民族出版社, 2007, 319-320쪽.

29) "우리나라(중국)의 瑤族·苗族·畲族 등의 민족 조상들은 槃瓠를 시조로 여기고, 자신들이 槃瓠의 후손이라고 생각했다."("我國瑤·苗·畲等民族的先民視槃瓠爲始祖, 認爲自己是槃瓠的後代.") 劉小幸, 『母體崇拜』, 雲南 : 人民出版社, 1990, 49쪽.

30) "'槃'의 본뜻은 호로를 쪼개서 만든 표주박이다. '瓠'의 의미는 호로로 따라서 '槃瓠'는 실제로 호로를 가리킨다."("'槃'本義爲剖葫蘆而成的瓢, '瓠'義爲葫蘆, '槃瓠'實際上就是葫蘆.") 劉小幸, 위의 책, 58쪽.

31) 瑤族은 매년 음력 10월 16일이 되면 盤古節을 지냈다. 3년에 한차례씩 소제를, 5년에 한차례씩 대제를 드렸다. 대제 때에는 모든 마을사람이 총출동하여 수백 명의 남녀가 북에 맞춰 춤을 추고 '盤古歌'를 불렀다. 이밖에도 매년 원단에는 '槃瓠祭' 의식을 거행했다."("瑤族每年陰曆十月十六日爲盤王節, 三年一小祭, 五年一大祭. 大祭之時, 全寨出動, 數百名瑤族男女擊盤鼓跳舞, 唱'盤古歌'. 此外, 每年正月歲旦還要擧行祭槃瓠的儀式.") 畲族들도 과거에 '槃瓠祭'가 있었는데, 3년에 한 번씩 치르는 제사의식에는 '槃瓠犬' 형상을 한 조상의 그림을 걸어두고 '狗頭杖'을 올렸다. 제례의식에 참가하는 사람은 '狗頭尾' 모자를 쓰고 '狗皇歌'를 불렀다."("畲族過去也有

가 장기간 널리 유전되어왔던 佤族은 그 지역적인 영향으로 지금도 阿佤山 지역을 '葫蘆國' 또는 '葫蘆王地'라고 부르고 있어 호로숭배의 영향을 가히 짐작할 만하다.[32]

이 밖에도 중국민족의 호로숭배는 중국민족 창세신 伏羲와 女媧가 중국의 대표적인 토템식물인 호로와 깊은 관계가 있음에서도 엿볼 수 있다. 이러한 내용을 뒷받침하는 자료는 『禮記』와 袁珂 등의 주장에서 볼 수 있다. 대표적인 예가 중국의 많은 민족이 사용하고 있는 생황이 바로 여왜가 만든 악기이며, 이가 중국민족의 호로숭배와 깊은 관계가 있다는 것이다.[33]

'笙簧'은 악기의 이름으로 즉, 생황이다. '簧'은 생황 속의 얇은 잎으로 고대에는 대껍질을 쓰다가 후세에는 구리조각을 썼는데 생황을 불면 바로 진동이 되어 소리가 나도록하기 위함이다. 생황은 모두 13개의 대롱이 나와 있는데, 이 대롱을 호로 안에 꽂는다. 생황을

祭槃瓠的儀式, 每三年一次, 祭祀儀式上縣掛畫有槃瓠犬形象的'祖圖', 供'狗頭杖', 參加祭典儀式的人戴狗頭尾帽, 唱'狗皇歌'")"苗族의 '槃瓠祭'의 역사도 약천여 년이나 오래되었다. 한문 사료에 의하면, 唐의 苗族에게서 성행했던 '槃瓠祭'가 宋·元·明을 거쳐 청조에 이르기까지 계속되었다."("苗族祭槃瓠的歷史也有千餘年之久, 據漢文史料記載, 唐代苗族就盛行槃瓠祭, 歷經宋元·明代, 一直連續至淸朝.") 劉小幸, 위의 책, 49-51쪽.

32) "把阿佤山區稱爲葫蘆國, 或葫蘆王地." 劉小幸, 뒤의 책, 32쪽.

33) 『禮記』, 卷十四,「明堂位」: "垂는 和鐘을 만들고, 叔은 離磬을 만들었으며, 女媧는 笙簧을 만들었다."("垂之和鐘, 叔之離磬, 女媧之笙簧.") 『風俗通義』,卷六,「聲音」: "『世本』: 女媧作簧. 簧, 笙中簧也." 袁珂는 생황·호로·여왜 등의 밀접한 관계에 대해 아래와 같이 주장하고 있다. "'笙簧': 樂器名, 卽'笙'; 簧是笙裏的薄葉, 古以竹箬, 後世用銅片爲之, 使笙一吹就振動發出聲音來. 它有十三隻管子, 揷在葫蘆裏面. 笙之所以叫'笙', 據說是爲了人類的繁衍滋生, 其義同'生'. 而古代笙用葫蘆(匏)製作, 其事又和伏羲女媧同入葫蘆逃避洪水, 後來結爲夫婦, 繁衍滋生人類的古神話傳說有關." 袁珂, 『古神話選釋』, 北京 : 人民文學出版社, 1977, 39쪽.

'笙'이라고 불리게 된 까닭은 인류의 번식과 자생을 위함이니 그 의
미가 '生'자와 같다고 전해진다. 고대에는 생황을 호로(박)로 만들었
는데, 이는 또 伏羲와 女媧가 호로 안으로 몸을 숨겨 홍수를 피한 후
에 마침내 결혼해서 부부가 되어 인류를 번성하게 했다는 고대 신화
전설과 관련이 있다.

위의 袁珂의 주장은 고대에 악기의 일종인 생황은 호로로 만들었으
며, 이것이 바로 伏羲와 女媧가 홍수의 재난에서 목숨을 건진 도피기구
인 호로였다는 것이다.

또한 聞一多는『伏羲考』에서 伏羲와 葫蘆의 관계를 고증을 통해 伏羲·
女媧·盤古가 지닌 이름의 의미를 밝힌바 있다. 그 결과 이 삼자는 모
두 호로의 화신이며,34) 차이가 있다면 이름과 성별이 다를 뿐이라고
주장했다.35) 즉, '女媧'는 '媧媧'라고도 부르는데 고대의 음이 '匏瓜'와
같았고, '伏羲'도 '庖羲'라고 쓰기도 하는데, 역시 고대의 음이 '匏'와
같아서 이 두 이름은 모두 호로를 지칭한다는 것이다.36)

---

34) "이상의 각 사례를 종합해보면, 우리는 伏羲와 女媧 모두가 바로 호로의 화신임
　을 알 수 있다⋯⋯그래서 나는 伏羲와 女媧 두 이름이 지닌 의미를 주의 깊게 살
　펴본 결과 伏羲와 女媧는 과연 바로 호로였던 것이다."("總觀以上的各例, 使我們想
　到伏羲女媧莫不就是葫蘆的化身⋯⋯于是我注意到伏羲女媧二名字的意義.　我試探的結果,
　'伏羲'·'女媧'果然就是葫蘆.") 馬昌儀 編,『中國神話學文論選萃』, 上卷, 北京 : 中國廣播
　電視出版社, 1994, 738-739쪽.
35) "伏羲와 女媧는 비록 이름은 다르지만 뜻은 실제로 같다. 두 사람은 본디 모두 호
　로의 화신으로 다른 것은 단지 성별일 뿐이다."("伏羲與女媧, 名雖有二, 義實只一.
　二人本皆爲葫蘆的化身, 所不同者, 僅性別而已.") 馬昌儀 編, 위의 책, 740쪽.
36) "만일 伏羲와 女媧 두 사람 이름의 내력을 자세히 살펴보면, 우리는 이 두 이름이
　호로와 밀접한 관련이 있음을 발견할 수 있다. '女媧'는 또 '媧媧'라고 부르기도
　하는데, 고대의 독음이 '匏瓜'와 같았다. '伏羲'는 또 '庖羲'라고 쓰기도 하는데 고
　대의 독음이 '匏'와 같았다. 따라서 匏瓜나 匏 모두 호로를 지칭한다."("如果細心考
　察一下伏羲·女媧兩人名字來歷,　我們也能發現 ; 這兩個名字同葫蘆瓜有關.'女媧'又叫做

Ⅲ. 홍수신화와 인류기원신화에 보이는 호로

중국 창세신화에 보이는 호로는 대체적으로 홍수 중 피난기구로의 역할을 수행하여 인류 재창조의 임무를 수행한 유형과 인류기원신화 중 인류의 탄생지로 등장하는 유형, 두 가지로 대분할 수 있을 것이다.

대부분의 중국 홍수신화의 주요 내용은 이러하다. 어떤 이유로 발생한 홍수로 말미암아 천지는 물에 잠기게 되지만, 세상에 남은 두 오누이는 다행스럽게도 호로를 피난기구로 삼아 재난에서 벗어나게 된다. 후에 이 두 오누이는 여러 가지 시련과 시험을 거쳐 부부가 되어 중국의 각 민족을 번성하게 한다. 이 과정에서 등장하는 두 주인공이 혈연관계인 오누이인 까닭에 이러한 신화를 이른바 '同胞配偶型神話'라고 부르기도 한다.

호로가 홍수의 재난에서 도피도구로 사용된 내용은 중국 홍수신화의 주요 모티프이자 가장 보편적인 신화의 유형이다. 이러한 유형은 중국 中原을 비롯한 북방・서남・중남지역 등 여러 지역의 漢族을 비롯한 대부분의 소수민족에게서 흔히 볼 수 있는 신화로 내용 역시 매우 유사하다.

聞一多는 일찍이 『伏羲考』에서 漢族을 비롯한 소수민족이 지닌 49종의 홍수신화를 면밀히 분석한 적이 있다. 그의 분석에 의하면, 漢族과 55개 소수민족 대부분이 홍수신화를 지니고 있으며, 여기에 등장하는 홍수재난의 피난기구로는 호로를 비롯해 박・북・절구・나무통・침상・배 등이 있다. 이들은 대부분 당시 생활주변에서 흔히 볼 수 있는

'炮媧', 在古代讀音和'匏瓜'相同 ; '伏羲'又寫作'庖羲', 在古代讀音和'匏'相同 ; 而匏瓜・匏 的意思都是指葫蘆瓢.") 王小盾, 『神話話神』, 臺灣 : 世界文物出版社, 1992, 155쪽.

것들로 이들이 차지하는 비율은 무려 2 / 3에 가까웠고, 이 가운데서도 호로가 절반을 차지하고 있다. 즉, 중국 민족의 홍수신화에 피난도구로서 가장 많이 등장하는 것이 바로 호로인 것이다.[37]

홍수신화 중 동포배우형신화에 호로가 등장하는 대표적인 예는 漢族을 비롯한 소수민족의 신화에서 흔히 발견할 수 있는데, 그 대표적인 신화의 주요내용만 살펴보기로 한다.

> 태곳적에 伏羲 오누이가 산에서 놀고 있었는데, 한 마리 새가 씨앗을 하나 물고 와 그들 곁에 떨어뜨렸다. 복희 오누이가 이 씨앗을 땅에 심자 얼마 뒤에 작은 싹이 돋아났고, 이내 큰 박이 열렸다. 이때 갑자기 큰비가 내리기 시작했는데, 이 비는 장장 49일 동안 퍼부어 천지를 삼켜버렸다. 伏羲 오누이는 이 박을 반으로 자른 뒤 각자의 배로 삼아 그 안에 탔다. 홍수가 물러난 뒤에 보니 지상의 모든 사람은 다 죽고 없었다. 그러자 伏羲 오누이는 진흙으로 수많은 사람의 형상을 빚었는데, 오빠는 남자를 빚고 여동생은 여자를 빚었다. 저녁이 되어 진흙으로 빚은 사람들이 이슬을 먹자 실제 인간으로 부활한 뒤 각자 짝을 이루어 즐겁게 살았다.
>
> ― 漢族『사람을 만든 伏羲 오누이』[38]

이는 홍수신화 및 홍수 후 인류재창조를 다룬 신화의 전형이다. 즉,

---

37) 馬昌儀編, 『中國神話學文論選萃』 上卷, 北京 : 中國廣播電視出版社, 1994, 742-753쪽에 수록된 聞一多의 『伏羲考』.

38) "上古時候, 伏羲兄妹在山上玩耍, 一隻鳥兒銜來了一顆種子, 放在他們身邊. 他們把種子埋在土裏, 不久就冒出一根小苗苗, 轉眼又結出了一個很大的瓜. 這時 ; 忽然下起大雨來了, 大雨一直下了七七四十九天, 淹沒了大地. 伏羲兄妹將瓜划成兩半, 一人一半, 他們坐在裏面上坐船一樣. 等洪水退了以後, 地面上的人都淹死完了. 于時, 伏羲兄妹就用黃泥做了許多人. 哥哥造男人, 妹妹造女人. 到了晚上, 泥巴人吃了露水都活了, 成對成對的十分快活."(漢族『伏羲兄妹造人』) 陶陽・鍾秀, 『中國神話』, 上冊, 北京 : 商務印書館, 2007, 509쪽.

홍수로 인해 지상의 인류들이 몰사하였지만, 다행히 호로를 피난도구
로 삼아 살아남은 두 오누이가 진흙으로 사람을 빚어 인류를 재창조하
는 과정을 담은 전형적인 동포배우형신화이다. 위에서 언급한 漢族의
신화 이외에도 伏羲 오누이가 호로를 이용해 인류를 재창조했다는 신
화는 중국의 소수민족인 布依族과 佤族의 예에서도 살펴볼 수 있다.

> 전에 伏羲 오누이 일가가 채소밭을 일구며 살고 있었다. 땅을 놀리
> 지 않기 위해 도처에 호로덩굴을 많이 심었는데, 호로가 다 자랐을
> 무렵 홍수가 천지를 덮어버리고 말았다. 이때 모든 산과 들이 물에
> 잠겨서 사람들은 몸을 숨길 만한 곳이 없게 되었다. 그래서 伏羲 오
> 누이는 호로 속으로 몸을 피하게 되었고, 결국 호로가 이 둘을 구하
> 게 되었지만 다른 사람들은 모두 익사하고 말았다…… 결혼 삼 년
> 후에 머리도 다리도 없는 마치 수놓은 공 같은 사람을 낳게 되자 두
> 사람은 무척 낙심했다. 하지만 쇠칼로 쳐서 조각을 내자 조각들이
> 모두 사람으로 변하였다.
>
> ― 布依族 『하늘에까지 이른 홍수』[39]

漢族과 布依族의 두 신화는 伏羲 오누이가 호로를 이용해 재난을 피
하는 과정을 묘사하고 있다. 그러나 포의족의 신화는 漢族의 사람을 진
흙으로 빚어 만든 과정을 보다 상세하게 묘사하고 있어, 점차 내용이
복잡해지고 구체화되어가는 신화의 발전과정을 엿볼 수 있다. 이 밖에
도 이와 유사한 신화로 壯族의 『布伯의 고사·오누이의 결혼』, 瑤族의

---

39) "從前有一家伏羲兄妹, 種有菜園, 爲了不浪費土地, 邊邊種滿了葫蘆蓬. 當葫蘆長大了的時
候, 洪水就淹天下了, 這時候滿山遍野都有水, 人烟無處可藏, 於是伏羲兄妹就拿葫蘆來藏
身, 果然葫蘆救活了他兩人, 但其他所有的人却被淹沒了.……結婚得三年以後, 生下一個無
頭無脚的繡球人, 他們兩人很寒心, 用鋼刀砍成塊飛, 全變爲人, 並發展爲千萬萬. 因
此故名爲兄妹結婚." 譚達先, 『中國神話研究』, 臺灣 : 木鐸出版社, 1982, 68쪽.

『伏羲 오누이』, 哈尼族의 『인류의 대를 이은 오누이』, 羌族의 『천지개벽』, 水族의 『洪水歌・오누이의 결혼』, 哈尼族의 『天地人』, 基諾族의 『瑪黑과 瑪妞』 등을 들 수 있다.[40]

한편 이 동포배우형신화는 홍수재난을 극복한 과정에 따라 북방계통과 서남방계통의 두 가지 유형으로 크게 나누어 볼 수가 있다. 북방계통의 동포배우형신화는 漢族을 위주로 한 몇몇 소수민족에게서만 볼 수 있는 신화로 伏羲・女媧 또는 盤古 오누이가 한 동물의 도움으로 홍수의 재난을 극복하는 과정을 담고 있다. 그러나 서남방계통 동포배우형신화는 홍수로 말미암아 천지는 물에 잠기게 되지만, 두 오누이가 호로 속으로 피신하여 재난을 극복하게 된다는 가장 보편적인 내용으로 되어 있다.[41] 여기서 주목해 볼만한 사실은 서남방계통의 신화가 중국 홍수신화 중 동포배우형신화의 주종을 이루고 있다는 사실이다. 즉, 동포배우형신화 중 호로신화는 호로의 주생산지인 서남부지역을 중심으로 한 지역에서 성행했다는 점이다.

이렇듯 호로와 관련된 신화가 흔히 발견되는 지역과 호로숭배 사상이 성행했던 지역은 호로의 생산지와 밀접한 관계가 있다. 그러한 예로 雲南・廣西・貴州・四川 등 중국 각 민족의 분포지역에서 발굴된 청동기와 동고악기에도 호로와 호로생의 형상이 새겨져 있음을 통해 볼 때,

---

40) 이 밖에도 聞一多는 위의 호로와 관련된 동포배우형신화를 漢族을 비롯한 彝族・怒族・白族・哈尼族・納西族・拉祜族・基諾族・苗族・瑤族・畲族・黎族・水族・侗族・壯族・傈僳族・高山族・蒙古族・達斡爾族・布依族・羌族・景頗族・仡佬族・崩龍族・苦聰族・普米族・布朗族・阿昌族・獨龍族・珞把族 등의 소수민족 신화에서도 볼 수 있다고 주장했다. 馬昌儀編, 『中國神話學文論選萃』, 上卷, 北京 : 中國廣播電視出版社, 1994, 742-753쪽에 수록된 聞一多의 『伏羲考』 및 陶陽・鍾秀, 『中國創世神話』, 上海 : 人民出版社, 1989, 240쪽 참조.
41) 서유원, 『중국창세신화』, 아세아문화사, 1998, 271-274쪽 참조.

이 지역을 중심으로 호로숭배사상이 성행했음을 추측할 수 있다.[42] 즉, 호로의 주산지인 남부지역에서는 일찍부터 호로를 다양한 생활도구로 사용해왔던 까닭에 고대인과 친숙한 호로가 각종 신화에 집중적으로 발견되는 것으로 보인다.

위의 홍수신화 중 동포배우형신화의 주요 모티프는 호로였다. 즉, 호로로 인하여 인류번성의 계기를 마련할 수 있었던 것이다. 그러나 창세신화 중 홍수보다도 더 소중한 모티프는 바로 인류창조이며, 이 인류창조의 핵심은 바로 호로이다. 즉 창세신화 중 홍수신화와 인류기원신화의 핵심이 호로인 셈이다. 聞一多 역시 동포배우형신화에 등장하는 호로는 인류창조신화의 핵심으로서 홍수보다도 더 중요한 신화의 모티프를 점하고 있다고 주장하며 호로가 중국신화에 차지하는 비중을 높이 평가하고 있다.[43]

이러한 호로형 인류기원신화 역시 고대인이 호로를 조상의 공동 모체로 여기는 관념과 저급한 지력, 열악한 생활환경 속에서 적극적으로 자신의 내력을 찾는 과정에서 찾아낸 답안으로 보인다.[44] 대표적인 호

---

42) "雲南·廣西·貴州·四川 등 중국 민족이 분포되어 있는 지역에서 발굴된 청동기와 동으로 된 북에는 모두 호로와 호로 생활의 형상이 그려져 있다."("在雲南·廣西·貴州·四川等中國各民族所分佈的地區所發掘的靑銅器及銅鼓上, 都見有葫蘆及葫蘆笙的圖像.") 王孝廉, 『中國的神話世界』上冊, 臺灣 : 時報出版公司, 1987, 405쪽.

43) "결론적으로 인류창조의 소재인 호로가 없었다면, 물의 재난을 피할 수 있는 도구인 호로도 없었을 것이다. 인류창조라는 주제가 홍수보다도 더 중요하며, 호로가 바로 인류창조 고사의 핵심이다."("總之, 沒有造人素材的葫蘆, 便沒有避水工具的葫蘆, 造人的主題是比洪水來得重要, 而葫蘆正做了造人故事的核心.") 馬昌儀 編, 『中國神話學文論選萃』上卷, 北京 : 中國廣播電視出版社, 1994, 738쪽.

44) "이상에서 인용한 고사들이 내용상 모두 일치하지는 않지만, 호로가 각 민족의 공통 모체임은 인식하고 있다. 인류가 호로(박)에서 나왔다는 것은 원시 고대인이 극히 저급한 생산수준과 매우 한정된 시야와 지식을 바탕으로 힘써 자신들의 기원에 대한 해답을 찾는 과정에서 얻어낸 답안인 것이다."("以上所引故事雖然內容

로형 인류기원신화의 예는 傣族·阿昌族·佤族·拉祜族 등 소수민족의 인류기원신화에서도 볼 수 있다.

아득히 먼 옛날, 지상에는 아무것도 없었다. 천신이 이를 보고 암소 한 마리와 새매 한 마리를 지상으로 내려 보냈다. 암소는 겨우 3년을 살다 알 3개를 낳고 죽어버리자, 새매가 이 알 3개를 대신 품은 뒤 부화시켰다. 그중 한 알에서 호로 한 개가 나왔으며, 거기에서 바로 사람이 나왔다.

— 傣族[45]

傣族의 시조는 부화된 알에서 나온 호로에서 출생했다. 또한 阿昌族의 시조 역시 저명한 창세신 遮帕麻와 遮米麻가 결혼하여 낳은 호로에서 출생하였다.

遮帕麻와 遮米麻는 결혼해서 대지의 중앙에 기거하였다. 9년이 지난 후 遮帕麻가 호로씨 하나를 낳게 되자 遮帕麻는 이 호로씨를 땅에 묻었다. 다시 9년이 지나자 호로씨에서 새싹이 돋아났다. 그러나 모든 뿌리와 줄기에서 한 송이 꽃만 피고 한 개의 호로만 열렸다. 호로가 점점 커지자 遮帕麻는 땅속으로 뚫고 내려갈까 염려되어, 큰 나무 막대기로 구멍을 한개 내자, 호로에서 바로 인류 조상인 9명의 어린 아이가 뛰쳐나왔다. 최초의 인류는 바로 이렇게 창조된 것이다.

— 阿昌族 『遮帕麻와 遮米麻』[46]

不盡相同, 但都認爲葫蘆是各族共同的母體. 人從葫蘆(瓜)出, 這是原始先民在極其低下的生産力水平下, 在狹窄的視野及知識領域內, 努力探索自身來源所覓得的答案.") 劉小幸, 『母體崇拜』, 雲南 : 人民出版社, 1990, 28쪽.

45) "在荒遠的古代, 地上什麼也沒有. 天神見了, 就讓一頭母牛和一隻鷂子到地上來. 這頭母牛只活了三年, 生下三個蛋就死了. 鷂子就來孵這三個蛋, 結果, 其中的一個蛋孵出了一個葫蘆, 人就是從這個葫蘆中生出來的." 劉小幸, 위의 책, 13쪽에서 재인용.

위의 두 가지 유형의 신화, 즉 홍수신화와 동포배우형신화가 결합한
비교적 복잡한 내용으로 된 혼합형 신화도 간혹 찾아 볼 수 있다. 이는
홍수신화와 동포배우형신화가 성행한 이후에 생성된 신화로 보이는데
소수민족인 佤族과 拉祜族의 신화에서 엿볼 수 있다.

> 태곳적에 홍수가 범람하자 사람들은 급하게 피하느라 그 누구도
> 길에 있는 두꺼비 한 마리가 밟히는 것을 주의하지 못했지만, 한 고
> 아가 두꺼비를 발견하고는 한쪽에 집어다 두었다. 그러자 두꺼비는
> 고아에게 그의 집에 있는 새끼 암소를 데려와 나무 구유 속에 숨기
> 라고 했다. 결국에 사람들은 모두 익사했고, 이 고아만이 간신히 살
> 아남았다. 세상에 다른 누구도 남아 있지 않았기 때문에 고아는 암
> 소와 결합할 수밖에 없었다. 암소가 임신한지 9년이 지났지만 출산
> 하지 못하자 신이 고아에게 암소를 죽이고 그 배안에 무엇이 있는지
> 보라고 했다. 고아는 배 안에서 호로씨앗 한 톨을 발견했다. 그가 호
> 로씨앗을 산에 심자 마침내 큰 호로하나가 열렸다. 고아는 호로 안
> 에서 사람 소리가 나는 것을 듣고 그를 쪼개보려고 했지만 방법이
> 없었다. 다행히 하늘에서 한 마리 멧새가 날아와서 날카로운 부리로
> 호로를 쪼개자 안에 있던 사람이 나올 수 있게 되었다. 제일 먼저 나
> 온 사람이 佤族이고, 이어 '問族', 傣族·漢族……등이 나왔다.
>
> — 佤族 『司岡里』[47]

---

46) "遮帕麻和遮米麻結合了, 他們就安身在大地的中央. 過了九年, 遮帕麻生了一顆葫蘆籽, 遮
　　帕麻這顆葫蘆籽埋在土裏. 又過了九年, 葫蘆籽發出了嫩芽, 可是整根藤上只開了一朵花,
　　只結了一個葫蘆. 葫蘆越長越大, 遮帕麻怕它撑破了大地, 就用大木棒打開了一個洞, 立卽
　　從葫蘆跳出來人類始祖的九個小娃娃. 最初的人類就這樣被創造出來." 陶陽·鍾秀, 『中國
　　神話』, 上海：文藝出版社, 2007, 42쪽.

47) "遠古之時, 洪水汎濫, 由于人們急于逃難, 誰也沒有注意到踩着了路上的一隻癩蛤蟆, 只有
　　一個孤兒見了, 把它儉到一邊. 于是癩蛤蟆告訴孤兒, 快帶上他家的小母牛, 躲到木槽裏去.
　　結果, 人們都被淹死了, 只有這個孤兒活了下來. 因爲世界上再無其他人, 孤兒只得與母牛
　　結合. 母牛懷孕九年仍不生育. 神明告訴孤兒, 把母牛殺掉, 看它肚子裏有什麼東西. 孤兒

佤族語의 호로에서 인류가 나왔다는 의미를 지닌 『司岡里』는 평상시에 출입이 빈번한 천연동굴을 의미한다.[48) 동굴은 혈거시대에 인류가 거주하던 천연적인 주거지였으며, 고대인의 생활 안전막이 되었던 까닭에 인류 양육의 모체라고 여긴 호로와 같은 의미로 해석할 수가 있을 것이다. 즉, 위 신화의 제목이 갖는 의미와 같이 인류가 출생한 터전이 동굴이며, 그 동굴이 바로 호로인 셈이다.

　　큰비가 바가지로 퍼붓듯 내렸다. 열흘이 지난 어느 날 아침, 홍수는 하늘까지 이르렀다. 세상은 온통 망망대해로 변해버렸다. 삼형제는 부친이 시킨 대로 각자 자기의 벌통으로 들어갔다. …… 이때 세상 사람은 모두 홍수로 익사하고 말았다. 셋째 아들은 의지할 곳이 없게 되자 나무 벌통을 메고 들고 큰 산으로 들어가 살 궁리를 했다. …… 그는 부친이 시킨 대로 두 손을 중간에 있는 선녀와 꼭 맞잡게 되었는데, 결국 그녀와 짝이 되어 부부가 되었다. 3년이 지난 후, 선녀는 임신을 하게 되었는데, 놀랍게도 호로를 하나 낳았다. 부부는 어찌하여 이렇게 괴상한 태아를 낳게 되었는지 무척 상심하고 안타까워했다. 이때 부친이 나타나 서둘거나 무서워하지 말고, 아이는 바로 호로 속에 들어 있으니 호로를 칼로 쪼개면 곧 아이를 보게 될 것이라고 했다. …… 이로부터 인간이 각 민족으로 나누워지게 되었다.

　　　　　　　　　　　　　　　— 拉祜族 『蜂桶·葫蘆傳人種』[49)

在牛肚裏找到一粒葫蘆籽. 他把葫蘆籽種在山上, 後來結得一個大葫蘆. 孤兒聽見葫蘆裏有人的音聲, 想把它弄破, 却無辦法, 亏得天上飛來一隻山麻雀, 用它尖利的嘴殼啄破了葫蘆, 裏頭的人才得出來. 最先出來的是佤族, 接着是'間族', 傣族·漢族……" 劉小幸, 『母體崇拜』, 雲南: 人民出版社, 1990, 31-32쪽.

48) 『司崗里』의 '司崗'은 '석굴', 또는 '호로'를 의미하고, '里'는 '~에서 나오다'는 의미이다. 즉, '사강리'는 '석굴 또는 호로에서 탄생하다'는 뜻을 지니고 있다. 陶陽·鍾秀, 『中國神話』, 上海: 文藝出版社, 1990, 52-53쪽 및 陳鈞, 『創世神話』, 東方出版社, 1997, 507-508쪽.

위의 佤族과 拉祜族의 신화는 홍수신화와 인류기원신화가 결합된 신화임을 알 수 있다. 즉, 홍수재난을 맞아 호로를 피난기구로 삼아 역경을 극복해가는 과정을 그린 홍수신화, 그리고 홍수 이후 인류재창조과정에서 호로가 인류의 출생지로 등장하는 과정을 그린 동포배우형신화의 두 신화가 결합한 새로운 형태의 신화이다. 이전의 보편적인 오누이 위주의 등장인물에서 탈피하여 다양한 인물 또는 동물 등이 등장하는 등, 초기의 단순했던 구성에 점차 흥미로운 내용이 가미되어 점차 복잡해지고 다양한 형태로 변화해가는 신화의 발전과정을 엿볼 수 있다.

IV. 결론

예로부터 호로는 인류와 매우 친숙한 식물이었다. 더구나 호로문화권의 중심에 있는 중국민족에게 호로는 특별한 지위를 점하고 있다.

중국민족은 호로를 자기민족의 시조의 상징으로 여겼다. 중국민족의 대표적인 창세신 伏羲·女媧·盤古가 바로 호로를 지칭하는 것이며, 이들을 호로의 화신으로 부르기도 하고, 악기로 사용했던 호로 역시 女媧가 만든 것이라는 등 호로야말로 중국민족의 대표적인 토템식물이었던

---

49) "大雨像瓢潑一樣下來. 第十天早上, 洪水就漫天了. 整個世界一片汪洋, 三兄弟就照着阿爸說的去做, 各人鉆進了各人的蜂桶裏.……這時, 世上的人都被洪水淹死完了, 老三無依無靠, 扛着木蜂桶走到一架大山裏去謀生.……老三就照阿爸說的,　雙手緊緊拉住了中間的那位仙女, 和她配成了夫妻. 第三年, 仙女懷孕了, 可是後來生下的却是一個葫蘆, 夫妻兩又着急, 又傷心, 咋會生下這麼一個怪胎. 這時, 老三的阿爸又找到了他們, 告訴他們不用着急, 不要怕, 兒女就在葫蘆裏面, 只要用刀砍開葫蘆, 他倆就可見到他們的兒女.……從此人間就分出了各種民族."(拉祜族『蜂桶·葫蘆傳人種』) 陶陽·鍾秀,『中國神話』上冊, 北京 : 商務印書館, 2007, 371-373쪽.

것이다. 이러한 호로숭배사상은 漢族을 비롯한 滿族·納西族·仡佬族·族彝族·瑤族·苗族·畬族 및 佤族등의 소수민족의 유물이나 유적은 물론 현존하는 풍습에도 남아 있다. 이들은 호로가 존귀한 식물일 뿐만 아니라, 죽은 조상의 영혼을 인도하는 안내자나 재앙을 물리치는 숭배의 대상으로 삼기도 했다. 또는 호로를 자신들의 시조로 숭배하여 오늘날에도 호로제를 올리는 의식을 거행하고 있다. 심지어 호로숭배가 성행하던 지역의 민족은 자신들의 거주지를 호로국이라고 지칭하기도 하였으니 중국인의 호로숭배 영향을 가히 짐작할 만하다.

호로의 왕성한 번식력·생명력과 내외형의 특성에 기인한 유사연상은 호로를 만물의 모체로 여기는 神樹崇拜의 대상이 되었다. 즉, 호로가 지닌 외형은 여체나 임신부의 모습과 흡사하여 인류가 추구하는 종족번성의 상징이 되기도 했고, 내부의 비어 있는 공간과 가지런한 씨앗의 배열은 여성의 생육기관을 연상하여 번식력과 생명력을 상징하는 민족신앙과 숭배대상이 되었다.

이러한 호로의 외·내형에서 기인한 유사연상과 모체숭배·민족신앙과 숭배대상이었던 호로는 마침내 인류기원신화의 핵심 요소로 등장하게 된다. 즉, 漢族을 비롯한 대다수의 소수민족이 자신들의 시조가 호로에서 탄생했다는 호로형신화를 탄생하게 한 것이다.

호로의 주산지인 중국의 서남지역에서는 호로가 운송수단이나 물을 건너는 도구로 흔히 사용되어왔다. 이렇듯 생활도구로 긴요하게 사용되어왔던 호로는 마침내 창세신화의 핵심인 홍수신화에서도 주요한 모티프를 점하게 된다. 즉, 漢族을 비롯한 소수민족의 대부분이 지니고 있는 홍수신화에서 두 오누이가 호로를 피난도구로 사용하여 후세 중국민족이 번성할 수 있게 했던 것이다. 이런 홍수신화에 보이는 동포배우형신화는 중국 漢族을 비롯한 대부분의 소수민족에게서 발견되는 보편적인 신화로 여기에 사용된 재난의 도피기구 중 가장 흔히 등장하는 것 역시 호로였다.

홍수신화와 인류기원신화에서 호로로 말미암아 인류가 태어날 수 있었으며, 호로로 인해서 홍수의 재난을 면할 수 있었다. 창세신화의 핵심이 인류창조이며, 인류창조의 핵심이 바로 호로인 까닭에 중국 주요신화의 핵심이 호로인 셈이다. 이로부터 호로가 중국신화에 차지하는 비중이 얼마나 지대한지 가히 짐작할 수 있다.

비교적 단순한 내용으로 구성된 초기의 홍수신화와 인류기원신화는 점차 여러 유형의 신화가 결합됨으로써 다양해지고 복잡해지는 과정을 거치게 된다. 즉, 호로가 홍수의 피난도구로 등장하는 홍수신화와 인류의 호로기원을 다룬 인류기원신화가 결합한 신화에서 신화의 전이와 발전과정을 엿볼 수 있다.

호로와 관련된 신화가 성행했던 지역은 호로의 주산지와 깊은 관련이 있다. 즉, 호로가 고대인의 생활주변에서 쉽게 접할 수 있었던 친숙한 식물이었던 까닭에 호로숭배사상과 이와 관련된 신화가 성행했던 것이다.

양속기(兩屬期) 류큐(琉球) 개벽신화의 재편과 그 의미

정 진 희

I. 서론

현전하는 최고(最古)의 류큐 개벽신화는 『琉球神道記』에 실려 전한다. 『琉球神道記』는 일본의 승려 타이츄(袋中)가 3년 간의 류큐 체재 경험을 기반으로 쓴 것인데, 제목에서도 알 수 있듯이 류큐의 전통 신앙을 일본의 '神道'로 보아 기록한 것이다. 현전하는 문헌 중에서는 가장 오래된 것임에도 불구하고, 외부인의 시선으로 '신도'라는 특정한 인식틀로 포획되어 문자화되었다는 점에서 류큐 개벽신화의 善本으로 보기에 무리가 있다.

류큐 내부의 기록으로서 가장 오래된 류큐 개벽신화는 '오모로'라는 노래 형태로 전한다. 『오모로소시(おもろさうし)』 제 10권에 두 번째로 실려 있는 '오모로'가 곧 그것이다.[1] 문헌 성격으로 미루어보아 류큐 왕조의 국가 의례에서 의식요 형태로 구연된 신화였을 것으로 보이나,

---

1) 원문과 우리말 번역은 졸고, 「류큐 왕조의 아마미코 신화와 현대 구비전승」, 『국어문학』 42(국어문학회, 2007), 277-280쪽 참조.

지극히 정제된 표현으로 되어 있기 때문에 신화적 서사의 경개가 상세하지는 않다.

비교적 상세하게 기록된 류큐 왕조의 개벽신화는 관찬 史書인 『中山世鑑』, 『中山世譜』, 『球陽』 등에서 찾아볼 수 있다. 주지하다시피 왕조의 건국 신화는 국왕의 신성한 혈통을 과시함으로써 지배의 정당성을 강화하고자 하는 이데올로기적 담론이다. 그런데 개벽신화가 수록된 이들 사서는 류큐에 대한 사쓰마(薩摩)의 무력 침공 이후에 편찬된 것이다.[2] 그렇다면 이들 개벽신화는 사쓰마의 무력 침공 이후 약화된 국왕의 신성성을 회복시킬 목적에서 문자화된 것이라고 볼 수 있을까? 사쓰마의 침공으로 국왕이 포로로 일본에 잡혀가는 등 그 신성성이 훼손될 대로 훼손된 마당에, 개벽신화가 과연 그러한 효과를 발휘할 수 있었겠는가를 생각한다면 그 대답은 회의적인 것이 될 수밖에 없다.

따라서 본고는 1650년 『中山世鑑』이 편찬된 이래 거듭 간행된 史書에 줄거리는 유사하되 그 구체적 내용은 조금씩 다른 개벽신화가 거듭 수록된 배경과 원인에 대해 고찰해 보고자 한다. 『中山世鑑』, 『中山世譜』, 『球陽』 등 개벽신화가 수록된 관찬 史書의 편찬 시기가 류큐가 중국에의 조공국인 동시에 일본에도 연공을 바치는 이른바 '양속체제'[3]에 접어든 이후였다는 데에 논의의 초점을 맞추어, 이러한 역사적 정황과의 관련 속에서 신화 텍스트의 의미를 읽어낼 것이다.[4]

---

2) 하필 이 시기에 류큐의 관찬서들이 연이어 등장한 배경과 원인에 대해서 별도의 고찰이 필요할 것이나, 여기에서는 다루지 않는다.

3) 본고에서는 이러한 중국과 일본 모두에 속했던 '양속체제' 시기를 '兩屬期'라 명명하기로 한다.

4) 류큐 개벽신화에 대한 선행 연구는 개벽 혹은 창세에 관한 신화를 수집하고 문헌 및 구비 신화의 동이 양상과 관련성을 지적하거나(山下欣一, 「『琉球王朝神話』と『民間神話』の問題」, 『琉大史學』 7(琉球大學史學會, 1975) ; 小島瓔禮, 「琉球開闢神話の分布

II. 개벽신화 재편의 실제

개벽신화가 수록된 史書는 『中山世鑑』, 『蔡鐸本 中山世譜』, 『蔡溫本 中山世譜』, 『球陽』 순으로 간행되었다.[5] 개벽신화 부분만을 놓고 보면 『蔡溫本 中山世譜』과 『球陽』이 일치할 뿐, 각각의 개벽신화는 여러 문헌에 거듭 수록될 때 발생할 수 있는 단순한 문식의 차이를 넘어서는 편차를 보인다. 여기에서는 몇 가지 항목별로 세 문헌(『中山世鑑』, 『蔡鐸本 中山世譜』, 『蔡溫本 中山世譜』)에 수록된 개벽신화의 同異 양상을 제시하기로 한다.

1. 異本의 同異 양상

세 문헌에 수록된 개벽신화는 우주와 인류, 농경의 기원을 전하고 있다는 점에서 공통적이지만, 그 각각의 요소가 구체화되는 모습에서는 다음과 같은 차이가 발견된다.

と比較」, 『日本神話と琉球』(有精堂, 1977 등), 그 신화가 류큐 본래의 것인지 아니면 중국 혹은 일본을 염두에 두고 윤색한 것인지를 판단하는 것(前城直子, 「中山世鑑」所伝·琉球開闢神話の史料批判的研究」, 『沖繩文化』 42(沖繩文化協會, 1974)이었다. 이후 류큐 개벽신화에 대한 전반적 논의는 답보 상태에 있는 것으로 보인다. 본고는 신화 재편 혹은 개작의 의도를 살핀다는 점에서 마에시로 나오코의 논의의 연장 선상에 있다.

5) 『中山世鑑』은 1650년, 『蔡鐸本 中山世譜』는 1701년에 간행되었다. 『蔡溫本 中山世譜』는 1726년에 『蔡鐸本 中山世譜』를 개수한 것이다. 편년체 正史인 『球陽』는 1743년에서 1745년까지 일차적으로 편집되었고, 이후 편집 작업이 지속되어 1876년에 종료되었다.

1) 우주 기원

신화는 어떤 전승 집단에서 신성한 이야기로 향유되는가에 따라 '우
주'의 범주가 달라진다. 예컨대 마을 단위로 전승되는 신화에서 신화적
우주는 '마을'이며,6) 같은 원리로 국가 단위로 전승되는 신화에서 신화
적 우주는 '국가'가 된다.

이러한 일반적 원리에 충실한 것이 『中山世鑑』이다. 여기에서는 원
래는 물결이 넘실대는 바다였던 곳에 '아마미쿠(阿摩美久)'라는 신격이
하늘에서 받아온 '土石草木'을 이용해서 '섬들'을 만들었다고 한다.7)
그런데 『中山世鑑』에서는 그 '섬들'이 구체적으로는 우타키(御嶽)8)였
고 서술하고 있다.9) 여기에서 나열되는 우타키들은 실제 류큐의 영토
에 존재하는 국가적 聖地이다. 이러한 국가적 성지들이 완성된 후에 여
러 지역의 우타키들을 만들어졌다고 함으로써, 聖所인 우타키를 통해
류큐의 영토를 위계적으로 제시하고 있다고 할 수 있다. 요컨대, 『中山
世鑑』에서 창조된 우주란, 다름 아닌 류큐라는 국가가 기반하고 있는
지리적 영토인 셈이다.

이에 반해 『蔡鐸本 中山世譜』에는 우타키라는 신성 공간이 존재하는
터전으로서의 국토가 등장하지 않는다. 물결이 넘실대던 곳에 섬이 만

---

6) 구체적 사례에 내해서는 전혜숙, 「마을우주와 신화적 세계관」, 『구비문학연구』 8
(한국구비문학회, 1996) 참조.

7) (…)阿摩美久、土石草木ヲ持下リ、嶋ノ數ヲバ作リテケリ(…)

8) 오키나와 지역에서 믿어지는 전통 신앙의 聖所로, 일반적으로 울창한 숲 속에 자
리하고 있다. 지역에 따라 민속적 명칭은 다르게 나타나지만, 일반적으로 '우타키'
라는 이름으로 논의된다.

9) (…)先ヅ一番二、國頭二、邊土ノ安須森、次二今鬼神ノ、カナヒヤブ、次二知念森、
齊場嶽、藪薩ノ   浦原、次二玉城アマツゞ、次二久高コバウ森、次二首里森、眞玉
森、次二嶋々國々ノ、嶽々森森ヲバ、作リテケリ。(…)

들어졌다는 모티프나 우타키 창조 모티프가 없는 것이다. 『蔡鐸本 中山世譜』에서 찾아볼 수 있는 것은 음양설에 의한 우주의 생성이다. 태초의 혼돈 상태가 음양(陰陽)과 청탁(淸濁)의 구분 및 분리에 의해 天地 생성으로 이어졌다고 한다.10) 여기에서의 우주는 말 그대로 '우주'일 뿐, 그것이 국가 차원의 우주라고 할 수 있는 국토로 한정되지 않는다는 점이 주목된다.

　『蔡溫本 中山世譜』에는 『蔡鐸本 중산세보』와 『中山世鑑』의 우주 창조가 연속적으로 등장한다는 점이 흥미롭다. 『蔡溫本 中山世譜』에서는 음양에 의한 우주 창조가 먼저 등장한다. '태극'에서 '兩儀'가 발생하고, 다시 그것에서 '四象'이 나오며, '四象'의 변화로 '庶類'가 많아졌다고 하여 그 표현에서는 『蔡鐸本 中山世譜』보다 세련된 모습을 보인다.11) 『蔡溫本 中山世譜』는 뒤이어 중국을 기준으로 류큐의 위치를 설명하고 이어서 '我國開闢之初'에 대해 서술하는데, 바로 여기에서 『中山世鑑』과 같은 국토 창조에 대한 기술이 등장한다. 파도가 넘실대는 곳에 土石을 옮기고 草木을 심어 물결을 막으니 '嶽森', 즉 우타키가 생겨났고 또 우타키가 이루어지니 '人物'이 많아졌다고 한다.12) 바다에 국토를 처음 만들고, 국토의 생성이 우타키의 생성으로 구체화된다는 점에서 『中山世鑑』과 같다. 다만 『中山世鑑』에서는 하늘에서 가져온 사물을 이용하여 국토를 생성하지만 『蔡溫本 中山世譜』에는 '하늘'이 등장

---

10) 夫未生之初, 名曰太極時, 乃混混沌沌, 無有陰陽淸濁之辨. 旣而自分兩儀, 淸者升以爲陽, 濁者降以爲陰, 自是, 天地位定(…)

11) 天地未分之初, 混混沌沌, 無有陰陽淸濁之辨, 旣而大極生兩儀, 兩儀生四象, 四象變化, 庶類繁顆. 由是天地始爲天地, 人物始爲人物.(…)

12) 蓋我國開闢之初, 海浪氾濫, 不足居處. 時有一男一女, 生于大荒際, 男名志仁禮久, 女名阿摩彌姑. 運土石, 植草木, 用防海浪, 而嶽森始矣. 嶽森旣成, 人物繁顆,(…)

하지 않는다는 점이 다를 뿐이다.『蔡溫本 中山世譜』에서는 천지 생성 이후 국토가 형성되었다고 그려내는바, 국토의 발생이 우주적 발생과 관련되어 단계적으로 형상화되고 있다고 할 수 있을 것이다.

세 史書의 개벽신화에 등장하는 '우주'는 '국토'와 '천지'로 크게 구분된다.『中山世鑑』에서는 '국토 만들기'가,『蔡鐸本 中山世譜』에서는 '천지 생성'이,『蔡溫本 中山世譜』에서는 '천지 생성'과 '국토 만들기' 모두가 순차적으로 제시된다고 요약할 수 있겠다.

2) 인류 기원

『中山世鑑』과『蔡鐸本 中山世譜』,『蔡溫本 中山世譜』의 인류 기원 요소는 류큐 왕조의 신분적 위계에 대응하는 '3남 2녀'의 출현으로 구체화된다는 점에서 공통적이다. 장남은 '天孫氏'로서 國主(君王, 國君)의 시작이요, 차남은 '아지(按司)'라고 하는 제후의 시작이며, 3남은 백성(蒼生)의 시작이다. 장녀는 '기미기미(君君)'라고 하는 국가 사제의 시작이고, 차녀는 '노로노로(祝祝)'라고 하는 지방 사제의 시작이라는 것이다.13)

왕과 '아지', 백성이 君臣民의 전형적인 유교적 신분 위계라 할 수 있다. 그렇다면 '기미기미'와 '노로노로'란 무엇인가? 류큐 왕조의 중앙 집권화에는 각 지방의 종교를 국가 차원에서 정비하고 위계화하는 정책이 기여한 바가 적지 않았던바, 국가 전체는 위계화된 제사 조직을

---

13) 여기에서는 그 내용이 가장 상세하게 기술되어 있는『蔡溫本 中山世譜』를 인용한다. (…)天帝子, 生三男二女, 長男爲天孫氏, 國君始也. 二男爲按司始(按司卽如中朝諸侯之類), 三男爲百姓始. 長女爲君君之始(君者婦女. 掌神職者之稱也. 君君者, 令貴族婦女數十人, 各掌神職, 故合稱之曰君君. 康熙之初, 議減其數, 而今有數職存焉), 次女爲祝祝之始(祝者亦掌神職者之稱也. 祝祝者, 諸郡諸村, 各有婦女掌神職者, 故合稱之曰祝祝, 至今尙存),(…)

기반으로 하는 종교 공동체였다고도 볼 수 있다. 위계화된 국가적 제사 조직의 정점에는 국왕과 친연 관계가 있는 여성 사제 '기코에오오기미' 가 있었고, 각 지역의 정치적 수장들과 친연 관계에 있는 '노로'라고 하는 여성 사제들이 위계화된 사제 조직으로 구성되어 있었던 것이 다.14) 위에서의 '기미기미', '노로노로'란 바로 이러한 종교적 위계를 의미한다고 할 수 있다.

요컨대, 3남 2녀에게 부여된 각각의 직책은 정치와 종교를 아우르는 류큐 왕조의 신분적 위계로서, 세 이본에 나타나는 인류 기원은 그러한 국가적인 신분 위계의 기원으로서 기능하고 있다고 말할 수 있다.

세 이본의 차이는 이러한 3남 2녀를 '누가', '어떻게' 낳았는가 하는 데에서 나타난다. 『中山世鑑』에서는 '天帝'가 지상에 내려보낸 아들과 딸 사이에서 3남 2녀가 태어났다고 한다.15) 다른 두 이본에서는 '天帝' 가 내려보낸 인물이 3남 2녀를 낳았다는 내용이 없다.

『蔡鐸本 中山世譜』나 『蔡溫本 中山世譜』에서 3남 2녀를 낳은 인물은 '化生', '首出'이라 하여 그 구체적인 出自가 드러나지 않는다는 점에서 『中山世鑑』과 구분되는 공통점을 보인다. 그러나 『蔡鐸本 中山世譜』가 '化生'한 男女 사이에서 3남 2녀가 태어났다고 하는 것16)과는 달리, 『蔡溫本 中山世譜』에서는 '天帝子'가 3남 2녀를 낳았다고 하여17) 다른 이 본들에서 보이는 남녀 결합의 요소가 보이지 않는다. '天帝子'라는 명

---

14) 사제 조직의 위계화에 대해서는 정진희, 「제주도와 미야코지마 신화의 비교 연 구—외부 권력의 간섭과 신화의 재편 양상을 중심으로」(서울대학교 국어국문학 과 박사학위논문, 2008), 112-114쪽 참조.

15) (…)天帝、(…) 天帝ノ御子、男女ヲゾ、下給。(…)

16) (…)其初, 一男一女化生于大荒之際, 男性健而懷女, 女性順而隨男, 月去日來, 自成夫婦之 道, 人倫始矣. 及生三男二女,(…)

17) (…)於時復有一人, 首出, 分郡類, 定民居者, 叫稱天帝子. 天帝子, 生三男二女,(…)

칭에서 '天', 즉 '하늘'과 관련된다는 의미를 짐작할 수는 있으나, '天降'의 요소가 명확하지 않다는 점에서 위에서 언급한 대로 『中山世鑑』과는 다른 맥락이라 보아야 할 것이다.

3) 작물 및 농경의 기원

이 부분은 『오모로소시』 소재 오모로에서는 발견되지 않는, 『中山世鑑』과 『蔡鐸本 中山世譜』, 『蔡溫本 中山世譜』의 특징적 요소이다. 세 이본 모두 보리, 조, 기장과 같은 잡곡이 '구다카지마(久高島)'에서 비롯되었다는 것과, 벼가 '지넨(知念)'・'다마구스쿠(玉城)'에서 기원했다는 내용을 공통적으로 전한다.

이러한 내용은 류큐 왕조의 국가적 농경 의례와 관련되어 있다. 구다카지마와 지넨, 다마구스쿠는 류큐 왕조의 국가적 농경 의례[18]와 관련되는 중요한 성지이다. 왕조의 농경 의례와 여기에서의 작물 기원 신화가 서로 맞물려 있고, 농경 의례는 류큐 왕조의 중요한 국가적 의례였던바, 요컨대 세 이본 신화에 공히 나타나는 작물 기원 및 농경 기원의 요소는 개벽신화가 왕조 의례와 밀접하게 관련되어 있음을 확인할 수 있는 한 사례가 될 수 있을 것이다.[19]

세 이본의 차이는 먼저 그러한 곡물들이 출현한 계기에서 찾을 수 있다. 여기에서 『中山世鑑』의 차이가 두드러지는데, 天帝의 명령으로 국토를 만들었던 신격이 하늘에 올라가 오곡 종자를 얻어와 잡곡과 벼

---

18) 벼의 初穗 의례는 국왕과 '기코에오오기미'가 주관이 되어 행하는 중요한 국가 행사였다. 이를 '아가리우마・이리(東御廻り)'라 한다. 류큐 왕조의 국가 의례에 대해서는 末次智, 『琉球の王權と神話―『おもろさうし』の研究』(第一書房, 1995) 참조.
19) 세 이본 모두 이러한 기원으로 인해 국왕이 2월과 4월에 구다카지마와 지넨・다마구스쿠에 각각 行幸하여 의례를 거행한다는 사실을 적시하고 있다.

를 각각 구다카지마와 지넨, 다마구스쿠에 뿌려서 곡물들이 번성했다고 한다.[20] 작물의 기원을 '하늘'에 있다는 것을 명확히 하는 것이다. 이에 반해 『蔡鐸本 中山世譜』, 『蔡溫本 中山世譜』에서는 작물들이 위의 두 지역에서 자연적으로 발생하였다고 서술한다.[21] 곡물이 자연적으로 생겨났다고 서술하는 두 이본은 작물들을 경작하는 법을 백성에게 가르쳐 농경이 비롯되었다고 하는 기술이 덧붙여져 있다는 점이 또 『中山世鑑』과 다르다.[22] 이러한 차이를 미루어보건대, 『中山世鑑』에서는 작물이 하늘에서 기원한 것이라는 사실에, 『中山世譜』에는 작물 아닌 농경의 기원에 그 방점이 찍혀 있다고 할 수 있을 것이다.

4) 天帝와 '아마미쿠'

신화 구성 요소로 변별할 수는 없지만, 『中山世鑑』에는 다른 두 이본과 확연히 구분되는 독특한 면모가 있다. 바로 '天帝'와 '아마미쿠(阿摩美久)'라는 존재가 그것이다. '아마미쿠'는 '天帝'가 하늘, 즉 '天城'에서 내려보낸 신격적 인물로서, 신화적 사건의 전개에서 줄곧 중요한 역할을 한다. 국토의 창조와 작물의 기원은 모두 아마미쿠가 하늘에서 가져온 사물들로 이루어지고, 인류의 기원 역시 아마미쿠의 간청에 천제가 응답함으로써 비로소 이루어진다. 즉, 개벽신화를 구성하는 세 가지 신화적 사건이 모두 天帝가 주재하는 天城이라는 신성 공간에서 비롯되고, 아마미쿠가 그 대리자 내지는 매개자 역할을 하여 하늘에서 비롯한

---

20) (…)阿摩美久、天ヘノボリ、五穀ノ種子ヲ乞下リ、麥粟菽黍ノ、數種ヲバ、初テ久高嶋ニゾ蒔給. 稻ヲバ、知念大川ノ後、また玉城ヲケミゾニゾ藝給。(…)

21) 『蔡溫本 中山世譜』의 표현은 다음과 같다. (…)麥・粟・黍, 天然生于久高島, 稻苗生于知念玉城,(…)

22) 『蔡溫本 中山世譜』을 인용한다. (…) 始敎民耕種而農事興矣.(…)

것을 지상에 구현시키는 역할을 한다는 점을 주목할 만하다.

『蔡鐸本 中山世譜』,『蔡溫本 中山世譜』에는 절대적 신성 공간이라고 할 수 있는 '天'의 존재가 없다. '天城'이니 '天帝'니 하는 구체적 표현을 찾아볼 수 없는 것이다. 그렇다면 '아마미쿠'라는 대리자 혹은 중개자 성격의 신격은 어떻게 나타나는가?『蔡鐸本 中山世譜』에는 아예 등장하지도 않으며,『蔡溫本 中山世譜』에는 국토 만들기와 관계되는 신격으로서 '阿摩彌姑'라는 신격이 '志仁禮久'라는 신격과 對偶神으로서 등장한다. 그러나 여기에서도 이 두 신격이 '하늘'과 관련되어 있다는 표현은 찾아볼 수 없다. 이들의 출현은 '化生'으로 구체화될 뿐,『中山世鑑』에서와 같은 '天帝'의 명령이나 '天降' 화소는 발견되지 않는 것이다. 다음 절에서 살펴보겠지만, 이러한 면모는 각 이본의 개벽신화가 개벽의 결과 탄생한 '류큐'를 의미화하는 양상에 매우 중요한 영향을 끼친다.

2. 개벽신화에 구현된 '류큐'의 의미

동일한 신화적 요소로 구성된『中山世鑑』과『蔡鐸本 中山世譜』,『蔡溫本 中山世譜』는 위에서 살펴보았듯 그 구체적 양상은 각각 다른 면모를 보인다. 이러한 차이를 중심으로 각각의 신화를 살펴보면, 그것이 드러내는 신화적 의미 역시 동일하지만은 않다는 사실에 직면하게 된다.

세 이본의 공통적 요소는 개벽신화를 통해 서술된 '인류'라는 것이 왕조의 신분적 위계와 대응된다는 점, 벼를 비롯한 곡물의 기원이 왕조 차원의 농경 의례의 기원과 관련된다는 점이다. 신분적 위계는 왕조의 사회 체제의 근간이고, 농경 의례는 왕조의 경제적 풍요를 기원하는 종교적 장치이다. 이렇게 볼 때 세 이본은 '류큐'라는 왕조 체제의 신성한 기원에 대해 말하고자 하는 신화임에는 틀림이 없다.

　문제는 세 이본의 구체적 표현이 드러내는 차이가 류큐 왕조를 서로 다르게 의미화한다는 것이다. 각 이본의 개벽신화에서 '류큐'가 어떻게 의미화되고 있는가를 살펴보자. 문헌이 편찬된 순서대로 살핀다면, 신화적 의미가 재편되는 양상이 자연스레 드러날 것으로 생각된다.

1) 『中山世鑑』과 '神國'

　『中山世鑑』의 두드러지는 특징은 신화적 사건을 주재하는 '天'의 존재가 지속적으로 나타난다는 것이다. 『中山世鑑』 소재 개벽신화에서 전개된 사건들을 통해 이루어진 류큐 왕조는 '天城'에서 유래된 공간이자, '天城'의 주재자인 '天帝' 및 그 대리인인 '아마미쿠'의 의지에 의해 성립된 세계라고 할 수 있다. '국토'는 天帝의 명령을 받은 '아마미쿠'라는 天降한 신격에 의해 형성된 것이며, 국가의 정치적·종교적 신분 체제는 天帝의 아들 딸의 天降과 신이한 결연에 의한 3남 2녀의 출산으로 구성된 것이고, 지상의 오곡 역시 天城에서 유래된 것이다.

　이렇듯 『中山世鑑』의 개벽신화는 류큐의 국토와 사회체제, 풍요의 기원이 '天城'이라는 신성 공간에서 유래된 것임을 보여주고 있다. '天城'은 국토의 발생 이전에 존재하는 곳으로 설정되어 있는바 그곳의 신성성은 이미 절대적인 것이라고 할 수 있을 터이다. 결국 이러한 공간에서 유래한 류큐는 天城에서 비롯된 신성을 분유하고 있는 완결된 정치 체제로서 의미화되는 것이다.

이는 『중산세감』의 개벽신화에서 작물의 기원과 농경 의례를 설명하고, '우리 왕조를 神國이라 일컫는 것은 이러한 사실에 의한다'23)고 하는 표현에서 보다 분명해진다. 신화적 사건이 줄곧 '天'과 관계되는 개벽신화를 서술하고 류큐 왕조가 '神國'임을 명시하는 것은, 여기에 서술된 개벽신화가 류큐를 '神國'으로 의미화하는 언술임을 뜻하는 것이다.

절대적 신성에 대한 관념은 『오모로소시』의 개벽신화에서도 보이는데, 일반적으로 '太陽'으로 표기되는 '데다(てだ)'가 곧 그것이다. 여기에서 '데다'는 '下界'가 내려다보이는 공간에 존재하는 것으로 나타나며, '아마미쿄/시네리쿄'라는 존재를 시켜 섬들과 사람을 만들게 한다. 얼핏 보면 이 '데다'와 『中山世鑑』의 '天帝'가 이름만 다른 같은 존재인 것으로 보인다. 그러나 『오모로소시』에서의 '데다'는 류큐가 아닌 류큐 국왕의 신성성의 근거라는 점에서24) 왕조 자체가 '神國'이라는 사실에 대한 근거가 되는 '天帝'와 같지 않다는 점에 유의할 필요가 있다. 『오모로소시』의 개벽신화가 류큐 왕조의 국가적 의례에서 구연된 의식요임을 고려할 때, 『中山世鑑』은 국왕의 신성을 보증하는 '데다'를 류큐라는 왕조 국가의 신성성을 의미하는 '天' 개념으로 재편했다고 볼 수 있을 것이다.

---

23) (…)可敬可敬. 吾朝神國卜申ハ、此等ノ事二依テ也。(…)
24) 『오모로소시』 개벽신화에서 반복되는 후렴구는 국왕에 대한 찬미사라고 할 수 있는데, 여기에서 국왕은 '데다코', 즉 '데다의 아들'이라고 칭해진다. 『오모로소시』 개벽신화의 원문과 번역은 졸고, 「류큐 왕조의 아마미코 신화와 현대 구비전승」, 『국어문학』 42(국어문학회, 2007), 277~280쪽 참조. '태양왕'으로서의 류큐 국왕의 면모에 대해서는 末次智, 위의 책 참조.

2)『蔡鐸本 中山世譜』와 유교적 원리

『中山世鑑』과는 대조적으로『蔡鐸本 中山世譜』에는 절대적 신성성이 개입되어 있지 않다. 하늘이며 땅은 음양의 원리에 의해 생성된 것이고, 사람이며 작물 등도 모두 자연스레 '化生'하여 번창한 것이다.

『蔡鐸本 中山世譜』에는 인류의 기원을 '化生'으로 설명하는 한편, 화생한 남녀의 결합에 의해 인류가 번창했다는 설명을 덧붙이고 있다. 여기에서의 표현, 즉 '남성이 여성을 품고 여성이 남성을 따른다'는 것은 전형적인 유교적 성역할을 상기시킨다.[25]

이러한 사실들은『蔡鐸本 中山世譜』의 사상적 기반이 무엇에 있는지를 알게 해 준다. 중국에서 유래한 철학적·윤리적 원리가 그 기저에서 작용하고 있는 것이다.

그렇다면『蔡鐸本 中山世譜』의 개벽신화에 구현된 의미에 접근하는 일이 가능해진다. 여기에서의 개벽신화는 류큐 왕조가 음양의 원리에 의해 구현된 세계임을 드러내는 언술인 것이다.

표제에서 알 수 있듯이『蔡鐸本 中山世譜』는 '中山', 즉 류큐 왕실의 '세보'로서 만들어진바, 여기에서의 개벽신화는 류큐의 연원보다는 류큐를 지배하는 왕실의 연원과 그 정당성을 설명하는 신화로서의 성격이 강하다고 할 수 있을 것이다. 설명의 근거를 절대적 신성에서 찾지 않고 이러한 원리를 통해 설명한다는 점에서,『蔡鐸本 中山世譜』는『中山世鑑』과는 또 다른 세계관을 보여준다고 하겠다.

---

25) 태초의 남녀에 의한 인류의 기원은 현재 오키나와 전역에서 어렵지 않게 확인할 수 있는 신화적 요소인데, 여기에서는 남녀가 대등한 자격으로 나타난다. 이러한 유교적 성역할 배분은『蔡鐸本 中山世譜』의 특이점으로 볼 수 있다.

3) 『蔡溫本 中山世譜』의 두 지향 : 中國과 神聖性

『蔡溫本 中山世譜』는 『蔡鐸本 中山世譜』를 보완하여 편찬한 것이라고 한다. 문헌의 등장과 관련되는 이러한 사실을 고려할 때 각각의 신화 역시 이러한 맥락에 있다고 할 수 있을 것이다. 그렇다면, 『蔡溫本 中山世譜』의 개벽신화는 『蔡鐸本 中山世譜』 소재 개벽신화의 신화적 의미에 또 다른 의미가 부가되면서 나름의 의미를 구현하고 있다고 볼 수 있다.

『蔡溫本 中山世譜』에는 『蔡鐸本 中山世譜』에 비해 '국토'에 대한 기술이 추가되어 있다. 남녀 대우신이 넘치는 파도를 막아 '嶽森'이 생겨났다고 하는 것이 그것이다. 이것은 『中山世鑑』에서 보았던 국토 기원과 같은 맥락의 것이다. 신성한 존재에 의한 국토의 창조가 덧붙여짐으로써, 국토의 신성성이 확보되고 있다.

또 여기에서는 류큐의 지리적 위치가 중국의 복건을 기준으로 제시되어 있음도 주목할 필요가 있다. 중국에 그 기원을 둔 음양의 원리에 의해 우주가 생겨났다고만 하는 『蔡鐸本 中山世譜』에 비할 때, '복건'이라는 중국의 특정 지역을 기준으로 류큐가 상대화되어 있다는 점에서 중국을 중심으로 하는 우주의 일부로 류큐가 자리매김되어 있다고 볼 수 있다.

한편 『蔡溫本 中山世譜』는 인류 기원과 관련되는 신화 서술에서 『蔡鐸本 中山世譜』와 보완 수준을 넘어서는 차이를 보인다. 『蔡鐸本 中山世譜』에서는 化生한 남녀의 결연을 통해 3남 2녀가 출생하지만, 『蔡溫本 中山世譜』에서는 '천제자'의 등장이 3남 2녀의 출현과 이어진다. 남녀의 결합이 신화 문면에 드러나지 않는 것은 어떤 의미를 지니는 것일까?

여기에서 다시 『오모로소시』의 개벽신화를 떠올려 보자. 『오모로소시』에서 인간(국왕)을 낳는 존재는 '데다'의 명을 받은 '아마미쿄 / 시네리쿄'이다. '아마미쿄 / 시네리쿄'를 남녀 대우신으로 보아야 한다는 견해도 있지만,[26] 여기에서의 '시네리쿄'는 의미가 같은 다른 표현을 2행 대구로 반복하는 노래의 형식으로 인해 나타난 '아마미쿄'의 다른 이름일 뿐이다. 즉, 『오모로소시』에서 인간의 출현은 '아마미쿄' 홀로 이루어낸 것이라고 하겠다. 남녀 결합에 의해 이루어지는 인간의 출현보다, 단성생식이라고도 할 수 있는 하나의 신격에 의한 인간의 출현이 보다 근원적인 '神聖性'을 확보하게 된다고 볼 수 있지 않을까?[27]

이러한 해석은 『蔡溫本 中山世譜』에서 3남 2녀를 낳은 인물이 '天帝子'라는 이름으로 나타난다는 것과도 관련될 수 있을 듯하다. 『中山世鑑』에서의 '天'의 개념이 시종 나타나지 않는 『蔡溫本 中山世譜』에서 '首出'한 인물에 '天帝子'라는 이름을 붙인 것은 그의 절대적 신성성을 담아 표현하려는 의도의 반영은 아니었을까 추측해 볼 수 있을 것이다.

음양의 원리에 의한 생성을 기술한 『蔡鐸本 中山世譜』에서는 절대적 신성에 의해 뒷받침되는 신성성은 찾아보기 어려웠다. 그것을 수정·보완한 『蔡溫本 中山世譜』에서는 우주 생성에 있어서는 『蔡鐸本 中山世譜』를 따르면서도, 국토의 창조나 인류 기원 등에서 『中山世鑑』이나 『오모로소시』의 개벽신화에서 드러난 바 있는 절대적 신성에 의한 신

---

26) 大林太良, 「琉球神話と周邊諸民族神話との比較」, 『沖繩の民族學的硏究』(民族學振興會, 1973), 313쪽 ; 山下欣一, 『南島民間神話の硏究』(第一書房, 2003), 88-95쪽 참조.
27) 『中山世鑑』의 경우, 비록 남녀의 결합에 의해 3남 2녀가 태어났지만 그 신성성은 '天帝의 아들딸'이라는 것으로 확보되었다고 할 수 있다.

성성을 확보·구현하고자 하는 의도가 드러나 있는 것으로 보인다.

이렇게 볼 때『蔡溫本 中山世譜』에 구현된 류큐는 두 가지 의미를 지닌다고 할 수 있다. 생성과 관련된 음양의 원리, 중국을 기준으로 상대화된 류큐의 위치 등을 고려할 때 류큐는 중국이라는 중심을 기준으로 하는 정치 체제로서 의미화된다고 할 수 있고, 다른 한편으로 국토와 인류의 기원에서 발견되는 절대적 신성성에의 지향을 보면 류큐가 나름의 신성한 정치 체제로서도 의미화되고 있다고 하겠다. 바로 이러한 양면성이『蔡溫本 中山世譜』소재 개벽신화의 독특한 면모일 것이다.

Ⅲ. 신화 재편의 배경과 의도 : 문헌의 성격과 기록자의 위치

신화의 문자화에는 필연적으로 그것을 특정하게 의미화하려는 기록자의 의도가 개입되기 마련이고, 그러한 의도에 의해 신화의 의미는 특정한 것으로 규정된다.[28] 史書에 기록된 류큐 개벽신화가 각기 다른 의미를 내포하고 있다면, 그것은 史書 기록자들의 특정한 의도가 개입된 결과일 것이다. 개벽신화가 수록된 문헌의 편찬 배경 및 성격, 그 편찬자의 정치적 위치를 살핌으로써, 앞 장에서 규명한 각 신화의 의미를 그 기록 의도와 관련하여 고찰할 발판을 마련해 보자.

---

28) 신화의 문자화와 기록자의 의도에 따른 변개에 대해서는 조현설,『동아시아 건국 신화의 역사와 논리』(문학과지성사, 2003)의 논의 참조.

1. 『中山世鑑』과 하네지 초슈

『中山世鑑』은 1650년 하네지 초슈(羽地朝秀)가 편집한 것으로, 총 5권의 日文으로 기록되어 있다. 왕통을 중심으로 류큐의 근본을 밝히는 것이 표면상의 편찬 목적이었다.[29] '世鑑'이라는 제목에서, 역사의 반성을 통해 후세의 감계(鑑戒)로 삼고자 한 편찬 의도가 감지된다.

1609년, 류큐는 사쓰마의 무력 침공에 변변한 대항도 못 해보고 왕조의 독립성에 심각한 훼손을 입는다. 王城인 슈리조(首里城)가 함락되고 국왕이 일본으로 잡혀갔으며, 왕조 체제는 유지되었지만 일본 측의 정치적 간섭과 경제적 수탈에 노출되었다. 이러한 문제적 상황은 무엇 때문에 비롯되었는가? 이러한 상황의 극복은 어떻게 이루어져야 할 것인가? 사쓰마 침공 이후 등장한 관찬 史書인 『中山世鑑』은 이러한 문제를 역사적 반성을 통해 풀어보고자 한 시도라고 볼 수 있다.

『中山世鑑』의 저자 하네지 초슈는 쇼조켄(向象賢)[30]이라는 당명(唐名)에서 알 수 있듯 쇼신왕(尙眞王) 가계에 속하는 왕족이었다. 사쓰마 침공 이후인 1617년에 출생한 하네지 초슈는 어려서부터 일본인 학자들을 통해 일본의 학문과 정치 제도 등을 배웠다고 알려져 있다.

일본의 영향 하에 편입된 국가의 처지와 그의 학문적 배경을 고려할 때, 하네지 초슈가 일본을 의식하고 있었던 것은 당연한 것인지도 모른다. 그의 정치적 성향은 1666년 攝政에 취임하여 전개해 나간 일련의 정책, 즉 '하네지 초슈의 조치(羽地朝秀仕置)'을 통해 확인할 수 있는데,

---

29) 『中山世鑑』의 서문은 '先王을 報本追遠'하여 '萬殊の一本なるを知らしめる' 하는 것을 편찬의 목적으로 밝히고 있다.

30) 일본의 대표적 사전 중의 하나인 『廣辭苑』에서는 '쇼쇼켄'이라는 음으로 읽고 있지만, 여기에서는 오키나와에서의 용례를 따라 '쇼조켄'이라고 읽는다.

사쓰마 침공 이전의 류큐, 즉 '고류큐(古琉球)'의 극복이 일본 지향과 맞
물려 있음이 간취된다.

하네지 초슈가 극복하고자 한 고류큐의 대표적 유습 중의 하나는 바
로 왕부(王府)가 주관하는 고유의 종교 체계였다. 하네지 초슈는 국가의
종교적 의례를 담당하는 여성 사제들의 권한을 약화시키고,[31] 국가적
종교 체제의 의식적 기반이라고 할 수 있는 민간의 고유 신앙을 '도키'
및 '유타'라고 하는 민간 巫覡을 배격함으로써 부정해 나갔다. 또, 국가
차원의 농경 의례라고 할 수 있는 국왕의 구다카지마 참예 정지를 제
언하는 등[32] 국가적 제례를 정비하기도 했다.

이렇게 고류큐 특유의 사회적 에토스를 부정함으로써 생긴 '과거'의
빈 자리는 '일류동조론(日琉同祖論)'[33]으로 채워졌다. 하네지 초슈는 류
큐의 선조들은 일본에서 건너온 사람들이었다고 주장하면서 일본과 류
큐의 공통성을 강조하고, 언어에 있어 다소의 차이가 있는 것은 오랫동
안 단절되어 있었기 때문이라고 설명했다.

섭정 시기의 정책에서 간취되는 하네지 초슈의 일본 지향은 『中山世
鑑』에서도 확인할 수 있다. 사쓰마 침입을 초래한 것은 국왕 '쇼네이'
가 일본에의 '사대의 진실함'을 잃어버렸기 때문이라 하여, 사쓰마의

---

31) 섭정이나 삼사관의 벼슬을 받을 때, '地頭所'라는 일종의 지방 관할지를 부여받
을 때 긴키는 국왕과 왕비뿐만 아니라 女官, 즉 여성 사제에게도 공물을 바쳐야
했다. 그러나 하네지 초슈는 '검약'을 내세워 왕과 왕비에게만 가벼운 선물을 하
는 것으로 개정했고, 국왕에 上奏할 수 있는 女官의 역할을 금지시켰다.

32) 국왕이 친히 구다카지마에 행행하여 거행하던 의식은 그 대리인이 구다카지마가
바라보이는 세파 우타키의 요배소에서 대신하는 것으로 변경되었다.

33) '일류동조론'은 사쓰마의 유학자 난보 분지(南浦文之 : 1555~1620)가 주창한 것
으로 알려져 있다. 그의 제자 도마리 조치쿠(泊如竹 : 1570~1655)가 1632년 류큐
에 입도하는데, 이때 일류동조론도 류큐에 도입되었을 것으로 생각된다. 일류동
조론의 기원과 역사에 대해서는 별도의 고찰이 필요할 것으로 보인다.

침공 자체가 아니라 그것을 초래한 국왕의 실정에 그 책임을 묻고 있
는 것을 일례로 들 수 있을 것이다. 특히 '일류동조론'으로 대표되는
하네지 초슈의 일본 지향은 개벽신화에 등장하는 천손씨 왕계의 치세
이후 왕위에 올랐다고 하는 '슌텐(舜天)'에 대한 기록에서 확인된다. 하
네지 초슈는 일본의 병란으로 류큐에 도래한 '미나모토노 다메토모(源爲
朝)'의 아들이 '슌텐'임을 소상하게 기록하고 있다. 슌텐 왕통의 기원이
일본 무사 귀족과 연결되어 있는 삽화를 기록한 것은 일류동조론에 입
각한 자료의 선택이라고 볼 수 있다.[34]

2. 『中山世譜』와 蔡鐸·蔡溫

『蔡鐸本 中山世譜』는 1701년에 간행되었다. 日文으로 기록된 『中山世
鑑』의 漢譯이라고도 하는데, 일반적인 사족 가보의 편찬 체재와 같은
방식인 데에서도 문헌의 성격이 왕가의 계보를 확인하는 데 있었음을
알 수 있다.

『蔡溫本 中山世譜』는 蔡鐸의 아들 蔡溫에 의해 편집되어,[35] 1725년
에 완성되었다. 이전 史書의 내용이 충분치 않아 책봉사가 열람하기에

---

34) 슌텐과 미나모토노 다메토모의 관련 삽화는 일본의 軍記物語 작품인 『保元物語』
　　에 등장한다고 한다. 이는 후일 일본의 요미혼 작품인 『椿說弓張月』에도 상세하
　　게 기술된다. 슌텐과 미나모토노 다메토모 관련 삽화의 문학적 기원과 전개, 그
　　의미에 대해서도 별도의 논의가 필요할 것으로 생각된다. 『椿說弓張月』의 사례를
　　알려 주신 신재인 선생님께 감사드린다.

35) 『蔡溫本 中山世譜』는 정권과 부권으로 이루어져 있는데, 부권은 鄭秉哲이 작성하
　　였다. 원래 부권은 후사 없는 왕자의 계보나 왕의 생부로서 왕호를 추존받은 이
　　를 기록하여 후세에 전하기 위한 것이었는데, 여기에서는 사쓰마 관계 기사가 부
　　권의 내용을 차지하고 있다. 이 부권은 책봉사가 열람할 수 없도록 비밀에 부쳐
　　졌다고 한다. 『球陽』(角川書店, 1978再版), 24쪽.

불충분하여 그것을 중수할 필요가 제기되었고, 중국 서적 등을『蔡鐸本中山世譜』를 보완한 것이라 알려져 있다.

『中山世鑑』 편찬 이후 그다지 오랜 시간이 흐르지 않았는데도 유사한 내용의 史書가 漢文으로 기록되었다는 것은, 이 두 문헌의 편찬에 책봉사로 대표되는 중국이 중요한 동기로 작용했음을 의미한다. 중국 측은 일본의 실질적 지배 하에 놓이게 된 류큐의 정세를 살필 필요가 있었을 것이고, 류큐와 일본은 중국과의 불필요한 마찰을 피하기 위해서라도 그러한 정세를 감출 필요가 있었을 것이다. 이러한 상황에서 간행된『蔡鐸本 中山世譜』는 다분히 중국을 의식하고 쓰였을 것이라는 가정이 가능하다. 한편 그것이 책봉사 열람에 불충분하다고 하여 중수된『蔡溫本 中山世譜』는『蔡鐸本 中山世譜』에 결여된 부분을 보완하였을 것인데, 사쓰마 관계를 다룬 부권의 존재를 생각한다면 王家의 世譜로서의 성격보다는 일반적 史書로서의 성격이 좀 더 부각되었다고 볼 수 있을 것이다.

여기에서 확인해 두어야 할 것은 蔡鐸과 蔡溫의 정치적 위치에 관한 것이다. 蔡鐸과 蔡溫 부자는 중국에서 도래한 이른바 '閩人'의 후손으로, 구메무라(久米村)를 주요 거주지로 하는 漢人 계통의 인물이었다. 류큐의 한문학은 구메무라의 閩人들을 중심으로 발전했고, 행정이나 외교 등에서 능력을 발휘할 수 있었던 이들은 류큐의 지배층으로 흡수되었다. 선조의 출신이 중국이고 특정한 거주지에 모여 살았으며 중국적 유산을 적절히 활용했다는 것을 제외하면 이들은 다른 류큐인들과 다름없었고, 류큐 조정에서 나름의 역할을 수행해 나갔다.

특히 蔡溫은 哲人 政治家로 알려져 있을 만큼 다양한 분야의 저술을 남겼고, 2년간 중국에 근무하는 동안 중국 양명학의 영향을 받아 實利

實用의 학문적 경향을 보였다고 알려져 있다. 漢學에 조예가 깊고 그 가계 및 학문적 영향의 기원이 중국에 있었던 蔡溫의 위치를 생각할 때, 『中山世譜』는 일본의 영향력이 강력해졌으나 여전히 중국과의 관계를 고려하지 않을 수 없는 상황을 설명하려는 의도가 반영되어 있다고 할 수 있을 것이다.

IV. 개벽신화 재편의 담론적 의미

1. 류큐 왕조의 정체성 탐색

『中山世鑑』과 『中山世譜』가 류큐의 양속 시기에 연이어 편찬되었다는 것은 우연이 아니다. 문헌의 편찬 배경과 편찬자의 정치적 지향성에서, 이러한 史書들은 국제적 역학 관계의 변화 속에서 류큐의 역사를 재서술할 필요에 의해 등장한 것임이 간파된다. 역사는 과거의 객관적 기술이 아니라 현재적 필요에 의해 재구성되는 과거이다. 일본과 중국이라는 두 개의 중심에 대한 '주변'으로서의 류큐를 어떻게 의미화하고 자리매김할 것인가 하는 필요에 의해 류큐의 과거가 소환되어 재구성된 것이 바로 이들 史書인 것이다.

이런 맥락에서 보면 각 史書의 서두에 개벽신화가 실려 있는 것은 너무나 당연한 일이다. 신화는 본질적으로 '현재'를 설명하기 위해 '태초'라는 시간으로 거슬러 올라가 '기원'을 밝히는 장르이다. 신화는 늘 '태초'의 사건을 진술하지만, 그것은 늘 '현재'를 설명하고 정당화하는 언술인 것이다. 따라서 각각의 문헌에 실려 있는 신화들 역시 그 문헌이 출현한 배경이 되는 '현재'와 관련하여 그 의미를 파악하지 않을 수 없다.

앞에서 우리는 『中山世鑑』의 개벽신화가 류큐라는 왕조 국가를 '神國'으로 의미화하고 있음을 보았다. 『中山世鑑』이 표기 방법이나 편찬 배경, 찬자의 정치적 지향 등에 있어 새로운 '중심'으로 등장한 일본을 의식하고 쓰인 것임을 염두에 둘 때, 이러한 의미화는 그 뒤에 또 다른 의미를 숨기고 있는 것으로 생각된다.

일본의 등장이라는 정세 속에서 류큐의 정치적 개혁을 주도한 하네지 초슈의 기획은 시종 고류큐의 극복과 일본에의 지향을 목표로 하는 것이었다. 일본의 강력한 영향력 아래 놓이게 된 류큐가 독립적 왕조로서 존재할 수 있는 길을, 새로이 등장한 중심인 일본에의 '동화'에서 찾은 것이다. 약간의 비약이 허락된다면, 明을 중심으로 하는 조공책봉체제 하에서 조선의 존재 지향이 '소중화'되기에 있었다고 할 때 하네지 초슈가 주관한 류큐의 존재 지향은 '소 야마토[36] 되기'에 있었다고 할 수 있을 것이다.

마에시로 나오코(前城直子)가 일찍이 지적한 대로, 『中山世鑑』의 개벽신화는 일본의 記紀神話를 염두에 두고 재편한 것이라는 혐의가 짙다.[37] 바다 위에 국토를 창조한 것이나 국토의 창조를 여덟 개의 우타키를 순서대로 나열함으로써 제시한 것은 記紀神話의 '오노고로시마' 및 '大八洲'의 변주이며, 天帝나 天城, 天孫氏 등의 개념은 류큐의 전통

---

36) 류큐에서는 일본을 일반적으로 '야마토'라 지칭하였다. 이러한 명명법은 오늘날에도 이어지고 있다. 구체적인 사례로서, 일본인을 지칭하는 '야마톤추'라는 단어가 널리 알려져 있다.

37) 前城直子, 앞의 책 참조.

적인 '데다' 개념이 記紀神話의 '高天原'의 영향으로 변개된 것이다. 記紀神話에서 일본이 천황의 신성한 출자에 기반한 신성 공간으로 설정되고 있는 것과 같은 맥락에서 『中山世鑑』 개벽신화의 '神國'을 파악할 수 있는 것이다.

그렇다고 해서 하네지 초슈가 이러한 '神國'으로서의 류큐를 류큐의 현재상으로 절대화했다고는 볼 수 없다. 문제가 되는 것은 『中山世鑑』의 편찬으로부터 15년에서 20여 년이 흘러 섭정이 된 이후의 일이기는 하지만, 하네지 초슈가 개벽신화에 등장하는 곡물 기원지로서의 구다카지마에 국왕이 行幸하여 제의를 집전하는 것을 금지했다는 것이다. 이러한 의례의 금지는 국가적 검약 차원에서 의례의 규모를 축소한다는 현실적 의미 외에, 국가적 차원의 의례로 보증되던 곡물 기원 신화가 국가적 정전의 범위에서 제외되었다는 의미를 지니는 것으로 적극적 해석이 가능하다. 하네지 초슈의 일류동조론에 의하면 류큐의 사람과 문물은 그 기원이 일본에 닿아 있는바, 류큐의 신성한 하늘에서 유래한 곡물 기원은 이러한 개념과 일치하지 않는 것이기 때문이다. 구다카지마 행행의 금지는 이러한 차원에서 이해될 수 있는 것이다.

이런 맥락에서 『中山世鑑』의 개벽신화에서 형상화되는 '神國'은 절대적 신성성에 기반하는 정치 체제, 즉 특유의 종교적 에토스에 의해 운영되던 '고류큐'를 의미한다고 볼 수 있을 것이다. 하네지 초슈는 극복해야 할 '고류큐'를 이러한 개벽신화 안에 밀어넣어 봉인해 버림으로써 새로운 류큐를 구성해갈 여지를 확보했다고 하겠다. 『中山世鑑』에서 천손씨의 치세 이후의 류큐왕으로 일본 귀족의 후손인 '슌텐'을 지목한 것도 같은 차원에서 이해된다. '일류동조'의 상징인 '슌텐'으로부터 비롯되는 왕통에서 신화 시대 이후의 류큐의 正史를 구축하려 한 것이다.

'소 야마토 되기'는 記紀神話를 의식한 개벽신화의 재편으로 끝난 것
이 아니었다. 하네지 초슈는 류큐의 개벽이 일본의 그것과 닮아 있다는
데에서 류큐와 일본의 유사성을 찾고, 일본이 천황 아닌 막부의 실질적
지배 하에 놓여 있는 것처럼 류큐 역시 천손씨의 후예가 아닌 인간의
자손에 의해 통치되고 있음을 '슌텐'의 존재로 확인하였다. 하네지 초
슈에게 일본은 류큐가 닮아가야 할 지향점으로서의 타자였던 것이다.

요컨대, 『中山世鑑』의 개벽신화는 새로운 대외 관계에 놓이게 된 류
큐가 새로운 국가적 지향점을 설정하기 위한 방편으로 과거의 정체성
을 규정한 담론으로 이해된다.

'중심'을 염두에 두고 국가적 정체성을 구현하는 담론으로서 신화가
재편되는 양상은 『蔡鐸本 中山世鑑』에서도 발견된다. 양속기 류큐의 정
치적 위치는 『中山世鑑』에서와 같은 타자 지향을 언제나 노골적으로
드러낼 수 있는 처지에 있지 않았다. 일본의 주변으로 편입되었으면서
도 류큐는 여전히 중국의 책봉국이었다. 류큐에 대한 일본의 지배는 중
국에 알려져서는 안 되는 것이었다.[38] 일본의 실질적 지배 이후에도
중국에서 책봉사가 파견되어 왔으며, 이때 책봉사 열람을 위한 자료가
마련되어야 했다.

『蔡鐸本 中山世譜』는 『中山世鑑』의 漢譯이라고 알려져 있다. '漢譯'
은 이미 그 잠재적 독자를 중국으로 설정하고 있다는 것인바, 여기에
보이는 개벽신화 역시 동일한 독자를 염두에 둔 신화 재편이라고 보아

---

38) 실제로는 중국도 류큐와 일본의 관계를 알고 있었으나 그것을 묵인하고 류큐와
의 책봉·조공 관계를 유지했다. 임성모, 「우치난추의 눈으로 본 오키나와」,『역
사비평』85(역사비평사, 2008 겨울), 55-56쪽. 비록 제스처에 불과하다 하더라도
이러한 암묵적 관계를 지속시키기 위한 류큐의 노력이 필요했음을 알게 해 준다.

야 할 것이다. 따라서 여기에서의 개벽신화는 대외관계의 변화가 없다
는 사실을 전제로 중국에 대해 발언한 '류큐의 태초'로 보아야 할 필요
가 있다.

위에서 본 바와 같이 여기에서는 '국토'의 창조가 명확하게 드러나
지 않는 한편 신분제와 농경의 기원이 음양론적 원리에 의해 설명되고
있다. '국토'를 전면에 내세움으로써 '류큐'라는 정체를 명확히 드러내
는 양상은 극히 미미하지만, 왕조가 유교적 원리에 의해 작동되고 있음
을 그 기원을 통해 보여준다고 할 수 있을 것이다.[39] 즉, 여기에서의
류큐는 중국을 중심으로 하는 중세 동아시아 문명권에서 통용되던 특
정한 중세적 관념을 구현하는 주변으로 형상화되어 있다고 하겠다.[40]
중국이라는 중심과의 관계에서 차지하는 류큐의 위치를 확인하려는 의
도가 개벽신화의 재편 양상을 결정하고 있는 것이다.

중국과 일본 사이에서 류큐의 지식인들은 어느 한 중심만을 타자화
하여 류큐의 정체성을 규정할 수밖에 없었던 것일까? 『蔡鐸本 中山世
譜』를 따르면서도 『中山世鑑』에서 발견되는 화소를 취하기도 했던 『蔡
溫本 中山世譜』에서는 류큐라는 국가의 주체적 면모가 드러나는 듯도
하다. 류큐의 국토가 중국을 기준으로 설명되고 국토의 정비가 음양에
의한 천지 발생 이후 天의 개입 없이 이루어진다고 하여 중국의 주변

---

39) 여기에서의 음양 원리를 단순한 중국적 윤색이나 모방이라고만 지적하고 말 수
   는 없다. 음양에 기초한 천지의 발생은 『日本書紀』에서도 발견되기 때문이다. 무
   엇을 보고 따라했는가가 아니라, 음양의 원리로 구현된 류큐가 여기에서는 어떤
   의미를 지니고 있는지를 파악하는 것이 더 중요한 문제다.
40) 동아시아 중세 문명권 및 그 이념적·제도적 기반에 대해서는 조동일, 『하나이
   면서 여럿인 동아시아 문학』(지식산업사, 1999) 및 조동일, 『문명권의 동질성과
   이질성』(지식산업사, 1999) 참조.

국으로서의 지위를 구현하면서도, 개벽신화가 실려 있는 卷 1의 <歷代總紀>의 기사 전문을 분석해 보면 천손씨 시대부터 이어져 온 국가의 역사를 몇 차례의 국속의 변화와 함께 기술하고 중국과의 조공 관계 단절 및 제국과의 통교를 언급하여 독자적 政體로서의 류큐가 지니는 의의 역시 드러내고 있다고 할 수 있다. 이를, 양속 체제 하에서의 류큐가 나름의 독자적 정체성을 모색하려던 시도로 볼 수는 없을까?

　여기에서 『蔡溫本 中山世譜』의 개벽신화를 답습하고 있는 또 하나의 史書 『球陽』에 주목해 보자. 개벽신화에 국한하지 않고 『球陽』 서두의 기록을 모두 보면, 『中山世譜』와 『球陽』 사이에서도 주목할 만한 차이가 발견된다. 무엇보다 특이한 것은 중국 측을 잠재적 독자로 하는 『中山世譜』에도 등장하는 '슌텐왕'과 '미나모토노 다메토모'의 관계에 대한 기록의 양상이다. 『球陽』의 각 기사는 기록자의 이름이 약호로 표시되는데, '슌텐왕'과 '미나모토노 다메토모'의 관계를 언급하고 있는 기사에는 기록자가 표시되어 있지 않다. 또, <舜天王>條를 구성하는 세 기사에는 나라 사람들이 상투를 틀게 된 계기, 國城의 규모를 넓혔다는 사실 등이 있을 뿐 슌텐왕의 혈연 관계에 대해서는 별도로 언급하고 있지 않다. 즉, 기록자의 이름이 표시되어 있는 기사들만을 대상으로 하면, 『中山世鑑』에서부터 시작되었던 '슌텐왕'과 '미나모토노 다메토모'와의 관련은 『球陽』에는 전혀 나타나 있지 않은 셈이다.

　『中山世譜』에도 수용되었던 기사가 여기에는 실리지 못했음은 무엇을 의미하는가? 『球陽』 편찬과 관련하여 주도적 역할을 했고 개벽신화를 포함한 서두의 기록을 담당한 '鄭秉哲'에 주목해 보자. '官生'으로서 중국 유학을 경험했던 엘리트였던 그는, 적어도 자신의 이름을 걸고는 '미나모토노 다메토모'와 슌텐과의 혈연 관계를 다루지 않았던 것이다.

하네지 초슈의 '일류동조론'으로 대표되는 일본 지향의 정체성 구성이 鄭秉哲과 같은 지식인들에게는 널리 수용되지 못했음을 의미하는 것이라 본다.

지방 관계 기사가 많이 수록되어 있는 『球陽』은 지역과 계층을 아우르는 기사가 망라되어 있는 류큐 正史이다. 『中山世譜』와 편찬 시기가 일부 겹치는 데에서 알 수 있듯 『球陽』은 『中山世譜』와 평행하게 편집되는데, 이는 사쓰마나 중국을 고려하지 않고 류큐의 역사를 편성하려는 의지가 『球陽』의 편찬에 개입되었다는 의미로 받아들여진다.[41] 내부적 언술이었던 『球陽』이 중국과의 관계 속에서도 독자적으로 존재해왔던 류큐를 형상화한 『蔡溫本 中山世譜』의 개벽신화를 수용하는 한편 '일류동조론'의 근거가 되는 역사적 사건을 외면한 것은, 사쓰마에 의한 류큐 지배가 시작된 직후 '일본 되기'를 지향했던 하네지 초슈의 국가적 정체성 기획 시도가 지식인 관료들에게 보편성을 획득하지 못했으며, 오히려 중국과의 관계 혹은 중국에의 지향 위에서 국가적 정체성이 구성되는 경향이 발생했음을 의미한다고 할 수 있지 않을까? 류큐에 대한 일본의 경제적 수탈이 심화되면서, 일본에 대한 현실적 반발감이 이러한 결과를 초래했을 수 있을 것이다.

2. 공동체 '류큐'의 담론적 탄생

거듭된 신화의 재편은 변화된 국제 정세 속에서 왕조의 정체성을 확인하고 그것을 통해 앞으로의 방향을 가늠해 보고자 하는 담론적 의미

---

41) 『球陽』, 31쪽의 해설 참조.

를 지닌다. 하지만 개벽신화의 담론적 의미가 여기에만 국한되는 것은
아니다.

이러한 신화 재편은 그 지향점이나 구체적 양상이 어떻든간에 '류큐'
라는 균질한 공동체를 전제한다는 점에서는 공통적이다. 문자화되고
재편되는 신화가 '류큐'의 개벽신화인 한, '류큐'라는 공동체에의 상상
이 그 신화의 전제가 되는 것이다.42)

『오모로소시』 소재의 개벽신화에서 이러한 공동체는 상상되지 않는
다. 여기에서는 '데다'라고 하는 절대적 신성과 그 신성을 분유하면서
신성과 인간을 매개하는 '데다코'로서의 왕이 존재할 뿐이다. 국왕이
매개할 수 있는 이러한 신성성은 마을 차원에서 확인할 수 있는 신성
성이 왕조 차원으로 추상화된 것이어서, 왕조의 의례는 마을 의례와 병
립할 수 있게 된다. 우타키에 좌정한 특정한 신격을 구심점으로 하여
존재하는 자연발생적 마을 공동체가 신앙 공동체로서의 성격을 지니면
서도 국왕과 그 사제를 정점으로 하는 국가적 제사조직과 충돌하지 않
을 수 있었던 것은 이러한 상황에 기인하는 것이다.

이에 반해 史書에 기록된 개벽신화는 '류큐'라는 '政體'의 기원에 대
해 설명한다. 국가의 신분제, 주요 산업인 농경의 기원, 더 나아가 국가
적 삶이 구현되는 지리적 영토의 기원에 대해 언급함으로써 비로소
'류큐'란 어떤 기원을 갖는 공동체인가를 확인하는 것이다. 따라서 이
들 개벽신화는 중국과 일본을 중심으로 하는 국가의 정체성과 진로를
모색하는 담론일 뿐만 아니라, 일련의 언술을 통해 '류큐'라는 공동체
를 구성해가는 담론으로서의 의미도 지니는 것이다.

---

42) 여기에서 '상상된 공동체로서의 류큐'는, 담론적 상상을 통해 구성되는 공동체라
는 의미로서, 두말 할 나위없이 베네딕트 앤더슨의 개념에 기댄 것이다.

이 과정에서, 사람들이 '실감'하는 공동체는 지워지기 쉽다. 아마미, 미야코, 야에야마 등 中山 왕조에 복속된 도서 지역 각각의 공동체성도 '류큐'가 전제되면서 지워지게 된다. '류큐'라는 공동체를 상상하는 가운데 실감되는 공동체 단위가 사라지고, 류큐 내부에 존재하는 중심과 주변의 문제가 가려진다는 것이 이러한 담론화가 지니는 문제점이라 할 수 있을 것이다.

이렇듯 문헌 신화로 기록되며 재편된 '류큐'의 개벽신화는 국가 내부에 존재하는 다른 단위의 공동체를 지워버리고 만다. 최소한 이들 신화에 관한 한, 국가의 정체성을 모색하는 담론이 생성되는 순간 그것은 '류큐'로 포괄될 수 있는 범주 안에 존재하는 많은 이질적 공동체를 지우는 담론으로 기능하게 된다는 점을 확인해 둘 필요가 있을 것이다.

V. 결론

사쓰마의 침공으로 류큐는 중국의 주변부인 동시에 일본의 주변부라는 이중적 지위에 놓이게 된다. 이러한 국제 관계는 류큐 왕조의 국가적 정체성과 진로에 대한 물음을 야기했다. 17세기 이후 거듭 편찬된 류큐 관찬 사서를 통해 이루어진 개벽신화의 재편은, 태초의 기억을 통해 당대 류큐의 국가적 정체성을 규명하려는 의도가 개입된 담론이다. 즉, 양속기 근세 류큐의 진로를 모색하는 담론이 개벽신화의 재편을 통해 구현되었다고 할 수 있다.

일본이라는 새로운 중심을 지향하는 동시에 고류큐와의 단절을 시도했던 하네지 초슈의 경우나 중국과의 관계 속에서 면면한 역사를 이어

온 류큐라는 政體를 강조했던 蔡溫, 鄭秉哲 등의 경우를 통해, 어떤 중심을 지향하는가 하는 방향성의 문제와 지향의 경도가 다를 뿐 '중심'과의 관계 속에서 국가적 정체성을 규정한다는 양상은 일반적이었던 것으로 보인다. 외부 정치 체제와의 관계에서 류큐는 늘 주변부였던 것이다.

중심부와의 관계 속에서 류큐라는 공동체를 상상하는 담론은, 다른 한편으로 류큐로 지칭되는 체제 내에서 삶을 영위하는 사람들이 현실적 차원에서 느끼는 공동체성을 어떤 방식으로든 사상하게 된다. '류큐'의 정체성에 대한 담론은, '국가' 혹은 '왕조' 차원에서 이루어지기 때문이다.

류큐라는 국가가 사라지고 일본의 한 현인 오키나와가 역사의 전면에 등장하면서, 정체성 구성의 문제는 새로운 국면을 맞았다고 할 수 있을 것이다. 이전까지 국가를 대상으로 구성되었던 정체성은, 국가의 몰락과 함께 그 구현의 구심점을 잃게 되기 때문이다.

일본 제국주의 하에서 '오키나와학'에 매진하면서 '오키나와의 지식인'으로 살았던 이하 후유(伊波普猷)의 오키나와 담론은 결국 '나는 누구인가'라는 물음에 대한 해답을 찾으려는 정체성 구성의 문제였다고 할 수 있다. '일류동조론'을 부활시키기도 하고 '남도인'이라는 새로운 정체성 구현의 대상을 발견하기도 했던 이하 후유의 지적 편력은, 정체성 구현의 대상을 확보하려는 일련의 탐색이라고 할 수 있지 않을까.[43] 즉, '나는 누구인가'라는 질문에 전제되는 '나'의 범주화/대상화에 대한 문제가 더 근본적인 고민이었던 것은 아닐까.

---

43) 이하 후유의 정체성 구성의 문제와 관련해서는 富山一郎, 『暴力の予感―伊波普猷における危機の問題』, 岩波書店, 2002 참조.

사족이지만 한 마디 덧붙인다면, '류큐'라는 국가 체제의 망실은 현재 오키나와의 정체성 문제와도 연결된다고 할 수 있을 것이다. '오키나와'라는 이름은 그것이 지칭하는 공동체의 범주를 확정할 수 없기에 정체성이 추구되는 '공동체'로서 적절치 않다는 흠결을 지니며, '류큐'라는 '국가'가 정체성 구현의 대상이 되면서 사상되었던 공동체들이 부각되면서 탐색되는 정체성이 '오키나와'라는 공동체의 탐색과 착종되고 충돌한다는 문제점을 드러내기 때문일 것이다.

'바리데기' 시학의 문화적 의미
— 김혜순의 여성주의 시론 연구 —

이 영 섭

I. 서론

현대를 사는 인간은 상호 작용하면서 삶을 구성하는 타자들과 내적
인 교감을 나누는 대신, 모든 사물을 대상화하여 쾌락의 도구로 삼아
끊임없이 교환을 밀어붙인다. 타자를 사물화하는 이와 같은 문화는 욕
망의 사다리에 올라선 근대 주체가 욕망을 스스로 멈추지 못하고 맹목
적으로 잉여쾌락을 쫓는 데에서 비롯되었다. 현대문명의 과학기술은
끊임없이 새것을 생산하지만 상품에 대한 잉여쾌락의 욕망은 곧바로
쓰레기를 쌓아놓는 결과를 낳게 된 것이다. 사람들은 자신이 버린 물건
과 똑같은 물건을 사면서 완전히 새로운 물건을 산다고 착각한다. 후기
산업사회는 결국 쓰레기를 양산하는 잉여쾌락을 거세하지 못하는 욕망
이 스스로의 신체를 거세하는 죽음 속으로 인간을 몰아넣고 있다. 문제
의 심각성은 신체를 거세하는 의식이 인간의 무의식에 스며들어, 생명
을 무참히 살해하고도 무감각한 불감증의 지경에까지 이른 죽음과 같

은 현실이다. 소멸과 생성의 조화를 잃고 지구 전체가 생태적으로나 문화적으로 죽음의 재앙에 빠져들고 있다는 사실은 더 이상 새삼스럽지 않다. 생명의 순환 고리가 망가진 채 잉여쾌락이 끊임없이 반복되는 가운데 현대 사회가 정상적으로 순환하지 않고 총체적으로 죽음의 늪에 깊이 침잠하는 것은 자연의 숭고성을 억압한 도구적 합리성이 극단적으로 팽배한 결과이다. 최근에 상영된 「4인용 식탁」이란 영화에서 젊은 엄마가 아이를 아파트 베란다 너머로 집어던지는 충격적인 장면은 이미 영화 속에서의 장면으로 끝나지 않는다. 지난해에는 외국인 여성이 자기가 낳은 영아를 냉동고에 오랫동안 버려두고 아무렇지 않게 생활을 하다가 발각된 엽기적 행각이 보도되기도 했다. 우리의 몸은 서로를 사랑하는 대신 쓰레기로 취급하는 참담한 처지가 되었다. 쓰레기로 전락한 사물들은 이 우주 안에 편재된 우리의 숭고한 영혼의 몸들이다. 타자를 도구화한 근대 문화의 병증은 우리의 무의식 속에 죽음과 그 죽음의 공포를 끊임없이 재생산하고 있는 것이다.[1]

사물화된 근대 문화의 폭력으로 죽음이 만연된 상황에서, 김혜순 시인이 쓴 산문집 『여성이 글을 쓴다는 것은』은 현대사회의 이처럼 심각한 죽음의 문화적 증후에 대해 정면적으로 대응하는 비평적 에세이로 씌어진 시론이다. 이 글은 생명의 근원인 모성성을 바탕으로 한 여성 주체의 글쓰기로 반생명의 가부장적인 근대 문화를 해체하고 새로운 문화를 구성하려는 급진적인 담론의 성격을 띠고 있다. 그의 시론은 '입 없는 입' 다시 말해서 입으로 몸에 대해 말하는 것이 아니라, 남성

---

1) 권택영, 『잉여 쾌락의 시대 — 지젝이 본 후기산업사회』, 문예출판사, 2003 ; 이명호, 「히스테리적 육체, 몸으로 글쓰기」, 『여성의 몸』, 창작과비평사, 2005, 328쪽 참조.

중심의 문화 속에서 몸으로 폄하되어온 여성 주체의 몸이 직접 말하는
몸의 시학으로 불린다. 몸의 주체가 여성 시인인 몸의 시학은 그 동안
젠더로 핍박을 받았던 가부장적 근대, 남성중심의 정신주의에 대한 여
성 주체의 적극적인 처항 담론이며, 정신과 몸이라는 이분법적 사고에
의해 억압 받아 왔던 몸과 여성의 존재에 대한 도전적인 질문과 공격
의 내용을 담고 있다.

이 책의 표제는 '연인, 환자, 시인, 그리고 너'라는 부제를 달고 있는
데, 이러한 인칭 명사들은 사랑과 관련된 인물들을 환유로 제시한다.
그 인물들은 다성성을 띠고 있는 발화 주체로서 구성되어 있다. 사랑이
부재하는 세계에서 사랑을 추구하는 연인으로, 그러나 죽음을 짊어진
사랑으로 고통을 치러야 하는 환자로, 그리고 그 고통을 신경증으로 진
술하는 히스테릭한 시인을 한데 아우르며, 발화의 주체와 대상의 경계
를 구분할 수 없는 '너'의 대명사를 호칭하고 있다. 이때 '너'는 직선적
이며 대립된 상태 속에서 나와 분리된 실체로서 존재하는 '너'가 아니
다. 너는 나의 내면이 겉으로 표상되는 관계 속에서 분열된 고통의 몸
으로 나타나지만 너는 어디까지나 너와 내가 상호작용하는 관계론적
지평에서 역동적으로 존재하는 타자로서 너이다. 이러한 안과 밖, 나와
우주, 주체와 객체가 분리되지 않는 사유는 주체와 세계와의 관계를 주
체 중심의 실체론적 사유를 지양하고 편재된 타자들이 역동적으로 상
호작용하면서 삶을 구성하는 타자성의 세계에 대해 관계론적으로 인식
하고 있음을 보여준다.2)

---

2) 자아 중심의 실체론적 사고와 대립된 타자성을 지향하는 김혜순의 관계론적 사고
는 현대물리학과 동양사상의 독서를 통해서 침윤된 것으로 보인다. 그가 이 시론
에서 즐겨 사용하고 있는 파동, 상호작용, 역동성, 공, 곡선, 그물망 등은 뉴턴 물

필자는 근원적으로 사랑과 시의 존재론적 주체인 여성 시인이 세계와의 의사소통을 위해서 이 글을 썼다고 고백한다. 이 시인의 세계에 대한 인식은 여성의 몸이 억압당하면서 의사소통이 부재하는, 죽음으로 만연된 세계의 어둠 그 자체이며, 의사소통이 부재하는 죽음의 현실은 타자를 폭력적으로 억압하는 고통의 세계라고 절규한다. 결국 죽음이 은폐되고 가짜 아우라만 양산되는 이 세계는 자연의 균형과 조화가 무너진 곳으로 변질되었는데, 이것은 근본적으로 사물과 사물의 교감이 부재하기 때문에 생긴 것이며, 그 부재 원인은 여성 몸의 존재론적 부재와 다르지 않다고 역설한다. 이는 동양 사상에서 음과 양이 조화를 이루면서 도(생명의 진리)를 이루어 나간다는 우주의 진리에 역행하는 것이며 양이 극단적으로 음을 억압하는 부조리한 현실을 의미하기도 한다. 지금까지 여성의 몸은 사랑의 주체로서가 아니라 관능의 대상 혹은 생명을 재생산하는 기능적 기계로 철저히 도구화되고 대상화되어 왔다고 비판하고 있는 그는, 남성 중심의 문화와 담론에 의해 은폐된 여성의 죽음을 검은 몸의 리듬과 언어로 드러낸다. 고통스러운 여성의 신체와 신체 언어는 여성 담론의 무한한 유희의 장을 펼쳐 생명감이 마비된 이 세계를 경각시키고 냉소적으로 극화시킨다. 죽음을 짊어진 여성 몸의 고통스러운 반란과 저항을 다성적으로 보여주는 김혜순의 다채로운 위반의 언어들은 왜곡된 가부장의 법질서를 전복하기 위한 정공법

리학적 사고를 바탕으로 한 입자, 직선적 사고, 기하학적 사고, 혹은 데카르트적 사고와 관련된 고전 물리학적 인식론과 다른 현대물리학의 상대성 원리, 원자물리학, 혹은 곡선형의 나선형 사고와 동양의 고대 사상인 인도의 우파니샤드, 불교의 법신, 노장의 도 사상이 새롭게 만나는 지평에서 생산된 생명 철학적 사유와 관계가 깊다(프리초프 카프라, 이성범·김용정 역, 『현대물리학과 동양사상』, 범양사, 1989 참조).

이다. 그는 신경증의 언어로 마비된 무의식과 사물의 죽음이 만연된 상황을 극화시켜 보여줌으로써 근대 이면의 부정성을 낱낱이 드러내놓는다. 그리고 이 죽음의 현실은 자아를 스스로 소멸시키면서 타자와의 대화를 끊임없이 추구하는 죽음의 사랑을 통해서만 죽음을 가로질러 온몸을 해방시킬 수 있다고 믿는다.[3]

김혜순의 글 속에 반복되어 나타나는 서술 주체는 한국의 전통적 샤먼으로서 버림받았음에도 불구하고 타자의 죽음을 구원하기 위해 죽음을 스스로 택해서 고통과 죽음의 길을 떠나는 '바리데기'이다. 이 '바리데기' 시학은 곳곳에 죽음과 고통이 편재하는 특징이 나타난다. 스스로를 소멸함으로써 죽음이 만연된 현실 속에서 고통을 치르고, 병을 치유하려는 여성 샤먼이 펼치는 죽음의 노마드는 수평 이동을 하면서 이승과 저승에 놓인 죽음의 경계를 자유롭게 넘나들고 있다.

서구의 수직적 사유로서의 관념적 초월을 금지하는 이 글은 '치름'의 고통을 담보로 수평적 사유로 전이하는 동양의 세계관인 음양론과 우파니샤드의 범아일체론, 불교 사상의 연기설, 노장 사상에 나타난 여

---

3) 근대 기획인 계몽주의는 기술 문명의 이기를 탄생시켰음에도 불구하고 사용가치보다 잉여 가치, 혹은 잉여 쾌락을 누리는 대가로 자연성인 타자를 죽음으로 몰아내는 위기를 초래하였다. 계몽주의가 변증법적으로 순환하면서 전지구가 상품소비사회로 변화된 현실에서 존재의 근원과 개체의 생명이 극단적인 소외를 겪고 있음을 진단할 때, 김혜순이 '바리데기'를 불러내어 추구하고 있는 화두는 죽음의 유희와 죽음의 대화이다. 죽음이 만연된 존재 망각 상황에서 죽음으로 선취해서 하강하는 그의 검은 대화와 메시지는 죽음의 문화가 글로벌화한 참혹한 현실을 벗어나려는 탈근대의 처절한 비명과 절규의 시학이라고 할 수 있다. 따라서 김혜순의 『여성으로서 글을 쓴다는 것은』은 이 글의 성과에 대한 판단에 앞서 서구의 탈근대적 담론을 동양의 수평적 사유 속에 접맥시켜 혼용함으로써 잉여 문화에 발목을 잡힌 서구 해체론적 글쓰기의 한계를 넘어서려는 방법론적 글쓰기라는 문화적 의의를 지닌다고 하겠다.

성성과 자유 담론 등을 혼용하여 그 사유의 바탕에 둔다. 그러나 김혜순의 글쓰기는 동양 담론 속에 내재한 신비주의로의 회귀가 아니라 죽음이 만연한 세계로부터 근본적인 생명성 차원으로의 현실을 회복하는 것이 궁극적인 목적이므로 그의 담론은 근대의 계몽주의를 비판하는 반가부장적인 서구의 해체론적 담론을 적극적으로 수용한다. 그의 시학은 폭력적이고 직선적인 근대 서양 담론을 공격적으로 해체하기 위해 시간과 공간을 두루 섭렵하여 모든 반근대적 텍스트들을 상호텍스트성으로 수용하면서 우주의 몸에 편재된 생명과 전면적 의사소통을 꾀하고자 한다. 따라서 이 글에서는 김혜순 시인이 '바리데기'라는 한국의 전통 신화적 인물을 그의 글쓰기에서 차용해서 탈근대적 주체로서 여성 주체를 세워 나가는 과정의 정합성을 살필 것이다. 먼저 그가 읽은 김춘수와 김수영의 시의식과의 상호텍스트성을 비교하면서 한국 현대시의 의식 흐름에서 왜 그가 바리데기를 불러서 죽음과 여성 몸의 신경증의 언어로 의사소통을 추구하게 되었는가에 대한 경위와, 그가 밟아온 여성시론 수립의 구체적인 지형도를 밝혀 보고자 한다.

II. 김춘수 시에 나타난 처용의 신화적 주체

김혜순의 여성시 기획은 먼저 한국의 전통 신화 인물인 처용을 호명하면서 시작된다. '처용설화의 시적 변용'[4]에서 김혜순은 『삼국유사』

---

4) 김혜순, 「神話的 同一性과 原型的 同一性의 獲得 — 處容說話의 詩的 變容(金春洙의 「處容…」詩의 경우) — 李相和의 辨證法的 想像力(「나의 寢室로」를 중심으로)」, 『건국대학교 대학원 논문집』 제17집, 1983. 김혜순의 '여성이 글을 쓴다는 것은' 이라고

([권2]<처용랑 망해사>)를 인용하면서 신화적 인물의 현신인 처용이 <바
다>로부터 발현되었다는 점에 주목한다. 이 글에서 그는 특히 <바다>
로부터 발현된 하백의 딸 <유화부인>이나 동해 용왕의 아들인 <처
용> 등은 다른 신화와는 달리 천상에서 하강한 신화적 인물이 아니라
용궁에서 상승한 신화적 인물로서 신화적 인물 중에서도 가장 비극적
역할을 담당하는 것에 관심을 갖는다.

> 人間들 속에서
> 人間들에 밟히며
> 잠을 깬다.
> 숲 속에서 바다가 잠을 깨듯이
> 젊고 튼튼한 상수리나무가
> 서 있는 것을 본다.
> 남의 속도 모르는 새들이
> 금빛 깃을 치고 있다.
>
> — 김춘수, 「處容」

　여성시론의 수립을 위해 비극적 인물을 찾던 김혜순은 김춘수가
<處容>이라는 신화적 인물에 관심을 쏟기 시작한 후 첫 번째로 창작
된 이 시의 첫 3행 "인간들 속에서 인간들에 밟히며 / 잠을 깬다."라는
시 부분에서 화자가 인간이 아닌 무엇이라는 사실, 둘째, 인간들은 그
를 괴롭히고 있다는 사실(인간들의 행동이 고의적이든 무의식적이든 간에), 셋
째로 그는 그러나 살 수밖에 없다는 사실에 관심을 집중한다. 그는 김

호명된 '바리데기' 여성 주체 시학은 우연히 이루어진 발상이 아니다. 1983년 석
사과정에 발표한 논문에서 벌써 그는 한국의 전통적인 신화적 인물을 다룬 김춘
수의 <처용>시에 나타난 남성 주체 회복의 역사적 의미를 심도 있게 분석하였다.

춘수의 「처용」 시에 대한 자설을 빌려 처용은 용의 아들이지 급간과 같은 인간의 아들이 아니기 때문에 이 세상을 살아가는 일이 자기에 겐 도무지 맞지 않고 피해만 받고 있어 괴롭다는 사실을 드러내면서 근대 문화의 폭력성과 소외를 겪고 있는 시인의 현실 경험에 동감한 다. 김춘수는 신화적 인물인 처용을 직접화법으로 차용하여 근대 주체 의 세계적 소외와 고통을 비극적으로 동일화한 시인이다. 김춘수의 「처 용」 연작시는 일제와 전후 테러리즘이라는 이중고를 겪음으로써 나약 해진 시적 자아가 대상과의 경계를 허물고 처용을 의인화시켜 현실세 계에서 고립된 자아를 존재론적 인식과 방법으로 표백한 시이다. 그는 한국의 비극적 신화 속에서 죽음과 관련된 원형적 인물을 끌어내어 부조리한 현실의 한계 상황에 놓인 내적인 갈등을 수습하고자 했다. 그러나 김혜순은 김춘수의 이 시편들을 읽으면서, 근대의 폭력에 의해 서 짓밟히고 있는 김춘수의 무의식에 표상된 <처용>을 다른 시각으 로 들여다보았다.

김혜순은 이 글에서 같은 시의 4~6행 "숲속에서 바다가 잠을 깨듯 이/ 젊고 튼튼한 상수리나무가/ 서 있는 것을 본다."는 부분에서 '상수 리나무'의 상태에 대해 김춘수 시인의 자작시에 대해 논의한 부분을 새로운 관점으로 해석한다. 위에 인용한 시의 제4행은 본래 '늙고 병든 상수리나무가 서 있었다'였는데, 이것을 '젊고 튼튼한'이라 고쳐 쓴 것 이 바람직하지 않았다는 김춘수의 창작 당시 심리 상황을 인용하는 한 편, 김혜순은 이 나무가 남성 상징 명사로서 바다가 잠을 깬 숲 속에 서 있는 처용의 다른 얼굴이라고 토를 달아 재해석한다. 그것이 늙고 병들었다면 이제 바다로 돌아갈 수 없는 것일 것이고, 그것이 젊고 튼 튼하다면(이 표현은 콤플렉스를 숨기려는 의도이지만) 바다 속에 있을 때 그

는 젊고 튼튼하고 활기에 찼었다는 말이 된다며 주석을 단다.5) 그러나
김혜순은 바다로 돌아갈 수 없다고 인식하고 있는 신화적 주체인 처용
을 보면서 김춘수가 수용한 처용의 정체성과 더불어, 처용이 속한 바다
에 대해 존재론적 질문을 던지기 시작한다. 김혜순은 소멸과 재생이 동
시에 이루어지는 바다(무의식)가 김춘수에게 유년의 죽음으로서만 고착
된 경위에 대해서 문제를 제기한다. 김혜순은 결국 시 「처용」은 도피
주의자로서 김춘수 마음속에 내재한 타인이고, 유년의 얼굴이었으며
그래서 김춘수 시에 나타난 바다의 모습은 그 안에 '물개의 수컷', '숭
어', '군함'으로 현현된 남성 상징 명사인 처용을 안고 있을 뿐이라는
것이다. 김춘수의 자작시에 대한 자설을 인용하면서 김혜순은 역사가
절대적이라고, 그리고 그것은 탈이 아니라 진짜 자기 자신의 얼굴인 것
처럼(자기의 진짜 얼굴이 있는 것처럼) 억지떼를 쓰는 그 꼴이 내 눈에는 바
로 폭력 그것으로 보였다는 김춘수의 근대의 정체성에 대한 소극적인
대응을 비판적으로 바라본다. 근대자본주의 문화의 폭력에 대해 오이
디푸스적 관점에서 현실을 보고 있는 김춘수와 달리 모성성의 전오이
디푸적 의식의 여분을 갖고 있는 김혜순은 신화적 인물인 <처용>에
대한 독해에 김춘수와 현격한 편차를 보여 준다. 김혜순의 젠더 의식은
근대사를 남성 주체가 구성한 역사라는 여성 주체의 위치에서 바라보
고 있기 때문이다. 또 다른 절대적 힘에 의해 현실에서 거세된 인물인
'늙은 상수리나무' 같은 남성 상징의 처용을, 바다의 재생을 위한, 혹은
근원적인 존재의 회복을 위한 존재자로 온전히 받아들일 수 없다는 것
이 그의 여성주의적 관점이다. 처용에게 '남성 상징 명사'라는 분열된

---

5) 김혜순, 위의 글, 4쪽.

이름들을 덧붙인 것은 힘의 대결과 폭력의 주체 인물 속에서 처용이 예외적 인물이 될 수 없음을 의미한다. 이러한 해석은 남성적인 힘의 대결이 반복된 왜곡된 역사의 악순환을 근본적으로 벗어나지 못한 김춘수의 관념적인 현실인식과 시의식을 여성주의자로서 지적한 것이라 볼 수 있다.

삶의 안과 밖을 몸의 전일성과 나선형의 전이로 인식하고 있는 여성주의자에게 처용이 남성 상징 명사로 끌어내려질 수밖에 없는 이유는 처용도 다른 남성 주체와 마찬가지로 속악한 세계에서 '밤드리 노닐다가' 자기 아내의 몸을 앗긴 또 다른 가부장적 주체로 해석되기 때문이다. 따라서 처용은 근본적으로 소외된 주체들에게 새로운 주체로서 대타적 은유가 되기에는 여전히 여성의 몸을 대상화한 가부장적 주체의 흔적을 간직하고 있는 것이다. 따라서 김춘수의 시에서 종종 나타나는 '죽은 바다를 손에 들고 있는 소년'의 환유는 시적 주체의 피학성이 지나치게 편중되는 심리적 퇴행이라고 지적한다. 처용신화에 나타나는 바다(무의식)는 소멸과 죽음의 공간이지만, 다른 한편에서 재생과 부활을 향한 역동적 의식의 공간을 함께 내포한다. 그런데 김춘수가 표상한 처용은 시적 주체의 대상에 대한 고정관념으로 인해 스스로 순환적 시간과 맞물려 있는 바다가 유년의 시간 속에 가두어짐으로써 지나치게 경직된 공간으로 치환돼 혐의가 짙은 것이 사실이다.

가부장적인 남성 주체의 근대 이데올로기가 세계를 폭력과 죽음으로 몰아넣었다고 인식하고 있는 김혜순에게 김춘수의 처용시에 대한 비평적 읽기는 이처럼 근대성에 대한 여성주의자의 새로운 시각을 보여주었다. 그는 김춘수의 시에서처럼 남성성에 의한 폭력을 비판한 존재론적 의식이라 할지라도 여성성의 소외에 대한 인식이 소거될 경우 발생되는 현실 세계에 대한 관념론적 인식의 한계를 발견하고, 현실에 대한 입체적 인식과 미래를 위한 전면적인 의사소통을 위해서 다성성을 지닌 여성성의 새로운 시학 창출이 불가피함을 강조한다. 김혜순의 시는 다른 여성 시인들과 비교할 때 다성성의 카니발이라고 불릴 정도로 다층적인 지평에서 새로운 문화를 구성하려는 여성 주체의 강한 실천적 의식을 보여준다.

Ⅲ. 김수영의 시의식과 장자의 자유 담론

김춘수는 <처용> 연작시의 경우에서처럼 현실 대응에 대한 소극성과 관념성이 지적되지만, 재래적인 서정과 감각에서 벗어나 한국의 전통적인 사유와 서구의 실존적 의식을 교류하면서 전혀 이질적인 화소인 '구름'(동양적 허무의 미)과 '장미'(서양적 허무의 미)를, 처용(인욕행의 불교적 심상)과 예수(사랑 실천의 기독교적 심상)를 짜 넣어 새로운 시를 구성하려는 실험을 부단히 추구했다. 무의미 시론에 종착한 김춘수가 근대 권력의 이데올로기를 언어해체로 수행하면서 미적 모더니티로 실존의식을 추구했다면 김수영의 존재론은 '온몸으로 밀고 나갈 것'을 강조하면서 타락한 현실과의 끊임없는 긴장과 대결을 통한 참여의식을 강조한다. 따라서 김혜순이 김수영 시인에 관해 박사학위 논문을 쓴 것은 결코 우연이 아니다. 김수영의 이른바 '온몸의 시학'은 진보적인 성향을 띤 김혜순의 여성의 몸으로 글쓰기에서 더욱 역동적이고 구체적인 몸으로 태어난다. 그는 그만큼 김수영의 시학에 영향을 짙게 받은 시인이었다. 김혜순은 1997에 발표한 장자의 담론과 김수영의 시를 비교한

시 읽기에서 더욱 구체적인 시적 사유의 진전을 가져온다.[6] 김춘수에
게서 전통 신화를 통한 새로운 주체의 교환을 배운 그가 장르를 넘어
서 장자의 담론과 김수영의 시의식을 비교하면서 얻은 것은 먼저 장자
의 도는 서양 사유의 근간인 플라톤이나 칸트적인 수직적 형이상학과
는 달리 비지각적, 비관념적 세계 속에서 찾아지는 현실 도피적인 것이
아닌 수평적 사유이다. 이 수평적 사유 속에서 삶의 본질과 현상의 세
계는 따로 떨어져 있지 않고 그 내용이 관념적이지 않은 것이 장자 도
의 편재성이다. 동양사상에서 수평적 사유를 발견한 김혜순은 삶의 진
리가 사물 속에 편재하기 때문에 언어로 말할 수밖에 없다고 강조하면
서 김수영 시에 나타난 '일상성'어 사용의 창작논리를 세계 안에서 수
평적으로 현실을 인식하고 진리를 수행하는 삶에 대한 적극적인 참여
의 이치로 받아들인다.

  죽음의 현실과 근본적인 대결을 모색하고 있는 김혜순은 현실 속에
서 긴장 의식을 지닌 김수영이 비본래적인 범속어인 '일상어'로 일상을
시의 주요 소재로 취택한 이유는 역설적으로 범속한 것을 벗어나려는
자유 의지의 소산이며 김수영의 시는 변증법적 담론 형태를 통하여 일
상을 벗어난다는 특징을 밝힌다.[7] 김혜순이 김수영의 '자유' 혹은 '온
몸의 시학'에서 읽은 것은 이 세계에 대한 수직적인 초월로서 자유가
실현될 수 없다는 참여의식으로서, 세계를 대지아 분리되지 않은 실천
과 구성의 장인 온몸으로 보는 자의식이라고 볼 수 있다. 하이데거에

---

6) 김혜순은 1993년 박사학위논문으로 「김수영 시 연구—담론의 특성연구」를 제출
   하고, 4년 후인 1997년 『건국어문학』 제21·22집에 「문학적 『장자』와 김수영의
   시 담론 비교 연구」를 발표하게 된다.
7) 김혜순, 「문학적 『장자』와 김수영의 시 담론 비교 연구」, 『건국어문학』 제21·22
   집, 143-144쪽.

경도된 김수영의 온몸의 시학이 은폐와 개진을 변증법적으로 순환하면
서도 '고양'이라는 초월적 언어에 매어 '혼란'의 현실에 대해 아직 구
체적인 비전을 갖지 못했을 때, 김혜순은 세계의 부정적 현실에 대해
좀 더 깊고 뚜렷한 통찰을 진전시키려고 안간힘을 썼다. 온몸으로 온몸
을 밀고 나간다는 것은 기존의 인습과 그들의 순종 양태를 거부한 채
혼란 속에 스스로의 존재 조건을 내던지는 투신과 모험의 감행을 의미
한다. 김수영은 그러한 혼란을 존재의 자유와 사랑으로 이해하고 그에
게 정당한 의미에서 시작이란 엄연히 자유를 위한 작업이자 동시에 사
랑을 위한 작업이었다.[8] 그런데 김수영이 근대의 보이지 않는 권력과
대결을 다짐하면서도 소시민적인 가족 윤리 안에서 후기자본주의에 대
한 강박 관념으로 의기소침해지자, 김혜순은 김수영이 의식하고 있는
그 가족 윤리가 가부장적 윤리라고 비판하고 남성 시인이 머뭇거리고
있던 자리를 과감히 탈피해 김수영보다 더 거리낌 없이 '비속어'를 구
사함으로써 급진적인 여성시를 쓰는 여성 시인으로 나아갔다.

　김혜순이 김수영의 시를 분석할 때 장자의 부정어법을 매개로 한 자
유로운 사유를 잣대로 삼은 이유는 수평적 사유로서의 자유뿐만이 아
니다. 김수영이 은폐와 개진의 사유를 진동하면서 세계에 대한 긴장의
식을 담보로 자유를 밀고 나아간 시인으로서, 김수영이 어느 순간 성취
한 시의 존재론적 완성을 인식했기 때문이다. 김혜순이 김수영의 유작
이라 할 수 있는 시 「풀」을 애호하는 것도 바로 그런 이유에서다.

　그는 김수영과 장자의 자유관을 비교하면서, 가치판단과 사실 판단
을 보류한 장자의 자유관과 김수영의 자유주의 사이엔 종교성과 시성

---

8) 김유중, 『김수영과 하이데거－김수영 문학의 존재론적 해명』, 민음사, 2007,
　　300쪽.

만큼의 거리가 내재하고 있음을 파악했다. 그러나 김혜순의 관심은 장자나 김수영이 공통적으로 자유를 절대 개념으로 파악한 점, 개인주의적 자유관을 지닌 점, 스스로의 변화성을 자유로 파악한 점, 자유에 생명의 요소를 부여한 점, 추상적인 이해가 많은 점, 자유 쟁취를 문학의 목표로 삼은 점 등을 등가 가치로 보았다.9) 이 가운데에서도 김혜순은 시 「풀」이 완성도가 높은 이유를 김수영이 '풀'을 '바람'의 시간성에 기대지 않는 자의적 존재로 표현했기 때문이라고 평가한다. 김혜순은 풀이 스스로의 변화성(눕고, 일어나고, 울고, 웃는)으로 타물(바람)에 의존치 않고 그 존재를 성립시킨 존재자의 모습을 구현한 것으로 보았다.10) 이러한 풀의 자유로운 상태를 장자는 천인합일, 물아일체, 유무상동으로 표현하고 있는데, 그러한 상태를 김수영이 「풀」에서 자유를 체득한 모습으로 즉, 사물과 화자가 하나됨으로 '순수한 목소리'가 조화된 리듬 구조 속에서 울려나온 표현을 성취한 것으로 본 것이다.11) 그는 실상론적 제약을 받지 않는 장자의 용어로는 자화(自化)인, 도의 역동성을 김수영의 시에서 풀이 스스로 지니고 있는 내적 자장을 역동적으로 발휘하여 자유를 얻는 현상과 일치시킴으로써 존재론과 역사의식이 나선형으로 전이되고 혼용될 때 완성된 자연성의 목소리를 들을 수 있었던 것이다.

　시 「풀」에서 나타나는 것처럼 김수영은 근대문화에 대한 비판 의식

---

9) 김혜순, 「문학적『장자』와 김수영의 시 담론 비교 연구」, 『건국어문학』 제21·22집, 167쪽.

10) 셸링은 상징계의 시작을 인간의 "원초적 자유(Primordial Freedom)"으로 보았다. 인간은 자연의 일부로서 혼돈이지만 원초적 자유의지에 의해서만 자연보다 나은 질서로 진입할 수 있다.

11) 김혜순, 「문학적『장자』와 김수영의 시 담론 비교 연구」, 『건국어문학』 제21·22집, 171쪽.

을 보여준 전기시인 「폭포」, 「눈」 등의 세계에 대한 개진성과 달리 후기 시에 이르러 사물의 존재론적 은폐성 쪽에 더 비중을 두기 시작했으며 김혜순은 김수영과 비교할 때 좀 더 은폐성으로 깊이 내려가 현실 세계에서 여성성이 소외된 이면을 파헤쳐 드러내기를 주저하지 않았다. 그는 그 은폐성이 존재론적으로 동양 세계관의 여성성인 음에 속하는 현상으로 치부하고 음의 세계인 여성성을 회복하기 위해서 여성 몸의 언어를 시로 표상하는 데 더 적극성을 보이기 시작했다. 그는 음과 양이 균형을 이루어 도가 운행되는 자연성이 일탈하여 양이 극단화됨으로써 순환성이 파괴된 근대 문명을 가부장의 욕망이 극단적으로 편향된 세계로 보았기 때문이다. 따라서 김혜순의 시를 점철하고 있는 죽음의 은폐성은 극단적인 양의 확장으로 폭력과 죽음으로 만연된 문명 세계의 소외를 바라보고 있는 여성 시인의 역설적인 대응 방법이라고 할 수 있다. 김혜순의 여성시학은 자연의 몸을 온전히 해방시켜 새로운 생명을 잉태하기 위해 여성 스스로 죽음을 여는 문이며, 여성의 몸이며, 또 다른 의미에서 여성 시인만이 쓸 수 있는 검은 리듬의 시를 낳는 모성성이기도 한 것이다. 김혜순은 이 은폐성은 세계를 재현하는 산문이 아니라 존재를 직접 제시하는 시이며, 여성의 몸으로만 실행할 수 있는 여성시라고 주장하는 여성 시인이다.

이처럼 시적 사유에서 개진성보다 존재론적 은폐성이 강조되면 자유가 선차성을 띠는 것이 아니라 사랑이 선차성을 띠는 특징을 지닌다. 김수영에게는 자유와 사랑이지만 김혜순의 시론에서 사랑과 온몸의 해방으로 나아가는 주제의 순서가 뒤바뀌는 시의 원리가 거기에 있다. 김수영의 시가 온몸으로 쓰는 자유의 시라면, 김혜순의 시는 죽음의 고통으로 쓰는 사랑의 시인 것이다. 김혜순의 사랑의 시는 김수영처럼 혼돈을 모험을 하는 것이 아니라 여성이 소외된 현실에서 죽음을 선취해서 저승 세계로 죽음의 여행을 자발적으로 감행하는 바리데기의 고통스러운 여로이다. 이승에서 버림받은 몸이 죽음의 저승길을 감행하는 바리데기의 여로는 남성이 바라보는 환상의 세계가 아니라 이승과 저승을 여성 스스로 몸의 고통과 병으로 치르면서 수평적으로 넘나드는 또 다른 겹의 현실일 뿐이다. 이 수평적 넘나듦이 가능한 것은 여성이 이승과 저승이 나선형으로 조응하고 삶과 죽음이 내적 순환됨으로써 몸의 통일을 이루는 시공을 삶의 존재 근거와 현실로 받아들였기 때문이다.

　김혜순은 근본적으로 수직적 사고(이성적 사유)의 관념론에서 벗어나지 못한 하이데거를 사사한 김수영이 읽은 '혼란'이 지닌 모호성의 한계를 넘어서기 위해 도가사상의 수용을 통해 이 우주가 역동적으로 순환하는 도의 흐름에서 최초의 완전한 세계를 '혼돈'으로 읽는 새로운 문화 이해 방법을 찾아내었다. 도가 사상에서는 혼돈이 우주가 열리기 이전의 혼돈인 창조적 무극으로 돌아가는 것을 의미한다. 무극이 혼돈이 되는 것은 만물이 발생하는 시공인 까닭이다. 시작도 끝도 없는 이런 극한으로 돌아간다는 것은 중국식의 영원회귀 신앙의 실천적 장이 있음을 의미한다. 중국인은 민속 의례 행위로 새해에 교사를 함께 먹는데, 이 교자이 본래 이름은 '혼돈'이다. 음력 정월 초하루 이른 아침에 온 가족이 혼돈을 먹는 새해의 의례와 풍속은 혼돈의 이상으로 되돌아감을 지향하는 도가 사상과의 숨은 연계가 있음을 한눈에 알 수 있다.[12] 상징계의 억압으로 인해 실재계에 은폐된 원초적 아침

---

12) 섭서헌 · 노승현 역, 『노자와 신화』, 문학동네, 2003, 222쪽.

으로 돌아가려는 여성적 다성성은 이 혼돈과 다르지 않다. 그의 시에 여성 주체가 혼돈을 과감히 먹어치우는 이미지가 많이 등장하는 것은 결코 우연의 일치가 아니라 시인이 시학의 전략 속에서 의도적으로 행한 것이다. 시의 여성적 주체가 죽음이 편재한 혼돈을 먹는 것은 새로운 세계를 열기 위한 일종의 문화적 의례 행위인 것이다. 이것이 김수영의 온몸의 시학에 나타나는 현실에 대한 다각적 긴장 의식과는 다른 김혜순 특유의 몸의 시학이 벌이는 존재론과 역사의식을 한데 아울러 실천하는 알레고리의 장이다. 장자의 자유사상과 도가의 순환론을 수용하면서도 동양의 신비주의에 빠지지 않고 역사의식과 존재론이 혼융된 실천의 장 속에서 타자들이 다성적으로 상호작용하면서 새로운 세계를 구성하기 위한 카니발을 벌이는 것이 김혜순 시학 형성의 중요한 계기이다. 김수영의 시와 장자의 담론을 연결시켜 김수영 시에 나타난 자유의 존재론적 위치를 자연이 스스로 지니고 있는 적극적인 자발성으로 파악한 김혜순은 이러한 시적 사유를, 한국의 전통 설화 속에서 죽음을 담보로 사랑을 성취하는 신화적 인물에까지 확장시켜 샤먼인 '바리데기'의 정체성을 여성시인의 시의식과 결합시키는 단계에 이르게 된다. 그는 모든 사물의 관계를 반생명의 질곡으로 몰아넣는 가부장 문화 속에서 인습적으로 소외된 여성의 정체성을 회복하고, 나아가 자연성의 소외를 근본적으로 치유하기 위한 방법을 모색하면서 바리데기의 구약노정을 여성시론의 장르 수립에 접맥시킨 것이다.

Ⅳ. 바리데기, 여성 몸의 글쓰기

1. '들림'과 '치름'의 파동적 글쓰기

김혜순이 그의 시론에서 핵심적으로 강조하는 것은 여성시의 새로운 탄생이며, 문화적으로는 가부장적 사회의 전복을 위한 정치적 전략이다. 그가 바리데기의 몸을 빌려 죽은 혼령을 뒤집어쓰는 데에는 그만한 이유가 있다. 바리데기를 통해 죽은 혼령과 대화를 나누면서 '들림'을 받은 주체는 세상에서 버림받은 여성의 내밀한 창조적 힘을 얻어서 자신이 처한 사회적 현실의 존재적 지평을 넓힐 수 있기 때문이다. 이때 텍스트는 타자성이 끊임없이 개입되므로 새로운 방향이 나타나며, 이 과정에서 김혜순은 가부장제에 대한 여성의 전복적 욕망을 발견한다. 특히 다른 여성주의자들이 서구 페미니스트를 번역하는 수준에 있었다면 김혜순은 우리 여성 문화의 전통인 무속신화 속에서 바리데기를 찾아내어 새로운 여성성과 여성시의 방법적 원리를 적극적으로 해석해낸다. 바리데기 무녀가 치름의 과정을 거치듯 여성시인도 타자가 내 안에 오는 것 같은 '들림'과 몸의 고통을 겪는 '치름'의 과정에서 시를 낳는다.

이 '치름'은 효녀로서가 아니라 모성성을 체득하는 여성 내면이 목소리를 자각하는 순간에 일어난다. 성숙한 여성은 모성성이라는 실재하는 내면의 죽음을 껴안지 않고는 바깥의 현실 또한 받아들일 수 없음을 깨닫는다. 바깥을 안으로 받아들이는 이 모성성은 제도화된 모성성과는 다른 존재론적인 것이다. 해산할 때 여자는 죽음과 싸우는 것처럼 비명을 지른다. 분만은 치름의 고통, 고통이라는 말로는 부족한 비명이다. 존재론적인 모성성으로 여성시인은 시 안에서 몸으로서 치름

의 과정을 거침으로써 자신의 자궁 속에 한 편의 시를 잉태하고 출산
하면서 쾌락과 고통을 자신의 죽음 속에서 힘껏 껴안는다.13)

　이 모성성이 낳은 자식들은 근대주의자 이상(李箱)이 자기 내면의 거
울을 쪼개지 못한 것과 달리 거울 속을 넘나들며 어머니의 죽은 몸과
놀고, 어머니의 죽은 몸을 통하여 어머니 되기를 배우고, 어머니의 목
소리를 발화하려는 욕망 속에서 또 다른 어머니의 몸 되기를 실현한
다.14) 여성 시에서 거울은 경계가 아니다. 그것은 다만 하나의 문, 들
고나며 어머니 되기를 배우고, 실현하는, 실현해야 하는 하나의 문일
뿐이다. 김혜순이 바리데기에서 찾아낸 여성시인의 원형은 타자를 탈
취해서 소유하는 것과 다른 타자에게 몸을 열어주고 타자를 양육해서,
궁극적으로 타자를 나의 몸 밖으로 떠나보내는 문으로서 끝없이 흐르
는 물로서 모성성이다. 모성성의 히스테리는 오이디푸스적인 변증적
교환을 하는 남근성이 아니라 타자를 자기의 죽음을 통해 낳고 떠나보
내는 여성성의 자기애에서 비롯한다. 이것이 죽음에 들려서 고통으로
새로운 생명을 잉태하고 출산할 수 있는 여성 시인만 낳을 수 있는 치
름의 시이다.

　남성적 언어는 직선적 길을 따라 수직을 향하고, 여성적 언어는 곡
선을 따라 구부러진 나선적이며 수평적으로 연기되는 시간이다. 모든
사물과 다원적인 그물망으로 연결되어 있기 때문에 분리와 단절 없는
순환과 역동적인 상호작용이 이루어지는 공간이기도 하다. 김혜순은
남성의 언어는 입자의 언어이기 때문에 쉽게 분절되고 여성적 언어는
파동의 언어라고 정의한다. 나선형의 곡선과 파동의 언어가 지니고 있

---

13) 김혜순, 『여성이 글을 쓴다는 것』, 문학동네, 2002, 80쪽.
14) 김혜순, 위의 책, 81-82쪽.

는 의미는 여성시인에게 찾아온 죽음이 '죽음으로서의 삶'을 얻게 되고, 죽음과 삶의 거리가 뭉개져 버린다. 이러한 원리는 사물의 상호작용과 순환의 관계론을 주목하는 현대 물리학의 상대성 원리와 일치되는 것이다. 소멸의 교호작용 속에서 그 관점과 위치에 따라 실체가 무한히 가변적인 아원자 상태에서 입자는 특별한 의미를 부여받지 못하고 파동만이 의미를 지니는데, 이것이 역동적인 전이의 순간으로 모성성이 스스로 발하는 광기와 흡사하며, 사물이 타자를 포섭하여 역동적으로 상호작용하면서 순환하는 장의 원리이기도 하다.15) 현대물리학의 순환 과정에서 발생하는 역동적 파동성과 전이의 상대성 원리 혹은 원자핵의 관계론적 원리가 바리데기의 모성적 '들림'과 '치름'의 의례와 통하고, 여성시인의 '치름'의 시 원리와 통한다는 것은 아이러니컬하면서도 매우 흥미 있는 사물의 현상이다. 김혜순의 시학은 이처럼 여성주의 시학의 근거를 세우기 위해서 신화적 시간과 현대 물리학적 시간을 함께 짜 넣을 수 있는 탁월한 사유를 펼쳐놓는다. 일상적인 시간을 초월한 들림의 세계에서 치름을 통해 낳는 여성시의 원리가 초미시적인 시공에서나 분석이 가능한 아원자 세계에서 일어나는 사물의 원리와 공교롭게 일치하는 것은 진리 자체가 크기와 위치가 따로 없는 순간과 영겁 속에서 이런 종류의 무도를 벌이기 때문이다.

2. 죽음 속으로 하강하는 글쓰기

바리데기는 바리데기 자신을 누군가에게 주지 못해 안달하는 여자이

---

15) 프리초프 카프라, 이성범·김용정 역, 『현대물리학과 동양사상』, 범양사, 1989 참조.

다. 자신을 아버지에게, 남편 무장승에게, 일곱 자식들에게, 결국에는
죽음에게 준다. 바리데기는 자신을 죽인 부모에게 얻은 죽음을 가지고,
그 죽음을 스스로 죽임으로써 사랑의 화신으로 현현한다.[16] 바리데기
신화를 통한 여성시인의 영감은 이 지상에서 버려진 존재로서의 자신
을 유일하게 재생의 힘으로 치환시켜주는 기제로 작동한다. 여성시인
은 남성시인의 관념적인 자신의 응시, 그 투명한 이성의 공간 이동과는
다른 죽음 속으로의 하강을 감행한다. 그가 흘러가는 죽음의 경계에는
언제나 타자로서 버려진 존재의 고통이 선명하게 메아리친다. 그 순간
'나'의 죽음은 자신을 초월해 저 너머로 간다. 저 너머에 있는 타자인
또 다른 '나'를 만나러 간다. 소외된 타자의 울음소리가 들리면 여성시
인은 삶 저편의 미궁 속으로 침잠한다. 그 순간 나는 버려진 타자이며
버려진 아이는 자신으로 자리바꿈한다. 이때 삶의 빛은 가물가물해지
고, 세계는 스스로의 심연을 열어 주체와 객체를 해체하며 저 바깥이
되어버린다. 내 몸의 온갖 구멍들이 타자를 품지 못해 안달한다. 여성
시인의 사랑은 스스로를 이미 무의 상태로 구멍을 숭숭 뚫어놓고 바깥
세계의 모든 사물을 사랑으로 품어서 잉태할 관능적 열정으로 충만해
있다. 바깥으로 열려 있는 몸이기 때문에 나와 타자는 분리되지 않는
하나의 몸이다. 이러한 현상은 구멍 뚫린 몸이기 때문에 가능하다. 구
멍 뚫린 몸의 영혼은 극미립자의 파동만이 감지할 수 있는 아원자의
세계로 축소될 수도 있고 그 끝을 알 수 없는 거대한 우주의 시공으로
확장될 수도 있다. 김혜순의 생태학적 여성주의는 이처럼 혼령의 세계
와 물리적 세계가 나선형으로 함께 구조화되는 특징을 지닌다.

---

16) 김혜순, 『여성이 글을 쓴다는 것』, 문학동네, 2002, 140쪽.

그러나 그는 결코 신비주의를 지향하는 시인이 아니다. 그는 죽음이 만연된 현실 세계에서 버려진 여성의 고통스러운 몸으로 세계를 열정적으로 품고 아이를 잉태하듯이 시를 잉태한다. 그가 시에 대한 사랑 혹은 세계에 대한 사랑의 열정을 포기하지 못하는 것은 그것이 여성 시인만이 포섭할 수 있는 생명 잉태의 진리 현상이기 때문이다. 여성의 몸은 가부장의 사회 속에서 끊임없이 짓밟히고, 찢겨지고 학대를 받는 죽음으로 이어 왔지만 인고의 침묵 속에서 '불쌍한 사랑의 기계'처럼 아이를 낳는, 타자를 생산하는 모성성으로서의 역할을 꾸준히 해왔다. 저승에 가서 무장생의 아이들을 낳아주는 것도 그의 삶이 태어남 혹은 살아감의 여정을 '죽음'의 여정으로 인식하고 있음을 알 수 있다. 바리데기 텍스트 안팎의 여성들은 자신들의 삶과 죽음의 두 차원을 분리되지 않는 현실감 속에서 받아들인다. 사는 것보다 죽는 것이 더 나은 전통적인 여성의 삶은 오히려 죽음의 공간에 대한 공포와 불안의 감정을 무시하고 배제할 수 있게 해주었다. 어느 시간 속에서나 공간 속에서 반드시 제의를 치르듯이 몸으로 고통을 치르면서 살아온 여성들은 환상적 공간이나 비현실, 혹은 반현실이란 개념적 공간 속에 살 수 있는 존재가 아니다. 그래서 여성시인들의 시가 환상적이라는 사실은 오로지 현실과 구분된 시간과 공간이라는 사실만 부분적으로 인정되어야 한다. 여성 시인은 모든 사물과 현실 속에서 호흡하면서 또 다른 타자를 받아들이고, 사랑으로 잉태해서 양육해 바깥으로 내보내야 하는 몸의 파동 속에 산다. 여성 시인은 버려진 타자인 아이들을 그리워하는 무의식 속에 바탕을 둔 또 하나의 심리적 현실을 시 안에 창출하면서 몸 밖의 세상을 안으로 끌어안으며 사는 운명을 감수하며 살아왔기 때문이다.

이 세계는 죽음뿐이지만 여성시인은 죽음에의 중단 없는 참여로 스스로 시작을 독려한다. 여성시인은 출발선상에서 자신 속에 버려진 아이의 울음소리를 들으며 스스로 버려짐을, 스스로 죽음으로 내려감을 매번 다시 반복한다. 소외된 여성은 늘 죽음 속에 있으므로 역설적이지만 죽음에 처한 아버지를 살려내러 갈 수 있다. 여성시인은 이렇듯 죽음의 현실을 눈으로 '관찰하는 대신에 참여'한다. 동양적 세계관 속에서는 관찰자와 관찰되는 것, 주체와 객체가 나누어질 수 없을 뿐만 아니라 구별조차 할 수 없게 되는 극한적 사유에 이른다. 깊은 명상 속에서 관찰자와 관찰되는 대상의 구별이 완전히 무너지고 주체와 객체가 통일이 되고 차별이 없는 전체에로 용해된다. 현대물리학의 양자론도 근본적으로 분리된 대상이라는 개념을 버리고 관찰자의 개념을 참여자로써 대치시킨다.

김혜순의 여성시에 나타나는 여성시인의 죽음을 가로지르는 적극적인 현실 참여는 외적인 세계와 내적인 세계가 동일한 직물의 양면에 불과하고, 그 안에서 모든 힘과 사건들, 의식의 형태와 그 대상물의 실낱들이 서로 연관지워져 하나의 분리됨 없는 끝없는 망으로 짜여 지고 있다는 불교의 원리와 원자 물리학이 상호텍스트성으로 만나는 지점이다. 따라서 그가 추구하는 여성 시인의 시학은 검은 사물과 검은 언어를 제시하면서 현실 세계와 대결하고 있지만, 그것은 어디까지 양이 극단화된 왜곡된 세계를 음과 양이 역동적으로 균형을 이루는 세계로 회복시키기 위한 현실 참여인 것이다.

동양에서 덕이 있는 사람이란 선을 위해 분투하고 악을 소멸시키는 불가능한 과업을 떠맡지 않는다. 오히려 선과 악 사이에 역동적 균형을 유지하기 위해서 부단히 노력할 뿐이다. 이것이 대립의 세계를 넘어서 실재를 만나기 위해 관점이 살아 움직이고 끊임없이 새롭게 전환되도록 해야 하는 이치며, 김혜순 시인이 자주 말하는 트랙탈 도형과 같은 삶과 여성 시인의 글쓰기는 궁극적으로 그런 지평 위에 서 있다. 과학자들은 실제로 원자적 실재를 파악하기 위하여 한쪽에서 다른 쪽으로, 그리고 다시 원점으로 되돌아가는 두 가지 심상을 다루는 법을 터득했다. 이것은 동양의 사상가들이 대립적인 것들을 넘어선 실재에 대한 그들의 경험을 해석하려 할 때 생각하는 순환론적 사유로 회심하는 것과 똑같은 방법이다. 이 세상에서 버림받은 바리데기는 그 버림받은 몸으로 죽음의 원점으로 돌아가 치름의 과정을 통해 스스로를 회심한 후에야 비로소 아버지를 구원하는 약수를 얻을 수 있다. 그래서 바리데기처럼 여성시인은 죽음의 빈 곳을 숙명처럼 찾아간다. 이것은 동양사상의 근간인 노자가 말하는 궁극적인 무의 세계이기도 하다. 이 죽음의 빈 공간이 없다면 우리가 돌아갈 빈 곳이 없다. 어두운 우주의 자궁 안에 모든 생명이, 가능성이 다 들어 있다. 그곳에선 가부장제라고 하는 남성주의가 깨어지며, 만물의 기계적 동일성이 깨어진다. 다원적인 차이성 속에서 풍요로운 생명의 줄이 스스로 파동하며 나선형의 율동을 그려 나아간다.

3. 타사성을 지향하는 모성성의 글쓰기

김혜순은 세계를 자기중심으로 자아화 혹은 주관화하는 기존의 서정 시론을 거부한다. 타자를 대상화한 채 세계를 주관화할 때, 세계가 잉여 쾌락만 끊임없이 반복됨으로서 결국 쓰레기 문화와 헛된 죽음의 문화가 만연되는 황폐한 욕망의 제국주의를 현실 세계에서 구체적으로 겪어 보았기 때문이다. 여성 시인과 자주 비교되는 남성 시인은 관념으로 세계를 보기 때문에, 세계의 주관화를 벗어나지 못한 시를 쓴다. 그러나 여성 시인은 가부장적 법을 위반함으로써 가부장적 법 바깥에서 법에 저항할 수 있는 가능성을 바리데기가 스스로 죽음을 택해서 이승의 법을 벗어나는 치름을 하듯이 배웠다. 바깥을 안으로 끌어들여서 다시 안을 바깥으로 멀리 벗어나는 죽음, 저승 같은 공간을 수평적으로 이동하는 타자들의 상호작용하는 '들림'과 '치름'으로 사랑이 순환하는 법을 배웠다. 이러한 수평적 이동은 현실을 초월하는 것이 아니기 때문에 결코 환상적인 신비주의로 수렴하는 공간이라고 할 수는 없는 것이다. 그것은 오직 몸속에 존재하는, 현실세계에서 타자의 세계인 저승을 들여다보는 내적 공간일 뿐이다. 이 빈 곳은 마음에도 있고 여성의 자궁으로도 존재한다. 숙명적으로 타자를 안고 스스로 죽음을 담보로 한 치름을 통과하면서 무수한 타자를 지향하는 타자성을 지닌 자궁의 모성적 원리는 오직 여성 시인에게만 나타날 수 있는 것이다. 절대적 실체로서 시적 주체를 세우지 않고, 끊임없이 자아를 소멸함으로써 타자와의 다성적인 관계를 모색하는 여성성은 남성 시인처럼 세계와 상호작용하기 전에 타자가 미리 내 안에 고정된 입자로서 상주하고 있는 것이 아니라, 대상과 만나는 관계에 따라 불확정적인 변화와 전이의 과정 속에서 파동으로 존재하는 타자이다. 따라서 여성 시인이 쓴 시는 내 안의 "먼 곳"으로 들어가는 것이다. 그 먼 곳을 들어가기 위해서는 반드시 병과 고통의 치름이 선행된다. 그래서 여성 시인이 쓰는 여성시는 신음과 고통이 넘치는 치름 의식의 다성적 장이 된다. 바리데기가 치러내는 제의를 여성 시인도 몸으로 겪어내는 글쓰기이기 때문에 글을 쓰는 것이 아니라, 고통을 치르기, 고통스러운 일을 하기, 세계와의 만남을 통해 다성적인 존재로서 시인이 말하게 되며, 죽음의 경계를 자유롭게 넘나듦으로 역동적인 혼융과 순환의 유희를 펼치게 된다. 이것은 자아가 소멸되는 죽음 속에서 새로운 생명을 잉태하고 바깥으로 내보내는 순환의 타자성을 이루기 위한 모성성이 지닌 시가 보여주는 필연의 치름 과정이다.

모성성을 지향하는 김혜순의 여성시 쓰기는 버림받은 바리데기가 또다른 탈영토의 공간으로 스스로 투신하여 가부장적 세계에 대한 대응을 시작하는 것처럼, 남성이 만들어놓은 세계의 법질서에 대한 생태학적 자연성이 벌이는 저항의 시작이다. 바깥의 사물을 받아들여 수많은 타자를 양육하여 세상에 부려놓고, 세상에 버림받은 그 아이들이 또 울면 다시 자기의 몸속에 돌아와 드러눕게 하는 일이 그의 소외된 존재를 참 존재로 새로 체험하는 일이다. 어머니가 된다는 것은 나를 스스로 소멸하고 다른 무엇이 되는 것에 몰두하는 타자성이다. 여성 시인은 어머니를 호명하면서 과거와 현재와 미래의 시간을, 그리고 아원자적 공간과 우주적 공간을 역동적으로 파동하면서 순환하는 힘을 갖는다. 어머니가 되는 것은 지금까지 혐오 받았던 몸이 오히려 영토화되지 않은 자유로운 곳을 향해 탈주를 시작하는 위반의 노마드이다. 유목민으로 끊임없이 이동하면서 보이지 않는 것과의 연관성을 창조함으로써 여성의 몸은 수많은 '나'로 재생산된다. 모성성은 남성 시인들과 다른 단일주체를 해체하는 무수한 복수로서의 나를 스스로 만들어 내는 일이다. 따라서 '나'에 집착하지 않고 나를 지우는 일은 지금까지의 여성이라고 낙인찍힌 결핍과 소외를 여성의 몸이 역동적으로 재생하는 충만과 자유로운 여성으로 주체를 바꾸는 일이다. 김혜순이 모성성을 지향하는 여성 시인의 시쓰기가 자신의 결핍과 욕망을 육체의 우주적 확장과 움직임으로 나아가는, 자기 치유적 놀이라고 정의하는 이유가 여기에 있다.

이런 시쓰기는 부정어법과 사랑 담론을 담보로 비가시적인 시공을 가로지르고 '몸'은 그곳을 통과하기 위해 구멍이 되기도 하고 물줄기로 전이되기도 하면서 몸의 안팎을 하나의 통로가 되게 한다. 무순한 사물로의 전이는 경계를 무너뜨리고 생명체가 아닌 무정물과의 사랑 나누기로까지 이어지고 그 속에 들어가 하나의 몸을 이루게 되므로 김혜순이 자주 언급하는 트랙탈 도형의 다양한 여성공간을 능동적으로 탄생시키게 된다. 같은 형상을 절대로 그리지 않는 무한대를 향한 프랙탈 도형의 여성시는 여성성이 단일 주체에 의해 지배 받을 수 없는 다성성의 역동적이고 유연성을 지닌 분명한 주체임을 역설하는 것이다. 김혜순이 명명한 여성시인은 남성성을 염두에 둔 말이지만 궁극적으로는 자연의 섭리에 모순되는 사물을 억압하고 소외시키는 폭력에 대한 저항 주체로서 고유한 사물의 은폐성인, 음으로서의 여성성을 강조한 것이다. 살아 움직이는 유동체로서 여성의 몸이 시를 한다는 의미는 죽음이 만연된 문화 속에서 벌이는 인간의 몸을 지키기 위한 존재론적인 몸부림이며 비명인 셈이다. 버림받은 여성 샤먼을 불러내어 여성시에서 모성성을 강조함으로써 김혜순이 추구하고자 한 것은 지금까지 버림받은 모든 생명체, 무정물까지를 포함한 자연 사물이며, 궁극적으로 인간의 합리적 이성에 의해 황폐된 유기적인 몸인 자연의 질서이다. 인간의 문화는 소중한 자연성을 방기하거나 폐기하고, 망각함으로써 종말적 위기에 종착해 있다. 시는 자연의 형식과 조응하는 몸의 형식을 드러내는 하나의 틀이다. 자연이 '나'에게 무엇인가를 부과하는 것이 아니라 함께 변화에 참여하는 것이다.[17] 존재가 버림을 받은 현실 세계에서 버림받지 않은 나를 찾는 일은 인간 주체로서의 나를 지우고 나에 의해서 버림받은 자연의 다성성의 타자를 내 안으로 불러들여 새로운 생명을 잉태하여 다시 바깥으로 내보내는 일이다. 김혜순이 버림받은 바리데기를 불러냄으로써 새로운 모성성의 역사와 여성의 역사를 여성시로 쓰는 것은 자연성을 망각함으로써 우리의 무의식까지 죽음의 의식이 만연된 현대인의 새로운 삶과 문화의 역사를 다시 시작하는 소중한 일이기도 하다.

V. 결론

김혜순은 우리가 살고 있는 세계를 근본적으로 모성성과 탯줄로 이어진 타자(아이)와 관계에 놓인 시공이라고 본다. 그는 여성이 지닌 모성성의 기능을 강조하기 위해 한국의 전통 무속 신화에서 버림받은 '바리데기'를 호명하고, 여성 시인을 시론의 담론 주체를 삼는다. 여성 시인은 자기 소멸에 대한 치열한 열망을 갖고 타자를 받아들여서, 잉태하고 다시 바깥으로 내보내는 모성성으로 시를 잉태한다. 그가 여성시학을 수립하려는 것은 소외된 여성의 신원주의에 고착하는 것이 아니라, 현대 과학 문명으로 인해 조화와 균형을 잃은 세계를 자연이 본래 지니고 있는 자발적 타자성과 순환적 역동성을 되살려 생명의 순환 고리를 재생하는 것이다. 그는 절대와 단절의 실체로서 사물을 체포하여 동어반복의 관념어를 늘어놓는 가부장적 시쓰기를 거부하고, 시적 주

---

17) 김혜순, 위의 책, 198쪽.

체와 대상이 대화를 통해 서로 역동적으로 포섭하고 소멸하면서 끊임 없이 타자를 재생산하는 시의 카니발을 벌인다.

모성성으로 타자성을 지향하는 김혜순의 여성시론이 한국현대 시론에 나타난 것은 결코 우연한 돌출이 아니다. 그의 바리데기 시학이 형성된 배경으로서 김춘수의 '처용'과 김수영의 '온몸'의 시학이 상호텍스트성으로서 크게 작용하고 있다. 근대문화의 모순을 넘어서기 위한 시의 내적 성찰과 현실 참여를 모색하던 김혜순은 김춘수의 존재론적인 고독을 통한 이데올로기 비판과 김수영의 온몸의 모험을 통한 존재론적 투신을 새로운 시학 수립의 길잡이로 삼았다. 그러나 김혜순은 근본적으로 여성이 소외된 가운데 이루어진 남성 시인들의 존재론적인 탐구에서 관념적 한계를 깨닫게 되었다.

여성 시론과 여성시의 장르가 확립되어야 함을 절감한 김혜순이 당도한 곳이 바로 '바리데기' 시학이다. 이 '바리데기' 시학은 죽음으로의 하강 이미지를 통해 여성이 소외된 현대 문화의 부정적 이면을 낱낱이 드러냄으로써, 새로운 시학과 정치적 대응을 이루려는 미적 실험과 현실 인식을 첨예하게 보여주고 있다. 비극적인 바리데기 시학에는 현대 여성의 몸이 찢기고, 짓밟히고, 죽임을 당하므로 광기에 사로잡힌 여성의 몸에서 나오는 비명과 고통을 환기시킨다. 그 방법론은 먼저 여성의 몸을 죽음으로 다시 해체하는 것이며, 바깥의 무수한 타자들과 역동적으로 상호작용하면서 망가진 유전자를 치유하고, 단절된 생명의 유기적 순환 고리를 회복하는 것이다. 김혜순의 이런 사유는 근대문화의 이데올로기를 낳았던 고전물리학의 실체론이나, 직선적 사고와는 다른 관계론과 비선형적 곡선의 다원적 사고를 함유하는 현대물리학의 상대성 원리와 동양의 고대 사상인 범아일체나 법신, 도 사상의 원리가 일맥상통하는 가운데 근거의 당위성이 획득된다고 하겠다.

그러나 그는 사물이 지니고 있는 죽음, 즉 존재론적 은폐성을 결코 신비주의로 환원하지 않는다. 김혜순은 오히려 현대 사회가 겪고 있는 중층의 소외 문제를 현실의 가장 궁벽한 죽음의 장 속으로 끌어내리면서 여성 몸이 치르는 적나라한 고통의 언어로 풀어 헤친다. 결국 김혜순의 그로테스크한 시와 '바리데기' 시학은 죽음이 무의식까지 영토화한 현실 세계에 대한 신경증의 언어이다. 그는 여성 스스로 죽음 의식을 통해 산포하는 모성성을 독자들에게 각인시킴으로써 생명의 근원적 위기를 경각시키고 있는 것이다.

동아시아 서사문학 전통으로부터의 이탈
―근대 의식의 형성과 일본 소설―

박 진 수

Ⅰ. 서론

유럽의 기독교 문화권, 아랍의 이슬람 문화권, 인도의 힌두 문화권과 나란히 동아시아의 중국대륙과 한반도, 일본열도 지역은 한자문화권 또는 유교문화권이라 불리는 독특한 동일문화권을 형성해 왔다. 19세기 후반 이후 서양 세력과 접촉하면서 이들 지역은 자신들의 고유한 문화적 전통과의 커다란 단절 속에서 매우 급격한 변화를 경험하게 되었다. 새로운 정치제도나 경제체제, 물질적 생활 등 삶의 방식뿐만 아니라 사물의 인식방법, 표현방법에 이르는 정신구조의 매우 중요한 부분까지 서양을 모델로 하여 스스로를 바꾸지 않을 수 없었다.

20세기는 동아시아에 있어서 이러한 서구화·근대화가 구체적으로 진행되는 가운데 줄곧 전통과 현대의 간격에서 고민하고 갈등해 온 시기라 할 수 있다. 그러나 현재 동아시아인들이 발전의 모델로 삼아온 서양(유럽과 미국) 자체가 그들 자신의 문명에 한계를 느끼고 새로운 방향을 모색하며 나아가 동양 세계의 고전과 전통에서 새로운 해답을 구하려는 모습을 보이고 있다. 21세기가 된 지금 동아시아인들은 지난 150년간 서양과의 접촉을 통해서 무엇을 얻었고 무엇을 잃었는가를 찬찬히 되짚어보며 스스로의 전통을 돌아보고 그 의미를 되새겨 볼 필요를 느낀다.

본 연구는 19세기 말부터 20세기 초에 걸쳐 동아시아인들의 사물에 대한 인식 태도를 근본적으로 바꾸는데 대단히 중요한 역할을 한 것으로 여겨지는 소설의 서사적 표현 양식의 변화에 대한 검토 작업이다. 특히 동아시아에서 가장 먼저 근대화를 추진한 일본의 경우를 예를 들어 논을 전개하고자 한다. 일본은 1853년 개항 이후 서양의 위협으로부터 벗어나기 위해 메이지 유신(1868)을 단행하고 부국강병의 기치 아래 서양의 문물을 적극적으로 받아들였다. 그 과정에서 동아시아 최초의 근대 '언문일치체' 서술 양식을 성립시켰다. 좋든 싫든 일본의 근대화가 중국과 한국을 비롯한 동아시아 근대화의 모델이 되었다는 점을 생각하면 현대 동아시아인들의 논리 구조와 사고 패턴의 근대적 원형은 바로 여기서 찾아볼 수 있을지도 모른다. 언문일치체에서 비롯된 새로운 표현 양식과 세계관이 동아시아의 전통과 어떠한 점에서 유리되어 갔는지를 살피는 것이 본 연구의 초점이다.

II. 한문훈독문과 신화 및 역사 서술

일본문학사에 있어서 서사적 표현양식(이야기 양식)은 크게 세 단계를 거쳐서 변화되어 왔다고 할 수 있다. 첫째는 가나(仮名) 문자 성립 이전에 한문훈독문(漢文訓読文)으로 이루어진 신화 및 역사 서술의 단계인데 『고지키』(古事記, 712)와 『니혼쇼키』(日本書紀, 720)를 예로 들 수 있다. 둘째는 가나 문자 성립 이후 일본서사문(日本叙事文)에 의한 모노가타리(物語)적 허구 표현의 본격화 단계로 『다케토리모노가타리』(竹取物語, 871~881년?, 909년?) 및 『겐지모노가타리』(源氏物語, 1010년경)를 대표적인 예로 들 수 있다. 다음 세 번째로는 근대 이후 소위 언문일치체 성립에 따른 소설 문학의 단계로 『부운』(浮雲, 1888~1989) 이후 대부분의 작품이 이에 속한다.

자연과 인간에 대한 고대인의 소박한 해석이 신비화·절대화된 문장으로 표현되던 신화 및 역사 서술. 인생의 변화와 구체적인 삶의 세밀한 결을 감성적·심미적 태도로 다루되 허구성을 전면적으로 표방한 모노가타리, 그리고 객관적·과학적인 서술을 중시하는 근대소설. 이러한 각각의 단계에 대한 고찰을 통해 알 수 있는 것은 서사적 표현양식(문체)은 그 자체뿐만 아니라 그 표현을 가능케 하는 사물에 대한 인식방법(시점)의 변화와도 밀접하게 관련되어 왔다는 것이다. 여기서 표현양식과 인식방법의 관련 양상을 각 시대별로 살펴볼 필요가 있다. 다음은 『고지키』의 첫머리 부분이다.

[원문] 天地初発之時、於高天原成神名、天之御中主神。次、高御産巣日神。次、神産巣日神。此三柱神者、並独神成坐而、隠身也。(天地初めて発れし時に、高天原に成りし神の名は、天之御中主神。次に、高御産巣日神。次に、神産巣日神。比の三柱の神は、並に独神と成り坐して、身を隠しき。)

　　[한국어 역] 하늘과 땅이 처음으로 나타나 움직이기 시작했을 때 다카아마노하라(高天原)에 생겨난 신의 이름은 아메노미나카누시노카미(天之御中主神). 다음에 다카미무스비노카미(高御産巣日神). 다음에 간무스비노카미(神産巣日神). 이들 세 기둥이 되는 신은 모두 외톨이 신으로서 몸을 감추었다.[1]

　『고지키』(古事記, 712)는 오노 야스마로(太安万侶, ?~723)가 집필한 일본에서 가장 오래된 서사적 표현물로서 신화 및 고대 천황을 둘러싼 이야기가 실려 있다. 상중하의 3권으로 구성되는데 상권이 신화, 중하권이 황실을 중심으로 한 전설과 설화 및 가요가 수록되어 있다. 전체를 일관하는 테마에 관해서는 「현실 세계가 무엇에 바탕을 두고 있는가를 신화적 근원으로부터 전역사를 통해 확증하려는」, 그리하여 「천황의 세계를 통째로 근거지으려 하는」 「천황적 세계의 이야기」,[2]로서 읽을 수 있다. 인용한 부분의 문체와 구문구조의 분석을 통해 작중세계와 작중인물, 사건 내용이 무엇이며 이러한 것들은 누구에 의해 어떻게 포착되는 지를 간략히 살펴보자.

　첫 번째 문장에는 지금부터 전개될 작중세계의 시간적 공간적 범위가 제시되어 있다. 「하늘과 땅이 처음으로 나타나 움직이기 시작했을 때」를 작중시간, 「다카아마노하라(高天原)」를 작중공간으로 볼 수 있다.

---

1) 위에 인용한 『고지키』의 [원문]은 현존 최고의 사본인 신푸쿠지(眞福寺)본을 저본으로 한 山口佳紀、神野志隆光校注・訳『古事記』新編日本古典文学全集1(東京, 小学館, 1997)의 pp.28-29에서 인용함. 한자로 된 부분은 만요가나(万葉仮名)로 쓰여진 원래의 원문이고, (　　) 안은 그 원문을 당시의 일본어를 추정하여 역주자가 풀어 읽은 것. 그리고 [한국어 역]은 이 부분의 각주에 나와 있는 현대일본어 역을 참고로 하여 필자가 번역한 것임.

2) 神野志隆光『古事記—天皇の世界の物語』(東京, 日本放送出版協会, 1995), p.40.

작중인물은 「아메노미나카누시노카미」이며 작중사건은 「생겨난」 즉
「생겨났다」라고 하는 사실일 것이다. 원문이 「天地初発之時、於高天原
成神名、天之御中主神」[밑줄은 필자]으로 되어 있고 「成」은 문장 전체
의 동사로 기능한다. 구문상으로는 주어(「神名」)와 서술상의 보어(「天之御
中主神」)의 나열로 이루어져 있으나 의미상으로는 「아메노미나카누시노
카미(天之御中主神)」가 「생겨났다(成)」는 것이다. 작중 시공간과 주인공 및
사건이 제시되고 있다는 점에서 이미 서사로서의 기본요소는 갖추고
있다 하겠다.

　이어지는 두 번째와 세 번째 문장에서는 「다음에……. 다음에…….」
와 같이 연결되면서 지극히 단순한 동일 구문구조가 반복된다. 네 번째
문장에서는 세 번째 문장까지의 각각의 주어였던 「아메노미나카누시노
카미(天之御中主神)」 「다카미무스비노카미(高御産巣日神)」 「간무스비노카미
(神産巣日神)」를 「세 기둥이 되는 신(三柱神)」으로 총칭하며 이들은 모두
「외톨이 신(独神)」으로서 「몸을 감추었다(隠身也)」고 서술한다. 즉 위에
인용한 『고지키』의 첫 번째 단락이 말하는 것은 이들 신들이 「생겨나
서」 「몸을 감추었다」는 것이며 그것이 여기까지의 작중사건의 전부이
다. 인용한 부분에 이어지는 내용도 마찬가지로 신들의 탄생에 관한 서
술이다. 이렇게 『고지키』의 첫머리 부분은 우주의 창생 시기에 「다카
아마노하라」라고 하는 신성한 천상(天上) 세계에서 속속 생겨나는 신들
의 계보를 읊고 있는 것이다.

　그렇다면 이러한 신화의 서술은 세계에 대한 어떠한 포착 방법을 취
하고 있는 것일까? 확실한 것은 이 부분이 작중인물 혹은 작중공간에
위치한 어떤 존재의 관점을 빌리지 않고 있다는 점이다. 오로지 서술자
(narrator)의 입장에서 작중세계를 파악하여 전달하고 있다는 것을 알 수

있다. 그것은 「天地初発之時」의 「初」라는 표현이 잘 말해주고 있다. 「하늘과 땅(天地)」은 「처음(初)」 순간 이후 지금까지 계속해서 「나타나(発)」 있는 것이지만 아주 오랜 옛날 「처음(初) 나타난 순간」의 일들이 서술되고 있다. 게다가 이에 호응하듯 네 번째 문장 문말의 경우도 신들이 「몸을 감추었다(隠身也)」와 같이 확정적 과거의 형태로 기술되고 있다.[3] 이로 미루어 서술 시점(時点)은 사건이 이미 종료되고 나서도 훨씬 뒤라는 것이 표현 면에서 명확해진다. 즉 작중시간이 서술시간보다 시간적으로 선행한다는 점, 지금 서술되는 이야기는 어디까지나 사후(事後)적 서술이라는 점을 분명히 하는 것이다. 따라서 작중세계와 사건을 포착하는 시점(視点)은 작중 시공간이 아닌 외부로부터의 것이며 이는 바로 서술자의 시점인 것이다.

신화의 서술은 어차피 일상의 현실과 동떨어진 것이라는 점은 고대인이나 현대인이 다를 바 없다. 다만 신화의 특징은 서술에 있어서 마치 진실을 이야기하듯 확정적으로 이야기해간다는 데에 있다. 따라서 서술자의 직접체험 여부와 상관없이 『고지키』의 신화 및 역사 서술은 확정적 과거를 나타내는 조동사 「－き」(也)를 사용함으로써 신화의 비일상적 사건과 천황을 중심으로 하는 지배자의 역사를 절대화했다. 이 경우 화자의 목소리는 곧 신비화된 절대자이며 신화 및 역사의 시공간을 초자연적으로 파악하는 〈초월적 시점〉이 작용했나고 볼 수 있을 것이다.[4]

---

3) 만요가나로 씌여진 원문을 읽는 방법은 연구자에 따라 다소 다르지만, 「隠身也」를 「身を隠しき」 혹은 「身を隠したまひき」 등, 확정적 과거를 나타내는 조동사 「き」로 읽는 데에는 크게 이견이 없는 것으로 보인다.

4) 朴真秀, 「『古事記』『日本書紀』における視点の文法－創世神話と歴史叙述の〈超越的視点〉」『日本学報』 第61輯 2巻(2004. 11.) pp.520-524 참조.

Ⅲ. 일본서사문과 모노가타리의 성립

헤이안(平安) 시대가 되면서 글쓰기 형태에 획기적 사건이 일어났다. 이 시대에는 『다케토리모노가타리』(竹取物語, 871~881년?, 909년?)와 같이 가나 문자만으로 쓰인 가상의 모노가타리(物語, 이야기)가 등장하는데 '허구성'을 전면에 표방하는 이야기 문체가 성립한 것이다. 다시 말해 이는 이야기의 내용만이 아니라 이야기 행위의 '프로세스'를 작품 속에 그대로 담아 특정한 이야기꾼(서술자)이 특정한 청자(독자)에게 말을 전하는 일상적 행위를 문자로 양식화하는 것에 다름 아니다. 일상의 생활 감정을 문자화하는 만큼 『고지키』와 같은 단정적 어조의 사실 나열이 아니라 허구의 작중세계를 납득하여 받아들이게 하는 하나의 제도적 장치로서 출현한 새로운 문체. 그것은 바로 「옛날……라고 전하더라」(昔……となむつたえたるとや)와 같은 전문(伝聞) 형태의 서술문이다. 일본의 허구문학은 바로 여기서부터 성립하는 것이다.

기존의 '한문훈독문'에서 가나(仮名)에 의한 '일본서사문'으로의 전환과 이에 따른 '일본어 고유문체'의 확립은 근대 언문일치체에 필적할 만한 변화라 하겠다.[5] 간접 체험을 전달하는 형식으로서 전문(伝聞)적 과거의 조동사 「ーけり」(-더라)의 문말어미는 시제의 면에서 반드시 과거라고 할 수는 없는 측면이 있다. 실제로 일어났던 사실이라는 보증

---

5) 藤井貞和 「書記言語の成立ー「けり」 文体におよぶ」 『国文学 解釈と教材の研究』(1999. 4月号), p.43 참조. 후지이 사다카즈(藤井貞和)는 이 논문에서 「일본서사문」이라는 용어를 사용하고, 이에 대해 「메이지 시대의 언문일치체의 그것과는 정반대의, 결코 번역할 수 없는 서기언어(書記言語)의 골격을 이루었다」고 하고, 「헤이안 시대의 서사문이 비과거(非過去)로써 전개되는 데에 비해 메이지의 언문일치에 새로이 부가된 요소가 과거라는 시제의 결정적 우위」였던 점을 지적했다.

도 없고 서술자와 청자의 현실공간과는 어느 정도 격리된 시공간의 일로 인식되는 것이다. 이러한 점을 염두에 두고 왕조(王朝) 모노가타리의 대표적 작품 『겐지모노가타리』의 예를 살펴보자.

일본문학 최고의 걸작으로 불리는 『겐지모노가타리』는 전체가 54첩(帖)인데 크게 나누어 3부 구성으로 되어 있다. 제1부는 주인공 「히카루 겐지(光源氏)」의 영화와 연애의 여러 가지 양상, 제2부는 겐지의 인생과 고뇌, 제3부는 그의 아들 가오루(薫)의 이룰 수 없는 사랑을 주요 내용으로 하고 있다. 이상화된 주인공 겐지의 감정적 생애를 엮은 일대기 형식인만큼 첫머리 부분은 겐지의 탄생에 얽힌 이야기로부터 시작된다.

[원문] いづれの御時にか、女御、更衣あまたさぶらひ給ひける中に、いとやんごとなき際にはあらぬがすぐれてときめき給ふ有けり。はじめより我はと思ひ上がりたまへる御方がた、めざましき物におとしめそねみ給ふ。同じ程、それよりげらうの更衣たちはまして安からず。朝夕の宮仕につけても人の心をのみ動かし、うらみを負ふ積りにやありけむ、いとあづしくなりゆき物心ぼそげに里がちなるを、いよいよあかずあはれなる物に思ほして、人の譏りをもえ憚らせ給はず、世のためしにも成ぬべき御もてなしなり。

[한국어 역] 어느 임금의 치세인가, 많은 뇨고(女御)와 고이(更衣)가 임금의 시중을 드시는 가운데 신분이 그렇게 높은 집안 출신이라고 할 수는 없지만 각별히 임금의 총애를 받고 계신 분이 있었더라. 궁중에 처음 올 당초부터 나야말로 (가장 총애를 받을 것이다)하며 자부하시는 뇨고들께서는 이 분을 눈엣가시처럼 여겨 깎아내리고 질투하신다. 같은 신분 혹은 그보다 낮은 지위의 고이들은 뇨고들보다

더욱 기분이 개운치 않다. 아침저녁의 궁중 일에 있어서도 이러한 사람들의 가슴을 부채질할 뿐, 미움을 받는 것이 쌓이고 쌓인 탓인지 툭 하면 병이 걸려 마음 둘 데 없어 낙향을 거듭함에 임금은 결국 참을 수없이 불쌍히 생각하시어 다른 사람들의 비난에 신경을 쓸 여유도 없는데 이래서는 세상의 입방아를 당하지 않을 수 없는 것이라.6)

유명한 첫 번째 문장 「어느 임금의 치세인가(いづれの御時にか)」의 문체적 특징부터 보자면 연구자에 따라 과거시제로 보기도 하고 그렇지 않기도 하다. 쇼가쿠칸(小学館) 간행의 『新編日本古典文学全集』에 따르면 「어느 임금의 치세였던가(帝はどなたの御代であったか)」로 해석되어 있다. 그러나 이와나미쇼텐(岩波書店) 간행의 『新日本古典文学大系』에는 「어느 임금의 치세인가(帝はどなたの御代なのか)」로 되어 있다. 『新日本古典文学大系』의 편집에 관여하여 새로운 해석을 제시한 후지이 사다카즈(藤井貞和)에 따르면 이 문장 어디에도 시간적으로 과거라 할 만한 증거가 없다고 한다. 그는 문말어미 「－けり」(－더라) 역시 단순한 과거 혹은 회상의 조동사로 보는 학교문법에 따르지 않고 과거로부터 현재까지의 시간을 포함하여 과거에 있었던 일이 아직 계속되어 현재에 이르는 것을 나타내는 조동사로서 해석하는데, 필자는 이러한 견해가 타당하다고 본다.7)

단어 표현 하나하나에 주의하여 읽어나가면 과거의 사건을 서술한다

---

6) [원문]은 柳井滋、室伏信助、大朝雄二、鈴木日出男、藤井貞和、今西祐一郎 校注 『源氏物語 一』 新日本古典文學大系19(東京, 岩波書店, 1994), p.4를 인용했고, [한국어 역]은 필자에 의함.
7) 藤井貞和 『源氏物語』 古典講読シリーズ(東京, 岩波書店, 1993), pp.7-9 참조.

기보다는 사건 그 자체를 현재에 갖고 들어와서 이야기한다는 것을 잘 알 수가 있다. 다시 말해 서술자가 작중세계에 몸을 두고 있든지 아니면 청자를 작중세계에 데려가든지 하여 작중세계의 현재로부터 현장중계를 하는 것과 같은 형식을 취하고 있는 것이다. 그런데 이를 간단히 현대어 문법의 과거 시제로 해석해 버리는 것은 서구에서 도입된 근대소설의 방법을 이 경우에까지 억지로 적용하려는 근대 독자의 착각이 일으킨 현상에 불과하다는 것이다. 작품의 첫머리 부분은 전체의 큰 틀을 제시하는 것으로 보아도 무방한 경우가 많다. 위의 인용에서 알 수 있듯이 『겐지모노가타리』의 경우도 크게 보아 문말표현에 과거 시제가 설정되어 있다고 보기 어렵다. 즉 사건이 사후에 이야기되는 형식이 아니라 서술과 동시에 진행한다는 것이다. 그러므로 기본적인 시제는 오히려 '현재'라고 생각해도 좋을 듯하다.

이러한 이해에 바탕을 두고 『겐지모노가타리』의 작중세계를 생각해 보도록 하자. 「어느 임금의 치세인가」라는 표현에서 알 수 있는 것은 지금부터 하려는 이야기가 완전히 꾸며진 가공의 이야기가 아니라 「시대는 명확하지 않지만 사실이라는 뉘앙스」[8]를 주고 있다. 그러나 중요한 것은 「어느 임금의 치세」라는 시간 규정에 숨겨진 텍스트 내 장치의 기능이다. 「어느 임금의 치세」라는 표현을 통해 『겐지모노가타리』의 시간은 거의 완전히 허구화된 시간이 되는 것이다. 이는 『다케토리모노가타리』의 「옛날(昔)」보다도 더욱 불특정한 시간, 즉 「막연한 과거의 어느 한 때」라는 인상조차도 주지 않는 시간대이다. 앞서 확인했듯이 서술자와 청자가 마주하는 서술의 현장을 '현재'적으로 인식할 뿐이

---

8) 今井卓爾『物語文学史の研究 源氏物語』(東京, 早稲田大学出版部, 1976), p.162.

다. 텍스트에 충실하게 읽자면 사실상 작중시간이 과거인지 현재인지 분명치 않다. 「어느 임금의 치세인가?」라고 의문형이 되지 않을 수 없을 만큼 서술자도 알 수 없는, 그리고 그 어느 누구도 알 수 없는 시간대에 속한다. 어찌 보면 그것은 과거이든 현재이든 미래이든 상관이 없다. 그야말로 시간규정으로부터 자유로운 시간이며 열려 있는 시간, 그러므로 완전한 허구의 시간임을 의미하는 것이 아닐까?[9]

시간의 모호성을 통해 작중 시공간의 완전한 허구화를 강조하고 어디까지나 남의 이야기를 전하는 형태임을 명시하는 문체인 것이다. 이러한 이야기 문체는 '서술자'와 작중세계와의 관련 방식을 상대적으로 자유롭게 열어두었다. 따라서 작중사건을 인식하고 파악하는 시점(視点) 또한 다각도의 시선이 교차하는 형태이다. 작중세계의 바깥에서 혹은 안에서 심지어는 인물 내부에서 등 어느 방향에서나 접근이 가능한 <중층적 시점>의 텍스트 구조가 성립되는 것이다.[10]

IV. 언문일치체와 근대소설의 성립

근대 이후 서양의 문학 개념이 유입되고부터 근대 이전의 서사 텍스트와는 매우 다른 형태의 서사 양식이 성립되었다. 그것은 주로 언문일치체의 발전과 궤를 같이 하는 것이었다. 본 장에서는 일본 최초의 근

---

9) 朴真秀, 「「日本叙事文」の成立と物語ジャンル─『竹取物語』『源氏物語』における「作中世界」の誕生」, 『日本学報』第59輯 (2004. 6.), p.309 참조.
10) 朴真秀, 「『源氏物語』と視点の文法─<ゼロ人称的視点>の物語」, 『日本学報』第60輯 (2004. 8.), p.364 참조.

대 언문일치체 소설로 이야기되는 후타바테이 시메이(二葉亭四迷)의 『부운』을 통해 그 양상을 살펴보겠다.

『부운』은 전부 3편으로 구성되는데 「제1편」과 「제2편」은 각각 1887년과 1888년에 긴코도(金港堂)라는 출판사에서 단행본으로 출간되었고 「제3편」은 1889년 같은 출판사의 문예잡지 『미야코노하나(都の花)』의 제18호에서 제21호에 걸쳐 연재되었다. 각편은 6~7개의 회(回)로 되어 있는데 모두 합하면 총 19회까지이다. 그러나 소설 자체는 작가의 사정으로 미완으로 끝났다. 작품의 내용을 간단히 정리하면, 친척집에 기거하는 젊은 관료인 주인공 우쓰미 분조(内海文三)가 인간관계에 서투른 탓에 직장을 잃게 되면서 자신이 마음에 두고 있는 친척집 딸 오세이(お勢)와의 사랑도 파탄에 이르게 된다는 것이다.

재미있는 점은 「제1편」부터 「제3편」까지 소설의 흐름을 보면 어떤 일관된 호흡을 유지하는 것이 아니라 점차 서술상의 방식이 달라지는 데에 있다. 처음에는 외면 묘사 및 주변적 상황을 전체적으로 서술하는 형태이던 것이 후반부에 이르면 분조의 내면에 초점을 두고 한 개인의 심리를 집중적으로 기술해가는 쪽으로 변해간다. 「제1편」과 「제2편」에서는 에도(江戸) 시대의 문체에서 크게 벗어나지 못했으나 「제3편」에 와서 소위 언문일치체라 할 만한 문장 형식이 완성되었다. 그 언문일치체는 사실상 1888년에 후타바테이 시메이 사신이 러시아의 이반 세르게이비치 투르게네프 Иван Сергеевич Тургенев(1818~1883)의 『사냥꾼의 일기(猟人日記)』의 일부인 「밀회(あいびき)」를 번역(1888)하면서 달성하게 된 번역체를 기반으로 한 것이다. 다음 인용문은 그러한 자신의 번역에 스스로 영향을 받은 『부운』「제3편」의 마지막 부분이다.

[원문] 出て行くお勢の後姿を目送って、文三は莞爾した。如何してかう樣子が渝つたのか、其を疑つて居るに違なく、たゞ何となく心嬉しくなつて、莞爾した。(中略)が、兎に角物を云つたら、聞いてゐさうゆゑ、今にも帰ツて来たら、今一度運を試して聴かれたら其通り、若し聴かれん時には其時こそ断然叔父の家を辞し去らうと、遂にかう決心して、そして一と先二階へ戻つた。

[한국어 역] 나가는 오세이의 뒷모습을 바라보며 분조는 빙그레 웃었다. 어떻게 해서 이렇게 상황이 달라졌을까? 그것을 의심하고 있을 겨를도 없이, 다만 그냥 마음이 즐거워져서 빙그레 웃었다. (중략) 그러나 어쨌든 뭐라고 하면 들을 것 같아 이제라도 돌아오면 지금 한 번 더 시도해봐서, 들어주면 좋고 만약 듣지 않을 때에는 그때야말로 단호하게 숙부의 집을 떠나리라, 마침내 이렇게 결심하고 그리고 우선 2층으로 돌아갔다.

소설의 마지막 장면인 이 부분은 주인공 분조가 본 것, 느낀 것, 생각하는 것 등이 여과 없이 그대로 서술되고 있다. 문장의 끝부분은 오늘날의 소설과 다를 바 없는 과거형 문말어미 '-た'(-ㅆ다)로 맺고 있음을 알 수 있다. 이는 과거의 어느 한 시점(時点)에 속하는 사건을 지금의 시공간 속에서 분리하고 객관화하여 이야기한다는 점을 문체로써 명확히 해주고 있다. 그리하여 이야기해가는 주체와 이야기되는 대상, 그리고 이야기를 듣는 객체와의 구별이 뚜렷하게 된다. 뿐만 아니라 이들에 대한 구분은 이야기 하고 이야기 듣는 서술 공간을 작중세계의 바깥에 배치하여 작중세계를 투명화·균질화함과 동시에 하나의 시점(視点)을 확립하여 서술의 근거를 확보하는 데에 이르고 있다. 이야기하

는 주체로서의 서술자 및 작중세계를 파악하는 시점(視点)의 확실한 존재감, 그리고 그 시점과 대상의 거리에 대한 확정, 이것이야말로 근대 언문일치체 소설의 중요한 특징이 아닐 수 없다.

이렇게 볼 때 근대 초기 최초의 언문일치체 소설이라고 불리는 『부운』은 이야기해가는 주체로서의 서술자라는 존재가 확립된 첫 번째 소설로 볼 수 있다. 서술자가 확립된다는 것은 서술자와 작중세계와의 관계가 확립되는 것이다. 바꿔 말하면 서술자에게 작중세계에 대한 퍼스펙티브가 제공되는 방법이 안정적으로 결정된다는 것이다. 작중세계의 외부에서부터 확실한 존재적 동일성을 가진 서술자 자신의 시점이거나 혹은 작중세계 내부라면 특정한 작중인물의 어느 정도 일관된 퍼스펙티브가 제공되는 상태인 것이다. 위에 인용된 텍스트를 통해 확인되듯이 『부운』의 경우는 작중세계의 어느 한 지점에 공간적 위치를 확보하고 그것을 근거로 작중세계를 파악해가는 경우임을 알 수 있다. 이를 한 지점에 위치한 시점 즉 <중심적 시점>이라 부를 수 있을 것이다.

지금까지 『부운』에 관해서는 이른바 언문일치체라는 문체적 측면에서의 신선함만이 강조되어 왔으며 그 시점(視点)의 특징은 별반 주목받지 않았다. 그것은 시점이라는 개념 자체가 헨리 제임스(Henry James, 1843~1916) 이후 '발견'된 시점인물(視点人物)의 설정 기법으로서만 이해되어왔기 때문이 아닐까? 원래 문체의 변화란 어떤 인식 시스템의 변화를 반영한 결과이다. 그 인식 시스템의 변화는 넓은 의미에서 시점의 변화를 수반하며 이는 시점 구조의 분석을 통해 밝혀질 수 있을 것이다. 『부운』은 제1편부터 제2편을 거쳐 제3편에 이르기까지 전(前)근대적 시점이 근대적 시점으로 전환하는 양상을 잘 보여주고 있다.[11] 근대 문체혁명은 곧 '시점혁명'이기도 했다는 것을 확인해둔다.

V. 동아시아의 서구 접촉과 번역을 통한 근대화

인류의 역사는 항상 인접한 집단과 집단 간의 접촉에 의해 새로운 문화적 양식이 교환되고 그 교환을 통해 변화해 왔다고 볼 수 있다.[12] 외부와의 접촉을 통해 그에 대응하는 내적 동기가 마련되고 그 대응 방식은 외적인 것과 내적인 것으로 나누어진다. 이렇게 볼 때 동아시아의 한국, 중국, 일본 세 나라는 19세기 후반 이후 근대화에 있어서 크게 세 단계를 거쳤다. ① 외발적 서구 접촉기(자극), ② 내발적 제도 개혁기(반응), ③ 자발적 내면 수용기(체화)가 그것이다. 이를 알기 쉽게 표현하면 [표 1]과 같다.

[표 1] 동아시아 근대화의 관계

근대화단계 / 국가	중 국	한 국	일 본
1단계 : 서구 접촉기	아편전쟁(1840)	운요호 사건(1875)	페리호 내항(1853)
2단계 : 제도 개혁기	변법자강운동 (1898~1999)	갑오개혁(1894)	메이지유신(1868)
3단계 : 내면 수용기 (최초의 근대소설)	루쉰(魯迅) 『광인일기』 (狂人日記, 1918)	이광수(李光洙) 『무정』(無情, 1917)	후타바테이 시메이 (二葉亭四迷)『부운』 (浮雲, 1888~1890)

중국은 1840년에 영국과의 아편전쟁에 패배하여 그 이전에는 상상할 수 없었던 충격과 상실감에 휩싸였다. 그러면서도 서구 문물을 적극

---

11) 박진수, 「한·일 근대 소설의 성립과 「언문일치」 —『부운』(浮雲)과 『무정』(無情)의 문체를 중심으로」, 金采洙 編著, 『韓國과 日本의 近代言文一致体 形成過程』(서울, 보고사, 2002), p.144 참조.
12) 김채수, 『영향과 내발』(서울, 태진출판사, 1994), p.50 참조.

적으로 받아들이기보다는 전통적인 화이관(華夷觀)에 입각하여 서양을
대했다. 즉 오랑캐에게 진 것은 오로지 군사력의 문제였다고 보고 군대
를 키우는 것에만 힘을 집중했다. 그래서 1단계에서 2단계로 즉 제도
개혁으로 가는 데에 무려 60년 가까이 걸렸다. 이에 반해 미국의 페리
제독이 이끄는 구로부네(黑船)의 내항 이후 재빨리 문호를 개방하고 근
대화에 박차를 가한 일본의 경우는 서구와의 접촉으로 인한 충격 이후
15년만에 제도 개혁을 단행했다. 한국의 경우는 당시 주변 열강들의
야욕과 어지러운 정세 속에서 매우 수동적인 상황에 빠져 있었다. 서구
와의 접촉이 다른 두 나라에 비해 늦었고 일본의 부추김으로 제도 개
혁을 하게 되어 자발적인 역량을 발휘할 수가 없었다.

　중요한 것은 외부로부터의 충격과 이에 대응하는 제도 개혁만으로
근대화는 이루어지지 않았다는 것이다. 변화된 사회를 경험하고 그것
이 개개인의 내면적 성찰에까지 영향을 주어 새로운 삶의 방식과 인생
관 및 세계관을 받아들이는 데에까지는 상당한 시간이 걸려야 했다. 내
면적 근대화의 가장 대표적인 예가 바로 근대 언문일치체 소설의 출현
이 아닐까 한다. 언문일치체 소설은 제도 개혁이 가장 빨랐던 일본의
경우 1880년대 후반, 한국과 중국은 1910년대 후반에 나타난다.

　그런데 이러한 언문일치체 소설은 문학사적으로 보더라도 어느 시기
에 갑자기 나타난 것이 아니다. 전통적인 문학 행위에서 근대문학 생산
체제로의 변모 과정에는 여러 가지 중간 단계가 있었고 그 가장 대표
적인 첫 번째 통과의례가 번역의 과정이었다. 일본에서나 중국에서나
한국에서 모두 근대 언문일치체 소설의 등장 이전에 상당수의 서양 서
적에 대한 번역 단계가 있었다. 이것은 지금까지의 인류 문명의 변화
양상에 비추어 생각해보면 당연한 것이다. 르네상스기에 중세 아랍어

문헌으로부터 고대 그리스 로마의 재발견을 이루어낸 서구인들의 노력
을 보아도 알 수 있다. 문화의 접촉은 일단 번역이라는 과정을 거친다.

두 번째는 정치적 목적을 가진 소설의 등장이라 할 수 있다. 일본의
정치소설, 한국의 신소설, 중국의 만청소설이라고 부르는 것이 바로 그
단계의 것에 해당한다. 서구의 경우도 17세기 영국의 풍자문학이 이에
속할 것이다. 이들은 모두 정도의 차이는 있으나 작가 자신의 혹은 그
가 속한 집단이나 결사의 정치적 목적을 달성하기 위해서 쓰였다. 또
어떤 경우는 민족이나 국가와 같은 집단 구성원의 각성을 촉구하는 계
몽 소설로서 쓰인 소설들이다. 이러한 두 단계를 거치고 나서야 비로소
서구적 개념에 입각한 예술 장르로서의 소설이 나타난다. [표 2]는 이
과정을 정리한 것이다.

[표 2] 동아시아 근대 소설의 출현 과정

	중 국	한 국	일 본
번역 문학	Alexandre Dumas Fils, *La Dam aux camélias* → 린쉬(林紓) 역 『巴黎茶花女遺事』 (춘희, 1899)	아라비안나이트 → 이동 역 『유옥역던』 (1895) John Bunyan, *The Pilgrim's Progress* → 긔일부쳐 역 『텬로력뎡』(1895)	Bulwer Lytton, *Ernest Maltravers* → 오다 준이치로(織田純一郎) 역 『花柳春話』 (화류춘화, 1878) Jules Verne, *Le Tour du monde en quatre-vingts jours* → 가와시마 주타로(川島忠之助) 역 『八十日間世界一周』(80일간의 세계일주, 1878~1880)
정치 문학	리바오자(李宝嘉) 『관장현형기』 (官場現形記, 1903~1905)	이인직(李人稙) 『혈의누』(血의淚, 1906)	야노 류케이(矢野竜渓) 『경국미담』(経国美談, 1883~1884)
근대 문학	루쉰 『광인일기』(1918)	이광수 『무정』(1917)	후타바테이 시메이 『부운』(1888~1890)

언문일치체 소설이라는 것은 동아시아인들에게 있어서 정신적 근대화의 산물에 다름 아니다. 단순히 소설의 문체가 바뀐 것이 아니라 언어 자체가 바뀐 것이다. 언어가 바뀌었다는 것은 생각이 바뀐 것이고, 일상의 모든 표현 방식과 감각 내지 인식 방법이 바뀌었다는 것을 의미한다. 그렇다면 동아시아에 나타난 언문일치체 소설들로 인해 동아시아인들의 사고와 표현은 어떤 방향으로 바뀌었는가?

에도(江戶)시대 말기 마에지마 히소카(前島密)가 「한자폐지의 건의」(漢字御廢止之義, 1866)를 제출한 이후 소위 ‘언문일치’라는 사상은 일본에서 하나의 중요한 시대적 과제가 되었다. 곧바로 ‘언문일치’는 당시 지식인들의 슬로건이 되어 국가 차원의 일본어 근대화 작업이 시작되었다. 여기에는 서양의 표음문자 체계의 문화적 우월성을 인정한 당시 일본 지식 사회의 공감이 강하게 작용했을 것으로 보인다. 그러나 엄밀하게 말하면 표기를 표의문자인 한자에서 표음문자인 알파벳이나 가나로 바꾸는 것과, 상층부 언어인 한문투의 표현을 서민들의 일상어로 바꾸어 ‘글’과 ‘말’을 일치시키는 것은 전혀 다른 문제이다. 그럼에도 불구하고 이 두 가지 문제가 한꺼번에 논의되고 수많은 시행착오와 혼선 속에서 ‘언문일치’는 일종의 ‘운동’의 형태로 진행되었다.

그 최초의 성과는 일상 언어를 작품 속에서 구사하는 소설가들의 손에 의해 이루어졌다. 후타바테이 시메이(二葉亭四迷, 1864~1909)의 『부운』(浮雲, 1888~1890)이 그것이다. 그러나 과연 이로 인해 ‘언’(말)과 ‘문’(글)이 ‘일치’된 것일까? 시각기호와 청각기호가 매체의 성질상 완전히 같아질 수 없다는 것은 당연하다. 한문투의 문장어를 새로 ‘발명’한 ‘인공적’ 문체로써 대체했을 뿐이다. ‘언문일치’ 사상은 근대 국민국가 형성과정에서 필요로 했던 하나의 이데올로기에 불과하다.

VI. 근대 언문일치체 소설의 성립과 시점의 확립

근대 국민국가에 걸맞은 '국어'의 표준화와 이를 위한 '언문일치체'라는 문장어는 이전의 것과 무엇이 다른가? 후타바테이의 소설에 의해 성립되어 공용문서에까지 점차 실용화되어간 새로운 문체는 이전의 것과 어떻게 구별되는가? 그 실질 내용을 알아보자.

한마디로 요약하면 그 핵심은 '인칭'과 '문말어미'에 있다. 즉 '3인칭'의 사용과 '−た'로 끝나는 문말어의 확립이다. 서양어의 인칭과 (단순)과거시제의 번역에 다름 아니다. 소설의 경우 작중세계의 사건을 기술함에 있어서 인격이 드러나지 않는 투명한 인칭과 과거의 시간적 틀 속에서 일어났던 사실을 냉랭한 객관적 태도로 관찰하여 기정사실화하는 문말어미. 이것은 전통적 이야기 화법과는 매우 다른 것이었다.

객관적·관찰적 서술 태도는 사물과의 거리를 설정하고 시점의 위치를 확보하는 서구 근대의 원근법과 맥락을 같이 한다. 이러한 것은 화자에게 있어서는 다양하고 중층적인 거리 및 시점을 통해 이야기를 기술해가는 전근대의 방법과 달리 어디까지나 하나의 시점으로 '중심화'하는 시점구조를 통해 이야기를 전개하는 방식이다. <중심적 시점>이라 부를 수 있는 것은 그 때문이다. 앞서 살펴본 일본 서사 문학 표현양식의 각 단계별 변천 상황을 비교하여 표로 나타내면 다음과 같다.

[표 3] 일본 서사문학 표현양식의 단계별 변천 상황

표현양식	한문훈독문	일본서사문	언문일치문
출현시기	8세기 전반	10세기 후반	19세기 후반
대표 문헌	『고지키』(古事記) 『니혼쇼키』(日本書紀)	『다케토리모노가타리』 (竹取物語) 『겐지모노가타리』 (源氏物語)	『浮雲』
장르	신화 및 역사	모노가타리	근대 소설
표기	만요가나(万葉仮名)	히라가나(ひらがな)	한자가나혼용문 (漢字仮名混じり文)
문체의 특징 (문말어미)	'也(き)' : 확정적 과거	'けり' : 허구화 문말 어미	'一た' : 단순과거 시제의 번역
시점	초월적 시점	중층적 시점	중심적 시점
배경	• 한자 문화의 수용 • 대륙과의 긴장 관계	• 대륙과의 단절 • 가나 문자의 발명	• 서구 세력의 도래 • 서구문화의 번역
의의	사실과 허구의 미분화	허구적 서사의 양식화	객관성을 내세워 허구적 양식을 은폐하는 서사의 제도화

일본 언문일치체의 이러한 경향은 언어 체계가 비슷한 당시의 한국어와 한국 소설에도 똑같이 적용된다. 실제로 한국 근대소설 언문일치체의 성립 과정에 일본어 문체의 영향은 절대적이었던 것으로 파악된다. 또한 언어 체계는 다르나 중국어와 중국 근대소설의 백화문체 성립 과정에도 이와 유사한 점을 지적할 수 있을지 모른다.

표현은 인식의 산물이지만 인식을 규정하기도 한다. 사고가 언어로 표현되지만 언어는 사고를 좌우한다. 19세기 말에서 20세기 초에 걸쳐 진행되고 확립된 동아시아의 근대 문체는 당시 동아시아인들의 사고를 새롭게 형성하고 인식의 지평을 열었을 것이다. 동시에 전통적 사고와의 맥락을 끊고 서구적 사고의 틀 안에 가두는 역할도 했을 수가 있다. 그리고 그러한 현상은 오늘날 동아시아인의 사고 형성에 상당 부분 작용하고 있을 것이다.

근대 초기에 성립된 이러한 사고와 표현 방식을 전통적 사고나 표현 방식과 비교할 때 더 나은 것이며 더 진보된 것으로 볼 수 있는가? 서구적 사고나 표현 방식을 통해 동아시아인들이 스스로의 전통을 이해하고 자신들의 사고와 생활 감정을 완벽하게 드러낼 수 있는가?

근대 소설의 작중공간은 르네상스 이후 등장한 서구 근대 회화 공간의 아날로지이다. 한 지점에서 세계를 그려가는 것과 같이, 작중인물의 시점을 중심으로 또 작중세계 밖의 화자를 중심으로 모든 사건이 수렴된다. 그럼으로써 근대 소설의 작중 세계는 단일한 원리가 통용되고 하나의 권력이 지배하는 질서 있고 투명한 균질적 공간으로 화한다. 그러나 복잡하고 풍부한 현실세계가 작중세계로서 재현 표상될 때 과연 하나의 점으로 '중심화'될 수 있을 것인가? 이렇게 중심화된 작중세계는 어떤 의미에서 현실의 중요한 부분을 사장시키는 결과를 가져오지는 않는 것일까?

VII. 결론

21세기는 멀티미디어의 발달로 이야기의 전달 방식이 다양해지고 있다. 청각중심주의 언어관에서 탈피하여 시각기호 범람의 시대로 이행되고 있는바, 새로운 표현 양식과 이야기 서술 방식에 있어서도 또 한 단계 새로운 방식이 모색되어야 한다. 서구 중심주의의 동굴에서 나와 미처 돌아보지 못했던 동아시아적 전통을 포괄할 수 있는 방향으로 사고와 표현의 새로운 방식을 찾아가야 한다.

19세기 말 이후 동아시아는 서양의 침략으로부터 살아남기 위해 서양의 물질문명과 정신문화를 배우고 받아들여 왔다. 그 과정에서 20세기에는 전통의 단절이라는 참담한 정신사적 비극을 경험해 온 것이 사실이다. 현재 동아시아의 중국, 일본, 한국이 다 같이 사로잡혀 있는 자국중심주의, 민족주의 자체가 서양으로부터 수입된 것이라는 점, 그리고 일국 단위의 문화적 우월주의 교육 또한 서구 근대 국민국가 형성과정으로부터 보고 배운 시각의 부산물임을 분명히 자각해야 한다.

장차 동아시아는 문화 내셔널리즘의 비극을 극복하고 미래지향적인 동아시아 상(像)의 발견을 위해 공동으로 노력해야 할 것이다. 이와 관련해 서양으로부터 얻은 것들까지 포괄하여 동아시아적 정체성의 문제를 이 지역의 인문학자들이 머리를 맞대고 풀어가야 하지 않을까?

제3부

동아시아 담론의 안과 밖

그림과 찬(贊)으로 화폭 위에 남긴
朝·日 인사들의 교유

허경진·김지인

Ⅰ. 서론 : 그림과 찬에 드러난 양국 인사 간 교유

일본을 방문한 조선통신사 일행과 일본인 사이에 많은 그림, 시문 등의 교유가 있었음은 잘 알려져 있다. 조선통신사를 계기로 조선인과 일본인 사이에 적극적으로 진행된 시문교유와 회화교유 각각에 대한 연구도 활발히 진행되었다. 그러나 문학적 시각에서 회화에 붙여진 찬(贊)에 접근한 연구는 찾기 어렵다. 따라서 본고에서는 그림의 맥락과 글의 맥락을 함께 살펴, 통신사행을 매개로 조선인과 일본인들이 한 화폭에 담은 그림과 찬을 하나의 입체적인 텍스트로서 비평하고, 그러한 교유의 의의를 살펴보고자 한다.

당시 일본인들의 적극적인 서화 구청(求請)은 널리 알려져 있다. 이로 인한 사행원들의 고충은 기록상으로 충분히 알 수 있으며, 화원의 경우는 병자사행시 김명국이 거의 울려고까지 했다는 일화가 너무나 유명하여 많은 논문에 인용되었다. 글과 그림을 이용한 적극적이고 활발한 의사소통은 서로의 그림에 찬(贊)을 붙이는 동양화적 전통에서 자연스러운 방식으로 나타났다. 하나의 작품 속에서, 그림과 찬은 각자의 텍스트를 지니면서 화면 위에 서로 긴밀히 관계를 맺는 의미의 건축물을 세운다. 그림과 글의 작자가 다른 경우, 한 작품이지만 그 속에는 두 작자의 목소리가 담겨 있는 의사소통의 결과물로서 의미를 지닌다. 특히, 서로 매우 다른 문화에 속했던 조선인과 일본인이 한 화면 위에 글과 그림으로써 하나의 작품을 건축한 경우는 조일교류의 과정에서 발생한 개인적 교유 현장의 기록사진이라 할만하다.

그림과 찬(贊)을 통한 이러한 소통은 한 자리에서 이루어지기도 하고, 그림을 다른 자리에서 그린 후 찬을 붙여줄 것을 청하는 방식으로 이루어지기도 했다. 그림을 그리고 상당한 시간이 흐른 후에 찬을 붙이기도 했다. 당초 본고에서는 현장성을 중시하고자, 조선과 일본의 문인 화가들이 함께 만난 자리에서 그림을 그리고 글을 써주며 의사를 소통한 경우만 연구하고, 그림과 찬 사이의 시간차가 너무 큰 작품들은 제외하고자 했다. 그러나 도판으로 확인할 수 있는 작품 중에는 그림과 찬이 함께 구성된 경우가 비교적 드물었다. 또한 일반적인 상황에서도, 그림과 찬의 창작이 반드시 동시에 일어나지는 않았으므로, 이러한 엄격한 제한은 오히려 타당치 못하다는 생각에 그림과 찬의 제작 사이에 다소의 시간차가 있더라도 연구의 대상으로 삼았다. 이 글은 새로 도판을 발굴하기보다는, 이미 도판으로 발굴되어 알려진 작품들을 주 대상으로 한다. 즉, 회화적인 측면에서만 연구되어 반쪽으로 남은 작품들을 문학적인 측면까지 반영하여 온전히 복원하는 것이 가장 큰 목표이다.

II. 양상과 실제 작품 사례

1. 양상과 작품 목록

실제 작품으로, 혹은 문헌상으로나마 확인되는 양국 인사 간의 합작
품은 다음과 같이 분류할 수 있다.

(ㄱ) 조선통신사 일행 중 수행화원이나 문인화가가 일본에 가서 그
리고, 여기에 일본인이 찬을 붙인 경우가 있다. <노도(鷺圖)>가
여기에 해당한다.

(ㄴ) 일본 측의 부탁으로 일본 그림에 조선인이 찬을 붙여 일본에 남
겨놓고 온 경우가 있다. <공자도(孔子圖)>나 <안도(雁圖)>등이
여기에 해당한다.

(ㄷ) 사행 시 조선에서 예물로 가져간 것을 후에 일본에서 찬을 붙인
경우도 있다. 1811년 신미사행 시에 코가 세이리(古賀 精里)가 찬
을 붙인 조선 화가 하담(荷潭)의 그림 <수로도(壽老圖)>의 경우
에는 이것이 언제 그려지고 찬이 붙여진 것인지 논란이 있다. 하
담의 정체에 대해 논란이 있고, 통신사 수행원이었다는 증거를
찾기 어렵기 때문이다. 몇 가지 주장 중에, 예물로 가져가 주고
온 것에 일본에서 찬을 붙인 것이 아닌가 하는 시각이 있다.[1]

(ㄹ) 조선인이 일본에 그려놓고 간 그림에, 시간이 흐른 후에 일본인
이 찬을 붙인 경우가 있다. 예를 들자면, 1811년 신미사행 시에
이의양(李義養)이 일본에 그려놓고 간 <강남우후도(江南雨後圖)>
에 후에 코가 세이리(古賀精里)가 찬을 붙인 경우를 들 수 있다.[2]

---

1) 荷潭을 김명국의 또 다른 호라고 보는 견해가 있는데, 그렇다면 이 그림은 김명국
이 조선에서 그린 것이고, 사행시에 일본으로 보내졌을 것이다(이원식의『조선통
신사』, 민음사, 1991, 40쪽). '조선통신사 일람표'에는 김명국 항목 아래에 蓮潭, 醉
翁의 호와 함께 荷潭을 병기하고 있다.

(ㅁ) 조선인이 사행 시에 일본에서 가져온 일본인의 그림에, 조선에
있던 조선인이 찬을 붙이는 경우도 있다. 1682년 임술사행 때
가져온 카노 나오노부(狩野尚信)의 그림에 후에 조선에서 김창
협(金昌協)이 찬을 한 사례가 있고, 문인화가 타니 분쵸(谷文晁)
가 그린 <후지산도(富士山圖)>를 1811년 신미사행시 김선신(金
善臣, 정사 서기)이 받아와, 추사 김정희(金正喜)가 제화시를 쓴
사례도 있다.

이 논고의 한계로 200여 종의 필담에서 발견되는 기록들을 모두 수집
하여 통시적으로 어떠한 양상의 변화가 있는지 살펴보는 작업은 수행하
지 못했다. 이는 방대한 일이므로, 별도의 후속 연구로 진행하고자 한다.
이상 다섯 가지로 분류한 작품들을 표로 정리하면 다음과 같다. 이
가운데는 실제 도판을 구한 경우도 있고, 문헌상으로만 확인한 경우도
있다. 표에 표시된 (ㄱ), (ㄴ) 등의 기호는 위의 분류에 따른 분류기호다.

사행 연도	번호	작품명	그린이	글쓴이	소장처 (? : 불명)	분류 / 기타정보
丙子 (1636)	1	<聖賢圖象>	카노 산세쓰 (狩野 山雪)	김세렴 (金世濂, 부사)	총 21폭 중 15폭)東京國立博物館, 6폭)쓰쿠바(筑波)대학 부속도서관	(ㄴ)/ ·
癸未 (1643)	2	<鷺圖>	김명국 (金明國, 화원)	하야시 라잔 (林 羅山)	高麗美術館	(ㄱ)/ 113.4cm×40.6cm
	3	<孔子圖>	카노 나오노부 (狩野 尚信)	윤순지 (尹順之, 정사)	岡田一郎	(ㄴ)/ ·

---

2) <강남우후도(江南雨後圖)> : 이 작품의 도판과 찬의 해석은 유복렬의 『조선회화대
관 韓國繪畵大觀』, 文敎院, 1979에서 볼 수 있다(황은영의 「1811년 신미통신사 수행
화원 이의양에 대하여」에서 참고).

			카노 츠네노부 (狩野常信)	성완 (成琬, 제술관)	?	(ㄴ)/·
壬戌 (1682)	4					
	5		카노 나오노부 (狩野 尙信)	김창협 (金昌協)	?	(ㅁ)/·
戊辰 (1748)	6	<雁圖>	호간 슈케이 (法眼 周圭)	박덕원 (朴德源, 소통사)	일본 개인	(ㄴ)/·
	7		호간 슈케이 (法眼 周圭)	박덕원 (朴德源, 소통사)	일본 개인	(ㄴ)/·
辛未 (1811)	8	<壽老圖>	하담 (荷潭, 미상)	코가 세이리 (古賀 精里)	일본 개인	(ㄷ)(논란 있음) /65cm×90cm
	9	<江南雨後圖>	이의양 (李義養, 화원)	코가 세이리 (古賀 精里)	일본 개인	(ㄹ) /102.1×34. 6cm
	10	<富士山圖>	타니 분쵸 (谷 文晁)	김정희 (金正喜)	?	(ㅁ)/·
	11	<山水圖>	타니 분쵸 (谷 文晁)	이현상 (李顯相, 제술관)	?3)	(ㄴ)/·

조사된 작품들은 (ㄱ) 사행 시 조선인이 그린 그림에 일본인이 찬을 쓴 작품 1점, (ㄴ) 일본인의 그림에 조선인이 찬을 쓴 작품 6점, (ㄷ) 사행 시 예물로 가져간 조선인의 그림에 일본인이 찬을 쓴 작품 1점, (ㄹ) 조선인이 남겨놓고 간 그림에 일본인이 후에 찬을 붙인 경우 1점, (ㅁ) 사행 시 일본에서 가져온 일본인의 그림에 후에 조선인이 찬을 붙인 경우 2점, 총 12점이다. 일본인의 그림에 조선인이 찬을 써 준 것이 도판상 남아 있는 작품 총 7점 중 5점이나 된다. 이는 조선으로 들어왔던 일본인의 그림은 현재 도판으로 출판된 경우가 알려지지 않은 관계로 일본에서 출판된 조선통신사 관련 도판을 주로 조사하였기에 발생한 결과이다.4)

---

3) 쓰시마 섬(對馬島)에서의 시문창화석상에서 코가 세이리(古賀精里)가 제술관 이현상에게 타니 분쵸(谷文晁)의 그림에 찬을 요구했다고 한다. 그러나 문헌으로만 확인될 뿐, 그림이 남아 있는지는 확실치 않다.

2. 그림과 찬을 주고받은 교유 과정

이제 작품의 예를 통해서 실제로 그 교유의 모습이 어떠하였는지 살펴보고자 한다. 앞서 제시한 12점의 작품 중, 도판이 확인된 작품은 7점이다. 그중 <강남우후도(江南雨後圖)>는 본고를 위해 구한 도판상으로는 찬의 내용을 알아보기 어려웠다. 산문 형식의 찬으로 분량이 상당하기에, 축소 제시된 도판으로는 글자를 알아볼 수 없었다. 게다가 이미 유복렬의 『한국회화대관(韓國繪畵大觀)』5)에서 그 찬의 해석이 제시된 바 있고, 찬 자체에 그 작품의 제작 과정에 대한 설명 역시 포함되어 있으므로, 굳이 이 글에서 다시 살피지 않는다. <강남우후도(江南雨後圖)>를 다룬 선행 논문으로는 황은영의 「1811年 신미통신사 수행화원 이의양에 대하여」6)가 있다.

도판을 구한 작품은 이미 소개된 바 있는 <강남우후도(江南雨後圖)>를 제외하고 6점을 모두 다루려고 한다. 그 목록은 다음과 같다.

① 1636년 병자사행 때, 카노 산세쓰 (狩野山雪)가 그리고 부사 김세렴(金世濂)이 찬을 쓴 <성현도상(聖賢圖像)>
② 1643년 계미사행 때, 카노 나오노부(狩野尙信)가 그리고 정사였던 윤순지(尹順之)가 찬한 <공자도(孔子圖)>
③ 1643년 계미사행 때, 수행화원이었던 김명국(金明國)이 그린 백로

---

4) 이 논문을 완성한 후, 간송미술관에서 열린 가을정기전 ≪도석화 특별전≫(2009. 10. 18~2009. 11. 1)에 카이호 유쇼(海北友松)의 달마도에 사명대사 유정(惟政, 1544~1610)이 1604년 일본에 건너가 찬을 붙인 작품이 전시되었다. 이외에도 국내에 있으나 미출판된 작품들이 더욱 발굴되리라 생각한다. 후속 연구를 기약한다.
5) 유복렬, 『조선회화대관 韓國繪畵大觀』, 文敎院, 1979.
6) 황은영, 「1811년(年) 신미신사(辛未信使) 수행화원(隨行畵員) 이의양(李義養)에 대하여」, 『강원사학』, 2008.

그림에 하야시 도슌(林道春, 곧 林羅山. 도슌(道春)은 라잔(林羅山)
의 법명)이 찬을 붙인 <노도(鷺圖)>

④ 1748년 무진사행 때, 부채 면에 호간 슈케이(法眼周圭)가 기러기
그림을 그리고 박덕원(朴德源)이 한시를 쓴 것,

⑤ 1748년 무진사행 때, 부채 면에 호간 슈케이(法眼周圭) 묵죽을 그
리고 박덕원이 와카를 쓴 것,

⑥ 1811년 신미사행 때, 하담(荷潭)이 그리고 코가 세이리(古賀精里)
가 찬한 <수로도(壽老圖)>

1) <오성현도상(五聖賢圖像)>, 1636

통신사행을 기회로 조선인과 일본인의 그림과 찬이 결합한 작품들을
살펴볼 때, 일본의 어용화가가 그린 유교성현의 화상에 조선의 유학자
가 찬을 붙이는 양상에 대해 먼저 주목할 필요가 있다.

우선 첫 번째 예로 1636년 부사 김세렴(金世濂)이 하야시 라잔(林羅山)
의 부탁으로 카노 산세쓰(狩野山雪)가 그린 성현도상 21폭에 쓴 찬을 소
개하고자 한다. 김세렴(1593~1646)의 자는 도원(道源), 호는 동명(東溟)이
다. 1636년 통신사를 일본에 파견할 때 부사로 선발되어 다녀온 뒤, 황
해도관찰사로 부임하였다. 1638년 동부승지를 거쳐 병조·형조·이조
참의, 부제학을 역임하였다. 저서로는 ≪동명집(東溟集)≫·≪해사록(海
槎錄)≫ 등이 있다.

카노 산세쓰(狩野山雪, 1590~1651)는 본디 센가 도우겐(千賀道元)의 아들
로 카노 집안의 사람이 아니었으나, 1605년 카노 산라쿠(狩野山樂)의 문
인이 되고, 그의 딸과 결혼하여 카노 집안의 양자가 된다. 그는 蛇足軒,
桃源子 등의 문인취가 나는 호를 쓰는 등, 다른 카노파와는 달리 상당
히 문인화가에 가까웠다. 이렇게 카노파의 뛰어난 화가이자 문인취가

있던 화가를 골라 성현도를 그리게 한 것은 세심한 선택에 의한 것이라 생각된다.

아래의 그림은 <오성현도상(五聖賢圖像)>이다. 공자(孔子)·안자(顔子)·증자(曾子)·자사(子思)·맹자(孟子) 다섯 성현이 그려져 있다. 의관을 갖추고 중앙 의자에 앉은 공자를 중심으로, 나머지 네 현인은 공자를 보필하듯 배열되어 있다.

[그림 1] ⟨聖賢圖像⟩, 카노 산세쓰 그림, 김세렴 찬

孔子
祖述堯舜憲章文武
上律天時下襲水土
공자
요임금과 순임금을 조술하시고 문왕과 무왕을 법으로 문장하시며 위로는 하늘의 때를 법으로 삼으시고, 아래는 수토를 익히시니라.

이는 ≪중용(中庸)≫ 30장의 내용이다. 김세렴은 공자의 화상에 자신이 직접 찬을 짓지 않고, 경전의 내용을 인용하고 있다.

顔子
舜何人也 予何人也 有爲者 亦若是
안자
순임금은 어떤 사람인가. 나는 어떤 사람인가. (순임금처럼 행동한다면) 나 역시 (순임금과) 같을 것이다.

이 역시 ≪맹자(孟子)≫「滕文公章句上 一章」에서 세자시절의 등나라 문공에게 맹자가 안연의 말을 이용하여 답한 것을 인용한 것이다. 역시 경전을 인용했음을 알 수 있다. 나머지 찬도 모두 경전을 그대로 끌어온 내용이다. 직접 찬을 짓지 않고 경전에서 인용한 이유를 밝히기 위해, 이 그림에 찬이 붙게 된 경위를 좀 더 살펴보고자 한다.

김세렴의 ≪해사록(海槎錄)≫ 12월 26일의 기록을 보자.

晴. 留江戶. (중략7))

道春以關白之命來言曰. "陋邦至寶, 只此而已, 不得寫贊, 以爲欠缺. 願得副使公筆, 以增光彩." 義成兩僧擎進, 裹以三重繡袱, 盛以金櫃. 乃伏羲·神農·黃帝·堯·舜·禹·湯·文·武·周·孔·顔·曾·思·孟·濂·洛·關·閩·邵堯夫像也. 凡二十一簇. 象軸錦粧. 毛髮欲動, 眞天下絶寶也. 其長竟壁皆立像. 關白以千金購諸天朝, 得之十餘年, 極以爲寶, 諸將不敢見云. 余辭不能. 道春書示曰, "大君能尊尙聖賢, 其意足尙. 以大人斯文宗匠, 臨莅弊邦, 誠難得之會. 欲得隻字, 以爲至寶, 若不蒙許, 豈獨大君失望. 將無以復命, 願大人留意焉. 翌日寫畢. 道春持軸至. 每軸要書號着圖書而去.

맑음. 에도에 머물렀다. (중략)

도슌(道春, 하야시 라잔의 호)이 관백의 명으로 와서 말했다. "저희 나라의 지극한 보배는 단지 이것이 전부인데, 찬을 얻지 못해서 흠결입니다. 부사공(副使公)의 글로 광채를 더하기를 원합니다." 요시나리(義成)와 두 중이 받들어 내오는데, 세 겹의 수 놓은 보자기로 감싸고 금궤에 담았으니, 곧 복희(伏羲)·신농(神農)·황제(黃帝)·요(堯)·순(舜)·우(禹)·탕(湯)·문왕(文王)·무왕(武王)·주공(周公)·공자(孔

7) 생략한 부분은 쓰시마 후슈번의 제2대 번주 요시나리(宗義成)가 자신의 집에서 잔치를 벌이고 재차 초대하러 와서 거절당하고 돌아간 이야기다. 본문의 내용과 상관없으므로 생략하였다.

子)·안자(顔子)·증자(曾子)·자사(子思)·맹자(孟子)·염(濂)·낙(洛)·관(關)·민(閩)·소요부(邵堯夫)8)의 초상이다. 모두 21장의 족자인데, 상하 축(軸)에 비단으로 꾸몄고, 모발이 움직일 듯 했으니, 참으로 천하의 드문 보배이다. 그 길이는 벽 길이와 같은데 모두 서 있는 초상이다. <u>관백이 천금으로 중국에서 10여 년 전에 구입하였는데, 지극히 보배로 여겨 장수들도 감히 보지 못한다고 한다.</u> 내가 능하지 못하다고 사양하니, 도순이 글로 써서 보이기를, "대군께서 능히 성현(聖賢)을 존중하니, 그 뜻이 가상합니다. 대인께서 유학(儒學)의 큰 스승으로서 우리나라에 오셨으니, 참으로 얻기 어려운 기회이므로 몇 자를 얻어서 지보(至寶)로 삼고자 하는데, <u>만약 허락받지 못한다면, 어찌 대군만의 실망이겠습니까?</u> 장차 복명(復命)할 수 없겠으니, 대인께서 유의하여 주시기 바랍니다." 하였다. 이튿날 쓰기를 마쳤는데, 도순이 축(軸)을 가지고 와서, 축마다 호를 쓰고 도서(圖書, 곧 印章)를 찍어주기를 바라고 갔다.9) (강조 : 인용자)

라잔(林羅山)은 관백의 청이라며, '나라의 보배'로 삼고자 찬을 구한다고 말했다. 매우 공식적인 요구인데다, 유교 성현을 그린 그림이기에 김세렴이 감히 직접 찬을 짓지 않고 경전의 구절을 인용하여 갈음한 것임을 이 기록에서 추측할 수 있다.

그런데 이 작품의 제작과정에서 살펴볼 점이 있다. 김세렴은 유교의 성현이 그려진 21폭의 족자가 '중국의 그림이며 일본국의 보배'라고

---

8) 염(濂)·낙(洛)·관(關)·민(閩)·소요부(邵堯夫) : 모두 중국 송나라 때의 유학자(儒學者)이다. 염계(濂溪)에 살던 주돈이(周敦頤), 낙양(洛陽)의 정호(程顥)와 정이(程頤) 형제, 관중(關中)의 장재(張載), 민중(閩中)의 주희(朱熹), 하남(河南)의 소옹(邵雍)을 가리킨다.

9) 원문 및 해석은 한국고전번역원의 '한국고전종합DB'에서 인용하였고, 해석 중 인명 외 일부를 수정하였다.

소개받고 찬을 써 주었다. 라잔(林羅山)은 김세렴이 사양하면 대군, 즉 쇼군이 실망할 것이라고까지 말하고 있다. 그런데 이 그림은 실상은 하야시 라잔(林羅山)의 집에 소장되어 있던 카노 산세쓰(狩野山雪)의 그림으로, 라잔(林羅山)이 막부를 칭탁하여 찬을 받은 것임을 ≪林羅山文集≫ (권64, 雜著9, 聖賢像軸)에서 알 수 있다.10) 하야시 라잔(林羅山)은 주자학을 일본 막부의 통치 이념으로 확립한 인물이며, 그의 손자 이후 그의 가문은 대대로 막부의 태두 역할을 습직한다. 이런 라잔(林羅山)이 거짓말까지 하며 김세렴의 찬을 구한 것이다. 그 이유에 대해서는 한 가지 예를 더 살피고 생각해보고자 한다.

2) 〈공자도(孔子圖)〉, 1643

이 작품은 1643년, 카노 나오노부(狩野尙信, 1607~1650)의 그림에, 일본 측의 요청에 응하여 당시 정사였던 윤순지가 찬을 써 준 것이다.

카노 나오노부(狩野尙信)는 도쿠가와 (德川) 막부의 제3대 쇼군 이에미쓰(家光)를 섬겼으며 카노파 중 주로 에도를 무대로 활동한 고비키초파(木挽町派)의 창시자다. 그의 그림은 유명한 형 탄유우 (探幽)의 정교한 그림보다 수묵화 기법에 더 가깝다고 평가된다. 그는 담묵(淡墨)을 써서 대담하고 자유로운 붓놀림으로 그려 간결하고 신선한 느낌을 주

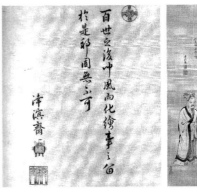

[그림 2] 〈공자도(孔子圖)〉: 카노나오노부(狩野尙信) 그림, 윤순지(尹順之) 찬

---

10) 이원식, 『조선통신사』, 민음사, 1991, 101쪽.

는 초서화법(草書畵法)으로 유명하다. 이 화법으로 그려진 대표적 작품은 도쿄 국립박물관에 있는 병풍으로 된 두 폭의 산수화와 보스턴 미술박물관에 있는 백이숙제(伯夷叔齊) 인물화가 있다.

윤순지(尹順之, 1591~1666)의 자는 낙천(樂天), 호는 행명(涬溟)이다. 작품에서도 그의 호 행명(涬溟)을 확인할 수 있다. 1636년 병자호란 때 남한산성이 적에게 포위되었다는 소식을 듣고 사잇길로 성중에 들어가 왕을 호종(扈從)하였다. 환도 후 형조참의가 되고 1643년 통신사로 일본에 다녀왔으며, 부사로 연경(燕京)에 다녀왔다.

작품의 내용을 살펴보자.

百世之後, 聞風而化, 繪事之留於是邦, 固無不可. 涬溟齋
백세의 후에 풍모를 듣고 교화되었으니, 그림이 이 나라에 남는
것도 굳이 불가하지는 않으리라. 행명재

유교 성현 중에서도 공자의 초상이다. 이에 대해 찬을 붙이면서, 유학자로서 유교국가가 아닌 일본에 대해 한 수 가르치는 듯한 태도를 취하고 있다. 일본은 유교국가가 아니었다. 그런 일본에서 공자의 화상을 그리고 찬을 청하니, 유학자답게 공자의 풍모를 받들어 일본이 성인의 도로 교화되기를 축수한 것이다.

이 작품은 제작 과정에 주목할 필요가 있다. 앞서 살펴본 사적이고 감성적인 교유와 달리, 좀 더 정격(正格)적인 상황이다. 즉 자연인 윤순지의 작품이라기보다는 유학자로서의 윤순지의 찬이다.

일본 측 어용화사에 의해 제작된 유교 성현의 화상에 조선통신사 정사의 찬이 붙여진 <공자도(孔子圖)>와 앞서 소개한 <오성현도상(五聖賢

圖像>은 다른 작품들보다 훨씬 공식적이고 덜 사교적인 제작과정을 거쳤는데, 이 두 작품에서 조선통신사행을 계기로 한 그림과 찬 교유의 한 측면을 볼 수 있다. 유학자였던 하야시 라잔(林羅山)은 유학을 국가 이념으로 삼은 조선의 사신에게 유교성현의 찬을 받고 싶은 욕구와 필요가 있었을 것이다. 이를 통해 우리는 통신사행이 선진적 학문에 갈증을 느끼던 일본의 유학자들과 조선 유학자들의 만남과 소통의 장이기도 했다는 것을 다시 한 번 확인할 수 있다. 두 번째 소개한 작품의 정확한 제작 과정을 알 수 없으나, 일본 측의 요구에 의해 그려졌다는 점을 보아 여기에도 당시 조선과의 외교에서 중심 역할을 담당했던 하야시 라잔(林羅山)이 개입했을 가능성이 있다. 이 두 작품을 통해 우리는 회화와 찬을 통한 양국의 교유에서, 일본에서 그린 유교성현의 화상과 유교를 국가 이념으로 삼은 조선유학자가 쓴 찬의 결합이라는 양상을 여기서 볼 수 있다.

3) 〈노도(鷺圖)〉, 1643

이 작품은 1643년 계미사행 당시 수행화원이었던 김명국(金明國)의 그림에, 앞서 소개한 하야시 라잔(林羅山)이 찬을 붙인 것이다. 김명국은 1600년에 태어난 조선 후기의 화가로, 자는 천여(天汝), 호는 연담(蓮潭) 또는 취옹(醉翁)이다. 연담(蓮潭)이 그의 호 중 하나이기에, 정보가 밝혀지지 않은 화원 하담(荷潭)을 김명국이라고 보는 시각[11]도 있다. 도화서의 화원으로 교수를 지냈으며, 병자사행(1636)과 계미사행(1643) 두 차례에 걸쳐 통신사를 따라 일본에 다녀왔다. 사행기간 동안 그곳 사람들의

---

11) 각주 1번 참고.

[그림 3] 〈鷺圖〉, 김명국 그림, 하야시 라잔(林 羅山) 찬

그림 요청이 많아서 밤잠조차 제대로 자지 못했다고 한다. 일본 사람들의 구미에 맞는 선종화를 많이 그려, 그 다음 사행에도 그를 보내줄 것을 일본에서 요청했으며, 수행화원 중 유일하게 두 번 방일한 화가다. 그 다음 사행이었던 을미사행(1655)시에는 그가 건강과 비리 문제로 방일할 수 없게 되자 일본 측에서 그와 비슷한 화가를 보내달라고 할 정도였다.

앞서도 간략히 소개한 일본의 유학자 하야시 라잔(林羅山)은 처음에 불교를 공부했지만, 나중에는 주자학을 신봉하고 불교를 맹렬히 배척한다. 1604년에는 유학자 후지와라 세이카(藤原惺窩)의 제자가 되었고, 스승의 추천으로 1607년 초막부에 고용되었다. 그는 도쿠가와 막부의 초대 쇼군(將軍)부터 4대 쇼군까지 4명의 쇼군을 모시면서, 그들에게 주자학과 역사를 가르쳤다. 또한 학문 활동과 외교문서 작성에도 종사했다. 하야시의 손자 하야시 호코(鳳岡)는 '다이가쿠노카미'(大學頭) 칭호를 받았는데, 이 칭호는 그 후 19세기 말까지 하야시 가문의 우두머리들이 물려받았다. 하야시 라잔(林 羅山)의 본명은 하야시 노부카쓰(林信勝), 법명은 도슌(道春)이다. 그림에서 보이는 羅浮子는 그의 호다.

김명국의 이 그림은 얕은 물에서 물고기를 삼아 이제 삼키려는 백로의 모습을 수묵담채로 포착했다. 이 그림에 일본 유학의 태두인 하야시 라잔(林羅山)이 붙인 찬의 원문과 해석을 소개하면 다음과 같다.

曾聞長鋏食無魚　　내 예전에 들었지. '긴 칼아, 물고기도 못 먹는구나)!'[12]
爭奈人生不如鳥　　어찌하여[13] 인생이 새만 못한가.

恰似簑翁獨釣漁　마치 도롱이 입은 노인이 홀로 낚시 하듯이
芦邊擧立一春鉏　갈대 가에 오똑 서 있는 백로14) 한 마리
羅浮子 道春 題　나부자(羅浮子) 도슌(道春) 제(題)하다

　맹상군(孟嘗君)의 식객 중 하나로, '물고기도 못 얻어먹네.'라고 불평
했던 풍환(馮驩)의 이야기와 '물고기를 먹는' 그림 속의 백로를 대비하
고 있다. 그리하여 사람의 삶이 한가롭게 물고기를 잡아먹고 있는 새만

---

12) 『史記』卷 75, 漢太史, 「孟嘗君列傳第十五」의 원문은 다음과 같다. "풍환(馮驩)이 말
했다. "군께서 사람을 좋아하신다고 듣고 빈천한 몸으로 군께 귀의합니다." 맹상
군(孟嘗君)이 풍환을 (3등 숙소인) 전사(傳舍)에 열흘 동안 두었다. 맹상군이 전사
장(傳舍長)에게 "손님은 어찌 지내는가?" 하고 묻자, 답하기를, "풍 선생은 심히
가난하지만, 검이 하나 있는데 새끼줄로 묶었습니다. 그 검을 튕기며 '긴 칼아 돌
아갈거나? 먹자하니 생선도 없구나!'라고 노래했습니다." 하였다. 맹상군이 풍환
을 행사(幸舍)로 옮기니 식사할 때 생선이 있었다. 닷새 후, 맹상군이 또 전사장
(傳舍長)에게 물으니, 답하길, "손님이 다시 검을 튕기며 '긴 칼아 돌아갈거나? 나
가자니 수레도 없구나!'라고 노래했습니다."라고 했다. 맹상군이 풍황을 대사(代
舍)로 옮기니, 출입할 때 수레를 탔다. 닷새 후 맹상군이 전사장(傳舍長)에게 다시
물으니, 사장(舍長)이 "선생이 또 검을 튕기며'긴 칼아 돌아갈거나? 집을 챙겨줌
이 없구나!'라고 했습니다."라 대답했다. 맹상군이 불쾌해했다.(馮驩曰, "聞君好士
以貧身歸於君." 置孟嘗君傳舍十日. 孟嘗君問傳舍長曰, "客何所爲?" 答曰, "馮先生甚貧,
猶有一劍耳又削. 彈其劍而歌曰, '長鋏來乎? 食無魚!'" 孟嘗君遷之幸舍食有魚矣. 五日
又問傳舍長, 答曰, "客復彈劍而歌曰, '長鋏歸來乎? 出無輿!'" 孟嘗君遷之代舍出入乘輿車
矣. 五日孟嘗君復問傳舍長, 舍長答曰, "先生又嘗彈劍而歌曰, '長鋏歸來乎? 無以爲家!'"
孟嘗君不悅.)
13) 쟁내(爭奈) : 어찌하여, 어이하랴. 원(元)나라 희곡작가인 왕실보(王實甫)의 <서상
기(西廂記)>제1본 1절에 "봄 경치는 눈앞에 있건만, 어찌하여 옥인은 보이지 않
는가"라는 구절이 있다. (怎奈, 無奈. 元'王實甫'西廂記'第一本'第一折: 「春光在眼
前, 爭奈玉人不見.」) 또한 『다산시문집(茶山詩文集)』제5권에는 "오는 수심 어이하
며 오는 늙음 어이하리/ 구슬픈 가을 하늘 물결만 더 일렁이네(爭奈愁何奈老何/ 秋
天憭慄水增波)"라는 구절이 실려 있다.(<八月十九日 夢得一詩 唯第七第八句未瑩 覺而
足之>)
14) 용서(春鉏) : 백로와 비슷하나 약간 큰 흰 새이다.(動物名. 鳥綱鸛鷺目. 與鷺相似, 體
比鷺略大, 色純白.)

못하다고 하며 여유로운 삶에 대한 동경을 나타낸다. 또 그림 속 홀로
물고기를 잡고 있는 백로를 홀로 낚시하는 도롱이 입은 노인에 비유하
여, 유종원(柳宗元)의 <강설(江雪)>15)에 등장한 익숙한 모티프를 환기시
키고 있다. 도롱이 옷을 입고 홀로 낚시하는 노인의 모티프는 안온하게
유유자적하는 삶의 모습을 상징한다. 따라서 여유롭고 생동감 넘치는
김명국의 백로 그림과, 유유자적한 삶을 동경하는 하야시 라잔(林羅山)
의 찬은 내용상 매우 잘 어울린다.

　하야시 라잔(林羅山)의 찬은 한문 문화권에서 공유할 법한 전고들을
적극 활용하고 있다. 1구는 ≪사기(史記)≫ <맹상군 열전(孟嘗君列傳)>에
등장하는 식객 풍환(馮驩)의 전고를 활용하였고, 2구는 그림과 앞의 전
고를 연결하며, 3구는 다시 유명한 시의 모티프를 차용하고, 4구는 그
림을 설명하며 마무리하는데, 1구는 2구와, 3구는 4구와 각각 서로 대
구를 이루는 구조이다.

　'여유로운 삶에의 추구'라는, 공감을 불러일으키기 쉬운데다 심각하
지도 않은 주제와 ≪사기(史記)≫에서 등장하는 기사나 유명한 당시(唐
詩)에서의 인용은 양국 인사들 간의 더 친밀한 교감을 가능케 했을 것
이다. 즉, 외교석상의 분위기를 더욱 부드럽게 만드는 데 일조했으리라
생각된다. 이는 회화와 찬을 통한 교유의 심리적 의의라고 볼 수 있다.

4) 부채에 그린 묵죽과 와카(和歌), 1748

　이 작품은 오사카의 여관에서 호간 슈케이(法眼周圭)가 부채 위에 그

---

15) <강설江雪>의 전문은 다음과 같다. "온 산엔 새 나는 것 끊어지고/ 모든 길엔 사
　람 자취가 없어졌는데// 외로운 배 삿갓 쓴 늙은이가/ 홀로 눈 내리는 찬 강에서
　낚시질 하네(千山鳥飛絶/ 萬徑人蹤滅// 孤舟蓑笠翁/ 獨釣寒江雪)."

린 그림에 왜어역관이었던 박덕원(朴德源)이 찬을 붙인 것이다. 와카(和歌)로 찬을 붙여 흥미롭다. 호간 슈케이(法眼周圭)는 카노파인 니에카와 미츠노부(牲川充信)에게 수학했고, 오오카 슌보쿠(大岡春卜)와 나란히 칭송되었던 화가이다. 본명은 요시무라 미츠타다(吉村充貞)로, 산수와 인물화에 강했다. 1795년에 59세로 졸했다.

소통사(小通事)였던 박덕원의 내력에 대해서는 역관들의 합격자 명부인 『잡과방목』에서도 확인되지 않는다.

먼저, 묵죽 그림에 와카(和歌)로 붙인 찬을 살펴보자.

春をしる	봄을 아는
まがきの竹の	울타리 대나무의
朝露は	아침 이슬은
千代もかわかぬ	천년에도 변하지 않을
いろやそふらん	색깔이여 보이네요.

성기게 짠 대 울타리 위에 아침이슬이 맺힌 모습을, 이슬도 대나무의 절개처럼 천년이 지나도 변하지 않을 색깔로 보인다고 표현하고 있다.

놀랍게도 이 작품은 박덕원이 스스로 지은 것이다. 왜어역관으로서 교육받을 때 암기한 것은 아닌가 의심했었으나, 스가 슈지(管宗次)는 「조선통신사가 남긴 발구단책에 관한 연구」16)에서 위의

[그림 4] 호간 슈케이의 묵죽과 박덕원의 찬

와카(和歌)의 저자를 박덕원으로 확언하고 있다. 대나무에 관한 한시도 많고, 시조도 지을 수 있다. 굳이 와카라는 장르를 일어로 쓰는 선택은 상대국의 문화에 대한 관심과 존중의 표현이 될 것이다.

동래 출신의 왜어역관들은 와카(和歌)나 하이카이(俳諧)를 약간 지을 줄 아는 경우도 있었던 것 같다. 이원식의 『조선통신사』에서 소개된 일본 측 사료인 ≪金溪雜話≫에 따르면, '일본의 平假名, 和歌, 俳句도 조금식 배워 남이 청하면 古歌 같은 것을 잘 써주고 한다'[17]고 한다.

그러나 위의 사료에서 드러나는 왜어역관의 와카 창작 수준은 자유자재로 창작하기보다는 암기한 것을 써 주거나 조금 응용하는 정도이다. 박덕원처럼 자유자재로 와카를 창작한 특별한 경우는 좀 더 연구할 가치가 있으리라 생각된다. 박덕원에 대해서는 정보가 거의 없다. 앞서 밝혔듯 역관들의 합격자 명부인 『잡과방목』에서도 확인되지 않는다. 따라서 박덕원은 동래 왜관에서 직접 일본인들을 상대하면서 일본어를 익힌 것이 아닌가 생각된다. 박덕원 개인의 내력에 대해 조사하고, 필담을 통하여 전후의 사정을 밝힌다면 조선인이 통신사로 일본에 가서 쓴 와카의 의미를 좀 더 입체적으로 규명할 수 있을 것이다.

5) 기러기 그림과 찬 [일명 〈안도(雁圖)〉], 1748

다음은 마찬가지로 호간 슈케이(法眼周圭)의 그림에 박덕원이 찬을 붙인 작품이다. 앞의 작품과 이 작품이 한 부채의 앞, 뒷면을 이루고 있는 것인지 아니면 각각 한 부채에 그려진 것인지는 확인하지 못했다.

---

16)「朝鮮通信使の殘した發句短册について(A Haiku Composed by a Korean Diplomatic Delegate)」, 管宗次, 『일본문화학보』 9권, 2000. 8.

17) 이원식, 『조선통신사』, 1991, 194쪽.

이 부채 화면에는 오른편에 홀로 날아가는 기러기의 모습이 그려져 있고, 왼편에 다음과 같은 찬이 쓰여 있다.

渚雲低暗度 關月冷相隨
물가의 구름 어둠 속을 낮게 건너고 관문의 달은 차갑게 따르네.

[그림 5] 호간 슈케이의 기러기와 박덕원의 찬

외로운 기러기 그림에서 당나라 시인 최도(崔塗)의 <고안(孤雁)>[18]의 6, 7구를 연상했다. 직접 시를 지어 써 준 것이 아니라, 그림 속 외로운 기러기에 맞추어, 당시선에 자주 뽑히는 <고안(孤雁)>의 두 구절을 적어 준 것이다. 역관에게는 높은 한문학적 수준이 요구되지 않는다. 통신 사행 중, 일본인들이 역관들에게 시를 요구하자 역관들이 매우 곤혹스러워하는 장면에서도 이를 알 수 있다. 왜어 역관이었던 박덕원 역시 한문학에 그다지 대단한 소양을 갖추지 않았다면, 직접 짓지 않고 유명한 구절을 인용한 것도 납득할만하다.

찬과 그림의 구조를 살펴보면, 그림 속 홀로 날아가는 기러기에서 연상된 시구(詩句)를 통해 심상이 확장됨을 알 수 있다. 그림 속에는 기러기만 있지만, 시의 구절을 통해 화면 안에 시각적으로 존재하지 않는 물가의 구름과 관문의 차가운 달의 이미지가 화면에 더해지고 있다. 그림에서 연상된 시구(詩句)가 그림을 확장하여, 깊이를 더해주고 있는 경

---

18) 전문은 다음과 같다. 幾行歸塞盡/ 片影獨何之// 暮雨相呼失/ 寒塘欲下遲// 渚雲低暗渡/ 關月冷相隨// 未必逢矰繳/ 孤飛自可疑

우다.

이 작품에서도 유명한 당시(唐詩)를 서로 쉽게 공유할 수 있는 접점으로서 활용하고 있다고 볼 수 있다.

6) 〈수로도(壽老圖)〉, 1811

이 작품에 대해서는 자세한 정보를 얻기가 어렵다. 하담(荷潭)은 조선 측 인물이라는 것만 알려졌을 뿐, 그 정체를 증거에 근거하여 명백히 밝히기는 어렵다. 『조선통신사』의 저자 이원식 등의 학자들은 하담을 김명국의 다른 호로 보기도 하나, 명백한 증거가 없어서 혹자는 조선의 무명화가로 보기도 한다. 荷潭이라는 호를 사용한 인물로 문신 김시양이 있기는 하나, 그는 조선중기의 사람이라 1811년 사행에 참여했을 리는 없다. 이 그림이 현장에서 그려진 것인지, 혹은 조선에서 하담이 그린 것을 사행원 중 누군가가 사행시에 가져가 선물하고 온 것인지 역시 불분명하다. 이는 필담을 통해 좀 더 살펴봐야 할 일이다.

[그림 6] 〈壽老圖〉 하담 그림, 코가 세이리 찬

고가 세이리(古賀精里, 1750~1817)는 사가 번(佐賀藩) 출신으로, 이름은 樸, 자는 淳風이며 별호는 復原이다. 藩의 교수로 활동했으며, 막부의 儒官 林祭酒·柴野栗山·尾藤二洲과 더불어 학문을 중흥시켰다. 栗山·二洲과 함께 '간세이(寬政)의 세 박사'로 불렸다. 1811년에는 林祭酒와 함께 대마도에서 조선통신사를 접

반했다. 고가 세이리가 '하담'의 그림에 남긴 찬의 내용을 살피면 다음
과 같다.

貪富憎貧何日休   부귀 탐내고 가난 증오하기를 어느 날에나 쉴거나?
不求却是巧於求   물리침을 구하지 않으면 정녕 구함에 교묘해진다네!
顧然身似酒胡子   돌아보니 몸은 주호자(酒胡子)[19] 같아,
與物無爭得自由   만물과 다투지 않으니 자유를 얻었네.
　　　精里　　　　　　　　　　　　　　　세이리

　'하담'이 그린 도교의 신선 같은 외형의 인물화에 세이리가 붙인 찬
은 마찬가지로 탈속적인 도교적 인물형을 제시한다. 빈부에 구애되지
않음, 마치 달마대사와 같은 외형, 만물과 더불어 다투지 않는 자세 등
은 그림 속의 신선 같은 인물에게 어울리는 찬이다.

　지금까지 살펴본 네 작품은, 앞서 살핀 <오성현도상(五聖賢圖像)>나
<공자도(孔子圖)>와는 다른 측면의 양상, 즉 개인적이고 정서적인 교유
라는 심리적 기능을 짐작케 한다. 상대에게 선호되는 화제(畵題)의 선택
과 문학 작품의 활용을 통해 화가와 작가는 서로 적극적으로 대화하고
있음을 알 수 있다. 이러한 교유의 의미를 다음 장에서 좀 더 자세히
생각해보고자 한다.

---

19) 주호자(酒胡子)는 바닥이 뾰족해 세우면 곧바로 쓰러지는 인형으로 술 마시기를
　　권하는 장난감이다. 捕醉仙이라고도 한다.

Ⅲ. 글-그림 교류의 주인공들

앞 장에서 살펴본 작품의 실제 예와 문헌상의 기록을 바탕으로, 조선인과 일본인의 글-그림 합작 작품의 양상에 대해 이해해보고자 한다. 우선, 그 당시 서로 마주쳤던 조선인과 일본인은 각각 어떠한 사람이었던가. 그림을 그린 사람은 어떤 사람들이었나. 글을 쓴 사람들은 주로 누구였나. 도판상, 문헌상의 실제 예를 통해 어떤 이들이 이 소통과정의 주인공들이었는지 분석하고자 한다. 그리하여 극명히 이질적인 두 문화의 인사들이 마주쳤던 이 지점에서, 과연 이들은 얼마만큼 서로를 이해하고 소통하고 있었는가의 문제를 고민해보고자 한다.

1. 조선측 화자(畵者) : 전문화원, 문인화가

조선통신사 일행 중 누가 그림을 그렸는가에 대한 연구는 이미 홍선표의 「17·18世紀 韓·日間 繪畫交涉硏究」,[20] 강대민·이정은의 「조선통신사 수행화원 연구Ⅰ」, 이정은의 「조선후기 통신사 수행화원의 선발요인」[21] 등에서 상세히 진행된 바 있다. 기존 연구에서 정리되었듯, 선발된 화원들은 모무 국가행사의 그림을 그릴 화사로 여러 번 선발될 정도로 기량이 성숙한 이들이었다. 그중, 이미 도일한 경력이 있는 친척이 있거나, 왜어역관인 친척이 있는 자들이 선발되었다고 한다. 또한, 수행원들 중에도 문인화가들이 다소간 포함되어 있었는데, 화가들을

---

20) 『考古美術』 第143·144號, 1979.
21) 이상 『조선통신사 사행록 연구총서』 10권, 학고방.

정리한 기존 연구 논문들의 내용을 종합하여 다시 표로 정리하면 다음
과 같다.

사행시기	수행화원	기타화가
정미사행(1607)	李泓虬	
정사사행(1617)	柳成業	李景稷(종사관)
갑자사행(1624)	李彦弘	
병자사행(1636)	金明國	
계미사행(1643)	金明國, 李起龍	
을미사행(1655)	韓時覺	
임술사행(1682)	咸悌建	洪世泰(부사서기)
신묘사행(1711)	朴東普	'鯤齋'趙泰億(정사)
기해사행(1718)	咸世輝	
무진사행(1748)	李聖麟, 崔北	
갑신사행(1763)	金有聲	卞璞(기선장, 동래부 소속 군관)
신미사행(1811)	李義養	卞文圭(역관)

　이들은 주로 일본 측의 요구에 응하여 그림을 그렸기 때문에, 조선
에 있을 때는 자주 그리지 않던 송골매, 수로(壽老) 등의 기복적 내용의
그림도 많이 그렸다. 특히, 김명국과 같은 이는 일본인들이 선호하는
달마도를 많이 그려, 일본에서 아주 인기가 많았다고 한다. 김명국이
1655년 사행시, 비리와 건강 문제로 갈 수 없게 되자, 비슷한 화풍의
한시각을 보낼 정도로 김명국의 그림은 인기가 좋았다.

　이외에도 이들의 화제(畵題)를 살펴보면 관념적인 것들보다는 산수,
인물, 새 따위가 좀 더 많은 비중을 차지하므로, 그림을 요청하는 일본
인들을 만족시키고자 하는 의도가 있었으리라고 생각된다.

2. 조선 측 작자(作者) : 정사(正使)부터 소통사(小通事)까지

그림에 찬을 구하는 것은 주로 필담창수석에서의 일이다. 그러므로 주로 일본 측 인사들과 필담을 나누고 대응하는 역할을 맡았던 종사관이나 제술관(독축관)들이 찬을 많이 남겼으리라고 추측할 수 있다. 그러나 이것은 어디까지나 추측일 뿐, 도판으로 출판된 작품들을 살펴보면 찬의 작자는 왜어역관부터 정사까지 폭이 넓다. 앞서 언급한 <공자도(孔子圖)>, <오성현도상(五聖賢圖像)> 두 작품처럼, 유교 성현의 화상은 그림이 갖는 의미상 정사나 부사, 즉 일행 중 학식이 있는 이에게 정식으로 청하여 찬을 받은 것을 알 수 있다. 현재 연구 대상으로 삼은 작품들이 소략한 데 비하여 범위가 넓어 아직은 무어라 확언할 수 없으나, 일본 측 식자들은 조선인들의 문장을 존경하고, 학문에 능하지 못한 사람도 조선통신사의 글씨가 복록을 가져다준다고 하여 소동(小童)들의 글씨마저 구하는 형편이었으므로,22) 찬을 받을 때에 써 주는 조선 사람의 신분의 폭이 넓을 수 있지 않았을까 한다. 좀 더 권위 있는 사람이 정식으로 찬을 요청하면 정사나 부사가 쓰고, 일본 내에서의 신분이 낮은 경우에는 소통사가 쓴 찬으로 만족해야 했을 지도 모른다. 즉, 누가 찬을 써 주느냐는 누가 청했느냐의 문제이지, 누가 쓸 수 있었느냐의 문제는 아니었으리라는 가설을 조심스럽게 제시하는 비디.

---

22) 1764년 정사 조엄(趙曮)의 <해사일기>에도 "그들은 우리 나라 사람의 필적을 구하기만 하면, 해서(楷書)와 초서(草書)의 우열을 막론하고 모두 기뻐 날뛰었다. (글을) 구하는 자가 빈번하여 끊이지 않았고, 사자관뿐 아니라, 일행 중에 약간만 글을 아는 자도 역시 그 간곡한 청을 견디어내지 못했다(而彼人如得我國人筆蹟, 則毋論諧諧草優劣, 擧皆喜踴. 求之者絡繹不絶, 不但於寫字官, 行中之稍解書字者, 亦不堪其苦請.)"라는 기록이 있다.

3. 일본 측 화자(畵者) : 카노파(狩野派)의 어용화가들

통신사 수행화원에 대한 기존의 논의를 살펴보면 좀 더 큰 흐름에서의 조·일간 회화교섭, 특히 조선회화가 일본 남종화에 미친 영향에 집중했음을 알 수 있다. 예컨대 홍선표의 「17·18世紀 韓·日間 繪畵交涉硏究」에 따르면 일본 남종화의 시조인 기온 난카이(祇園南海)가 1711~1712년 조선통신사의 접대역을 맡아 많은 시문을 주고받았으며, 그 영향으로 남종화의 선구자가 될 수 있었다고 한다.

이러한 기존의 연구에서 아쉬운 점은, 조선통신사를 통한 회화교섭에 대해 집중하다보니 실제로 조선통신사와 접촉했던 일본의 화가들에 대해서는 큰 관심을 기울이지 않았다는 것이다. 실제로 조선 통신사 일행과 밀접한 만남을 가지고 그림과 찬을 주고받았던 이들 중에 이른바 남종화가는 그리 많지 않았다. 앞서 살펴본 실제 작품의 예에서도 전격적인 문인화가는 한 명도 없었다. 따라서 정작 그 현장에서의 교류, 혹은 교유는 외면하고 있는 셈이다. 그렇다면 화원, 혹은 화사로서 조선통신사를 만나 그림으로써 교유했던 사람들은 누구인가.

조선정부가 통신사 수행화원을 선발할 때 주의를 기울인 이유는 화원 한 사람이 조선의 화단을 대표하기 때문이었다. 일본 막부 측에서도 이런 사정은 마찬가지였다. 따라서 조선통신사를 직접 접하고 교류할 있었던 화가들은 당시 일본 정부의 호의적인 평가를 받는 어용 미술가들이다.

조선통신사가 일본을 방문한 1607년부터 1811년까지는 모모야마(桃山)시대의 끝에서 에도(江戸)시대까지 걸쳐져 있다. 쿠노 켄(久野健)의 『일본미술사』에 따르면, 모모야마시대와 에도시대에 걸쳐 막부의 어용회사(御用繪史)로 명망을 떨치고 있었던 것은 카노파(狩野派)와 토사파(土佐派)의 화가들이며, 그중 특히 카노파의 지위가 높았다고 한다. 카노파는 모모야마시대부터 이어진 세습화가들이었다. 이들은 어용회사로서, 주 특기는 성(城)의 화려한 금벽장벽화(金碧障壁畵),[23] 즉 금분과 채색으로 화려하게 장식한 벽화가 특기이다. 일본 장군으로부터 조선 국왕에게 예물로 보내진 금병풍을 담당했던 화사들이 바로 이들이다.

쿠노 켄(久野建)의 『일본미술사』에 따르면, 이미 모모야마시대부터 토사파는 주도적인 힘을 잃고, 카노파(狩野派)에게 화단의 권위를 넘겼다고 한다. 따라서 일본의 대표로서 조선통신사를 만나 교류한 것은 아마도 카노파의 화가들, 혹은 카노 집안의 화가에게서 사사받고 화가로서의 지위를 어느 정도 확보한 이들이었으리라 추측할 수 있다. 이러한 추측을 뒷받침할 만한 예는 조선통신사의 필담에서 찾을 수 있다.

먼저, 1643년(인조 21) 조선통신사의 독축관(讀祝官)으로 일본에 간 박안기와 하야시 라잔(林羅山)의 필담에, 카노파의 화가인 카노 탄유우와 조선통신사 일행과의 접촉이 기록되어 있다. 아래에서 '선생'은 하야시 라잔(林羅山)이며, '안기'는 박안기다.

---

23) 금벽장벽화 : 금벽장벽화는 金銀粉이나 金銀泥를 써서 구름 모양이나 地面을 형용하고, 赤·綠·靑 등의 화려한 색체를 두텁게 발라서 민드는 것으로, 당시의 말로는 濃畵라고 불렀다. 畵題도는 花鳥·風俗 같은 현실적인 것을 즐겼다. …중략…永德(에이토쿠)는 보수적인 화풍을 탈피할 수 없던 土佐派를 대신하여 桃山畵壇의 지도적 지위를 차지하고, 信長이 죽은 뒤에는 秀吉의 어용화사로서 狩野派를 이끌고, 大阪城·伏見城·聚樂第·御所 등의 장벽화 제작에 힘썼다. ……永德가 죽은 뒤 그 畵業은 아들 光信·孝信, 제자 山樂들 一門에 의해 이어졌다. 勸學院·法然院·名士屋城·大學寺 등에 남아 있는 장벽화가 그 예인데, 그것들은 永德의 만년 작품에서처럼 위압감을 함부로 강조시키려는 경향을 누르고 大和繪의 전통에 있는 優美한 서정성을 부활시키려는 경향을 보인다(久野 建 外(쿠노켄 외), 『일본미술사』, 열화당, 1993).

先生曰 "本邦畵師, 狩野探幽, 初謁足下云爾."

선　생 : 우리나라의 화가 카노 탄유우(狩野探幽)가 처음으로 족하를
　　　　뵙고자 한다고 말합니다.

安期曰 "異地奇遇, 良幸良幸. 筆端風雨, 可得見乎? 幸傳道之."

안　기 : 다른 나라에서 기이하게 만나게 되다니 정말 다행입니다.
　　　　붓 끝의 풍우를 볼 수 있을까요? 부디 전하여 말하여 주시
　　　　길 바랍니다.

安期曰 "欲以數幅, 携歸故國. 我當以拙詩報之."

안　기 : 몇 폭을 가지고 고국에 돌아가고 싶습니다. 제가 응당 서툰
　　　　시로 보답할 것입니다.

先生曰 "可求畵樣."

선　생 : 원하는 그림의 모양을 들어볼 수 있을까요?

安期曰 "隨其所長, 何必樣爲, 然山水翎毛吾所喜."

안　기 : 그가 잘하는 바를 따르면 되지 어찌 꼭 원하는 바가 있겠습
　　　　니까마는, 다만 산수영모에 제가 기뻐하는 바가 있습니다.

安期曰 "先生作我眞贊書其上, 又大幸也. ○此時, 安期請探幽, 求其寫眞.
　　　　探幽 卽座描之

안　기 : 선생께서 제 진찬을 지어 그 위에 쓰신다면 더욱 다행일 것
　　　　입니다.
　　　　○이때 안기가 探幽에게 그의 진신을 모사하기를 요청하니,
　　　　探幽는 곧 앉아서 그를 그렸다.

先生曰 "足下之壽肖, 需拙贊. 雖然自贊可也歟, 如何? 若强之, 不肯辭乎?
　　　　余亦有請. 倩足下以余所有松竹梅之贊, 求竹堂君之迅筆. 是所欲
　　　　也. 足下爲余點頭乎否?"

선　생 : 족하의 초상이 제 찬을 기다리는 군요. 비록 그러하나 스스
　　　　로 지으시는 게 좋지 않겠습니까? 만약 억지로 권하시면,
　　　　제가 글을 짓지 않을 수 있겠습니까? 저 역시 청이 있습니
　　　　다. 족하께서 제가 가진 송죽매의 찬을 지어 이로써 죽당군

의 신필을 구하고자 합니다. 이것이 바라는 바입니다. 족하
께서는 저를 위하여 고개를 끄덕여 주시지 않겠습니까?

安期日 "自贊不難. 而必需公者, 豈無意乎? 幸毋各一揮筆. 松竹梅繪, 明
朝送于僕處 此甚非難也"

안 기 : 자찬은 어렵지 않습니다. 그러나 공(의 찬)을 요구하는 것이
어찌 뜻이 없겠습니까? 부디 붓을 한 번 휘두르는 것을 아
끼지 말아주시기를 바랍니다. 송죽매의 그림은 내일 아침
제가 있는 곳으로 보내주신다면, 이것도 어려운 일이 전혀
아닙니다.

先生日 "壽像之拙贊, 任其求所不辭避也. 所請之松竹梅贊, 覓竹堂申君之
筆, 今足下諾之 幸幸多謝 明且可送呈足下."

선 생 : 초상의 졸찬은, 그 것을 맡기시니 구하는 바가 평계대로 피
할 것이 아니군요. 청했던 바의 송죽매 찬과 죽당 신군의 글
씨를 구함을 이제 족하께서 허락하시니, 기쁘고 기뻐 감사함
이 많습니다. 내일 또 족하께 보내드릴 수 있을 것입니다.

－≪林羅山文集≫ 卷第六十

위의 필담에서, 박안기는 당시 카노파(狩野派)를 이끌고 있던 카노 탄
유우(狩野探幽)에게 자신의 초상화를 부탁하고 있다. 그 외에 카노 탄유
우의 다른 그림들도 조선으로 가지고 돌아가길 원한다며, 산수영모를
부탁한다. 그러나 사실 산수영모는 카노파의 특장처가 아니다. 앞서 설
명했듯, 카노파는 장식적인 벽화에 특기가 있었다. 자신의 특기와 상관
없는 산수영모 그림을 부탁 받은 카노파의 화가들은 어떻게 반응했을
까. 이에 대해서는 뒤에 다시 논하겠다.

좀 더 후기인 임술사행(1682) 시의 일본 측 기록을 살펴보자.

晴. 余二兒, 初謁副使及滄浪. 事在任處士之記. 哺時, 余到本誓寺. 少間, 整宇及板蘭齋·狛庸·岡碧庵, 其餘書生二三人來. 偶逢成翠虛之至, 與整宇共引翠虛, 會外堂之北堂, 剪燭相對. 畫工養朴亦至. 整宇與翠虛筆話, 蘭齋·碧菴以詩相唱酬. 養朴語余曰, "今日逢滄浪子, 使僕作畫而製文贈之. 今夜欲請翠虛之詩, 何如." 余使通事演說之, 翠虛莞爾, 請畫養朴, 卽畫梅蘭柳燕南極呈之. 翠虛忽以爲題書小絶四首謝之.

맑음. 내 두 아들이 처음으로 부사와 창랑을 뵈었다.[이 일이 임처사의 기록에 있다.] 식사 때에, 내가 혼세이지(本誓寺)에 갔다. 잠시후에, 세이우(整宇)와 板蘭齋·狛庸·岡碧庵과 그 외 서생 두세 사람이 왔다. 성취허가 오는 것을 우연히 만나, 세이우와 함께 취허를 끌어, 외당의 북당에서 모여, 초 심지를 잘라가며 상대하였다. 화공인養朴 역시 왔다. 세이우와 취허가 필화를 나누고, 蘭齋와 碧菴은 시로써 서로 창수하였다. 養朴이 내게 말하길, "오늘 낮에 창랑을 만나니, 저에게 그림을 그리고 글을 지어 그에게 달라고 하더군요. 오늘밤에는 취허의 시를 청하고 싶습니다. 어떨지요?" 내가 통사를 시켜그것을 힘써 말하게 하였더니, 취허는 빙그레 웃기만 하다가, 養朴에게 그림을 청하였다. 곧 매화·난초·버들·제비·남극(노인성)을그려 바치자, 취허가 문득 절구 네 수를 제하여 사례하였다.

— 鶴山, ≪韓使手口錄≫, '朔日'

위의 글에서 養朴은 곧 카노 탄유우의 조카인 카노 츠네노부(狩野常信, 1636~1713)의 별호다. 당시 카노파를 이끌던 카노 츠네노부와 제술관 성완(成琬, 翠虛는 그의 호)이 임술사행(1682) 때 그림과 글을 주고 받았음을 알 수 있다. 이렇게 하여 완성된 작품을 찾을 수는 없었으나, 필담을 자세히 살피면 더 많은 기록을 찾을 수 있으리라 생각된다.

여기서는 필담에서 찾은 두 예만을 들었지만, 막부 측에서 조선통신사 방문이라는 이벤트에 두었던 의의를 생각할 때, 조선통신사들과 교류했던 것은 카노파나 토사파, 특히 카노파의 화가들이었으리라 생각된다.

카노파의 특장처는 남종문인화가 아니다. 오히려 조선 유학자들의 입장에서 보자면 사치스러워 높이 평가받을 수 없는 금장벽화가 본업이었다. 그렇다면 이들이 조선통신사에게 선물하거나, 내보여 찬을 받은 작품들은 어떠하였는가. 현재까지 조사한 바로는 앞의 작품들의 예에서 볼 수 있듯이, 카노파 작가들이 교유 현장에서 그리거나 조선통신사에게 보인 그림들은 의외로 담백한 수묵화들이다. 그 주제도 일본에서 인기 있는 기복적이거나 불교적 취향의 인물화 보다는 공자도나 성인도, 묵죽 등이었다. 이는 극히 제한된 자료에서 잠정적으로 내린 결론일 뿐, 확언할 수는 없으나, 일본의 화가들도 조선의 화가들처럼 손님의 구미에 맞는 그림을 그리려고 노력했다고 볼 수 있다. 또한 남아 있는 작품에서 살펴보듯, 당시 조선통신사와의 만남에 동원됐던 일본 화가들은 카노파 중에서도 문인화가적 성향이 강한 이들이었다. 즉, 막부 측에서도 문인취가 강한 화가들을 선정하여 조선통신사의 취향을 배려했고, 이 화가들도 자신의 성향을 십분 살려 조선 통신사들이 선호하는 성현도나 수묵화를 제시하고 찬을 받음으로써 친선과 우호의 의미를 다졌으리리고 생각된다.

4. 일본 측 작자(作者) : 당시의 태두들

본고에서 조사한 그림과 찬의 작품에서, 조선인의 그림에 일본인이 찬을 쓴 경우는 두 경우만 발견되었다. 한 명은 하야시 라잔(林羅山)이며, 다른 한 명은 고가 세이리(古賀精里)이다. 이는 조사 대상 작품들이 빈약한데서 오는 결과일 수 있지만, 그렇다고 하기에는 조선인이 찬을 쓴 경우와 대비할 때 작가 층이 확실하게 고정되어 있는 것을 알 수 있다. 하야시 라잔(林羅山)과 고가 세이리(古賀精里)는 각기 당시의 저명한 학자들이다. 하야시 라잔(林羅山)은 초기 사행에서 중심에 있던 인물이고, 고가 세이리(古賀精里) 역시 당대에 '세 박사' 중 하나로 꼽힌 인물이었다. 개인의 역량, 나아가 국가의 역량이 여실히 드러나는 자리므로, 당대의 태두들이 찬을 썼던 것이다. 이는 또한 외교적으로 예의를 갖추기 위해서라고 생각할 수도 있다.

IV. 결론 : 배려와 존중의 상호교유

그간 문학계에서는 조선통신사의 문학을 연구할 때, 사행록(使行錄)이나 필담(筆談)·창화(唱和)에 집중하여 회화의 찬에 대해서는 연구가 이루어지지 않았다. 또한, 미술학계에서는 조선통신사와 미술을 연구할 때, 조선통신사를 통해서 조선 회화가 일본 회화에 끼친 영향에 집중하는 교섭사 연구 위주로 진행하거나, 수행화원 개개인의 내력과 이들이 일본에 남긴 그림의 조사·비평에 집중하였다. 결과적으로 동양적 전통에서 분리될 수 없는 그림과 찬이 함께 연구되지 못하고 반쪽으로만 남아 있게 되었다. 이 연구는 이에 문제의식을 느끼고 회화와 같은 화면에 구성된 찬을 연구하여 하나의 작품으로서 비평될 수 있도록 복원하고자 하였다.

이렇게 복원한 결과물로서의 작품들은 예상대로 찬과 그림의 긴밀한 결합을 보여준다. 그렇다면 이렇게 결합된 작품들이 우리에게 시사하는 바는 무엇인가.

첫 번째로는, 일본 유학자들이 느꼈을 조선의 유교문화에 대한 필요성이다. 하야시 라잔(林羅山)이 집요하게 유교성현도에 정사나 부사의 찬을 요구한 것은 무엇을 말해주는가. 막부의 통치를 위하여 유교적 질서를 도입하는 데 있어서 화상(畵像)과 그에 따른 화상찬(畵像贊)이 필요했다는 이유도 있었을 것이다. 그러나 자신 개인 소장의 성현화상에 굳이 거짓말까지 해서 찬을 받아 가보로 삼는 행위에서는 분명 라잔(林羅山) 개인의 조선의 유교문화에 대한 동질감과 동경이 묻어난다.

그러나 중요한 것은, 두 번째 양상에서 살펴볼 수 있었듯이, 이질적인 두 문화가 서로 만나는 자리에서 서로의 취향을 배려하는 모습들이다. 조선의 화가들은 일본인들의 기복적 취향에 맞는 그림들을 그렸고, 일본인들은 조선인들이 좋아하는 산수도를 그려 선물했다. 그리고 그런 그림에 붙는 찬들은 한문 문화권 내에서 공유할 수 있는 전고와 모티프들을 차용하여 그림과 교감을 시도하는 것이다.

결국, 통신사행원들과 일본인 문사, 화가들 간의 좀 더 사적인 교유에서 생산된 이런 작품들은 양국 간의 정치적 입장과는 다소 상관없는, 조선통신사행의 인간적 측면을 드러내준다. 그것은 배려와 존중, 두 단어로 요약될 수 있을 것이다.

外國人이 본 近代朝鮮과 東北아시아의 각축

— 이사벨라 버드의 『朝鮮과 이웃나라들』—

최 박 광

Ⅰ. 서론

西勢東漸期라고 하는 19세기 후반, 西洋의 진출에 편승한 日本이 제정 러시아의 동진정책에 맞서 東아시아 패권다툼에 뛰어들면서 동아시아는 심한 격동기를 맞이하게 된다. 특히 청일전쟁(1904~1905) 이후 러시아의 동진정책이 절정기에 달하자, 이 지역 내의 긴장은 더욱 고조되었다. '은자의 나라'로 알려졌던 조선이 문호를 개방한 것은 1876년 일본에 의해서이다. 이로부터 봇물 터지듯이 서양 각국과의 통상이 체결되고, 수많은 서양인들의 방문이 빈번하면서 많은 기록들이 쓰이게 된다. 그러나 그 이전에는 서양인의 입국을 엄금하였으므로, 항해 중 표착하는 경우가 간혹 있기는 했지만 본국으로 송환되는 경우는 극히 드물었다. 따라서 현재 서양에서 근대 이전의 한국에 관한 자료는 별로 남아 있지 않다. 현재 남아 있는 자료로는 임진왜란 때 일본까지 항해했던 이탈리아 노예상인 카르레티(Carletti, F.)의 『세계주유담(The Carletti

Dis course)』, 오오고우치 히데모토(大河內秀元)의 『朝鮮物語』의 독일어 번
역본, 耶蘇敎會 소속 사제인 Gaspar vilele[1])가 야소교회 총장에게 보낸
보고서 등이 있는 정도이다. 구체적으로 한국을 기술한 것으로는 『하
멜 표류기』[2])가 있는 정도이다.

근대 서양인의 한국에 관한 수많은 저서 중에서 W. E 그리피스의 『조
선 : 은자의 나라』(W. E Griffis. 『Corea ; The Hermit Nation』, Charles Soribner's
Sons, New York. 1882)과 F. A. 멕켄지의 『조선의 비극』(F. A. McKenzie의 『The
Tragedy of Korea』 1908) 등이 근대 조선을 다룬 명저로 알려지고 있으나
이들 중에서 단연 돋보이는 것은 J. R. 이사벨라 비숍의 『조선과 이웃
나라들』[3])(Mrs. J. R. Isabella Bishop · Isabella L. Bird 『Korea and Her Neighbours』)

1) Juan Ruiz-Medina. S. J, 『The Church in Korea』 ; It's Origns 1566~1748, Trans.
   John Bridges, S. J (Copyright Instituto Storico S. I. - Roma 1991)
2) Carletti, F.의 『세계주유담』의 원고는 현대까지 전해지지 않고, 18세기 초 불완전
   텍스트가 몇 종류가 출판되었다. 본고에서는 Carletti Discourse, Bishop Trollope의
   번역본을 참조. Henrik Hamel 『Hamels Journal and a Description of The Kingdom
   of Korea(1653~1666)』 Trans, Br. Jean Paul Buys of Taize. rev, ed. (Seoul : Royal
   Asiatic Society Korean Branch. 1998)
3) 텍스트는 『Korea and Her Neighbours』
   A Narrative of Travel, with an Account of the Recent Vicissitudes and Present
   Position of the Country. 2 Vols. 1898이다. 『조선과 이웃나라들』 초판은 런던의 St.
   James Gazette 신문사에서 간행된 후 1904년까지 6년에 걸쳐 총 11판이 기듭 출반
   되었음. 그 후 1985년 Routledge and Kegan Paul 판을 합해 87년 동안 중판에 중판
   을 거듭 간행되었음. 번역본으로는 한국에서는 이인화 역『조선과 이웃나라들』이
   있고, 日本에서는 『조선 오지 기행』(박상득 역, 평범사 동양 문고)와 『조선 기행―
   영국 부인이 본 이조 말기』(時岡敬子 역, 강담사 학술문고) 있음. 본 논문에서는 영
   어 원본과 이들 번역본도 참고하였다. 그 외의 저서는 다음과 같다.
   『The English woman in America』, 1856.
   『The Hawaiian Archipelago』 : Six Months among the palm Groves, Coral Reefs and
   Volcanoes of the SandwichIsland, 1875.
   『A Lady's Life in the Rocky Mountains』, 1879.
   『Unbeaten Tracks in Japan』. An Account of Travels in the Interior, Including Visits

이라고 할 수 있다.

이 저술로 인해 그는 당시 유럽에서 동아시아학의 권위자로서의 명성이 높았다. 19세기 후반 서세 동점기를 비숍의 전 저서를 통해서 동아시아 전반을 조감하는 것은 의미가 있다고 생각되나 여기에서는 중·일·러의 패권다툼이 한반도 내에서 첨예하게 대립하던 시기에 한정해서 살펴보고자 한다. 따라서 비숍의 저서 중『조선과 이웃나라들』에 국한한다.

이 책이 간행된 지는 이미 100여 년의 시간이 경과하였다. 그럼에도 불구하고 단순한 고전 중의 명저로서만이 아닌, 오늘날에도 신선하고 새로운 문제의식을 제시하고 있다. 비숍이 조선의 여행길에서 체험한 한반도를 둘러싼 패권주의, 오지 답사를 통해서 본 서민들의 생활, 자연과의 공존, 평화, 그리고 그가 주장하고자 했던 휴머니즘, 인류애, 세계정의, 만민평등, 그런가 하면 洋鬼라 해서 당한 수많은 봉변 등등, 이 모든 것들이 오늘을 살아가는 다문화시대의 우리들에게 더욱 자성을 요구하고 있는 점들이라 할 수 있다.

지난 세기는 패권주의와 전쟁, 냉전, 그리고 냉전체제의 해체라는 용어로 점철될 수 있다. 그렇다고 한다면 과연 글로벌화 시대인 21세기

---

to the Aborigines of Yezo, and the Shrines of Nikko and Ise. 2 Voes. 1880.

『The Golden Chersonese, and the Way Thither』, 1883.

『Journeys in Persia and Kurdistan』 With a Summer in the Upper Karum Region and a Visit to the Nestorian Rayahs, 2 Vols. 1891.

『Among the Tibetans』, 1894.

『The Yangtze Valley and Beyond』. An Account of Journeys in central and Western China, especially in the Province of Sze-chuan, and among the Man-Tze of the Somo Territory, 1899.

『Chinese Picture』. Note on Photograph Made in China, 1990.

이들 자료에 관해서는 高梨健吉의 『解説』 參考.(『日本 오지 여행』)

는 인류의 염원인 자연과의 화해, 공동번영, 세계평화, 인류애의 실천
이란 대 명제가 어떻게 실천될 수 있을까? 오늘의 세계는 당분간은 미
국 일극 위주의 질서 속에서 유럽 공동체와, 아시아, 중동지역이 비록
지역적인 분쟁이 있기는 하지만 상호 공존과 협력이란 명분 속에서 유
지되어 갈 것이다. 그러나 동아시아 지역에 한정해 보더라도 여기에도
많은 난제들이 산적해 있으나, 비숍이 비판하고 실천하고자 했던 자국
중심의 내셔널리즘, 그리고 그의 철학을 통해서 오늘의 동아시아를 조
명해 보는 것도 보다 의미가 있을 것이라고 생각된다.

II. 『조선과 이웃나라들』

비숍이 조선에 발을 처음 디딘 것은 1894년 2월 23일경이다. 이때부
터 1897년 1월 25일 제물포에서 상하이로 떠날 때까지 3년여 기간 동
안 4차례에 거쳐 조선을 방문했다. 부산에서 제물포, 서울을 거쳐 한강
변의 오지와, 원산, 금강산 등지를 답사했고, 만주지방, 블라디보스토
크, 러시아령 만주 등지를 둘러보고 정리한 것이 『조선과 이웃나라들』
이다.

이 기간 동안 그는 청일전쟁의 발발로 만주로 가서 봉천, 천진, 북경,
상해, 홍콩 등, 조선, 중국, 일본 3국을 교차로 들렀다. 또한 1895년 12
월 하순부터 1896년 6월까지 약 6개월에 걸쳐 중국 서부를 여행하고
쓴 것이 『The Yangtze Valley and Boyond』(『양자강을 가로질러서』)이다.

『조선과 이웃나라들』은 총 37장으로 구성되어 있는데, 지리학적 관
심사를 중심으로 정치·사회·경제·문화·민속·풍속 등을 다루고

있다. 비숍은 서문에서 조선에 관해 참고할 만한 자료가 당시 영국에서
는 없었다고 기술하고 있다. 어쩌면 그 점이 그에게 조선에 대한 모험
심을 더욱 자극했고, 객관적, 실증적인 기술을 하는데 크게 도움이 되
었을지도 모른다.

힐리어(W. C. Hillier)가 1897년에 쓴 『조선과 이웃나라들』의 서문에
보면 비숍의 실증적인 견문을 극구 절찬하고 있다.

> 개국 당시부터 조선을 알고 있는 사람은 여사의 치밀한 관찰안과
> 쓰인 사실의 정확성, 추론의 적절함에 감복하지 않을 수 없다. … 바
> 로 그 때 조선은 청일전쟁의 전중, 전후라고 하는 국면에 직면하고
> 있어서 이제까지의 오보나 과장으로 흐지부지 되어 버릴 극동의 역
> 사적 사건 중에서 여러 가지의 세부 사항을 공정하게, 더욱이 정확
> 하게 기록하는 절호의 기회를 얻었다.

> Those who, like myself, have known Korea from its first opening to
> foreign intercourse will thoroughly appreciate the closeness of Mrs.
> Bishop's observation, the accuracy of her facts, and the correctness of her
> inferences. … while her presence in the country during and subsequent
> to the war between Chian and Japan, of which Korea was, in the first
> instance, the stage, has furnished her the opportunity of recording with
> accuracy and impartiality many details of an episode in Far Eastern
> history which have hitherto been clouded by misstatement and
> exaggeration.

비숍은 위로는 국왕, 왕후로 비롯해서, 서울 주재 외국인 사회·관료
계·기독교·선교단과, 상인으로부터 정보와 자료를 입수할 수 있었다.

오지에서는 호랑이가 출몰하고, 벼룩이 득실거리는 방에서 밤을 새우기도 하고, 문화적인 차이로 곤욕을 치르기도 했다. 청일전쟁 당시에는 무일푼으로 제물포를 탈출하여 만주로 건너가 봉천·훈춘을 거쳐 두만강 지역의 조선인 이주민의 생활을 조사했다. 더욱이 러시아령 만주로 이주한 조선인의 생활과 활동을 체험함으로써 조선인관에 대한 그의 시각이 전환이 되기도 하였다.

또 청일전쟁에 명분을 준 동학란의 발발로부터 전쟁 후의 시말에 이르기까지 동아시아의 급변하는 정세, 그리고 청일전쟁의 한국 내 전장이었던 평양의 참화, 左寶貴 장군이 이끈 청국 군대의 전멸상, 그와는 대조적으로 160여 명의 전사자 밖에 내지 않은 일본군의 전과 등을 적고 있다.

한편으로 그는 일본 공사관의 지시로 명성왕후 시해라는 전대미문의 만행 소식을 나가사끼에서 듣고 급거 조선을 방문하여 국왕을 알현하고 조문을 표한다. 그에게는 평소 교분이 두터웠던 왕비 시해라는 개인적 슬픔도 있었지만 그것을 넘어 정부의 사주로 행해진 만행이라는 점에 더욱 공분한다. 따라서 히로시마 재판장에 참석하여 그 시말을 지켜보았고 그 재판의 판결문에 의거하여 왕비 시해사건의 전말을 기록한다고 밝히고 있다.

이 사건을 계기로 일본은 세계 각국의 비난여론을 의식한 듯 일본의 야심찬 패권주위가 잠시나마 주변국가들의 동태를 관망하는 쪽으로 기울어진 것 같다고 그는 기술하고 있다. 이 시기의 역사를 움직여 가는 인물들, 고종, 민비, 대원군, 박영효, 위안 스카이(袁世凱), 베베르(Waeber), 오오토리케이스케(大鳥圭介), 이노우에가오루(井上馨), 미우라고로(三浦梧樓) 공사 등, 이 시기에 활약한 인물 하나하나에 대해 구체적이고 실증적인

인물평을 붙이고 있다. 그런 면에서 『조선과 이웃나라들』이 갖는 의미
는 매우 크다고 하겠다.

마지막 장에 속하는 <1897년의 서울>과 <마지막>은 비숍의 한국
관이 담긴 장으로 그의 정치적 안목, 한국의 운명, 그리고 한국에 대한
애정이 담긴 부분이다. 「1897년의 서울」에는 아관파천(俄館播遷)에 초점
을 맞추어서 논의하고 있는데, 실추된 군주의 권력을 만회하고자 한 정
치적 게임으로 보고 있다. 반면에 명성황후 시해, 갑오경장으로 이어지
는 정치 개혁은 친일 성향을 띤 개혁 추진자들에 의해 추진되었다고
보고 있다. 그러나 이들이 추진한 개혁이 실패로 끝날 수밖에 없었던
것은 메이지유신과는 달리 이들을 지지해 줄 군대와 재정적 지원의 부
재에서 비롯된 것이라고 분석하고 있다.

아관파천 이후 한편으로는 서울의 도시정비와 독립 협회의 <독립신
문>이 발행되면서 권력 남용에 대한 고발 등이 행해지고 조선이 보다
동적으로 움직이고 있다고 보고 있다. <마지막>은 비숍의 한국에 대
한 애정 어린 충고와 염원이 담긴 장이다. 여기에서 비숍은 1897년 8
월 12일 정부 관보에 실린 칙령을 분석하고 그 대안을 제시한다. 더욱
이 국내 문제만 아니라 러시아와 일본의 패권주의가 대치하고 있는 상
태에서 이들의 패권동향에 따라 한국의 운명도 달라질 수밖에 없다고
보고 있는데, 특히 일본의 영향력이 조용한 가운데서 꾸준히 증가하고
있다고 보고 있다. 그렇지만 한국인의 저력과 행동성, 강인함 등이 충
만해 있어 난관을 극복할 것이라고 하는 낙관적인 격려도 아끼지 않고
있다.

III. 패권주의와 청일전쟁의 파장

1. 청일 전쟁과 그 파문

비숍이 내한한 시기는 국내적으로는 물론 동아시아에 있어서도 격동기이다. 국내적으로는 동학 농민 봉기와 갑오경장, 명성황후 시해 사건이 있었고 국외적으로는 청일전쟁과 러일간의 패권다툼이 한층 격심해 가던 중이었다. 동학 농민 봉기는 전라도 지방에서 부패한 관리들의 과중한 세금 징수에 반발하여 일어난 농민 봉기로 시작되었지만, 조선 내에서 패권을 다투던 청과 일본의 야욕으로 결국 청일전쟁으로 치닫게 된다. 이미 일본은 자국민 보호라는 구실로 군대를 일찍 파견하였고, 청나라도 이에 질세라 군대를 파견하기에 이르렀다. 하지만, 일본은 이미 청국의 허실을 간파하고 일전을 치를 기회만을 엿보고 있던 참이었다.

전쟁발발 당시, 비숍은 4개월에 걸친 조선 중부지방의 여행을 마치고, 이어서 금강산을 둘러 육로로 북상해 원산에 도착 후, 증기선으로 부산을 거쳐 1894년 6월 21일 제물포에 도착하게 된다. 도착하던 바로 그 날 영국 부영사가 청일전쟁이 발발할 것이라는 통고를 하면서, 금일 중으로 한국을 떠나달라고 종용한다. 서울에 맡겨둔 돈과 생활용품을 챙길 틈도 없이 영국인 환자 2명과 함께 일본의 기선 히코마루호 편으로 한국을 탈출하게 된다.

이날 제물포의 상황을 비숍은 다음과 같이 적고 있다.

상륙하자 나는 활기가 없었던 제물포 항구가 완전히 바뀌어 있음을 발견했다. 거리에는 엄숙히 행진하는 일본군들의 발걸음 소리가 길게 울려 퍼졌고, 길게 이어진 열차들과 꼴을 실은 마차가 길을 차

단하고 있었다. 일본인 거주지의 주요 거리에 있는 모든 집들은 막
사로 변했고, 발코니에서는 총과 장비가 번쩍거렸다. 얼떨떨한 한국
군중들은 당황한 모습으로 그들 항구가 외국 군대의 캠프로 변해가
는 것을 멍하니 바라보면서 길거리에서 어슬렁거리거나 언덕에 앉
아 있었다.

On landing, I found the deadly dull port transformed : the streets
resounded to the tread of Japanese troops in heavy matching order, trains
of mat and forage carts blocked the road. Every house in the main street
and crowded with troops, rifles and accoutrements gleamed in the
balconies, crowds of Koreans, limp and dazed, lounged in the streets or
sat on the knolls, gazing vacantly at the transformation of their port into
a foreign camp.[ⅩⅢ]

이날 제물포에 상륙한 일본 병력은 오시마 요시마사(大島義昌) 소장이
이끄는 혼성 여단의 주력부대로 보병이 약 5,800명, 하사관 584명, 위
관 187명, 좌관 16명, 기병 300명이었다고 한다. 이 병력의 상륙에 따
른 조선 정부와의 사전 협의가 없었음은 물론이다. 이날 비숍은 러시아
군 젊은 장교와 함께 제물포에 상륙한 제1진의 일본군 야영장을 방문
한다. 상륙한 지 불과 2시간밖에 지나지 않았지만 정리정돈이 잘 되어
있었다고 한다. 1200명의 병사가 20명씩 수용되는 텐트에 야영하고 있
었으며, 환풍구와 배수로가 있었고, 그 외 식사, 식기, 탄환, 포탄, 기병
대의 말, 안장 등에 대해서도 세세하게 기록하고 있다. 비숍은 일본군
의 상륙이 동학 농민 봉기로 자국민 보호라는 명분을 내세우고 있지만,
실은 일본 육군성이 치밀하게 준비해온 작전이라고 분석하고 있다. 이
미 일본은 정보요원을 중국 중심부는 물론, 티베트 지방까지 널리 파견

하여 중국군의 장비, 요원, 군수물자에 이르기까지 완벽하게 파악한 상태에서 결행된 작전이었다. 매사에 낙천적이고 여유 만만한 비숍도 이날 일본군의 상륙에는 당황했던 것 같다. 급히 한국을 탈출한 때문이기도 하지만, 제물포에서 다음 기항지인 중국의 체푸(芝罘, 지금의 煙台市)항까지의 운임을 지불하고 보니 그의 수중에는 단지 4센트만이 남았다고 할 정도이다. 체푸를 거쳐 만주 여행길에 오르게 되는데, 그가 청일전쟁 발발 소식을 들은 것은 뉴창(牛莊)에서이다. 여행지 펭티엔(奉天)의 기록에는 다음과 같이 적고 있다.

> 7월 23일, 드디어 일본은 위협해 왔던 결정적인 조치를 취했다. 왕궁을 강제로 점거하고 사실상 국왕을 유폐하고 말았다. 그리고 일본의 선동이었지만 명목상으로는 대원군의 간청에 따라 그의 주도 하에 일어난 일처럼 되었다. 이 사건 후 상황은 급속히 진전되었다. 7월 25일 영국 상선으로 영국 국기를 날리며 1천 2백 명의 중국군을 수송하던 高陞號가 일본 해군의 순양함 나니와호에 의해 무참히 격침되고 말았다. 나흘 후 아산(牙山) 전투에서 일본은 청국군을 격퇴하고 승리를 거두었다. 7월 30일 일본의 협박을 받은 한국은 앞으로 중국의 종주권 행사를 거부한다는 선언을 발표했다. 8월 1일 전쟁은 포고되었다. 7월 중순까지 펭티엔은 별다른 일이 없었기 때문에 이 사건과 그 이후의 일은 거의 알 수 없었다.

On 23rd July took the "decisive measure" she had threatened, assauled and captured the Palace, and practically made the King a prisoner, his father, the Tai-Won-Kun, at his request, but undoubtedly at Japanese instigation, taking nominally the helm of affairs. After this events marched with great rapidity. On 25th July the transport Kowhing, flying the British flag and carrying 1200 Chinese troops, was sunk with great loss of life by the Japanese cruiser Namiwa, and four days later thd Japanese won the battle of A-san and dispersed the Chinese army. Before 30th July Korea gave notice of the renunciation of the Conventions between herself and China, which was equivlent to renouncing Chinese sovereignty. On 1st August war was declared. Of the sequence of these events, and even of the events themselves, we knew little or nothing, and up to the middle of July Muk-den kept "the even tenor of its way."[ⅩⅣ]

비숍은 7월 23일의 사건은 일본 군인의 주동하에 일으킨 무력 행사라고 일컫는다. 일본 군인들과 일단의 반청·친일 개화파 관료들이 합세하여 일으킨 갑오경장운동과, 그 후 청일 전쟁의 선전 포고에 이르기까지의 과정이 기술되어 있는 부분이다.

이날 동학 농민봉기를 계기로 서울에 진입해 있던 일본군이 왕궁인 경복궁을 강제로 점거하고 대원군의 입궐을 도와 집권시킨 다음, 대원군의 지원 하에 김홍집 내각을 발족시켰다. 이 개혁운동은 1896년 2월 11일 고종이 러시아 공사관으로 파천하기까지 지속되었다. 갑오경장을 주도했던 20여 명의 중견 관료 중 兪吉濬·趙義淵·金嘉鎭·安駉壽·金鶴羽·權瀅鎭 등 6명이 가장 중심적인 인물로, 이들은 일본 미국 등지에 유학했거나 재외공관에서 근무한 적이 있는 인물들이다.

청일전쟁이 공식적으로 종결된 것은 1895년 5월이다. 그간의 큰 전장을 든다면 1894년 9월 15일의 평양전투, 1895년 2월 5일 중국 북양함대의 궤멸 등일 것이다. 평양전투가 끝난 2개여 월 후 비숍은 개성 평양 등 북쪽 지방을 여행하게 된다. 평양전투의 참상과 폐허화된 모습에 대해 길게 기술하고 있다.

평양 전투는 봉천사단 左寶貴 총사령관이 이끈 부대로 휘하 장병 1만 2천 명 중 단 한사람의 생존자도 없이 전원 전멸한 전쟁이라고 하고 있다. 비숍은 전투라고 하기보다는 <대량학살>로 규정한다. 전투가 끝난 3주 후 이곳을 찾은 영국인 모페씨의 말을 빌려, 그 광경은 <도저히 말로 표현할 수조차 없을 정도의 참사>, <그 때까지도 그 곳에는 그들을 짓누르고 있는 시체들과 말들의 더미>가 남아 있었다. 더욱이 <뜨거운 햇살 아래 변색되고 썩고 있는 시체더미 곁에는 주인으로부터 버림 받은 개들이 축제를 벌이고 있었다.>

그런가 하면 <성안에는 우아한 작은 언덕 위에 일본인들이 전사한 동료 168명을 기리기 위해 훌륭한 돌비석을 세워 놓았다>고 하여, 승전국과 패전국 병사의 전사가 전쟁의 승패에 따라 각각 어떻게 다른가를 부각하고 있다. 무엇보다 비숍은 무참히 죽어간 병사들의 명복과 전쟁의 참혹함, 그리고 전쟁이 가져다준 인간의 잔혹성을 강하게 고발하고자 했던 것으로 보인다. 또 한편으로는 봉천에 있는 좌보귀 장군의 유족을 위해 장군이 최후를 맞은 성벽에 올라가 사진을 찍어 기념하고자 하는 따뜻한 인간애를 보이고 있다. 비숍은 중국 북양 함대의 궤멸에 대해서는 구체적인 언급을 하지 않고 있다. 북양 함대 제독인 정여창 장군은 중국 해군의 명맥을 유지하기 위하여 스스로 항복이란 길을 택했다고 하나, 항복 후 중국 힘대는 철저하게 파괴되고 말았다. 중국 북양 함대 본부가 있던 곳이 바로 威海이다. 아울러 평양성의 아름다움과 그 파괴에 대해서도 일필을 빠뜨리지 않고 있다.

인구 6만을 지녔던 평양은 쇠락하여 1만 5천 명의 주민만이 남아 있었다. 가옥의 5분의 4가 부서졌고, 거리와 골목길은 전쟁이 남긴 쓰레기 더미로 남아 있다. … 어떤 곳은 문과 창문이 떨어져 나간 채로 지붕과 벽만이 서 있어서 눈알이 빠져버린 끔찍한 사람의 얼굴을 연상하게 한다. 평양은 군대에 의해 습격당한 것이 아니었다. 일본군들이 전쟁 후 3주일 동안 피난민들이 남겨둔 재산을 약탈했으며, 심지어 영국인 모페씨 집에서도 7백 달러를 가져갔다. … 이런 상황에서 조선에서 가장 번성했던 도시의 재산은 다 파괴되었다고 한다. … 평양의 성벽 안쪽에 아름다운 곳에 위치한 모란대에는 아직도 나뭇가지들에 총탄이 박혀 있었고 많은 나무들이 총탄에 쪼개져 성한 가지 하나 남아 있지 않았다고 한다.

A prosperous city of 60,000 inhabitants reduced to decay and 15,000 —four-fifths of its houses destroyed, streets and alleys choked with ruins, hill-slopes and vales once thick with Korean crowded homesteads, covered with gaunt hideous remains. … Everywhere there were the same scenes, miles of them, and very much of the desolation was charred and blackened, shapeless, hideous, hopeless, under the mocking sunlight. Phyöng-yang was not taken by assault ; there was no actual fighing in the city. … They looted the property left by the fugitives during three weeks after the battle, taking even from Mr. Moffett's house $700 worth, although his servant made a written protest, the looting being sanctioned by the presence of officers. Under these circumstances the prosperity of the most prosperous city in Korea was destroyed. If such are the results of war in the "green tree," what must they be in the "dry"? … Outside the wall, in beautifully-broken ground, roughly wooded with the Pinus sinensis, there are still bullets in the branches.[ⅩⅩⅥ]

전쟁이란 美名하에 무참히도 학살된 병사들, 전쟁 당사자국이 아니면서 전장이 된 평양과 평양인의 참상, 그리고 전쟁 후 일본군인의 습격과 약탈로 잿더미가 된 평양과 평양시민들, 이를 통해, 비숍은 日本의 패권야욕이 빚은 참상을 고발하고자 했던 것으로 보인다.

2. 명성황후 시해와 日本人의 두 얼굴

청일전쟁의 승리로 동아시아에 있어 실권을 장악한 일본은 한반도 병탄 세부 계획을 실행해 나아가고자 했다. 그러나 여기에 번번이 걸림돌이 되는 것이 다름 아닌 외교적으로 정치 수완이 뛰어난 왕비, 명성황후 민비(1851~1895)였다. 이에 1895년 10월 8일 새벽, 주한 일본 공사 미우라고로(三浦梧樓)의 지시 하에 사무라이와 군인, 경찰 등, 60여 명으로 구성된 암살단이 왕궁을 습격하여 왕후를 시해한 것이다. 이를 을미사변이라고 한다. 이들은 거사명을 여우사냥이라고 했다.

비숍이 명성황후 시해 소문을 들은 것은 1895년 10월 10일 나가사키에서이다. 그는 2월부터 5개월 동안 중국 남부여행을 마치고 여름을 일본에서 보내다가 나가사키에 내려갔을 때다. 그의 표현을 빌리면 <황후 시해라는 청천벽력과 같은 소문>의 진위를 확인하기 위해 미국 공사 실르(Sill)씨를 츠르가마루호 선상에서 만나 확인한 후, 제물포로 향했다. 곧장 서울로 가서 영국 공사관의 힐리어씨와 숨 막히는 두 달을 보냈다고 한다. 이 기간 동안 국왕 고송을 알현하고 조문한다. 이어서 40여일 후 황후 시해 사건 심리가 열렸던 히로시마 법정에 참석하여 재판과정의 시종을 지켜본다. 명성황후 생존 시에 4번이나 알현했고, 같은 여성으로 서로가 존경과 우정을 나누었던 비숍으로서는 그 충격이 얼마나 컸던가는 능히 짐작이 된다. 비숍이 명성황후 첫 번째 알현 후 그의 인물평을 다음과 같이 적고 있다.

왕비는 그때 마흔 살을 넘긴 듯 했고 퍽 우아한 자태에 늘씬한 여성이었다. 머리카락은 반짝반짝 윤이 나는 칠흑 같은 흑발이었고 피부는 진주분을 사용하고 있어 더욱 희게 보였다. 눈빛은 차갑고 날카로우며 예지가 빛나는 표정이었다. … 나는 왕비의 우아하고 고상한 태도에 깊은 감명을 받았다. 그녀의 사려 깊은 친절, 특출한 지적 능력, 통역자가 매개 했음에도 느껴지는 놀랄만한 말솜씨 등 모두가 그러했다. 나는 그녀의 기묘한 정치적 영향력이 왕뿐 아니라 그 외 많은 사람들을 수하에 넣고 지휘하는 통치력을 충분히 이해하게 되었다.

Her Majesty, who was then past forty, was a very nice-looking slender woman, with glossy raven-black hair and a very pale skin, the pallor enhanced by the use of pearl powder. The eyes were cold and keen, and the general expression one of brilliant intelligence. … On each occasion I was impressed with the grace and charming manner of the Queen, her thoughtful kindness, her singular intelligence and force, and her remarkable conversational power even through the medium of an interpreter. I was not surprised at her singular political influence, or her sway over the King and many others.[ⅩⅩⅠ]

비숍은 황후에 대해 최대의 찬사를 보내고 있다. 비숍뿐 아니라 황후를 알현한 사람들은 누구나가 그의 영민함에 대해 언급하고 있다. 조정 대신들도 그의 영민함을 알기 때문에 몇 사람의 지혜를 합해 대응하고자 했지만 황후 앞에 나아가면 매번 설복 당하고 말 정도라고 평가하고 있다. 심지어 노련한 외교가로 정치적 수완을 발휘했던 이노우에가오루(井上馨)도 황후에게는 항상 설복 당했다는 후문이다. 황후의 시해에 대해 비통해 함은 비숍의 저서 곳곳에서 나타나고 있다. 그가 만났던 수 많은 사람들 중, 지기란 면에서 존경과 우정을 나눌 수 있었던 사람은 오직 황후였던 것으로 보인다.

나는 낙담한 바가 너무 크고 슬픔 또한 현실적으로 다가와서 서울의 겨울에 누릴 수 있는 작은 즐거움이 눈에 들어오지 않았다. 모든 외교관 부인, 특히 왕비의 시의이기도 했던 언더우드 여사나 친한 친구인 웨버 여사를 위시해 어느 외국인 여성도 왕비의 죽음을 가까운 사람의 죽음으로 느끼고 있었다.

The dismay was too profound and the mourning to real to permit even of the mild gaieties of a Seoul winter. Every foreign lady, and specially Mrs. Underwood, Her Majesty's medical attendant, and Mme. Waeber, who had been an intimate friend, felt her death as a personal loss.[X X Ⅲ]

황후 시해에 대한 슬픔이 외교가의 여성들의 의례적이고, 수사적인 슬픔이 아니고 진정한 존경과 우정에서 비롯된 것임을 알 수 있다. 이들의 비통을 통해 명성황후의 인물 됨됨을 능히 짐작하게 한다.

영리하고 매력적이며 야망을 가졌던 여러 면에서 사랑스러운 점이 많은 한국의 왕비는 가장 가까운 일국의 공사로부디 미얼한 행위를 교사 받은 외국인 암살단의 손에 44살의 나이로 목숨을 잃고 말았다. 왕후의 생전, 이노우에 백작은 왕비만큼 영민하고 총명한 사람은 드물다. 적을 회유해서 시종들의 신뢰를 얻는 기술에 있어서는 왕비를 대적할 만한 사람이 없다.

Thus perished, at the age of forty-four, by the hands of foreign

assassins, instigated to their bloody work by the Minister of a friendly
power, the clever, ambitious, intriguing, fascinating, and in many respects
lovable Qween of Korea. In her lifetime Count Inouye, whose verdict for
many reasons may be accepted said, "Her Majesty has few equals among
her countrymen for shrewdness and sagacity. In the art of conciliating her
enemies and winning the confidence of her servants she has no equals."
[XXⅢ]

황후의 인간적인 면을 소상하게 추모하는 글이라고 할 수 있다. 황
후는 근엄하기보다는 때로는 <사랑스러운 점이 많은> 가냘프고, 사랑
스런, 그러면서도 지성과 야망을 두루 갖추고 있는 여인이다. 그렇기
때문에 외교가의 여인들의 존경과 신망, 사랑을 한 몸에 받는 선망의
여인이었다. 그런 사랑스럽고 가냘픈 한 여인이 칼로 난도질하고 거기
에 등유마저 뿌려 불 태웠다는 정부 차원의 만행, 그것은 결코 있을 수
도, 상상조차 할 수 없는 만행이지만 현실적으로 일어났던 것이다. 따
라서 비숍은 일본 정부의 비열한 만행에 대해 비판의 목소리를 더욱
높이고 있다. 더욱이 목적 달성을 위해 인면수심 같은 행위를 서슴치
않는 미우라(三浦) 자작과 스기무라(杉村) 서기관에 대해 다음과 같이 비
하하고 있다.

미우라 자작은 일본 공사관의 서기관인 스기무라(그는 그 계획의
세부 사항을 마련한 사람이다.)와 자객을 데리고 입궐했다. 적극적으
로 그 유혈 작업에 동참한 것이 분명한 일본인을 데리고 그 날 새벽
왕국에 도착하여 심하게 동요되어 있는 임금을 배알한 것이다.

Viscount Miura arrived at the Palace at daylight, with Mr. Sugimura,

Secretary of the Japanese Legation(who had arranged the details of the
plot), and a certain Japanese who had been seen by the King apparently
leading the assassins, and actively participating in the bloody work, and
had an audience of His Majesty, who was profoundly agitated.[ⅩⅩⅢ]

명성황후 시해 사건은 일본의 함구에도 불구하고 사건 그 다음 날
프랑스 기자의 기사를 통해서 서방 세계에 시해 장면을 그린 그림과
함께 알려지게 된다. 비록 히로시마 법정에 기소 된 미우라와 스기무라
두 피고에게 정치적으로 무죄 판결을 내렸음에도 불구하고 비숍의 표
현처럼 패권주의로 팽창하던 <일본의 야욕>은 세계 여론에 부딪혀 한
동안 주춤할 수밖에 없었다. 명성황후의 시해 사건이 낳은 세계 여론의
비판 때문이다.

Ⅳ. 한국인의 역동성과 한국미의 발견

비숍은 일본과 중국 오지 지방 여행과 마찬가지로 조선에서도 서울
을 비롯한 도시와 함께 오지의 곳곳을 둘러보았다. 그렇게 긴 기간은
아니지만 가장 변화가 격심한 시기에 전국을 들러본 셈이다. 그의 저서
마지막 장인 <최후에>는 그가 견문한 바와 소망하는 바를 담고있다.
그 마지막 구절은 다음과 같이 마감하고 있다.

러시아와 일본이 조선의 운명을 놓고 서로 대치한 상태에서 내가
조선을 떠나게 된 것은 매우 유감스럽다. 내가 처음 조선에 대해서
느꼈던 혐오감은 이젠 거의 애정이라고 할 수 있는 관심으로 바뀌었

다. 이전의 어떤 여행에서도 나는 조선에서 보다 더 섭섭한 마음으
로 헤어진 사랑스러운 친구들을 사귀어 보지 못했다. 나는 너무도
아름다운 조선의 겨울 아침을 감싸고 도는 푸른 벨벳과 같은 부드러
운 공기 속에서 눈 덮인 서울의 마지막 모습을 보았다. 다음날 조선
정부의 작은 기선인 현익호(顯益號)에 봄을 싣고 상하이를 향해 제물
포를 떠났다. 상하이에서는 현익호가 천천히 강을 거슬러 올라가자
바람에 나부끼는 조선의 국기는 많은 사람들의 이목을 불러 일으켜
떠들썩하게 사람들을 불러 모았다.

It is with great regret that I take leave of Korea, with Russia and
Japan facing each other across her destinies. The distaste I felt for the
country at first passed into an interest which is almost affection, and on
no previous journey have I made dearer and kinder friends, or those from
whom I parted more regretfully. I saw the last of Seoul in snow in the
blue and viloet atmosphere of one of the loveliest of her winter mornings,
and the following day left Chemulpo in a north wind of merciless
severity in the little Government steamer Hyenik for Shanghai, where the
quaint Korean flag excited much interest and questioning as she steamed
slowly up the river.[ⅩⅩⅩⅦ]

비숍이 본 1897년은 러시아와 일본이 한국을 두고 동아시아 패권을
다투고 있던 격렬한 시기이다. 청일전쟁 후 배상 문제에 있어 3국의 간
섭과 세계 각국의 이해관계가 맞물려서 일본이 요동반도 할양을 포기
하지만, 일본의 끊임없는 패권 야욕을 언제까지 드러내지 않고 자중할
수 있을지, 그 야욕을 드러내는 것은 시간문제로 비숍은 보고 있다. 거
기에 비하면 러시아는 동아시아 지역에서 패권다툼을 하고는 있지만
아직은 느슨한 편이라고 본다. 하지만, 이 같은 격돌을 조선이 어떻게

헤쳐 나갈 것인지, 비숍으로서는 떠남에 앞서 만감이 교차되는 순간이
기도 했을 것이다. 그의 언급처럼 그가 조선에 처음 발을 디뎠을 때 느
꼈던 「혐오감」과는 달리 더욱 더 정감이 가는, 그래서 깊은 애정을 느
낄 수 있는 곳, 그러한 곳이 바로 조선이었던 것이다.

조선의 무엇이 그의 혐오감을 바꾸게 했을까? 그것은 아름다운 자
연, 기후 조건, 자연과의 조화 속에서 살아가는 민중들의 삶, 순후한
인심, 거기에 천혜의 자원이 있고 도덕적으로 무장된 사람들, 그리고
어떠한 가난에도 굴하지 않는 강인함, 무한한 잠재력과 발전의 에너지
가 조선을 사랑하게 된 점이라고 그는 말하고 있다. 비숍은 수도 서울
에서의 변모를 직접 체험했고, 만주와 러시아령 이주민들의 생활상을
다음과 같이 기술하고 있다. 만주 이주자들의 생활상도 직접 체험했던
것들이다.

이곳의 한국 남자들에게는 고국의 남자들이 갖고 있는 그 특유의
풀죽은 모습이 사라져 버렸다. 토착 한국인들의 특징인 의심과 나태
한 자부심, 자기보다 나은 사람에 대한 노예근성, 주체성과 독립심,
아시아적이라기보다는 영국적인 자주성과 터프한 남자다움으로 변
했다. … 이곳에서 일하는 모든 사람들은 평온할 수 있었다. 농부들
대다수는 부자였고, 무역에 종사하여 광대한 계약을 만들어가고 있
었다. … 한국에 있을 때 나는 한국인들은 세계에서 제일 열등한 민
족이 아닌가 의심한 적이 있고, 그들의 상황을 가망 없는 것으로 여
겼다. 그러나 이곳 프리모르스크에서 내 견해를 수정할 상당한 이유
를 발견하게 되었다.

The air of the men has undergone a subtle but real change, and the
women, though they nominally keep up their habit of seclusion, have lost

the hang-dog air which distinguishes them at home. The suspiciousness and indolent conceit, and the servility to his betters, which characterise the home-bred Korean, have very generally given place to an independence and manliness of manner rather British than Asiatic. ··· All who work can be comfortable, and many of the fatmers are rich and engage in trade, making and keeping extensive contracts. ··· In Korea I had leaned to think of Koreans as the dregs of a race, and to regard their condition as hopeless, but in Primorsk I saw reason for considerably modifying my opinion.[ⅩⅠⅩ]

비숍은 만주에 정착한 이주민들이 러시아령 만주 이주민들에게는 미치지 못하지만 부유한 생활과 역동성이 있다고 기술하고 있다4). 하지만 국내에서는 그와 같은 면모는 찾아보기 어렵다는 언급이다. 그 원인으로 관리들의 부패, 패거리 의식, 농민들의 의욕상실, 정치적 혼란상 등을 들고 있다. 그렇지만 갑오경장 후 짧은 기간 내에 다방면에서 개혁이 진행되면서 종전의 부정적 이미지가 급속히 개선되고 있다는 평가이다. 아울러 한국의 미래에 대해 밝게 전망하고 있다. 그 예로 신식군대 창설, 서울의 도시정비, 독립신문의 간행을 통해 권력 남용의 고발, 민중들의 의식 변화 등을 들고 있다. 서울의 도시 변모를 다음과 같이 기술하고 있다.

이전까지는 가장 지저분한 서울이 이제는 극동의 제일 깨끗한 도시로 변모해 가고 있는 중이다! 이 대변신은 4개월 전부터 행해지고

---

4) 이 점에 대해서는 1898년에 이곳을 방문한 가린 미하일로브스키(『조선, 1898년』도 같은 언급을 하고 있다. 특히 조선인의 정직과 근면, 높은 도덕성과 인정미, 그리고 청결과 자상함에 대해 높이 평가하고 있다.

있는데, 의욕적이고 유능한 세관장의 발안을 워싱턴에서 시정 운영에 대해 배운 지성과 수완이 있는 한성 판윤인 李采淵씨가 지지한 것이다. … 한국의 발전은 단지 넓은 도로를 만드는 것에만 있지 않다. 수없이 많은 좁은 길들은 넓혀지고 있고, 도로는 포장되어 자갈이 깔려지고 있다.

And Seoul, from having been the foulest is now on its way to being the cleanest city of the Far East! This extraordinary metamorphosis was the work of four months, and is due to the energy and capacity of the Chief Commissioner of Customs, ably seconded by the capable and intelligent Governor of the city, Ye Cha Yun, who had acquainted himself. … It is not, however, only in the making of broad thoroughfares that the improvement consists. Very many of the narrow lanes have been widened, their roadways curved and gravelled, and stone gutters have been built along the sides, in some cases by the people themselves.[X X X V I]

비숍이 혐오감을 느낀 제물포는 조선과는 관계없이 중국과 일본 상인들이 일시에 대거 밀려와서 그들이 임의로 만든 항구다. 따라서 처음부터 도시의 경관은 자연과의 조화를 생각하지도, 고려할 수도 없었던 것이다.

그가 처음 본 서울도 혐오의 대상이었다. 그러나 그의 고백처럼 <나는 서울의 군중들에서 오랑캐의 문화를 받아들이지 않으려는 완강한 행렬… 그들의 예법과 관습과 중세풍의 군주국의 수도로서의 정체성을 지키려는 안타까운 몸부림의 행렬을 본 것>이다. 더욱이 1년이 지나면서 그런 인식에서 벗어났다고 하였다. 그가 떠나기 앞서 1년 전부터는

도시 개혁을 통해 소담한 도시로 탈바꿈했다고 기술하고 있다. 그가 한
국 자연의 아름다움에 심취하기는 도착 후 50여 일이 지난 5월 21일경
강원도 김화군 원동면 방평리를 지날 때부터이다. 이곳의 자연을 그는
이토록 극찬하고 있다.

> 개울물은 우루루 소리를 지르며 부딪치고 방울방울 부서져 물거
> 품을 일으키며 내리친다. 조용한 숲은 더욱 청신해진 꽃잎들로 눈을
> 즐겁게 했고, 그들이 풍기는 짙은 향기는 저녁 대기를 살찌운다. 이
> 같은 순간들, 그리고 또 다른 몇몇 순간들에서 나는 한국이라는 나
> 라를 한번 본 사람이면 영원히 잊을 수 없는 고유한 아름다움을 가
> 지고 있음을 느낀다. 그 아름다움은 봄이나 가을, 그리고 우리가 관
> 습적 가치관에서 벗어날 때만 찾을 수 있다. 비록 마을이 누추하다
> 해도 무성한 숲 가운데 혹은 부드러운 초원 위의 주변과 조화를 이
> 루고 있는 한국이라는 나라를 한번 본 사람이라면 이를 영원히 잊을
> 수 없는 고유한 아름다움을 지닌 곳이라 할 것이다.

> Mountain torrents boomed, crashed, sparkled, and foamed, the silent
> woods rejoiced the eye by the vividness of their greenery and their masses
> of white and yellow blossom, and sweet heavy odours enriched the
> evening air. On that and several other occasions, I recognised that Korea
> has its own special beauties which fix themselves in the memory ; but
> they must be sought for in spring and autumn, and off the beaten track.
> Dirty and squalid as the villages are, at a little distance their deep-eaved
> brown roofs, massed among orchards, on gentle slopes, or on the scenery,
> and men I their queer white clothes and dress hats, with their firm tread,
> and bundled-up women, with a shoggling walk and long staffs, brought
> round with a semicircular swing at every step, are adjuncts which one
> would not wilingly dispense with.[X]

비숍은 이곳에서 자연과의 조화 속에 무위자적하며 살아가는 민중들의 삶을, 그리고 순후한 인심, 한국인의 원초적 삶의 미를 보았던 것이다. 비숍의 심미적 자연관은 금강산에 이르러 더욱 고조된다. 특히 일만 이천 봉은 그가 본 그 어느 곳보다도 가장 뛰어나다고 하고 있다.

이 산에서는 조선 제일의 절경이라고 하는 일만 이천 봉을 내려다볼 수 있었다. 그 아름다움과 장엄함에 필적할 경관을 나는 일본에서도 또한 중국 서부에서도 다 한 번도 본 적이 없다. 대협곡을 가로질러 장안사 계곡의 천둥소리를 통과하고 보니 호랑이가 어슬렁거리고 다닐 만한 무한한 녹색의 원시림 위로 정상을 향해 산줄기가 솟아 있어 각각의 누런 화강암 암벽 등성이가 모두 산꼭대기인 것 같았다.

From it the view, which passes fo the grandest in Korea, is obtained of the "Twelve Thousand Peaks." There is assuredly no single view that I have seen in Japan or even in Western China which equals it for beauty and grandeur. Across the grand gorge through which the Chang-an Sa torrent thunders, and above primæval tiger-haunted forests with their infinity of green, rises the central ridge of the Keum-Kang San, jagged all along its summit, each yellow granite pinnacle being counted as a peak.[XI]

같은 시기 백두산을 여행한 가린·미하일로브스끼(1852~1906)도 『조선, 1898년』5)에서 조선의 산수의 아름다움과 조선인의 순박함, 예의

---

5) 가린 미하일로브스끼의 『조선, 1898』 이외에 러시아인의 조선에 관한 서적으로 I. A. 곤차로프의 『1854년의 조선』(박태근 역)과 세로쉐프스키의 여행기 『한국 : 극동의 열쇠』(김진영 역) 등이 있다.

바름, 불굴의 정신, 높은 도덕성에 대해 끊임없이 극찬을 아끼지 않고 있다. 여기에서는 다만 자연의 아름다움을 서술한 부분만을 인용한다.

> 그러자 다시 환상적인 톱니 모양의 깎아지른 듯한 분화구의 벽속 깊이, 에메랄드 빛으로 선명히 반짝이는 호수가 내 앞에 떠오른다. 그리고 수백 킬로를 에워싸는 험준한 지형과 함께 백두산 자신은 잊을래야 있을 수 없는 그 어떤 강렬무비한 인상을 주면서 그 매혹적인 전경을 또다시 생생히 눈앞에 펼쳐준다. … 저 깊은 곳, 고요함과 아득함이 깃들어 있는 평화로운 호수의 에메랄드. … 여기는 모든 것이 원시 그대로이다. 기마병을 가리는 울창한 풀숲과 원시림, 여기엔 꿩, 백조, 거위, 들오리, 그리고 개울이나 늪에 번식하는 야금이 있다. 여기엔 가장 질이 좋은 값진 산삼과 금값으로 팔리는 약초들이 자라고 있다. … 또한 이 처녀지에서 예술가들은 그지없이 환상적인 이 미개한 아시아적 미(美) 속에서 그 얼마나 독특한 매력을 발견할 수 있을 것인가.
> ― 김학수 역, 「제3장 저것이 백두산이다」, 『조선, 1898년』 하

비숍은 한국의 좋은 점만을 이야기한 것은 아니었다. 오히려 한국의 단점, 개선해야 할 점을 더욱 지적하고 있다. 첫째로 관리들의 부패이다. 그는 이들의 부패를 유교문화의 병폐로 지적되는 패거리 의식 구조에서 연유되는 원천적인 문제로 보고 있다. 패거리 의식 구조가 지닌 의타성, 그리고 모험심 결여도 지적하고 있다. 아울러 급격한 사회 변동으로 전통에 기반을 둔 미덕의 훼손, 전통에 반하는 퇴폐적 요소 등도 지적하나 이는 조선인의 근면성과 고도의 도덕성으로 극복되리라고 밝게 전망을 펼치고 있다.

그가 귀국하기 위해 몸을 실은 한국 정부의 소형 선박 현익호(顯益號)

가 상해의 푸른 물결을 헤치며 앞으로 나아갈 때 선상에 꽂은 태극기는 뭇사람의 이목을 집중하게 하였다. 그들의 갈채 속에서 군중을 헤쳐 나가듯이 조선의 장래도 그와 같이 헤쳐 나갈 수 있을 것이라고 염원하면서 비숍은 귀국의 길에 올랐다. 하지만 결과는 그의 염원과는 달리 다른 방향으로 나아가 결국 조선은 일본에 병탄되고 말았다.

V. 결론

지금까지 비숍이 조선을 여행한 시기, 당시의 현안 문제에 초점을 맞추어 살펴보았다. 비숍의 여행기는 현실적인 문제를 토픽으로 기술한 면이 강하지만, 그러나 실증적이고 구체적 면의 기술이라는 면과는 별도로 동아시아와 서양이라는 공간에서 패권주의가 낳은 보편성과 특수성을 조감할 수 있다. 특히 비숍은 같은 시기에 동아시아 한·중·일 3국을 여행하여 당시의 현안문제의 기술과 함께, 지리적인 면, 각국의 고유문화를 천착하여 이를 기술하고 있는 점에서 특징을 지닌다. 따라서 그를 통해서 좁게는 19세기 말 동아시아 전체, 넓게는 19세기의 세계사를 전체적으로 조감할 수 있다. 또한, 그의 사상과 행동양식을 통해서 동서를 함께 조감할 수 있다는 것이 부차적인 그의 특성이라고 할 수 있을 것이다. 본고에서는 앞에서 언급한 것처럼 좁은 의미에서의 토픽성 문제에 한해서 살펴보았다. 하지만 앞으로 그의 여행기 전반의 검토를 통해서 보다 폭넓은 면에서 연구가 요구된다고 생각된다.

일본에서는 임진왜란을 어떻게 인식하여 왔는가

최 관

Ⅰ. 임진왜란에 대한 명칭

임진왜란에 대한 동아시아 한중일 삼국에서 사용하여온 명칭은 각기 다른 양상을 보이고 있다. 한국에서는 임진왜란과 정유재란, 통칭하여 임진왜란으로 불러왔다. 이에 비해 일본에서는 시대에 따라 다양한 용어로 불러왔다. 예를 들어 근세에는 <唐入り>, <朝鮮征伐>, <朝鮮役>, <高麗陣>, <朝鮮陣>, <三韓征伐>, <征韓> 등이라 하였고, 그 호칭 앞에 히데요시(秀吉) 혹은 태합(太閤)를 붙이기도 하였다. 근대 이후에는 朝鮮役을 중심으로 근세에서의 호칭을 사용하였으며, 현대에는 <朝鮮出兵>, 교과서 등에는 당시 천황의 연호를 따서 <文禄の役>와 <慶長の役> 합하여 <文禄・慶長の役>라 하고 있고, 최근에는 <秀吉의 朝鮮侵略>이라 하여 역사인식을 드러내거나 한국과 같이 <壬辰倭乱>이라고 칭하는 연구자도 나타났다.[1] 이처럼 일본에서 임진왜란에 대한 호칭이 통일되지 않고 시대에 따라 달라져왔음을 알 수 있다. 또한 북한에서는 <임진조국해방전쟁>, 중국에서는 <壬辰倭禍>, <万曆朝鮮役>으로 칭하고 있다. 이와 같이 동아시아 지역에서 임진왜란에 대한 명칭이 통일되지 않은 것은 아직까지 임진왜란에 대한 평가와 인식이 정리되지 않았음을 단적으로 보여주고 있다고 할 수 있다.

특히 일본의 경우는 임진왜란에 대해 20여 개의 다양한 호칭으로 불려왔으며, 시대에 따라 호칭이 변화되어 온 특색을 보이고 있다. 또한 일본에서 임진왜란은 그 이전의 전쟁과는 차별화된 성격을 지니고 있다. 전설상의 이야기인 이른바 <신공황후의 삼한정벌>, 백제 멸망 후 구원군으로 출병한 백촌강 전투, 그리고 거꾸로 일본이 침략을 받은 고려·원의 일본침공만이 임진왜란 이전에 일어난 이민족과의 전쟁이었다. 이에 비해 임진왜란은 한중일 전쟁 규모나 7년간의 장기전이라는 전쟁사적인 측면, 한중일 그리고 서양까지 결부된 세계사적인 국제전이라는 측면에 있어서도 그 이전의 전쟁과는 구별될 뿐만 아니라, 전쟁의 목적이 일본에 의한 대륙 지배임을 명백히 드러낸 일본 역사상 최초의 해외 정복전쟁이었다.[2] 이러한 특색 이외에도 주지하는 바처럼 임진왜란이 한일양국의 정치·경제·사회·문화 등에 얼마나 지대한

---

1) 현재 일본에서 임진왜란 연구의 권위로 인정되고 있는 기타지마 만지(北島万次)선생은 본인의 저서명에서 조선침략, 혹은 임진왜란이란 용어를 사용하고 있다. 에 ; 『豊臣秀吉の朝鮮侵略』(吉川弘文館, 1996), 『壬辰倭乱と秀吉·島津·李舜臣』(校倉書房, 2002).

2) 히데요시의 중국지배 야망을 직설적으로 드러낸 문장은 곳곳에서 찾아볼 수 있다. 히데요시가 조선 선조에게 보낸 국서에는 다음과 같이 나와 있다. 「대명국으로 들어가서 우리나라(일본) 풍속으로 중국 400여주를 바꾸어놓고 황제의 조정에서 억만년이나 정치를 행할 마음을 갖고 있습니다. 그러니 귀국(조선)이 먼저 달려와 우리나라에 입조한다면 원대한 희망이 생겨 가까운 근심이 없어질 것입니다. (중략) 제가 바라는 것은 다른 것이 아니라 다만 아름다운 이름을 삼국에 남기는 것뿐입니다.」

영향에 남겼는가에 대해서는 일일이 지적하지 않아도 될 정도이다.

　본고에서는 임진왜란 관련 연구로서 그동안 주목받지 못하였던 문학 작품을 중심으로 일본에서는 임진왜란을 어떻게 인식하여 왔는가를 통시적으로 살펴보고자 한다.

II. 신공황후의 삼한정벌

　왜 도요토미 히데요시가 조선침략을 하게 되었는지 그 원인에 대해서는 현재까지 여러 설이 제시되어 있지만,[3] 아직도 뚜렷한 하나의 정설로 정리되어 있지 않은 상태이다. 그렇지만 임진왜란에 대한 기록이나 작품에서 조선과의 관계를 역사적으로 정리하면서, 대부분 공통적으로 언급되고 있는 사실은 신공황후의 삼한정벌이다.

　이하 중요한 조선군기물(朝鮮軍記物 : 임진왜란을 다룬 근세일본의 군기작품의 총칭)에서 구체적인 살펴보면 다음과 같다.[4]

---

3) 임진왜란 원인에 대한 주된 설을 제시하면, 첫째 귀하게 얻은 아들 쓰루마쓰(鶴松)가 3살을 못넘기고 죽자 그 실의에서 벗어나기 위해서였다. 둘째, 명과의 조공무역을 바랐지만 조선의 반대로 뜻을 이루지 못하였기 때문이다. 셋째, 일본이 소국이라는 사실에 대한 반발로 야망을 펴기 위해서였다. 넷째, 일본 국내 무장들의 반발과 불만을 해소하기 위한 방안이었다. 다섯째, 국내 영주들의 세력을 약화시키고 히데요시의 중앙집권을 강화시키기 위한 방안이었다 라고 개인적인 이유에서 경제적 정치적 이유까지가 제시되어 있다.

4) 임진왜란만을 일본 최초로 다룬 호리 교안(堀杏庵)의 『조선정벌기(朝鮮征伐記)』(1659년 간행, 9권9책)에는 쓰루마쓰의 죽음에 애통해하는 히데요시의 모습을 기록한 다음에 「히데쓰구에게 천하(일본)를 넘겨주고, (나는) 대명국에 들어가서 대명의 왕이 되겠다. 작년에 조선에서 사자가 왔을 때 대명국에 쳐들어갈 것이다. 조선이 선봉에 서라고 분부하였는데 지금까지 답이 없다. 필경 먼저 조선에 들어가 조선이 명을 따르지 않으면 죽이고, 그러고 나서 대명에 들어갈 것이다」고 나

17세기 후반 사쓰마번(薩摩藩)에서 임진왜란 당시 시마즈(島津)씨 선조들의 활약을 기록한『정한록(征韓録)』5)의 서(序)에,「옛날 신공황후가 신라를 정벌한 이래 고구려 백제가 모두 우리 조정에 신하로 종속했다. 그 이후 삼한에서 조공을 보내어 세월이 흘러도 끊이지 않았다. (중략) 고려 왕씨가 삼한을 통일한 이후에 일본조정에 조공을 잠시 게을리 하였다.」

1705년 조선군기물로서 완성된 장편 군담인 바바 신이(馬場信意)의『조선태평기(朝鮮太平記)』6)에는,「히데요시공이 말씀하시기를, 예로부터 중국이 우리나라를 침범한 일이 자주 있었지만 우리가 외국을 정벌한 것은 신공황후(가 처음)이다. (중략) 내가 대명(大明)을 공격하여 400여주를 장악하고 중화의 황제가 되고자 한다. 작년에 글을 조선에 보내서 이 일을 말했는데도 조선에 내 명(命)을 받아들이지 않고 지금까지 답서도 바치지 않으니, 이를 두고 죄라 하지 않으면 안 될 것이다.」(巻3.秀吉公朝鮮征伐評定事)

『조선태평기』와 동시기에 간행된 장편 군담인『조선군기대전(朝鮮軍記大全)』7)에는,「나는 대명에 건너가 그곳을 쳐서 순종시켜 노년에 은거

와 있고 삼국시대의 역사를 약술하면서도 신공황후에 대해서는 언급이 없는 특징이 있다. 이 문제에 대해서는 차후 다른 논문으로 정리힐 예정이나.

5)『정한록(征韓録)』은 6권 6책. 시마즈 히사미치(島津久通) 저. 1671년의 「자발」(自抜)이 있으므로 이 시기에 성립되었음을 알 수 있으며『전국사료총서 시마즈사료집(戦国史料叢書 島津史料集)』에 수록되어 간행되었다.

6)『조선태평기(朝鮮太平記)』전30권 15책. 1705년(宝永2) 7월에 저자 바바 신이(馬場信意)가 자서(自序)를 쓰고 8월에 에도(江戸)와 교토에서 간행되었다.「도요토미의 위풍에 복종하면 만인이 안락하게 될 것이라 생각하여 처음으로 기뻐하던 차에 또 의외로 조선정벌의 군을 일으킨다고 하니 만민의 한탄이 끊이지 않구나」와 같은 비판적 시각도 보인다.

7)『조선군기대전(朝鮮軍記大全)』본문 38권과 부록2권의 40권. 1705년(宝永2)에『조선

하는 곳으로 삼으려고 했기 때문에, 이미 조선에 보낸 사신에게도 이 뜻을 전했는데, 아직까지 답신도 없고 가타부타 소식이 없다. 이는 조선이 잘못한 것이다. 그것을 토벌하지 않으면 안 될 것이다. (중략) (가토 기요마사가 말하길) 신공황후의 삼한 정벌 이래로 조선은 우리나라의 개와 마찬가지라고 정해져서, (중략) 공물을 바치는 것을 게을리하지 않고 매년 가져왔는데, 그것조차도 최근은 그런 소식을 듣지 못하였다.」(卷1. 秀吉公朝鮮征伐思立事)

1831년 미토번(水戸藩) 쇼코칸(彰考館) 편수총재였던 가와구치 조주(川口長孺)가 저술한 『정한위략(征韓偉略)』는 「예로부터 (일본)조정이 번성하여 삼한이 조공을 바쳤다」라는 문장에서 시작되어, 임나일본부를 두었다고 기술되어 있다.

이상과 같이 근세 일본에서는 임진왜란을 도요토미의 업적으로 숭배하거나 비판하거나 하는 저자의 입장과 관계없이, 기본적으로 이른바 신공황후의 삼한정벌 이래 일본에 복속해 조공을 바쳐온 관계라는 점이 기저를 이루고 있다고 할 수 있다. 이렇게 일본에 조공을 바쳐온 조선이 센고쿠(戦国) 시대의 혼란을 구실로 삼아 공물에 소홀해졌기 때문에, 그에 대한 징벌로서 히데요시의 조선정벌이 감행되었다 라는 이유가 성립되게 된다.

여기에서 이른바 신공황후의 삼한정벌이란 일본에 어떻게 기록되어 있는지 첫 사례인 『일본서기(日本書紀)』를 보기로 하자.

제14대 주아이(仲哀) 천황이 야만인 정벌에 나섰다가 급사(急死)한 다음, 임신 중인 신공황후는 신탁(神託)에 따라 신라 정벌을 행하기로 한

태평기』와 동시에 간행. 저자인 세이키(姓貴)가 어떤 인물인지 밝혀지지 않았으나, 교토 오산(五山)에 속한 승려로 추정된다.

다. 다음 해 신라정벌을 위해 출병하여 신라뿐만 아니라 고구려·백제의 왕을 복속시키고 귀환했다고 기록되어 있다.

> 끝내 그 나라(신라) 안에 들어가, 중보의 곳간을 봉하고, 지도와 호적 문서를 거두었다. 곧 황후가 짚던 창을 신라왕의 문 앞에 세우고 후세의 표로 하셨다. 때문에 그 창이 지금도 역시 신라왕의 문에 서 있다. (중략, 신라왕이 금은 등을) 80척의 배에 실어 관군에 따라가게 하였다. 이로써 신라왕은 늘 80척의 배의 분량이 되는 조공을 일본국에 바친다. 그것이 이 연유이다. 이에 고구려, 백제 두 나라의 왕은, 신라가 지도와 호적을 거두어 일본국에 항복하였다는 것을 듣고는 비밀히 그 군세를 엿보게 하였다. 곧 도저히 이길 수 없을 것을 알고는, 스스로 진영 밖에 와서 머리를 땅에 대고 말하기를 「이후로는 오랫동안 서쪽 오랑캐라 일컬으며 조공을 그치지 않겠습니다」라고 아뢰었다.
>
> ─『일본서기』 권9[8]

이 밑도 끝도 없는 이야기가 결국은 일본인의 대조선관의 원류를 이루게 되는데, 그 후 고려·원 연합군의 일본침공으로 일본에서 민족의식이 고양되자 고려에 대한 적개심의 표출에 사용된다. 몽고침공 이후에 만들어진 교육서인 『하치만구도쿤(八幡愚童訓)』에는 심공황후의 삼한정벌이라는 신화에 허구성이 더해져 「적국 항복하여 일본의 개가 되다(敵国帰伏して日本の犬と成り)」 혹은 「삼한의 왕은 일본의 개다(三韓の王は日本の犬也)」라는 문구로 드러난다.[9] 여기서는 중세 이래 널리 읽혀온 『태

---

8) 『日本書紀』권9, 『日本書紀』(2)(岩波文庫, 1994), 150-152쪽.
9) 「이에 의해 이국의 왕과 신하들은 견디지 못하고 맹세하기를, 「우리들은 일본국의 개가 되어 일본을 수호하겠습니다. 매년 80척의 연공을 바치는데 있어서 절대로 나태함이 있지 않을 것입니다. 만약 반역의 마음이 있다면 천도(天道)의 벌을

평기(太平記)』의 「신공황후, 신라를 치신 일(神功皇后, 新羅を攻めたまふ事)」
에서 인용하여 보기로 한다.

> 스와·스미요시 대명신(諏訪·住吉大明神)을 곧 부장군·비장군으
> 로 삼고, 내외의 대소 신들을 누선 삼천여 척에 나란히 태워 고려국
> 으로 진격하신다. 이것을 듣고 고려의 오랑캐들은 병선 일만여 척에
> 타고 해상으로 나와서 맞는다. (중략) 수만 명의 오랑캐들은 한사람
> 도 남김없이 바다에 빠져 사라졌다. 이것을 보고 삼한 오랑캐의 왕
> 은 스스로 사죄하여 항복하셨으므로, 신공황후는 활 끝으로 「고려의
> 왕은 우리 일본의 개다」라고 석벽(石壁)에 쓰고는 돌아오셨다. 그로
> 부터 고려는 우리나라에 복종하여 다년간 그 조공을 바친다.
> —『태평기』 권 39[10]

이와 같이 「고려의 왕은 우리 일본의 개다」라고 석벽에 썼다, 라고
묘사되어 있다. 조선에 대한 우월 의식은 더욱 더 고조되어, 임진왜란
후인 에도 시대의 수필에는 「조선 평안성에서 1리쯤 밖에 여묘(麗妙)라
고 하는 곳이 있다. 강변으로 암석이 많다. 2장쯤 되는 큰 바위 면에
「고려왕은 일본의 개다」라고 조각되어 있다. 그 글의 크기는 1척 정도
로 잘 새겨져 있다. 도가와 히고(戶川肥後)가 그 땅에서 직접 보았다 운
운」(『시오지리(塩尻)』 권53)[11]이라 하여, 흡사 진실인 것처럼 새겨진 돌이

받을 것입니다」라고 (중략) 황후는 활끝으로 큰 반석 위에 「신라국의 대왕은 일본
의 개다」라고 적으시고는, 창을 왕궁 문 앞에 세워 두고 돌아오셨다. 이누오이
모노(犬追物)라는 행사는 이국의 사람을 개로 비유하여 적군을 쏘는 표시이기 때
문에 오늘날에 이르기까지 끊어지지 않는다. 관병이 돌아온 뒤에 이 바위의 글을
후대의 치욕이라 하여 태워 없애려고 했지만, 더욱더 선명하게 되어 오늘날에도
사라지지 않았다. 만약 또다시 다른 마음이 있을 때에는 연기가 자연히 다투어 일
어난다고 들었다.」『八幡愚童訓』, 『日本思想大系』 제20권(岩波書店, 1976), 176쪽.
10) 『太平記』 권39, 新潮日本古典文學集成 『太平記』 제5(新潮社, 1988), 452-453쪽.

있는 장소나 그 글자의 크기까지 말해질 정도가 되어버렸다.

그리고 에도시대 서민극인 인형조루리에서는 일본에 건너온 조선무장의 입을 통해 조선인의 뿌리 깊은 원한으로 변형되어 사용되고 있다.

> 우리나라가 넓다고 하지만 소국 일본에게 수치를 입은 일이 여러번. 그 근원에는 신공황후가 우리 대륙으로 쳐들어와 삼한의 왕은 일본의 개다, 라고 새긴 나라의 악명. 그 후로 천년 백년의 성상이 쌓여, 지금은 조선이라고 나라 이름은 바뀌었지만, 변하지 않고 벗겨지지도 않게 돌 위에 여전히 치욕은 생생하여, 짐승의 나라라고 다른 나라로부터도 멸시받는 그 원한. 왕손에게는 복수하지 못한다고 해도 적어도 일본의 히사쓰구에게 짐승의 이름을 얻게 한다면, 우리나라 대대의 능묘에 둘도 없는 제물이 될 것이라고 생각하여 궁리한 올가미에 걸린 시체를 무덤에 묻어, 대륙까지도 짐승이라는 이름을 드러내리라.[12]

모쿠소관(木曾官 : 진주목사 김시민)의 입에서 쏟아져 나오는 일본에 대한 원한은, 히데요시의 침략에 의한 피해자의 울분에 멈추지 않고 역사를 거슬러 올라가서까지 양국의 관계를 밝히고 있다. 물론 이 작품은 일본 서민을 대상으로 한 작품으로 일본막부를 전복하기 위한 조선무장(모쿠소관)의 활약과 일본 충신에 의해 실패한다는 내용을 그린 일종의 무반극이다.[13] 이처럼 「삼한의 왕은 일본의 개다」는 과거에 조선이 일본에 복속되어 있음을 의미하는 상징적인 문구로, 각종 근세문예물

---

11) 『塩尻』 권53, 신판 『日本随筆大成』 제3기 15권(吉川弘文館, 1977), 76쪽.

12) 近松半二 『山城の国畜生塚』, 『近松半二浄瑠璃集』 叢書江戸文庫14(国書刊行会, 1987), 453-454쪽.

13) 모쿠소관에 대한 구체적인 사항은 졸저 『일본과 임진왜란』(고려대출판부, 2003) 참조.

에도 폭넓게 사용되면서 근대로 넘어가게 되었던 것이다.14)

이러한 근세와의 연속선상에서 보면 메이지 초기에 대두된 정한론(征韓論 : 조선침략론)15)도 신공황후의 삼한정벌 이야기와 사쓰마번의『정한론』이 근저에 자리 잡고 있다고 할 수 있다. 그리고 청일전쟁 등으로 대륙진출의 야욕을 드러내던 단계에 이르면 임진왜란은 정치 군사적인 측면에서 주목받기 시작하였으며, 그와 더불어 여러 조선군기물이 활자로 간행되어 나온다.16)

---

14) 예를 들어 일본의 셰익스피어라 불리우는 지카마쓰 몬자에몬(近松門左座衛門)의 조루리『본조삼국지(本朝三国志)』5단의「남자 신공황후」라는 이름도, 신공황후의 신화를 염두에 두고 히데요시의 조선침략을 미화하고 있다.

15)『정한록』과「정한론」은 발생한 지역이 똑같이 사쓰마번(薩摩藩), 즉 메이지 유신 이후의 가고시마현(鹿児島県)이라는 점에서만 관계 있는 것은 아니다. 정한론의 주창자인 사이고 다카모리(西郷隆盛), 강화도사건의 담당자 오쿠보 도시미치(大久保利通) 등은 모두, 임진왜란 당시의 시마즈씨의 공훈을 찬양하는 교육의 수혜자였던 것이다. 사쓰마번 청소년 교육의 핵심인「고주(郷中)」교육에서 행하는 다섯 과목 중 하나인「암송물(暗誦物)」에 속한 세 가지 것 중「호랑이사냥 이야기(虎狩物語)」와「역대가(歴代歌)」의 두 가지가 임진왜란과 관련되어 있었으며, 또한 시마즈 요시히로가 조선으로 떠나기 전에 스스로 지어서 신사(神社)에 바친 노래에 맞추어 추는 춤도 남아 있는 등, 사쓰마번에 있어서「정한」이라는 이미지는 자긍심의 상징으로서 17세기의『정한록』과 19세기의「정한론」에 그림자를 드리우고 있다고 할 수 있다. 琴秉洞 著『耳塚』(総和社, 1994) 138-141쪽.

16) 예를 들어 松本愛重 輯『豊太閤征韓秘録 第一輯』(成歓社, 1894)은 호리 교안의『조선정벌기』, 요시노 진고자에몬의『요시노일기』, 아마노 겐에몬의『남대문전투기』, 덴케이의『서정일기』를 담고 있으며, 간행되지 않은 이후의 계획에도 수많은 조선군기물을 수집할 예정이었던 것으로 보인다. 이 책을 간행한 이유에 대해 저자는 서문에서「오늘날, 일청한 삼국에 중대한 관계를 갖는 이 역사는, 고래로 이 일을 기록한 것이 대체로 잘못이 있고 조잡하여 사실과 다를 뿐 아니라 확실한 자료를 얻는 것이 매우 힘들었다. 나는 일찍이 이 일을 연구하려 하여 (중략) 진귀한 책들을 빌려서 비교 교정하여 조금 사료를 모을 수 있었다 (후략)」고 밝히고 있어, 조선군기물에 대한 저자의 입장을 알게 한다. 桜井義之 著『朝鮮研究文献誌－明治・大正編』(竜渓書舎, 1979) 66쪽

게다가 이 책이 출판된 시점은 청일전쟁의 와중에 일본군이 평양에서 청군을 격파한 직후였던 것이며,「『豊太閤征韓秘録 第一輯』은 청일전쟁의 전의고양에 기여

1898년 메이지정부는 도요토미 히데요시(豊臣秀吉) 사후 300주년을 기념하는 사업을 대대적으로 전개하여 히데요시 영웅화에 앞장섰으며, 일본제국주의의 확장 정책을 역사적으로 시도한 선구적인 인물로 이용된다. 하층 백성 신분에서 신하로서 최고의 자리까지 오른 입신출세한 인물로서만이 아니라 일본의 무위를 동양에 떨친 인물로서 태합 히데요시는 숭배되어진다. 이에 따라 임진왜란도 이른바 히데요시의 대륙정벌이라는 원대한 포부를 실현하기 위한 하나의 사건으로 평가되어, 개인의 일대기속의 한 사건 즉 <태합(太閤)의 조선정벌>로 임진왜란을 치부해가는 경향이 근대일본사회 속에 깊숙이 자리 잡게 된다.

Ⅲ. 김충선(일본명 사야카)

근대일본의 대륙진출을 위한 관점에서 주목을 받았던 임진왜란은 일제가 조선을 강점한 이후에는 비중이 약화된다. 단지 도쿠토미 소호(德

하는 의미를 담고 정리된 것이라고 할 수 있다」北島万次 著『豊臣政権の対外認識と朝鮮侵略』(倉書房, 1990) 25쪽. 이외에도 메이지 초기에는 조선군기물·『징비록』에 대한 연구가 활발하게 행해졌는데, 이러한 움직임은 조선에 대한 관심과 그로 인해 발생한 청일전쟁(1894)·러일전쟁(1904) 등 당시의 정세를 민감하게 반영하고 있다. 이 시기의 주요 작품 목록과 내용에 대해서는 桜井義之 著『朝鮮研究文献誌－明治·大正編』(竜渓書舍, 1979)을 참조.
특별히『징비록』이 주목받은 것은, 임진왜란을 명군과 일본군의 전쟁으로 간주하여, 이 전쟁의 전말을 상세히 다룬『징비록』의 연구를 통해 청일전쟁의 교훈을 삼고자 했기 때문이다. 한일간에 강화도조약이 맺어진 1876년, 그리고 청일전쟁이 한창이던 1894년에 각각 長内良太郎 外訳『朝鮮柳氏 徴毖録対訳』(含英舍, 1876)과 山口剛 訳『朝鮮 徴毖録』(敬業社, 1894)이 간행되었다는 것은 상징적이라 할 수 있다.

富蘇峰)는『近世日本国民史』100권 속에 한일양국의 자료를 조사하여 『豊臣氏時代 朝鮮役』上·中·下권을 1921년, 22년에 간행하였고, 1924년에는 일본 참모본부가『日本戦史 朝鮮役』을 편찬 출판하는 등의 정리가 이루어졌는데, 이들은 조선을 식민지배하고 있다는 현실에 입각하여 임진왜란을 한일관계사적, 군사적인 측면에서 파악한 것이다.

이러한 상황 속에서 임진왜란과 관련하여 모리 오가이(森鴎外)의『사와시 진고로(佐橋甚五郎)』(1913)[17]와 아쿠타가와 류노스케(芥川竜之介)의 『김장군(金将軍)』(1924)이 나온다. 특히『김장군』은 임진왜란 때 평양성에서 일어난 김응서 장군과 기생 계월향에 의한 고니시 유키나가(小西行長) 살해라는 조선 설화를 근거로, 관동대지진 이후에 아쿠타가와가 쓴 단편소설이다.

태평양전쟁에서 패전한 일본에서 자국이 침략한 임진왜란을 거론할 수 있는 사회분위기가 아니었다. 그 중에서 1964년에 다키구치 야스히코(滝口康彦)의『조선진습유(朝鮮陣拾遺)』[18]라는 단편소설이 발표된다.『태

---

17) 『사와시 진고로』는 임진왜란 이후 조선사절단의 일원으로 일본을 방문한 교첨지 (과거 일본에서 이름은 진고로)라는 인물과 그의 일본에서의 과거를 그린 단편 역사소설로, 본격적으로 전란을 그린 작품은 아니지만 임진왜란과의 관계성속에서 주목된다.

18) 『九州文学』229号(1964. 4) 발표. 竹田種夫編『記録 九州文学 創作扁』(梓書院, 1974) 所収
조선에 출병 중인 세가와 우네메의 부인이 보낸 애절한 부부의 정이 담긴 편지를 보게된 히데요시가 세가와를 일본으로 호출하여 부부가 같이 지내도록 조치하는데, 그때 조선에서 도망쳐온 부하를 은신시키게 된 사실이 드러나게되자 세가와는 자진하여 다시 조선으로 출진하여 전사한다는 내용이다. 이 작품에는 조선인이 등장하지 않지만, 히데요시가 일으킨 임진왜란에 대한 일본인의 입장에서 제기한 비판은 차후에 등장할 임진왜란 관련 작품과의 연결선상에서 보았을 때 중요한 의미를 지니고 있다고 판단된다. 동시에 당시 일본내의 반전(反戦) 성향의 작품군과의 관계의 측면에서도 주목할 만하다.

합기(太閤記)』에 실려 있는 세가와 우네메노죠(瀬川采女正)에 대한 일화를 소설화한 것으로, 히데요시에 의한 무모한 전쟁이 얼마나 일본 인민들에게 고통을 주었는가가 하는 비판적인 시각이 드러난 전후 최초의 작품으로 평가된다.

그리고 1965년 이후 한일국교정상화라는 새로운 상황은 한일관계를 다시금 되돌아보게 만들었고, 이에 따라 여러 임진왜란 관련 작품도 서서히 간행되어 나온다. 이를 연도순으로 주요 작품명을 제시하면 다음과 같다.

1966년 교 기도(姜魏堂) 『살아있는 포로(生きている虜囚)』[19]와 『쓰보얀 고레진(壺屋の高麗人)』, 1968년 시바 료타로(司馬遼太郎) 『고향은 잊기 어렵습니다(故郷忘じがたく候)』,[20] 1977년 엔도 슈사쿠(遠藤周作) 『쇠로 된 항쇄(鉄の首枷)』,[21] 1983년 모리 레이코(森礼子) 『당삼채의 여인(三彩の女)』,[22]

---

19) 부제처럼 책 표지에 「사쓰마야키 유래기(薩摩焼ゆらい記)」라고 붙어 있다. 작가는 사쓰마야키를 굽는 마을의 조선인 도공의 후예로서, 각종 사료와 구전 그리고 본인의 체험 등을 통해 사쓰마야키(薩摩焼)를 만들어낸 나에시로가와(苗代川) 조선인부락의 성립과 변천의 역사를 사실적으로 그리고 있다. 이에 따라 작품 형식도 소설과 논픽션을 절충한 특이한 양식으로, 『苗代川留帳』와 같은 과거의 자료를 근거로 특정인을 주인공으로 한 것이 아니라 역경과 고난에 가득찬 마을의 변천사를 정리한 것으로, 주변 일본인들로부터 '쓰보얀고레진(壺屋の高麗人)'이라는 경멸 속에서 살아온 조선인 후예의 심정이 잘 드러나 있다.

20) 작가가 가고시마의 14대 심수관(沈寿官)과의 만남을 소설화한 것이다. 임진왜란 때 끌려와서 이국 일본땅에서 수백 년을 살아오면서 지켜온 고국 조선에 대한 망향의 정을 중심으로 하여, 옥산궁(玉山宮), 사쓰마야키 등에 대해서 그려내고 있다.

21) 가톨릭 작가였던 엔도 슈사쿠가 가톨릭 신자이며 임진왜란 당시 선봉부대장으로 조선에서 전란의 한 중심에 서 있었던 고니시 유키나가(小西行長)의 고뇌와 활동을 히데요시에 대한 면종복배(面従腹背)의 시각에서 재구성한 고니시 유키나가의 일대기.

22) 쓰시마로 끌려온 어린 수란(秀蘭)은 독실한 가톨릭 신자인 마리아(고니시 유키나가의 딸, 소 요시토시의 정실)의 보살핌 속에서 성장하여 가톨릭 신자가 된다. 마

1991년 미야모토 도쿠조(宮本德藏) 『왕사(王使)』23)와 『호포기(虎砲記)』,24)
1992년 오다 마코토(小田実) 『민암태합기(民岩太閣記)』,25) 1993년 고사카
지로(神坂次郎)『바다의 가야금(海の伽琴)』,26) 1996년 하세가와 쓰토무(長谷
川つとむ)『귀화한 침략병(帰化した侵略兵)』,27) 1999년 아라야마 도오루(荒
山徹)『고려비첩(高麗秘帖)―이순신장군을 암살하라(李舜臣将軍を暗殺せよ)』,28)
2000년 미야모토 도쿠조(宮本德藏) 『海虹妃』.29)

리아 사후에 도쿠가와 이에야스(德川家康)의 시녀가 되었다가 끝까지 도쿠가와의
배교(背教) 지시를 거부하고 고도(孤島)로 귀향가서 일생을 마친 오다 주리아 일
대기를 여성작가의 시각에서 그렸다는 특색을 지닌 장편소설.

23) 임진왜란 직전에 일본의 사정을 탐색하는 사절단으로 파견되었던 부사 김성일과
선전관 황진을 중심으로 그들의 활약과 제2차 진주성전투에서의 전사를 그린 중
편소설.

24) 가토 기요마사(加藤清正)의 휘하 조총부대장으로 출진한 오카모토 에치고노카미
사야카(岡本越後守冴香)가 경상병사 박진에게 항복하여 조선군의 일원으로서 분
전하는 과정과 국왕 선조로부터 김충선(金忠善)이라는 성명을 받고 대구 우록동
에 정착하기까지를 그린 소설.

25) 아리마(有馬) 산중에 사는 통이(トン坊)와 민이(ミン坊)가 히데요시의 침략전쟁에
휘말려 조선에 건너가 겪게 되는 부산진전투, 평양성전투, 진주성전투, 울산성농
성 등의 주요 전투와 코베기 등이 자행되는 전란의 참상을 이들 일본서민의 눈
을 통해 비판적으로 그린 역사대하소설. 특히 본 작품은 한국인 아내를 둔 작가
가 임진왜란 발발 400주년을 기념하여 일본과 한국에서 동시에 출판되었다.

26) 스즈키 마고이치로(鈴木孫市郎)는 용맹한 사이가슈(雑賀衆) 조총부대장으로 노부
나가의 공세를 이겨내었지만 히데요시에게 굴복하여 그의 조총부대 선봉장이 된
다. 그리고 임진왜란 때에는 조선에 출진하여 동래성전투에서 부사 송상현의 아
내를 살려서 보내고 마침내는 조선군에 투항하여 곽재우군과 같이 싸워간 사야
카의 일생을 그린 역사소설.

27) 마쓰라 시게노부(松浦鎮信)의 조총부대장으로 조선에 출병한 이사고 가네카도(沙
俔門)는 박진에게 자진 투항하여 조총을 제작하고, 사야카(훗날 김충선)란 이름의
항왜영장(降倭領将)으로 활약하는 과정을 그린 장편소설.

28) 칠천량해전 이후 울돌목해전에 이르기까지 13척밖에 남지 않은 조선수군을 이끌
고 분투하는 이순신 장군을 둘러싸고, 그를 암살하려는 도도 다카토라(藤堂高虎)
휘하의 닌자(忍者)와 이를 저지하려는 고니시 유키나가(小西行長) 휘하 난자들의
생사를 건 결투를 그린 이색적인 대장편 소설.

이처럼 현대 일본에서 임진왜란 관련 작품은 지속적으로 창작되어 왔음을 보여주고 있다.30) 일본근대문학을 대표하는 모리 오가이(森鴎外), 아쿠타가와 류노스케(芥川竜之介), 나카지마 아쓰시(中島敦)와 같은 작가들의 단편소설에 뒤이어, 현대에는 시바 료타로(司馬遼太郎), 엔도 슈사쿠(遠藤周作), 모리 레이코(森礼子), 미야모토 도쿠조(宮本徳蔵) 등 다양한 작가층이 본격적으로 임진왜란 관련 작품을 장편소설로 간행하고 있다. 특히 한일국교정상화 이후에는 한국과 관련이 있는 작가, 즉 임진왜란 때 끌려온 조선인 도공의 후예인 교 기도(姜魏堂), 재일동포인 미야모토 도쿠조(宮本徳蔵), 한국인과 결혼한 오다 마코토(小田実), 한국에 유학한 적이 있는 아라야마 도오루(荒山徹) 등과 같은 작가의 작품이 많다는 것은 특기할 만하다. 이들 중 주요 작품은 한국어로도 번역 간행되어 있다.31)

---

29) 막바지에 이른 피난길에서 죽으러 바다에 뛰어들었다가 일본군에 붙잡힌 명문가의 규수 억대(億代)와 일본 무라카미(村上)수군의 무장 구루시마 미치유키(来島通之)와의 사랑과 죽음을 그린 장편소설.

30) 본문에 제시한 이외에도 관련 작품을 예를 들면, 히데요시의 일대기를 그리면서 비교적 임진왜란 부분을 자세히 그린 쓰모토 요(津本陽)의 『꿈 너머 꿈(夢のまた夢)』(文芸春秋, 1993)가 있다.
   이외에 임진왜란과 관련이 있는 작품을 제시하면 다음과 같다.
   * 도모노 도오루(友納徹)의 『隠密道中 鬼一法眼忍法帖 ― 朝鮮使節の巻』: 임란 이후 파견된 쇄환사를 둘러싸고 쓰시마 그리고 도쿠가와측과 도요토미측 닌자들의 활약과 사투를 그린 장편소설.
   * 아라야마 도오루(荒山徹)의 『魔風海峡』: 임진왜란을 배경으로 임나일본부 때 숨겨둔 보물을 찾아오라는 특명을 받은 사나다 유키무라(真田幸村) 일행과 이를 막으려는 조선 닌자들과의 대결을 그린 대중역사소설.
   * 아라야마 도오루 『魔岩伝説』: 조선통신사를 둘러싼 수수께끼와 제주도 독립을 획책하는 무리와 조선왕조 전복을 노리는 무리가 등장하여 요술을 사용하는 등 기상천외한 시대 환타지소설.
   * 아라야마 도오루 『十兵衛両断』: 쇼군를 모시는 야규(柳生)류 검법 후계자와 조선 국왕을 경호하는 무예별감과 조선음양사와의 결투 등을 그린 소설.

31) 미야모토 도쿠조(宮本徳蔵)의 『虎砲記』와 『王使』는 정휘창 역 『왕사(王使)』로, 오

이들 작품은 임진왜란이라는 전란사 그 자체 혹은 전란에서 영웅적
인 활약상을 보인 고니시 유키나가나 가토 기요마사와 같은 무장을 그
리기보다는 한일 문화교류사 차원에서 의미 있는 상징적 인물이나 서
민을 주인공으로 하고 있다. 즉 사야카(조선명 김충선), 심수관, 오다 주
리아, 무명의 일본백성, 양반집 아녀자 등을 주인공으로 하여 전란이
지닌 의미를 재해석하려는 측면이 강한 것으로 파악된다. 즉 전쟁으로
인해 비극적인 삶을 살아간 인물들을 통해 반전(反戰) 사상을 제시하고
있는 것이다.

특히 임진왜란 400주년을 맞이한 1990년대 이후에는 가토 기요마사
군의 선봉부대장으로 출전하여 조선에 귀화한 항왜(降倭)무장 김충선(일
본명 사야카沙也可, 1571~1642)을 주인공으로 한 작품이 계속되어 간행된
다.32) 일본내에서 수수께끼에 둘러싸인 인물인 사야카에 대한 여러 설
을 바탕으로 미야모토 도쿠조의 『호포기(虎砲記)』, 고사카 지로의 『바다
의 가야금(海の伽琴)』, 하세가와 쓰토무의 『귀화한 침략병(帰化した侵略兵)』
이 창작되었던 것이다.33) 역사적으로 사야카에 대해서 규슈 지방을 근

다 마코토(小田実)의 『民岩太閤記』는 김윤·강용천 역 『소설 임진왜란』로, 고사카
　지로(神坂次郎)의 『海の伽琴』은 양억관 역 『바다의 가야금』, 하세가와 쓰토무(長谷
　川つとむ)의 『帰化した侵略兵』은 조여주 역 『귀화한 침략병』이란 제목으로 한국
　에서 출판되어 있다.
32) 사야카를 다룬 작품으로는 이외에 江宮隆之 『沙也可―義に生きた降倭の将―』(桐原
　書店) 등이 있다.
33) 『호포기』에서는 구마모토에서 반란을 일으켰던 히고(肥後)의 토착세력인 오카모
　토 고레타네(岡本惟種)의 장남으로 300명의 조총부대장이 되어 가토 기요마사군
　의 예하부대로 출전한 오카모토 에치고노카미 사야카(岡本越後守冴香)로서 등장하
　며, 경상병사 박진에게 귀순한다. 『바다의 가야금』에서는 사이카슈(雑賀衆)의 조
　총부대장 스즈키 마고이치로(鈴木孫市郎)가 100인의 조총부대장이 되어 고니시
　유키나가군의 선봉부대장으로 출진하며, 항복한 후에 곽재우군의 일원이 되어
　싸운다. 『귀화한 침략병』에서는 사야카에 대한 기존 설을 설명하며 마쓰라 시게

거지로 한 마쓰라당(松浦党) 출신설, 혹은 중부 일본의 사이가(雜賀) 지역을 근거지로 한 집단인 사이가슈(雜賀衆) 출신설 혹은 오카모토 에치고노 카미(岡本越後守)설, 하라다 노부타네(原田信種)설, 조선인 사칭설 등, 아직까지도 그의 출신 내력은 불투명한 상태이다. 하지만 조선에 출진한지 얼마 안 되어 경상도병사 박진에게 항복하고, 그 후 조선군에게 철포기술을 가르쳤으며, 정유재란 때는 일본군을 상대로 전투를 벌여 전공을 세웠다. 전란 후에도 국경 경비를 맡았고 이괄의 난을 평정한 공, 또 만주족 침입 때의 공적에 의해 품계가 정헌대부에 오르고 국왕으로부터 김씨를 하사받아 <김해 김씨> 세칭 <우록(友鹿) 김씨>의 시조가된다. 그의 자손이 편찬한 『모하당문집(慕夏堂文集)』이 오늘날까지 전해오고 있다.

  이렇게 현대 임진왜란 관련 작품 중에서는 유독 사야카를 주인공으로 한 소설이 여러 편 창작된 이유는 여러 가지를 들 수 있겠지만, 그기저에는 400년이 지난 오늘날까지도 대구 우록동에서 사야카의 후손들이 조선인 김충선의 후예로서 유교 정신을 유지하며 이어져 내려오고 살아가고 있다는 사실이 일본작가들을 자극하였을 것이라 추측된다. 일제강점기에는 조선에 귀화한 배신자의 자손이라고 일본인에게 멸시되었고, 반대로 조선인에게는 일본인의 후손이라고 차별받았던 그들의 존재는 한일양국의 교류가 왕성해진 1990년대에는 살아 있는 임진왜란의 한 상징으로 자리매김하였고, 나아가 한일관계의 한 접점이라는 측면에서 문학화되었던 것이다.

  노부(松浦鎮信) 예하의 30명 조총부대장 이사고 가네카도(沙包門)로서 묘사되고 있다. 가톨릭교도로서 무자비한 고도(五島)열도 출신의 해적과 대립한 끝에 이사고는 박진에게 항복하여 조총제작을 담당한다.

이는 일본에서 임진왜란에 대한 인식이 변화해가고 있음을 보여주는 단적인 예일 것이다. 신공황후 사관이 여전히 지속되고 있음은 부인할 수 없지만, 동시에 김충선(사야카)에 대한 작품을 통해 일본사회에서 임진왜란에 대한 인식이 변화하고 있음에 주목하고자 한다.

제4부

동아시아 역사담론의 실제

'역사전쟁'에서 '역사외교'로

—'동북공정'에 대한 한국인의 대응양상—

정 문 상

I. 서론

이 글은 2002년 이래 한국과 중국 사이에 불거진 후 현재까지도 지속되고 있는 이른바 한중간 '역사분쟁'에 대한 한국인의 대응양상을 추적하여 정리하는 데 목적을 둔다. 널리 알려져 있듯이, 양국 간 '역사분쟁'은 中國社會科學院 산하 邊疆史地研究中心이 주도한 '東北邊疆歷史與現象系列研究工程(이하, 동북공정)'이 한국 언론매체를 통해 전해지면서 시작되었다. 고구려를 역대 중국 왕조의 지방정권으로 파악하여 그 역사를 중국사의 일부로 편입하려는 대규모 역사연구 프로젝트가 진행된다는 소식에 언론계와 시민사회 그리고 학계에서는 '역사 왜곡'이라며 공개적으로 비판하고 나섰다.

동북공정이 한국사회의 주요한 이슈로 부상하면서 한중수교 이후 점차 확산되고 있었던 중국에 대한 우호적인 분위기는 반전되기 시작했고 급기야는 중국의 '역사왜곡'에는 '膨脹主義的, 覇權主義的 意圖'까지 있다며 이를 직시하고 적극 경계해야 한다는 우려의 목소리까지 높아 갔다. '역사왜곡'이 한중간 중요한 외교적 사안으로 급속하게 불거지면 서 양국 간 '역사분쟁'은 본격화되었으며, 이는 교과서문제와 독도영유 권 문제를 둘러싼 일본과의 갈등구도와 맞물리면서 한중일 3국을 '역 사분쟁'의 국면에 빠져들게 했다. 한중 간 역사분쟁은 해결의 실마리를 찾지 못 채 지속되면서 수시로 수면 위로 부상되면서 격론의 대상이 되어 왔다.

과연 한중간 역사분쟁은 해소될 가능성은 없는 것일까? 분쟁의 대상 이 역사니 만치 쉽게 해소되리라고는 예상하기 어렵다. 모름지기 역사 란 각 민족의 집단기억에 기초한 자기정체성 확립문제와 밀접히 연관 된 것이기 때문이다. 그러나 결코 쉽게 해소될 문제가 아니라 해서 마 냥 방관할 수만은 없는 노릇이다. 문제의 소재를 찾고 중장기적인 안목 에서 해소방안을 모색하는 노력이 경주될 때, 화해와 협력에 기초한 평 화체제 구축이라는 21세기 동아시아의 미래 기획에 한발 다가설 수 있 을 것이기 때문이다. 실현가능한 해소방안을 찾기 위해서는 분쟁의 배 경과 요인, 그리고 그 과정 등에 대한 다각도에 걸친 분석이 이루어질 필요가 있다. 분쟁을 촉발시킨 직접적인 배경과 원인, 장기 지속적인 양국의 역사인식과 상호인식은 말할 나위 없이 분쟁에 대한 상호 대응 의 양상까지 폭넓게 분석할 필요가 있다는 것이다.

이 글에서는 동북공정에 대한 한국인의 대응양상을 분석의 대상으로 삼고자 한다. 이 문제와 관련한 분석이 이미 이루어진 바 있으나, 學界 의 대응을 중심으로 한 정리가 주종을 이루고 있고 그 내용이 소략할 뿐만 아니라 구두 발표문의 형식을 띠고 있어 아직까지는 종합적이고 체계적인 정리는 이루어지지 않고 있는 상황이다.[1] 따라서 여기서는

현재까지 정리된 대응양상을 활용하면서 학계, 정계, 시민사회 및 언론
계 등 전체 사회구성원의 대응양상을 시기별로 나누어 그 과정을 종합
적으로 정리, 분석하고자 한다. 이를 통해 한국인의 동북공정에 대한
대응양상의 추이는 물론 각 시기별 특징과 문제점을 드러낼 수 있기를
기대한다.

이 글에서는 아래와 같은 세 시기로 나누어 대응양상을 정리하고자
한다. 첫째, 2003년 7월부터 2004년 6월까지, 둘째 2004년 7월부터
2006년 8월까지, 셋째 2006년 9월 동북아역사재단 출범 전후이다. 첫
째 시기는 동북공정이 한국사회에서 이슈화된 이후 고구려재단의 설립
을 고비로 점차 수그러들기 시작한 시기로서 '고구려사 왜곡'을 중심으
로 한 '역사왜곡' 문제가 가장 중요하게 부각된 시기였다. 둘째 시기는
동북공정이 재 이슈화되면서 역사분쟁이 앞 시기에 비해 좀 더 확산된
시기로서 한국 사회에서는 위협적이며 공세적인 중국에 대한 비판여론
이 비등해지는 양상을 보였다. 한편 학계에서는 동북공정의 배경과 성
격, 그리고 그 이면의 논리 등에 대한 연구와 논의가 본격화되기도 했
다. 셋째 시기는 한국인의 대응이 장기국면으로 방향을 선회하기 시작
하는 양상을 보였다. 특히 동북아역사재단이 출범하고 또 동북공정의
연구가 종결됨에 따라 양국 간의 대결구도로까지 치달았던 역사분쟁이
점차 학술차원의 문제로 수렴되는 양상을 보였다.

---

1) 대표적인 성과를 간추리면 아래와 같다. 정두희,「논단 : 중국의 동북공정으로 제
기된 한국사학계의 몇 가지 문제」,『역사학보』183집(2004) ; 안병우,「중국의 고
구려사 왜곡과 동북공정」,『국제정치연구』7-2(2004) ; 임기환,「중국의 동북공정
과 한국 역사학계의 대응」,『사림』26(2006) ; 반병률,「동북공정에 대한 우리나라
의 대응과 반성」,『중국의 동북공정 5년, 그 성과와 한국의 대응』(2007).

II. 발단과 초기 대응 : '역사왜곡'

한국에서 동북공정 문제가 사회적 이슈로 부상된 것은 2003년 7월 이후였다고 알려져 있다. 2002년 2월부터 중국사회과학원 산하 변강사지연구중심에서 이른바 동북공정을 시작했지만, 그 소식이 한국에 전해진 것은 1년 5개월여가 지난 다음이었다. 『중앙일보』에서 2003년 7월 동북공정을 "中 학계 '역사 빼앗기' 대규모 프로젝트"로 보도한 것을 계기로 같은 해 9월 『신동아』는 중국의 『光明日報』에 실린 '고구려는 중국의 소수민족 정권'이라는 요지의 시론을 소개했고, 10월에는 KBS 일요스페셜 <한중역사전쟁, 고구려사는 중국사인가>가 방영되었던 것이다.

이러한 동북공정에 대한 대중언론매체의 잇따른 보도에 학계와 시민사회단체는 2003년 하반기에 들면서 본격적인 반응을 보이기 시작했다. 학계의 경우, 11월 2일 한국고대사학회에서 '중국의 고구려사 왜곡 대책위원회'를 구성하고 한국사 관련 학회들과 공동으로 학문적 대응을 모색하기 시작했다. 12월 9일 17개 관련 학회가 서울역사박물관에서 '중국의 고구려사 왜곡 대책 학술발표회'를 개최한 것은 그러한 모색에 따른 대응이었다.

학술발표회에서는 17개 학회의 명의로 성명서를 발표하여 고구려사는 한국사임을 천명하면서 동북공정을 "패권주의 역사관"으로 규정하고 "역사 왜곡을 즉각 중단하라"고 요구했다. 같은 성명서에서 정부 각 처를 대상으로, 중국 정부당국에의 항의와 시정요구, 고대 동북아시아 연구센터의 설립 추진, 북한이 신청한 고구려 고분군의 세계문화유산 등록에의 지원 등 사항을 요구하기도 했다.[2] 중국의 고구려사 왜곡 문

제를 비판하면서 고구려사의 귀속문제를 중심으로 하는 본격적인 연구
와 학술발표회는 비슷한 시기에 개최된 한국정신문화연구원 학술대회
나 고구려연구회 학술대회 등을 통해 지속적으로 전개되었다.

여야국회의원들도 같은 해 12월 12일 「중국의 역사왜곡 중단 촉구
결의안」을 국회에 제출하여 동북공정을 '한국의 근간 및 정체성을 흔
드는 시도'로 규정하고 정부 당국의 강력한 대처방안 마련을 촉구하고
나서기도 했다.3)

정치권과 학계의 이와 같은 움직임과 더불어 동북공정을 일약 사회
적인 이슈로 부상시킨 데에는 시민사회단체의 역할이 컸던 것으로 보
인다. 시민사회단체는 학계나 정치권보다도 이른 시기부터 움직이기
시작하면서 동북공정 문제를 사회적으로 확산시키는 데 적지 않은 역
할을 했다. '흥사단', '고구려역사연대', '아시아평화와 역사교육연대',
'국학운동시민연합', '우리역사바로알기시민연대', '참여하는 4050 전
문가 연대', '홍익교사협의회', '활빈단' 등 기존 시민단체 또는 체제를
새롭게 정비한 시민단체들은 중국의 역사왜곡에 강력히 항의하면서 정
치권과 정부당국에게 대책 마련을 촉구했다. 그 과정에서 각종 서명운
동, 규탄대회, 고구려 유물유적 전시회, 학술토론회 등을 전개하기도
했다.4)

---

2) 「"고구려사가 중국사의 일부라니」, 『조선일보』 2003. 12. 10.
3) 「中에 "고구려사 왜곡 중산"촉구 : 여야의원 결의안」, 『조선일보』 2003. 12. 13.
4) 동북공정에 대한 시민사회단체의 활동상에 대해서는 각 시민사회단체의 홈페이지
   참고하시오. 이 글에서는 아래 시민사회단체의 홈페이지를 참고하여 시민사회단
   체의 활동을 정리했음을 밝혀둔다. ① 국학운동시민연합(http://www.kookhak-ngo.
   org) ; ② 아시아평화와 http://www.ilovehistory.or.kr ; ③ 우리역사바로알기시민연
   대(http://www.historyworld.org) ; ④ 참여하는 4050 전문가(http://www.4050net.net) ;
   ⑤ 흥사단(http://www.yka.or.kr)

　동북공정에 대한 대응과정에서 시민사회단체들은 새로운 연합조직을 만들거나 사안에 따라 연대활동을 전개했다. 흥사단과 광복회 등이 '고구려 역사 지키기 범민족시민연대'를 결성한 것이 전자의 사례라면, 국학운동시민연합, 우리역사바로알기시민연대, 홍익교사협의회 등이 연대하여 개최한 '고구려사 역사왜곡 규탄대회'나 '중국의 고구려사 왜곡에 항의하는 교사들의 삼보일배' 등은 후자의 대표적 사례라 할 것이다.

　그런데 시민사회단체가 주도한 각종 규탄집회에서 주목되는 것은, '규탄'의 초점이 대부분 '역사왜곡', '고구려사의 빼앗기', '역사침략'이라는 점에 초점이 맞추어져 있었다는 점이다. 동북공정을 "중국의 우리고대사 빼앗기 공작"이라 지목한 2003년 12월 14일 활빈단의 성명서나, 동북공정을 "통일적 다민족국가론에 입각한 고구려사, 고조선사, 발해사를 자국사로 편입하려는 시도"라고 비판한 국학운동시민연합의 2003년 12월 22일 성명서에서 그와 같은 상황을 어렵지 않게 확인할 수 있다. 역사 빼앗기는 '민족의 정체성'은 말할 것도 없이 '대한민국의 근본뿌리까지 흔드는 일'이기 때문에 '그 어떤 대가를 치르더라도 반드시 중단시켜야 하고 좌시할 수 없는 것'이었다. 규탄대회에서 시민단체가 '중국교과서 화형식', '삭발식', '삼보일배' 등 다소 감정적이고 과격한 행동을 보인 것도 비로 이러한 인식 때문이었다.

　시민단체의 이와 같은 감정적이고 격렬한 대응은 당시 대중언론매체의 보도 내용이나 학계의 견해와 무관치 않았던 것으로 보인다. 애초 동복공정을 보도한 『중앙일보』도 '역사 빼앗기'라는 다소 선정적인 기사를 달았으며, 이후 각종 신문과 방송에서도 '역사전쟁'이라는 표제어를 선택하여 경쟁적으로 내보냈던 것이다. 게다가 학계의 초기 대응조

차 동북공정의 핵심을 한국고대사연구에 있다고 판단하고 이에 대한 반박논리에 집중하는 등 고구려사의 귀속문제를 집중적으로 부각시키는 경향을 보였다.5)

초기 한국인의 동북공정에 대한 대응은 주로 '역사 빼앗기'에 대한 대응에 집중됨으로써 민족의 자긍심을 높이고 역사와 영토를 수호해야 한다는 움직임을 불러일으켰고, 그에 따라 전사회적으로 민족의 자존심 대결과 민족 갈등의 국면을 만들어내었다. 그 핵심적인 자리에 고구려사가 있었다. 고구려사는 민족의 자존심을 지키고 자긍심을 높이기 위해 결코 빼앗길 수 없는, 반드시 수호해야 할 대상이었다. 고구려사에 대한 이전에 볼 수 없었던 사회적인 관심이 증대된 것은 바로 이러한 배경에서 이루어진 것이었다.

중국의 '역사 빼앗기'에 대한 대응과정에서 사회적으로 확산된 고구려사에 대한 관심은, 역사의 대중화를 모토로 『월간중앙』이 부록으로 간행한 『역사탐험』의 고구려 특집의 구성과 내용에도 반영되었다. 동 잡지는 동북공정으로 빚어진 한중 간 역사 갈등을 "역사전쟁"으로 못 박고 2004년 2월호부터 4월호에 걸쳐 고구려사 특집을 기획하여 내보냈다.6) 이 특집을 통해 『역사탐험』은, 역사왜곡과 고구려사의 중국사로의 귀속이 동북공정의 본질이라는 점'을 강조할 뿐만 아니라, 과거 동방의 패자였던 天孫國 고구려의 당당함과 위대함, 그리고 한민족으로서의 고구려인의 일상생활의 모습을 부활시키려 노력했다. 중국의 역

5) 임기환, 「중국의 동북공정과 한국 역사학계의 대응」, 『사림』 제26호(2006), 5-6쪽.
6) 『역사탐험』 2004년 2월호 ; 2004년 3월호 ; 2004년 4월호 참고. 여기에 게재된 글을 모아 월간중앙은 『광개토대왕이 중국인이라고?』(서울 : 중앙일보시사미디어, 2004. 2)라는 단행본을 간행했다.

사왜곡에 맞서 민족정체성의 한 축이자 민족사의 중요 구성부분인 고
구려사를 수호해야 한다는 여론을 반영함과 동시에 그러한 메시지를
전달하고자 했던 것으로 읽힌다.

고구려사에 대한 관심을 중심으로 사회적으로 고조되기 시작한 민족
주의적 정서는, 중국 내 고구려 지역의 지명을 중국식 표기가 아닌, 우
리식의 한자 읽기로 바꿔 불러야 한다는 주장이나,[7] 중국의 역사침략
에 대응하여 '고구려사 방위군'을 조직하여 우리 역사를 지켜야 한다는
대안을 제시한 시민들의 반응에서도 잘 드러난다.[8]

이러한 사회적인 분위기에도 불구하고 정부당국의 대응은 미약하고
소극적이었던 모양이다. 학계, 정치권, 그리고 시민사회단체에서 정부
에 지속적으로 강력한 대응방안을 마련하라고 촉구했던 데서도 충분히
짐작할 수 있지만, 고구려연구회가 정부의 입장을 비판하고 나선 데서
보다 분명히 알 수 있다. 고구려연구회가 낸 의견서에 따르면, 이창동
문화부장관과 박흥식 외교부 문화외교국장은 각기 2004년 1월 7일과
9일 기자간담회에서 다음과 같은 견해를 밝힌 것으로 알려졌다.

이창동 문화부장관의 경우 '중국이 항상 자기 대륙 내 소수민족 역
사를 자기 역사로 다뤄온 것을 이해해야 하며 최근 움직임은 방어적
측면이 있으며', '고구려사 왜곡문제를 고구려 벽화의 유네스코 문화유
산 등록과 연계시키는 것은 바람직하지 않다'는 견해를 밝혔으며, 박흥
신 외교부 문화외교국장의 경우에는 '동북공정은 중국 소장학자들의
프로젝트를 중앙정부가 승인한 것'으로, '중국정부 당국이 의도적으로
역사를 왜곡하고 있다고 판단하기 어려우며', '(따라서) 외교문제화하기

---

7) 「고구려 魂 회복, 지명 바로 부르기부터(장성구)」, 『조선일보』 2004. 1. 6.
8) 「시론 : '고구려사 방위군' 만들어야(박원철)」, 『조선일보』 2004. 1. 9.

어렵다'는 입장을 내비쳤던 것이다.9) 동북공정을 바라보는 시선에서 당시 정부당국은 학계, 시민사회와 사뭇 다른 입장을 취하고 있었던 것이었다.

학계나 시민사회단체의 경우 동북공정은 중앙정부의 의지가 개입되어 있으며, 순수 학술사업이 아닌 정치적인 목적과 성격이 짙은 사업이며, 동북지역의 안정을 확보하려는 수세적인 측면뿐만 아니라 공세적 측면까지 있는 국가차원의 사업으로 파악하고 있었던 것이다. 고구려사를 의도적으로 왜곡하고 있는 것은 바로 이러한 의도와 목적 때문이라는 판단이었다.

역사분쟁을 둘러싼 중국과의 대결양상이 다소 누그러진 것은 2004년 2월 14일 王毅 외교부 부부장의 방한을 전후한 시기였던 것으로 파악된다. 그의 방한으로 한국과 중국 양국은 동북공정 문제를 정치화하지 않으며 학술단체의 연구를 통해, 즉 '학술적 차원'에서 풀어 나아가는 데 합의했다.10) 동북공정 문제로 불거진 역사왜곡문제를 학술적으로 대응하기 위한 방안이 급물살을 타기 시작한 것도 이 즈음이었던 것으로 보인다. 정부는 2003년 12월 23일 이미 '고구려사 연구센터'를 설치하겠다는 입장을 표명한 이후 연구센터의 법적인 위상, 명칭, 연구범위 등을 두고 학계와 시민사회단체 사이에 많은 논란을 벌여왔다. 2004년 2월에 들어 학계와 정부, 그리고 시민사회단체 인사로 구성되는 '고구려사 연구재단 설립추진위원회'를 발족시키고 공청회 등을 통해 의견을 모으는 쪽으로 가닥을 잡았다. 고구려연구재단이 2004년 3

---

9) 「中 고구려사 왜곡 정부 적극 나서야」, 『조선일보』 2004. 1. 13 ; 「미흡한 고구려사 왜곡 대응」, 『한겨레』 2004. 1. 14.
10) 「'고구려사 한중합의'평가」, 『조선일보』 2004. 8. 25.

월 1일 공식 출범식을 가졌으니 동북공정에 대응한 연구기관 설치가 본격적으로 진행된 것은 2004년 2월 한 달 동안이었던 것이다.

고구려연구재단 출범 이후 같은 해 7월까지 사회분위기는 눈에 띠게 차분해져갔던 것으로 파악된다. 물론 이때에도 중국이 추진한 발해유적 정비 사업이 동북공정과 같은 맥락에서 이루어지고 있다는 비판적 여론이 제기되기도 했지만, 전반적으로 보면 '고구려사 왜곡에 대한 지나친 감정적 대응'을 되돌아보면서 '실리를 따져 보자'는 논조나, '한국과 중국에 걸친 인류의 귀중한 문화유산인 고구려 유적의 연구 진작을 위해서는 양국의 열린 자세가 필요하다'는 주장이 제기되기도 했던 것이다.[11]

당시의 이와 같은 분위기는 시민사회단체의 활동상에서도 확인할 수 있다. 국학운동시민연합의 2004년도 활동 일지를 보면, 2004년 1월 13일 종로 2가 규탄대회 이후 2004년 7월 12일 중국대사관 항의집회 이전까지 특기할만한 집단행동을 보이지 않았다. 그 대신 역사캠프, 고구려 유물·유적 전국 순회사진전, 제1차 고구려학술회의 개최 등 비교적 차분한 대응양상을 보였다. 이와 같은 양상은 '흥사단', '아시아평화와 역사교육연대', '우리역사바로알기시민연대', '참여하는 4050 전문가 연대' 등 타 시민단체의 경우에도 예외는 아니었다.

---

11) 「시론 : '고구려史'보다 중요한 것(김익수)」, 『조선일보』 2004. 3. 6 ; 「사설 : 한중 고구려史에 대한 영린 자세를」, 『조선일보』 2004. 6. 1.

Ⅲ. 역사분쟁의 확산

한국사회에서 동북공정에 대한 비판 여론이 또다시 비등해진 것은 2004년 7월에 들어서였다. 그 계기는 중국의 공세적인 '고구려 역사주권'의 선전 활동, 중국 외교부 홈페이지 상의 고구려사 삭제 파문, 그리고 동북공정의 중국 대학 역사 교재에의 반영 등이었다.

중국은 고구려 유적의 유네스코 세계문화유산 등재를 성사시키자마자 『人民日報』, 『新華通信』 등 주요 관영매체를 통해 "고구려는 중국의 지방정부"라며 고구려에 대한 역사주권을 주장하고 나섰으며,[12] 吉林省과 集安市政府 등 지방정부는 7월 20일부터 석 달 동안 '고구려 문화여행절' 행사를 추진하면서 중국 고구려사를 대대적으로 선전하고 나섰다. 集安 고구려 유적지 매표소에서는 '고구려가 고대 중국의 소수민족 정권'이라는 내용을 담은 『高句麗歷史知識問答』이란 책자까지 판매되고 있다는 소식이 전해졌다.[13] 이러한 상황에서 중국 외교부 홈페이지에서 이미 2004년 4월 고구려사가 삭제되었다는 소식까지 7월 뒤늦게 알려졌다. 게다가 8월 5일에는 외교부 홈페이지에서 대한민국 정부 수립 이전의 역사기술 부분을 삭제했다. 적어도 중국 외교부 홈페이지에서는 한국의 역사는 1945년 이후부터 시작되었던 것이다.

8월 초, 중국 대학의 역사교재에 왜곡된 고구려사 내용이 반영되어 있다는 조사도 전달되었다. 北京大學에서 출판된 역사교재 『中國古代簡

---

12) 「사설 : 고구려는 위대한 독립국가였다」, 『동아일보』 2004. 7. 5 ; 「고구려의 역사주권」, 『조선일보』 2004. 7. 7.
13) 「집안은 지금 역사왜곡 한창」, 『조선일보』 2004. 7. 31 ; 「사설 : '중국 고구려사'에 속수무책인 정부」, 『조선일보』 2004. 8. 2.

史』에 고구려를 중국의 복속 정권으로 규정한 사실이, 그리고 復旦大學 교양 역사과목 교재인 『國史槪要』에 고구려와 수의 관계가 실질적인 군신관계로 묘사된 사실이 확인되었던 것이다.[14]

이와 같은 상황에서 정부도 더 이상 학술적 해결만을 고집할 수 없었던 모양이다. 이제까지의 '조용한 외교'에서 벗어나 강력히 대처해 나가겠다는 뜻을 피력했다. 2004년 7월 14일 李濱 주한 중국대사를 외교부로 불러 고구려사 왜곡에 대한 시정을 요청하는 한편 박준우 아태국장을 중국에 파견하여 8월 6일 중국 외교부와 접촉, 역사 왜곡 중지 및 시정을 요구하는 등 '강경한' 조치를 취했다. 그러나 정부의 이러한 조치는 곧장 가시적인 성과로 나타나지 않았다. 李濱 주한 중국대사를 통한 시정요구는 정부가 정한 1차 시한을 넘겼고, 박준우 아태국장의 시정촉구에도 중국 측은 별다른 반응을 보이지 않았다. 이러한 중국정부의 반응을 보고, 『조선일보』는 비록 이러한 중국정부의 반응이 최종적인 입장인지는 확인할 수 없다는 단서를 달았지만, 한중 양국은 수교 후 '최악의 위기'를 맞게 된 것으로 보인다고 분석했다.[15]

2004년 7월 이후 보인 중국 측의 이상과 같은 조치와 태도는 한국 언론의 거센 비판을 불러일으키기에 충분했다. '고구려사 왜곡'을 키워드로 2004년도 한국 주요 7개 일간지 기사 월별 증감을 조사한 한 연구에 따르면, 2003년 4월부터 2005년 4월까지 ∠1날에 걸쳐 총 1,447건이 검색되는데 이 가운데 2004년 8월 한 달에만 무려 679개(46%)가 검색되었다.[16] 당시 언론의 중국 비판의 수위는, '조직적인 고구려사

---

14) 「북경대도 '고구려사 왜곡'교재에 "중원왕조에 복속"」, 『조선일보』 2004. 8. 2.
15) 「中 중앙정부, 원상회복 요구 거부, 수교이후 최대 外交 위기」, 『조선일보』 2004. 8. 7.

왜곡', '갈수록 더해가는 中 고구려사 왜곡', '거세지는 중국의 고구려
사 왜곡', '패권주의로 달리는 중국', '날조된 역사의 칼과 방패', '고구
려를 지키는 길', '중국 패권주의의 파도' 등과 같은 『조선일보』, 『동아
일보』, 『중앙일보』, 『한국일보』 등 신문의 기사 제목만으로도 충분히
읽어낼 수 있다.

　한동안 집단행동을 보이지 않던 시민사회단체들도 다시 움직이기 시
작했다. 국학운동시민연합과 우리역사바로알기시민연대는 2004년 7월
12일 중국대사관 앞에서 '중국정부의 고구려사 침탈에 항의하는 집회'
를 개최하고 각 시민단체 대표들은 삭발식을 거행했다. 8월 15일에는
'참여하는 4050 전문가 연대'가 광화문에서 '고구려사 침탈 기도를 규
탄하는 촛불 집회'를 개최하고, 유네스코 세계문화유산 등재 이후 중국
관영매체가 보인 태도와 외교부 홈페이지 파문을 지목하여 "중국의 반
역사적 반문명적 비양심적 행위"이며, "동북아 평화와 근린우호에 어
긋나고 국가 간 신의마저 저버리는 대중화민국답지 못한 비군자적 작
태"라고 비판하고 나섰다. 2004년 8월 23일에는 국학운동시민연합과
홍익교사협의회가 종묘와 탑골공원에서 '중국의 고구려사 왜곡에 항의
하는 교사들의 삼보일배' 집회를 실시했다. 삼보일배 집회에서는 중국
을 향해 '남의 나라 역사를 이토록 뻔뻔하게 빼앗는 것은 깡패들이나
하는 짓'이라고 비판하고 '(이를) 절대로 좌시하지 않았다'는 비장감마
저 감도는 의지를 표명했다.

　한중수교 12주년을 앞두고 한중 관계가 심각하게 경색되었던 것이
다. 중국정부는 武大偉 외교부 아시아담당 부부장을 파견하여 8월 24

---

16) 송기호, 『동아시아의 역사분쟁』(서울 : 솔, 2007), 289쪽.

일 5개항에 합의하도록 했다. 합의의 핵심적 내용은 정치적 개입을 하지 않는다는 것과 학술교류를 위해 노력한다는 것이었다. 특히 제4항 "중국 측은 중앙 및 지방 차원에서의 고구려사 관련 기술에 대한 한국 측의 관심에 이해를 표명하고 필요한 조치를 취해나감으로써 문제가 복잡해지는 것을 방지한다"는 내용의 해석과 관련하여, 당시 최영진 외교통상부 차관은 "중국 측이 교과서나 정부 출판물에 의한 고구려사 왜곡은 더 이상 없을 것임을 분명히 한 것"이라고 설명했다.17) 말하자면 교과서나 정부출판물에서는 고구려사 왜곡이 없도록 중국정부 차원에서 필요한 조치를 취해 나아가겠다고 합의했다는 것이었다.

'외교적 성과', '불길은 잡았지만 불씨는 남았다', '미봉책' 등 합의에 대한 평가는 크게 엇갈렸다. 당연하겠지만 정부당국 측에서는 외교적 성과로 평가하면서 '중국 측의 성실한 이행을 지켜보자'고 주문한 반면,18) 정치권, 언론, 시민단체, 학계의 평가는 달랐다. 예를 들어 양해사항이 너무 포괄적이라거나,19) 일시적 봉합에 불과하다거나,20) 구두 약속은 일단 지켜보겠지만 동북공정 자체가 동북지방의 개발과 통합이라는 과제의 해결을 위해 추진된 것인 만큼 고구려사 왜곡은 쉽게 포기될 리 없을 것이라 전망하거나,21) 동북공정 자체가 학술적인 차원이 아닌 중국의 만주 및 동북아 전략과 관련된 것이기 때문에 고구려

---

17) 「'한중역사합의' 한달도 안됐는데」, 『조선일보』 2004. 9. 17.
18) 「독자칼럼 : 중국의 고구려사 왜곡, 역사 부메랑 될 것(김병호, 외교통상부 외무관)」, 『조선일보』 2004. 9. 9.
19) 「여야 한중 양해에 불만, "중국의 함정에 빠져서 안되"」, 『프레시안』 2004. 8. 24.
20) 「한중 '고구려사 왜곡'해결 5개항 구두합의」, 『동아일보』 2004. 8. 25 ; 「사설 : 고구려사, 국민 뜻따라 근본 대책을」, 『조선일보』 2004. 8. 25.
21) 「고구려사, 시스템을 갖춰야 한다」, 『조선일보』 2004. 8. 28.

사 왜곡은 절대 학술적 차원에서 해결될 수 없다는 비판이 제기된 것이었다.[22]

구두양해를 비판적으로 바라보기는 시민사회단체도 마찬가지였다. 흥사단, 아시아평화와 역사교육연대, 국학운동시민연합 등 단체들은 8월 27일 탑골공원에서 공동 집회를 갖고 중국의 고구려사 왜곡 규탄과 구두양해의 무효, 중국 정부의 사과를 촉구했다. 특히 구두양해는 '한국민의 반발을 잠재우려는 임시방편에 불과하다'며 중국의 기만적 역사 왜곡을 강력히 성토했다.

구두양해도 2004년 7월부터 고조되기 시작한 중국비판 시선을 누그러뜨리기는 어려웠던 것으로 보인다. 구두양해와는 상반된 사례들이 확인, 보도되었기 때문이었다. 중국정부 산하기관인 중외문화교류센터에서 발간하는 관영 홍보지인『中外文化交流』9월호에 실린 고구려 관련 기사에서 "고구려는 중국 동북지방에서 생활했던 고대 소수 민족 정권이다"라고 규정한 것이 알려졌으며,[23] 2000년 이후 개정판이 나오거나 새로 쓴 역사관련 대학 교재에 "고구려, 부여는 중국사의 일부"라는 등 왜곡된 역사가 반영되어 있다는 분석도 뒤따랐다.[24]

게다가 역사왜곡의 사례들이 확인, 보도되기도 했다. 길림성 길림시 고구려 용담산성의 문화재 안내판에 '고구려는 소수민족이 아닌 한족이 세운 국가'라는 내용이 기재되어 있는 것이 확인되었으며,[25] 발해 왕궁터의 복원, 정비를 唐의 궁전을 본떠 '멋대로 복원'함으로써 발해

---

22) 「중국의 고구려사 왜곡 학술차원 해결 어려워」,『조선일보』 2004. 9. 7.
23) 「'한중역사합의' 한달도 안됐는데」,『조선일보』 2004. 9. 17.
24) 「中대학교재도"고구려,부여가 중국사 일부"」,『조선일보』 2006. 8. 8.
25) 「"고구려는 漢族이 세운 국가"」,『조선일보』 2005. 7. 29.

역사를 왜곡하고 있다는 비판성 보도도 전해졌던 것이다.26)

동북공정 소식이 한국사회에 전달된 이후 '고구려사 왜곡'과 '역사 빼앗기'를 핵심적 사안으로 하는 한중간 역사분쟁이 해결의 실마리를 찾지 못하고 하루가 다르게 확산되어 갔다. 역사분쟁의 확산은 중국의 패권주의로의 등장을 점치며 위협적이며 공세적인 중국, 경계의 대상으로서의 중국이라는 이미지의 형성을 동반하기도 했다.27)

개혁개방, 특히 한중수교 이후 우호적인 한중 관계가 급속히 냉각되면서 민족 간 대립으로까지 치닫게 된 현실에 직면하여, 학계에서는 '역사왜곡'을 바로잡으면서 고구려사의 귀속문제에 대응하려는 데서 벗어나, 동북공정의 배경과 성격, 그리고 그 논리 등을 본격적으로 다루기 시작했다. 특히 중국 근현대사 전공자들을 중심으로 한 중국학 연구자들은 동북공정은 단순한 '역사왜곡', '역사 빼앗기'라는 시각에서 보아서는 그 본질을 이해하기 어렵다는 점을 강조했다.

청대 이후 다민족 국가의 통일성을 획득하기 위한 노력의 일환으로 보아야 한다든지, 개혁개방 이후 국가 사회적 통합을 통해 체제를 안정화하려는 현실적 목표와 필요성에서 출발한 국가사업이자 전통적인 맹주의 자리를 탈환하려는 문화적 정치적 욕망의 표현이라든지, 근현대이래 미해결 과제였던 변경문제에 대한 대책으로 '동북'의 위상과 미래를 노리는 국가전략이라는 분석 등이 제기되었던 것이다. 그리고 이러한 국가전략의 이면에는 '영토지상주의', '현대판 중화주의', '중화민족

---

26) 「中, 발해사 왜곡 노골화 上京옛터에 '당나라식 궁전'복원 시작」, 「중국 헤이룽 上京, 발해 왕궁터 현장을 가다」, 『조선일보』 2004. 12. 2.

27) 「여론광장 : 중국의 내정간섭 경계해야」, 『조선일보』 2004. 12. 15 ; 「중국인 통한 초중고 교육 신중했으면」, 『조선일보』 2005. 2. 5 ; 「시론 : 중국에 안방 내주는 북한경제」, 『조선일보』 2004. 4. 2.

론' 등 중국 중심적 역사관과 영토관이 깔려 있는 것으로 보아야 한다
는 점이 분석되었다.[28]

　동북공정을 멀리는 전통시대, 가까이는 근현대 중국의 역사인식과
영토인식과 연관지어 중국의 21세기 국가전략이라는 보다 큰 틀에서
이해되어야 한다는 이러한 논의들은, '역사왜곡'에 초점을 맞춘 학계
초기의 동북공정 대응에 대한 비판을 담고 있는 것이었다. 동북공정의
이면에 내재한 '제국지향의 팽창논리'를 천착하면서 그것을 근본적으
로 비판해야 할 뿐만 아니라 중국의 21세기 국가전략에 상응하는 전략
을 중장기적으로 모색해야 할 것이라는 것이었다.

　그러나 이들 논의는 한중 역사분쟁이 격화되면서 한반도(북한)에 대
한 영향력 행사의 현실성, 그리고 동북아의 패권적 맹주 추구의 가능성
등을 강조하며 우려하는 사회의 주류적 시각과는 일정한 거리를 두고
있었다는 점에 주의해야 한다. 팽창의 현실성을 판단할 때에는 '의도'
뿐만 아니라 '능력'까지 고려되어야 하며 게다가 동아시아를 둘러싼 주
변의 정세여건도 충분히 감안해야 한다는 판단 때문이었다.

　한편 동북공정을 개혁개방이후 불거진 불안정한 주변정세와 국내 문
제에 대처하기 위한 '방어적 기제'이며 '자기 방어적 수단'의 성격이
강한 것으로 파악하는 분석도 제기된 바 있다.[29] 이들 분석에 따르면

---

28) 이상과 같은 주장에 대해서는, 박장배, 「중국의 '소수민족'정책과 지역구조」(고
구려연구재단 제1차 국내학술회의 발표논문) ; 박선영, 「논단 : 정체성 게임 시대
의 중국과의 역사전쟁」, 『역사학보』 제182집 ; 윤휘탁, 『신중화주의』(서울 : 푸른
역사, 2006) ; 유용태, 「중화민족론과 동북지정학」, 『동양사연구』 93(2005) 등
참고.

29) 이희옥, 「중국의 '동북공정' 추진현황과 참여기관 실태」, 『중국의 동북공정과 중
화주의』(고구려연구재단, 2005) ; 김희교, 「한국 언론의 동북공정 보도 비판」, 『역
사비평』 69(2004년 겨울호)

동북공정은 동북지역에 대한 영토적 안정성 확보, 조선족의 동요 방지 및 중국의 정체성 부여 때문에 비롯된 것이며, 동북 지방차원에서 연구되어 오던 연구과제를 중앙정부 지원 체계 속에 편입시킨 것으로 중앙정부에서 체계적이고 조직적으로 이루어진 '역사 패권주의'가 아니라는 것이었다. 그리고 동북공정은 국가사를 국사편제로 삼고 있는 중국에서 추진한 국내의 문제로서, 북한지역에 대한 연고권을 노린 팽창주의적 발로라고 이해하는 것은 지나친 해석이라는 것이다. 동북공정을 계기로 오히려 중국의 현실뿐만 아니라 동북아시아의 국제관계의 동학을 직시하지 않은 '(한국의) 감정적이며 팽창적 민족주의'를 경계할 필요가 있다고 보았다.

동북공정이 한중 양국의 상이한 역사인식의 차이에서 온 만큼 상호 역사관을 이해하고 인정한 선상에서 양국이 역사를 공유할 수 있는 방안을 모색해 볼 필요가 있다고 제안한다. 이러한 '공유론'은, 양국 중 어느 한 나라가 고구려사를 전유해야 한다고 보는 것은 근대의 산물인 민족주의에 가두어진 역사 해석이고 왜곡이라는 탈민족주의 학자나, 중국의 현실적 영토지배를 인정해야 한다는 현실론을 강조하는 학자에게서도 제기되었다.[30]

또 역사분쟁의 근본적인 원인은 역사를 '국사'로 인식한 민족주의 역사학에 있다며, 중국은 물론 한국의 민족주의 사관 자체를 비판과 공격의 대상으로 삼아야 소모적인 논쟁에서 벗어나 근본적인 해소방안을 마련할 수 있다는 주장이 제기되기도 했다. '국사'를 해체하고 동아시

---

30) '공유론'을 포함하여 본문에서 소개하는 '탈민족주의론'에 입각한 국사해체와 동아시아사관, '요동' 및 '변경' 등 '제3의 역사론' 등에 대한 간결한 정리는 송기호, 『동아시아인의 역사분쟁』, 292-307쪽 참고.

아 지역 역사를 묶어 내는 이른바 '동아시아사관'을 제안한 것이었다.

학계에서 제기된 또 다른 대안은 이른바 '제3의 역사론'이다. 한국과 중국이 아닌, 별개의 역사공동체로서 '요동'에 주목할 것을 제안하거나, 국경의 제약에서 벗어나 해당 지역 주민에 초점을 맞추고 다양한 문화와 정체성이 자유롭게 소통하는 공동의 역사공간으로서의 '변경'의 역사로 접근하자는 발상이다.

동북공정으로 불거진 '역사왜곡', '역사주권' 등 한중 간 역사분쟁은, 학계는 물론 사회적으로도 한중간 역사인식과 영토관의 내용과 성격의 차이뿐만 아니라, 중국의 향후 국가전략의 방향과 내용에 대해 관심을 불러일으킨 계기로 작용하기도 했다. 게다가 한국의 민족주의역사관을 비판적으로 되돌아보면서 다양한 대안논리들을 제기하고 논의하는 계기를 부여하기도 했다. 비록 이러한 대안론을 활용하여 한국사, 나아가서는 동아시아사를 어떻게 구체적으로 서술할 수 있을지는 여전히 남겨진 문제지만, 역사인식의 지평을 다원화하고 확대시켰다는 점에서는 의의를 갖는다고 할 것이다.

IV. '역사전쟁'에서 '역사외교'로

한국사회에서 중국의 '역사왜곡'이 또다시 사회적 이슈로 떠오른 것은 2006년 9월이었다. 직접적인 계기는 변강사지연구중심 홈페이지에 동북공정 연구과제 중 18개 연구의 요약본이 공개되었는데 그 내용이 기존 '고구려사 왜곡'의 범위를 넘어섰다는 언론 보도 때문이었다. 언론에서 집중적으로 보도한 내용은 세 가지였다.[31] 하나는 한국 역사학계에서는 인정하지 않은 箕子朝鮮을 역사적 실체로 인정하여 한반도의 역사가 箕子朝鮮부터 시작한다는 연구였고, 둘째는 발해는 건국 이래 唐에 속한 말갈족의 지방정권이며 멸망 이후에는 그 유민들이 遼, 金으로 옮겨와 중화민족으로 융합되었다고 주장한 연구였고, 셋째는 1713년 조선이 세운 백두산정계비는 淸의 위탁받은 내용과는 달리 멋대로 장소를 변경해 일방적으로 변경 표지를 삼았다는, 즉 백두산정계비는 "가짜"라고 주장한 논문이었다.

언론은, 고구려사뿐만 아니라 고조선과 발해까지 중국사로 편입시켜 한국의 고대사를 송두리째 중국사의 일부로 편입시키려는 동북공정의 의도를 드러낸 것이며, 백두산정계비의 진위를 따짐으로써 결국 동북공정은 한반도 북부의 영토 귀속문제에까지 관심을 두고 있었음이 드러난 것이었다고 평가했다.

이러한 보도와 평가는 중국에 대한 비판적, 부정적 여론을 즉각적으로 불러일으켰다. 동북공정의 "진짜 속셈"이 백일하에 드러났다는 한 기고자의 주장은 그 대표적인 사례이다.[32] 그는, 동북공정은 단순히 학술연구가 아니라 '한강 이북을 차지하기 위한 시도이며, 유사시 북한도 단독 관리하기 위한 사전 정비작업'임이 이번에 분명히 드러났다고 주장했다. 그 밖에도 '중국, 인해전술로 한국역사를 유린하다' 또는 '동북공정은 '날조공장''이라는 사설과 기사에서도 당시 비등했던 여론의 수위를 짐작케 한다.[33]

---

31) 「中 "한강유역은 중국땅이었다"」,「中, 전설까지 끌어들여 '한국사 삼키기'」, 『조선일보』 2006. 9. 6.
32) 「'마침내 드러난 동북공정의 속셈'」, 『조선일보』 2006. 9. 7.
33) 「중국, 인해전술로 한국 역사를 유린하다」, 『조선일보』 2006. 9. 8 ; 「동북공정은 '날조공장'」, 『조선일보』 2006. 9. 12.

국학운동시민연합, 국학원, 우리역사바로알기시민연대, 세계국학원청년단, 홍익교사협의회 등 5개 시민사회단체가 약 2,000여 명의 시민을 모아 2006년 9월 13일 서울 종묘공원에서 '중국 동북공정 저지 범국민대회'를 개최했다. 대회에 앞선 공고에서 5개 시민사회단체는 중국은 동북공정을 통해 '고구려, 고조선, 발해까지 중국의 역사로 만들려고 할 뿐만 아니라 백두산과 북한 영토까지 침략 야욕을 노골적으로 드러내고 있다'고 밝히고는 국민들의 적극적인 참여를 촉구했다. 대회 당일에는 중국정부에게 동북공정의 즉각적인 중지와 한국 국민에의 사과를 촉구했다. 대회 후 중국대사관을 향해 광화문까지 '동북아 평화를 위한 대행진'을 한 후 해산했다.

언론은 정부 당국에 대한 비판의 강도를 높이기도 했다. 정부의 미온적 대처나 친중적 외교를 비판했으며, 동북공정의 속셈을 제대로 파악도 하지 못했다는 비판성 기사를 연일 내보냈다. 2004년 8월 구두양해라는 신사협정만을 믿고 있다가 "뒤통수를 맞았다"고까지 비판하기도[34] 했다. 정부에 대한 비판은 고구려연구재단을 흡수 통합하여 2006년 9월 28일 새로이 출범한 동북아역사재단의 향후 활동력에 대한 우려로도 이어졌다. "'고구려사 왜곡' 대응에 빨간불 켜졌다"는 논조로 고구려연구재단의 해산 소식을 전한다든지, 중국이 '동북공정'의 수위를 높일 때 오히려 동북아역사재단은 연구 인력을 "44.4%를 감축시켰다"거나, "동북아역사재단 지휘부에는 '중국통'이 없다"는 등 보도했다.[35]

---

34) 「동북공정은 역사전쟁 선전포고」, 『조선일보』 2006. 9. 18.
35) 「중국이 '동북공정' 수위 높일 때 — 우린 '역사왜곡' 대응인력 절반 줄였다」, 『조선일보』 2006. 9. 7 ; 「동북아역사재단 지휘부엔, '중국통' 없어」, 『조선일보』

그런데 여기서 주목해야 할 점은, 같은 9월에 동북공정에 대한 언론과 정부, 그리고 일부 학계에서 보였던 대응양상을 문제 삼는 논조가 나타나기 시작했다는 사실이다. 이 글에 따르면,[36] 2006년 9월 변강사지연구중심 홈페이지에 18개 연구논문이 올랐다고 한 보도는 잘못된 것이었다. 정확히 1년 전에 올린 것을 1년 늦게 발견하여 집중 보도했고 그에 따라 언론과 시민사회단체가 "야단법석을 떨었다"는 것이었다. 중국의 역사왜곡을 감시해야 할 언론과 정부가 얼마나 허술했는지 반성해야 할 일이지만, 정작 중요한 것은 그간 한국의 대응이 얼마나 감정적이고 즉흥적인지를 되돌아보게 했다는 점이다. 게다가 이 글은 당시 한국사회에서 중국의 역사왜곡에 대한 반대여론을 이끌고 있었던 고구려연구회의 민족대결을 부추기는 듯한 주장도 문제시했다. 2006년 9월 중순 국회에서 개최된 세미나에서 '중국이 고구려와 발해를 뺏으려 한다면 우리도 金과 淸을 한국사로 끌어들이자'는 주장이 나왔다는 것이었다. 학문 논리보다는 민족 대결을 부추기는 듯한 이와 같은 모습은 결코 바람직하지 않다는 주장이었다.

2006년 9월, 중국의 역사왜곡에 대한 반대여론이 다시 비등해진 또 다른 한편에서는 균형감을 잡으려는, 또는 그간 보여 왔던 감정적 즉흥적 그리고 민족 대결적 대응을 지양하면서 장기화 국면으로 접어든 역사분쟁을 준비하는 논조가 보이기 시작했던 것으로 파악된다. 이는, 곧 끝날 동북공정에 대한 장기 대책의 필요성을 감안한 대응으로 보인다. 동북공정이 끝나면서 본격적으로 출간될 연구 성과에 기존처럼 감정적, 즉흥적으로만 대응할 수는 없을 것이라 판단한 때문이었을 것으로 보

2006. 9. 8.
36) 「동북공정 뛰어넘기」, 『조선일보』 2006. 9. 26.

인다.

동북공정을 반박하는 北京大學 역사학자 宋成有 교수를 보도한 것도 이와 같은 맥락에서 이해할 수 있을 것이다.[37] '고구려는 외국의 역사 이며, 책봉을 이유로 고구려를 중국의 지방정권으로 규정하는 것은 잘 못된 것'이라며 동북공정의 고구려사 인식을 정면에서 비판했다. 宋成有 교수의 사례를 들어 중국 사학계의 주류가 이제 "역사왜곡"에 대해 입을 열기 시작했다고 보도했다. 그를 비롯한 북경지역의 고대사연구 자 그룹은 '고구려사는 한국사'라는 정설을 수용하고 있으며, 동북공정 은 동북지역 고대사연구자들이 주도하고 북경지역 국경사연구자들이 가세한 것이었다고 분석했다.

이러한 중국학계에 대한 분석은 "역사분쟁"의 장기화에 따른 대비책 모색과 관련된 것으로 이해된다. 감정적, 즉흥적인 대응이나 민족 대결 국면이 아닌, 치밀한 논증과 합리적 주장을 전개하면서 중국을 비롯한 해외 학자들과의 네트워크 구축의 가능성을 타진하고자 하는 지향이 반영된 것으로 보인다는 것이다.

동북아역사재단 김용덕 초대 이사장이 2006년 11월 27일 첫 기자간 담회에서 밝힌 향후 활동방향과 내용은 바로 이러한 여론의 향배를 정 확히 읽어낸 것이었다고 파악된다. 그는 중국과 앞으로 "역사전쟁이 아닌 역사외교 할 것"이라며, "전쟁이란 승패를 보겠다는 것인데, 학술 적인 면에서 승패란 위험한 생각"이라며 "서로의 역사를 이해하고 존 중하는 것이 중요하다"고 말했다.[38]

---

37) 「쑹청유 베이징大 역사학과 교수 '동북공정' 반박」, 『조선일보』 2006. 9. 16.
38) 「"중국과 역사전쟁 아닌 역사외교 할 것」, 『조선일보』 2006. 11. 28.

V. 결론 : 역사분쟁 해소방안과 관련하여

2007년 1월로 5년간 진행되어온 동북공정은 종결되었다. 이후 동북공정에 대한 한국사회의 관심은 현저히 줄어들고 있다. 동북공정에 대한 사회적 관심을 불러일으키는 데 주도적인 역할을 했던 고구려연구회가 2007년 11월 10일 대우재단 빌딩에서 同 연구회의 동북공정에 대한 그간의 대응논리 성과를 보고하는 발표회를 가졌지만 언론을 비롯한 사회적 관심을 받지 못했던 것은 동북공정에 대한 한국사회의 달라진 태도를 반영하고 있는 듯 보인다. 본문에서도 보았듯이 2006년 9월을 경계로 동북공정에 대한 그간의 대응태도를 반성하며 중장기적 대응 방안을 모색해야 한다는 여론이 점차 힘을 얻어갔던 사정과도 관련이 있을 듯싶다. 고구려연구재단을 흡수 통합하여 새롭게 출범한 동북아역사재단이 "역사전쟁에서 역사외교로" 활동방향을 잡은 것도 이러한 여론과 사회적 분위기를 반영한 것으로 파악된다.

동북공정이 더 이상 한중 양국 간의 외교적 사안이 아닐뿐더러 한국사회에서 이슈가 되지 않는다고 해서, 동북공정으로부터 불거진 양국 간의 역사분쟁이 해소된 것은 아니다. 사회적인 관심사에서 멀어졌을 뿐, 동북공정의 내용과 그것이 파생시킨 문제들은 여전히 남아 있다고 보아야 한다. 오히려 이제 동북공정의 연구결과들이 본격적으로 출간되면서 동북공정의 내용은 물론 중국정부당국의 동북지역에 대한 정책 방향까지 더욱 명확히 드러날 것이 분명해 보이기 때문에 양국 간의 역사분쟁은 이제부터 본격화될 것으로 보는 것이 더 적절할지도 모른다.

현재는 한국인의 그간의 대응양상을 되돌아보면서 중장기적인 대응 방안과 논리를 모색하는 것이 필요한 시점임에 분명하다. 동북공정의 배경과 원인, 그리고 그 이면의 논리들을 중국의 장구한 역사와 21세기 국가전략이라는 관점에서 종합적이고 깊이 있게 분석하는 작업이 필요함은 물론이며, 그 대응과정에서 드러난 문제점을 진지하게 되돌아볼 필요도 있는 것이다.

그간의 대응양상을 볼 때, 두드러진 특징은 언론매체와 시민사회단체가 동북공정을 사회적 이슈로 만들어 내는 데 주도적인 역할을 했다는 점이다. 애초 동북공정을 "역사 빼앗기"로 규정하고 이를 경쟁적으로 보도함으로써 역사왜곡이라는 면이 집중적으로 부각되었던 것이다. 이에 따라 시민사회단체의 경우에는 "역사 빼앗기"에 대한 "역사 지키기"라는 방식으로 맞서는 양상을 보였던 것이다. 한중 양국 간 "역사전쟁"으로까지 부를 정도로 중국과의 대결의식이 심화되고 확산되었다. 비록 학계에서는 초기 역사왜곡에 초점을 맞춘 대응에서 벗어나 점차 한국인의 중국과의 대결의식, 또는 과도한 민족주의적 발로 등을 우려하며 경계하자는 논의를 제기한 바 있고 동북공정을 중국근현대사의 맥락에서 거시적으로 보아야 한다는 시각도 제기한 바 있었으나, "역사전쟁"으로 상징되는 대결의식은 한국사회에서 쉽게 누그러지지 않았다. 여기에는 한국 정부당국이 보인 소극적이고 일관되지 못한 대응도 한몫했던 것으로 이해된다. 6자회담과 북핵문제 등과 연관된 중국과의 관계와 한국인들의 중국에 대한 비판적인 여론 사이에서 정부는 장기적이고 미래지향적인 문제해결 방안을 강구하지 못한 채 현안 처리에만 매달리는 모습을 보였던 것이다.

장기 국면으로 접어든 현재, 양국 간 역사분쟁을 효과적으로 해소하기 위한 방안으로 여러 가지를 고려해볼 수 있다. 현재까지 이 문제를 다룬 논자들의 방안들을 정리해보면, 연구 역량과 역사교육의 강화, 그리고 국내외 네트워크 구축으로 압축할 수 있다. 연구 역량의 강화란, 한국의 고대사뿐만 아니라 중국근현대사 연구 인력을 양성할 수 있는 현실적인 시스템을 구축하고 한국과 중국학계에서 함께 공유할 수 있는 역사인식이나 역사상을 정립하는 데 힘을 기울이자는 것이다. 역사교육의 강화는, 중고등 학교 학생들을 대상으로 한 역사교육을 강화하여 역사인식을 함양하고 한국인으로서의 자의식과 정체성을 갖추도록 노력해야 한다는 것이다. 동시에 동아시아인으로서의 균형감을 갖추어야 한다는 취지에서 한국과 중국이 공동으로 역사교과서를 편찬하여 활용한다든지, 아니면 기존에 양국에서 사용 중인 역사교과서를 교차하여 교육현장에서 활용해본다든지 하는 방안도 제안되기도 했다. 그리고 네트워크 구축이란 남북공조를 비롯한 국내외 차원의 학술연구자 간 각종 학술대회와 공동연구를 통한 상호 교류 영역을 확대하여 양국 간 역사분쟁의 문제의 소재를 찾는 한편 해소방안에서 국제사회의 지지기반을 구축하자는 논의이다.

이상과 같은 방안 가운데 본문의 내용, 즉 동북공정에 대한 한국인의 대응양상과 관련지어 볼 때 아래와 같은 두 가지 정도의 방안에 특히 주목할 필요가 있다고 판단한다. 첫째는 학계가 시민사회와 소통할 수 있는 영역을 넓히는 방안을 적극적으로 모색할 필요가 있다. 앞서도 보았듯이 "역사전쟁"으로 불릴 만큼 양국의 관계가 대결적 구도로 치달았던 데에는 대중언론매체에 못지않게 시민사회단체의 역할이 컸다. 감정적이고 과도한 민족주의를 집단행동으로 표출함으로써 反중국 정서와 분위기가 사회적으로 급속하게 확산되었기 때문이었다. 시민사회단체를 비롯한 일반 국민들이 동북공정을 바라보는 좀 더 거시적이며 균형 잡힌 시각을 갖출 수 있도록 하기 위해서는 학계가 다양한 시각과 연구 성과들

을 대중화하고 일반 국민들과 소통할 수 있는 방안을 주도적으로 마련할
필요가 있다고 보인다. 각종 강연회와 대중적인 저술 활동도 중요하겠지
만, 시민사회단체와의 조직적인 연대활동에도 힘을 기울일 필요가 있다.
특정 사안에 대해 학계가 시민사회단체와 연대활동을 전개하는 데 노력
을 기울임으로써 학계가 담당할 사회적 역할을 모색하는 한편 시민사회
단체와 소통할 수 있는 영역을 넓혀 나아가야 하겠다. 시민사회단체와
연대활동을 모색할 때 국내에만 한정할 필요는 없을 것이다. 국제적 차
원으로까지 확대하면 그 만큼 활동영역이 넓어질 것이며 한국과 중국 간
의 역사분쟁 해소를 위한 국제적 관심과 지지를 얻을 수 있을 것이다.

  둘째, 학계 내부적으로도 각 전공영역이 상호 소통할 수 있는 방안
을 마련하는 데 노력을 기울여야 할 것이다. 역사분쟁의 해소방안 가운
데 학계에서 주도적으로 담당해야 할 것은 바로 한국과 중국이 공유할
수 있는 역사인식 혹은 역사상 정립이라는 과제이다. 그런데 이 과제는
한국사, 중국사, 서양사 등 기존 전공별 연구와 노력에 의해 달성되기
는 어려워 보인다. 적어도 동북공정으로 불거진 역사분쟁의 내용에 비
추어 볼 때 양국이 공유할 수 있는 역사인식이나 역사상을 정립하기
위해서는 한국고대사 연구자는 물론이고 중국사 연구자와 서양사 연구
자들이 유기적으로 결합될 필요가 있기 때문이다. 한국고대사의 내용
과 쟁점, 중국고중세사 및 근현대사의 내용과 쟁점 그리고 서양의 역사
분쟁의 사례와 역사이론 등이 함께 논의되고 연구될 때 한국과 중국이
공유할 수 있는 새로운 역사인식이나 역사상이 도출될 수 있지 않을까
판단한다. 전공을 넘어선 다양한 방식의 공동연구를 활성화하고 이를
제도적으로 지원하는 정책이 지속적으로 개발되고 추진될 필요도 바로
이와 같은 대안모색과 밀접하게 관련될 것으로 보인다.

中國 遼寧省 韓國宗敎의 현황과 문제

박 미 라

I. 서론

중국의 개혁 개방이후 한국의 종교계는 중국에 진출하고자 많은 노력을 기울였다. 한국은 세계에서 미국 다음으로 해외에 선교사를 많이 파견하는 나라이며, 한국선교연구원의 조사에 따르면 중국은 한국 선교사들이 가장 많이 사역하고 있는 나라로 2005년 현재 1,482명이 사역하고 있다.[1] 이외에도 비공식적으로 선교활동을 하고 있는 수도 상당할 것으로 예상된다.

우리와 이웃하고 있는 중국은 역사적으로 밀접한 관계를 유지해왔으면서 동시에 우리와 상반된 정치사회체제를 갖고 있다. 맑시즘의 입장에서 본다면 본질적으로 종교의 존재 자체를 부정하며 종교의 자유를 인정할 수가 없다. 중국은 과거 종교가 '민중의 아편'과 '제국주의의

---

1) 석은혜, 「중국선교와 여성선교사」, 『중국을 주께로』 94, 2006. 2. 20.

주구' 노릇을 해왔다는 인식 아래, 공산화 이후 종교를 금지하는 정책을 시행했고, 문화혁명 기간 중에는 종교가 완전히 소멸되다시피 하였다. 그러다가 1978년 개혁개방 이후 중국은 종교 신앙의 자유를 인정하면서도 한편으로는 여전히 종교를 통제하고 관리하는 종교정책을 시행하고 있다.[2] 그러나 개인의 신앙의 자유는 인정하지만, 타인에 대해 선교하는 자유는 인정하지 않는다는 점에서 우리와는 다르다. 또한 중국 영토 내에서 외국인이 중국인에 대해 종교행위를 하는 것에 대해서는 엄격하게 제한하고 있다. 바로 이 점으로 인해 중국에서 한국 종교의 활동은 큰 제약을 받고 있으며, 그 현황을 살피는데 있어서 여러 가지 제약과 한계가 있다.

중국 내에서도 길림성·흑룡강성·요녕성의 동북지역은 조선족이 많이 거주하고 있는 지역이자, 한국인이 많이 진출해 있어 한국과 교류가 활발하게 이뤄지고 있는 지역이다. 동북삼성에 장기체류하는 한국인 수는 2006년 말 현재 6.1만여 명이고, 이 중 유학생이 1.2만 명으로, 중국거류 한국인 전체의 20%에 해당한다.

또한 동북삼성은 한국종교사에 있어서도 중요한 의미를 지닌다. 해방 이전에는 망명한 독립운동가를 중심으로 기독교·천도교·대종교 등 다양한 한국종교가 전파되었던 지역이다.[3] 개혁개방 이후에는 한국종교가 선교초기에 조선족을 중심으로 선교활동을 시작하였기 때문에[4]

---

2) 강돈구, 『현대중국의 한국종교─동북삼성을 중심으로』, 『宗教研究』 54, 2009, Ⅱ장 3쪽 및 최봉룡, 『중국의 종교정책과 조선족의 종교문화』, 『韓國宗敎』 28, 2004, 209쪽 참조.

3) 「國境地方視察復命書」, 『백산학보』 9, 1970, 222-224쪽 참조.

4) 1978년 중국의 개혁개방 이후 한국교회는 조선족에 선교를 시작하였다. 한국교회의 조선족 선교는 김응삼목사로부터 시작된다. 그는 조선족 기독교인과 접촉하여 조선족교회에 도움을 주었고, 해외교포선교사들 약 20명에게 중국에 들어가 선교

주로 동북삼성에 선교사들이 많이 들어갔다. 지금은 사천성과 운남성 등의 다른 지역으로 선교사들이 많이 이동하였지만, 선교의 시발지라는 의미에서도 동북삼성은 한국 종교사에서 중요한 의미를 지닌다.

본 논문은 개혁·개방 이후, 특히 한중수교 이후부터 현재까지 동북삼성의 하나인 요녕성의 종교정책과 종교 현황 및 기독교를 위시한 천주교·불교 등 한국 종교의 진출 양상과 현황 및 선교방식 등을 살펴보고자 한다.[5] 아울러 중국 요녕성 내 한국 종교가 갖고 있는 문제점과 앞으로의 과제를 비판적으로 고찰함으로써, 중국내 한국 종교문화의 위상을 점검하고 韓流 등으로 관심이 증대되고 있는 한국문화의 확대방향을 모색하고자 한다.

II. 요녕성의 종교 정책과 현황

본 논문에서는 1980년대 이후 중국 동북삼성의 하나인 요녕성에서 활동하고 있는 한국종교의 활동양상과 그 특징을 살피고자 한다. 요녕성에는 2007년 기준으로 25만 명의 조선족이 거주하고 있다.[6] 또한 북한과 200km를 접경해 있어서, 단동 등의 지역의 통해 북한과의 교류

할 수 있게 해주었다. 1990년 이후 한국교회 목사들이 조선족 교회지도자들을 방문하여 단기훈련을 시켰고, 나중에 선교사를 파송하였다(한민족평화선교연구소, 『조선족 선교의 현실과 미래』, 도서출판 평화와 선교, 2005, 17쪽).

5) 본 연구는 공동연구로 중국 동북삼성의 한국종교 현황을 4명의 연구자가 분담해서 연구하고 있다. 요녕성에 대해서는 필자가 담당하고 있지만, 흑룡강성과 길림성은 다른 연구자들이 담당하고 있다.

6) 길림성과 달리 요녕성에는 조선족 자치현은 없으나, 12개의 조선족향, 4개의 혼합민족향, 147개의 조선족촌이 있다.

도 빈번한 곳이다.[7] 그뿐만 아니라 6,058명의 유학생을 포함한 40,000여 명의 한인이 진출해 있어서[8] 한국종교의 현황을 잘 보여주는 지역이다.

1. 요녕성의 종교 정책

요녕성의 면적은 145,900km²이며, 행정구역은 省都 沈陽과 14개의 성직할시(省轄市), 17개의 현급시(縣級市), 27개의 縣(8개의 소수민족 자치현 포함), 56개의 시직할구(市轄區)로 이루어져 있다. 특히 전통의 도시인 심양과 현대적 공업도시로 성장하고 있는 대련은 요녕성의 대표적인 도시이다. 현급 이상 행정구역을 정리하면 다음과 같다.[9]

[표 1] 요녕성의 행정구역표 (현급 이상)

省轄市	市轄區	縣級市	縣	비고
沈陽市 (省都)	和平區、沈河區、大東區、皇姑區、鐵西區、蘇家屯區、東陵區、沈北新區、於洪區	新民市	遼中縣、康平縣、法庫縣	
大連市	中山區、西崗區、沙河口區、甘井子區、旅順口區、金州區	瓦房店市、莊河市、普蘭店市	長海縣	
鞍山市	鐵東區、鐵西區、立山區、千山區	海城市	台安縣	岫岩滿族自治縣

---

7) 동북삼성은 중국에서 북한과 유일하게 국경선이 맞닿아 있는 지역으로서 북-중간 교역의 중심지 역할을 수행하고 있다. 특히 요녕성 단동지역은 대북 물량동의 약 70% 차지한다.
8) 2007년 주선양총영사관 발표자료.
9) 요녕성 인민정부 홈페이지(http://www.ln.gov.cn/zjln/xzqh/index.html) 참조.

撫順市	新撫區、東洲區、望花區、順城區			撫順縣、新賓滿族自治縣、清原滿族自治縣	
本溪市	平山區、溪湖區、明山區、南芬區				本溪滿族自治縣、桓仁滿族自治縣
丹東市	元寶區、振興區、振安區	東港市、鳳城市		寬甸滿族自治縣	
錦州市	古塔區、凌河區、太和區	凌海市、北鎮市		黑山縣、義縣	
營口市	站前區、西市區、老邊區、鮁魚圈區	蓋州市、大石橋市			
阜新市	海州區、太平區、新邱區、細河區、清河門區			彰武縣	阜新蒙古族自治縣
遼陽市	白塔區、文聖區、宏偉區、弓長嶺區、太子河區	燈塔市		遼陽縣	
鐵嶺市	銀州區、清河區	調兵山市、開原市		鐵嶺縣、昌圖縣、西豐縣	
朝陽市	雙塔區、龍城區	北票市、凌源市		朝陽縣、建平縣	喀喇沁左翼蒙古族自治縣
盤錦市	雙台子區、興隆台區			盤山縣、大窪縣	
葫蘆島市	連山區、南票區、龍港區	興城市		綏中縣、建昌縣	

요녕성 전체 인구는 2008년 기준 4,315만 명으로, 그중 2,592만 명은 도시에 거주하고, 1,723만 명은 향촌에 거주하고 있다. 요녕성에는 漢族과 더불어 만주족 등의 51개 소수민족이 있는데, 중국 전체 성중에서 5번째로 소수민족이 많은 성이다. 전체 인구 구성을 보면 한족이 84%, 만주족 13%, 몽고족 2%, 回族이 0.6%, 조선족 0.6% 등이다. 소수민족이 전체 성인구의 16.2%를 차지하고 있으며, 8개의 소수민족 자치현과 77개의 소수민족향(民族鄕)이 있다. 요녕성에는 4만여 명의 한인들이 진출해 있는데, 이들은 주로 심양·대련·단동·무순 등의 대도시에 거주하고 있다.

요녕성의 종교정책은 본질적으로 중국 정부의 종교정책과 같다. 요녕성정부(이하 성정부)는 중앙인민정부의 종교관련 법령에 근거하여 종교정책을 펴고 있다.[10] 중앙인민정부는 종교활동을 금했던 문화대혁명이 끝난 1978년 12월 중국공산당 11기 제3차 전원회의(이른바 '三中全會') 이후 종교신앙자유정책이 관철되었고, 12월 개최한 '全國宗教工作座談會'에서 종교 업무기구의 회복과 도교·불교·이슬람·천주교·기독교[11])의 종교단체 활동을 용인하였다. 이에 따라 성정부는 1993년 12월 17일 <發遼寧省宗教活動場所管理規定>(성정부령 제35호)을 공포하고 시행하였다. 이 규정은 1997년 12월 26일 일부 내용이 수정되어 <발요녕성종교활동장소관리규정>(修正) 성정부령 제87호로 공표되어 시행되고 있다. 성정부는 1998년 11월28일 요녕성 人民代表大會常務委員會 제6차회의에서 <遼寧省宗教事務管理條例>(이하 조례)를 통과시키고, 1999년 1월 1일부터 시행하였다.[12] 이 조례는 2006년 12월 1일 인민대표대회상무위원회 28차 회의에서 <遼寧省宗教事務條例>로 명칭이 바뀌고, 일부 내용이 수정되었다. <요녕성종교사무조례> 제1조에 의하면 공민의 종교 신앙의 자유를 보장하고 종교적 화목과 사회화합을 수호하며 종교 사무관리를 규범화하기 위해서, 國務院 <宗教事務條例>와 관련 법률과 법규의 규정에 의거하고 요녕성의 실제에 부합하는 조례를 제정하였다고 밝히고 있다.

요녕성은 성내 소수민족의 권익을 보호하기 위한 <遼寧省散居少數民

---

10) <遼寧省宗教事務條例> 제1조.
11) 천주교와 개신교의 통칭으로 기독교라는 명칭을 사용하는 우리나라와는 달리, 중국에서 기독교란 명칭은 개신교만을 가리킨다.
12) 中國佛教網 홈페이지 '宗教法規'http://zhongguofojiao.com/big.asp?classid=18 참조.

族權益保障條例>를 2004년 7월 29일 요녕성 인민대표대회상무위원회
제13차회의에서 통과, 2004년 10월1일부터 시행하였다. 그 외 <宗敎社
會團體登記管理實施辦法>와 <宗敎活動場所設立審批和登記辦法>은 별
도의 법규를 만들지 않고, 중앙인민정부의 정책을 그대로 따르고 있다.
요녕성에서 시행하고 있는 종교관련 법령을 정리해보면 아래와 같다.

[표 2] 요녕성 종교관련 법령표

法令 명칭	制定 및 發布機關	시행 시기	비 고
<宗敎事務條例>國務院令426號	國務院	2005년 3월 1일	기존 <宗敎活動場所管理條例>(國務院令145號 94. 1. 31.) 폐지
<中華人民共和國境內外國人宗敎活動管理規定>國務院144號	國務院	1994년 1월 31일	
<宗敎社會團體登記管理實施辦法>	國務院宗敎事務局	1991년 5월 6일	
<宗敎活動場所設立審批和登記辦法>國家宗敎事務局令 2호	國家宗敎事務局	2005년 4월 21일	
<遼寧省宗敎事務管理條例>	遼寧省人民代表大會常務委員會	1999년 1월 1일	2006년 <遼寧省宗敎事務條例> 修正
遼寧省宗敎活動場所管理規定>省政府令 35號	遼寧省人民政府	1993년 12월 17일 발포	1997년 12월 26일 省政府令 第87號 公布(修正)
<遼寧省散居少數民族權益保障條例> 18호	遼寧省人民代表大會常務委員會	2004년 10월 1일	
<淸眞食品生産經營管理規定>省政府令 155令,	遼寧省人民政府	1994년 6월 3일	

2. 요녕성의 종교 현황

문화대혁명 이후 정지되었던 요령성 내의 공식적 종교활동은 1979
년부터 다시 시작되었다.[13] 1979년 6월 요녕성천주교애국회 성립을 필
두로 이슬람교・불교・도교・기독교의 종교단체가 성립되었으며, 2009
년 현재 요녕성에는 성급 종교단체로 기독교삼자애국운동위원회(基督敎
三自愛國運動委員會), 기독교협회, 천주교애국회, 천주교교무위원회, 불교
협회, 도교협회, 이슬람교협회가 있다.

요녕성정부에서 2008년에 국가종교국에 보낸 보고서에 의하면 요녕
성에서 종교활동에 참여하고 있는 신자는 152만 명이다. 그중 종교분
포를 살펴보면 기독교신도가 57만 명으로 전체의 37%를 차지하며, 불
교는 60만, 천주교는 10만, 도교는 6만 명 정도이다. 이들이 활동할 수
있도록 등록된 종교활동 장소는 1500여 곳이며, 종교사무 종사자는
3,800명 정도이다. 현재 다른 省들과는 달리 요녕성 종교사무국의 사이
트가 폐쇄되어 있어서, 개별종교들에 대한 구체적인 현황은 파악되지
않고 있다.[14] 참고로 요녕성의 성도인 심양의 종교현황을 도표화해 보
면 아래와 같다.[15]

---

13) 1978년 중국공산당 제11기 제3차 중앙위원회 전체회의를 말한다.
14) 종교현황은 급변하는 중국 사회의 특성으로 인해 그 변화의 폭이 대단히 크다.
    또 중국 내 종교현황에 대한 통계수치 또한 천차만별이다. 필자는 여러 경로를
    통해 요녕성의 공식적인 종교현황을 알아보았지만, 개별종교에 대한 구체적인
    자료를 제공받을 수 없었다.
15) 沈陽民族宗教 홈페이지(http://www.symzzj.gov.cn/Article/ShowArticle.asp?ArticleID=60)
    참조.

[표 3] 심양시 종교 현황(2008)

	신자수 (만)	교직자 (명)	정식 등록 및 주요 종교활동장소	종교단체
불교	15만	교직인원 200	사묘 및 固定處所 44처 : 慈恩寺, 般若寺, 法輪寺(喇嘛敎) 등	沈陽市佛敎協會
기독교	15만	교직인원 248	기독교당 및 활동장소 188처 : 西塔基督敎堂, 東關基督敎堂, 北市基督敎堂 등	沈陽市基督敎協會, 沈陽市基督敎三自愛國運動委員會
천주교	1.5만	교직인원 12	천주교당(公所) 13처 : 南關天主敎堂, 佟家房天主敎堂	沈陽市天主敎敎務委員會, 沈陽市天主敎愛國會
도교	2만	도사 40(全眞派)	궁관 10처 : 太淸宮, 蓬瀛宮 등	沈陽市道敎協會
이슬람교	8만	阿訇 42	청진사 23처 : 沈陽南淸眞寺, 蘇家屯淸眞寺 등	沈陽市伊斯蘭敎協會
계	55만	542명	278처	7개 단체

　중국에서는 기독교·불교·천주교·도교·이슬람교의 5대종교만을 인정하고 미신에 대해서는 금지하고 있다고 하지만, 최근에는 점복이나 산명술을 하는 사람들이 점점 늘어가고 있다. 필자가 2009년 2월 대련을 방문했을 때 시내의 노변에 점복을 하는 사람들이 행인들을 상대로 영업을 하고 있었고, 대련 시내 중심에 있는 中山 공원에는 풍수·작명·명리·점복 등을 전업으로 하는 술사들의 영업점이 3, 4개소가 있는 것을 확인할 수 있었다. 이전에는 공원이나 노변에서 간단한 점복을 하는 정도였으나, 대련의 경우에는 상설 점포를 열고 매일 전업으로 출근하는 직업역술인이 등장하고, 또한 역술협회 등의 조직을 구성하고 있다는 점에서 이전과 큰 차이를 보였다. 이들은 중산공원 내에 있는 華宮이란 도교 사원의 건물 내에 세 들어 있으며, 그중 두 곳에서는 도교를 믿는 것처럼 직접 자신들이 믿는 三淸神이나 張天師, 朱元帥, 관세음보살 등을 모신 별도의 道壇을 차려놓기도 했지만, 실제로는 육

효나 기문둔갑, 사주 등의 방법으로 결혼·재물·사업·진학·승진·질병·풍수·작명 등을 점치는 곳이었다.

또 중국인의 종교 신앙은 현실의 기복을 위한 요소가 많은 것으로 보인다. 대련에 있는 조선족교회 목사의 말에 의하면 조선족 신자 중에 예수를 믿으면서 집안에 불상을 모신 경우가 두 번 있어서 치우도록 했으며, 또 다른 교회에서도 목사의 설교에서 "형제 자매들이여 집안에 있는 불상을 치우라"고 말하는 것을 들었다고 했다. 또한 천주교 성당과 개신교 교회당에 동시에 나가는 시골의 할머니들을 보았다고 한다. 이런 혼란상이 일어나는 이유는 문화대혁명의 영향일 수도 있겠지만, 이보다는 중국의 다신론적 전통과 더불어 현실의 재복을 구하는 경향이 강하기 때문이 아닐까 생각한다.

Ⅲ. 요녕성의 한국종교 현황

1. 한국 불교 현황

불교종단 중에서 중국과의 교류활동은 조계종에서 먼저 시작하였다. 한중 수교 이후 양국 간의 불교교류가 이뤄졌는데 조계종은 2001년 10월 중국종교국의 초청으로 총무원장이 중국을 방문하였고, 2002년 9월에는 조계종단에서 중국불교협회를 초청하였다. 월정사는 2004년 5월 중국오대산 현통사에서 중국오대산 불교협회와 자매결연식을 거행하였고, 2004년 8월에는 산서성 오대산에서 '제1회 중국 오대산 국제불교문화절'을 개최하여 영산작법과 불교학춤을 시연하였다. 도선사는 2006

년 5월 17일 중국 서안 법문사와 자매결연을 맺었는데, 이는 한국 사찰로는 중국 정부 종교국이 인정하는 최초의 자매결연이었다.16)

천태종에서는 2006년 8월 26일 총무원장등이 북경을 방문하여, 葉小文국장과 상호 교류합의서를 체결하였다.17) 또한 중국불학원을 방문하여 천태종립 금강대학교와 유학생 교환등의 교류협의서를 조인했고, 중국불교문화연구소와 천태종 원각불교사상연구소가 교류협의서를 체결하였다. 같은 해 10월 30일에는 북경의 靈光寺에서 서울의 관문사와 자매결연을 맺었으며, 중국어판『天台宗聖典』5천 권을 제작해 중국 중화종교문화교류협회에 기증하기도 했다.18)

태고종에서는 2007년 태고종의 영산재와 중국 범패교향합창단 '新州和樂'의 상호 시연 등 한중불교문화교류협정을 체결하였고,19) 2008년 10월에 서울에서 '신주화악' 공연을 개최했다. 같은 해 11월에는 중국 정부 초청으로 북경 영광사에서 '사천성 대지진 위령 천도재'를 거행하였다.20)

진각종도 2002년 4월 중국불교협회 초청으로 중국 국가종교국·중국불교협회 관계자와 만나 양국간의 불교교류를 활성화하기로 합의했다.21) 2003년 12월에는 진각종의 회당학회와 중국불교협회가 공동으

---

16) 대한불교조계종 종무자료실. http://www.buddhism.or.kr/pLibrary/LibList01011.aspx
17) 중국 국가종교국 葉小文국장이 서울의 천태종 사찰인 관문사를 방문하여 천태종 총무원장을 만나 한국천태종과의 교류할 뜻을 전했다(대한불교천태종 http://www.cheontae.org/)
18) 「한국 천태종, 중국에 '천태종 성전' 기증」,『금강신문』 2006년 11월 1일자.
19) 「중국과 불교문화 교류협정 체결, 26일 베이징 중국종교사무국서 영산재 신주화악 교환 공연 합의」,『한국불교』 2008. 1. 4 ;「무르익는 한·중 불교문화 교류」,『서울신문』 2008년 10월 9일자, 23면.
20) 「스촨성 희생자 천도 영산재 북경 영광사서 봉행」,『금강신문』 2008년 11월 15일자.

로 중국 법문사에서 학술대회를 개최하였다.[22]

현재 요녕성의 한인사찰은 대련 개발구에 있는 조계종 길상사 1개소가 있다.[23] 길상사의 기원은 대련의 '한민족불자회'가 발전한 것이다.[24] 2001년 당시 조선족 16~20명과 한인 20여 명이 '한민족불자회'란 이름하에 작은 모임을 가졌는데,[25] 2달에 1번 정도 집회를 열고 주로 중국 사찰을 순례하면서 조선족의 통역을 통해 중국 스님의 법문을 듣는 활동을 하였다. 이 모임은 한국에 나갔다가 불교를 접하면서 불교에 관심을 갖게 된 조선족 이순자(52세, 여)의 공로가 컸다. 그는 본래 신도가 아니었으나 방송과 책을 보면서 혼자 불교공부를 시작했고, 후에 한민족불자회를 결성하면서 그의 주선으로 대련의 중국사찰 朝陽寺에서 법회를 해왔다. 그러다가 2008년 4월 회원들이 모아온 회비와 기부금을 합하여, 개발구에 있는 아파트를 빌려 법당을 마련하고 길상사라고 칭하였다. 처음에는 掛佛을 모시고 예불을 드리다가, 조계종 종단에서 500만원을 지원받아 2008년 12월 28일 서울에서 아미타불을 모셔와서 點眼式을 거행하였다.

그런데 한민족불자회는 오히려 2008년 법당을 마련하면서 조선족과 분리되었다. 중국의 종교법에 따라 중국인이 한인과 함께 종교행사를

---

21) 「진각종, 중국 불교계와 교류 합의」, 『금강신문』 2001년 5월 2일자 ; 대한불교전
   태종 http://www.cheontae.org/
22) 대한불교진각종 http://www.jingak.or.kr/sub6/board/list.asp?tb=inno_19
23) 요녕성에서 대련을 제외한 다른 지역에는 한인사찰이 없다. 아마도 대련의 경우
   처럼 한인불자들이 개별적으로 중국사찰을 방문하거나 또는 소규모 모임을 나름
   대로 운영하고 있을 것으로 생각된다.
24) 이하의 내용은 2009년 2월 27일 恒元花園 1동 201호 길상사 법당에서 진명스님
   과 불자회 회장과의 면담내용을 정리한 것이다.
25) 당시 회장은 한인이, 총무는 조선족이 맡았다.

할 수 없다는 규정 때문이었다. 현재 개인적으로 교류하고 있으나, 공식적인 불교행사에는 참여하지 않고 있는데, 앞으로 1년에 2번 정도 조선족과 함께 중국 사찰순례를 계획하고 있다.

현재 길상사에는 40~50여 명이 참여하고 있으며, 회비를 내는 신도는 25여 명 정도이다. 대부분 여성 불자들로 구성되어 있고, 남성불자들은 비정기적으로 주요행사에 참여하고 있다. 길상사에는 상주하는 승려는 없고, 북경의 한인사찰(만월사)을 운영하는 진명스님이 1달에 1번 정도 길상사에 와서 교리강습과 신앙생활을 지도하고 있다.

길상사는 생긴 지 얼마 되지 않아 한인을 위한 법회만 열 뿐, 아직까지 별다른 대외활동을 하고 있지는 않다.26) 현재 길상사를 제외하고 요녕성에서 활동하고 있는 불교종단은 없으며, 요녕성불교협회와 교류를 맺은 종단도 없다. 종단에 문의해본 결과 몇몇 승려들이 개인적인 활동을 하고는 있으나, 종단의 지원이나 관리를 받는 것은 아니어서 더이상의 자세한 상황을 파악할 수 없다. 다만 현재 심양에는 조계종 소속 비구니스님 1분이 유학하고 있으며 앞으로 심양에도 한인사찰을 마련할 계획을 갖고 있다.

이외에 원불교는 2004년 중국교구를 설치하여 운영하고 있는데, 요녕성에는 단동교당이 있으며,27) 앞으로 심양에도 교당을 신설할 계획을 갖고 있다.28) 또한 원불교단에서는 중국불교협회에서 어학연수생으로 파견한 승려 두 명을 후원하고 있다.29)

---

26) 북경 만월사의 경우에는 중국 사찰의 봉사단체인 공덕회를 통해서 헌옷 등의 생필품을 보내주는 활동을 한다.
27) 『원불교신문』 2004년 6월 18일자.
28) 『원불교신문』 2008년 2월 15일자.
29) http://www.won-buddhism.com/wonnews/text/974/97406.html

기독교에 비교해 볼 때 한국불교의 중국진출은 그다지 많지 않다. 그 원인은 두 가지로 생각해 볼 수 있다. 첫째, 불교는 이미 중국에서 오랜 역사와 전통을 지닌 종교라는 점이다. 한반도에 불교가 전해진 것도 삼국시대 중국을 통해서였으며, 기본적으로 한국과 중국의 불교에는 형식상 내용상 커다란 차이점은 없다. 조계종을 비롯한 한국의 종단은 한국불교를 중국에 전한다기보다는 중국불교와의 교류를 목표로 내세운다.

둘째, 불교는 타종교에 비해 포교활동에 적극적이지 않은 종교라는 점이다. 출가한 승려들은 수행을 중시하기 때문에, 개신교에 비한다면 국내에서나 국외에서나 포교에는 그다지 적극적이지 않다. 따라서 승려가 중국유학과 같은 특별한 계기가 있을 때를 제외하고는 해외선교에 뜻을 두는 경우가 많지 않다. 물론 여기에는 외국인이 전도할 수 없다는 중국의 종교법의 영향도 있지만, 한국불교종단들은 대부분 포교사를 파견하기보다는 해외의 사찰이나 불교 단체와의 교류협정을 체결하는 방식으로 중국에 진출하고 있다.

그래서 조계종 천태종을 비롯한 한국불교종단들은 중국불교협회와 학술 및 인재교류·행사 참관 등의 교류활동을 벌이고 있다. 한중일 3국의 불교교류대회가 매년 순회하며 개최되고 있으며, 중국의 사찰과 자매결연을 맺은 한국의 사찰도 상당수 있다.

2. 한국 천주교 현황

천주교는 중국교구와 공식적인 계약관계를 맺고 진출하고 있으며 최대한 중국의 국내법을 존중하며 활동하고 있다. 중국선교가 목적이기는 하지만 직접선교가 어렵기 때문에 한인사목을 공식적인 목표로 내세우고 있으며, 중국교회에 간접적 지원을 하는 형태로 활동이 이루어지고 있다.30) 요녕성이 속한 동북삼성은 주로 수원교구에서 지원하고 있다. 수원교구를 맡은 김남수 주교가 만주 출신이었던 관계로 다른 교구보다 수원교구가 중심이 되었다. 사회복지와 같은 사회사업은 수도회가 중심이 되어 진행하는데, 수도회는 교구와는 독자적으로 활동하며 수도회도 중국 쪽 교구의 협조 하에 활동하고 있다.

한국가톨릭해외선교사교육협의회(대표 오기백 신부)가 최근 발표한 「2007 한국가톨릭교회 해외선교 현황」자료에 따르면 중국에서 활동하는 선교사 수는 82명이다.31) 이는 개신교보다는 적은 인원이지만, 한국 천주교에서 해외에 선교사를 파견한 나라 중에서는 가장 많은 인원이다. 2004년 「해외교포 사목현황」을 보면 중국의 경우에 재중 한인 신자 1,700명(남 800명), 공소 6처, 한국인 사제 2명, 수녀 10명 등이 있고, 세례교인 70명, 예비신자 60명이 있는 것으로 조사되었다.32)

현재 요녕성에는 대련과 심양에 천주교 한인공동체가 있는데, 독자적으로 건물을 빌리거나 독립된 성당을 건축하는 것이 어렵기 때문에, 한인신자들은 중국 성당의 일부 공간을 빌려서 미사를 거행하고 있다.

주요 활동을 보면 1999년에는 수원교구 민족화해위원회를 설치하고 '중국교회와 제구용품 나누기' 운동을 전개하여 2000년에 길림교구와 요녕교구 등에 제구용품을 전달하였다.33) 2008년 4월에는 중국선교후

---

30) 「아시아교회가 간다」, 『가톨릭신문』 1999년 9월 12일자.
31) 『평화신문』 2007년 11월 11일자 ; 「한국 천주교 해외선교사 81개국 674명」, 『경남신문』 2009년 3월 13일자.
32) 한국종교문화연구소, 위의 글, 2004, 62-68쪽(천주교).
33) 수원상촌성당 홈페이지 참조.

원회를 발족하고,[34] 동년 5월에 길림교구의 장춘 한인 공동체와 요녕교구의 심양 및 대련 한인 공동체를 방문하여 견진성사를 집전하고, 길림소신학교와 심양대신학교를 방문하였다. 그리고 2008년 중국방문을 계기로 동북동북삼성의 각 교구의 후원을 위해 중국선교위원회를 주축으로 직암선교후원회에게 선교를, 중국성소후원회에서 성소를 집중 지원하도록 하였다.[35]

현재 요녕성에는 수원교구 소속의 한인성당이 2개 있다. 대련 한인성당은 1994년 12월 26일 대련 본당 주임 곽경성 중국신부의 집전으로 한국인 성탄 미사를 거행함으로써 시작되었다. 그 후 북경과 장춘 그리고 심양에 거주하던 신부들이 격주로 와서 미사를 집전했다. 그러다가 2001년 수원교구에서 정식으로 사제(최재철 신부)를 임명하였는데, 교구에서는 사제를 파견하는 것 외에 별도의 도움은 없다. 현재는 김동원신부가 2007년 8월부터 한인성당을 맡고 있다. 대련한인성당은 대련 천주교당을 빌려 사용하는데, 220명(남 40%, 여 60%) 정도가 주일미사에 참여한다. 심양 한인성당은 1997년 몇몇 천주교 신자가 모여 三經路성당에서 미사를 드리는 것으로 시작하였다. 현재는 심양주교좌성당인 小南街天主教堂안의 소성당에서 주일미사를 드리는데, 500여 명의 신자가 참여하고 있다.

위의 두 한인성당의 예에서 알 수 있듯이, 한인성당은 신자들이 모여 자발적인 모임을 형성한 후 신부를 요청하는 방식으로 이뤄진다. 그

---

34) 수원교구 복음화국 해외선교사목부 밑에 중국선교위원회가 있으며, 그 밑에 직암선교후원회와 중국성소후원회가 있다.
35) 「수원교구, 중국선교위원회 발족」, 『가톨릭신문』 2008년 4월 20일자 ; 『수원교구 인터넷신문』 2008년 5월 8일자.

러나 개신교에 비해 신부의 숫자가 많지 않아서, 성당을 열기가 쉽지 않다. 실제로 대련시내에서 120km 떨어진 장흥도에도 천주교신자 40여 명이 있고, 이 중 20여 명이 모여 모임을 갖고 있다. 이들은 미사를 주관할 신부를 모시고 싶어 하지만, 대련에는 신부가 1사람뿐이어서 한 달에 1번 정도 방문할 수밖에 없는 실정이다.

선교 방식은 교포사목 이외에 언어연수, 영어교육, 컴퓨터 학원, 진료소, 유치원, 사회복지, 간호, 노인복지, 장애아동 교사, 위생원 등 간접 선교 방식이다. 대련한인성당 복지분과에서는 普蘭店 癩患者村과 대련 복리고아원 및 愛心장학단체를36) 지원할 계획이다.37) 또한 중국 본당과 연계하여 도움을 필요로 하는 단체나 개인을 발굴하여 지원할 계획을 갖고 있다.

신학교육은 중국학생을 한국의 신학교에 유학하도록 지원하는데, 현재 서울에 2명, 인천 1명, 수원 1명의 학생이 있다. 또한 중국의 신학교도 지원하는데 길림성 길림소신학교와 요녕성 심양대신학교를 지원하고 있다. 이외에 작은예수회에서는 丹東과 鐵嶺에 양로원, 진료소, 장애인 공동체를 운영하고 있으며, 작은예수수녀회는 2005년 4월 철령에 수녀를 파견하여 노인요양원을 운영하고 있다.38)

---

36) 애심은 1계좌 600원으로 1년 동안 현지 고학생 한명의 학비를 지원해 주는 장학단체이다.
37) 대련천주교한인성당 홈페이지 http://cafe.daum.net/tianzhujiaotang
38) 작은예수수녀회 홈페이지 http://www.sisterjesus.or.kr/ko/index.asp

3. 한국 개신교 현황

개신교는 불교나 천주교에 비해 가장 활발한 선교 및 사회활동을 전
개하고 있다. 사실 한국 개신교는 이미 1900년대 초 교회의 기반이 아
직 잡히지도 않은 상태에서도 중국 만주 시베리아 일본등지로 선교사
를 파견한 사례가 있을 정도로 선교에 적극적이었다.39) 현재 한국 개
신교는 요녕성을 비롯한 중국 선교에서도 단연 앞장을 서고 있다.

요녕성의 경우 2008년 10월 현재 허가를 받은 한인교회는 심양 2개,
대련 1개, 단동 1개, 무순 1개소이고, 허가를 요청하고 있는 한인교회
가 심양 3개, 대련에 7~8개가 있다.

먼저 요녕성의 성도이자 오랜 개신교의 전통을 가진 심양의 현황부
터 살펴보자. 현재 심양 거주하는 1만여 명의 한인 중에 15%정도가 한
인교회에 참여하고 있다. 심양에는 심양한인교회, 순복음교회, 열방교
회, 蘇家屯교회 등 4개의 한인교회가 있다. 이 중 심양한인교회와 열방
교회는 종교국으로부터 종교활동을 허가받았다.40) 한인교회 중에서 가
장 오래되고 규모가 큰 것은 심양한인교회이다. 처음에 50여 명의 신
도가 조선족교회인 서탑교회에 모여 예배를 드리다가 별도의 한인교회
가 필요하다고 인식하면서 100여 명의 신도들이 발기하여 1997년에
심양한인교회를 창립하게 되었다. 창립 당시에는 담임목사가 없이 현
지의 선교사들이 예배를 이끌다가, 1999년 박○○ 목사가41) 와서 현재

---

39) 이진구, 「한국 개신교와 선교 제국주의」, 『무례한 복음』, 산책자, 2007, 77쪽.
40) 심양종교국은 심양을 남북으로 나누어 북쪽은 서탑교회(필자주 : 심양한인교회를
　　가리키는 것으로 보인다), 남쪽은 열방교회만을 허가하였다고 한다(2007년 5월
　　한국인소식지 ; 선양한국인회 http://www.sykorean.net/member/prejoin.asp)
41) 교회의 요청에 의해 익명으로 처리하였다.

까지 담임목사를 맡고 있다. 현재 목사 1명, 부목사 2명이 있으며, 일요일 예배에는 700여 명(주일학교까지 포함하면 1,000여 명)이 참여하는 규모로 성장했다.[42)

심양한인교회는 1999년에는 새생명운동본부를[43) 발족하여 여러 가지 대외적 활동을 벌이고 있다. 중국정부가 외국인의 선교를 금지하고 있고, '교회'라는 이름을 내걸고 활동하는 것을 좋아하지 않기 때문에, 될 수 있는 대로 대외적 활동은 새생명운동본부의 이름으로 진행하고 있다. 특히 심장병에 걸린 중국의 어린이들을 한국에 보내 수술시키는 '심장병어린이돕기' 사업을 벌이고 있는데, 그동안 바자회를 열어 기금을 마련하고 또 후원을 받아서 첫 회에 16명 두 번째 회에는 7명의 어린이 환자를 치료하도록 했다. 최근에는 심장수술보다는 비용도 덜 들고 여러 사람에게 도움을 줄 수 있는 구순구개열수술을 계획하고 있다. 또 사천성 지진 때는 인민폐 5만원을 의연금으로 내기도 했다.

또 심양한인교회는 심양한국인회와 공동으로 '교통안전봉사대'를 만들어 매주 일요일 서탑교회 옆 寧臺호텔 앞 횡단보도에서 교통안전 봉사활동을 하였는데, 이것이 2008년 7월 21일 날짜로 중국『華商晨報』(chenbao, 경제신문)에 보도되기도 하였다.[44)

열방교회는 심양한인교회에 다니던 선교사가 세운 것인데, 2005년 청년사역을 중심으로 활동하고자 분리해 나왔다. 蘇家屯교회는 소가둔구가 심양한인교회가 위치한 서탑거리에서 멀리 떨어져 있어서 해당

---

42) 심양한인교회 전○○ 부목사 면담, 2009년 2월 27일 심양 西塔445호 寧大빌딩 10층 심양한인교회 사무실.
43) 새생명운동본부는 비공식 법인이다. 이는 중국에서 법인허가를 받기가 어렵기 때문이다.
44) 심양한인교회 http://cafe.daum.net/sykoreanchurch

지역에 한인교회가 필요했기 때문에 2005년 소가둔구 지역의 한인신도들이 목사를 초청하여 세운 교회이다. 심양순복음교회는 2005년 여의도순복음교회에서 목사를 파송하여 만든 교회이다. 원래는 심양한인중앙교회였는데, 2006년 순복음교회로 이름을 바꿨다.[45] 2007년 2월에는 별도의 교회가 파생되어 나왔다.[46] 심양소재의 한인교회들은 공식적인 연합회모임을 만들지는 않았으나, 한 달에 1번 정도 각 교회의 목사들이 만나 모임을 갖고 있다.

대련에는 10개의 한인교회가 있다. 그중 온누리교회가 2007년 중국 정부로부터 정식으로 교회허가증을 받았고, 개발구에 있는 안디옥교회는 허가하겠다는 대답을 받았다고 한다. 그 외 장흥도교회 등의 다른 교회들도 허가를 신청하거나 준비 중에 있다.

온누리교회는 대련한인교회가 발전한 것이다. 90년대 초부터 신도들이 모여 호텔, 한족교회, 소학교 강당 등 주일마다 장소를 옮기면서 예배를 드리다가, 2006년 9월에 현재의 교회(350평 규모)로 이전하였다.[47] 대련한인교회는 원래 무교파 연합의 성격을 갖고 있었는데 한국의 온누리교회의 성격을 띠게 되자 몇 개의 교회로 나뉘어졌다. 현재 주일학생을 포함하여 550여 명(성인 310여 명)이 참여하고 있다.

안디옥교회는 1999년 윤종호 목사가 개척한 교회이다. 그런데 2000년 5월 유 목사가 한국에 돌아감으로써, 이정수 목사가 맡아 지금에 되었다. 당시 신도는 15명이었는데, 현재는 신도 450명 정도의 규모로 성

---

45) 심양중앙교회는 교회간판을 달았다가 문제가 되어 간판을 내렸다. 중국에서는 삼자교회 외에는 '교회'라는 명칭을 사용할 수 없다.
46) 『순복음가족신문』 2007년 4월 1일자 참조.
47) 『온누리신문』 619호, 2006년 11월 6일자 참조.

장했다.

이외에 대련성암교회는 대련한인교회에서 갈라져 나온 사랑교회가 2007년 성암교회로 바뀐 것이다. 경기도 의정부에 있는 성암교회의 지교회이다. 현재 청장년 주일예배 출석인원은 140~150명 정도이며, 장년층이 30~40%를 차지하고 있다. 이외에 현재 대련에는 미국국적의 한국 목사가 세운 국제교회가 있다. 국제교회는 2001년 미국국적의 한인 부부 목사가 세운 것으로, 8년째 외국인을 대상으로 선교활동을 하고 있다. 현재 대련에 거주하는 외국인 200여 명이 참여하고 있다. 이교회는 목사가 미국 국적을 가지고 있고 주로 외국인들이 모이기 때문에, 그간 몇 차례 공안당국과 갈등도 있었지만 중국 정부에서 함부로 하지는 못했다고 한다. 현재는 대련양광국제영어학교를 같이 운영하면서 간접선교에 힘쓰고 있다. 또 북한선교에도 관심을 갖고 있으며, 별도로 영어를 배우려는 중국인 대학생들 모임도 갖고 있다.[48]

대련지역의 한인교회들은 3년 전 대련한인목사협의회를 구성하였다.

---

48) 이외에도 대련에는 아래와 같은 한인교회들이 있다.

교회이름	설립연도	참여신도수	비고
장흥도교회	2007년	60여 명	대련시내에서 약 120km떨어진 長興島에 위치
연합교회	2005년	100여 명	동북한인교회(2005년 설립)와 행복한 교회(2002년 설립)가 합침
대련순복음교회	2005년	10여 명	담임목사의 러시아선교활동으로 모임 부진
제일교회	2006년	40여 명	
서울교회	2007년	60여 명	
열방비전교회	2008년	30여 명	사랑교회에서 분리
사랑교회	2009년	10여 명	2001년 대련한인교회에서 분리, 2009년 재설립

현재 안디옥교회의 이 목사가 회장, 국제교회의 목사가 부회장을 맡고 있다. 한 달에 1번 정도 모임을 갖고 있으며, 매년 심장병어린이 수술 등의 사회봉사활동을 수행하고 있으며, 사천성 지진의연금 모금 때에는 대련교회연합회에서 3만원을 후원하였다.

이외의 지역으로 한인이 많이 거주하는 단동에는 온누리비전교회가 있다. 2000년 김○○ 목사가 개척한 교회로, 2005년 중국정부로부터 허가를 받았다. 2007년 기준으로 신도는 250여 명이며, 2007년 7월 17일에 단동한국문화원을 개원하였다. 그 외에 단동에는 가나안농군학교와 샘의료복지재단이 활동하고 있다. 단동 가나안농군학교는 시 외곽에 위치한 대지 2000평의 초등학교를 매입하고 교육장으로 활용하고 있다. 또한 6000평의 농장을 임대하여 양계장과 화훼 온실을 조성해 놓았다.[49] 이들은 특히 농아사역에 주력하여 8개의에 처소 농아교회를 설립하여 행정·목회·재정지원을 하고 있는데,[50] 한 교회당 40~100명의 신도가 출석하고 있다. 또한 농아대학생 선교를 위하여 단동과기학교의 신학생 1명을 지원하고 있다. 단동과 동강에서는 개척교회 지도자를 양성하기 위해 농아 신학교를 운영하고 있다. 현재 20여 명의 농아교회지도자와 후보들을 중심으로 훈련하고 있다. 의료사업으로는 심장병 어린이 무료 수술 및 백내장수술 등을 하고 있으며, 한국에서 약품 등을 지원받아 자체 진료소를 운영하고 있다. 그외 장학사업으로는 장애인 학교에 연 200만 원 정도의 장학금 지원하고 있다.

샘의료복지재단(SAM : Spiritual Awakening Mission)[51]은 2000년 단동에

---

49) 가나안 농군학교 홈페이지 자료실.
50) 단동·동강·관전·본계·봉성·천양·용왕묘·대고산에 처소농아교회를 세웠다.
51) 1997년 창설된 샘(SAM·Spiritual Awakening Mission)의료복지재단은 미주 한인

CMWM(단둥기독병원)을 세워 재중동포와 탈북민을 치료하면서 선교 사
역을 펼치고 있다.[52] 단둥병원은 단둥시가 제공한 건물과 땅에 병원을
개축하고, 중국법에 저촉되지 않는 전제하에 자율적으로 병원을 운영
하고 있으며,[53] 병원 운영 수익금 전액을 북방선교에 사용하고 있다.
2004년에는 심양에 사랑병원을 세웠으며, 신의주와 자매결연을 맺어
의약품등을 지원하고 있다.[54] 이외에 장로회신학대학교에서 계절별로
교수를 파견하여 2주에 걸쳐 강의를 하고 있다. 현재 동북신학원후원
회가 결성되어 교사건축과 운영에 후원을 하고 있으며,[55] 신학생들의
학비를 후원하기도 한다.[56]

IV. 한국종교의 문제와 과제

　중국에서 한국종교가 진출하면서 부딪치게 되는 문제에는 몇 가지
중층적인 구조를 갖고 있다. 본 장에서는 요녕성에 있는 한국종교의 사

이 만든 최초의 북한의료선교단체이다. 1989년 미주한인의료선교협회가 주축이
되어 평양에 세운 '제3병원'을 지원해 개원하고 지금까지 15년 동안 북한에 '사
랑의 의료품 나누기' 운동을 펼쳐왔다. 미국 리치몬드 침례교회의 박세록 장로가
대표를 맡고 있다.

52) 「한국교회 희망을 말하다」, 『국민일보』 2001년 2월 21일자, 12면.
53) 「나의 길 나의 신앙 (15), 샘의료복지재단대표 박세록 장로」, 『국민일보』 20001
년 2월 21일자, 12면.
54) 「한국교회 희망을 말하다 (6), '떡과 복음' 실천하는 기독 NGO」, 『국민일보』
2008년 3월 25일자, 29면.
55) 많은 한국교회와 선교단체들이 동북신학원을 후원한다고 모금을 하고 있다(인병
국, 『조선족교회와 중국 선교』, 에스라서원, 1997, 206쪽).
56) 인병국, 위의 책, 172쪽.

례를 분석하면서, 선교와 사회활동방식 상의 문제와 앞으로의 과제에 대해 고찰하고자 한다.

1. 외국종교에 대한 거부감의 문제

대련의 한인교회에서는 연합하여 매년 부활절과 추수감사절 때 어린이 심장병 수술을 지원하고 있다.[57] 처음에는 중국 현지에서 수술 했는데 3명중 2명이 성공하지 못하고 생명을 잃게 되자, 다음해에 한국에 데리고 와서 수술하여 성공했다. 그런데 대련한인목사협의회 회장에 의하면 그러한 사실들이 현지의 대중매체를 통해 알려지는 일은 거의 없다고 한다. 예수의 사랑으로 한 일을 홍보하는 것이 복음에 맞지 않기 때문이기도 하지만, 자칫하면 외국인의 도움을 받았다는 것, 특히 중국에서 실패한 수술이 한국에서 성공했다는 사실이 중국인의 정서상 받아들이기 어려운 부분이 있기 때문이다. 당연히 기뻐해야 할 일임에도 불구하고 한편으로 중국인의 자존심이 상하는 듯한 모습을 보고, 한인교회 측은 한국으로 데려가서 수술하는 대신에 대련 현지에서 중국 紅十字(적십자)와 협력하여 수술하는 것으로 방침을 바꾸었다고 한다.[58]

이러한 거부감에는 그간 세계의 중심이자 천자의 나라로 자부했던 중국이 서구 제국주의 침탈을 당했던 역사적 경험과 연결되어 있으며, 종교에서의 외세개입을 배격하고 중국인 신도 자신이 자양

---

57) 심양한인교회에서도 심장병어린이 돕기활동을 하고 있으나, 대련한인교회엽합회와 상관없이 별도로 진행하고 있다.

58) 대련의과대학 및 중국 홍십자(적십자)와 연결해서 1명을 수술했다. 대련의과대학에서 수술을 하는데 수술비는 2만 5천원이다. 1만 5천원만 준비하면 홍십자가 1만원을 지원하고 있다.

(自養)·자치(自治)·자전(自傳)을 실시해야 한다는 '三自원칙'을 수립
하게 된 배경이기도 하다. 이러한 중국인의 자존심과 역사적 경험
을 이해하고 극복하는 문제는 한국뿐 아니라 외국인의 중국인 선교
가 갖는 본질적인 난점이다.

이런 점에 주의해서 선교사와 현지교회 지도자들은 주종의 관계가
아닌 수평적인 관계를 지향하고, 한국교회의 권위의식에서 탈피하여
현지의 특성에 맞는 관계성을 추구해야 할 것이다. 중국 사람들은 수평
적인 관계를 원할 것이며 그렇게 할 때 오히려 더 존경받는 신뢰를 얻
을 수 있을 것이다.[59)

2. 교파주의와 한인교회 간의 갈등

대련 안디옥교회의 이 목사의 증언에 의하면 처음 중국에 올 때는
중국선교에 목표를 두고 왔다가, 중국의 상황에 한계를 절감하고 한인
목회로 방향을 전환한 목사들이 여러 명 있다고 한다. 중국인에 대한
선교가 금지되어 있기 때문에 한국교회가 지하교회의 형태로 선교하거
나 언어가 통하는 조선족 중심의 선교활동을 하다가 이제는 조선족선
교에서 한인선교의 단계로 변화했다는 것이다. 물론 그들도 여전히 중
국선교의 꿈을 갖고 있고, 현지 선교자의 요청에 의해 가끔씩 설교나
신학교육을 통해 조선족교회를 지원하는 등 직간접적인 선교활동을 벌
이고는 있다.

그러나 교회의 주요 활동은 목회에 집중되고 있었고, 어떤 교회는

---

59) 지평(중국인사역자), 『중국을 주께로』 81, 2003. 4. 20.

한국 교회의 연장선상에서 한인 사역에 주력하는 경우도 있다. 또 기존에 있던 중국의 한인교회를 한국의 대형교회가 흡수하여 자신의 지교회로 만드는 경우도 있다. 이러한 과정에서 조선족교회와 한인교회들 간에 갈등을 빚는 사례가 발생하기도 한다. 한국선교사들은 한국교단을 선교지에 심으려고 심혈을 기울이고 있어 일치와 연합보다는 분열이 더 현실화되고 있다.60) 앞 장에서 보았듯이 요녕성에도 몇몇 대형교회들이 지교회 형태로 세력을 확장하고 있었다.

한국교회의 교파주의는 19세기 미국 개신교 선교가 남긴 부정적 유산의 하나로서, 한국 교회에서는 교파주의가 교파 이기주의로 고착되어 있다. 한국 교회의 선교사 파송은 개인 영혼의 구원을 표방하고 있음에도 불구하고 그 심층에는 교파의 확장 및 이식을 무한히 추구하는 교파 이기주의가 강하게 자리 잡고 있다.61)

이런 문제점으로 볼 때 대형교회와 소형교회, 교단과 개교회 사이에도 역할 분담이 필요하다. 규모가 작은 한인교회는 운영이 어려워지면, 한국교단이나 대형교회의 후원을 기대하게 된다. 그런데 작은 교회가 재정적 지원을 받게 되면, 후원한 교회에 의존하거나 눈치를 보게 되고 경우에 따라서는 후원한 대형교회에 흡수되기도 한다. 대형교회의 지원을 받거나 흡수된 한인교회들은 풍부한 재정과 프로그램을 앞세워 주변에 있던 기존의 수형교회의 신도들을 끌어들이게 된다. 이는 결국 한인교회 간의 갈등과 분쟁으로 이어지게 된다.62) 대련의 한 교회목사

---

60) 김은수, 「한국교회 해외선교정책」, 『한국기독교와 역사』 28, 한국기독교역사연구소, 2008. 3, 28쪽.

61) 이진구, 「한국 개신교와 선교 제국주의」, 『무례한 복음』, 산책자, 2007, 84-85쪽 참조.

62) 실제로 대련의 온누리교회는 대련 뉴타운에 해당하는 개발구에 온누리분소를 세

는 대형교회는 한인신도를 놓고 현지의 작은 교회들과 경쟁할 것이 아
니라, 작은 교회들도 충분히 감당할 수 있는 한인목회는 현지의 교회들
에게 맡기고 대형교회는 작은 교회들이 하기 어려운 일을 담당해야 한
다고 주장한다.

다시 말해 대형교회와 소형교회 간에 일종의 역할분담이 필요하다는
것이다. 소형교회는 규모가 작은 만큼, 기민하게 현지의 구석구석까지
활동영역을 넓힐 수 있다. 반면에 대형교회들은 움직임이 더디고 또 중
국정부의 주목을 받기 쉽다. 실제로 규모가 커지거나 중국정부로부터
활동허가를 받은 교회들은 그렇지 않은 소형교회들 비해 보다 신중한
태도를 보였다.

한편 대형교회들은 많은 재정이 필요해서 소형교회들이 하기 어려운
의료나 교육 및 사회복지분야에 참여하는 것이 효과적이다. 2004년 3월
샘의료복지재단이 심양에 사랑병원을 세웠는데, 몇 년 되지 않아 철수했
다. 다른 이유도 있겠지만 재정적 원인이 컸다고 한다. 이런 경우 대형교
회의 지원이 있었다면 의료복지 사업이 성공을 거두었을 가능성이 높다.

또한 대부분의 한인교회들은 규모가 그리 크지 않고, 역사도 길지
않기 때문에 신도교육을 위한 프로그램들이 부족하다. 대형교회들이
오랜 기간과 경험을 통해 축적된 신도훈련프로그램을 한인교회에 지원
한다면, 한인교회들이 현지에 뿌리내리는 데 큰 도움이 될 것이다. 다
시 말해서 대형교회들은 재정적 후원을 앞세워 현지의 한인교회들을

워 개발구에 있는 다른 한인교회와 갈등을 빚기도 했다. 현재는 기도처로만 사용
하는 것으로 잠정 해결된 상태이지만, 이러한 갈등이 재현될 여지는 여전히 남아
있다. 필자가 만난 대련의 종교국 담당자는 "한국교회는 자기들끼리 싸우다 망할
테니, 그냥 내버려둬도 된다"고 말하는 정도라고 하였다.

흡수할 것이 아니라, 각 교회들이 현지에서 자립할 수 있도록 뒷받침한
다면 상호간에 불필요한 갈등을 줄이고 보다 효과적인 종교활동이 이
뤄질 것이다. 각각의 장점을 살릴 수 있는 분야를 선택해서 활동하는
것이 필요하다.

3. 조선족 및 북한선교의 문제

요녕성을 위시한 동북삼성은 한반도와의 지리적·역사적 긴밀성으
로 인해 요녕성의 한국종교 문제에는 조선족 및 북한과의 관계가 얽혀
있다. 이 두 가지 사안에는 민감한 정치적 문제가 연관되어 있다.

동북삼성은 북한과 접경을 맞대고 있고, 특히 요녕성에 있는 단동은
중국에서 북한과 교역하는 대표적인 도시 중 하나이다. 실제로 기획탈
북이 한국종교계의 주도로 이뤄지고 있고, 또한 탈북자 지원에도 한국
개신교가 가장 적극적으로 나서고 있다. 또 조선족 신도를 통하거나 요
녕성에 거주하는 북한인을 통해 북한에 선교를 하려고 시도할 수도 있
을 것이다. 이것은 북한과 사회주의혈맹으로 자처하는 중국의 입장을
난처하게 만드는 정치외교적인 문제를 야기할 수 있으며, 중국정부로
서는 절대 허용될 수 없는 사안이다.[63]

북한문제보다도 더욱 민감한 사안은 소수민족 문제이다. 56개의 다
민족으로 이뤄진 중국은 티베트나 신강 지역 등 소수민족의 동요는 가
장 예민한 정치사회적 문제일 수밖에 없다. 티베트, 위구르, 몽골 등 중
국의 소수민족의 문제는 그들이 신앙하는 종교문제와도 밀접한 연관성

---

63) 최봉룡, 「중국의 종교정책과 조선족의 종교문화」, 『韓國宗教』 28, 2004, 216쪽 참조

을 갖고 있다. 55개 소수민족은 대부분 고유의 종교 신앙을 갖고 있으며, 종교정책과 민족정책은 불가분의 관계를 지닌다. 민족정책은 소수민족의 특수한 전통문화를 존중하는 것인데, 소수민족은 자신의 특수한 종교문화를 지니기 때문에 민족정책에 있어서 종교의 자유문제는 중요한 의미를 차지한다. 또 중국정부는 민족정책에 있어서 대민족주의(한족의 민족주의를 말함)를 반대할 뿐 아니라, 지방민족주의(소수민족의 민족주의를 말함)를 반대한다.[64] 이미 선교 강대국이 된 한국종교계가 물량적으로 조선족을 비롯한 소수민족의 선교에 집중하게 된다면, 소수민족 사회는 종교적으로 동요될 수밖에 없다. 이러한 한국종교의 선교활동은 뼈아픈 식민지 경험을 가진 중국인에게 서구 제국주의나 자본주의의 침입으로 비춰질 수도 있다. 이것은 중국의 종교정책과도 어긋날 뿐 아니라, 결과적으로 嫌韓을 초래하게 될 수도 있는 것이다.

그동안 한국 교회의 조선족 선교는 다양하게 진행되어 왔다. 이러한 사역의 결과로 중국 전역에서 조선족의 복음화 비율이 높은 것은 부인할 수 없는 사실로 나타나고 있다. 그러나 반면 기대하지 않았던 부작용들도 많이 나타났다. 예를 들면 조선족 교회에 만연한 물질주의와 한국 교회에 대한 지나친 의존성 등이다.[65] 개혁개방 이후 한국교회의 도움으로 조선족 교회의 90%가 새 예배당을 마련했다고 할 정도이다.[66] 그런데 문제는 지원을 빌미로 많은 한국인은 조선족에 군림하고 한국교회는 조선족교회에 간섭하려고 했다는 점이다. 이와 같이 같은 민족간 갈등을 야기시키는 종교활동은 하루 빨리 지양되어야 할 것이다.

---

64) 최봉룡, 위의 글, 193-197쪽 참조.
65) 「조선족의 희망과 교회」, 『중국을 주께로』 68, 2001. 2. 20.
66) 『교회와 신앙』, 2003. 7. 16 참조.

V. 결론

문화의 한 양태로서 종교는 한중 문화교류의 중요한 통로로 기능한다. 그런데 절대신념체계로서의 종교는 자칫하면 자기 신념에 치우쳐 타국의 문화나 실정법을 무시한 자기 독선적 행동을 하기가 쉽다. 특히 중국은 종교의 자유가 완전하게 보장되는 자유주의와는 다른 사회체제를 갖고 있다. 중국에서 선교의 자유를 인정하지 않는다거나 중국내에서 외국인의 종교행위를 엄격하게 제한하는 것은 맑시즘을 원리로 하는 사회주의체제의 문제이며, 서구 제국주의 침탈이란 뼈아픈 역사적 경험의 소산이란 점을 충분히 이해하고 접근해야 한다.

중국인은 한국종교를 통해 한국문화를 접하고 이해하게 된다. 이는 결국 한국·한국인에 대한 이미지로 이어질 것이다. 한 종교학자는 심양을 방문했을 때 그곳의 중국교포를 비롯한 여러 사람으로부터 한국종교의 활동상황에 대한 우려를 확인했다고 하면서, "혹시 한국 종교가 중국인들에게 혐한의식을 심어주는 데 일조를 한 것이 아닌지 걱정스러움"을 토로한 바 있다.[67]

선교초기 경제력을 앞세워 조선족 사회를 뒤흔들었던 한국 종교는 이제 혐한의 주범으로 지목될 것인가? 사후의 천당이 아니라 '사전의 천당'을 찾는 중국인들에게[68] — 중국으로부터 유입된 외래종교가 한반도에 처음 전파될 때도 그러했듯이 — 초기 본토인의 반발을 극복하고 한국종교가 중국대륙에 뿌리를 내리고 천년왕국으로 성장할 것인가?

---

67) 강돈구, 「현대 중국의 한국종교—동북삼성을 중심으로」, 『宗教研究』 54, 2009, 머리말 2쪽 참조.
68) 최봉룡, 「중국의 종교정책과 조선족의 종교문화」, 『韓國宗敎』 28, 2004, 218쪽.

분명한 것은 기독교든 불교든 한국종교의 영적 능력은 세계가 인정하고 있는 바와 같다. 필자가 만난 대련의 30대 주부는 한국기독교의 인터넷 방송과 책자를 통해 틀에 박힌 중국교회와는 달리 참신한 교리해석을 전해준 한국교회에 깊은 인상과 관심을 갖게 되었다고 피력한 바 있다. 이와 같이 중국인 스스로 진부한 중국종교와의 차이점을 깨닫고 자발적으로 한국종교를 찾아올 수 있도록 하는 간접적 선교방식이 훨씬 더 효과적인 방법이 될 수 있다. 그러나 이 탁월한 종교적 능력이 중국 대륙에 꽃을 피울지, 아니면 일시적 해프닝으로 끝나고 말지는 한국 종교계의 접근 방법론이 어떻게 변화하는가에 달려 있다. 이제는 그간의 선교경험을 차분히 반성하면 새로운 선교전략을 수립할 때이다. 상대의 개종을 목표로 삼는다거나 특정한 신념을 강요하는 방식을 지양하고, 우리와 다른 사회체제를 인정한 바탕위에서 종교다원화시대의 공평하고 정의로운 관계를 지향할 때 한류의 새로운 통로로 열릴 것이다.

『銀行週報』와 上海 金融業의 公論 형성
—1917~1925년—

김 승 욱

Ⅰ. 서론

오늘날 중국 최대의 경제도시로 부상한 上海가 본격적인 성장의 궤도에 진입한 것은 19세기 중반의 개항 이후다. 이 도시는 비록 700년이 넘는 역사가 있지만 그 대부분의 축적은 지난 150여 년의 짧은 기간 동안 이루어진 것이다. 이는 이 도시의 하드웨어, 소프트웨어가 다른 전통 도시와 비교해서 상대적으로 기반이 미약한 공백 위에 새롭게 구축되었다는 것을 말한다. 특히 국권의 침해를 상징했던 '植民' 공간인 租界는 중국 권력의 지배력이 직접 미치지 않는 "나라 속의 나라(國中之國)"로, 기존 기반이 상대적으로 옅어 새로운 그림이 그려지기 좋은 공백을 제공해주었다.

이 도시의 새로운 그림은 결코 통일적 권력의 지도 아래 또는 한 중심적 주체의 주도 아래 일관되게 통일적으로 그려진 것이 아니었다. 公共租界, 프랑스租界, 華界가 명확히 구분되는 "三界分治"의 구도는 도시

공간을 공간적, 시간적, 위계적으로 분리해놓고 있었고, 대부분 외래
이주민으로 구성된 도시 주민들도 혈연적, 지역적, 직업적 결합원리 등
을 토대로 결집한 다양한 사회 집단, 조직과 관계망(network)들로 분리되
어 있었다.[1] 이들이 그려낸 도시는 다양한 요소를 내포하며 분열된 양
태를 띨 수밖에 없었다.

　이러한 상해의 분열적 이면은 "동방의 파리", "동방의 뉴욕"으로 칭
송되며 극성의 도시 발전을 이뤄냈던 이 도시의 외연과 대비를 이룬다.
상해는 그러한 분열 상태에서도 어떻게 하나의 도시로서 유지, 성장해
갈 수 있었던 것인가? 여기서 이 도시의 다양한 권력과 주체들이 연결
된 공동의 규범적 질서를 상정할 수 있을지, 있다면 그것은 어떤 과정
을 통해서 형성되어갔는지에 관해 관심을 가져 볼 필요가 있을 것이
다.[2] 서로 충돌하는 행위 양식과 이해관계 사이에 어떠한 규범들이 생
겨났으며, 그러한 규범들 속에서 서로가 공유하는 보다 통일적인 규범
세계가 형성될 수 있었는가?[3] 이에 대한 해명은 근현대 도시 상해의

---

1) 김승욱, 「근대 상하이 도시 공간과 기억의 굴절」, 『중국근현대사연구』 41, 2009. 3.
　그 외 상해의 도시공간, 도시민에 관한 국내 연구로는 김태승, 「근대 상해의 도시
　구조-인구구성과 공간배치를 중심으로」, 『역사학보』 155, 1997 ; 이병인, 「상해
　'도시민'의 형성 : 이주, 적응 그리고 생존」, 『중국근현대사연구』 27, 2005 ; 전인갑,
　「상해의 근대 도시화와 공간구조의 변화」, 『중국역대 도시구조와 사회변화』, 서울
　대학교출판부, 2003 ; 진인갑, 「1920년대 상해 노동자 사회와 지연망의 기능-도
　시사회 적응기제로서의 동향방구」, 『동양사학연구』 62, 1998 참조.
2) 이러한 관점에서 다양한 주체들 간의 "게임 규칙(rule of games)"의 교차 속에서
　구축되는 새로운 질서에 주목하는 최근의 연구가 주목된다. Nara Dillon and Jean
　C. Oi ed., *At the Crossroads of Empires : Middlemen, Social Network, and State-
　Building in Republican Shanghai*, Stanford Univ. Press, 2008.
3) 이와 관련해서 오늘날 상해사 연구에서는 "제도"에 보다 주목해야 한다는 문제제
　기가 이루어지기도 하는데(馬學强, 「關注制度 : 上海史研究的一個視角」, 『檔案與史學』
　2001年 6期) 이는 "제도(institution)란 사회에 적용되는 게임의 법칙(the rules of

성장과 그 성격을 이해하는 데 중요한 문제가 아닐 수 없다.

상해의 금융업 상황 역시 통일적 면모를 갖지 못했던 것은 마찬가지였다. 당시 중국의 통화, 금융시장은 통일적 제도를 확립하지 못하고 있었고, 상해의 그것은 특히 심각했다. 통일적 제도가 부재한 가운데 다양한 유래의 각종 금융 기관과 주체들이 각기 처한 조건 하에서 독자적인 방식으로 영업과 거래를 진행했다. 錢莊業 등 전통적 금융기관은 오래 전부터 형성되어온 각종 영업, 거래 慣行을 유지하고 있었으며, 그러한 관행들은 외국자본 은행이 진출하고 중국자본 은행이 출현한 뒤에 변화를 겪으면서도 여전히 기능을 발휘했다. 또한 그에 대해 외국자본 은행, 중국자본 은행들도 각기 나름대로의 영업, 거래 방식을 갖고 있었다. 이러한 제도적 미통일 상태를 극복하고 상해 금융업이 제도적 통일성을 확보하는 것은 매우 중요한 과제였다. 특히 이는 중국자본 은행들에게 매우 중요했다. 왜냐하면 그들은 외국자본 은행과 같이 자본력이 웅후하지도 않았으며 전장처럼 전통적 기반도 공고하지 못하여, 그들의 경쟁 상대들이 주도하는 '게임' 속에서 적극적인 역할을 차지하기 어려웠기 때문이다.

이와 관련해서 본고에서는 당시 상해 금융업의 공론장으로서 『銀行週報』라는 은행업 잡지를 주목하고 이를 무대로 금융업 제도의 정비와 관련된 논의가 어떤 방향에서 진행되었는지 살펴보려고 한다.

---

game)이다"는 더글러스 노스 등 신제도주의 경제학의 관점이 수용되고 있는 것과 맥을 같이 하는 것이라고 할 수 있다. Douglass C. North, *Institutions, Institutional Change and Economic Performance*, Cambridge Univ. Press, 1990(더글러스 C. 노스 저, 이병기 역, 『제도·제도변화·경제적 성과』, 한국경제연구원, 1996) 杜恂誠은 이런 관점 하에서 금융제도와 慣行 연구를 진행하고 있다. 杜恂誠, 『金融制度變遷史的中外比較』, 上海社會科學院出版社, 2004.

금융업 공론 형성의 장으로서 『은행주보』를 주목하는 이유는, 이 잡
지가 이 시기 금융업 변화를 주도했던 은행업 동업조직인 上海銀行公會
에 의해서 발행되었기 때문이다. 근래 상해은행공회에 관한 연구는 상
당히 늘어났다. 이를 통해 금융 자본가에 대한 부정적 시각 하에서 그
리 관심을 끌지 못했던[4] 이 조직은, 은행업 동업의 역량 결집의 중심
으로서 금융업의 변화를 주체적으로 이끌었던 집단으로 재평가되고 있
다.[5] 이 잡지가 이들의 지향을 어떤 역할을 통해 반영하고 있는지 관
심을 가지는 것은 당연하다.

　그렇지만 『은행주보』의 비중에 비해 지금까지 이 잡지 자체를 직접
분석한 글은 의외로 별로 없다. 근래 발표된 한 편의 글을 제외하면[6]
근 20년 전 濱下武志 등이 『은행주보』의 기사목록을 펴내면서 달아놓
은 간략한 "解題"가 그나마 참고할만한 글이었을 정도다.[7] 이는 이 잡
지에 실린 기사들이 금융업 분야의 전문적인 주제들을 다루고 있어 금

---

4) 志村悅郎, 『浙江財閥』, 南滿洲鐵道株式會社上海事務局, 1929 ; 山上金男, 『浙江財閥論』,
　日本評論社, 1938 ; 姚會元, 『江浙金融財團硏究』, 中國財政經濟出版社, 1998.

5) 吳景平, 王晶, 「"九‧一八"事變至"一‧二八"事變期間的上海銀行公會」, 『近代史硏究』
　2002年 第3期 ; 張徐樂, 「上海銀行公會結束始末論述」, 『中國經濟史硏究』 2003年 第3
　期 ; 張秀莉, 「上海銀行公會與1927年的政局」, 『檔案與史學』 2003. 1 ; 張天政, 「"八‧一
　三"時期的上海銀行公會」, 『抗日戰爭硏究』 2004年 第2期 ; 張天政, 「略論上海銀行公會與
　20世紀20年代華商銀行業務制度建設」, 『中國經濟史硏究』 2005年 第2期 ; 鄭成林,
　「1927~1936年上海銀行公會與國民政府關係述論」, 『江蘇社會科學』 2005年 第3期 ; 鄭成
　林, 「上海銀行公會與近代中國幣制改革述評」, 『史學月刊』 2005年 第2期 ; 鄭成林, 「上海
　銀行公會與近代中國票據市場的發展」, 『江西社會科學』 2005. 10 ; 金承郁, 「上海銀行公會
　(1918~1927)-近代銀行의 同業組織과 指向」, 『中國史硏究』 17, 2002. 2.

6) 馬長林, 「『銀行週報』與近代上海金融業」, 復旦大學中國金融史硏究中心 編, 『上海金融中心
　地位的變遷』, 復旦大學出版社, 2005.

7) 濱下武志‧久保亨‧本野英一‧上野章‧杉山登 編, 『中國經濟關係雜誌記事總目錄(四)-
　『銀行週報』(上)』, 東洋學文獻センター叢刊, 東京大學東洋文化硏究所附屬東洋學文獻セ
　ンター, 1987. 11.

융사 이외의 분야에서 많이 다뤄지지 않았을 뿐 아니라, 전체 기사의
분량이 방대하여 개별 기사들이 자주 인용됨에도 불구하고 그 전반적
인 경향성을 정리하는 작업에 부담이 있었기 때문이다.

　이에 본고에서는 『은행주보』가 어떤 성격의 매체로 기획, 간행되었으
며 또한 그 지면을 통해 어떠한 내용의 기사들이 발표되어 금융업 내의
공론 형성에 영향을 끼쳤는가 구체적으로 살펴보고, 그것이 금융업 제
도의 확립 과정에서 어떤 역할을 했는지에 관해 검토해보려고 한다.

II. 『銀行週報』 개괄 및 매체적 지향

　『銀行週報』는 1917년 5월 29일 창간되었으며 이후 1950년 3월 3일
정간될 때까지 33년 동안 중단 없이 매주 간행되었다. 총 간행 분량은
34권 1,635期에 달한다. 상해는 중국 금융업의 중심이었던 만큼 『은행
주보』 외에도 『錢業月報』(錢業公會, 1921년 2월 창간), 『中央銀行旬報』(中央銀
行, 1928년 6월 창간), 『合作月刊』(中國合作學社, 1929년 3월 창간), 『金融統計月
報』(中國銀行, 1930년 1월 창간), 『經濟學季刊』(中國經濟學社, 1930년 3월 창간),
『中行月刊』(中國銀行, 1930년 7월 창간), 中央銀行月報(中央銀行, 1932년 8월 창
간) 등 다수의 금융업 잡지가 있었는데8) 『은행주보』는 그 가운데서도
가장 먼저 창간되었으며 또한 장기간의 지속적인 간행을 통해 영향력
을 발휘했던 경우였다고 할 수 있다.

　창간에서 정간될 때까지 『銀行週報』의 역사는 대체로 다음 네 시기

---

8) 『은행주보』 이후 『중앙은행순보』는 104期에서 정간. 1932년 8월 순보에서 월보로
　바뀌었다. 胡道靜, 「上海的定期刊物」, 『上海市通志館期刊』, 1935.

로 나누어 볼 수 있다.

시기	발행 주체	편집체제	편집장
1917~1925년	銀行公會	總編輯	張公權(1917. 5~8), 徐寄廎(1917. 8~1918. 7), 徐玉書(1918. 7~1920. 9), 徐滄水(1920. 9~1925. 12)
1925~1932년	銀行公會	週報委員會	沈籟淸(1925~1926), 戴藹廬(1926~1932)
1932~1942년	銀行公會, 銀行學會	週報委員會	李權時
1942~1950년	銀行學會	總編輯	朱斯煌

우선 1917~1925년 간의 제1시기는 『은행주보』가 上海銀行公會를 발행 주체로 하며 總編輯의 주도하는 체제로 편집이 이루어졌던 시기였다. 이 시기 『은행주보』는 은행업의 동업조직인 상해은행공회와 함께 생성, 발전했다. 총편집 직무는 中國銀行 上海分行 副經理인 張公權, 浙江興業銀行 副經理 徐寄廎 등이 겸임하다가, 徐玉書(徐永祚), 徐滄水 등이 전담했다. 이 가운데 1920년 9월 총편집을 맡은 뒤 1925년 12월 과로로 병사할 때까지 5년 동안 주보 간행을 이끌었던 서창수는 이 잡지의 성격에 가장 큰 영향을 끼친 중요한 인물이라고 할 수 있다.

제2시기는 1925년에서 1932년까지로, 이 시기 『은행수보』는 여전히 상해은행공회를 발행 주체로 했지만 편집 면에서 총편집 체제에서 週報委員會 체제로 바뀌었다. 편집 체제의 변화는 주보 편집에서 절대적인 비중을 점했던 전임 총편집 서창수의 갑작스런 사망을 계기로 한 것이었다. 비록 서창수의 공백을 메우기 위한 것이었지만, 위원회의 성립을 계기로 주보 운영은 보다 체계를 갖추게 되었다. 예컨대 「週報委

員會暫行簡章」(총8조) 등 관련 규정이 제정되었다. 주보위원회의 장인 총경리는 처음에 沈籟清이 맡았는데 1926년 8월 그가 大陸銀行 上海分行 副經理로 초빙되어 사임하자 북경『銀行月刊』주임인 戴藹廬가 초빙되어 그 직무를 계임했다. 대애려는 이후 6년 동안 총경리 직무를 수행했다. 주보위원회의 위원은 처음에 서기경, 倪遠甫, 孫景西, 宋漢章, 盛竹書 등 5인이었으며, 1927년 3월 居逸鴻, 朱成章이 참여하면서 7인으로 확대되었다.

제3시기는 1932년에서 1942년까지로, 이 시기『은행주보』의 발행은 상해은행공회, 銀行學會 두 단체의 협력 형태로 진행되었다.『은행주보』는 1932년 12월 주보위원회를 개조하여 은행공회, 은행학회 두 조직이 추천하는 대표로 구성했다. 이는 잡지 성격에 큰 변화를 가져다주었는데, 말하자면 학술단체인 은행학회가 편집에 참여함으로써『은행주보』는 기존의 은행업 잡지에 학술적 색채를 강화하게 되었다. 이 시기 총편집으로서 주보위원회를 이끌었던 것은 復旦大學 商學院長이었던 李權時였다.

제4시기는 1942년에서 1950년까지로, 이 시기『은행주보』의 발행 주체는 은행학회로 완전히 이전되었고 편집 체제도 주보위원회에서 총편집 중심으로 다시 바뀌었다. 1942년 5월『은행주보』는 일본군이 상해 租界를 점령한 상황에서 편집·발행권을 전면적으로 은행학회로 위임하기로 결정했다. 아울러 주보위원회의 기능은 정지하고 은행학회의 書記長인 朱斯煌이 편집장도 겸하는 형태로 편집 체제도 바꾸었다. 이러한 체제는 정간될 때까지 기본적으로 유지되었다.

이러한 역사를 거치면서『은행주보』가 겪었던 가장 큰 변화는, 그 발행 주체가 은행공회라는 은행업 동업조직에서 은행학회라는 학술단

체로 옮겨갔다는 것이다. 요컨대『은행주보』는 그 발행 주체로 볼 때
동업 "정보"를 교환하는 동업잡지에서 "학술"을 논의하는 학술잡지로
변화했다. 그렇지만 이로 인해『은행주보』의 잡지 성격이 전후로 완전
히 다른 색깔로 바뀌었던 것은 아니다. 이와 관련해서 서창수는 1921
년, "본보의 主旨는 이론과 사실의 조화를 도모하는 데 있음으로 양자
는 (어느 쪽에도) 편중하는 것이 없다"고 분명히 밝히고 있다.9) 또한
서기경은 1927년, 은행가가 학자, 상인 두 타입이 있으며 양자를 겸비
한 인재를 양성해야 한다고 하면서『은행주보』는 "學理를 날줄, 經驗을
씨줄로 하여 이루어져 있다"고 지적한 바 있다.10) 요컨대 "정보"와
"학술"은 시종『은행주보』의 일관된 두 주제였다. 따라서 비록 발행 주
체가 바뀌었음에도 불구하고 이 잡지의 성격은 기본적으로 유지되었다
고 말할 수 있다.

정보와 학술을 두 축으로 했던『은행주보』의 내용은 "지식"이라는 단
어로 요약된다.『은행주보』는 「발간사」에서 발간 취지를 "지식의 전파"
로 압축해서 표현하고 있다. 이들은 한 나라의 금융이 원활히 운용될 수
있도록 하기 위해서는 경제조직을 구비하는 것이 필요하다고 강조하고
그에 앞서 우선 "지식을 전파하는 것이 當今의 急務"라고 강조했다.11)
이때 이들에게 "지식"과 "지식의 전파"는 어떤 의미를 갖는 것이었
을까? 이와 관련해서 이 잡지의 창산을 주도했던 장공권의 다음과 같
은 언급은 흥미롭다. 이 무렵 그는 다음과 같이 말하고 있다.

9) 徐滄水, 「從事銀行週報述懷」, 『上海銀行公會年報』, 1921.
10) 徐寄廎, 「10年來之本報」, 『銀行週報』11-39(十週年紀念刊), 1927. 10. 11.
11) 「發刊辭」, 『銀行週報』1-1, 1917. 5. 29.

　나는 은행업에 투신한 뒤 당시 일반적인 은행들의 경영 업무가 종
종 기성 규범(成規)을 묵수하고 있음을 깊이 느꼈다. 신진인원이 마
땅히 갖춰야 할 업무 지식을, 선배들은 단지 늘 하던 방식을 전수해
줄 뿐 왜 도대체 왜 그렇게 하는지 알려주지 않았다. …… 도대체 각
지 銀兩과 上海規元의 적정가격은 어떠한지, 그 시가 등락의 최고 또
는 최저 폭은 어떠한지, 그 계절적 변동의 추세는 어떠한지, 모두 참
고할 만한 기록이 없었다.12)

　그는 여기서 은행업에 진입한 "신진" 인원으로서 통화, 금융시장 등
업무에 필요한 기본적인 지식에 관해서조차 쉽게 파악하기 어려웠던 상
황을 기록하고 있다. 지식의 부족에 대한 그 지적은 기존 금융업의 "기성
규범"에 대한 비판적 문제의식과 밀접히 결부되어 있다고 할 수 있다.

　그가 말하는 "기성 규범"이란 기존 금융업 성원들 간에 형성되어 있
던 관행적 규범을 의미하는 것이다. 당시 상해 금융업 내에는 명시되어
있지 않아 신진 인원이 파악하기 힘든 관행적 규범이 광범위하게 존재
하고 있었다.13) 그러한 가운데 금융업 지식은 경험적으로 전수되었을
뿐 체계적으로 정리, 전파되지 않았다. 여기에는 기존 금융업의 엄격한
위계질서, 교육방식 등의 문제가 복잡하게 얽혀 있었다. 말하자면 元老
를 정점으로 하는 연령적 위계질서, 學徒制 등의 徒弟的 교육방식 하에
서 금융업 지식은 폐쇄적으로 전수되고 있었기 때문에, 장공권과 같은
신진 인원들은 기본적인 업무 지식조차 접근하기 어려운 입장에 있었
던 것이다. 이 점에서 『은행주보』의 창간은 기존 금융업의 제도에 대

---

12) 姚崧齡 編, 『張公權先生年譜初稿(上)』, 傳記文學出版社, 1982, 23쪽.
13) 金承郁, 「20세기초 上海 金融業의 어음결산관행」, 『中國史硏究』 25, 2003. 8 ; 嚴諤
　　聲, 『上海商事慣例』, 1933(張家鎭 等編, 『中國商事習慣與商事立理由書』, 中國政法大
　　學出版社, 2003 재수록).

한 개혁적 개입의 의지를 내포하고 있었다.

이들은 『은행주보』가 단순한 은행업의 기관지가 아니라 공적 여론기
관으로서의 역할을 지향한다는 점을 분명히 했다. 총편집 徐滄水는 다
음과 같이 말하고 있다.

본보는 비록 은행으로 命名하고 있지만 同人들의 이상은 분투노력
하여 은행업자의 기관지에 그치지 않고 우리나라 財政經濟의 공공적
여론기관이 되도록 하는 데 있다. 이를 통해 본보가 앞으로 재정경
제의 시사 문제에 대해 공헌하는 바가 있게 되기를 바란다.14)

서창수는 매체의 여론기관으로서의 역할에 대한 신조를 표명해왔
다.15) 이와 같이 이들은 『은행주보』를 공적 여론기관으로서 자리매김
하고 있는데, 이 잡지가 금융업의 공론 형성에서 실제로 어떤 역할을
수행했는지 아래에서 구체적으로 살펴보려고 한다.

Ⅲ. 『은행주보』의 주도 인물들

『은행주보』의 발간(1917년 5월)은 상해은행공회의 설립(1918년 8월)보
다 앞서 이루어졌다. 그 주도 인물들은 張公權(張嘉璈, 中國銀行上海分行 副
經理), 徐寄廎(浙江興業銀行 副經理), 錢新之(交通銀行 經理), 陳光甫(上海商業儲蓄
銀行 總經理), 李馥蓀(浙江地方實業銀行上海分行 經理) 등 상해 주요 은행의 지
도자들로, 그들 간의 인맥이 형성된 것은 대체로 1915년경부터였다.16)

---

14) 徐滄水, 「從事銀行週報述懷」, 『上海銀行公會年報』, 1921.
15) 徐滄水, 「新聞記者之解放與改造」, 『時事新報』 1919. 12. 10.

이들은 1915년 7월부터 서로 정보, 의견을 교환하기 위한 午餐會를 매일 개최하는 등 특별한 인맥 관계로 연결되었다.

서기경은 1915년에서 1918년까지의 시기를 "정신결합의 시대"라고 표현하고 있다.[17] 이는 이 시기가 은행공회의 본격적인 활동이 전개되기 전 단계였다는 의미이기도 했지만, 당시 이들 사이에는 적극적인 의미에서 "정신적 결합"이라고 지칭할 만한 내용들이 분명히 있었다.

첫째, 이들은 기존 금융 인사, 금융업에 대해 비교적 명확한 구별 인식을 갖고 있었다.

당시 상해 금융업에서 은행은 기본적으로 서구의 그것을 모방해 이식한 새로운 업종이었다.[18] 이러한 은행들은 錢鋪, 典當은 물론이고 錢莊, 票號 등의 전통적 금융기관과 외형적으로나 내용적으로 분명히 구별되면서 병립 구도를 형성했다. 양자의 금융 기반과 영업 방식은 서로 다른 제도 속에 있었다. 이런 구도 하에서 은행업 인사들은 대체로 기존 금융업 인사들과 자신들을 구별하는 인식을 갖고 있었다.

은행업 인사들의 이러한 인식에는 이들의 교육, 성장 배경과 성향도

---

16) 장공권에 따르면 그는 1915년 봄에 이복손, 蔣抑卮, 섭규초 등을 알게 되었고 3월에 진광보를 만났으며 8월에 전신지를 소개받았다(姚崧齡 編, 『張公權先生年譜初稿(上)』, 傳記文學出版社, 1982, 22-24쪽). 또한 그는 같은 해 6월 진광보가 상해상업저축은행을 설립할 때 회의에 참여하고 적지 않은 자본을 투자했다. 이들은 허로 알게 된 지 불과 3개월 만에 자본을 투자할 정도로 긴밀한 관계를 형성했던 것이다.

17) 徐寄廎, 「希望民國十年之銀行公會」, 『上海銀行公會年報』, 59-60쪽.

18) 중국에서 "銀行"이라는 단어가 처음 사용된 것은 19세기 60년대 鄺其照가 펴낸 『華英詞典』에서 Bank의 번역어로 이를 쓴 뒤부터다. 일본에서는 본래 金館이라 번역했으나, 중국의 번역을 연용해 1872년 『國立銀行條例』부터 은행이라는 단어를 사용했다. 李婧, 「西方銀行法制在近代中國的引入與展開」, 『國際中國學研究』, 11, 2008, 169쪽.

크게 작용했다. 『은행주보』의 주도 인물들은 대체로 일본, 구미 등 외국 유학을 했거나 신식학당에서 구미의 財經知識을 교육받았거나 또는 각종 기관에서 새로운 경영방법을 체득했던 인물이라는 공통점이 있었다.[19] 서구 학식과 기술에 대한 학습은 이들이 자신들을 기존 금융업 인사들과 구별되는 새로운 세대의 인물로 인식하게 하는 중요한 근거였다.[20]

둘째, 이들은 은행업의 금융업 내 기반이 취약하다는 것과 그 때문에 동업 간 협력이 필요하다는 점에 대해 공동의 인식을 갖고 있었다.

이들은 업계에 뒤늦게 진입한 신진 세력으로서 기존 기반의 취약함에 대한 위기감과 기존 세력에 대한 경쟁의식이 강했으며, 그를 위해 개별 은행들 간의 협력이 절실히 필요하다는 인식을 공유하고 있었다. 당시 상해 금융업은 전장업과 외국자본 은행 두 세력을 중심으로 하는 구도를 유지하고 있었고, 그 속에서 중국자본 은행의 입지는 상대적으로 취약했다.[21] 이들은 전장업과 비교해서 사회적, 제도적 기반이 취약했으며 외국자본 은행과 비교해서 자본적 기반이 약했다고 할 수 있었

---

19) 張公權은 北京高等工業學堂, 日本東京慶應大學, 李馥蓀은 일본 山口高等商業學校, 徐寄廎은 東京 東文書院, 山口高等商業學校, 徐新六은 上海 南洋公學, 영국 버밍험대학, 빅토리아대학, 프랑스 빠리국립정치대학, 錢新之는 상해 育才學堂, 天津 北洋大學堂, 日本 神戸高等商業學校, 蔣抑卮는 일본 유학, 陳光甫는 미국 펜실바이나대학, 宋漢章은 上海 中西書院, 海關 출신이었다.

20) 장공권은 은행업 인사들과의 겹침에 대해 "1년 안에 이처럼 많은 금융계의 새로운 인물들을 알게 되어서 진심으로 흥분을 느꼈다"고 회고하고, 아울러 "새로운 학식과 기술"을 바탕으로 외국은행과 경쟁할 수 있을 정도로 성장시키겠다는 포부를 갖고 중국은행에 참여했으며 그 연장선상에서 주변에 "새로운" 인물들을 모았다고 말하고 있다. 姚崧齡 編, 『張公權先生年譜初稿(上)』, 傳記文學出版社, 1982, 19쪽.

21) 1920년대 중반까지도 중국자본 은행은 여전히 "은행 세력은 왜 전장에 미치지 못하는가" 하는 고민을 해야 했다. 馬寅初, 「銀行之勢力何以不如錢莊」, 『東方雜誌』 第23卷 第4期, 1926. 2. 25 ; 盧孟宇, 「我國之錢業」, 『海光』 第1卷 第9期, 1929. 9, 9-13쪽(上海人民銀行上海市分行 編, 『上海錢莊史料』, 上海人民出版社, 1960, 141-143쪽.

다. 전장업은 중국 상인들과의 사회적 관계와 통화, 금융시장에서의 관행적 규범을 주도하면서 강고한 영향력을 유지하고 있었고, 외국자본 은행은 그러한 전장업과의 협력 관계 하에서 막강한 자본력을 발휘하고 있었다.

이러한 현실에 대해 이들은 그 극복을 위해 동업 간의 협력이 필요하다고 인식했다. 오찬회 초기 이들이 함께 진행했던 上海公棧의 운영 사업은 그 일례였다. 이는 개별 은행들이 독자적인 자본으로 확보하기 어려웠던 화물창고(棧房)를 공동 확보하여 대출 영업의 안정을 도모하기 위해 조직된 사업이었다.[22] 그 외 이들 간에는 자본 투자, 영업 협력도 매우 활발히 이루어졌다. 이후 "南五行" 등으로 불리는 은행군은 이 연장선 상에서 출현했던 것이라고 할 수 있다.[23] 이러한 이들 간의 관계는 단순한 동업 간 협력의 정도를 넘어서는 것이었다.

셋째, 당시 이들은 兌換停止令을 계기로 상호 협력과 공동 분투의 경험을 함께 했다. 이러한 상호 협력과 공동 분투의 경험을 통해서 이들 간의 결합은 더욱 공고해지고 있었다.

1916년 5월 北京政府가 내린 兌換停止令은 이들의 결속에 더욱 적극적인 동기를 부여해주었다. 북경정부는 재정 확보를 위한 방안의 하나

---

22) 상해공잔은 大淸銀行淸理處가 매도하려고 했던 蘇州河 두둑의 창고들을 中國銀行 이 인수하고 나머지 은행들이 그것을 세내어 사용하는 방식으로 운영되었다. 이 후 上海銀行公會가 성립한 뒤 공회 사업의 일부로 포함되어 有限公司 형태로 확충 되었고, 1921년 3월 11일 소주하의 대형 화재로 소실될 때까지 유지되었다. 「合 組上海公棧之始末」, 『上海銀行公會事業史』, 1925, 39쪽.

23) 中國銀行(上海分行), 交通銀行(上海分行), 浙江興業銀行, 浙江實業銀行, 上海商業儲蓄銀 行은 "南五行"이라고 지칭되는데, 특히 이 가운데 뒤의 세 은행은 합병 논의가 진 행될 정도로 가깝게 접근해갔다. 「陳朵如訪問記錄」(1959年7月10日), 中國人民銀行上 海市分行金融硏究室 編, 『上海商業儲蓄銀行史料』, 上海人民出版社, 1990, 76-77쪽.

로 중국은행, 교통은행 두 관영은행에 대해 태환과 예금 지급을 중단하라는 명령을 내렸는데, 이는 해당 은행의 신용을 위기에 빠뜨리는 것이었기 때문에 그에 대한 저항이 전개되었다. 특히 송한장, 장공권이 이끌던 중국은행 上海分行은 가장 적극적으로 저항했으며 그와 밀착했던 상해의 은행가들은 그에 대해 조직적으로 지원 활동을 진행했다. 예컨대 蔣抑卮, 李馥蓀, 陳光甫는 중앙정부가 명령에 불복한 중국은행의 송한장, 장공권을 체포하지 못하도록 각기 주주, 예금주, 지폐소지인을 대표하여 그들을 고소하는 이른바 "가짜 소송안(假訴訟案)을 벌였다. 외압에 대해 공동의 역량으로 은행의 자율성을 지켜냈던 이 사건의 경험은 이들에게 의미 있는 선례가 되었다.24) 이러한 공동 저항의 경험을 통해서 이들 간의 관계는 "同志的 결합"이라고 할 수 있을 만큼 더욱 공고해졌다.25)『은행주보』는 바로 이 사건이 수습된 직후에 창간되었던 것이다.

이들 협력 활동의 중심에 있었던 중국은행은『은행주보』창간 과정에서도 계속 중심 역할을 담당했다. 잡지 총편집은 발기인들의 추천을 거쳐 장공권이 맡았고 편집실도 중국은행의 옥상을 일부 빌려 사용했다. 얼마 지나지 않아 장공권이 중국은행 북경총행의 부경리로 위촉되어 북상하게 된 뒤, 총편집은 서기경에 의해 繼任되었다. 그 뒤 1918년 8월 上海銀行公會의 會所가 준공되어 편집실을 옮겨가고 주보 사무도 날로 번잡해져 이를 전담할 사람이 필요했기 때문에, 徐玉書(徐永祚)가

---

24) 金承郁,「北京政府의 兌換停止令(1916年5月)과 上海 中國銀行의 對應」,『東亞文化』 36, 1998. 12 참조

25) 장공권은 "그러한 동지들과의 연합으로 중국의 금융조직의 기초를 세울 수 있다는 믿음이 더욱 강해졌다"고 말하고 있다.『上海商業儲蓄銀行史料』, 855-858쪽.

총편집 겸 발행주임으로 위촉되었다. 또한 徐滄水는 창간 시 서옥서와
함께 입사해 편집에 참여해오다 1918년 봄 일본으로 가서 현지조사를
진행하다 1920년 상해로 돌아와 서옥서에 이어 총편집을 맡았다. 서창
수는 이후 1925년 과로로 사망할 때까지 『은행주보』를 이끌었다.

이 기간 동안 『은행주보』는 급격히 발행 부수를 늘리면서 금융업 내
의 핵심적인 잡지로 확고히 자리를 잡아갔다. 창간 시 매월 700~800
부에 불과했던 판매 부수는 1925년에 매월 1만 3천여 부로 늘어났다.
같은 해 잡지 판매와 광고 수입의 증가로 벌어들인 수익은 1만원에 달
했다.[26]

IV. 『銀行週報』 기사 경향과 지향

정보와 학술을 중시하는 편집 방침에 따라 『은행주보』의 내용은 정
보성 기사와 학술성 기사를 중심으로 구성되었다. 아래 표에서도 볼 수
있듯이, 정보성 기사의 편제는 시간이 지남에 따라 조정을 거치면서 체
계적으로 정리되었다. 대체로 6권 28호(1922. 7. 25)부터 「上海金融」, 「上
海滙兌」, 「上海證券」, 「上海商情」 등 기본 항목이 설정되었다. "금융"
항목은 洋釐, 銀拆, 標金, 先令, 大條 등 각종 화폐 시세 및 유출입량을
실었으며, "滙兌"는 국내외 환어음 시세, "증권"은 각종 채권과 주식

---

26) 창간 초 『은행주보』는 경비 조달에도 애를 먹을 만큼 옹색했다. 발기에 참여한
각 은행들이 광고를 게재하고 잡지를 구독하여 경비를 보조했다. 徐滄水, 「從事銀
行週報述懷」, 『上海銀行公會事業史』, 1925 ; 黃漢民, 「『銀行週報』簡述」, 『中國近代經濟
史硏究資料(4)』, 上海社會科學院出版社, 1985.

시세, "상정"은 經絲, 茶, 紗花, 糧食油餠 등 각종 거래품목 시세 등이 실렸다. 그 외 각종 통계자료를 싣는 "經濟統計", 국외 경제정보를 싣는 "世界經濟要聞", 각지 공상업 소식과 정부 동태를 싣는 "雜纂" 등 항목도 있었다.

시기	정보	학술	정보	정보
1917. 5. 29. 창간호	金融情報, 上海金融, 各埠金融及商況	論說	記事	商情
1919. 5. 29. 3-18(제100호)	上海金融, 上海商情, 各埠金融及商況	論說	雜纂	統計表
1920. 1. 13. 4-2	上海金融, 上海商情, 各埠金融及商況	論說	雜纂	表類, 來件, 電件, 物價 指數表
1920. 6. 1. 4-19(제150호)	上海金融, 上海商情, 各埠金融及商況, 世界 經濟週觀	論說	雜纂	表類
1921. 1. 11. 5-2	上海金融, 上海商情, 各埠金融及商況, 世界 經濟週觀	論說	雜纂	經濟統計
1922. 7. 25. 6-28(제258호)	上海金融, 上海滙兌, 上海證券, 上海商情, 世界經濟週觀	論說	雜纂	經濟統計
1922. 11. 7. 6-43	上海金融, 上海滙兌, 上海證券, 上海商情, 經濟週觀	論說	雜纂	經濟統計
1923. 3. 13. 7-9(제289호)	每週市況提要, 上海金融, 上海滙兌, 上海證 券, 上海商情, 經濟週觀	論說	雜纂	
1923. 3. 20. 7-10(제290호)	每週市況提要, 每週金融, 每週滙兌, 每週證 券, 每週商情, 經濟週觀	論說	雜纂	
1923. 5. 1. 7-16(제296호)	每週市況提要, 每週金融, 每週滙兌, 每週證 券, 每週商情	論說	雜纂	
1925. 2. 3. 9-3(제384호)	每週金融, 每週滙兌, 每週證券, 每週商情	論說	雜纂	
1926. 3. 9. 10-8(제439호)	每週金融, 每週滙兌, 每週證券, 每週商情, 世界經濟要聞	論說	雜纂	

이러한 정보성 기사들은 앞서 언급했듯이 기존 금융업 내에서 폐쇄적으로 전수되던 금융 지식을 매체를 통해 개방적으로 전파한다는 데 중요한 의미가 있는 것으로 그 자체로 기존 금융업의 제도에 대한 개혁의 의의가 강했다. 이러한 매체를 통한 정보의 공개는 기존 금융업에 대해 금융 지식의 체계적 정리와 개방이라는 면에서 변화를 가져다주었다고 평가할 수 있다.

『은행주보』의 기사 경향과 지향은 학술성 기사인 "논설" 부분을 통해서 보다 구체적으로 살펴볼 수 있다. 1917~1925년 간 이 잡지에 실린 논설들을 분석해보면 다음과 같은 경향과 지향들이 엿보인다.

1. 서구·일본 금융업 제도에 대한 소개

『은행주보』가 창간된 1910년대 중국자본 은행의 수는 더욱 급증했다. 그 가운데는 이미 안정적인 입지를 확보하고 성장해가는 은행들도 있었지만, 상당수의 은행들은 아직 그 경영, 영업 체제를 구축해가고 있는 상황이었다. 이 은행들에게 서구 은행은 그들이 참고해야 할 선례들이었다고 할 수 있다. 이들은 대체로 서구의 '선진' 지식을 접한 금융 엘리트로서 그러한 지식을 가지고 중국의 금융업, 제도를 개혁해야 한다는 신념을 강하게 갖고 있었다.[27]

『은행주보』는 이러한 은행들의 요구를 반영하며 처음부터 많은 지면

---

27) 장공권은 유학파인 湯睿의 초청으로 중국은행에 참여한 과정을 설명하면서 "탕선생은 나를 초청해 중국은행에 참여시키면서 내가 새로운 학식과 기술을 운용해서 상해분행의 영업과 관리에 改進을 가함으로써 그것을 날로 현대화시키기를 희망했다"고 말하고 있다. 姚崧齡 編, 『張公權先生年譜初稿(上)』, 傳記文學出版社, 1982, 19쪽.

을 할애해 서구, 일본의 은행과 금융업, 금융 제도 등에 관해 소개하는
글들을 실었다. 창간호부터 5회에 걸쳐 滙豊銀行에 대한 소개가 연재된
것을 비롯해 德華銀行(3회 연재), 道勝銀行, 東方滙理銀行(3회 연재), 花旗銀
行, 中法銀行 등에 관한 소개 등이 잇따라 연재되었다.[28] 또한 일본의
은행 등에 대한 조사 보고도 연이어 게재되었다. 徐滄水는 총편집을 맡
기 전 1918년 봄부터 일본에서 현지 은행과 금융기구에 대한 조사를
진행했는데, 그 조사 결과로 橫濱正金銀行, 日本勸業銀行, 日本不動貯金
銀行, 臺灣銀行, 東京府農工銀行 등 은행들과 日本銀行集會所, 大阪商業
興信所, 日本取引所, 東京交換所 등 금융기구 등에 관한 기사들이 이 지
면을 통해서 차례로 발표되었다.[29]

  이러한 기사들은 중국 은행들에게 모방을 위한 대상 사례로서 제공
된 것이라고 할 수 있다. 예를 들어 서창수는 「橫濱正金銀行訪問錄」에
서 서구 은행들이 무역 금융을 독점하던 명치 초 일본에 국내외 송금

28) 「滙豊銀行之今昔觀」, 『銀行週報』 1-1, 1917. 5. 29, 1-2, 1917. 6. 5, 1-3, 1917. 6.
   12, 1-4, 1917. 6. 29, 1-5, 1917. 6. 26 ; 「德華銀行之今昔觀」, 『銀行週報』 1-7, 1917.
   7. 10, 1-8, 1917. 7. 17, 1-8, 1917. 7. 17, 1-9, 1917. 7. 24 ; 「道勝銀行之今昔觀」,
   『銀行週報』 1-12, 1917. 8. 14 ; 「東方滙理銀行之今昔觀」, 『銀行週報』 1-14, 1917. 8.
   28, 1-16, 1917. 9. 11, 1-17, 1917. 9. 18 ; 「花旗銀行之今昔觀」, 『銀行週報』 1-18,
   1917. 9. 25.
29) 徐滄水, 「橫濱正金銀行訪問錄」, 『銀行週報』 2-24, 1918. 6. 25, 2-25, 1918. 7. 2 ;
   2-26, 1918. 7. 9 ; 「日本銀行集會所調査記」, 『銀行週報』 2-27, 1918. 7. 16, 2-28,
   1918. 7. 23 ; 「日本勸業銀行調査錄」, 『銀行週報』 2-30, 1918. 8. 6, 2-31, 1918. 8.
   13, 2-32, 1918. 8. 20, 2-33, 1918. 8. 27, 2-34, 1918. 9. 3, 2-35, 1918. 9. 10 ; 「日
   本不動貯金銀行之觀察」, 『銀行週報』 2-36, 1918. 9. 17 ; 「大阪商業興信所調査錄」, 『銀
   行週報』 2-38, 1918. 10. 1 ; 「日本取引所調査錄」, 『銀行週報』 2-39, 1918. 10. 8,
   2-42, 1918. 10. 29 ; 「臺灣銀行調査錄」, 『銀行週報』 2-49, 1918. 12. 17, 3-35, 1919.
   9. 23, 3-36, 1919. 9. 30 ; 「東京交換所調査錄」, 『銀行週報』 3-2, 1919. 1. 14, 3-3,
   1919. 1. 21 ; 「東京交換所之實況」, 『銀行週報』 3-12, 1919. 4. 15 ; 「東京府農工銀行調
   査錄」, 『銀行週報』 3-11, 1919. 4. 8, 3-13, 1919. 4. 22.

을 전문으로 하는 橫濱正金銀行이 설립됨으로써 국외 무역과 국내 금
융을 관리하는 역할을 할 수 있게 되었음을 지적하면서, 개업 초 300
만원에 불과했던 자본금이 3,600만 원으로 증가한 이 은행의 성공 사
례를 소개하고 있다. 여기서 그는 "앞으로 우리나라에서 해외 은행을
말하는 자는, 正金銀行이 오늘날 그 나라의 유일한 해외 은행이 되었지
만 그것이 개업했을 때는 단지 300만원의 자본에 불과했음을 알아야
할 것이다. 이는 우리들의 재력으로 따라 하기 어렵지 않은 것이다"라
고 지적하면서, 중국 은행들이 이러한 경험을 학습할 것을 독려했다.

　서구, 일본의 개별 은행들에 대한 소개 외에도, 『은행주보』에는 통
화, 금융시장, 금융기관, 금융정책 등 서구의 금융 제도에 관한 많은 기
사들이 게재되었다. 이는 이들이 서구, 일본의 금융 제도를 자신들의
금융업 건설에서 좇아야 할 중요 준거로 삼으려 했다는 사실을 보여준
다. 徐永祚는 일본 은행업의 연혁을 소개하면서 중국의 은행이 일본에
비해 크게 뒤처져 있어 "빨리 좇아가도 따라잡을 수 있을지 모른다. 그
렇지 않으면 끝내 경제망국의 고통을 면하기 어렵다"고 하면서, 중국
은행들이 그 제도와 경영방식을 적극 모방하도록 자극했다.[30]

2. 중국의 기존 금융업 제도에 대한 조사 보고

　서구 금융업, 금융제도에 대한 소개가 꾸준히 이루어졌던 것과 함께
상해를 비롯해서 중국 각지의 기존 금융기관, 통화·금융시장의 현황
등에 대한 조사 보고가 비중 있게 지속되었던 것도 주목되는 사실이다.

---

30) 永祚, 士浩, 「日本銀行業之沿革」, 『銀行週報』 3-27, 1919. 7. 29, 3-28, 1919. 8. 5,
　　3-29, 1919. 8. 12, 3-30, 1919. 8. 19.

예를 들어 창간 초 山西票號, 杭州 금융업에 대한 연재를 게재한 것[31]
과 아울러 상해의 銀兩 환산법에 대한 소개를 필두로 1년 반 이상 총
50여회에 걸쳐 북경, 천진 등 전국 주요 도시의 통용화폐와 금융 거래
방식에 관한 연재를 게재했다.[32]

중국자본 은행들은 서구 은행을 모방해 건립한 은행 제도 위에서 금
융 업무를 진행했지만, 현실적으로 기존 금융업, 금융제도에 대한 정보
없이 업무를 유지해가는 것은 불가능했다. 통일적인 통화, 금융제도가
부재한 상황에서 지역, 집단마다 구축해온 서로 다른 통화, 금융거래
방식들은, 금융 활동의 경험이 축적되어 있지 않은 은행들이 단기간에
파악하기에는 지나치게 복잡한 것이었다. 앞서 인용한 장공권의 언급
처럼 이들은 "각지 銀兩과 上海規元의 적정가격은 어떠한지, 그 시가
등락의 최고 또는 최저 폭은 어떠한지, 그 계절적 변동의 추세는 어떠
한지, 모두 참고할 만한 기록이 없었다". 이 점에서 기존 금융업 제도
에 대한 정보들은 은행들에게 단순한 참고가 아니라 금융 활동을 진행
하는 데 없어서는 안 되는 중요한 '지식'이었다.

사실 은행들이 처했던 상해 금융업의 환경은 서구 제도의 移植을 기
다리는 질서의 공백 상태는 아니었다. 그것은 전장업을 중심으로 한 기
존 금융기관들이 복잡한 통화, 금융 상황에 적응해서 발전시켜온 기성

---

31) 「記山西票號」, 『銀行週報』 1-7, 1917. 7. 10, 1-8, 1917. 7. 17 ; 「記杭州金融業」, 『銀
行週報』 1-10, 1917. 7. 31, 1-11, 1917. 8. 7.
32) 「上海銀兩之換算」, 『銀行週報』 1-10, 1917. 7. 31. 이어 「北京之通用貨幣及其匯兌計
算法」(『銀行週報』 1-11, 1917. 8. 7, 1-12, 1917. 8. 14) 연재 이후 「九江之通用貨幣
及其匯兌計算法」(『銀行週報』 3-10, 1919. 4. 1)까지 50여 개 가까운 전국 도시의 통
화와 거래 방식에 관한 조사보고가 이어졌다. 이후 각지 통화, 금융시장에 관한
조사보고는 꾸준히 지속되었다.

규범들에 의해 나름대로 질서를 유지해오고 있었다. 전장은 특히 금융 거래에서 "신용"을 유지하는 데 있어서 담보보다 사회적 관계에 의존하는 측면이 강했다. 이 점에서 당시 상해 금융업의 환경은 은행들이 지향했던 서구 제도와 상이한 원리의 규범들에 의해 구성된 별개의 '제도'를 형성하고 있었다. 그러한 제도 바깥에 있던 은행은 전장에 비해 상대적으로 신용을 유지하고 영업을 확대할 수 있는 기반이 취약했다.33)

따라서 은행들로서는 이러한 기존 제도의 장벽을 인식하면서 그 실태에 대해 면밀히 검토해볼 필요가 있었다. 『은행주보』에 실린 각지의 금융기관, 통화·금융시장의 현황에 대한 조사 보고는 그런 필요에 따라 이루어졌다. 우선 전장업 상황,34) 은량, 은원 등 통화 상황,35) 금융 계절,36) 帖現 등 거래 관행37)에 대한 기사들이 게재되었다.

이 과정에서 이들은 전장의 공고한 지위가 은량 제도 위에 토대를 두고 발전시켜온 특유의 어음유통 체계와 거래 관행들에 밀접히 연결되어 있다는 사실을 점차 명확히 인식하게 되었다. 당시 전장업은 匯劃總會라는 어음청산기구를 통해 은량을 기준으로 발행된 전장 장표를

---

33) 이와 관련해서 『은행주보』에는 예금, 대출, 통화 거래 등 은행 업무에서 주의를 촉구하는 기사들이 게재되었다. 「行員對於往來存款之注意」, 『銀行週報』 1-9, 1917. 7. 24, 1-10, 1917. 7. 31 ; 「銀行對於放款擔保品之注意」, 『銀行週報』 2-3, 1918. 1. 15 ; 「銀行對於貼現票據之注意」, 『銀行週報』 2-15, 1918. 4. 23.

34) 盛道一, 「上海錢業槪論」, 『銀行週報』 4-42, 1920. 11. 9.

35) 「上海銀兩之換算」, 『銀行週報』 1-10, 1917. 7. 31 ; 徐寄廎, 「上海之規元」, 『銀行週報』 3-43, 1919. 11. 18 ; 「我國紙幣之流通槪況」, 『銀行週報』 2-6, 1918. 2. 5 ; 徐永祚, 「近數年來上海銀元市價跌落之原因」, 『銀行週報』 2-16, 1918. 4. 30.

36) 徐永祚, 「上海之金融季節」, 『銀行週報』 3-18, 1919. 5. 27 ; 徐滄水, 「論金融之季節」, 『銀行週報』 5-10, 1921. 3. 22.

37) 「論票據貼現」, 『銀行週報』 1-27, 1917. 11. 27.

公單을 통해 통합적으로 청산함으로써 결제수단으로서 장표의 위상을 유지할 수 있었다.38) 이를 통해 전장은 통화·금융 제도의 한계에도 불구하고 금융 거래의 안정성과 효율을 일정 확보함으로써, 이 지역 금융을 주도하는 금융기관으로서 입지를 확고히 유지할 수 있었다. 『은행주보』에는 1919년 후반부터 이 전장업의 회획 제도에 관한 분석 기사들이 게재되기 시작했다.39) 이들은 서구 금융업의 제도를 모방하는 데 있어서 회획총회라는 전업시장을 중심으로 구성된 상이한 원리의 기존 제도와 경쟁해야 한다는 사실을 인식하게 되었던 것이다.

3. 금융업 제도 개혁의 구체 쟁점 제기

이런 상황에서 『은행주보』 상에는 금융업 제도 개혁의 구체적인 쟁점들이 부각되기 시작했다. 그 대표적인 것은 어음교환소의 설립과 廢兩改元의 폐제 개혁 관련 과제들이었다. 이러한 개혁 쟁점들이 제기되고 논의되는 과정에서 『은행주보』는 그에 대한 公論을 형성하는 주요 장으로서 기능했다.

은행업의 어음교환소의 설립이 중요한 쟁점으로 떠오르게 된 것은, 앞서 언급했듯이 전장업의 滙劃總會가 금융업의 기존 제도를 구성하는 가장 핵심적인 요소로 주목되었기 때문이다. 히획제도를 통해 신용을

---

38) 孫新庠, 「從公單創設到公單廢除」, 『金源經濟簡報』 1941. 9. 2(『上海錢莊史料』, 499-495쪽). 회획제도에 관해서는 아래 글 참조. 金承郁, 전게논문, 2003. 8 ; 鄭成林, 「近代上海票據淸算制度的演進及意義」, 復旦大學中國金融史硏究中心 編, 『上海金融中心地位的變遷』, 復旦大學出版社, 2005.

39) 「上海錢行辦理滙劃情形」, 『銀行週報』 3-35, 1919. 9. 23 ; 陸兆麟, 「上海錢行辦理滙劃情形之正誤」, 『銀行週報』 3-37, 1919. 10. 7.

안정적으로 유지할 수 있었던 전장 장표와 그 거래 관행에 대해, 외국
자본 은행과 중국자본 은행은 모두 긴밀한 업무 협력을 하지 않을 수
없었다.[40] 특히 독자적인 어음청산기구가 없었던 중국자본 은행들은
滙劃總會의 회원 전장인 滙劃錢莊을 통해 어음 결산을 위탁해야 했기
때문에 이 과정에서 상대 전장에 대해 상당한 양보를 감수해야 했다.[41]
이런 까닭에 은행업은 금융업 제도 개혁의 구체 쟁점으로 독자적인 어
음교환소의 설립을 우선 제기하게 된 것이다.

상해어음교환소(上海票據交換所) 설립이 정식 제안된 것은, 1920년 8월
姚仲拔이 『銀行週報』 상에 총 4회에 걸쳐 연재를 게재하면서부터다.[42]
그렇지만 『은행주보』에는 창간 초부터 徐滄水, 徐永祚 등에 의해 서구
어음교환소의 선진 사례에 대한 소개와 어음교환소의 설립 의의와 운
용 효과를 선전하는 논설들이 계속 게재되었다.[43] 또한 徐滄水는 요중
발의 정식 제안 이전에 1920년 5월부터 수개월에 걸쳐서 어음교환소
제도에 대한 선진 사례를 소개하고 그 설립 의의를 강조하는 분석적인
글을 6회에 걸쳐 연재했다.[44]

---

40) Wagel, S.R., 『中國金融論』, 1914, 238쪽 ; 王烈望, 「戰前之上海金融市場」, 『金融市場
　　論』, 交通銀行, 1945. 6, 62-63쪽(『上海錢莊史料』, 18-20쪽.)
41) 예를 들어 "存出金"과 같이 은행 자본을 전장에 예치해야 했을 뿐 아니라 滙劃銀
　　과 같은 전장업의 거래 관행을 수용해야 했다. 朱博泉, 「記上海票據交換所」, 『20世
　　紀上海文史資料文庫』(5), 上海書店出版社, 1999 ; 盧孟宇, 「我國之錢莊」, 『海光』 제1권
　　제9기, 1929. 9, 17-19쪽 ; 潘子豪, 『中國錢莊概要』, 1929, 211-217쪽 ; 施伯珩, 『錢莊
　　學』, 上海商業珠算學社, 1931, 132-138쪽
42) 姚仲拔, 「籌設上海銀行交換所之提議」, 『銀行週報』 4-32, 1920. 8. 31, 4-33, 1920. 9.
　　7, 4-34, 1920. 9. 14, 4-35, 1920. 9. 21.
43) 徐滄水, 「論銀行公會及支票交換所」, 『銀行週報』 1-23, 1917. 10. 30, 1-24, 1917. 11.
　　6 ; 徐永祚, 「論票據交換所」, 『銀行週報』 2-20, 1918. 5. 29, 2-23, 1918. 6. 18, 2-24,
　　1918. 6. 25.
44) 徐滄水, 「票據交換所制度之研究」, 『銀行週報』 4-18, 1920. 5. 25, 4-19, 1920. 6. 1,

이러한『은행주보』를 통한 이론적 준비와 공론 조성을 토대로, 상해
은행공회는 어음교환소 설립을 위한 구체적인 작업을 추진했다. 상해
은행공회는 1921년 5월 天津에서 열린 銀行公會第2屆聯合會議에서 상
해어음교환소의 설립을 공식 발의하고, 이후 1922년 6월 票據交換所籌
備委員會 조직하여 그 초안 작성에 들어갔다. 또한 은행공회가 그 과정
에서 만들어낸 결과물들은 다시『은행주보』에 게재되거나45) 銀行週報
社를 통해 책자로 간행되었다.46) 1922년 8월,『은행주보』는 2주에 걸
쳐 "票據法硏究號" 특집을 간행하기도 했다.47)

어음교환소 설립안에 이어『은행주보』상에서 부각된 쟁점의 하나
는, 廢兩改元 즉 銀兩을 폐지하고 銀元으로 폐제를 통일하는 개혁의 주
장이었다. 이에 대해서도『은행주보』는 은행들이 인식을 공유하고 그
개혁 방향을 찾아가는 공론 형성의 장으로 활용되었다.

당시 상해에서는 은량, 은원으로 대별되는 각기 다른 규격의 은폐가
혼용되고 있었다.48) 다른 규격의 은폐가 함께 사용되려면 환산 과정이

4-20, 1920. 6. 8, 4-21, 1920. 6. 15, 4-30, 1920. 8. 17, 4-31, 1920. 8. 24 ; 裕孫,
「說票據交換所」,『銀行週報』4-41, 1920. 11. 2, 4-42, 1920. 11. 9.
45) 姚仲拔, 徐寄嵎, 徐滄水, 「擬訂上海票據交換所章程草案之經過」,『銀行週報』6-21,
1922. 6. 6 ; 徐滄水,「硏究票據法草案之管見」,『銀行週報』6-28, 1922. 7. 25.
46) 1921년 8월 은행공회는 票據法硏究委員會를 조직하여 표거법 편정을 위한 연구를
진행했는데, 그 자료들은 銀行週報社를 통해『票據法硏究初編』이라는 책자로 간행
되었다. 또한 1925년 봄에는『票據法硏究續編』이 출산되었다. 徐滄水 編述,『上海銀
行公會事業社』, 銀行週報社, 1925, 85-86쪽.
47)『銀行週報』6-32, 1922. 8. 22, 6-33, 1922. 8. 29. 제1시기『銀行週報』는 "銀價問題
號"(4-25, 1920. 7. 13), "所得稅問題號"(4-39, 1920. 10. 9), "恐慌預防號"(6-8, 1922.
3. 7), "財政革新意見號"(6-13, 1922. 4. 11) 등 특집호가 간행되었는데 특히 "표거
법연구호"는 2주에 걸쳐 간행되었다.
48) 은량은 寶銀으로 불린 말굽모양의 은괴 등이 있었으며, 은원으로는 스페인은원
(鷹洋), 멕시코은원(墨銀)을 위시해 미국, 일본, 영국, 베트남 등 외국의 은원들과
湖北, 江南, 廣東 등에서 주조된 각종 龍洋, 北洋 및 大淸銀幣 등의 다양한 국내 은

필요한데, 이때 대체로 각 은폐가 함유한 은 가치를 九八規元과 같은
가상의 은량(虛銀兩)을 기준으로 환산하는 방식이 사용되었다.[49] 이는
전장업 등이 記帳과 거래에서 적용해온 방식으로, 기존 금융업이 혼란
한 통화 현실에 적응해 나름대로 찾아낸 효율적인 거래 규범이었다고
할 수 있다. 그렇지만 통화 정보와 거래 방식에 대해 경험과 지식을 축
적하고 있지 못했던 은행들은 상대적으로 취약한 입장에 처하지 않을
수 없었다. 따라서 이들에게 통화 정리, 통일은 상대적으로 절실한 과
제가 되었다.

당시 북경정부는 「國幣條例」(1914)를 통해 국폐의 종류와 중량, 성분
을 명확히 규정하고 그에 따라 주조된 은원("袁頭幣")을 중심으로 화폐
정리를 진행하고 있었다.[50] 『은행주보』에는 초기부터 통화 현황에 대
한 관심과 함께 폐제 개혁의 추이에 대해 주목하는 글들이 게재되었
고,[51] 아울러 은원으로의 改用을 추진하는 적극 소개되고 있다.[52]

폐량개원 논의는 1919년 후반으로 접어들면서 보다 본격적으로 나

원이 통용되고 있었다. 그 외 수많은 종류의 銀角, 銅元이 補弊로 사용되었다. 또
한 위의 은량, 은원을 단위로 하는 각종 태환권이 사용되었다. 施伯珩, 『錢莊學』,
45-64쪽 ; 吉田政治, 『上海に於ける外國爲替及金融』, 東京, 大阪屋號, 1939, 218-253
쪽 ; 楊蔭溥, 『楊著中國金融論』, 83-83쪽, 112-128쪽 ; 張輯顔, 『中國金融論』, 黎明書
局, 1936, 26-65쪽 ; 魏建猷, 『中國近代貨幣史』, 黃山書社, 1985, 166-205쪽.

49) 徐寄廎, 「上海之規元」, 『銀行週報』 3-43, 1919. 11. 18, 36-37쪽.

50) 「國幣條例 敎令第十九號(民國3年2月8日公布)」, 「國幣條例施行細則(民國3年2月8日公
布)」, 中國人民銀行總行參事室編, 『中華民國貨幣史資料 第1輯 1912~1927』, 上海人民
出版社, 88-90쪽.

51) 「幣制本位問題之商榷」, 『銀行週報』 1-19, 1917. 10. 2, 1-21, 1917. 10. 16, 1-22,
1917. 10. 23 ; 「書支那幣制改革論後」, 『銀行週報』 1-29, 1917. 12. 11, 1-30, 1917.
12. 18.

52) 「貿易一律用銀元之請議」, 『銀行週報』 1-14, 1917. 8. 29 ; 「貿易改用銀元之徵求意見」,
『銀行週報』 1-16, 1917. 9. 11 ; 「貿易改用銀元之派員調査」, 『銀行週報』 1-16, 1917.
9. 11.

타났다. 1919년 상해의 금융시장에서는 洋釐와 銀拆이 함께 급등하는
이른바 "兩荒"의 은량, 은원 자금의 부족 현상이 나타났는데, 당시 금
융시장의 긴장은 徐永祚가 "신해혁명시의 혼란에도 금융이 이처럼 긴
장되지는 않았다"는 심각한 우려를 표명할 정도였다.[53] 현은의 유출은
그 주요 원인으로 지적되었다.[54] 이에 따라 『은행주보』에는 금융시장
의 안정을 위해서는 은량에서 은원으로의 전환과 화폐 정리, 통일을 서
둘러 진행해야 한다는 주장을 전개하는 글들이 연이어 게재되었다.[55]
당시 이들의 개혁 주장은 "만약 전국적인 시행이 어렵다면 우선 상해
만이라도 즉시 폐량개원을 실행하자"고 할 만큼 적극 제기되었다.

　이와 관련해서 은원의 안정적 공급, 관리를 위해서 上海造幣廠의 건
립 주장도 아울러 제기되었다. 상해조폐창의 설립 주장은 1919년 8월
서기경의 「論舊弊改鑄新幣之必要」에서 제기되었다. 그는 구폐를 회수하
고 신폐를 공급하기 위해서는 "자유주조"를 가능케 할 새로운 조폐창
이 상해에 건립되어야 한다고 주장했다.[56] 12월 서영조는 "상해에 조
폐창 개설을 미룰 수 없다"고 주장하는 글을 실었다.[57] 그와 관련해서
서창수의 「大阪造幣局視察記」를 비롯해서[58] 천진, 남경 등 중국 조폐창

---

53) 徐永祚, 「上海金融緊急之可慮」, 『銀行週報』 3-45, 1919. 12. 2.
54) 「現銀外流之原因及其救濟策」, 『銀行週報』 1-15, 1917. 9. 4, 1 17, 1917. 9. 18, 1-18, 1917. 9. 25
55) 徐寄廎, 「論舊弊改鑄新幣之必要」, 『銀行週報』 3-31, 1919. 8. 26 ; 徐寄廎, 「論推行新銀輔幣之動機」, 『銀行週報』 3-45, 1919. 12. 2 ; 徐永祚, 「廢兩改元議」, 『銀行週報』 3-46, 1919. 12. 9 ; 過鍾粹, 「革除銀兩單位勵行銀元單位之不可緩」, 『銀行週報』 3-46, 1919. 12. 9 ; 徐滄水, 「今日金融上之緊要問題」, 『銀行週報』 3-47, 1919. 12. 16, 3-48, 1919. 12. 23 ; 徐永祚, 「廢兩改元當自上海始」, 『銀行週報』 3-49, 1919. 12. 30 ; 徐滄水, 「論推行新銀輔幣之必要」, 『銀行週報』 4-3, 1920. 1. 20.
56) 徐寄廎, 「論舊弊改鑄新幣之必要」, 『銀行週報』 3-31, 1919. 8. 26.
57) 徐永祚, 「上海開設造幣廠之不容緩」, 『銀行週報』 3-47, 1919. 12. 16.

의 연혁과 실황을 소개하는 등 각 조폐창의 사례 분석도 연재되었다.[59] 이러한 『은행주보』를 통한 공론 형성을 바탕으로, 상해조폐창의 건설은 상해은행공회를 통해 재정부에 요청되었고, 재정부는 1920년 2월 13일 상해조폐창 설립 방침을 결정해 구체적인 계획에 착수했다.[60] 또한 상해 은행들로 조직된 은행단을 통해 3월 2일 재정부와 관련 차관을 제공해 그 재원을 마련했다.[61] 이러한 일련의 진전들은 금융시장에 대한 영향력을 강화하길 원하는 은행들의 기대를 크게 만들었다.[62]

폐량개원은 회획 제도에 대한 문제 제기와도 연결되어 제기되었다. 당시 중국자본 은행들은 대부분 은량 수수 시에 회획은을 사용함으로써 전장, 전업시장의 거래 관행으로부터 자유롭지 못했다. 당시까지 회획을 거치지 않고 직접 태환하는 획두은을 사용한 외국 은행들과 中國, 通商, 江蘇銀行 등 3개 은행뿐이고 그 외 은행들은 양자를 겸용하거나 회획은만을 전용하고 있었다. 이에 대해 1920년 서기경은 "은원의 통일은 은량 사용을 배제하는 방향으로 나아가야 하며 또한 그것은 회획은 폐지로부터 출발해야 한다."고 주장했다.[63] 서창수도 같은 호에 발표된 글에서 은행들이 획두은 사용을 확대함으로써 전장들이 회획은을 포기하도록 만들어야 한다고 주장했다.[64] 당시 상황에서 회획은을 일

---

58) 徐滄水, 「大阪造幣局視察記」, 『銀行週報』 3-46, 1919. 12. 9.

59) 「吾國造幣廠沿革考略」, 『銀行週報』 4-2, 1920. 1. 13 ; 「天津造幣總廠沿革記」, 『銀行週報』 4-3, 1920. 1. 20 ; 「南京造幣分廠沿革記」, 『銀行週報』 4-4, 1920. 1. 27 ; 「武昌造幣分廠沿革記」, 『銀行週報』 4-5, 1920. 2. 3 ; 「四川造幣分廠沿革記」, 『銀行週報』 4-6, 1920. 2. 10 ; 「雲南造幣分廠沿革記」, 『銀行週報』 4-8, 1920. 3. 16.

60) 「呈請上海商埠設立造幣分廠文」, 「江蘇省長公署批」, 『銀行週報』 8-50, 1924. 12. 23

61) 徐滄水 編, 「上海造幣廠籌備始末記」, 『銀行週報』 8-50, 1924. 12. 23. 상해조폐창 건립 계획의 추진 과정에 관해서는 金承郁, 전게논문, 2002. 2, 20-27쪽 참조.

62) 徐滄水, 「對於上海造幣廠之希望」, 『銀行週報』 4-14, 1920. 4. 27.

63) 徐寄頃, 「廢兩改元當先自廢滙劃銀始」, 『銀行週報』 4-44, 1920. 11. 23.

시에 배제하는 것은 결코 쉽지 않은 일이었다. 그렇지만 이러한 문제제기는 그들이 폐량개원이라는 통화 개혁의 문제를 해결하기 위해서는 그 통화 현실과 복잡하게 연결되어 있는 전장업의 기존 규범, 관행과의 단절이 함께 필요하다는 사실을 인식하고 있었다는 점과 당시 그 개혁 논의의 실제성을 보여준다는 점에서 의미 있는 것이다.[65]

어음교환소, 폐량개원은 각기 1933년, 1935년 국민정부 권력 하에서 실현되었다. 이 개혁 주제들이 국가 차원의 통화, 금융 제도의 개혁과 연결되어 있었던 만큼 그를 실현하는 데 중앙집권적 역량의 지지가 필요했다. 그런데 위에서 살펴보았듯이 그러한 개혁 주제들이『은행주보』상에서 부각되는 과정 속에서, 우리는 공론장으로서 매체의 역할이 적극적으로 발휘되었던 하나의 사례를 취할 수 있다. 요컨대 상해 금융업에서 중국과 서구의 다양한 요소들이 각기 상이한 원리의 규범과 제도를 형성하며 혼재하는 상황에서,『은행주보』는 서구의 금융업 제도와 기존 금융업 제도에 대한 지식을 축적하며 논의하고 그 속에서 구체적인 개혁 쟁점을 찾아내 공론화함으로써 금융업 제도의 통일을 향한 흐름을 이끌어내는 역할을 발휘했다. 이 점에서『은행주보』는 "공적 여론기관"으로서 자리매김하려고 했던 본래의 의도를 나름대로 성공적으로 실행하면서 상해 금융업의 공론 형성에서 중요한 장으로 기능할 수 있었다고 평가할 수 있다.

은행업의『은행주보』에 대해 전장업은 1921년 2월『錢業月報』를 따

---

64) 徐滄水,「廢除滙劃銀之管見」,『銀行週報』4-44, 1920. 11. 23.
65) 이러한 문제제기는 실제적으로 전장업의 이해를 자극했기 때문에, 곧바로『은행주보』상에서는 회획은 폐지를 둘러싼 은, 전업 간의 공방이 벌어지기도 했다. 醇修,「廢除滙劃銀之理由及其辦法」,『銀行週報』4-47, 1920. 12. 14 ; 陸兆麟,「駁醇修君 <廢除滙劃銀之理由及其辦法>」,『銀行週報』4-48, 1920. 12. 21.

로 발간해 그와 매체 경쟁을 시작했다. 당시 田祈原은 秦潤卿의 "발간사"에 덧붙여 「答客問」의 형식으로 그 창간 의의를 설명하면서 은행업과 각축해야 하는 상황에서 "集議機關"으로서 錢業公會의 한계를 극복하고 동업의 단결을 보다 강화하는 것을 목적으로 한다고 말했다.66) 이를 통해 금융업 개혁을 둘러싼 두 업계의 논의는 보다 활발해졌다. 이렇게 『은행주보』는 금융업의 공론장 확대에 큰 계기를 제공해주었다.

V. 결론

『은행주보』는 1917년에서 1950년까지 상해에서 간행된 은행업 잡지다. 여기서는 그 초기인 1917~1925년 간을 대상으로 분석했다. 참여인사, 매체 성격, 기사 내용 등 여러 측면에서 이 잡지는 비교적 분명한 색채를 보여주고 있는데, 이는 동업잡지로서 매우 드문 사례라고 할 수 있다. 이 점에서 이 잡지는 연구자의 흥미를 자극하는 면이 있다.

　본고에서는 制度와 公論의 관점에서 이 잡지의 역할에 대해 주목했다. 이 시기 상해 금융업은 통일적 제도를 확보하고 있지 못했다. 그런 가운데 금융기관과 주체들은 각기 분산적 범주에서 적용되는 영업, 거래 규범을 형성하고 있었다. 이는 물론 근현대 중국과 도시 상해의 분열적 면모를 반영하는 것이다. 그런데 분열은 동시에 활발한 실험이 진행되었다는 것을 말해주기도 하는데, 그 점에서 그 제도적 실험들 속에

---

66) 田祈原, 「答客問」, 『錢業月報』 1-1, 1921. 2. 15 ; 秦潤卿, 「本報發刊緣起」, 『錢業月報』 1-1, 1921. 2. 15.

서 어떻게 통일적 제도를 만들어갔는지에 오히려 더 관심을 갖게 된다. 이에 필자는 이 시기 제도 개혁을 이끌어내는 공론의 형성에서 이 잡지가 어떤 역할을 수행했는지 밝혀보려고 했다.

『은행주보』는 그 출발부터 제도 개혁과 그를 위한 공론장으로서의 역할에 그 매체의 지향을 두고 있었다. 그것은 정보, 학술을 두 축으로 하는 금융 지식을 공유하는 매체로 출발했던 바, 지식의 공유는 기존 금융업 제도에 대한 비판적 문제의식과 긴밀히 연결되어 있었다. 아울러 그들은 그러한 비판적 지식을 바탕으로 공론을 형성하는 공적 여론 기관으로서 『은행주보』를 자리매김하려고 했다.

『은행주보』의 참여 인사들은 상당히 공고한 인식적 공유 지대를 갖고 있었다. 그들은 기존 금융업에 대해 자신들을 명확히 구별하는 인식을 갖고 있었으며, 자신들의 취약한 기반을 극복하기 위해 동업 간 협력이 필요하다는 점에 대해서도 인식을 공유했다. 더구나 당시 兌換停止令을 계기로 한 상호 협력과 공동 분투의 경험은 이들의 결합을 더욱 공고히 만들어주었다. 이렇게 한 잡지의 간행 집단이 분명히 그려지는 경우는 흔치 않은데, 『은행주보』의 경우는 그 인물들을 통해 볼 때 공론 형성을 이끌어낼 역량과 지향이 명확히 존재했다는 점이 주목된다.

『은행주보』의 기사 내용을 분석해 보면 공론장으로서 매체의 역할이 적극적으로 발휘된 하나의 사례가 발견된다. 이 잡지에는 서구와 중국 금융업 제도에 대한 소개, 조사보고들이 함께 게재되었고 그것을 비판적으로 논의하는 가운데 어음교환소, 폐량개원의 개혁 주제들이 구체적인 쟁점들로 부각되었던 것을 볼 수 있다. 『은행주보』는 당시 상해 금융업 내에 서구, 중국의 다양한 요소들이 각기 상이한 원리의 규범과

제도를 형성하며 혼재하는 상황에서 그에 대한 지식을 축적하면서, 아울러 그에 대한 분석을 통해서 구체적인 개혁 쟁점을 찾아내어 공론화함으로써 통일적 제도를 향한 흐름을 이끌어냈다. 이 점에서 이 잡지가 상해 금융업의 공론 형성 과정에서 중요한 역할을 했다는 것을 부정하기는 어렵다.

▎저자소개 (논문게재순)

마키노 에이지(牧野英二)   일본국・호세이 대학(法政大學) 대학원 교수
정남영   경원대학교 교수, 영문학
이승현   국회입법조사처 입법조사관
강규형   명지대학교 기록정보과학전문대학원 부교수
최성실   경원대학교 교수, 한국문학・한국문화
서유원   경원대학교 교수, 중문학
정진희   서울대학교 국어국문학과 강사, 국문학
이영섭   경원대학교 교수, 국문학
박진수   경원대학교 교수, 일문학
허경진   연세대학교 교수, 국문학
김지인   연세대학교 석사과정, 국문학
최박광   성균관대학교 명예교수, 중국 산동대학교 객좌교수
최 관   고려대학교 교수, 일문학
정문상   경원대학교 교양대학 조교수, 중국사
박미라   한국학중앙연구원 연구원, 종교학
김승욱   서울시립대학교 도시인문학연구소 HK교수, 중국사

아시아학술연구총서 2

담론의 공간으로서 동아시아

초판 인쇄 2010년 3월 23일 │ **초판 발행** 2010년 3월 30일
지은이 경원대학교 아시아문화연구소
펴낸이 이내현 │ **편집** 권분옥
펴낸곳 도서출판 역락 │ **등록** 제303-2002-000014호(등록일 1999년 4월 19일)
주소 서울시 서초구 반포4동 577-25 문창빌딩 2층
전화 02-3409-2058, 2060 │ **팩시밀리** 02-3409-2059 │ **전자우편** youkrack@hanmail.net
ISBN 978-89-5556-812-7 93800

정가 30,000원

* 잘못된 책은 교환해 드립니다.